Robert Jordan
Die Fühler des Chaos

SERIE PIPER

Zu diesem Buch

Während einige Feinde des Wiedergeborenen Drachen versuchen, seine Freunde mittels falscher Gerüchte gegen ihn aufzubringen, schmiedet der Dunkle König andere Pläne: Nachdem die Verlorenen von Rand dezimiert wurden, soll nun Demandred das Baalsfeuer entfachen, um ihn endgültig zu vernichten. Unterdessen ist es in der Weißen Burg zur Spaltung der Aes Sedai gekommen, und Rand hofft, sie auf seine Seite ziehen zu können. Gefährliche Abenteuer, blutrünstige Schlachten und geheimnisvolle Machenschaften sorgen für eine fulminantes Lesevergnügen.

Robert Jordan, geboren 1948 in South Carolina, begeisterte sich schon in seiner Jugend für phantastische Literatur von Jules Verne und H. G. Wells. Als ihm der Lesestoff ausging, begann er selbst zu schreiben. 1990 erschien der Auftakt zu seinem Zyklus »Das Rad der Zeit«, einem einzigartigen epischen Werk, das Millionen Fans in der ganzen Welt gefunden hat. Bei Piper liegen inzwischen 31 Bände der Saga vor. Robert Jordan starb im September 2007 an einer seltenen Blutkrankheit. Weiteres zum Autor: www.tor.com/jordan und www.radderzeit.de

Robert Jordan

Die Fühler des Chaos

DAS RAD DER ZEIT 13

Aus dem Amerikanischen von
Uwe Luserke

Piper München Zürich

Mehr über unsere Autoren und Bücher:
www.piper.de

Zu den lieferbaren Büchern von Robert Jordan bei Piper
siehe Seite 463.

FSC
Mix
Produktgruppe aus vorbildlich bewirtschafteten Wäldern und anderen kontrollierten Herkünften
www.fsc.org Zert.-Nr. GFA-COC-1223

Deutsche Erstausgabe
1. Auflage Januar 2006
2. Auflage Juli 2008
Erstmals erschienen:
Wilhelm Heyne Verlag GmbH & Co. KG, München 1996

Titel der amerikanischen Originalausgabe:
»The Lord of Chaos 1«, Tom Doherty Associates, Tor Books,
New York 1994

Umschlagkonzept: Büro Hamburg
Umschlaggestaltung: Nele Schütz Design, München
Umschlagabbildung: Geoff Taylor
Innenillustrationen: Johann Peterka
Karten: Erhard Ringer
Autorenfoto: Jack Alterman
Satz: C. Schaber Datentechnik, Wels
Papier: Munken Print von Arctic Paper Munkedals AB, Schweden
Druck und Bindung: CPI – Clausen & Bosse, Leck
Printed in Germany ISBN 978-3-492-28563-6

INHALT

Für Betsy

Wo der Löwe singt und der Rabe lacht,
der Mond scheint am Tag und die Sonn' bei Nacht,
wo im Sommer das kochende Wasser gefriert:
dort ist's, wo der Herr des Chaos regiert.

– Kinderreim,
wie er in Groß Aravalon
im Vierten Zeitalter zu hören war

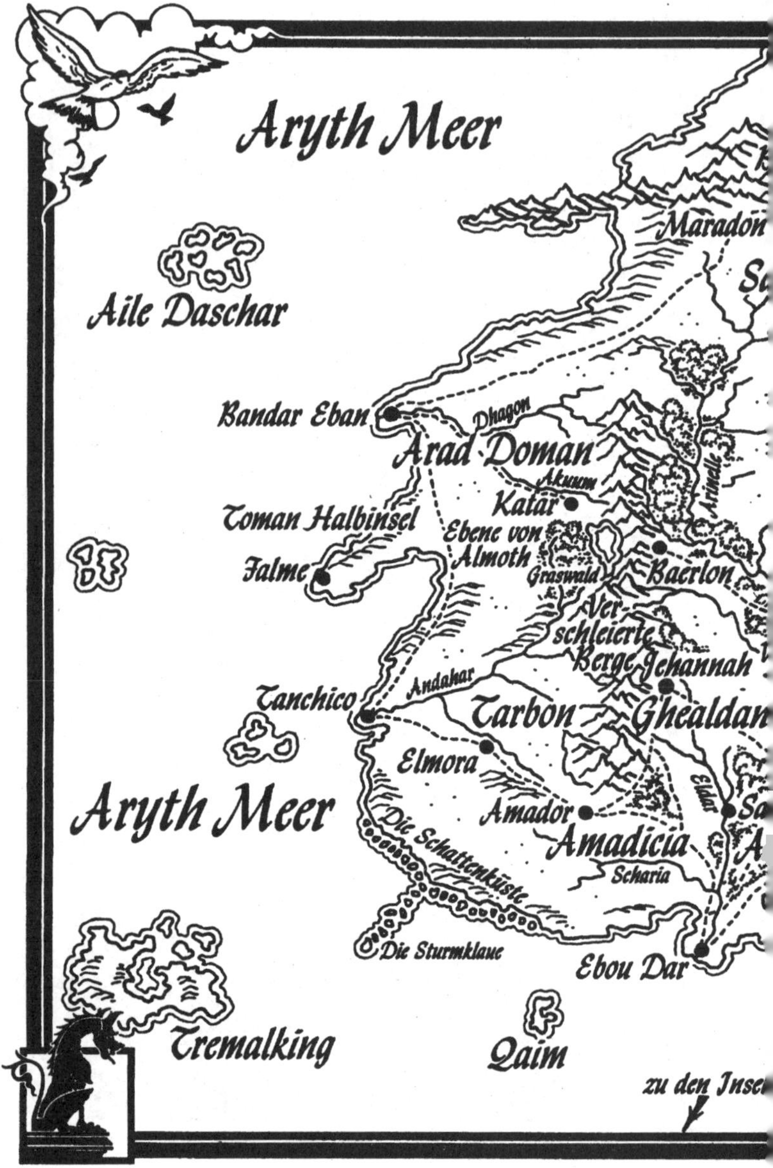

Aryth Meer
Aile Daschar
Maradon
Bandar Eban
Dhagon
Arad Doman
Akuum
Katar
Arinelle
Toman Halbinsel
Ebene von
Almoth
Falme
Graswald
Baerlon
Ver-
schleierte
Berge
Jehannah
Andahar
Tanchico
Tarbon
Ghealdan
Elmora
Aryth Meer
Amador
Eldar
Die Schattenküste
Amadicia
Scharia
Die Sturmklaue
Ebou Dar
Tremalking
Qaim
zu den Inse

Große Fäule
Das Verdorbene Land
s Verderbens
Schayol Ghul
Tarwin Paß
Chachin
Schol Arbela
Fal Dara
Niamh Paß
Kandor
Arafel
Fal Moran
Schienar
Aiel Wüste
Schwarze Hügel
Tar Valon
Brudermörders Dolch
Drachenberg
Jangai Paß
Gaelin
nach Rhuidean
ain Steppe
Cairhien
Braem Wald
Alguenya
Cairhien
dor
Caemlyn
Rückgrat
Vier Könige
Aringill
der
Storn
Hügel von Kintara
Iralell
Lugard
Erinin
Murandy
Welt
Haddon Mirk
Far Madding
Stedding Schangtai
Cary
Ebenen von Maredo
Tear
Illian
Die Drachenfinger
Tear
Godan
Illian
Mayenne
er der Stürme
Cindaking
erleute

PROLOG

Die erste Botschaft

Demandred trat hinaus auf den schwarzen Abhang des Schayol Ghul, und das Tor, ein Loch im Gewebe der Realität, hörte augenblicklich zu existieren auf. Über ihm war der Himmel hinter wild aufquellenden grauen Wolken verborgen. Es sah aus, als brächen sich Aschewogen eines gespiegelten Meeres träge am verborgenen Felsgipfel des Berges. Weiter unten blitzen verwaschen blaue und rote Lichter über dem unfruchtbaren Tal, konnten aber den trüben Dunst nicht vertreiben, der ihre Quelle verhüllte. Blitze zuckten zu den Wolken empor und träger Donner grollte. Am Abhang quollen Dampf und Rauch aus weithin verstreuten Rissen im Boden. Manche dieser Öffnungen waren so klein wie eine Männerhand, und andere wieder groß genug, um zehn Männer auf einmal zu verschlingen.

Er ließ sofort die Eine Macht fahren, und mit dem Wegfallen der Süße *Saidins* entschwanden auch die erhöhten Sinneswahrnehmungen, die alles vorher klarer und deutlicher erscheinen ließen. Die Abwesenheit von *Saidin* hinterließ eine nagende Leere in ihm, doch hier würde nur ein kompletter Narr die Bereitschaft zeigen, die Macht zu benützen. Außerdem würde auch nur ein Narr an diesem Ort besser sehen oder riechen oder fühlen wollen.

In einer Zeit, die man nun als das Zeitalter der Legenden bezeichnete, war dies eine idyllische Insel in einem kühlen Meer gewesen, ein beliebter Ort bei jenen, die ländliche Ruhe bevorzugten. Jetzt war es trotz der aufsteigenden Dämpfe bitter kalt. Er beherrschte sich soweit, daß er die Kälte nicht spürte, aber der Instinkt ließ ihn den pelzbesetzten Samtumhang enger um sich zusammenziehen. Sein Atem stand als feiner Dunst vor seinem Mund, kaum sichtbar, bevor ihn die Luft schluckte. Ein paar hundert Wegstunden weiter im Norden bestand die Welt nur noch aus Eis, aber die Erde des Thakan'dar war trocken wie die einer in ewigen Winter gehüllten Wüste.

Es gab hier Wasser, falls man das so nennen konnte, ein trübes Rinnsal, das sich den steinigen Hang neben dem grauen Dach einer Schmiede herunterwand. Drinnen erklangen Hammerschläge, und bei jedem Klirren flammte weißer Lichtschein in den engen Fensteröffnungen auf. Eine zerlumpte Frau kauerte wie ein Häufchen Unglück an der groben Steinwand der Schmiede, ein Baby in den Armen, und ein dürres Mädchen vergrub sein Gesicht im Rock der Frau. Zweifellos waren sie Gefangene, die man von einem Überfall in den Grenzlanden mitgebracht hatte. Aber nur so wenige – da knirschten die Myrddraal vermutlich mit den Zähnen. Ihre Klingen wurden nach einer Weile stumpf und mußten ersetzt werden, gleich, ob man nun die Überfälle in den Grenzlanden eingeschränkt hatte.

Einer der Schmiede trat aus der Hütte; eine massige Menschengestalt mit langsamen Bewegungen, die wie aus Fels gehauen erschien. Diese Schmiede lebten nicht wirklich. Sobald man sie auch nur um weniges vom Schayol Ghul entfernte, verwandelten sie sich zu Stein oder Staub. Sie waren auch nicht Schmiede im Sinne des Worts, denn sie stellten nichts als Schwerter her. Dieser hier hielt mit einer langen Greifzange eine Schwertklinge fest, die bereits einmal abgekühlt war, hell und bleich wie mondbeschienener Schnee. Ob er nun lebte oder nicht, jedenfalls ging der Schmied mit äußerster Sorgfalt vor, als er das schimmernde Metall in den dunklen Bach hielt. Welches Scheinleben ihn auch beseelen mochte, es konnte durch die bloße Berührung dieses Wassers enden. Als er die Klinge wieder herauszog, war sie stumpf schwarz. Doch der Herstellungsprozeß war noch nicht beendet. Der Schmied schlurfte wieder hinein, und plötzlich erklang von drinnen der verzweifelte Schrei eines Mannes.

»Nein! Nein! NEIN!« schrie er, und der Schrei entfernte sich, ohne an Eindringlichkeit zu verlieren, als habe man den Schreienden in unvorstellbare Ferne davongezerrt. Erst jetzt war die Klinge fertig.

Noch einmal trat ein Schmied aus der Hütte – vielleicht der gleiche, vielleicht ein anderer – und riß die Frau grob auf die Füße. Frau, Baby und Kind begannen zu wehklagen, doch er entriß ihr das Baby und legte es dem Mädchen in die Arme. Erst jetzt erwachte ein wenig Widerstandsgeist in der Frau. Weinend trat sie wild zu und krallte nach dem Schmied. Der zeigte sich genauso beeindruckt wie ein Steinklotz. Das Schreien der Frau verstummte, sobald sie drinnen war. Die Hämmer begannen wieder mit ihrem Dröhnen und Klirren und übertönten das Schluchzen der Kinder.

Eine Klinge fertig, eine in der Fertigstellung begriffen und zwei weitere, die noch geschmiedet werden mußten. Demandred hatte noch bei keinem Besuch zuvor weniger als fünfzig Gefangene in der Schlange stehen sehen, um ihr Scherflein zum Gelingen der Pläne des Großen Herrn der Dunkelheit beizutragen. Die Myrddraal hatten allen Grund, auf die Zähne zu beißen.

»Trödelt Ihr etwa, wenn man Euch zum Großen Herrn gerufen hat?« Die Stimme klang, als zerbröckle verrottetes Leder.

Demandred wandte sich gemächlich um. Was fiel diesem Halbmenschen nur ein, ihn in diesem Tonfall anzusprechen? Doch dann blieben ihm die strafenden Worte im Halse stecken. Das lag nicht an dem augenlosen Blick in diesem leichenblassen Gesicht. Der Blick eines Myrddraal erweckte Furcht in den Herzen aller Männer, doch er hatte die Furcht schon lange aus seinem eigenen verbannt. Nein, es lag an der schwarzgekleideten Gestalt selbst. Ein Myrddraal war etwa so groß wie ein hochgewachsener Mann, die schlangengleiche Nachbildung eines Menschen und einem solchen so ähnlich, als habe man sie in derselben Gußform hergestellt. Doch dieser hier war noch um einiges größer.

»Ich bringe Euch zum Großen Herrn«, sagte der Myrddraal. »Ich heiße Schaidar Haran.« Er wandte sich ab und begann, den Abhang emporzuklimmen. Seine Bewegungen waren flüssig und geschmeidig wie die einer Schlange. Sein tuscheschwarzer Umhang hing ihm unnatürlich starr und ohne auch nur eine Falte vom Rücken.

Demandred zögerte, bevor er ihm hinterherklomm. Die Namen der Halbmenschen kamen immer aus der zungenbrecherischen Sprache der Trollocs. ›Schaidar Haran‹ dagegen kam aus einer Sprache, die man heutzutage als die ›Alte Sprache‹ bezeichnete. Er bedeutete: ›Hand der Dunkelheit‹. Eine weitere Überraschung, und Demandred liebte Überraschungen nicht, am wenigsten hier am Schayol Ghul.

Der Eingang in den Berg hätte auch einer der verstreuten Risse sein können, aber es kaum weder Rauch noch Dampf heraus. Er klaffte weit genug, um zwei Männern nebeneinander Einlaß zu gewähren, doch der Myrddraal blieb vor ihm. Der Weg senkte sich gleich hinter dem Eingang ab und führte hinunter. Der Boden des Tunnels war von unzähligen Schritten abgewetzt und glänzte wie glasierte Fliesen. Die Kälte verflog, als Demandred Schaidar Harans breitem Rücken immer weiter hinunter folgte, und machte einer zunehmend intensiveren Hitze Platz. Demandred war sich der Hitze bewußt, ließ sich aber nicht davon berühren. Ein blasser Lichtschein ging von dem Felsgestein aus und erfüllte den Tunnel, heller als das ewige Zwielicht draußen. Unregelmäßig geformte Zapfen hingen von der Decke herab, zum Zuschnappen bereite steinerne Zähne. Das Gebiß des Großen Herrn, das die Untreuen oder den Verräter zerreißen würde. Selbstverständlich waren sie nicht natürlichen Ursprungs, aber sie erreichten ihren Zweck.

Mit einemmal bemerkte er etwas. Jedesmal, wenn er diesen Weg zuvor zurückgelegt hatte, hatten diese Zapfen beinahe seinen Kopf gestreift. Jetzt befanden sie sich zwei Handbreit oder mehr über dem Kopf des Myrddraal. Das überraschte ihn. Nicht, daß sich die Höhe des Tunnels geändert hatte, denn hier war das Ungewöhnliche an der Tagesordnung, sondern der zusätzliche Freiraum, der dem Halbmenschen gewährt worden war. Der Große Herr gab dem Myrddraal genau wie den Menschen seine Fingerzeige. Dieser Freiraum war etwas, dessen man sich erinnern sollte.

Der Tunnel weitete sich plötzlich, und er stand auf einem weiten Felsvorsprung über einem See aus geschmolzenem Stein, rot mit schwarzen Flecken, über dem mannshohe Flammen tanzten, erstarben und dann wieder aufzüngelten. Es gab kein Dach – nur ein großes, klaffendes Loch durch den ganzen Berg nach oben hin, und darüber zeigte sich ein Himmel, der nicht der Himmel über Thakan'dar war. Dagegen wirkte der Thakan'dars beinahe normal. Wolken aus wild gemusterten Schichten rasten vorbei, als würden sie vom stärksten aller Stürme, den die Welt je erlebt hatte, vorwärtsgepeitscht. Diesen Ort hier nannten die Menschen den Krater des Verderbens, und nur wenige wußten, daß er diese Bezeichnung wirklich verdient hatte.

Selbst nach so vielen Besuchen hier – der erste lag nun über dreitausend Jahre zurück – empfand Demandred etwas wie Ehrfurcht. Hier konnte er den Stollen spüren, dieses Loch, das man vor so langer Zeit bis zum Gefängnis des Großen Herrn vorangetrieben hatte, in dem er seit dem Augenblick der Schöpfung festgehalten worden war. Hier überwältigte ihn die Gegenwart des

Großen Herrn. Körperlich befand er sich dem Stollen keineswegs näher als an irgendeinem anderen Ort auf der Welt, aber das Muster war hier so dünn, daß ihm ermöglicht wurde, sie innerlich wahrzunehmen.

Demandred war einem Lächeln so nahe, wie ihm das nur möglich war. Was für Idioten das doch waren, die sich dem Großen Herrn entgegenstellten! O ja, der Stollen war noch verschlossen, aber nicht mehr so undurchdringlich wie zu jener Zeit, da er aus seinem langen Schlaf erwacht und aus seinem Kerker tief unten entschlüpft war. Verschlossen, aber trotzdem war er größer als bei seinem Erwachen. Allerdings nicht so groß wie damals, als man ihn zusammen mit seinen Verbündeten am Ende des Kriegs um die Macht hineingeworfen hatte. Doch bei jedem Besuch seit dem Erwachen war der Stollen ein wenig größer gewesen. Bald würde der Verschluß ganz verschwinden, und der Große Herr konnte endlich wieder die ganze Welt ergreifen. Bald würde der Tag der Rückkehr anbrechen. Und er würde für alle Ewigkeit die Welt regieren. Unter dem Großen Herrn natürlich. Und natürlich gemeinsam mit den anderen der Auserwählten, die bis dahin überlebten.

»Ihr dürft jetzt gehen, Halbmensch.« Er wollte dieses Ding nicht hier dabeihaben, wenn ihn die Ekstase überkam. Die Ekstase und der Schmerz.

Schaidar Haran rührte sich nicht.

Demandred öffnete den Mund – und in seinem Kopf explodierte die Stimme: DEMANDRED!

Das als Stimme zu bezeichnen war, als bezeichne man einen Berg als Kieselstein. Sie zerquetschte ihn beinahe, explodierte im Innern seines Schädels und füllte ihn gleichzeitig mit Verzückung. Er sank auf die Knie nieder. Der Myrddraal stand da und beobachtete ihn leidenschaftslos, doch da diese Stimme seinen ganzen Verstand erfüllte, nahm er das Ding nur am Rande wahr.

DEMANDRED. WIE STEHT ES UM DIESE WELT?

Er war sich niemals sicher, wieviel der Große Herr tatsächlich von der Welt wußte. Er war oft sowohl von Unkenntnis wie auch vom Wissensstand des Großen Herrn überrascht worden. Doch ihm war vollkommen klar, worauf er jetzt hinauswollte.

»Rahvin ist tot, Großer Herr. Gestern.« Es schmerzte. Wenn Euphorie zu stark wurde, wandelte sie sich in Schmerz. Seine Arme und Beine zuckten. Jetzt schwitzte er. »Lanfear ist spurlos verschwunden, genau wie Asmodean. Und Graendal sagt, Moghedien sei zu ihrem vereinbarten Treffen nicht erschienen. Das war auch gestern, Großer Herr. Ich glaube nicht an Zufälle.«

DIE AUSERWÄHLTEN SCHWINDEN DAHIN, DEMANDRED. DIE SCHWACHEN FALLEN VON MIR AB. WER MICH VERRÄT, WIRD DEN ENDGÜLTIGEN TOD STERBEN. ASMODEAN, VON SEINEN SCHWÄCHEN AUFGEZEHRT. RAHVIN TOT, WEIL ER ZU STOLZ WAR. ER DIENTE MIR GUT, DOCH SELBST ICH KANN IHN NICHT VOR DEM BAALSFEUER RETTEN. SELBST ICH KANN MICH NICHT AUßERHALB DER ZEIT BEGEBEN. Einen Augenblick lang erfüllte ein schrecklicher Zorn diese entsetzliche Stimme, und dazu – konnte das Niedergeschlagenheit sein? Nur einen kurzen Augenblick. VON MEINEM URALTEN FEIND GETÖTET, DEN MAN DEN DRACHEN NENNT. WÜRDEST DU IN MEINEM DIENST DAS BAALSFEUER VERWENDEN, DEMANDRED?

Demandred zögerte. Ein Schweißtropfen rollte einen Fingerbreit weit seine Wange hinunter. Das schien eine Stunde gedauert zu haben. Ein Jahr lang während des Kriegs um die Macht hatten beide Seiten Baalsfeuer benützt. Bis sie die Folgen begriffen hatten. Ohne eine offizielle Einigung oder einen Waffenstillstand – es hatte niemals einen Waffenstillstand oder auch nur Gnade in diesem Kampf gegeben – hatten beide Seiten einfach damit aufgehört. In diesem Jahr waren ganze Städte im Baalsfeuer vergangen, hunderttausende von Fäden im Muster verbrannt, die Wirklichkeit selbst beinahe aufgelöst und dem Punkt nahegekommen, an dem die Welt und das ganze Universum sich wie Nebel verflüchtigten. Falls das Baalsfeuer noch einmal losgelassen wurde, mochte es keine Welt mehr geben, die er hätte regieren können.

Noch eine Erkenntnis stieß ihm unangenehm auf. Der Große Herr wußte bereits, wie Rahvin ums Leben gekommen war. Und er schien auch mehr über Asmodean zu wissen, als er selbst. »Wie Ihr befehlt, Großer Herr, so werde ich gehorchen.« Seine Muskeln mochten zucken, doch die Stimme klang felsenfest. An seinen Knien bildeten sich bereits Blasen vom heißen Felsboden, doch seine Haut hätte ebensogut einem anderen gehören können.

DAS WERDET IHR.

»Großer Herr, der Drache kann durchaus vernichtet werden.« Ein toter Mann konnte kein Baalsfeuer mehr verwenden, und dann würde der Große Herr vielleicht einsehen, daß es nicht mehr notwendig sei. »Er weiß nicht viel und ist schwach. Seine Aufmerksamkeit gilt einem Dutzend verschiedener Dinge gleichzeitig. Rahvin war ein eingebildeter Narr. Ich … «

WOLLT IHR DER NAE'BLIS WERDEN?

Demandreds Zunge erstarrte. Nae'blis. Derjenige, der nur eine einzige Stufe unterhalb des Großen Herrn stand und selbst über alle anderen herrschte. »Ich möchte Euch lediglich dienen, Großer Herr, auf welche Art auch immer.« Nae'blis.

DANN LAUSCHT UND DIENT. HÖRT, WER STERBEN UND WER LEBEN WIRD.

Demandred schrie, als die Stimme über ihm zusammenschlug. Freudentränen liefen ihm über die Wangen.

Unbewegt sah der Myrddraal zu.

»Hört auf mit der Herumzappelei.« Nynaeve warf gereizt den langen Zopf über ihre Schulter. »Das klappt nicht, wenn Ihr herumzappelt wie Kinder, die es juckt.«

Keine der beiden Frauen, die ihr an dem Korbtisch gegenübersaßen, schien älter als sie selbst zu sein, obwohl sie in Wirklichkeit etwa zwanzig Jahre mehr zählten, und sie zappelten auch nicht wirklich, aber Nynaeve war einfach der Hitze wegen gereizt. In dem kleinen fensterlosen Raum bekam man Platzangst. Sie war schweißnaß; die beiden dagegen wirkten kühl und trocken. Leane in ihrem Domanikleid aus viel zu dünner, blauer Seide zuckte lediglich die Achseln. Die hochgewachsene Frau mit dem kupfernen Teint schien über unendlich viel Geduld zu verfügen. Normalerweise. Siuan dagegen, blond und kräftig, zeigte nur selten welche.

Nun knurrte Siuan und zupfte gereizt ihren Rock zurecht. Sonst trug sie meist recht einfache Kleidung, aber heute morgen hatte sie ein Gewand aus feinem gelben Leinen an, das um den beinahe etwas zu tiefen Ausschnitt herum mit tairenischer Labyrinthstickerei verziert war. Ihre blauen Augen blickten so kalt wie Wasser aus einer tiefen Quelle. So kalt jedenfalls Wasser aus einer tiefen Quelle gewesen wäre, hätte das Wetter nicht so verrückt gespielt. Sie hatte wohl die Kleider gewechselt, nicht aber die Augen. »Es klappt so und so nicht«, fauchte sie. Ihre typische Art zu sprechen hatte sich auch nicht geändert. »Man kann einen Rumpf nicht abdichten, wenn das ganze Boot verbrannt ist. Nun, es ist reine Zeitverschwendung, aber ich habe es versprochen, also weiter damit. Leane und ich haben noch mehr Arbeit.« Die beiden leiteten das Netz der Augen-und-Ohren dieser Aes Sedai in Salidar, der Spione, die Berichte darüber sandten, was sich in der Welt so tat und welche Gerüchte man draußen in der Welt vernahm.

Nynaeve strich ihren Rock glatt, um sich ein wenig

zu beruhigen. Ihr Kleid war aus einfacher weißer Wolle gefertigt und hatte am Saum sieben Farbstreifen, einen für jede Ajah. Das Kleid einer Aufgenommenen. Das ärgerte sie mehr, als sie sich je vorgestellt hatte. Sie hätte soviel lieber das grüne Seidenkleid angezogen, das sie weggepackt hatte. Sie gab ja, wenigstens insgeheim, zu, daß sie in letzter Zeit Gefallen an schönen Kleidern gefunden hatte, aber für speziell dieses hatte sie sich nur aus Gründen der Bequemlichkeit entschieden, denn es war dünn und leicht, und nicht etwa, weil Grün zu Lans Lieblingsfarben zu gehören schien. Absolut nicht deswegen. Träumereien der übelsten Sorte. Eine Aufgenommene, die irgend etwas anderes als das umsäumte weiße Kleid trug, würde sehr schnell feststellen, daß es für sie noch ein langer Weg bis zur Aes Sedai war! Entschlossen verdrängte sie alle Gedanken an Kleidung. Sie war nicht hier, um davon zu träumen, sich herauszuputzen. Ihm gefiel auch Blau. Nein!

Vorsichtig griff sie mit der Einen Macht zu, erst bei Siuan und dann bei Leane. Auf gewisse Weise gebrauchte sie die Macht überhaupt nicht richtig. Sie konnte sie ja nicht lenken, wenn sie nicht gerade zornig war, konnte noch nicht einmal die Wahre Quelle spüren. Doch es kam auf dasselbe heraus. Dünne Fäden von *Saidar*, der weiblichen Hälfte der Wahren Quelle, tasteten sich, so, wie sie sie webte, durch die beiden Frauen.

An ihrem linken Arm trug Nynaeve ein schmales Armband, ein einfaches Gliederband aus Silber. Hauptsächlich aus Silber jedenfalls, und es stammte aus einer ganz bestimmten Quelle, obwohl das im Grunde keine Rolle spielte. Es war, abgesehen von ihrem Großen Schlangenring, das einzige Schmuckstück, das sie trug. Man brachte die Aufgenommenen auf ziemlich eindeutige Weise davon ab, viel Schmuck zu tragen. Eine dazu passende Halskette schmiegte sich eng um den Hals der vierten Frau im Raum, die auf einem Hocker an der rauh verputzten Wand saß und die Hände im Schoß gefaltet hatte. Sie trug grobe braune Wollkleidung wie eine Bauersfrau, hatte auch das verbrauchte aber robuste Gesicht einer Bäuerin, doch bei ihr war kein Schweißtropfen zu sehen. Sie bewegte auch nicht einen Muskel; nur ihre dunklen Augen beobachteten alles. In Nynaeves Sicht war sie vom Glühen *Saidars* umgeben, aber es war Nynaeve, die diese Stränge dirigierte. Arm- und Halsband schufen ein Bindeglied zwischen ihnen, ganz ähnlich, wie die Aes Sedai sich verknüpften, um ihre Kräfte miteinander zu vereinen. Elaynes Meinung nach hatte das etwas mit »absolut identischen Mustern« zu tun, und ihre weiteren Erklärungen waren dann wirklich unverständlich gewesen. Nynaeve glaubte in Wirklichkeit nicht, daß Elayne auch nur halb soviel verstand, wie sie vorgab. Was sie selbst betraf, verstand Nynaeve überhaupt nichts, außer, daß sie eben jedes Gefühl der Frau mitempfand, die Frau selbst ›fühlte‹, aber nur in einem Winkel ihres Verstands, und daß sie es war, die den Gebrauch der Macht durch die andere kontrollierte. Manchmal glaubte sie, es sei vielleicht besser, wenn die Frau auf dem Hocker nicht mehr lebte. Einfacher auf jeden Fall. Sauberer.

»Es ist etwas zerrissen oder zerschnitten worden«, sagte Nynaeve nachdenklich und wischte sich abwesend den Schweiß vom Gesicht. Es war nur ein ganz verschwommener Eindruck, fast gar nicht zu bemerken, aber es war das erste Mal, daß sie überhaupt mehr als nur Leere vorgefunden hatte. Es konnte natürlich auch Einbildung sein, Wunschdenken, weil sie unbedingt etwas finden wollte, gleich was.

»Abtrennen«, sagte die Frau auf dem Hocker. »So hat man das bezeichnet, was Ihr nun eine Dämpfung nennt.«

Drei Köpfe drehten sich zu ihr herum, und drei Augenpaare blickten sie wütend an. Siuan und Leane waren Aes Sedai gewesen, bis man sie während des Umsturzes in der Weißen Burg einer Dämpfung unterzogen hatte und Elaida zum Amyrlin-Sitz gewählt worden war. Dämpfung. Alle Schwingungen der Einen Macht verflacht, unterdrückt, abgeschnitten. Das Wort konnte einen schaudern lassen. Niemals mehr die Macht lenken. Und sich trotzdem immer daran erinnern und sich des Verlustes bewußt sein. Ständig die Wahre Quelle fühlen und dabei wissen, daß man sie nie wieder berühren wird. Man konnte die Wirkung einer Dämpfung genausowenig abheilen wie den Tod.

Das glaubte jedenfalls jeder, aber Nynaeves Meinung nach sollte die Eine Macht in der Lage sein, alles zu heilen – bis eben auf den Tod. »Falls Ihr etwas Nützliches beizutragen habt, Marigan«, sagte sie in scharfem Ton, »dann sagt es. Falls nicht, haltet den Mund.«

Marigan wich zurück und drückte sich gegen die Wand. Ihre Augen glitzerten, und ihr Blick war auf Nynaeve gerichtet. Furcht und Haß quollen durch das Armband zu Nynaeve herüber, aber das war in gewissem Maße immer so. Gefangene hatten gewöhnlich nicht viel für die übrig, die sie gefangengenommen hatten, sogar – vielleicht gerade darum – wenn ihnen klar war, daß sie die Gefangenschaft oder noch schlimmeres verdient hatten. Das Problem war nur, daß Marigan ebenso behauptete, das Abtrennen – die Dämpfung – sei nicht heilbar. O ja, sie behauptete wohl, im Zeitalter der Legenden habe man praktisch alles bis auf den Tod geheilt, und was die Gelben Ajah nun als Heilen bezeichneten, sei nur ein schwacher Abklatsch früherer Kenntnisse, so, als versorge man nur schnell und provisorisch die vielen Verwundeten auf einem Schlachtfeld. Aber wenn man Einzelheiten aus ihr herausbekommen wollte, oder wenigstens ein paar Andeutungen, dann stieß man ins Leere. Marigan verstand genausoviel vom Heilen wie Nynaeve von der Arbeit eines Schmieds – daß man nämlich Metall zwischen glühende Kohlen steckte und dann mit einem Hammer draufschlug. Das reichte bestimmt nicht, um auch nur ein Hufeisen herzustellen. Oder irgend etwas Schlimmeres als eine Prellung zu heilen.

Nynaeve drehte sich auf ihrem Stuhl wieder herum und musterte Siuan und Leane. Tagelang ging das nun schon. Wann immer sie die beiden aus ihrer übrigen Arbeit reißen konnte, hatten sie sich hier getroffen, aber erfahren hatte sie dadurch nichts. Mit einemmal wurde ihr bewußt, daß sie nervös an dem Armband herumspielte. Was sie auch immer dadurch gewann: Sie haßte es, mit der anderen Frau verknüpft zu sein. Diese Intimität empfand sie als widerlich. *Vielleicht kann ich auf diese Art wenigstens etwas erfahren,* dachte sie. *Und wenn nicht, kommt es auf dasselbe heraus wie alles bisher.*

Vorsichtig löste sie das Armband von ihrem Handgelenk – der Verschluß war völlig unauffindbar, wenn man nicht wußte, wie er funktionierte – und reichte es Siuan. »Legt das an.« Es war bitter, die Beherrschung der Macht so aus der Hand zu geben, aber sie mußte das jetzt durchziehen. Und diese Gefühlsaufwallungen loszuwerden war wie ein reinigendes Bad. Marigans Blick folgte wie hypnotisiert dem schmalen Silberband.

»Warum?« wollte Siuan wissen. »Ihr sagt mir erst, dieses Ding funktioniere nur, wenn ... «

»Legt es einfach an, Siuan.«

Siuan blickte sie zuerst unwillig an – Licht, diese Frau konnte vielleicht stur sein – und schloß dann doch das Armband um ihr Handgelenk. Augenblicklich nahm ihr Gesicht einen staunenden Ausdruck an, und anschließend zog sie die Augen zusammen und sah Marigan dabei an. »Sie haßt uns, doch das war mir schon klar. Und da ist auch Furcht und ... Erschrecken. Sie läßt sich nicht das geringste anmerken, aber sie ist beinahe zu Tode erschrocken. Ich denke, sie glaubte vorher nicht, daß ich dieses Ding auch benutzen kann.«

Marigan verlagerte unruhig ihr Gewicht. Bisher

konnten nur zwei von denen, die von ihr wußten, das Armband benützen. Vier würden noch erheblich mehr unangenehme Fragen mit sich bringen. Oberflächlich betrachtet, schien sie in vollem Maße zur Zusammenarbeit bereit, doch was mochte sie wohl verbergen? Soviel sie nur konnte, da war Nynaeve sicher.

Seufzend schüttelte Siuan den Kopf. »Und ich kann nicht. Ich sollte doch in der Lage sein, durch sie die Quelle zu berühren, stimmt's? Also, es geht nicht. Eher könnte ein Schwein lernen, auf einen Baum zu klettern. Ich bin der Dämpfung unterzogen worden, und damit hat sich's. Wie bekommt man das Ding wieder ab?« Sie fummelte an dem Armband herum. »Verdammt, wie geht das nur wieder ab?«

Sanft legte Nynaeve eine Hand auf die Siuans, mit der sie am Armband herummachte. »Begreift Ihr denn nicht? Das Armband funktioniert nicht bei einer Frau, die mit der Macht nicht umgehen kann, genausowenig wie das Halsband in diesem Fall. Wenn ich eines davon einer der Köchinnen anlegte, wäre es nicht mehr als ein hübsches Schmuckstück für sie.«

»Köchinnen oder nicht«, sagte Siuan, als sei die Diskussion damit für sie beendet, »ich kann jedenfalls die Macht nicht mehr ergreifen. Man hat mich der Dämpfung unterzogen.«

»Aber es gibt da etwas, das man heilen kann«, widersprach ihr Nynaeve. »Sonst hättet Ihr durch das Armband überhaupt nichts spüren können.«

Siuan riß ihren Arm los und streckte ihn Nynaeve mit dem Handgelenk voraus hin. »Nehmt es ab.«

Nynaeve schüttelte den Kopf, als sie dem Wunsch nachkam. Manchmal konnte Siuan genauso stur sein wie ein Mann!

Als sie Leane das Armband hinhielt, streckte die Domanifrau ihr den Arm voller Eifer entgegen. Leane tat gewöhnlich, genau wie Siuan, als mache ihr der Verlust der Macht nicht viel aus, aber das wirkte nicht immer. Angeblich gab es nur eine Möglichkeit, die Auswirkungen einer Dämpfung zu überleben, wenn man nämlich etwas fand, um das ganze Leben auszufüllen, die Leere zu füllen, die die Eine Macht hinterlassen hatte. Für Siuan und Leane bestand das im Moment darin, ihr gesamtes Agentennetz auszubauen und zu leiten, und, was noch wichtiger war, zu versuchen, die Aes Sedai hier in Salidar zu überzeugen, daß sie Rand al'Thor als den Wiedergeborenen Drachen unterstützen mußten. Aber die Aes Sedai durften von dieser Absicht nichts merken. Die Frage war nur, ob das auf die Dauer ausreichen würde. Die Bitterkeit auf Siuans Miene und die Freude auf der Leanes, als sich das Armband um ihr Handgelenk schloß, sprachen eine deutliche Sprache. Vielleicht konnte nichts jemals diese Leere füllen.

»Oh, ja.« Leane hatte eine äußerst knappe Art zu sprechen. Allerdings nicht, wenn sie mit Männern sprach. Schließlich war sie eine Domani, und in letzter Zeit machte sie, was das betraf, alles wieder gut, was sie in ihrer Zeit in der Burg versäumt hatte. »Ja, sie ist wirklich wie betäubt, nicht wahr? Allerdings fängt sie sich jetzt allmählich wieder.« Ein paar Augenblicke lang saß sie schweigend da und betrachtete nachdenklich die Frau auf dem Hocker. Marigan blickte mißtrauisch zurück. Schließlich zuckte Leane die Achseln. »Ich kann die Quelle auch nicht berühren. Und ich habe versucht, sie den Stich eines Flohs am Knöchel spüren zu lassen. Wenn das geklappt hätte, wäre irgendeine Reaktion bei ihr spürbar gewesen.« Das war eine weitere Anwendungsmöglichkeit des Armbands: Man konnte die Frau mit dem Halsband körperliche Empfindungen spüren lassen. Nur die Empfindungen – es hinterließ keine äußeren Spuren, keine wirklichen Verletzungen –, doch als Marigan ein- oder zweimal die Empfindungen kräftiger Prügel hatte spüren müssen, hatte sie sich entschlossen, am besten mitzuspielen. Die

Alternative wäre eine schnelle Gerichtsverhandlung gewesen, mit anschließender Hinrichtung.

Trotz des Fehlschlags schaute Leane genau hin, als Nynaeve das Armband öffnete und es wieder um ihr eigenes Handgelenk schloß. Wie es schien, hatte wenigstens sie den Gedanken noch nicht vollständig aufgegeben, eines Tages wieder die Macht lenken zu können.

Es war herrlich, die Eine Macht wieder zu spüren. Nicht so schön natürlich, wie selbst *Saidar* in sich aufzunehmen, sich davon erfüllen zu lassen, aber sogar das Gefühl, durch die andere Frau die Quelle zu berühren, wirkte so, als verdopple sich dadurch die Lebenskraft. Wenn man *Saidar* in sich aufnahm, wollte man am liebsten vor reiner Freude lachen und tanzen. Sie rechnete damit, daß sie sich eines Tages daran gewöhnt haben würde; das mußte ja bei einer fertigen Aes Sedai so sein. Im Vergleich dazu war das Verknüpfen mit Marigan ein geringer Preis, den sie zu zahlen hatte. »Jetzt, da wir wissen, daß es eine Chance für Euch gibt«, sagte sie, »glaube ich … «

Die Tür schlug auf, und Nynaeve war auf den Füßen, noch bevor sie es richtig wahrgenommen hatte. Sie dachte gar nicht daran, die Macht zu gebrauchen. Wäre ihre Kehle nicht wie zugeschnürt gewesen, hätte sie laut geschrien. Sie war nicht die einzige. Sie registrierte aber kaum, daß auch Siuan und Leane aufgesprungen waren. Die Angst, die sich durch das Armband in sie ergoß, schien ein Echo ihrer eigenen.

Die junge Frau, die nun die abgewetzte Holztür hinter sich schloß, nahm gar keine Notiz von dem Aufruhr, den sie ausgelöst hatte. Groß und hoch aufgerichtet, im weißen Kleid einer Aufgenommenen, die sonnengoldenen Locken bis auf die Schultern herabhängend, wirkte sie, als wolle sie vor Wut in die Luft gehen. Aber trotz des vom Zorn verzerrten Gesichts und der Schweißtropfen, die ihr von der Stirn rannen, brachte sie es irgendwie noch fertig, schön auszusehen. Das war bei

Elayne eine besondere Gabe. »Wißt Ihr, was sie vorhaben? Sie schicken doch tatsächlich eine Gesandtschaft nach … nach Caemlyn! Und sie weigern sich, mich mitzunehmen! Sheriam hat mir *verboten,* das Thema noch einmal zu erwähnen! Verbot mir, überhaupt davon zu sprechen!«

»Hat man dir das Anklopfen nicht beigebracht, Elayne?« Nynaeve zog ihren umgekippten Stuhl wieder hoch und setzte sich. Das heißt, sie ließ sich mit weichen Knien erleichtert auf den Stuhl fallen. »Ich dachte schon, Sheriam sei gekommen.« Der bloße Gedanke an ein Ertappen verursachte ihr Magenschmerzen.

Man mußte es Elayne hoch anrechnen, daß sie errötete und sich sofort entschuldigte. Dann verdarb sie den Eindruck jedoch wieder, indem sie hinzufügte: »Ich weiß gar nicht, warum ihr so schreckhaft seid. Birgitte steht ja noch draußen, und ihr wißt genau, daß sie euch warnen würde, falls sich jemand anderes nähert. Nynaeve, sie *müssen* mich einfach mitnehmen!«

»Sie *müssen* überhaupt nichts tun«, sagte Siuan mürrisch. Auch sie und Leane hatten sich wieder hingesetzt. Siuan saß gerade aufgerichtet da, wie immer, aber Leane sank, wie Nynaeve, mit zitternden Knien in sich zusammen. Marigan hatte sich an die Wand gelehnt, die Augen geschlossen, die Hände gegen den rauhen Verputz gepreßt, und sie atmete schwer. Durch das Armband wogten abwechselnd Erleichterung und blanke Angst zu Nynaeve hinüber.

»Aber … «

Siuan gestattete Elayne kein weiteres Wort. »Glaubt Ihr, Sheriam oder eine der anderen würden zulassen, daß die Tochter Erbin von Andor in die Hände des Wiedergeborenen Drachen fällt? Da nun Eure Mutter nicht mehr lebt … «

»Das glaube ich nicht!« fauchte Elayne.

»Ihr glaubt nicht, daß Rand sie getötet hat«, fuhr

Siuan unnachgiebig fort, »und das ist auch eine ganz andere Angelegenheit. Ich glaube es auch nicht. Aber wäre Morgase noch am Leben, käme sie jetzt aus ihrem Versteck und würde ihm als dem Wiedergeborenen Drachen huldigen. Oder sie würde, sollte sie ihn trotz aller Beweise für einen weiteren falschen Drachen halten, den Widerstand organisieren. Keine meiner Augen-und-Ohren hat mir bisher von einem der beiden berichtet. Und das gilt nicht nur für Andor, sondern auch für Altara und Murandy.«

»*Doch*, haben sie«, beharrte Elayne zäh. »Es gibt bereits Aufstände im Westen.«

»Gegen Moiraine. *Gegen*. Falls das nicht auch bloß ein Gerücht ist.« Siuans Stimme klang so gefühllos wie ein Steinklotz. »Eure Mutter ist tot, Mädchen. Am besten gesteht Ihr euch das endlich ein und bringt Eure Tränen hinter Euch.«

Elaynes Kinn ruckte hoch, eine äußerst unangenehme Eigenheit bei ihr, und sie wurde zum Abbild eisiger Arroganz, obwohl die meisten Männer das aus irgendeinem Grund wohl attraktiv fanden. »Ihr beklagt Euch ständig, wie lange es dauert, mit allen Euren Agenten in Verbindung zu kommen«, sagte sie kühl, »aber ich werde ausnahmsweise nicht in Betracht ziehen, ob Ihr wirklich alles gehört haben könnt, was es zu berichten gibt. Ob meine Mutter nun noch lebt oder nicht, *mein* Platz ist jetzt jedenfalls in Caemlyn. Ich *bin* nun einmal die Tochter Erbin.«

Siuans lautes Schnauben ließ Nynaeve hochfahren. »Ihr seid nun lange genug eine Aufgenommene, um es besser zu wissen.« Elayne besaß ein Potential, wie man es in den letzten tausend Jahren nicht mehr erlebt hatte. Nicht ganz soviel wie Nynaeve, falls die jemals lernte, ganz nach Belieben die Macht zu benützen, aber doch genug, daß jeder Aes Sedai die Augen feucht wurden. Elayne rümpfte die Nase. Sie wußte sehr wohl: Selbst noch vom Löwenthron hätten sie die Aes Sedai herunter und zur Ausbildung weggeholt. Zur Not hätten sie sie in ein Faß gesteckt und nach Tar Valon gerollt. Trotzdem wollte sie widersprechen, doch Siuan redete genauso schnell weiter: »Sicher, sie hätten nichts dagegen, wenn Ihr früher oder später den Thron besteigt, denn es hat schon viel zu lange keine Königin mehr gegeben, die sich ganz offen zu den Aes Sedai bekannte. Aber sie lassen Euch nicht gehen, bevor Ihr zur fertigen Schwester erhoben worden seid, und selbst dann – gerade *weil* Ihr die Tochter Erbin seid und bald Königin werdet – lassen sie Euch nicht in die Nähe des verdammten Wiedergeborenen Drachen, bis sie wissen, inwieweit sie ihm vertrauen können. Vor allem, nach dieser … *Amnestie,* die er erlassen hat.« Sie verzog säuerlich den Mund bei diesem Wort, und Leane schnitt eine Grimasse dazu.

Auch Nynaeve lief es eiskalt den Rücken herab. Sie war in dem Glauben aufgewachsen, einen Mann fürchten zu müssen, der die Eine Macht benützen konnte, weil er dazu bestimmt war, dem Wahnsinn zu verfallen, und, bevor die vom Schatten verdorbene männliche Hälfte der Quelle ihn auf entsetzliche Art tötete, noch Angst und Schrecken auf der ganzen Welt verbreiten würde. Doch nun war Rand, den sie hatte aufwachsen sehen, der Wiedergeborene Drache, geboren zum Zeichen dafür, daß die Letzte Schlacht nahte, und in dieser Schlacht sollte er gegen den Dunklen König antreten. Der Wiedergeborene Drache, die einzige Hoffnung der Menschheit – und ein Mann, der die Macht benützen konnte. Noch schlimmer: Berichten zufolge bemühte er sich, andere mit dieser Eigenschaft um sich herum zu sammeln. Natürlich konnte es nicht viele dieser Sorte geben. Jede Aes Sedai würde einen jeden davon einfangen, der ihr über den Weg lief – die Roten Ajah taten ja nichts anderes, als nach ihnen zu suchen –, aber sie spürten nur wenige auf, viel weniger jedenfalls als früher, wenn man den Chroniken glaubte.

Elayne dachte aber nicht daran, aufzugeben. Das war nun wieder bewundernswert an ihr: Sie würde nicht aufgeben, und läge ihr Kopf auch schon auf dem Richtblock unter der niedersausenden Axt des Henkers. Sie stand mit vorgestrecktem Kinn da und blickte Siuan geradewegs in die Augen, was Nynaeve oft ziemlich schwer fiel. »Es gibt zwei eindeutige Gründe, warum ich gehen sollte. Einmal ist es so, daß meine Mutter auf jeden Fall fort ist, was auch mit ihr geschehen sein mag, und als die Tochter Erbin kann ich die Menschen beruhigen und ihnen klarmachen, daß die Thronfolge gesichert ist. Und dann kann ich zu Rand gehen. Er vertraut mir. Ich wäre viel besser dafür geeignet als jede, die vom Saal für diese Aufgabe erwählt wird!«

Die Aes Sedai hier in Salidar hatten ihren eigenen Burgsaal, ihre Ratsversammlung also, gewählt, einen Saal im Exil, so wie die Dinge lagen. Sie brüteten angeblich nun über der Frage, wen sie zu ihrer neuen Amyrlin wählen sollten, einer rechtmäßigen Amyrlin, die Elaidas Anspruch auf den Titel und die Burg bestreiten würde, aber bisher hatte Nynaeve noch nicht viel davon bemerkt.

»Wie freundlich von Euch, Kind, daß Ihr Euch opfern wollt«, bemerkte Leane trocken. Elaynes Gesichtsausdruck änderte sich nicht, doch sie lief puterrot an. Nur wenige außerhalb dieses Raums und keine einzige Aes Sedai wußten Bescheid, aber Nynaeve zweifelte nicht daran, daß Elaynes erste Handlung in Caemlyn sein werde, sich mit Rand allein zurückzuziehen und ihn zu küssen, bis ihm die Luft wegblieb. »Da Eure Mutter … verschollen ist … würde Rand Euch haben und Caemlyn sowieso, und damit ganz Andor. Der Rat will ihm nicht mehr von Andor oder irgendeinem anderen Land überlassen als unbedingt notwendig, soweit sie das beeinflussen können. Er hat ja schon Tear und Cairhien in der Tasche, und dazu noch die Aiel, wie es scheint. Fügt Andor hinzu, dann werden Murandy und Altara mit uns mittendrin fallen, sobald er nur einmal niesen muß. Er wird viel zu schnell viel zu mächtig. Er könnte ja zu dem Entschluß kommen, daß er uns nicht braucht. Und da Moiraine tot ist, haben wir niemanden in seiner Nähe, dem wir vertrauen können.«

Bei diesen Worten zuckte Nynaeve unwillkürlich zusammen. Moiraine war die Aes Sedai gewesen, die sie und Rand von den Zwei Flüssen fortgebracht und damit ihre Leben verändert hatte. Sie und Rand, Egwene, Mat und Perrin. So lange schon hatte sie geplant, Moiraine für das bezahlen zu lassen, was sie ihnen angetan hatte. Nun war das Wissen um ihren Verlust ein Gefühl, als habe sie einen Teil ihrer selbst verloren. Aber Moiraine war in Cairhien gestorben und hatte Lanfear mit in den Tod gerissen. Sie wurde bereits unter den Aes Sedai hier zur Legende: die einzige Aes Sedai, die es jemals geschafft hatte, eine der Verlorenen zu töten, vielleicht sogar zwei. Das einzig Gute, das Nynaeve daran finden konnte, auch wenn sie sich dieser Tatsache schämte, war die Befreiung Lans von der Aufgabe, Moiraines Behüter sein zu müssen. Wenn sie ihn nur jemals wiederfinden konnte.

Siuan setzte dort an, wo Leane aufgehört hatte: »Wir können uns nicht leisten, den Jungen ganz und gar ohne Führung zu lassen. Wer weiß schon, was er sonst anstellt? Ja, ja, ich weiß, daß Ihr bereit seid, Euren Kopf für ihn hinzuhalten, aber ich will gar nichts hören. Ich versuche, einen lebenden Barrakuda auf meiner Nase zu balancieren, Mädchen. Wir können ihn nicht zu stark werden lassen, bevor er unsere Führung akzeptiert, und andererseits wagen wir nicht, ihn zu sehr in seiner Bewegungsfreiheit einzuschränken. Und ich bemühe mich, Sheriam und die anderen bei der Überzeugung zu halten, sie müßten ihn unbedingt unterstützen, obwohl insgeheim die Hälfte der Sitzenden nichts mit ihm zu tun haben will, während die anderen im Innersten glauben, er sollte einer Dämpfung unterzogen werden, Wiedergeborener Drache hin oder her. Wie auch immer und welche Argumente Ihr auch haben mögt, schlage ich vor, daß Ihr auf Sheriam hört. Ihr werdet keine hier von ihrer Meinung abbringen, und Tiana hat ohnehin nicht genug Novizinnen hier, um damit voll ausgelastet zu sein.«

Elayne verzog ärgerlich das Gesicht. Tiana Noselle, eine Graue Schwester, war die Herrin der Novizinnen hier in Salidar. Eine Aufgenommene mußte wohl erheblich mehr angestellt haben als eine Novizin, um zu Tiana geschickt zu werden, dann aber war ein solcher Besuch mit erheblich mehr Schmerzen und Demütigung verbunden als üblich. Tiana zeigte gelegentlich einer Novizin gegenüber ein bißchen Freundlichkeit, wenn auch nicht gerade viel; doch war sie der Meinung, eine Aufgenommene sollte auf jeden Fall einiges besser wissen, und das ließ sie ihr Opfer auch spüren, lange bevor es die kleine Kammer, die ihr als Arbeitszimmer diente, wieder verlassen durfte.

Nynaeve hatte Siuan beobachtet, und nun kam ihr ein Gedanke. »Ihr wußtet über diese … Gesandtschaft oder was es auch sein mag … von vornherein Bescheid, oder? Ihr steckt ja beide ständig die Köpfe mit Sheriam und den anderen aus ihrem kleinen Kreis zusammen.« Der Saal mochte die ganze angebliche Befehlsgewalt ausüben, bis sie eine Amyrlin gewählt hatten, aber in Wirklichkeit waren es Sheriam und die Handvoll anderer Aes Sedai, die gleich zu Beginn die Ankunft und alles weitere in Salidar organisiert hatten, die alle Fäden in der Hand hielten. »Wie viele schicken sie hin, Siuan?« Elayne schnappte nach Luft; offensichtlich hatte sie daran noch gar nicht gedacht. Da konnte man sehen, wie durcheinander sie war. Gewöhnlich bemerkte sie Einzelheiten, die Nynaeve entgingen.

Siuan leugnete es nicht ab. Seit sie der Dämpfung unterzogen worden war, konnte sie lügen wie ein Wollhändler, aber wenn sie sich entschlossen hatte, offen zu sprechen, dann war sie so offen wie ein Schlag ins Gesicht. »Neun. ›Genug, um dem Wiedergeborenen Drachen die Ehre zu erweisen…‹ Das stinkt wie die Innereien eines Fisches! Eine Gesandtschaft zu einem *König* geht selten über drei hinaus! ›…aber nicht genug, um ihm Angst einzujagen.‹ Falls er mittlerweile genug gelernt hat, um überhaupt Angst zu empfinden.«

»Ihr solltet besser hoffen, daß er das gelernt hat«, sagte Elayne mit kalter Stimme. »Falls nicht, dann könnten neun sich als acht zuviel erweisen.«

Dreizehn war die gefährliche Anzahl. Rand war stark, vielleicht stärker als jeder andere Mann seit der Zerstörung der Welt, aber dreizehn verknüpfte Aes Sedai konnten auch ihn überwältigen, ihn von *Saidin* abschirmen und gefangennehmen. Dreizehn war auch die Anzahl der Aes Sedai, die man benutzte, um einen Mann der Dämpfung zu unterziehen. Allerdings war Nynaeve mittlerweile zu der Ansicht gekommen, daß dies mehr aus Tradition so gehalten wurde und nicht aus Notwendigkeit. Die Aes Sedai taten vieles einfach, weil sie es immer schon so gehalten hatten.

Siuans Lächeln war alles andere als freundlich. »Ich frage mich, warum noch niemand daran gedacht hat. Denkt doch mal nach, Mädchen! Das tun schließlich auch Sheriam und der Saal. Natürlich geht anfangs nur eine zu ihm, und anschließend auch nur so viele, wie er ertragen kann. Aber er wird wissen, daß neun kamen, und irgend jemand wird ihm sicher erzählen, welche Ehre das ist.«

»Ach so«, sagte Elayne kleinlaut. »Ich hätte wissen müssen, daß eine von Euch daran denken würde. Tut mir leid.« Das war noch eine gute Eigenschaft an ihr. Sie konnte stur sein wie ein schielender Maulesel, aber wenn ihr klar wurde, daß sie im Unrecht war, gab sie es so ehrlich zu wie eine Frau vom Land. Bei einer Adligen war das schon mehr als ungewöhnlich.

»Min geht auch mit«, sagte Leane. »Ihr… Talent

könnte nützlich sein für Rand. Davon wissen die Schwestern natürlich nichts. Sie versteht es, Geheimnisse zu wahren.« Als wäre das das Wichtige daran.

»So, so«, sagte Elayne. Diesmal klang ihre Stimme betont nichtssagend. Dann bemühte sie sich, etwas heiterer zu sprechen, aber das mißlang ihr gründlich. »Na ja, wie ich sehe, seid Ihr mit… mit Marigan beschäftigt. Ich wollte ja nicht stören. Bitte entschuldigt die Unterbrechung.« Sie war weg, bevor Nynaeve den Mund aufbekam. Die Tür krachte hinter ihr zu.

Zornig fuhr Nynaeve Leane an: »Ich dachte, Siuan sei die gemeinere von Euch beiden, aber das war wirklich hundsgemein!«

Es war Siuan, die ihr antwortete: »Wenn zwei Frauen den gleichen Mann lieben, gibt es Schwierigkeiten. Und wenn dieser Mann dann auch noch Rand al'Thor ist… Das Licht mag wissen, wie es um seine geistige Gesundheit steht, oder was sie bei ihm anrichten könnten. Wenn es um Kratzen und Beißen und Haareausreißen geht, dann sollen sie das jetzt und hier erledigen.«

Ohne nachzudenken schnappte Nynaeves Hand ihren Zopf und riß ihn mit einem Ruck über ihre Schulter. »Ich sollte…« Das Dumme war nur, daß sie gar nicht viel tun konnte und auf jeden Fall nichts, womit sie etwas änderte. »Wir machen weiter an dem Punkt, an dem Elayne hereinplatzte. Aber, Siuan… Solltet Ihr Elayne jemals wieder so etwas antun«, *oder auch mir*, dachte sie, »dann bekommt Ihr es mit mir zu tun… Wo wollt Ihr eigentlich hin?« Siuan hatte ihren Stuhl zurückgeschoben und sich erhoben, worauf Leane nach einem kurzen Blickaustausch das gleiche tat.

»Wir haben zu tun«, sagte Siuan kurz angebunden und bereits auf dem Weg zur Tür.

»Ihr habt versprochen, mir zur Verfügung zu stehen, Siuan. Sheriam hat es Euch aufgetragen.« Sheriam hatte es genau wie Siuan für reine Zeitverschwendung gehalten, aber Nynaeve und Elayne hatten sich eine Belohnung verdient und auch eine gewisse Portion Großzügigkeit. Wie beispielsweise Marigan als Zofe zugewiesen zu bekommen, damit sie mehr Zeit für die Studien der Aufgenommenen hatten.

Siuan warf ihr von der Tür her einen amüsierten Blick zu. »Vielleicht wollt Ihr Euch bei ihr beklagen? Und erklären, wie Ihr Eure Forschungen betreibt? Ich will heute abend *Marigan* verhören; ich habe einige weitere Fragen.«

Als Siuan draußen war, sagte Leane traurig: »Es wäre ja schön, Nynaeve, aber wir müssen doch wenigstens das tun, was wir wirklich auch vollbringen können. Ihr könntet es ja mit Logain versuchen.« Dann war auch sie weg.

Nynaeve machte eine finstere Miene. Aus Logain hatte sie noch weniger herausbekommen als aus den beiden Frauen. Sie fragte sich bereits, ob jemals etwas dabei herauskommen werde, wenn sie weiterhin Logain untersuchte. Außerdem war das allerletzte, was sie vorhatte, ausgerechnet einen Mann zu heilen, den man einer Dämpfung unterzogen hatte. Und dazu machte er sie auch noch immer so nervös.

»Ihr beißt aufeinander ein wie Ratten in einer verschlossenen Schachtel«, sagte Marigan. »Wenn man die bisherigen Ergebnisse sieht, stehen Eure Chancen nicht sehr gut. Vielleicht solltet Ihr Euch ... andere Möglichkeiten überlegen.«

»Haltet Euren schmutzigen Mund!« Nynaeve funkelte sie an. »Haltet ihn ja, sonst mag Euch das Licht verbrennen!« Immer noch drang Angst durch das Armband zu ihr herüber, aber auch noch etwas anderes, fast zu schwach, um es zu bemerken. Vielleicht ein ganz schwacher Hoffnungsschimmer. »Das Licht soll Euch versengen«, knurrte sie noch einmal.

Der wirkliche Name der Frau war nicht Marigan, sondern Moghedien. Eine der Verlorenen, die durch ihre eigene Überheblichkeit in die Falle gegangen war und die nun mitten unter den Aes Sedai als Gefangene lebte. Nur fünf Frauen auf der Welt wußten darüber Bescheid, und keine davon war eine Aes Sedai, doch es war unbedingt notwendig, Moghediens Identität strikt geheimzuhalten. Die Verbrechen der Verlorenen hätten sonst ebenso unvermeidlich zur Hinrichtung geführt, wie die Sonne morgens aufging. Da stimmte ihr auch Siuan zu; auf jede Aes Sedai, die damit gewartet hätte, kämen mindestens zehn, die augenblicklich eine Gerichtsverhandlung gefordert hätten. Und mit ihr würde auch all ihr Wissen aus dem Zeitalter der Legenden, in dem man heute ungeahnte Dinge mit Hilfe der Macht vollbrachte, in ein namenloses Grab gelegt. Nynaeve konnte kaum die Hälfte von dem glauben, was ihr diese Frau von jenem Zeitalter erzählte. Und sie verstand gewiß noch um einiges weniger.

Informationen aus Moghedien herauszuholen war nicht gerade leicht. Manchmal war es dem Heilen ähnlich; Moghedien hatte sich nie für Dinge interessiert, die ihr nicht dienlich waren und die sie nicht auf schnellstem Weg an ihr gewünschtes Ziel brachten. Man konnte von ihr kaum erwarten, daß sie mit der Wahrheit über sich selbst herausrückte, aber Nynaeve vermutete, sie sei wohl eine Art Schwindlerin gewesen, bevor sie ihre Seele dem Dunklen König verschrieb. Manchmal wußten sie und Elayne einfach auch nicht, welche Fragen sie ihr stellen sollten. Moghedien gab nur selten freiwillig etwas von sich, soviel war klar. Trotzdem hatten sie eine Menge gelernt und das meiste an die Aes Sedai weitergegeben. Natürlich offiziell als Ergebnisse ihrer Forschungen und Studien als Aufgenommene. Das hatte ihnen eine Menge Ansehen eingebracht.

Sie und Elayne hätten ja die Kenntnis der Identität Marigans ganz für sich behalten, wenn das möglich gewesen wäre. Aber Birgitte hatte natürlich von Anfang an Bescheid gewußt, und Siuan und Leane hatte sie es einfach sagen müssen. Siuan hatte die näheren Umstände, die zu Moghediens Gefangennahme geführt hatten, viel zu gut gekannt und natürlich eine genaue Erklärung verlangt. Sie wußte eben zuviel von ihnen. So konnten sie ihr diese Erklärung nicht verweigern. Nynaeve und Elayne kannten einige von Siuans und Leanes Geheimnissen, und die beiden schienen dafür alles von ihr und Elayne zu wissen, abgesehen natürlich von der Wahrheit über Birgitte. So befanden sie sich in einer etwas unsicheren Situation, in der ihrer Meinung nach die Vorteile bei Siuan und Leane lagen. Außerdem ging es bei Moghediens Enthüllungen auch um die Ränke möglicher Schattenfreunde und um Andeutungen dessen, was andere der Verlorenen möglicherweise planten. Der einzig gangbare Weg, diese Informationen weiterzugeben, war der, es erscheinen zu lassen, als stammten sie von Siuans und Leanes Agenten. Über die Schwarzen Ajah – so lange verborgen und so vehement abgeleugnet – erfuhren sie nichts, obwohl Siuan gerade daran besonderes Interesse gehabt hätte. Schattenfreunde widerten sie an, aber der bloße Gedanke, daß sich Aes Sedai dem Dunklen König verschworen, steigerte Siuans Abneigung zu eiskalter Wut. Moghedien behauptete, sie habe sich davor gefürchtet, sich auch nur in die Nähe *irgendeiner* Aes Sedai zu begeben, und das klang auch glaubhaft. Angst war der ständige Begleiter dieser Frau. Kein Wunder, wenn sie sich so lange im Schatten verborgen hatte, bis man sie als die ›Spinne‹ bezeichnete. Alles in allem stellte sie einen Schatz dar, den man nicht dem Henker übergeben durfte. Und doch würden die meisten Aes Sedai dem widersprechen. Die meisten Aes Sedai würden sich wahrscheinlich sogar weigern, etwas zu berühren oder auf etwas zu vertrauen, das man vor ihr erfahren hatte.

Schuldgefühle und auch Abscheu plagten Nynaeve, und das nicht zum erstenmal. Konnte die Menge der erworbenen Kenntnisse rechtfertigen, daß sie eine der Verlorenen der Gerechtigkeit vorenthielten? Sie preiszugeben würde unweigerlich zu einer Bestrafung führen, möglicherweise zu einer schrecklichen Strafe, und für alle Beteiligten, also nicht nur sie selbst, sondern auch für Elayne und Siuan und Leane. Das würde ebenfalls bedeuten, daß sich Birgittes Identität offenbarte. Und all dieses Wissen wäre verloren. Moghedien verstand wohl nichts vom Heilen, aber sie hatte ihr Dutzende von Hinweisen geliefert, was alles möglich war, und in ihrem Kopf mußte noch mehr davon stecken. Mit diesen Hinweisen, nach denen sie sich richten konnte, waren dem, was sie noch entdecken mochte, kaum Grenzen gesetzt.

Nynaeve wünschte sich ein Bad, und das hatte nichts mit der Hitze zu tun. »Also sprechen wir über das Wetter«, sagte sie schließlich mit bitterem Unterton.

»Ihr wißt mehr darüber, wie man das Wetter kontrolliert, als ich.« Moghediens Stimme klang erschöpft, und etwas davon kam auch durch das Armband herüber. Sie hatte ihr schon genug Fragen zu diesem Thema gestellt. »Ich weiß nur, daß alles, was sich da jetzt abspielt, das Werk des Großen … des Dunklen Königs ist.« Sie besaß auch noch die Frechheit, bei ihrem verbalen Ausrutscher entschuldigend zu lächeln. »Kein bloßer Mensch ist in der Lage, das zu ändern.«

Es kostete Nynaeve Mühe, nicht mit den Zähnen zu knirschen. Elayne verstand mehr davon, das Wetter zu beeinflussen, als sonst jemand in Salidar, und sie behauptete das gleiche. Einschließlich der Bemerkung über den Dunklen König, obwohl ja wohl jede das begreifen mußte, wenn sie kein kompletter Idiot war. Bei dieser erdrückenden Hitze, obschon bald der erste Schnee fallen sollte, ohne jeden Regen und bei austrocknenden Bächen … »Dann sprechen wir eben über den Gebrauch verschiedener Arten von Geweben, die gemeinsam benützt werden, um verschiedene Krankheiten zu heilen.« Die Frau behauptete, das nehme mehr Zeit in Anspruch als die heutigen Methoden, aber alle dazu benötigte Energie stammte aus der Einen Macht und nicht aus dem Patienten oder der Person, die diese heilenden Stränge webte. Natürlich behauptete sie auch, *Männer* hätten einige Arten der Heilung besser beherrscht als Frauen, und das nahm ihr Nynaeve denn doch nicht ab. »Ihr müßt doch wenigstens einmal dabei zugesehen haben.«

So machte sie sich daran, im Schlamm zu wühlen, um einige Goldkörner aufzuspüren. Jedes bißchen Wissen war eine Menge wert. Es wäre ihr nur lieber gewesen, sie hätte nicht dieses Gefühl gehabt, die Hände in stinkenden Schlamm stecken zu müssen.

Elayne zögerte nicht, sobald sie draußen war, und winkte lediglich Birgitte kurz zu. Dann schritt sie schnell davon. Birgitte, die ihr goldenes Haar zu einem hüftlangen, kunstvollen Zopf geflochten hatte, spielte mit zwei kleinen Jungen, während sie die enge Gasse überwachte. Den Bogen hatte sie an den schiefen Zaun neben sich gelehnt. Nun, sie versuchte wenigstens, mit ihnen zu spielen. Jaril und Seve blickten die Frau mit ihrer eigenartig bauschigen gelben Hose und dem dunklen Kurzmantel an, doch darüber hinaus zeigten sie keinerlei Reaktion. Das taten sie nie, und sie sagten auch kein Wort. Angeblich waren sie ja ›Marigans‹ Kinder. Birgitte freute es, mit ihnen spielen zu können, aber etwas Trauriges lag in ihrem Blick. Sie genoß es immer, mit Kindern zu spielen und besonders mit kleinen Jungen, und immer wurde sie ein wenig traurig dabei. Elayne war das sehr wohl bewußt, genau wie sie ihre eigenen Gefühle kannte.

Falls sich ihr Verdacht bestätigte, daß Moghedien etwas mit dem Zustand der Kinder zu tun hatte... Aber die Frau behauptete, sie hätten sich schon so verhalten, als sie die beiden in Ghealdan zur Tarnung mitnahm. Sie seien Waisen, die sie von der Straße aufgelesen habe. Ein paar Gelbe Schwestern vertraten die Meinung, sie hätten einfach zuviel Schlimmes während der Unruhen in Samara erlebt. Das leuchtete Elayne ein, nach alledem, was sie selbst dort miterlebt hatte. Die Gelben Schwestern meinten auch, die Zeit und gute Pflege würden ihnen helfen. Elayne schloß sich dieser Hoffnung an. Sie hoffte, daß sie nicht derjenigen, die dafür verantwortlich war, gestattete, ihrer gerechten Strafe zu entgehen.

Sie wollte jetzt nicht über Moghedien nachdenken. Über ihre Mutter. Nein, an die wollte sie ganz bestimmt jetzt auch nicht erinnert werden. Min. Und Rand. Es mußte doch einen Weg geben, mit dieser Situation fertigzuwerden. Sie bemerkte Birgittes Nicken kaum und eilte schnell die Gasse hinunter und hinaus auf die Hauptstraße Salidars, über der die Hitze des wolkenlosen Mittagshimmels brütete.

Jahrelang war Salidar eine Geisterstadt gewesen, bis sich die vor Elaida und ihren Anhängerinnen fliehenden Aes Sedai hier gesammelt hatten, aber jetzt waren die Häuser zumeist mit frischem Stroh gedeckt, man entdeckte die Spuren frischer Ausbesserungen, der Putz war bei vielen erneuert, und vor allem die drei großen Steingebäude, die einst Schenken gewesen waren, wirkten jetzt wieder belebt. Eines, das größte, bezeichneten einige Leute bereits als die Kleine Burg, und dort traf sich auch der ›Saal‹, die Ratsversammlung. Natürlich waren nur absolut notwendige Arbeiten durchgeführt worden. In vielen Fensteröffnungen sah man immer noch gesprungene Glasscheiben und manchmal auch gar keine. Es gab wichtigere Dinge, als Mauern wieder aufzurichten oder Wände zu streichen. Die Lehmstraßen waren fast schon überfüllt. Natürlich nicht nur mit Aes Sedai. Aufgenommene in weißen Kleidern mit Farbsaum waren darunter; Novizinnen in rein weißen Kleidern beeilten sich, ihren Aufgaben nachzukommen; Behüter, die sich mit der tödlichen Grazie von Leoparden bewegten, gleich, ob sie nun mager oder kräftig gebaut waren, Dienerinnen, die mit den fliehenden Aes Sedai von der Burg hergekommen waren, und sogar vereinzelte Kinder waren zu sehen. Und Soldaten.

Der Saal bereitete sich darauf vor, seine Ansprüche Elaida gegenüber notfalls mit Waffengewalt durchzusetzen, sobald sie erst eine ›echte‹ Amyrlin gewählt hatten. Das entfernte Dröhnen von Schmiedehämmern, das durch den Lärm der Menge hindurch von den Schmieden außerhalb des Orts herdrang, berichtete von Rössern, die dort beschlagen wurden, und von Rüstungen, die der Reparatur bedurften. Ein Mann mit kantigem Gesicht, vielen grauen Strähnen im dunklen Haar, mit einem braunen Mantel und einem zerbeulten Brustharnisch ritt langsam die Straße hinunter. Während er sich den Weg durch die Menge bahnte, musterte er aufmerksam die Gruppen marschierender Männer mit langen Piken auf den Schultern oder mit Bögen auf dem Rücken. Gareth Bryne war einverstanden gewesen, das Heer des Saals von Salidar zu rekrutieren und zu führen. Elayne hätte allerdings gern gewußt, wie und warum es dazu gekommen war. Es mußte etwas mit Siuan und Leane zu tun haben, aber sie konnte sich nicht vorstellen, was, da er mit beiden Frauen, besonders aber mit Siuan, ziemlich grob umsprang. Irgendwie hatten die beiden einen Eid zu erfüllen, aber Elayne kam die ganze Geschichte recht undurchsichtig vor. Klar war nur, daß sich Siuan bitter beklagte, weil sie zusätzlich zu ihren übrigen Pflichten auch noch sein Zimmer sauberhalten und seine Kleidung waschen und bügeln mußte. Sie beklagte sich, doch sie tat es immerhin. Es mußte wohl ein ziemlich starker Eid gewesen sein.

Brynes Blick glitt ohne merkliches Zögern über Elayne hinweg. Er hatte sich ihr gegenüber kühl, höflich und distanziert benommen, seit sie in Salidar angekommen war, und das, obwohl er sie ja von der Wiege an gekannt hatte. Bis vor weniger als einem Jahr noch war er Generalhauptmann der Königlichen Garde in Andor gewesen. Einst hatte Elayne geglaubt, ihre Mutter und er würden heiraten. Nein, sie wollte nicht an ihre Mutter denken! Min. Sie mußte Min aufspüren und mit ihr sprechen.

Sie hatte kaum begonnen, sich den Weg durch die Menge auf der staubigen Straße zu suchen, als sie auch schon von zwei Aes Sedai entdeckt wurde. Sie hatte keine andere Wahl als stehenzubleiben und einen Knicks zu machen, während sich der Menschenstrom um sie herum teilte. Beide Frauen strahlten sie an. Sie schwitzten überhaupt nicht. Elayne zog ein Taschentuch aus ihrem Ärmel und tupfte sich das Gesicht ab. Sie wünschte, man hätte sie diese spezielle Kunst der Aes Sedai bereits gelehrt. »Guten Tag, Anaiya Sedai, Janya Sedai.«

»Guten Tag, Kind. Habt Ihr heute wieder neue Enthüllungen für uns?« Wie üblich sprach Janya Frende so hastig, als habe sie keine Zeit zum Sprechen. »Welch bemerkenswerte Fortschritte Ihr gemacht habt, Ihr und Nynaeve, und das als Aufgenommene! Ich verstehe immer noch nicht, wie Nynaeve das fertigbringt, obwohl sie solche Schwierigkeiten hat, die Macht zu benützen, aber ich muß schon sagen: Ich bin entzückt!« Im Gegensatz zu anderen Braunen Schwestern, die sich oftmals geistesabwesend verhielten, wenn sie nicht gerade über ihren Büchern und Studien brüteten, wirkte Janya Sedai sehr ordentlich. Das kurze, dunkle Haar lag sauber frisiert um das alterslose Gesicht, wie es diejenigen Aes Sedai auszeichnete, die lange Zeit über mit der Macht gearbeitet hatten. Und doch deutete die äußerliche Erscheinung der schlanken Frau auf die Zugehörigkeit zu gerade dieser Ajah hin. Ihr Kleid war einfarbig grau und aus fester Wolle – für die Braunen war Kleidung kaum mehr als eben eine anständige

Körperbedeckung –, und auch wenn sie gerade mit jemandem sprach, war immer ihre Stirn ein wenig gerunzelt und sie machte den Eindruck, als denke sie gleichzeitig angestrengt über irgend etwas anderes nach. Ohne diesen besonderen Gesichtsausdruck hätte man sie sogar als hübsch bezeichnen können. »Diese Methode, Euch in Licht zu hüllen, um unsichtbar zu werden. Bemerkenswert. Ich bin sicher, daß jemand herausfindet, wie man die Wellenausbreitung verhindert, damit man sich auch so bewegen kann. Und Carenna ist ganz begeistert von Nynaeves kleinem Lauschtrick. Es ist schon frech gewesen, sich so etwas auszudenken, aber es kann nützlich sein. Carenna glaubt, sie könne das etwas abändern, um auf diese Weise über eine größere Entfernung mit jemandem zu *sprechen*. Denkt einmal! Mit jemandem sprechen, die sich eine Meile entfernt befindet! Oder zwei, oder sogar ...« Anaiya berührte ihren Arm und sie brach ihren Redeschwall ab und schielte die andere Aes Sedai an.

»Ihr macht große Fortschritte, Elayne«, sagte Anaiya ruhig. Die Frau mit dem derben Gesicht war immer gelassen. »Mütterlich« wurde ihr wohl am gerechtesten, und gewöhnlich wirkte sie auch beruhigend auf andere. Ihre typischen Aes Sedai-Züge machten es unmöglich, ihr wirkliches Alter zu schätzen. Auch sie gehörte zu dem kleinen Kreis um Sheriam, der hier in Salidar die wirkliche Macht ausübte. »Wirklich größere, als irgend jemand unter uns vermutete, und wir erwarteten viel von Euch. Die erste seit der Zerstörung, die einen *Ter'Angreal* anfertigte! Das ist bemerkenswert, Kind, und ich möchte, daß Ihr Euch dessen bewußt seid. Ihr solltet sehr stolz sein.«

Elayne blickte auf den Boden vor ihren Füßen. Zwei kleine Jungen, die ihr gerade bis zur Hüfte reichten, spielten mitten in der Menge lachend Fangen. Sie hoffte, daß niemand ihnen nahe genug sei, um zu lauschen. Nicht, daß ihnen irgend jemand unter den Passanten besondere Aufmerksamkeit geschenkt hätte. Da sich so viele Aes Sedai im Ort befanden, knicksten nicht einmal die Novizinnen, es sei denn, sie wurden direkt von einer Aes Sedai angesprochen, und jede hatte Aufträge zu erledigen, die am besten gestern erledigt worden sein sollten.

Sie empfand alles andere als Stolz. Alle ihre ›Fortschritte‹ gingen letzten Endes auf Moghedien zurück. Es hatte eine Menge solcher angeblicher Entdeckungen gegeben. Die erste war das ›Invertieren‹ gewesen, damit ein Gewebe nur von der Frau gesehen werden konnte, die es gewebt hatte. Doch sie hatten keineswegs alle ihrer neuen Erkenntnisse weitergegeben. Beispielsweise, wie man die Fähigkeit, die Macht anzuwenden, vor anderen verbarg. Ohne die Beherrschung dieser Methode wäre Moghedien innerhalb weniger Stunden entlarvt gewesen, denn jede Aes Sedai, die sich nur zwei oder drei Schritt von einer Frau entfernt befand, konnte spüren, ob diese Frau die Macht benützen konnte oder nicht, und falls die Aes Sedai das nun selbst lernten, hätten sie vielleicht auch herausbekommen, wie man diese Tarnung lüftet. Und wie man das eigene Aussehen verändert. Invertierte, sozusagen ›umgestülpte‹ Gewebe ließen ›Marigan‹ ganz anders aussehen als Moghedien.

Einiges von dem, was diese Frau wußte, war einfach zu abscheulich. Der seelische Zwang beispielsweise. Mit einem bestimmten Gewebe machte man sich Menschen zu willen, konnte ihnen Befehle erteilen, aber der Empfänger erinnerte sich nicht an diese Befehle, wenn er sie ausführte. Noch schlimmere Dinge. Zu abscheulich und vielleicht auch zu gefährlich, um sie irgend jemandem anzuvertrauen. Nynaeve meinte, sie müßten das lernen, um herauszubekommen, wie man einen solchen Angriff abwehrt, aber Elayne wollte nicht. Sie hielten soviel geheim, sie belogen so viele Freundinnen und Menschen, die ja letzten Endes auf ihrer Seite standen, daß sie sich fast wünschte, jetzt bereits die Drei Eide mit Hilfe der Eidesrute abzulegen, und nicht zu warten, bis sie zur fertigen Aes Sedai erhoben wurde. Einer der drei zwang einen, kein Wort mehr zu sprechen, das nicht der Wahrheit entsprach, und dieser innere Zwang ging jeder in Fleisch und Blut über.

»Ich war nicht so erfolgreich mit den *Ter'Angreal*, wie ich glaubte, Anaiya Sedai.« Das zumindest war ihre eigene Erfindung und niemand anders zuzuschreiben. Die ersten waren dieses Armband und die Halskette gewesen – eine sorgfältig geheimgehaltene Sache, das verstand sich von selbst –, aber das waren eben nur leicht veränderte Imitationen einer bösartigen Erfindung gewesen, des *A'dam*, den die Seanchan zurückgelassen hatten, als ihr Invasionsheer bei Falme aufs Meer zurückgetrieben worden war. Die schlichte grüne Scheibe, die einer Frau gestattete, den Trick mit der Unsichtbarkeit anzuwenden, obwohl sie an sich nicht stark genug dazu war, und das waren eben nicht viele, war von Anfang an ihre eigene Idee gewesen. Sie hatte keine Gelegenheit gehabt, einen *Angreal* oder einen *Sa'Angreal* zu untersuchen, also war es ihr auch unmöglich gewesen, einen solchen anzufertigen. Bisher. Und selbst nach ihrem Erfolg, als sie dieses Gerät der Seanchan nachgemacht hatte, war es schwieriger gewesen, einen *Ter'Angreal* zu fertigen, als sie geglaubt hatte. Sie benützten die Eine Macht, anstatt sie zu verstärken; benützten sie zu einem einzigen, ganz bestimmten Zweck. Einige konnten sogar von Menschen benützt werden, die mit der Macht nichts anzufangen vermochten, sogar von Männern. Es hätte alles einfacher gehen sollen. Nun, vielleicht funktionierten sie nur so einfach, waren aber schwer herzustellen.

Ihre bescheidene Aussage löste bei Janya eine wahre Flut aus: »Unsinn, Kind. Absoluter Unsinn. Ich zweifle überhaupt nicht daran, daß Ihr – sobald wir wieder in der Burg sind und Ihr richtig getestet wurdet und man Euch die Eidesrute in die Hand gibt – nicht nur zur Aes Sedai erhoben werdet. Man wird Euch außer dem Ring auch gleich die Stola übergeben. Zweifellos. Ihr erfüllt alle Erwartungen, die man je mit Euch verbunden hat. Und noch mehr. Niemand konnte erwarten ... « Anaiya berührte sie noch mal am Arm. Das schien ein verabredetes Signal zu sein, denn Janya blinzelte und schwieg augenblicklich.

»Nicht nötig, das Kind auch noch eingebildet zu machen«, sagte Anaiya. »Elayne, ich dulde kein Schmollen von Euch. Dafür seid Ihr schon lange zu alt.« Die Mutter konnte nicht nur freundlich, sondern auch sehr energisch sein. »Ich will nicht, daß Ihr wegen einiger Fehlschläge schmollt, und das, obwohl Ihr so wunderbare Erfolge hattet.« Elayne hatte fünf Versuche gebraucht, um die Steinscheibe fertigzubringen. Zweimal war gar nichts geschehen; bei zwei weiteren Versuchen war sie ganz verschwommen zu sehen gewesen, und anderen wurde bei dem Anblick schlecht. Der eine, bei dem alles glatt ging, war der dritte Versuch gewesen. Mehr als nur ein paar Fehlschläge auf Elaynes Liste. »Alles, was Ihr vollbracht habt, ist wunderbar! Ihr und natürlich auch Nynaeve.«

»Dankeschön«, sagte Elayne artig. »Ich danke Euch beiden. Ich werde mich bemühen, deshalb nicht zu schmollen.« Wenn eine Aes Sedai behauptete, man schmolle, durfte man um des Lichts willen nicht widersprechen. »Entschuldigt Ihr mich jetzt bitte? Wie ich hörte, wird die Gesandtschaft nach Caemlyn heute abreisen, und da möchte ich mich von Min verabschieden.«

Natürlich ließen sie sie gehen, obwohl das bei Janya sicher noch eine weitere halbe Stunde gedauert hätte, wäre nicht Anaiya dabeigewesen. Anaiya warf Elayne einen scharfen Blick zu. Sie wußte bestimmt alles über ihren Wortwechsel mit Sheriam. Doch sie sagte nichts.

Manchmal war das Schweigen einer Aes Sedai genauso laut wie ihre Worte.

Elayne strich über den Ring am Ringfinger ihrer linken Hand und eilte fast im Trab los. Ihr Blick war weit genug nach vorn gerichtet, damit sie behaupten konnte, sie habe niemanden bemerkt, die sie vielleicht aufhalten wollte, um ihr ebenfalls zu gratulieren. Das mochte funktionieren, konnte ihr aber auch einen Besuch bei Tiana einbringen. Die Duldsamkeit ihrer guten Arbeit wegen hatte ihre Grenzen. In diesem Augenblick jedenfalls wäre ihr Tiana lieber gewesen als all dieses unverdiente Lob.

Der Goldring stellte eine Schlange dar, die in den eigenen Schwanz biß, die Große Schlange, ein Sinnbild für die Aes Sedai, das auch von den Aufgenommenen getragen wurde. Wenn sie einst die Stola anlegte, deren Fransen die Farbe der von ihr erwählten Ajah zeigten, konnte sie ihn an jedem beliebigen Finger tragen. Notwendigerweise würde sie sich für die Grünen Ajah entscheiden, denn nur Grüne Schwestern hatten mehr als einen Behüter, und sie wollte Rand haben. Oder wenigstens wollte sie soviel von ihm haben wie möglich. Das Problem war, daß sie ja bereits Birgitte an sich gebunden hatte, die erste Frau überhaupt, die je Behüterin geworden war. Deshalb konnte sie auch Birgittes Empfindungen mitfühlen. So hatte sie beispielsweise heute morgen gespürt, daß sich Birgitte einen Splitter in die Hand gerissen hatte. Nur Nynaeve wußte von dieser Verbindung. Behüter standen nur fertigen Aes Sedai zu. Eine Aufgenommene, die diese Grenze überschritt, konnte auch mit größter Duldsamkeit nicht gerettet werden. Sie hatte das allerdings aus purer Notwendigkeit getan und nicht aus einer Laune heraus, denn sonst wäre Birgitte gestorben; aber Elayne glaubte nicht, daß sie deswegen davongekommen wäre. Eine der Regeln bezüglich der Anwendung der Macht zu übertreten konnte für sie selbst und für andere tödlich ausgehen.

Und um das jeder ganz fest einzuprägen, ließen die Aes Sedai nur selten jemanden davonkommen, wenn sie eine solche Vorschrift übertreten hatte, gleich, aus welchem Grund auch immer.

Es gab so vieles hier in Salidar, wofür sie Ausreden erfinden mußten, nicht nur Birgitte und Moghedien. Einer der Eide hielt eine Aes Sedai vom Lügen ab, doch wenn man etwas gar nicht erwähnte, mußte man auch nicht lügen. Moiraine hatte gewußt, wie man eine Tarnkappe webt und sich unsichtbar macht. Vielleicht hatte sie den gleichen Trick wie Moghedien angewandt. Nynaeve hatte Moiraine einmal dabei beobachtet, bevor sie selbst eine Ahnung vom Gebrauch der Macht hatte. Aber in Salidar hatte sonst niemand davon gewußt. Oder zumindest hatte niemand es zugegeben. Birgitte hatte bestätigt, was Elayne allmählich schon vermutet hatte, daß nämlich die meisten Aes Sedai, vielleicht sogar alle, mindestens einen Teil ihres Wissens zurückhielten. Und sie hatten so ihre eigenen geheimen Tricks. Falls genügend Aes Sedai solche Tricks entdeckten, brachte man sie schließlich auch den Novizinnen und Aufgenommenen bei. Manches Wissen starb aber auch mit der Aes Sedai, die es besessen hatte. Zwei- oder dreimal hatte sie geglaubt, ein gewisses Glitzern in den Augen der einen oder anderen zu entdecken, wenn sie etwas vorführte. Carenna hatte sich dieses Lauschtricks verdächtig schnell bemächtigt. Aber eine Aufgenommene konnte ja so etwas keiner Aes Sedai ins Gesicht sagen.

Das Wissen um solche Dinge machte ihr die eigenen Täuschungsmanöver nicht angenehmer, aber vielleicht half es doch ein wenig. Das, und daß sie sich immer wieder an die Notwendigkeit ihres Handelns erinnerte. Wenn sie nur aufhörten, sie für Errungenschaften zu lobpreisen, die gar nicht von ihr stammten!

Ihr war klar, wo sie Min finden würde. Der Eldar strömte keine drei Meilen westlich von Salidar vorbei, und am Rand des Dorfes gab es ein winziges Bächlein, das durch den Wald zum Eldar hin floß. Die meisten Bäume im Dorf selbst waren nach der Ankunft der Aes Sedai gefällt worden, aber hinter ein paar Häusern hatte man am Ufer des Bächleins einige Bäume stehenlassen, weil dieser schmale Streifen Landes nicht zu gebrauchen war. Min behauptete ja, sich in der Stadt am wohlsten zu fühlen, aber sie ging doch häufig dorthin und saß eine Weile unter den Bäumen. Auf diese Weise konnte sie eine Zeitlang der Gesellschaft von Aes Sedai und Behütern entkommen, und das war für Min beinahe lebensnotwendig.

Und tatsächlich. Als Elayne vorsichtig um eine gemauerte Hausecke auf den schmalen Pfad trat, der sich an dem kaum breiteren Rinnsal entlangzog, saß Min etwas weiter mit dem Rücken an einen Baum gelehnt und sah zu, wie der kleine Bach über die Steine gluckerte, jedenfalls das, was noch von ihm übriggeblieben war. Die Streifen getrockneten Schlamms zu beiden Seiten waren doppelt so breit wie das dürftige Rinnsal. Hier wiesen die Bäume sogar noch ein paar Blätter auf, obwohl der Wald in der Umgebung schon fast kahl war; sogar die Eichen.

Ein trockener Zweig zerbrach unter Elaynes Pantoffel, und Min sprang erschrocken auf. Wie üblich trug sie die graue Jacke und Hose eines Jungen, aber sie hatte an den Außenseiten der eng anliegenden Hosenbeine und an der Revers der Jacke kleine blaue Blumen aufgestickt. Eigenartig, da sie berichtet hatte, sie könne, obwohl ihre drei Tanten alle Schneiderinnen seien, das eine Ende einer Nadel nicht vom anderen unterscheiden. Sie blickte Elayne an, verzog das Gesicht und fuhr sich mit den Fingern durch das schulterlange dunkle Haar. »Du weißt also Bescheid«, war alles, was sie sagte.

»Ich dachte, wir sollten uns unterhalten.«

Erneut fuhr sich Min mit den Händen durchs Haar.

»Siuan hat es mir erst heute morgen gesagt. Seither habe ich versucht, den Mut aufzubringen, mit dir darüber zu sprechen. Sie will, daß ich bei ihm spioniere, Elayne. Für die Gesandtschaft. Sie hat mir Namen in Caemlyn genannt, Leute, die ihr Botschaften herschikken können.«

»Das machst du natürlich nicht«, sagte Elayne, und es war ganz und gar nicht als Frage formuliert, wofür sie einen dankbaren Blick Mins erntete. »Warum hast du dich davor gefürchtet, zu mir zu kommen? Wir sind Freundinnen, Min. Und wir haben uns gegenseitig versprochen, daß kein Mann zwischen uns treten soll. Auch wenn wir ihn beide lieben.«

Mins Lachen klang ein wenig rauh. Elayne dachte sich, daß es bestimmt vielen Männern gefiele. Und sie war hübsch, auf eine gewisse spitzbübische Art. Und sie war ein paar Jahre älter. Sprach das für oder gegen sie? »Oh, Elayne, wir schworen uns das, als er sich in sicherer Entfernung von uns befand. Dich zu verlieren, wäre, als verlöre ich eine Schwester, aber was geschieht, wenn eine von uns ihre Meinung ändert?«

Es war wohl besser, sie fragte nicht, welche von ihnen damit gemeint war. Elayne bemühte sich, den Gedanken weit wegzuschieben, daß sie ja Min mit Hilfe der Macht fesseln und knebeln könne und dann das Gewebe umstülpen. So könnte sie die Frau in irgendeinem Keller verstecken, bis die Gesandtschaft längst weg war. »Das werden wir nicht«, sagte sie einfach. Nein, das könnte sie Min nicht antun. Sie wollte Rand schon ganz für sich, aber sie konnte auch wieder Min nicht weh tun. Vielleicht sollte sie die andere einfach bitten, so lange hierzubleiben, bis auch sie mitkonnte? Statt dessen fragte sie: »Entläßt dich Gareth aus deinem Eid?«

Diesmal klang Mins Lachen ausgesprochen sarkastisch. »Wohl kaum. Er sagt, früher oder später muß ich ihn abarbeiten. Aber Siuan ist diejenige, die er vor allem festnageln will, das Licht mag wissen, warum.« Eine leichte Anspannung, die auf ihrer Miene sichtbar wurde, ließ Elayne glauben, eine von Mins Visionen habe damit zu tun, aber sie fragte nicht weiter. Min sprach niemals darüber, wenn es sie nicht direkt betraf.

Sie besaß eine Fähigkeit, die nur wenigen in Salidar bekannt war. Elayne und Nynaeve, Siuan und Leane, das waren alle. Birgitte hatte keine Ahnung, aber andererseits wußte Min ja auch nicht, wer Birgitte wirklich war. Oder Moghedien. So viele Geheimnisse. Doch Mins Geheimnis konnte nur sie selbst lüften, wenn sie es wünschte. Manchmal sah sie Bilder oder Auren um Personen, und gelegentlich verstand sie sogar, was sie zu bedeuten hatten. Wenn sie es verstand, behielt sie immer recht damit. Wenn sie beispielsweise sagte, ein Mann und eine Frau würden heiraten, dann heirateten sie früher oder später auch, selbst wenn sie sich im Augenblick offensichtlich zu hassen schienen. Leane bezeichnete das als ›das Muster lesen‹, aber es hatte nichts mit der Einen Macht zu tun. Bei den meisten Menschen sah sie nur gelegentlich solche Bilder, aber bei Aes Sedai und Behütern immer. Min zog sich deshalb hier so gern zurück, weil sie dieser Lawine an Visionen entkommen wollte.

»Bringst du Rand einen Brief von mir?«

»Selbstverständlich.« Die Zustimmung der anderen kam so bereitwillig und voll offener Freundlichkeit, daß Elayne errötete und hastig weitersprach. Sie war sich nicht sicher, ob sie unter umgekehrten Umständen auch dazu bereit gewesen wäre. »Du darfst ihm nichts von deinen Visionen erzählen, Min. Was uns betrifft, meine ich.« Eines, was Min bei Rand entdeckt hatte, war die Tatsache, daß sich drei Frauen hoffnungslos in ihn verlieben würden, sich für immer an ihn banden, und eine davon würde sie selbst sein. Wie sich herausgestellt hatte, war Elayne die zweite. »Falls er von dieser Vision erfährt, glaubt er vielleicht, das entspräche gar nicht unseren eigenen Wünschen, es läge nur am Muster oder daran, daß er ein *Ta'veren* ist. Dann entschließt er sich vielleicht, großzügig zu sein und uns zu retten, indem er keine von uns mehr an sich heranläßt.«

»Vielleicht«, meinte Min zweifelnd. »Männer sind eigenartig. Wahrscheinlicher ist: Wenn er merkt, daß wir springen, wenn er nur den Finger krumm macht, dann wird er ihn krumm machen. Er wird sich nicht zurückhalten können. Ich habe das schon öfter gesehen. Ich glaube, es hat etwas mit dem Haar auf ihrem Kinn zu tun.« Ihr Blick war so versonnen, daß Elayne nicht sicher sein konnte, ob sie nun scherzte oder nicht. Min schien eine Menge von Männern zu verstehen. Sie hatte wohl vor allem in Ställen gearbeitet, weil sie Pferde so mochte, aber einmal hatte sie auch erwähnt, sie habe in einer Taverne bedient. »Wie auch immer, ich werde bestimmt nichts sagen. Du und ich, wir teilen ihn auf wie einen Kuchen. Vielleicht lassen wir der dritten noch ein wenig von der Kruste, wenn sie auftaucht.«

»Was sollen wir nur machen, Min?« Elayne hatte das nicht sagen wollen und schon gar nicht in diesem klagenden Tonfall. Ein Teil ihrer selbst hätte gern unwiderruflich versichert, daß *sie* niemals springen werde, wenn er den Finger krumm machte. Der andere Teil wünschte sich, er werde den Finger krümmen. Ein Teil ihrer selbst wollte sagen, daß sie Rand *niemals* teilen werde, ganz gleich wie, mit *niemandem*, auch nicht mit einer Freundin – zum Krater des Verderbens mit Mins Visionen. Und ein Teil von ihr hätte Rand am liebsten eins hinter die Ohren gegeben, weil er ihr und Min so etwas antat. Es war alles so kindisch, daß sie sich am liebsten irgendwo versteckt hätte, aber sie konnte diesen Knoten in ihren Gefühlen einfach nicht entwirren. So bemühte sie sich, mit fester Stimme zu sprechen, und beantwortete ihre Frage selbst, bevor Min dazukam: »Was wir tun werden, ist eine Weile hier zu sitzen und miteinander zu sprechen.« Sie sah sich dabei um und wählte einen Fleck, an dem die Schicht welker Blätter besonders dick war. Ein Baum würde eine gute Rückenlehne ergeben. »Aber nicht über Rand. Ich werde dich vermissen, Min. Es ist so gut, eine Freundin zu haben, der man vertrauen kann.«

Min setzte sich im Schneidersitz neben sie und begann nebenher, Steinchen aufzulesen und in den Bach zu werfen. »Nynaeve ist deine Freundin. Du vertraust ihr. Und Birgitte scheint sicherlich auch für dich eine Freundin zu sein. Du verbringst mehr Zeit mit ihr als selbst mit Nynaeve.« Sie runzelte ganz leicht die Stirn. »*Glaubt* sie eigentlich wirklich, die Birgitte aus der Sage zu sein? Ich meine, der Bogen und der Zopf – die werden in jeder Sage erwähnt, obwohl ihrer natürlich nicht aus Silber ist – aber ich kann nicht glauben, daß sie mit diesem Namen geboren wurde.«

»Doch, sie wurde damit geboren«, sagte Elayne zurückhaltend. Das stimmte ja auf gewisse Weise. Am besten lenkte sie die Unterhaltung auf andere Bahnen. »Nynaeve kann sich immer noch nicht entscheiden, ob sie mich nun als Freundin behandeln soll oder als eine, die sie ständig herunterputzen muß, damit sie tut, was sie für richtig hält. Und sie denkt öfter daran, daß ich die Tochter ihrer Königin bin, als ich selbst. Ich glaube, das lastet sie mir gelegentlich sogar an. Du tust das nie.«

»Vielleicht beeindruckt mich das nicht so sehr.« Min grinste wohl, es klang aber doch ernsthaft. »Ich wurde inmitten der Verschleierten Berge geboren, Elayne. Wo die Bergwerke sind. So weit im Westen ist von der Herrschaft deiner Mutter nicht viel zu spüren.« Ihr Grinsen verflog wieder. »Tut mir leid, Elayne.«

Elayne unterdrückte ein kurzes Aufblitzen von Empörung, da Min immerhin genauso wie Nynaeve zu den Untertanen des Löwenthrons zählte, und ließ ihren Kopf an den Baumstamm zurücksinken. »Sprechen wir über etwas Schönes.« Die Sonne glühte wie eine geschmolzene Metallkugeln zwischen den Zweigen hindurch, der Himmel lag wie ein sauberes, blaues Laken über dem Land, und auch nicht die kleinste Wolke war zu sehen. Unwillkürlich öffnete sie sich *Saidar* und ließ sich von der Macht erfüllen. So, als habe man alle Freude auf der Welt destilliert, füllte diese Essenz alles Schönen jede Ader in ihrem Körper. Brächte sie es fertig, auch nur eine kleine Wolke am Himmel durch ihre Kraft aufquellen zu lassen, wäre das ein Zeichen, daß alles letzten Endes gut verliefe. Ihre Mutter wäre noch am Leben. Rand liebte sie. Und Moghedien … das Problem würde auch gelöst. Irgendwie. Sie webte zarte Stränge über den Himmel, soweit ihr Auge reichte, benützte Luft und Wasser dafür, suchte nach der notwendigen Feuchtigkeit, die sie für eine Wolke benötigte. Wenn sie sich wirklich anstrengte … Die Süße wurde so übermächtig, daß sie in Schmerz überzugehen drohte. Das war ein Anzeichen für Gefahr. Wenn sie noch viel mehr Macht an sich riß, könnte sie sich selbst einer Dämpfung unterziehen. Nur eine kleine Wolke.

»Etwas Schönes?« sagte Min zweifelnd. »Na ja, ich weiß, daß du nicht über Rand sprechen möchtest, aber von dir und mir abgesehen, ist das im Augenblick immer noch das wichtigste Thema auf der Welt. Und das schönste. Verlorene fallen tot um, wenn er erscheint und die Nationen stehen Schlange, um sich vor ihm zu beugen. Die Aes Sedai hier sind bereit, ihn zu unterstützen. Ich weiß es, Elayne, sie müssen einfach! Denk mal, als nächstes wird Elaida ihm die Schlüssel zur Weißen Burg überreichen, Elayne. Wir gewinnen. Wirklich!«

Elayne ließ die Quelle los und sackte zurück. Sie starrte in einen Himmel, der genauso wolkenlos war wie zuvor. Ihre Stimmung entsprach dieser Leere. Man mußte wirklich nicht erst in der Lage sein, die Macht zu gebrauchen, um die Handschrift des Dunklen Königs darin zu erkennen, und wenn er bereits die Welt in solchem Maße beeinflussen konnte, sie überhaupt beeinflussen konnte … »Tatsächlich?« fragte sie, aber so leise, daß Min es nicht verstand.

Das Herrenhaus war noch nicht fertig, im Empfangsraum war die Holztäfelung noch ungestrichen, hell und neu, aber Faile ni Bashere t'Aybara hielt trotzdem hier jeden Nachmittag Hof, wie es der Frau eines Lords gebührte. Sie saß dann auf einem massiven Sessel mit hoher Lehne, in dessen Holzrahmen Falken geschnitzt waren, genau vor einem leeren, fest gemauerten Kamin, dem Spiegelbild eines anderen am hinteren Ende des Saals. In dem unbesetzten Sessel an ihrer Seite, mit Bildern von Wölfen beschnitzt und einem großen Wolfskopf ganz oben über der Lehne, hätte eigentlich ihr Mann sitzen sollen, Perrin t'Bashere Aybara, Perrin Goldauge, Herr über die Zwei Flüsse.

Natürlich war das Herrenhaus eigentlich nur ein übergroßes Bauernhaus. Der Empfangsraum maß weniger als fünfzehn Schritt der Länge nach. Wie Perrin sie mit großen Augen angeblickt hatte, als sie auf dieser Mindestgröße bestand! Er war halt daran gewöhnt, sich selbst nur als einfachen Schmied zu betrachten, oder sogar nur als den Lehrling eines Schmieds. Und der Name, den man ihr bei ihrer Geburt gegeben hatte, lautete Zarine und nicht Faile. Diese Dinge spielten aber keine Rolle. Zarine war ein Name, der zu einer verzogenen Frau paßte, die hingegeben über Gedichten seufzte, die ihrem Namen gewidmet waren. Faile, der Name, den sie selbst bei ihrem Eid als Jägerin des Horns von Valere angenommen hatte, bedeutete in der Alten Sprache soviel wie ›Falke‹. Niemand, der ihr Gesicht wirklich eingehend betrachtete, die kühn geschwungene Nase und die hohen Backenknochen, und dazu die schrägstehenden Augen, die so zornig blitzen konnten, zweifelte daran, welcher Name besser zu ihr paßte. Was alles Übrige betraf, zählten eben die guten Absichten. Also tat sie, was recht und billig war.

In diesem Augenblick blitzten ihre Augen gerade. Das hatte nichts mit Perrins Sturheit zu tun und wenig mit der außergewöhnlichen Hitze. Um allerdings der Wahrheit die Ehre zu geben: Immerzu umsonst einen Fächer aus Fasanenfedern zu schwenken, um ein wenig Luftzug für die schweißtriefenden Wangen zu erzeugen, verbesserte ihre Laune auch nicht gerade.

So spät am Nachmittag blieben nicht mehr viele aus der Menge, die gekommen war, um durch ihre Hilfe Streitigkeiten schlichten zu lassen. Eigentlich kamen sie ja, damit Perrin sie anhörte, aber schon der bloße Gedanke daran, Urteile über Menschen fällen zu müssen, unter denen er aufgewachsen war, entsetzte ihn. Wenn sie ihn nicht gerade zu packen bekam, verschwand er wie ein Wolf im Nebel, wenn die Zeit für die tägliche Audienz herannahte. Glücklicherweise hatten die Leute nichts dagegen, wenn statt Lord Perrin eben Lady Faile ihre Probleme anhörte. Jedenfalls störte das nur wenige, und die wenigen hüteten sich, das offen zu zeigen.

»Ihr habt dies vorgebracht und wollt Euch meinem Urteil unterwerfen«, sagte sie mit ausdrucksloser Stimme. Die beiden Frauen, die da vor ihrem Sessel schwitzten, traten nervös von einem Fuß auf den anderen und betrachteten den glänzenden Holzboden.

Sharmad Zeffar mit dem kupfernen Teint hatte wohl ihre molligen Kurven verhüllt, aber keineswegs verborgen. Sie trug ein hochgeschlossenes und ein wenig durchscheinendes Domanikleid, dessen blaßgoldene Seide allerdings an Säumen und Manschetten abgewetzt war und das einige kleine Flecken von ihrer Reise her aufwies, die nicht mehr herausgewaschen werden konnten, doch Seide blieb letzten Endes eben Seide, und die konnte man hier nur selten bekommen. Patrouillen, die man in die Verschleierten Berge schickte, um nach Überresten der Trolloc-Invasion vom vergangenen Sommer zu suchen, fanden nur wenige dieser bestialischen Trollocs und, dem Licht sei Dank, keine Myrddraal, aber dafür spürten sie beinahe täglich Flüchtlinge auf, mal hier zehn, dort zwanzig, oder fünf irgendwo anders. Die meisten kamen aus der Ebene von Almoth, aber eine ganze Anzahl kam auch aus Tarabon und, wie Sharmad, aus Arad Doman. Alle waren aus Ländern geflohen, die von einer durch Bürgerkriege ausgelösten Anarchie zerrissen wurden. Faile wollte lieber nicht daran denken, wie viele in den Bergen ums Leben gekommen sein mochten. Es gab dort ja weder Straßen oder noch wenigstens Pfade, und der Weg durch diese Berge war auch in besten Zeiten äußerst beschwerlich. Die Zeit jetzt gehörte gewiß nicht zu den besten.

Rhea Avin war kein Flüchtling, obwohl sie die Kopie eines Taraboner Kleides aus feingesponnener Wolle trug, dessen weiche graue Falten sich an ihren Körper schmiegten und die richtigen Stellen genauso betonten wie das viel dünnere Kleid Sharmads. Diejenigen, die diese lange Wanderung über die Berge überlebt hatten, brachten mehr mit als nur beunruhigende Gerüchte: handwerkliche Fertigkeiten, die man an den Zwei Flüssen noch nie gesehen hatte, und Hände, um auf Bauernhöfen in Landstrichen zu arbeiten, die von den Trollocs entvölkert worden waren. Rhea war eine hübsche Frau mit rundem Gesicht, die keine zwei Meilen von dem Ort entfernt geboren war, an dem jetzt dieses Herrenhaus stand. Ihr dunkles Haar hing ihr in Form eines dicken Zopfes geflochten bis zur Hüfte herunter. An den zwei Flüssen flochten die Mädchen ihr Haar erst dann zum Zopf, wenn die Versammlung der Frauen bestimmte, sie seien nun alt genug zum Heiraten, ob sie nun fünfzehn oder dreißig waren. Doch nur wenige mußten älter als zwanzig werden, um das zu erleben. Tatsächlich war Rhea gute fünf Jahre älter als Faile und trug den Zopf seit vier Jahren. Im Moment allerdings wirkte sie, als trüge sie das Haar immer noch lose um die Schultern und habe gerade gemerkt, daß das, was ihr vorher absolut wundervoll vorgekommen war, in Wirklichkeit so ziemlich das Dümmste war, was sie hätte tun können. Was das betraf, schien Sharmad aber noch verlegener, denn sie war ein oder zwei Jahre älter als Rhea. Für eine Domani mußte es wirklich demütigend sein, sich in einer solchen Lage zu befinden. Faile hätte am liebsten beide geohrfeigt, bis sie schielten – aber eine Lady konnte so etwas wohl nicht machen.

»Ein Mann«, begann sie so ernsthaft wie möglich, »ist weder ein Pferd, noch ein Acker. Keine von Euch kann ihn besitzen, und mich zu fragen, wer ein Recht auf ihn habe…« Sie atmete erst einmal tief durch. »Wenn ich glaubte, Wil al'Seen habe Euch beide an der Nase herumgeführt, hätte ich dazu wohl einiges zu sagen.« Wil hatte so seine eigene Art bei den Frauen, und sie flogen geradezu auf ihn – er hatte wirklich tolle Waden –, doch er machte keiner irgendwelche Versprechungen. Sharmad wirkte, als wolle sie am liebsten im Fußboden versinken vor Scham. Schließlich genossen die Domanifrauen den Ruf, jeden Mann um den Finger wickeln zu können, und nicht andersherum. »Wie die Dinge liegen, urteile ich folgendermaßen: Ihr werdet beide zur Seherin gehen und ihr alles erklären. Ihr werdet nichts auslassen. Sie wird das entscheiden. Ich erwarte, zu hören, daß ihr vor Sonnenuntergang bei ihr wart.«

Das Pärchen zuckte zusammen. Daise Congar, die Seherin hier in Emondsfeld, würde einen solchen Unsinn nicht tolerieren. Sie würde sogar weit über das Nicht-Tolerieren hinausgehen. Aber sie knicksten gehorsam und murmelten »Ja, Lady Faile« – die eine so verzweifelt wie die andere. Wenn das jetzt noch nicht der Fall sein sollte, dann würden sie bald bitterlich bereuen, Daise mit so etwas die Zeit gestohlen zu haben.

Und meine zudem, dachte Faile energisch. Jeder

wußte, daß Perrin selten bei den Audienzen zugegen war, sonst wären diese beiden mit ihrem törichten ›Problem‹ nämlich gar nicht erst angerückt. Hätte er hier gesessen, wo er hingehörte, dann hätten sich die beiden verdrückt, anstatt es bei ihm vorzubringen. Faile hoffte, daß diese Hitze auch Daise verrückt machte. Zu schade, daß es keine Möglichkeit gab, Daise auch auf Perrin anzusetzen.

Cenn Buie nahm die Stelle der Frauen ein, bevor sie noch richtig mit schlurfenden Füßen Platz gemacht hatten. Obwohl er sich schwer auf einen Wanderstock stützen mußte, der beinahe genauso knorrig wirkte wie er selbst, brachte er eine weit ausholende Verbeugung zustande, verdarb aber dann den guten Eindruck, als er sich mit seinen knochigen Fingern durch das fettige, dünne Haar fuhr. Wie gewöhnlich sah seine grobe, braune Joppe aus, als habe er darin geschlafen. »Das Licht leuchte Euch, Lady Faile, und Eurem hochgeehrten Ehemann, dem Lord Perrin.« Die großen Worte klangen eigenartig, wenn sie von seiner krächzenden Stimme gesprochen wurden. »Laßt mich meinen eigenen Wunsch dem des Rates der Gemeinde hinzufügen, der Euch weiterhin alles Glück wünscht. Eure Intelligenz und Eure Schönheit erhellen unsere Leben, genau wie die Gerechtigkeit Eurer Urteile.«

Faile trommelte mit den Fingern auf die Armlehne ihres Sessels, bevor sie sich zurückhalten konnte. Blumige Lobpreisungen anstatt des normalen mürrischen Knurrens. Erinnerte sie daran, daß er einen Sitz im Rat Emondsfelds hatte und durchaus ein einflußreicher Mann war, dem man Respekt zollte. Und mit diesem Stock versuchte er auch nur, Mitleid zu erwecken. Der Dachdecker war so munter und flink wie einer, der nur halb so alt war wie er. Er wollte also irgend etwas. »Was bringt Ihr mir heute, Meister Buie?«

Cenn richtete sich auf und vergaß prompt, sich auf seinen Stock zu stützen. Und er vergaß, seinen Ton weiterhin zu mäßigen. So quengelte er gleich los: »Es liegt an diesen vielen Ausländern, die uns überrennen und alle möglichen Dinge mitbringen, die hier nicht erwünscht sind.« Er schien vergessen zu haben, daß auch sie Ausländerin war, so wie die meisten Leute an den Zwei Flüssen. »Seltsame Sitten, Lady Faile. Unanständige Kleider. Ihr werdet schon noch von den Frauen hören, was sie von der Kleidung dieser Domanifrauen halten, wenn ihr es nicht bereits zu Ohren bekommen habt.« Hatte sie, so wie die Dinge lagen, zumindest von einigen, aber ein kurzes Glitzern in Cenns Augen sagte ihr, sie werde es bereuen, falls sie diesen wenigen nachgab. »Diese Fremden stehlen uns das Essen vom Mund weg und machen unser Handwerk kaputt. Dieser Bursche aus Tarabon beispielsweise mit seinen lächerlichen Ziegeln! Beschäftigt Leute, die auch nützliche Arbeit vollbringen könnten! Ihm sind die Menschen der Zwei Flüsse völlig egal. Also, er ... «

Sie fächelte sich Luft zu und hörte nicht mehr hin, während sie äußerlich das Bild gespannter Aufmerksamkeit abgab. Diese Kunst hatte sie von ihrem Vater gelernt, und zu Zeiten wie dieser war sie äußerst nützlich. Klar. Meister Hornvals Dachziegel waren eine ernsthafte Konkurrenz für Cenns Strohdächer.

Nicht jeder hatte die selben Vorurteile den Neuankömmlingen gegenüber wie Cenn. Haral Luhhan, der Schmied von Emondsfeld, war sogar eine Partnerschaft mit einem Messerschmied aus Arad Doman und einem Blechschmied von der Almoth Ebene eingegangen, und Meister Aydaer hatte drei Männer und zwei Frauen eingestellt, die etwas von der Möbelfertigung, vom Schnitzen und Vergolden verstanden, wenn es dazu auch im Moment hier kaum Gold gab. Ihr Sessel und der Perrins waren von ihnen angefertigt worden, und sie hatte nirgendwo bessere gesehen. Und außerdem hatte ja Cenn selbst ein halbes Dutzend Helfer eingestellt, und nicht alle von ihnen stammten von den

Zwei Flüssen. Als die Trollocs kamen, hatten eine Menge Dächer gebrannt, und überall baute man jetzt neue Häuser. Perrin hatte einfach kein Recht, sie all diesem Unsinn ganz allein auszusetzen.

Die Bewohner der Zwei Flüsse hatten ihn zu ihrem Herrn und Lord ausgerufen, was ihm ja zustand, nachdem er sie zum Sieg über die Trollocs geführt hatte. Langsam dämmerte es ihm wohl auch, daß er daran nichts ändern konnte, denn sie verbeugten sich vor ihm und nannten ihn Lord Perrin, selbst wenn er ihnen gerade einen Moment vorher befohlen hatte, das zu unterlassen. Und doch wehrte er sich mit Haut und Haaren gegen all die Äußerlichkeiten, die dieser Rang mit sich brachte, also gegen alles, was die Menschen eben nunmal von Lords und Ladies *erwarteten*. Was noch schlimmer war: Er wehrte sich auch gegen die Pflichten eines Lords. Faile wußte über solche Dinge bestens bescheid, denn sie war das älteste überlebende Kind von Davram t'Ghaline Bashere, Lord von Bashere, Tyr und Sidona, Wächter der Grenze zur Fäule, Verteidiger des Herzlandes, Generalfeldmarschall der Königin Tenobia von Saldaea. Sicher, sie war von zu Hause weggelaufen, um Jägerin des Horns zu werden, und hatte das dann wieder aufgegeben, um sich einen Mann zu nehmen, was sie selbst immer noch verblüffte, aber sie erinnerte sich sehr wohl an alles. Perrin hörte zu, wenn sie Erklärungen abgab, und er nickte sogar an den richtigen Stellen, aber wenn sie versuchte, ihn dazu zu bringen, daß er das alles nun auch in die Tat umsetzte, war es, als wolle sie einem Pferd beibringen, wie man den Sa'sara tanzt.

Cenn spuckte zum Schluß beinahe Gift und Galle. Er besann sich dann aber gerade noch darauf, lieber einiges herunterzuschlucken.

»Perrin und ich haben uns für ein Strohdach entschieden«, sagte Faile gelassen. Während Cenn noch selbstzufrieden nickte, fügte sie hinzu: »Ihr habt es noch nicht fertig gedeckt.« Er zuckte zusammen. »Ihr scheint mehr Aufträge angenommen zu haben, als Ihr ausführen könnt, Meister Buie. Wenn unser Dach nicht bald fertig ist, fürchte ich, müssen wir mit Meister Hornval über seine Ziegel verhandeln.« Cenns Mund zuckte heftig, ohne daß er ein Wort herausbrachte. Wenn sie das Herrenhaus mit Ziegeln decken ließ, würden andere das nachahmen. »Ich habe Euren Vortrag durchaus gern angehört, aber ich bin sicher, Ihr würdet auch lieber mein Dach fertigstellen, als Eure Zeit mit müßiger Konversation zu verschwenden, so nett sie auch sein mag.«

Cenn preßte die Lippen aufeinander und funkelte sie einen Augenblick lang an, doch dann überlegte er es sich und deutete eine Verbeugung an. Er murmelte noch etwas, das bis auf die letzten Worte – »Lady Faile« – unverständlich blieb, und dann stolzierte er hinaus, wobei er seinen Stock lautstark auf die Fußbodenbretter knallte. Mit welchen Dingen doch die Menschen ihre Zeit verschwendeten! Perrin würde künftig seinen Teil zu diesen Audienzen beitragen, und wenn sie ihn fesseln und herschleppen mußte.

Der Rest war dann nicht mehr so aufregend. Eine Frau, einst kräftig, doch nun hing ihr blumenbesticktes, geflicktes Kleid wie ein Sack an ihr herunter, die den weiten Weg von der Toman Halbinsel jenseits der Ebene von Almoth bis hierher zurückgelegt hatte, wollte mit Kräutern und Heilmitteln handeln. Der hochgewachsene Jon Ayellin, der sich ständig über die Glatze strich, und der magere Thad Torfinn, der vor Nervosität an den Revers seiner Jacke herumzwirbelte, stritten sich über die Grenzen ihrer Felder. Zwei Domanimänner mit dunklem Teint, langen Lederwesten und kurzgeschnittenen Vollbärten berichteten, sie seien Bergbauspezialisten und glaubten, auf ihrem Weg über die Berge ganz in der Nähe Anzeichen für Gold- und Silberadern entdeckt zu haben. Und Eisen, aber daran hatten sie weniger Interesse. Und als letztes kam eine drahtige Frau aus Tarabon mit einem durchsichtigen Schleier vor dem schmalen Gesicht, das Haar zu einer Unmenge dünner Zöpfe geflochten, die behauptete, Meisterin in der Kunst des Teppichwebens zu sein und auch Teppichwebstühle bauen zu können.

Faile verwies die Kräuterfrau an den Frauenzirkel des Ortes. Falls Espara Soman sich damit wirklich auskannte, würden sie wohl eine Arbeit bei einer der Seherinnen in den Dörfern der Umgebung für sie finden. Bei all den vielen Neuankömmlingen, von denen viele nach den Reisestrapazen in einem schlechten gesundheitlichen Zustand waren, hatten sich die Seherinnen der Zwei Flüsse ausnahmslos bereits ein oder zwei Helferinnen zugelegt und waren auf der Suche nach weiteren. Vielleicht entsprach das nicht ganz Esparas Vorstellungen, aber es war immerhin die Chance für einen Neubeginn. Nach ein paar Fragen war ihr klar, daß sich weder Thad noch Jon genau erinnerten, wo die Grenze zwischen ihren Äckern verlief – offensichtlich war der Streit bereits älter als sie selbst –, also wies sie die beiden an, sich den umstrittenen Streifen einfach zu teilen. Das schien genau die Lösung zu sein, die sie vom Rat der Gemeinde als Schiedsspruch erwartet hatten. Weil der aber auf sich warten ließ, hatten sie den Streit die ganze Zeit über beibehalten.

Den anderen erteilte sie die Genehmigungen, um die sie nachgesucht hatten. Sie hätten an sich gar keine Genehmigungen gebraucht, aber es war am besten, wenn man sie von vornherein wissen ließ, wer hier das Sagen hatte. Als Gegenleistung für ihre Genehmigung und genügend Silber, um Vorräte und Arbeitsmaterial zu kaufen, verlangte Faile von den beiden Domanimännern, daß sie Perrin den zehnten Teil dessen abgeben sollten, was sie fanden, und nebenher die Lage der Eisenerzvorräte festzustellen. Perrin würde das nicht passen, aber es gab an den Zwei Flüssen keine Steuern, und von einem Lord erwartete man, daß er Dinge erledigte und für andere sorgte, was gewöhnlich mit Kosten verbunden war. Und das Eisen wäre genauso nützlich wie das Gold. Was Liale Mosrara betraf: Falls die Frau aus Tarabon den Mund zu voll genommen hatte, was ihre Fertigkeiten anging, würde sich ihre Werkstatt nicht lange halten, aber falls sie nicht übertrieben hatte... Drei Tuchweber sorgten bereits dafür, daß die Händler diesmal mehr als Rohwolle vorfinden würden, wenn sie nächstes Jahr aus Baerlon herüberkamen, und gut gewebte Teppiche wären ein weiteres Handelsgut, das der Region Geld einbrachte. Liale versprach, den ersten und besonders sorgfältig gefertigten Webstuhl dem Herrenhaus zu stiften, und Faile nickte gnädig ob dieses Geschenks. Sie konnte weitere Abgaben leisten, wenn die Teppiche in den Handel kamen, falls überhaupt. Die Böden im Haus mußten nicht unbedingt bedeckt werden. Alles in allem schien jeder durchaus zufrieden von dannen zu ziehen. Sogar Jon und Thad.

Als die Taraboner Frau sich knicksend zurückzog, stand Faile auf. Sie war heilfroh, fertig zu sein, doch dann hielt sie inne, als sie vier Frauen erblickte, die durch eine der Türen neben dem Kamin auf der gegenüberliegenden Seite eintraten. Alle waren mit der kräftigen Wollkleidung der Zwei Flüsse angetan und schwitzten dementsprechend. Daise Congar, groß wie ein Mann und breiter gebaut als die meisten, überragte die anderen Seherinnen und ging voran. Hier am Rand des eigenen Dorfes übernahm sie natürlich die Führung. Edelle Gaelin aus Wachhügel, schlank und mit ergrautem Zopf, zeigte durch ihre steife Haltung und das steinerne Gesicht deutlich, daß sie Anspruch auf Daises Platz erhob, zumindest ihres Alters und der langen Zeit wegen, die sie ihren Posten schon innehatte. Elwinn Taron, die Seherin von Devenritt, war die kleinste, eine rundliche Frau mit einem angenehmen, mütterlichen Lächeln, das sie selbst dann noch zeigte, wenn sie Menschen etwas gegen ihren Willen verrichten ließ. Die letzte, Milla al'Azar aus Taren Fähre, schritt hinter den anderen her. Sie war die jüngste, beinahe jung genug, um Edelles Tochter zu sein, und in der Gegenwart der anderen schien sie sich immer unsicher zu fühlen. Auf jeden Fall schien das Erscheinen dieser vier Faile nichts Gutes zu bedeuten.

Faile blieb stehen und fächelte sich langsam Luft zu. Nun wünschte sie sich noch mehr, daß Perrin hier sei. Sehr viel mehr. Diese Frauen besaßen in ihren Dörfern genausoviel Autorität wie der jeweilige Bürgermeister – manchmal auf gewisse Weise sogar mehr – und man mußte sie äußerst vorsichtig behandeln, ihnen gegenüber die notwendige Würde und viel Respekt zeigen. Das erschwerte die Lage um einiges. In Perrins Gegenwart verwandelten sie sich in anbetungsvolle Mädchen, die ihm gefallen wollten, aber bei ihr … An den Zwei Flüssen hatte es jahrhundertelang keine Adligen gegeben. Sie hatten schon sieben Generationen lang nicht einmal mehr einen Gesandten der Königin aus Caemlyn zu Gesicht bekommen. Jeder versuchte immer noch, herauszufinden, wie man sich einem Lord und einer Lady gegenüber benahm, und diese vier waren keine Ausnahme. Manchmal vergaßen sie, daß sie Lady Faile war, und sahen in ihr lediglich die junge Frau, deren Hochzeit mit Perrin Daise erst vor ein paar Monaten geleitet hatte. Sie brachten es fertig, ihr mitten in dem üblichen Geknickse und dem ewigen »Ja, selbstverständlich, Lady Faile« klipp und klar zu sagen, was sie in irgendeinem Fall zu tun habe, ohne darin einen Gegensatz zu sehen. *Du wirst mir das nicht mehr allein überlassen, Perrin, verlaß dich darauf!*

Nun knicksten sie – unterschiedlich geübt – und sagten alle fast gleichzeitig: »Das Licht leuchte Euch, Lady Faile«.

Nachdem auf diese Weise der Höflichkeit genüge getan war, begann Daise zu sprechen, bevor sie sich überhaupt richtig aufgerichtet hatte: »Drei weitere Jungen sind fort, Lady Faile.« Ihr Tonfall lag so etwa in der Mitte zwischen der respektvollen Anrede zuvor und ihrem Jetzt-hört-mir-mal-gefälligst-zu-junge-Frau-Tonfall, den sie gelegentlich anwandte. »Dav Ayellin, Ewin Finngar und Elam Dowtry. Einfach davongelaufen, um die Welt zu sehen! Und das der Geschichten Lord Perrins wegen, die er immer von der Welt dort draußen erzählt.«

Faile riß überrascht die Augen auf. Die drei waren wohl kaum noch Jungen. Dav und Elam waren genauso alt wie Perrin, und Ewin war in ihrem Alter. Und die Erzählungen Perrins, die er nur selten und dann zögernd vorbrachte, waren wohl kaum das einzige, aus dem die Jugend der Zwei Flüsse heutzutage etwas über die Außenwelt lernte. »Ich könnte Perrin bitten, mit Euch zu sprechen, falls Ihr das wünscht.«

Das löste Unruhe aus. Daise sah sich erwartungsvoll nach ihm um, Edelle und Milla strichen automatisch ihre Röcke glatt, während Elwinn genauso unbewußt ihren Zopf nach vorn zog und sorgfältig auf ihrer Schulter zurechtlegte. Mit einemmal wurde ihnen bewußt, was sie taten, und sie erstarrten. Keine wagte einen Blick zur anderen hin. Oder zu ihr. Failes wichtigster Vorteil lag in der Tatsache, daß sich die anderen der Wirkung ihres Mannes wohl bewußt waren. So viele Male nun hatte sie die eine oder andere beobachtet, wie sie sich nach einem Treffen mit Perrin zusammengerissen und offensichtlich vorgenommen hatte, sich nie wieder so zu benehmen. Und genauso oft hatte sie dann beobachtet, wie dieser Entschluß vergessen war, kaum, daß er wieder in Erinnerung trat. Keine von ihnen war sich ganz sicher, ob sie lieber mit ihm verhandelte oder mit ihr.

»Das wird nicht notwendig sein«, sagte Edelle nach einem Moment der Überlegung. »Weglaufende Jungen sind ein Ärgernis, aber eben nicht mehr als das.« Ihr

Tonfall hatte sich ein bißchen weiter von ›Lady Faile‹ entfernt als der Daises zuvor, und die mollige Elwinn setzte noch ein Lächeln drauf, das eher das einer Mutter ihrer kleinen Tochter gegenüber war.

»Da wir nun schon hier sind, meine Liebe, könnten wir auch noch etwas anderes erwähnen. Wasser. Seht Ihr, einige Leute beginnen sich Sorgen zu machen.«

»Es hat schon monatelang nicht mehr geregnet«, fügte Edelle hinzu, und Daise nickte.

Diesmal riß Faile zurecht die Augen auf. Sie waren doch wohl zu intelligent, um zu glauben, daß Perrin etwas daran ändern könne. »Die Quellen sprudeln noch, und Perrin hat angeordnet, daß weitere Brunnen gegraben werden.« In Wirklichkeit hatte er das nur angedeutet, aber glücklicherweise war es auf dasselbe herausgekommen. »Und lange vor der nächsten Aussaat werden die Bewässerungskanäle vom Wasserwald her fertig sein.« Das war ihr Werk. Die Hälfte der Felder in Saldaea wurde bewässert, doch hier hatte niemand je etwas davon gehört. »Außerdem muß es ja früher oder später wieder regnen. Die Kanäle sind nur für den Notfall da.« Daise nickte wieder, bedächtig, und dann nickten auch Elwinn und Edelle. Aber sie wußten all das doch genauso gut wie sie.

»Es liegt nicht am Regen«, knurrte Milla. »Jedenfalls nicht direkt. Es ist einfach unnatürlich. Seht Ihr, keine von uns kann dem Wind lauschen.« Unter den finsteren Blicken der anderen zog sie die Schultern ein. Offensichtlich hatte sie zuviel verraten und auf diese Weise ein Geheimnis gelüftet. Angeblich konnten alle Seherinnen das Wetter voraussagen, indem sie dem Wind lauschten. Zumindest behaupteten sie, alle könnten das. Trotzdem machte Milla nun stur weiter. »Also, wir können es nicht wirklich. Wir schauen uns statt dessen die Wolken genau an und wie sich die Vögel verhalten, und die Ameisen und Raupen und ... « Sie atmete tief durch und richtete sich hoch auf. Immer noch mied sie die Augen der anderen Seherinnen. Faile fragte sich, wie sie den Frauenzirkel in Taren-Fähre leiten konnte, ganz zu schweigen davon, daß sie den Gemeinderat eigentlich um den Finger wickeln sollte. Sicher, auch für die war alles genauso neu wie für Milla. Dieses Dorf war von den Trollocs vollkommen entvölkert worden, und alle jetzigen Einwohner waren neu zugezogen. »Es ist unnatürlich, Lady Faile. Vor Wochen schon hätte es den ersten Schnee geben sollen, und statt dessen könnte es Hochsommer sein! Wir sind nicht besorgt, Lady Faile, wir haben Angst! Und wenn sonst niemand das zugibt, dann gebe ich es eben zu. Ich liege nächtelang wach. Ich habe schon einen Monat lang nicht mehr richtig geschlafen, und ...« Sie ließ die Worte verklingen und errötete, als ihr klar wurde, daß sie möglicherweise zu weit gegangen war. Von einer Seherin erwartete man zu jeder Zeit, daß sie sich beherrschte. Sie durfte nicht herumlaufen und erzählen, sie habe Angst.

Die anderen wandten die Blicke von Milla und sahen Faile an. Sie sagten nichts und ihre Gesichter waren so ausdruckslos, daß sie einer Aes Sedai Ehre gemacht hätten.

Faile verstand sie jetzt. Milla hatte durchaus die Wahrheit gesagt. Das Wetter war tatsächlich nicht natürlich, sondern sogar im höchsten Maße *unnatürlich*. Faile lag ebenfalls oft wach und betete um Regen, oder besser um Schnee. Sie bemühte sich, nicht daran zu denken, was hinter der Hitze und der Dürre lauern mochte. Und doch sollte eine Seherin ja die anderen beruhigen. Zu wem konnte *sie* gehen, wenn sie Beruhigung und Verständnis suchte?

Diese Frauen hatten vielleicht nicht gewußt, was sie taten, aber sie waren an den richtigen Ort gekommen. Ein Teil des Sozialpakts zwischen Adel und gemeinem Volk, wie man es Faile von Geburt an eingetrichtert hatte, war, daß der Adel Schutz und Sicherheit gewähren mußte. Und ein Teil dieser Sicherheit lag darin, den Menschen zu zeigen, daß die schlechten Zeiten nicht ewig dauern würden. Wenn es heute schlimm zuging, würde es morgen besser gehen, und wenn nicht morgen, dann eben übermorgen. Sie wünschte, sie wäre sich dessen wirklich so sicher. Doch man hatte ihr beigebracht, denen, die von ihr abhängig waren, Kraft zu geben, auch wenn sie selbst kaum welche hatte, ihre Ängste zu lindern und sie nicht auch noch mit den eigenen anzustecken.

»Perrin hat mir von seinem Volk erzählt, bevor ich hierherkam«, sagte sie. Er war ganz gewiß kein Angeber, aber manches kam halt im Gespräch heraus. »Wenn der Hagel Eure Ernte vernichtet, wenn die Winterkälte die Hälfte Eurer Schafe tötet, dann duckt Ihr Euch kurz und macht weiter. Als die Trollocs die Zwei Flüsse verwüsteten, habt Ihr zurückgeschlagen, und als Ihr mit ihnen fertig wart, habt Ihr euch ohne Zögern an den Wiederaufbau gemacht.« Das hätte sie bei Südländern nicht für möglich gehalten, hätte sie es nicht mit eigenen Auge gesehen. Diese Menschen hätten sich auch in Saldaea bewährt, wo Trolloc-Überfälle alltäglich waren, zumindest in den nördlichen Landesteilen. »Ich kann Euch nicht sagen, daß morgen das Wetter wieder so sein wird, wie es sein sollte. Ich kann Euch versichern, daß Perrin und ich tun werden, was vollbracht werden muß, alles, was nur möglich ist. Und ich muß Euch wohl nicht sagen, daß Ihr ertragen werdet, was jeder neue Tag mit sich bringt, gleich, was das sein mag, und daß Ihr bereit sein werdet, Euch dem nächsten Tag und seinen Anforderungen zu stellen. Das ist die Art von Menschen, die die Zwei Flüsse hervorbringen. Das seid Ihr selbst.«

Sie waren wirklich intelligent. Hatten sie vielleicht auch vorher nicht sich selbst gegenüber zugegeben, weshalb sie sich hier befanden, dann mußten sie das jetzt. Wären sie weniger intelligent gewesen, hätten sie an ihren Worten Anstoß genommen. Doch selbst das, was sie selbst vorher gesagt hatten, hatte nun die gewünschte Wirkung, weil es von jemand anderem kam. Natürlich war auch das wieder ein Grund zur Verlegenheit. Es war schon ein gehöriges Durcheinander, und sie gaben ein Bild erröteter Wangen und verschämter Wünsche ab, lieber woanders sein zu wollen.

»Ja, natürlich«, sagte Daise. Sie stützte kräftige Fäuste auf die üppigen Hüften und blickte die anderen Seherinnen herausfordernd an. Sie sollten wohl nicht wagen, ihr zu widersprechen. »Ich habe es Euch doch gesagt, oder? Das Mädchen liegt goldrichtig. Das habe ich Euch gleich gesagt, als sie herkam. Dieses Mädchen hat das Herz am richtigen Fleck, habe ich gesagt.«

Edelle schniefte. »Hat irgend jemand das Gegenteil behauptet, Daise? Dann muß ich es überhört haben. Sie macht ihre Sache sehr gut.« Zu Faile gewandt, wiederholte sie: »Ihr macht Eure Sache wirklich sehr gut!«

Milla machte einen hastigen Knicks. »Ich danke Euch, Lady Faile. Sicher habe ich mindestens fünfzig Leuten das Gleiche gesagt, aber wenn es von Euch kommt, dann ist es … irgendwie … « Ein lautes Räuspern von Daise ließ sie verstummen. Das ging ihr wohl langsam zu weit. Milla errötete noch stärker.

»Das ist aber sehr hübsch gearbeitet, Lady Faile.« Elwinn beugte sich vor und befühlte den engen Hosenrock, den Faile als Reitbekleidung bevorzugte. »Drunten in Devenritt gibt es eine Schneiderin aus Tarabon, die Euch möglicherweise ein noch besseres anfertigen könnte. Falls Ihr mir das nicht übel nehmt. Ich habe sie mir vorgeknöpft, und nun näht sie nur noch anständige Kleider, außer gelegentlich für verheiratete Frauen.« Das mütterliche Lächeln kehrte auf ihre Züge zurück, nachsichtig, aber gleichzeitig mit Eisen unterlegt. »Oder etwas gewagter, falls sie sich gerade einen Mann angeln wollen. Schöne Sachen macht sie. Es wäre bestimmt eine Ehre für sie, bei Eurem Teint und Eurer Figur etwas für Euch zu entwerfen.«

Daise begann, selbstzufrieden zu lächeln, bevor die andere noch ausgeredet hatte. »Therille Marza, gleich hier in Emondsfeld, fertigt der Lady Faile bereits ein halbes Dutzend Kleider an. Und dazu das schönste Abendkleid, das Ihr Euch vorstellen könnt.« Elwinn richtete sich steif auf und Edelle schürzte die Lippen. Selbst Milla blickte nachdenklich drein.

Soweit es Faile betraf, war damit die Audienz vorüber. Die Domanischneiderin mußte man genau kontrollieren und ständig ihre Fortschritte überwachen, sonst kleidete sie Faile für den Hof in Ebou Dar ein. Das Abendkleid war Daises Idee gewesen, eine echte Überraschung für sie, doch obwohl es mehr im Stil Saldaeas gehalten war und nicht wie bei den Domanifrauen, hatte Faile noch keine Ahnung, wo sie das jemals tragen sollte. Es würde noch lange dauern, bis an den Zwei Flüssen Bälle oder sonstige Tanzveranstaltungen stattfinden würden. Wenn man es ihnen überließ, würden die Seherinnen bald darum wetteifern, welches Dorf sie einkleiden durften.

Sie bot ihnen Tee an mit der ganz zwanglos vorgebrachten Begründung, sie könnten sich darüber unterhalten, wie man den Menschen am besten des Wetters wegen Mut machte. Nach den Gesprächen der letzten paar Minuten traf das die anderen unter der Gürtellinie, und so überschlugen sie sich fast mit ihren Beteuerungen, sie hätten Pflichten zu erfüllen, die ihnen kein Verweilen gestatteten.

Nachdenklich blickte sie ihnen nach. Milla ging wie üblich hinter den anderen her, wie ein Kind, das den älteren Geschwistern nachtrödelt. Vielleicht war es möglich, mit einigen Mitgliedern des Frauenzirkels von Taren-Fähre ein paar ruhige Worte zu wechseln. Jedes Dorf brauchte in diesen Zeiten einen starken Gemeindevorsteher und ebenso eine Seherin, die eine starke Führungspersönlichkeit darstellte, um ihre jeweiligen Interessen zu vertreten. Ruhige, sorgfältig gewählte

Worte. Als Perrin herausfand, daß sie vor der Wahl zum Gemeindevorsteher in Taren-Fähre mit den Männern dort gesprochen hatte – wenn ein Mann den Verstand besaß, sie und Perrin energisch zu unterstützen, warum sollten dann die Männer, die zur Wahl gingen, nicht erfahren, daß sie und Perrin diese Unterstützung erwiderten? – als er das herausfand … Er war ein sanfter Mann, der nicht so schnell wütend wurde, aber um ganz sicherzugehen, hatte sie sich dann doch in ihrem Schlafzimmer verbarrikadiert, bis sein Zorn abgekühlt war. Das war nicht geschehen, bis sie versprochen hatte, auf keinen Fall mehr in einen Wahlkampf einzugreifen, weder offen noch hinter seinem Rücken. Letzteres hatte sie von ihm als äußerst unfair empfunden. Und auch als ziemlich lästig. Zum Glück war ihm nicht eingefallen, die Wahlen zur Versammlung der Frauen zu erwähnen. Nun, was er nicht wußte, war nur gut für ihn. Und auch für Taren-Fähre in diesem Fall.

Der Gedanke an ihn erinnerte sie an ihr Versprechen sich selbst gegenüber. Der Federfächer schlug nun erheblich schneller. Heute war noch keineswegs der schlimmste Tag gewesen, was den Unsinn betraf, den man vor sie brachte, und auch was die Seherinnen betraf, hatte es schlimmere Tage gegeben. Dem Licht sei Dank, daß ihr nicht wieder die Frage gestellt wurde, wann Lord Perrin denn einen Erben erwarten durfte! Vielleicht hatte die nicht nachlassende Hitze ihren Zorn nun soweit angestachelt … Perrin *würde* seine Pflicht tun, oder …

Donner grollte über dem Herrenhaus und ein Blitz erleuchtete das Fenster. Hoffnung kam in ihr auf. Falls Regen kam …

Sie eilte leise auf ihren weichen Pantoffeln davon, um Perrin zu suchen. Sie hätte den Regen gern mit ihm geteilt. Und außerdem noch ein ernstes Wörtchen mit ihm gesprochen. Mehr als nur eines, falls notwendig.

Perrin befand sich genau dort, wo sie es erwartet

hatte, ganz oben im zweiten Stock. Er saß in der überdachten Veranda an der Vorderfront des Hauses. Lockiges Haar, eine einfache braune Jacke, kräftige Schultern und Arme, so kehrte er ihr den breiten Rücken zu, während er an einer der Säulen lehnte. Er blickte hinunter zum Erdboden an der einen Seite des Herrenhauses, und nicht zum Himmel hoch. Faile blieb in der Tür stehen.

Wieder grollte Donner, und ein Flächenblitz erleuchtete die blaue Kuppel über ihnen. Ein Hitzegewitter, und das bei wolkenlosem Himmel. Kein Vorbote des Regens. Kein Regen, der die Hitze mildern würde. Keine Aussicht auf den lange erwarteten Schnee. Auf ihrem Gesicht standen Schweißperlen, doch sie schauderte.

»Ist die Audienz vorbei?« fragte Perrin, und sie fuhr zusammen. Er hatte den Kopf nicht gehoben. Manchmal fiel es ihr schwer, sich im rechten Moment daran zu erinnern, wie außerordentlich fein sein Gehör war. Vielleicht hatte er sie auch gewittert, doch falls ja, dann hoffte sie, er habe sie am Parfüm erkannt und nicht am Schweiß.

»Ich hatte schon geglaubt, ich würde dich hier mit Gwil oder Hal antreffen.« Das war einer seiner schlimmsten Fehler: Sie bemühte sich, die Diener auszubilden, doch für ihn waren sie lediglich Männer, mit denen er lachte und einen Krug Bier leerte. Wenigstens warf er kein Auge auf die Mädchen wie so mancher andere Mann. Er hatte nicht bemerkt, daß sich Calle Coplin im Herrenhaus verdingt hatte, weil sie hoffte, mehr für Lord Perrin tun zu können als nur sein Bett zu machen. Er hatte noch nicht einmal bemerkt, wie Faile Calle mit einem Schürhaken aus dem Haus gejagt hatte.

Als sie zu ihm ging, sah sie auch, was er beobachtete. Zwei Männer mit nackten Oberkörpern arbeiteten dort unten mit hölzernen Übungsschwertern. Tam al'Thor war ein kräftiger, alternder Mann mit leicht ergrautem

Haar. Aram dagegen war schlank und jung. Aram lernte schnell. Sehr schnell. Tam war Soldat gewesen und Schwertmeister, aber Aram setzte ihm gewaltig zu.

Automatisch wanderte ihr Blick hinüber zu den Zelten, die sich auf einem mit Steinen eingefaßten Acker eine halbe Meile entfernt in Richtung Westwald zusammendrängten. Wer von den Kesselflickern überlebt hatte, lagerte dort zwischen halbfertigen Wohnwagen, die wie kleine Häuser auf Rädern aussahen. Natürlich betrachteten sie Aram nicht mehr als einen der ihren; nicht mehr, seit er das Schwert genommen hatte. Die Tuatha'an bedienten sich niemals der Gewalt, gleich, aus welchem Grund auch immer. Sie fragte sich, ob sie wie geplant abreisen würden, wenn die von den Trollocs verbrannten Wagen ersetzt waren. Nachdem sie alle aufgelesen hatten, die sich in irgendwelchen Dickichten versteckt hatten, waren es immer noch nicht viel mehr als hundert. Vielleicht würden sie tatsächlich weiterziehen, und Aram würde aus freien Stücken zurückbleiben. Soweit sie gehört hatte, hatten sich noch niemals Tuatha'an an einem Ort niedergelassen.

Aber die Menschen der Zwei Flüsse behaupteten ja, es ändere sich nie etwas. Und doch hatte sich seit der Invasion der Trollocs eine Menge geändert. Emondsfeld, nur hundert Schritt südlich des Herrenhauses, war größer als damals bei ihrer Ankunft. Alle die niedergebrannten Häuser wurden wieder aufgebaut und neue dazu. Einige sogar mit Backsteinen, und auch das war neu hier. Und manche bekamen Ziegeldächer. Bei dem Tempo, mit dem man neue Wohnhäuser errichtete, würde das Herrenhaus bald im Dorf liegen. Man sprach auch von einer Mauer, falls die Trollocs noch einmal zurückkämen. Veränderungen. Eine Handvoll Kinder folgten Loials riesiger Gestalt eine der Dorfstraßen entlang. Vor wenigen Monaten noch, als der Anblick des Ogiers mit seinen behaarten Ohren und der Nase, halb so breit wie sein ganzes Gesicht, und seiner Größe, etwa wie eineinhalb ausgewachsene Männer, noch jedes Kind im Dorf mit aufgerissenen Augen und offenem Mund auf die Straße gelockt hatte, hatten die Mütter noch Todesangst um ihre Kinder ausgestanden. Jetzt schickten die gleichen Mütter ihre Kinder zu Loial, damit er ihnen aus Büchern vorlas! Die Ausländer in ihren eigenartig geschnittenen Jacken und Kleidern hoben sich auf der Straße beinahe genauso von den Emondsfeldern ab wie Loial, aber niemand beachtete sie besonders, genausowenig wie die drei Aiel, die im Augenblick im Dorf wohnten, fremdartige, hochgewachsene Leute, ganz in Braun- oder Grautöne gekleidet. Bis vor wenigen Wochen hatten sich auch zwei Aes Sedai hier aufgehalten, und selbst bei ihnen hatte man sich lediglich höflich verbeugt oder einen Knicks gemacht. Veränderungen. Die beiden Flaggenmasten auf dem Anger unweit der Weinquelle waren über die Dächer hinweg sichtbar. Auf einer Flagge war der rotgeränderte Wolfskopf zu sehen, der Perrins Abzeichen geworden war, und auf der anderen der rote, fliegende Adler, das Wappen von Manetheren. Manetheren war während der Trollockriege vor gut zweitausend Jahren untergegangen, aber dieses Gebiet hier war ein Teil davon gewesen, und so hatten sich die Einwohner der Zwei Flüsse entschlossen, diese Flagge wieder aufleben zu lassen. Veränderungen, und sie hatten im Grunde keine Ahnung, wie stark und unerbittlich diese Veränderungen wirklich waren. Doch Perrin würde sie durch diese Zeit führen und einer Zukunft entgegen, von der niemand wußte, was sie bringen würde. Mit ihrer Hilfe würde er das erreichen.

»Mit Gwil habe ich früher Kaninchen gejagt«, sagte Perrin. »Er ist nur ein paar Jahre älter als ich, und manchmal hat er mich auf die Jagd mitgenommen.«

Sie brauchte einen Augenblick, um sich zu erinnern, worüber sie gesprochen hatte. »Gwil bemüht sich, die Aufgaben eines Lakaien zu lernen. Du hilfst ihm nicht gerade dabei, wenn du ihn aufforderst, mit dir im Stall eine Pfeife zu rauchen und über Pferde zu reden.« Sie atmete langsam durch. Das würde nicht leicht werden. »Du hast eine Pflicht diesen Menschen gegenüber, Perrin. So schwer es dir auch fällt, so sehr du es auch ablehnst, aber du mußt deine Pflicht erfüllen.«

»Ich weiß«, sagte er leise. »Ich spüre, wie er mich anzieht.«

Seine Stimme klang so eigenartig, daß sie seinen kurzgeschnittenen Bart packte und ihn zwang, zu ihr herabzublicken. Seine goldenen Augen, die ihr immer noch genauso seltsam und geheimnisvoll vorkamen wie früher, trugen einen traurigen Ausdruck. »Was meinst du damit? Vielleicht kannst du Gwil ja gut leiden, aber er ... «

»Ich meine Rand, Faile. Er braucht mich.«

Der Knoten in ihrem Innern, den sie zu ignorieren versucht hatte, verkrampfte sich noch mehr. Sie war überzeugt gewesen, diese Gefahr sei mit den Aes Sedai verschwunden. So töricht. Sie war mit einem *Ta'veren* verheiratet, einem Mann, dessen Schicksal es war, andere Leben so zu verändern, daß sie in das Große Muster paßten, und er war noch dazu mit zwei anderen *Ta'veren* aufgewachsen, einer davon der Wiedergeborene Drache selbst. Das war ein Teil seiner Natur, den sie mit ihm teilen mußte. Sie wollte gar nichts teilen, aber es ging eben nicht anders. »Was wirst du tun?«

»Zu ihm gehen.« Sein Blick glitt einen Augenblick lang von ihr weg, und sie folgte ihm mit den Augen. An der Wand lehnten der schwere Vorschlaghammer eines Schmieds und eine Axt mit einer gefährlich wirkenden halbmondförmigen Schneide und einem Schaft, der bestimmt einen Schritt lang war. »Ich konnte mich nicht ... « Er flüsterte nun fast: »Ich konnte mich nicht entschließen, wie ich es dir beibringen soll. Ich gehe heute nacht, wenn alles schläft. Ich glaube nicht, daß ich viel Zeit habe, und der Weg ist möglicherweise sehr weit. Meister al'Thor und Meister Cauthon werden dir helfen, was die Gemeindevorsteher betrifft, falls du sie brauchst. Ich habe mit ihnen gesprochen.« Er bemühte sich, leichthin zu sprechen, doch das mißlang ihm gründlich. »Mit den Seherinnen solltest du sowieso keine Probleme haben. Komisch: Als ich noch ein Junge war, schienen mir die Seherinnen immer so furchteinflößend, aber man kann wirklich mit ihnen umgehen, solange man fest bleibt.«

Faile preßte die Lippen aufeinander. Also hatte er mit Tam al'Thor und Abell Cauthon bereits darüber gesprochen, aber nicht mit ihr? Und die Seherinnen! Sie hätte ihn am liebsten einen Tag lang in ihre Haut gesteckt und gesehen, wie leicht er den Umgang mit den Seherinnen dann noch empfand. »So schnell können wir nicht abreisen. Es dauert eine Weile, bis wir eine unserem Rang entsprechende Eskorte zusammengestellt haben.«

Perrins Augen wurden ganz schmal. »Wir? Du kommst nicht mit! Es wird ...!« Er hustete und fuhr dann in milderem Tonfall fort: »Es wird am besten sein, wenn einer von uns hierbleibt. Wenn der Lord sich wegbegibt, sollte die Lady die Dinge in die Hand nehmen. Das ist nur vernünftig. Jeden Tag kommen weitere Flüchtlinge. All diese Streitigkeiten, die geschlichtet werden müssen. Wenn du auch noch weg bist, wird es schlimmer hier zugehen als mit den Trollocs.«

Wie konnte er nur glauben, sie habe seine ungeschickte Ablenkung nicht durchschaut? Er hatte sagen wollen, daß es gefährlich werde. Wieso erzeugte dieses Wissen, daß er sie vor allen Gefahren behüten wollte, eine solche Wärme in ihr und machte sie dennoch gleichzeitig so wütend? »Wir werden tun, was du für das Beste hältst«, sagte sie sanft, und er blinzelte mißtrauisch, kratzte sich am Bart und nickte schließlich.

Nun war es nur noch notwendig, ihn zur Einsicht

dessen zu bringen, was wirklich am besten war. Wenigstens hatte er nicht direkt gesagt, sie *dürfe* nicht gehen. Sobald er sich nämlich auf etwas versteifte, konnte sie genausogut versuchen, einen Getreidesilo mit bloßen Händen zu verschieben, wie ihn davon abzubringen. Doch wenn sie vorsichtig genug vorging, ließ sich das vermeiden. Für gewöhnlich jedenfalls.

Mit einemmal schlang sie die Arme um ihn und preßte ihr Gesicht an seine breite Brust. Seine kräftigen Hände streichelten zart ihr Haar. Wahrscheinlich glaubte er, sie sei besorgt wegen seiner bevorstehenden Abreise. Nun, das war sie auch, in gewisser Weise. Aber nicht, weil er ohne sie abreisen wollte. Ihm war noch nicht bewußt, was es hieß, mit einer Frau aus Saldaea verheiratet zu sein. Dabei war alles so glatt verlaufen, nachdem sie von Rand al'Thor weg waren. Warum benötigte der Wiedergeborene Drache Perrin nun auf einmal, und das mit solcher Gewalt, daß Perrin es über viele Hunderte von Wegstunden hinweg spürte, die sie voneinander entfernt waren? Warum war die Zeit so knapp? Warum? Perrins Hemd klebte an seiner verschwitzten Brust. Die unnatürliche Hitze ließ noch mehr Schweiß über ihr Gesicht rinnen. Trotzdem schauderte Faile.

Gawyn Trakand schritt eine weitere Runde um seine Männer herum ab, die eine Hand am Heft des Schwertes, und mit der anderen ließ er einen kleinen Steinbrocken auf- und abhüpfen. Er überprüfte die Positionen seiner Wachen um den baumbestandenen Hügel. Der trockene, heiße Wind, der den Staub über die wellige, braune Grasebene fegte, ließ den einfachen, grünen Umhang an seinem Rücken flattern. Nichts war zu sehen bis auf das abgestorbene Gras, vereinzelte Dickichte und hier und da zum größten Teil verdorrte Büsche. Die Frontlinie war einfach zu breit hier, um sie mit seinen Männern gleichmäßig zu besetzen, falls es zum Kampf kommen sollte. Er hatte sie in Gruppen zu je fünf Schwertträgern zu Fuß eingeteilt, und weiter hinten am Abhang des Hügels fünfzig Bogenschützen aufgestellt. In der Nähe des Lagers ganz oben warteten fünfzig weitere berittene Lanzenträger, um dort eingesetzt zu werden, wo es notwendig schien. Er hoffte allerdings, es werde heute nicht notwendig sein.

Zu Anfang waren es weniger Jünglinge gewesen, aber ihr Ruf brachte ihnen ständig neue Rekruten ein. Die zusätzlichen Kämpfer waren wichtig, denn kein Rekrut wurde aus Tar Valon herausgelassen, wenn er nicht den entsprechenden Standard aufwies. Es war ja nicht so, daß er gerade heute bewaffnete Auseinandersetzungen erwartete, aber er hatte schon lange begriffen, daß sie gerade dann kamen, wenn man nicht mit ihnen rechnete. Nur die Aes Sedai warteten für gewöhnlich bis zur letzten Minute, bevor sie einem Mann Bescheid gaben, was beispielsweise heute geschehen werde.

»Ist alles in Ordnung?« fragte er, als er neben einer Gruppe von Schwertträgern stehenblieb. Trotz der Hitze hatten sie ihre grünen Umhänge vorn geschlossen, damit man Gawyns weißen, angreifenden Keiler deutlich sehen konnte, den sie auf die Brustteile gestickt trugen.

Jisao Hamora war der jüngste von ihnen. Das sah man schon an seinem jungenhaften Grinsen. Doch als einziger der fünf hatte er sich das Abzeichen einer kleinen silbernen Burg an den Kragen gesteckt, so daß man ihn als Veteran unter den Kämpfern für die Weiße Burg erkennen konnte. Er antwortete: »Alles ist in Ordnung, Lord Gawyn.«

Die Jünglinge hatten diese Bezeichnung wirklich verdient. Gawyn selbst, der die Zwanzig nur um wenige Jahre überschritten hatte, gehörte zu den ältesten. Ihren Regeln nach nahmen sie niemanden auf, der in irgendeinem Heer gedient hatte oder als Gefolgsmann eines

Lords oder einer Lady, und nicht einmal einen, der als Leibwächter irgendeines Kaufmannes sein Brot verdient hatte. Die ersten der Jünglinge waren als Jungen oder junge Männer zur Weißen Burg gekommen, um dort von den Behütern ausgebildet zu werden, den besten Schwertkämpfern, den besten Kriegern der Welt, und dieser Tradition folgten sie noch immer auf gewisse Weise, wenn sie auch nicht mehr von den Behütern unterrichtet wurden. Ihre Jugend betrachteten sie nicht als Nachteil. Erst vor einer Woche hatten sie eine kleiner Feier veranstaltet zu Ehren des ersten richtigen Schnurrbarts, den Benji Dalfor zurechtstutzen konnte, und auf der Wange trug er eine Narbe, die von den Auseinandersetzungen in der Burg herrührte. In den ersten Tagen nach der Absetzung Siuan Sanches als Amyrlin waren die Aes Sedai viel zu beschäftigt gewesen, um solche Wunden zu heilen. Vielleicht wäre sie noch immer die Amyrlin, hätten sich die Jünglinge nicht einigen ihrer früheren Lehrer zum Kampf gestellt und sie in den Sälen der Burg besiegt.

»Hat das überhaupt einen Sinn, Lord Gawyn?« fragte Hal Moir. Er war zwei Jahre älter als Jisao, und wie viele derer, die kein Zeichen der silbernen Burg trugen, bedauerte er, nicht dabeigewesen zu sein. Er würde es auch noch lernen. »Es ist überhaupt nichts von Aielmännern zu sehen.«

»Glaubst du?« Ohne eine warnende Geste schleuderte Gawyn einen Stein mit aller Kraft gegen den einzigen Busch, der sich in ihrer Nähe befand, ein ziemlich dürres Gestrüpp nur. Nur das Rascheln abgestorbener Blätter war zu hören, doch der Busch bebte ein wenig stärker, als zu erwarten gewesen war, ganz so, als sei ein Mann, der sich – wie auch immer – dahinter verbarg, an einer empfindlichen Körperstelle getroffen worden. Die Neuen kommentierten die Bewegung erstaunt, während Jisao lediglich sein Schwert lockerte. »Hal, ein Aiel kann sich in einer Mulde am Boden verstecken, über die du nicht einmal stolpern würdest.« Nicht, daß Gawyn mehr über die Aiel gewußt hätte als das, was in den Büchern stand, aber er hatte jedes Buch in der Bibliothek der Weißen Burg aufgestöbert, das jemand geschrieben hatte, der tatsächlich gegen sie gekämpft hatte, jedes Buch von einem Soldaten, der zu wissen schien, wovon er berichtete. Ein Mann mußte sich auf die Zukunft vorbereiten, und die Zukunft der Welt schien vor allem aus Krieg zu bestehen. »Aber wenn es dem Licht gefällt, wird heute nicht mehr gekämpft.«

»Lord Gawyn!« erscholl ein Ruf von weiter oben am Hügel, wo der Wachtposten gerade dasselbe entdeckt hatte wie er: drei Frauen, die aus einem kleinen Wäldchen ein paar hundert Schritt westlich getreten waren und auf den Hügel zuschritten. Im Westen: eine Überraschung. Aber die Aiel liebten ja Überraschungen.

Er hatte davon gelesen, daß Aielfrauen mit ihren Männern in den Kampf zogen, aber mit diesen dunklen, bauschigen Röcken und den weißen Blusen konnten die drei wohl kaum kämpfen. Sie hatten sich trotz der Hitze Schals um die Arme geschlungen. Andererseits, wie hatten sie dieses Wäldchen überhaupt ungesehen erreichen können? »Haltet die Augen offen und gafft diese Frauen nicht an!« sagte er, und dann mißachtete er den eigenen Befehl, denn er beobachtete aufmerksam und interessiert die drei Weisen Frauen, die Abgesandten der Shaido Aiel. Hier draußen konnten sie nichts anderes sein als Abgesandte.

Sie kamen gemäßigten Schrittes näher, überhaupt nicht so, als näherten sie sich einer großen Gruppe bewaffneter Männer. Ihr Haar trugen sie lang, bis zur Hüfte, dabei hatte er gelesen, daß die Aiel die Haare immer kurz schnitten, und sie hatten es mit zusammengerollten Tüchern zurückgebunden. Dazu hatten sie derart viele Armreifen und Halsketten aus Gold und Silber und Elfenbein angelegt, daß das Glitzern ihre Anwesenheit schon auf eine Meile Entfernung verraten hätte.

Hoch aufgerichtet und mit stolzen Mienen schritten die drei Frauen an den Soldaten vorbei, ohne sie eines Blickes zu würdigen, und stiegen den Hügel empor. Ihre Anführerin hatte goldenes Haar und die weite Bluse so tief geöffnet, daß eine beachtliche Fülle sonnengebräunten Busens zu sehen war. Die anderen beiden waren grauhaarig, und ihre Gesichtshaut wirkte wie gegerbtes Leder; sie mußten bestimmt doppelt so alt sein.

»Ich hätte nichts dagegen, die vordere zum Tanz zu begleiten«, sagte einer der Jünglinge bewundernd, als die Frauen vorübergeschritten waren. Dabei war er mindestens zehn Jahre jünger als die goldhaarige Frau.

»Würde ich nicht, wenn ich du wäre, Arwin«, bemerkte Gawyn trocken. »Sie könnte das mißverstehen.« Er hatte nämlich gelesen, daß die Aiel den Kampf als ›den Tanz‹ bezeichneten. »Außerdem würde sie vermutlich deine Leber zum Abendessen verspeisen.« Er hatte ganz kurz ihre hellgrünen Augen sehen können, und es waren die härtesten Augen gewesen, die er jemals erblickt hatte.

Er beobachtete die Weisen Frauen, bis sie den Hügel erklommen hatten und sich einem halben Dutzend Aes Sedai näherten, die dort mit ihren Behütern warteten. Diejenigen jedenfalls, die Behüter hatten; zwei gehörten den Roten Ajah an, und die hatten ja keine. Als die Frauen in einem der hohen, weißen Zelte verschwanden und die Behüter als Wächter ihre Posten um das Zelt bezogen hatten, fuhr er mit seiner Runde um den Hügel fort.

Die Jünglinge waren äußerst aufmerksam, seit sich die Kunde von der Ankunft der Aiel verbreitet hatte, und das paßte ihm nicht. Sie hätten vorher genauso aufmerksam wachen müssen. Auch die meisten derjenigen, die keine silberne Burg angesteckt hatten, waren in der Umgebung Tar Valons bereits in Kämpfe verstrickt gewesen. Eamon Valda, der befehlshabende Lordhauptmann der Weißmäntel, hatte vor mehr als einem Monat die meisten seiner Männer in Richtung Westen abgezogen, doch die Handvoll derer, die er zurückgelassen hatte, bemühte sich, die Truppe der Räuber und Schläger, die Valda dort versammelt hatte, einigermaßen zusammenzuhalten. Nun, wenigstens die hatten die Jünglinge mittlerweile auseinandergetrieben. Gawyn hätte ja gern der Versuchung nachgegeben, sich einzubilden, sie hätten auch Valda vertrieben. Die Burg hatte ihre eigenen Soldaten aus diesen Scharmützeln vorsichtig herausgehalten, obwohl schließlich die Weißmäntel nur aus dem Grund überhaupt anwesend waren, um der Burg soviel Schaden wie möglich zuzufügen. Nein, er vermutete, Valda habe seine eigenen Gründe für diesen Rückzug gehabt. Wahrscheinlich Befehle von Pedron Niall, und Gawyn hätte viel dafür gegeben, zu erfahren, wie diese lauteten. Licht, wie er es haßte, nicht Bescheid zu wissen. Es war, als tappe man blind durch die Dunkelheit.

In Wahrheit, das gab er ja selbst zu, war er einfach gereizt. Nicht nur der Aiel wegen und weil man ihm bis zum heutigen Morgen nichts von diesem Treffen gesagt hatte. Man hatte ihm auch nicht mitgeteilt, wohin sie ziehen würden, bis ihn schließlich Coiren Sedai zur Seite gezogen hatte, die Graue Schwester, die diese Delegation von Aes Sedai anführte. Elaida war ja schon als Ratgeberin seiner Mutter in Caemlyn verschwiegen und herrschsüchtig gewesen, aber seit man sie zur Amyrlin erhoben hatte, erschien ihm die alte Elaida noch warm und offen, verglichen mit der jetzigen. Zweifellos hatte sie den Druck auf ihn ausgeübt, unter dem er diese Eskorte zusammengestellt hatte, sowohl, um ihn in Tar Valon loszuwerden, wie auch aus anderen Gründen.

In den Auseinandersetzungen zuvor hatten sich die Jünglinge auf ihre Seite geschlagen, da die alte Amyrlin vom Burgsaal ganz offiziell abgesetzt worden war und man ihr Stola und Stab abgenommen hatte, und ein Versuch, sie zu befreien, war ganz einfach und sachlich gesehen ein Verstoß gegen das Gesetz, aber Gawyn hatte schon so seine Zweifel an den Aes Sedai gehabt, bevor er gehört hatte, welche Anklagen man gegen Siuan Sanche erhob. Daß sie die Fäden zogen und gekrönte Häupter nach ihrer Pfeife tanzen ließen, hatte er schon so oft gehört, daß er keinen Gedanken mehr daran verschwendete, aber dann hatte er zuschauen können, wie sie Menschen manipulierten. Zumindest die Folgen hatte er miterlebt, und seine Schwester Elayne war diejenige gewesen, die nach ihrer Pfeife tanzen mußte, geradewegs aus seiner Sicht und vielleicht sogar – was wußte er schon? – aus ihrem eigenen Leben. Sie und eine andere. So hatte er zuerst gekämpft, um Siuan im Gefängnis festzuhalten, und dann hatte er sich abgewandt und sie entkommen lassen. Falls Elaida jemals dahinterkam, würde ihm auch die Krone seiner Mutter nicht mehr das Leben retten.

Trotzdem hatte sich Gawyn zum Bleiben entschlossen, weil seine Mutter die Burg immer unterstützt hatte und weil seine Schwester Aes Sedai werden wollte. Und weil eine andere Frau diesen Wunsch mit ihr teilte: Egwene al'Vere. Er hatte kein Recht dazu, auch nur an sie zu denken, aber die Burg zu verlassen würde bedeuten, daß er auch sie im Stich ließ. Von solch dürftigen Motiven machte ein Mann sein ganzes Schicksal abhängig. Doch selbst das Wissen um ihre Nichtigkeit änderte nichts.

Er betrachtete die verdorrte, vom Wind in eine Richtung gezwungene Grasebene, während er von einem Posten zum nächsten schritt. Also befand er sich nun hier und hoffte, die Aiel würden sich nicht doch noch zum Angriff entschließen, obwohl – oder vielleicht auch gerade weil – die Weisen Frauen der Shaido mit Coiren und den anderen verhandelten. Er vermutete, dort draußen lägen genug Aiel verborgen, um ihn trotz der Hilfe der Aes Sedai zu überrennen. Er war wohl auf dem Weg nach Cairhien, aber über die eigenen Gefühle im Hinblick darauf war er sich keineswegs im klaren. Coiren hatte ihn schwören lassen, ihre Mission geheimzuhalten, und dabei hatte sie offensichtlich noch gefürchtet, zuviel zu sagen. Das war nicht verwunderlich. Es war stets am besten, ganz genau darüber nachzudenken, was eine Aes Sedai sagte. Sie konnten wohl nicht lügen, doch die Wahrheit verdrehten sie, wie es ihnen paßte. Trotzdem kam er auf keine eventuell verborgenen Hintergedanken. Die sechs Aes Sedai würden den Wiedergeborenen Drachen auffordern, sie zur Burg zu begleiten, und die Jünglinge, unter dem Befehl des Sohnes der Königin von Andor, waren seine Ehrenwache. Es konnte dafür nur einen Grund geben, der Coiren ganz eindeutig so erschreckte, daß sie nur Andeutungen von sich gab. Auch Gawyn war ob dieses Grundes erschüttert. Elaida hatte vor, der Welt zu verkünden, daß die Weiße Burg den Wiedergeborenen Drachen unterstütze.

Das war fast unglaublich. Elaida hatte zu den Roten gehört, bevor sie Amyrlin wurde. Die Roten haßten bereits den Gedanken daran, daß ein Mann die Macht benützen konnte, und im übrigen hielten sie sowieso nicht viel von Männern. Doch der Fall des einst unbezwingbaren Steins von Tear und damit die Erfüllung der Weissagung hatte bewiesen, daß Rand der Wiedergeborene Drache war, und selbst Elaida gab zu, daß die Letzte Schlacht bald kommen werde. Gawyn konnte sich den verängstigten Bauernjungen, der einst buchstäblich in den Garten des Königlichen Palastes in Caemlyn gefallen war, beim besten Willen nicht als den Mann vorstellen, wie ihn die Gerüchte beschrieben, die den Erinin herauf nach Tar Valon gekommen waren.

Man behauptete, er habe Hochlords von Tear hängen lassen und den Aiel das Plündern des Steins gestattet. Auf jeden Fall hatte er die Aiel über das Rückgrat der Welt geführt, und das erst zum zweitenmal seit der Zerstörung der Welt, um Cairhien mit Krieg zu überziehen. Vielleicht lag es am beginnenden Wahnsinn? Gawyn hatte eigentlich Rand al'Thor recht gut leiden können. So bedauerte er, daß sich der Mann als derjenige erwiesen hatte, der er jetzt war.

Als er schließlich zu Jisaos Gruppe zurückkehrte, war noch jemand im Westen in Sicht gekommen, der sich ihnen näherte: ein Händler mit einem Schlapphut, der ein beladenes Maultier am Zügel führte. Er kam geradewegs auf den Hügel zu; offensichtlich hatte er sie gesehen.

Jisao trat einen halben Schritt vor, stand dann aber wieder still, als Gawyn ihn am Arm berührte. Gawyn wußte, woran der jüngere Mann dachte, aber falls die Aiel beschließen sollten, diesen Burschen zu töten, konnten sie nichts daran ändern. Coiren würde es nicht nur einfach mißfallen, wenn sie eine Fehde mit den Leuten anfingen, mit denen sie gerade verhandelte. Der Händler schlurfte unbeeindruckt weiter, geradewegs an dem Busch vorbei, den Gawyn mit seinem Stein getroffen hatte. Als der Mann schließlich vor ihnen den Hut zog, eine Verbeugung vor allen andeutete und begann, sein vergrämtes Gesicht mit einem schmuddeligen Halstuch abzuwischen, fing das Maultier an, lustlos an dem braunen Gras zu knabbern. »Das Licht leuchte Euch, meine Lords. Ihr seid sehr gut ausgerüstet, um in diesen schrecklichen Zeiten auf Reisen zu gehen, wie jedermann sehen kann, aber falls Ihr doch noch irgendeine Kleinigkeit braucht, führt sie der alte Mil Tesen wahrscheinlich in einer seiner Taschen mit. Auf zehn Meilen wird Euch keiner günstigere Preise bieten, meine Lords.«

Gawyn bezweifelte, daß sich innerhalb von zehn

Meilen auch nur ein Bauernhof befinde. »Allerdings sind die Zeiten schlimm, Meister Tesen. Habt Ihr keine Angst vor den Aiel?«

»Aiel, Lord? Die sind alle unten in Cairhien. Der alte Mil kann die Aiel wittern, tatsächlich. In Wirklichkeit wäre er ganz froh, wenn ein paar davon hier wären. Man kann gut mit den Aiel feilschen. Außerdem haben sie eine Menge Gold. Aus Cairhien. Und sie tun einem Händler nichts. Das weiß doch jeder.«

Gawyn unterdrückte den Impuls, ihn zu fragen, warum er nicht nach Süden zog, wenn man den Aiel in Cairhien soviel verkaufen konnte. »Was gibt es Neues auf der Welt, Meister Tesen? Wir sind aus dem Norden, und Ihr wißt vielleicht einiges aus dem Süden, das uns noch nicht erreicht hat.«

»Oh, im Süden tun sich große Dinge, Lord. Ihr habt von Cairhien gehört? Von dem, der sich Drache nennt und so?« Gawyn nickte und er fuhr fort: »Also, jetzt hat er Andor eingenommen. Jedenfalls den größten Teil. Ihre Königin ist tot. Manche meinen, er wird die ganze Welt erobern, bevor …« Der Mann brach mit einem würgenden Laut ab, bevor Gawyn bewußt wurde, daß er ihn am Kragen gepackt hatte.

»Königin Morgase ist tot? Sprecht, Mann! Aber schnell!«

Tesen rollte hilfesuchend die Augen, aber er redete, und das ziemlich schnell: »Das erzählt man sich, Lord. Der alte Mil weiß es nicht sicher, aber er glaubt es schon. Jeder sagt es, Lord. Und jeder sagt, daß es der Drache getan hat. Mein Lord? Mein Hals, Lord! Mein Lord, bitte!«

Gawyn riß seine Hände weg, als hätte er sie sich verbrannt. Innerlich stand er in Flammen. Es war jedoch ein anderer Mann gewesen, dessen Hals er gern in den Händen gehabt hätte. »Die Tochter Erbin.« Seine Stimme klang, als ertöne sie von ganz weit her. »Gibt es irgendeine Nachricht über die Tochter Erbin Elayne?«

Tesen trat einen langen Schritt zurück, sobald sein Hals frei war. »Nicht, soweit der alte Mil das wüßte, mein Lord. Ein paar behaupten, sie sei auch tot. Manche meinen, er habe sie auch getötet, doch der alte Mil weiß nichts Genaues.«

Gawyn nickte bedächtig. Die Gedanken schienen vom Grund einer Quelle zu ihm heraufzuschweben. *Mein Blut soll fließen vor dem ihren; mein Leben gebe ich, bevor ihres vergeht.* »Ich danke Euch, Meister Tesen. Ich ...« *Mein Blut soll fließen vor dem ihren ...* So lautete der Eid, den er abgelegt hatte, als er gerade groß genug war, um über den Rand von Elaynes Wiege zu spähen. »Ihr könnt durchaus etwas verkaufen bei ... Ein paar meiner Männer brauchen vielleicht ...« Gareth Bryne hatte ihm erklären müssen, was das bedeutete, aber sogar damals schon hatte er gewußt, daß er diesen Eid einhalten mußte, selbst wenn alles andere in seinem Leben schief ging. Jisao und die anderen blickten ihn besorgt an. »Kümmert Euch um den Händler«, fuhr er Jisao grob an und wandte sich ab.

Seine Mutter tot, und Elayne. Nur ein Gerücht, aber Gerüchte, die jeder auf den Lippen trug, stellten sich ja manchmal als die Wahrheit heraus. Er klomm ein halbes Dutzend Schritte zum Lager der Aes Sedai empor, bevor ihm das bewußt wurde. Seine Hände schmerzten. Er mußte erst hinunterblicken, damit ihm klar wurde, daß er das Heft seines Schwertes so hart umklammerte. Er zwang sich, den Griff zu lösen. Coiren und die anderen wollten Rand al'Thor nach Tar Valon bringen, doch falls seine Mutter tot war ... Elayne. Falls sie beide tot waren, würde man schon sehen, ob der Wiedergeborene Drache mit einem Schwert im Herzen überleben konnte.

Katerine Alruddin rückte ihre rotgefranste Stola zurecht und erhob sich gleichzeitig mit den anderen Frauen im Zelt von den Sitzkissen. Sie hätte beinahe geschnaubt, als Coiren, mollig und pompös, wie sie wirkte, mit getragener Stimme verkündete: »Wie es vereinbart wurde, so soll es geschehen.« Das hier war ein Treffen mit Wilden und nicht ein Vertragsabschluß zwischen der Burg und einem Herrscher.

Die Aielfrauen zeigten genausowenig Reaktionen, genausowenig Ausdruck wie bei ihrer Ankunft. Das kam doch etwas überraschend; Könige und Königinnen verrieten ihre geheimsten Regungen, wenn sie zwei oder drei Aes Sedai gegenüberstanden, ganz zu schweigen von einem halben Dutzend – unzivilisierte Wilde sollten in diesem Augenblick eigentlich vor ihnen zittern und beben. Das hätte ja wohl die mindeste Reaktion sein sollen. Ihre Anführerin – sie hieß Sevanna, gefolgt von irgendeinem Unsinn wie ›Septime‹ und ›Shaido Aiel‹ und ›Weise‹ – sagte: »Ihr habt unser Einverständnis, solange ich einen Blick auf sein Gesicht werfen kann.« Sie hatte einen Schmollmund und trug die Bluse so weit offen, um Männerblicke anzulocken. Daß die Aiel eine wie sie zur Anführerin machten, zeigte, wie primitiv sie waren. »Ich will ihn sehen und ich will, daß er mich sieht, wenn er besiegt ist. Nur bei dieser Gegenleistung wird Eure Burg in den Shaido einen Verbündeten finden.«

Die Andeutung von Anbiederung in ihrem Tonfall zwang Katerine, ein Lächeln zu unterdrücken. Weise? Diese Sevanna war wirklich töricht. Die Weiße Burg hatte keine Verbündeten. Es gab die einen, die ihr willig dienten, und die anderen, die ihr gegen den eigenen Willen dienten, und sonst niemanden.

Ein leichtes Zucken an Coirens Mundwinkeln verriet, daß ihr das alles auf die Nerven ging. Die Graue war eine gute Verhandlungsleiterin, aber sie hatte es nun mal am liebsten, wenn alles seine vorbestimmte Ordnung hatte, wenn jede Einzelheit so ablief, wie sie es vorher festgelegt hatte. »Zweifellos verdient Eure Unterstützung das, was Ihr fordert.«

Eine der grauhaarigen Aiel – Tarva oder so ähnlich hieß sie wohl – kniff die Augen zusammen, aber Sevanna nickte. Sie hatte genau das herausgehört, was Coiren beabsichtigt hatte.

Coiren machte sich auf, die Aielfrauen bis hinunter zum Fuß des Hügels zu begleiten, zusammen mit Erian, einer Grünen, und Nesune, einer Braunen, und den fünf Behütern, die insgesamt zu ihnen gehörten. Katerine selbst ging nur bis zum Rande des Gehölzes und blickte den anderen hinterher. Bei ihrer Ankunft hatte man den Aiel gestattet, allein hier heraufzukommen, wie es solchen Helfern zustand, doch nun erwies man ihnen alle Ehren, um sie glauben zu machen, man schätze sie als Freunde und Verbündete. Katerine fragte sich, ob sie wohl zivilisiert genug seien, um die feinen Unterschiede überhaupt wahrzunehmen.

Gawyn befand sich dort unten, saß auf einem Felsen und blickte auf die grasbewachsene Ebene hinaus. Was würde dieser junge Mann denken, wenn er erführe, daß er und seine Kindertruppe sich nur hier befanden, weil man sie in Tar Valon loswerden wollte? Weder Elaida noch der Saal hatten gern ein Rudel junger Wölfe in der Nähe, das sich nicht an die Leine legen zu lassen gedachte. Vielleicht sollte man es den Shaido überlassen, dieses Problem auszuräumen. Elaida hatte das bereits angedeutet. Auf diese Weise würde seine Mutter seinen Tod nicht mit der Burg in Verbindung bringen.

»Wenn du diesen jungen Mann noch länger anhimmelst, Katerine, dann muß ich wohl langsam glauben, du wärst bei den Grünen besser aufgehoben.«

Katerine unterdrückte ihren plötzlich aufflammenden Ärger und neigte den Kopf respektvoll. »Ich habe nur über seine Gedanken spekuliert, Galina Sedai.«

Das war genug Respekt, wie ihn ein Gespräch vor aller Augen verlangte; vielleicht sogar ein wenig mehr. Galina Casban sah bestenfalls nur wenig jünger aus, als Katerine in Wirklichkeit war, war aber doppelt so alt.

Seit achtzehn Jahren war die Frau mit dem runden Gesicht das Oberhaupt der Roten Ajah. Diese Tatsache war außerhalb der Ajah natürlich nicht bekannt; solche Kenntnisse waren nur für den internen Gebrauch bestimmt. Sie gehörte nicht einmal zu den Sitzenden – den Abgeordneten also – der Roten im Burgsaal. Katerine vermutete, bei den anderen Ajah sei es dasselbe. Elaida hätte sie ja zur Leiterin dieser Expedition ernannt anstatt dieser Coiren, die sich selbst so ungeheuer wichtig nahm, aber Galina selbst hatte sie darauf aufmerksam gemacht, daß eine Rote Rand al'Thor möglicherweise mißtrauisch gemacht hätte. Die Amyrlin gehörte allen Ajahs und dabei doch keiner einzelnen an, mußte ihre alte Bindung bei Amtsantritt aufgeben, aber wenn Elaida den Rat einer anderen suchte, was allerdings wohl kaum jemals der Fall zu sein schien, dann den Galinas.

»Wird er freiwillig mitkommen, wie Coiren glaubt?« fragte Katerine.

»Vielleicht«, antwortete Galina trocken. »Die Ehre, die man ihm mit dieser Delegation erweist, sollte ausreichen, einen König dazu zu bringen, daß er seinen eigenen Thron bis nach Tar Valon schleppt.«

Katerine machte sich nicht einmal die Mühe eines Kopfnickens. »Diese Sevanna wird ihn töten, falls sie die Chance dazu bekommt.«

»Dann darf man ihr keine Gelegenheit geben.« Galinas Stimme klang kalt und ihre dicken Lippen hatte sie aufeinander gepreßt. »Es würde der Amyrlin nicht gefallen, wenn ihre Pläne auf diese Art zunichte gemacht würden. Und du und ich würden tagelang im Dunklen vor Schmerzen schreien, bevor man uns sterben ließe.«

Katerine zog unwillkürlich ihre Stola eng um die Schultern zusammen und schauderte. Staub lag in der Luft; sie würde ihren leichten Sommerumhang herausholen. Es wäre nicht einmal Elaidas Zorn, der sie töten würde, obwohl ihr Zorn schrecklich sein konnte. Siebzehn Jahre lang war Katerine nun schon Aes Sedai, aber erst am Morgen vor ihrer Abreise hatte sie erfahren, daß sie mehr als nur die Zugehörigkeit zu den Roten Ajah mit Galina gemein hatte. Zwölf Jahre lang nämlich war sie bereits Mitglied der Schwarzen Ajah, und in all dieser Zeit hatte sie nicht gewußt, daß auch Galina eines ihrer Mitglieder war, und zwar seit viel längerer Zeit schon. Notwendigerweise tarnten sich die Schwarzen Schwestern sehr sorgfältig, sogar voreinander. Bei ihren seltenen Versammlungen verhüllten sie die Gesichter und verstellten die Stimmen. Vor Galina hatte Katerine nur zwei andere kennengelernt, die sie wiedererkennen durfte. Befehle wurden auf ihrem Kopfkissen hinterlassen, oder in einer Tasche ihres Umhangs, und die Tinte, mit der sie geschrieben waren, verblaßte augenblicklich, wenn eine andere Hand als die ihre das Papier berührte. Es gab einen geheimen Ort, an dem sie Nachrichten hinterließ, und einen strengen Befehl, nicht zu warten und zu belauern, wer sie abzuholen komme. Sie war immer gehorsam gewesen. Es konnte unter denen, die im Abstand einer Tagesreise folgten, durchaus Schwarze Schwestern geben, aber sie hatte keine Möglichkeit, das festzustellen.

»Warum?« fragte sie. Befehle, den Wiedergeborenen Drachen am Leben zu halten, ergaben keinen Sinn, genausowenig wie eine Auslieferung an Elaida.

»Fragen zu stellen ist gefährlich für eine, die geschworen hat, bedingungslos zu gehorchen.«

Katerine schauderte wieder und konnte sich gerade noch davon abhalten, vor Galina einen Knicks zu machen. »Ja, Galina Sedai.« Aber sie konnte sich nicht helfen. Sie fragte sich immer noch, warum.

»Sie zeigen weder Respekt noch ehrenhaftes Verhalten«, grollte Therava. »Sie gestatten uns, ihr Lager zu betreten, als seien wir zahnlose Hunde, und dann bringen sie uns unter Bewachung hinaus, als verdächtigten sie uns des Diebstahls.«

Sevanna blickte sich nicht um. Das würde sie erst wieder tun, wenn sie sich in der Deckung der Bäume befanden. Die Aes Sedai würden bestimmt nach Anzeichen der Nervosität bei ihnen Ausschau halten. »Sie haben sich einverstanden erklärt, Therava«, sagte sie. »Das reicht fürs erste.« Für den Moment. Eines Tages würden diese Länder hier den Shaido zum Plündern offenstehen. Einschließlich der Weißen Burg.

»Das ist alles zu unausgegoren«, sagte die dritte Frau mit Nervosität in der Stimme. »Die Weisen Frauen meiden alle Aes Sedai; das war schon immer so. Vielleicht war es bei dir in Ordnung, Sevanna, denn als Couladins und Suladrics Witwe vertrittst du den Clanhäuptling, bis wir wieder einen Mann nach Rhuidean schicken können, aber wir anderen hätten nicht daran teilnehmen sollen.«

Sevanna zwang sich mit Mühe zum Weitergehen. Desaine hatte sich gegen ihre Wahl zur Weisen Frau ausgesprochen und laut lamentiert, sie habe keine Lehrzeit absolviert und Rhuidean nicht besucht. Außerdem hatte sie behauptet, gerade ihr Rang als Stellvertreterin des Clanhäuptlings mache es unmöglich, sie auch noch zur Weisen Frau zu erheben. Und dazu konnte es sein, da ihr nicht nur ein Ehemann, sondern gleich zwei gestorben waren, daß sie dem Clan Unglück brachte. Glücklicherweise hatten genügend Weise Frauen der Shaido auf Sevanna gehört und nicht auf Desaine. Andererseits hatten allzu viele auf Desaine gehört, als daß man sie problemlos hätte beseitigen können. Die Weisen Frauen waren an sich ja unverletzlich – sogar diejenigen, die zu diesen Verrätern und Narren drunten in Cairhien hielten, begaben sich gelegentlich unbehelligt zu den Shaido –, doch Sevanna hatte vor, eine Methode zu finden, sie aus dem Weg zu schaffen.

Als hätten Desaine mit ihren Zweifeln Therava angesteckt, begann diese halb in sich hinein zu knurren: »Alles Üble, das wir tun, richtet sich gegen die Aes Sedai. Wir dienten ihnen vor der Zerstörung der Welt, und wir haben dabei versagt. Deshalb wurden wir ins Dreifache Land gesandt. Wenn wir noch einmal versagen, werden wir vernichtet.«

Das jedenfalls glaubten alle. Es war Teil der alten Legenden und gehörte zum Brauchtum. Sevanna war jedoch keineswegs so sicher. Diese Aes Sedai kamen ihr schwach und töricht vor. Sie reisten mit ein paar hundert Mann Begleitung durch ein Gebiet, in dem sie die wahren Aiel, die Shaido, zu Tausenden leicht überrennen konnten. »Ein neuer Tag ist angebrochen«, sagte sie in scharfem Ton, wobei sie einen Teil einer ihrer Ansprachen vor den Weisen Frauen wiederholte. »Wir sind nicht mehr an das Dreifache Land gebunden. Jedes Auge kann erkennen, daß alles, was einmal war, sich nun geändert hat. Wir selbst müssen uns ändern, sonst werden wir vernichtet und es wird sein, als seien wir nie gewesen.« Natürlich hatte sie ihnen niemals gesagt, welche Änderungen sie wirklich durchführen wollte. Wenn es nach ihr ginge, würden die Weisen Frauen der Shaido niemals mehr einen Mann nach Rhuidean schicken.

»Neuer Tag oder alter«, brummte Desaine, »was werden wir mit Rand al'Thor anfangen, wenn wir es fertigbringen, ihn den Aes Sedai abzujagen? Es wäre besser und leichter, ihm ein Messer zwischen die Rippen zu jagen, während sie ihn nach Norden begleiten.«

Sevanna antwortete nicht. Sie wußte nicht, was sie antworten sollte. Noch nicht. Alles, was sie wußte, war: Sobald sie diesen sogenannten *Car'a'carn*, den Häuptling aller Häuptlinge der Aiel, wie einen tollen Hund vor ihrem Zelt angekettet hatte, würde dieses Land wirklich und wahrhaftig den Shaido gehören. Und ihr. Das war ihr schon klargewesen, bevor dieser eigenartige Feuchtländermann sie irgendwie in diesen Bergen aufgespürt hatte, die von den Leuten hier als Brudermörders Dolch bezeichnet wurde. Er hatte ihr einen kleinen Würfel aus irgendeinem harten Stein gegeben, auf dessen Seiten kunstvolle aber seltsame Muster eingemeißelt waren, und ihr gesagt, was sie damit anstellen solle – mit Hilfe einer Weisen Frau, die mit der Macht umgehen konnte –, sobald sich al'Thor in ihrer Hand befinde. Sie trug den Würfel nun ständig in einer Gürteltasche mit sich herum. Noch hatte sie sich nicht entschlossen, was sie damit anstellen werde, hatte aber auch niemanden von dem Mann oder dem Würfel erzählt. Mit hoch erhobenem Kopf schritt sie unter der sengenden Sonne des Herbsthimmels davon.

Hätte es im Palastgarten ein paar Bäume gegeben, wäre dadurch wohl ein Anschein von Kühle erweckt worden, aber so waren die höchsten Gewächse kunstvoll beschnittene Sträucher, die man in die Formen von galoppierenden Pferden oder Bären gezwungen hatte, oder die von Akrobaten in der Bewegung und ähnliches mehr. Gärtner in Hemdsärmeln eilten mit Eimern voll Wasser unter der sengenden Nachmittagssonne einher, um ihre Schöpfungen zu retten. Die Blumen hatten sie bereits aufgegeben, die in Mustern angelegten Beete geleert und mit Grassoden bedeckt, die aber auch schon abstarben.

»Wie schade, daß die Hitze so schlimm ist«, sagte Ailron. Er zog ein spitzenbesetztes Taschentuch aus dem ebenfalls mit Spitzenmanschetten versehenen Ärmel seines gelben, seidenen Kurzmantels, tupfte geziert sein Gesicht ab und warf es weg. Ein Diener in goldener und roter Livree hob es schnell von dem Kiesweg auf und zog sich wieder unauffällig in den Hintergrund zurück. Ein weiterer livrierter Mann legte dem König ein frisches Taschentuch in die Hand, das dieser in seinen Ärmel schob. Ailron tat natürlich so, als bemerke er überhaupt nichts. »Diese Burschen bringen es für gewöhnlich fertig, alles bis zum Frühling am Leben zu halten, aber diesen Winter werde ich möglicherweise doch ein paar verlieren. Denn es sieht so aus, als werde es diesmal gar keinen Winter geben. Sie vertragen die Kälte besser als diese Dürre. Findet Ihr nicht auch, daß sie sehr schön sind, meine Liebe?«

Ailron, vom Licht gesalbt, König und Verteidiger von Amadicia, Wächter des Südlichen Tores, sah keineswegs so gut aus, wie es den Gerüchten entsprochen hätte, aber Morgase hatte schon vor Jahren, als sie ihn das erste Mal getroffen hatte, vermutet, er habe diese Gerüchte selbst in die Welt gesetzt. Sein dunkles Haar war voll und lockig – und wurde vorn ganz eindeutig bereits licht. Seine Nase war ein wenig zu lang und seine Ohren eine Kleinigkeit zu groß. Seine gesamtes Gesicht deutete auf ein weiches Gemüt hin. Eines Tages würde sie ihn fragen. Das Südliche Tor wohin?

Sie wedelte mit ihrem geschnitzten Elfenbeinfächer und betrachtete eines der ... Kunstwerke der Gärtner. Es schien drei riesige nackte Frauen darzustellen, die verzweifelt mit enormen Schlangen kämpften. »Das ist sehr beeindruckend«, bemerkte sie. Man sagte eben, was von einem erwartet wurde, wenn man als Bettlerin ankam.

»Ja. Nicht wahr? Ach, es sieht danach aus, daß mich Staatsgeschäfte rufen. Dringende Angelegenheiten, fürchte ich.« Ein Dutzend Männer, in Umhänge gehüllt, so bunt wie die nicht mehr vorhandenen Blumen, war auf der niedrigen Marmortreppe am entfernten Ende des Pfades erschienen, und nun warteten sie vor einem Dutzend kannelierter Säulen, die überhaupt nichts stützten.

»Bis zum Abend, meine Liebe. Dann werden wir weiter über Eure schrecklichen Probleme sprechen und was ich tun kann, Euch zu helfen.«

Er beugte sich über ihre Hand und hielt knapp über

dem Handrücken inne, bevor er ihn tatsächlich geküßt hätte, und sie knickste leicht. Sie murmelte dem Anlaß entsprechende Nichtigkeiten und dann rauschte er davon, von allen seinen Lakaien begleitet bis auf einen einzigen. Diesen Rattenschwanz hatte er den ganzen Tag über auf den Fersen.

Als er weg war, wedelte Morgase heftiger mit ihrem Fächer, als in seiner Gegenwart schicklich gewesen wäre. Der Mann tat so, als berühre ihn die Hitze kaum, dabei strömte ihm der Schweiß über das Gesicht. Sie wandte sich wieder ihren Gemächern zu. Ihren – in denen sie stillschweigend geduldet wurde. Auch das hellblaue, lange Kleid, das sie trug, war ein Geschenk. Sie hatte trotz des Wetters auf dem hohen Kragen bestanden, denn was tiefe Ausschnitte betraf, vertrat sie ihre eigenen Ansichten.

Der zurückgebliebene Diener folgte ihr in gebührendem Abstand. Und Tallanvor natürlich auch, wie immer dicht hinter ihr, und dazu hatte er auch noch darauf bestanden, den groben grünen Umhang zu tragen, mit dem er hier angekommen war. Außerdem trug er das Schwert an der Hüfte, als erwarte er einen Angriff mitten im Seranda Palast, keine zwei Meilen von Amador entfernt. Sie bemühte sich, den hochgewachsenen jungen Mann zu ignorieren, aber wie gewöhnlich ließ er das einfach nicht zu.

»Wir hätten nach Ghealdan reiten sollen, Morgase. Nach Jehannah.«

Sie hatte die Zügel zu lange schleifen lassen. Ihr Rock fegte über den Boden, als sie herumwirbelte und ihn mit funkelnden Augen anfuhr: »Während unserer Reise war eine gewisse Verschwiegenheit notwendig, aber alle in unserer Umgebung hier wissen, wer ich bin. Ihr werdet das künftig auch berücksichtigen und Eurer Königin den gebührenden Respekt erweisen. Auf die Knie mit Euch!«

Sie war vollkommen geschockt, als er sich nicht

rührte. »Seid Ihr meine Königin, Morgase?« Wenigstens senkte er die Stimme, so daß der Diener nichts verstehen und weiterverbreiten konnte, doch seine Augen … Beinahe wäre sie vor diesem blanken Begehren in seinem Blick zurückgewichen. Und vor seinem Zorn. »Ich werde Euch auf dieser Seite des Todes niemals verlassen, Morgase, aber Ihr habt vieles im Stich gelassen, als Ihr Andor Gaebril überlassen habt. Wenn Ihr das wiederfindet, werde ich zu Euren Füßen knien, und Ihr könnt mir meinetwegen den Kopf abschlagen, doch bis dahin … Wir hätten nach Ghealdan reiten sollen.«

Der junge Narr war willens gewesen, im Kampf gegen den Thronräuber zu sterben, sogar noch, nachdem sie herausgefunden hatte, daß kein Adelshaus in Andor mehr hinter ihr stand. Und als sie sich entschlossen hatte, Hilfe im Ausland zu suchen, war er von Tag zu Tag, von Woche zu Woche unfolgsamer und aufsässiger geworden. Sie könnte Ailron ja um Tallanvors Kopf bitten und ihn auch erhalten, ohne daß ihr Fragen gestellt würden. Doch weil sie als ungebetene Gäste gekommen waren, konnten sie sich keine Gedankenlosigkeiten erlauben. Sie war als Bittstellerin hier und durfte deshalb um keinen einzigen Gefallen mehr bitten, als absolut notwendig. Außerdem würde sie sich ohne Tallanvor gar nicht erst hier befinden. Sie wäre eine Gefangene – schlimmer sogar als eine Gefangene – von Lord Gaebril. Und nur aus diesen Gründen würde Tallanvor seinen Kopf behalten.

Ihr Heer bewachte die kunstvoll geschnitzte Tür zu ihren Gemächern. Basel Gill war ein Mann mit rosigen Wangen und ergrautem Haar, das er – eitel, wie er war – vergeblich über die kahle Stelle auf seinem Kopf zurückgekämmt hatte. Sein Lederwams mit den aufgenähten Stahlplatten spannte sich mächtig um seinen Bauch, und er trug ein Schwert am Gürtel, das er zwanzig Jahre lang nicht mehr angerührt hatte, bevor er es ihr zu Ehren wieder gürtete, um ihr zu dienen. Lamgwin war ein klobiger, harter Mann, dessen schwere Augenlider ständig den Eindruck erweckten, er schlafe. Auch er trug ein Schwert, doch die Narben auf seinem Gesicht und die mehrfach gebrochene Nase machten deutlich, daß er wohl eher gewohnt war, sich mit seinen Fäusten oder einem Knüppel durchzusetzen. Ein Wirt und ein Straßenschläger; von Tallanvor abgesehen war das im Augenblick ihr ganzes Heer, mit dem sie Andor zurückgewinnen und Gaebril den Thron wieder abnehmen wollte.

Das ungleiche Paar verbeugte sich tief, doch sie glitt an ihnen vorbei und schlug Tallanvor die Tür vor der Nase zu. »Die Welt«, verkündete sie grollend, »wäre ohne Männer viel besser dran.«

»Aber auch viel leerer«, kommentierte die Stimme von Morgases alter Kinderschwester von ihrem Stuhl her, der vor einem mit Samtvorhängen ausgestatteten Fenster im Vorzimmer stand. Lini hatte den Kopf über den Stickrahmen geneigt, und ihr grauer Dutt hüpfte auf und ab. Sie war wohl dünn wie eine Weidenrute, aber keineswegs so gebrechlich, wie sie manchmal wirkte. »Ich nehme an, Ailron war heute auch nicht entgegenkommender als bisher? Oder liegt es an Tallanvor, Kind? Ihr müßt lernen, Euch von Männern nicht so aufregen zu lassen. Die Anspannung steht Eurem Gesicht nicht.« Lini tat immer noch so, als befände sich Morgase im Kinderzimmer, obwohl sie mittlerweile Morgases Tochter großgezogen hatte.

»Ailron war sehr charmant.« Morgase drückte sich vorsichtig aus. Die dritte Frau im Zimmer, die auf den Knien vor einer Truhe lag und zusammengefaltete Bettlaken herausnahm, schnaubte vernehmlich, worauf Morgase nur mit Mühe einen empörten Blick in ihre Richtung unterdrückte. Breane war Lamgwins... Begleiterin. Die kleine, sonnengebräunte Frau folgte ihm, wohin er auch ging, aber sie kam aus Cairhien und

Morgase war nicht ihre Königin, was sie immer deutlich machte. »Noch ein oder zwei Tage, denke ich«, fuhr Morgase fort, »dann werde ich wohl ein bindendes Versprechen aus ihm herausholen. Heute hat er mir immerhin schon beigepflichtet, daß ich keine Soldaten von außerhalb benötigen werde, um Caemlyn zurückzugewinnen. Sobald Gaebril aus Caemlyn vertrieben ist, werden sich die Adligen wieder hinter mich stellen.« Das hoffte sie wenigstens. Sie befand sich in Amadicia, weil sie sich von Gaebril blenden lassen hatte, und auf seine Empfehlung hatte sie sogar ihre ältesten Freundinnen unter dem Adel schlecht behandelt und verärgert.

»Ein langsames Pferd erreicht nicht immer das Ziel der Reise«, zitierte Lini, die immer noch ganz auf ihre Stickerei konzentriert schien. Sie liebte solche alten Redensarten. Morgase vermutete allerdings, daß viele davon von ihr selbst stammten.

»Dieses schon«, versicherte Morgase. Tallanvor hatte unrecht in bezug auf Ghealdan. Ailron zufolge befand sich dieses Land fast schon im Zustand der Anarchie, und schuld daran war dieser Prophet, von dem sich die Dienerschaft immer neue Dinge zuflüsterte, also der Kerl, der von der Wiedergeburt des Drachen predigte. »Ich hätte gern ein wenig von dem gewürzten Wein, Breane.« Die Frau blickte sie lediglich an, bis sie schließlich hinzufügte: »Bitte.« Und sogar danach schenkte sie ihr den Punsch mit einem mürrischen Gesichtsausdruck ein.

Die Mischung aus Wein und Fruchtsaft war eisgekühlt und bei dieser Hitze äußerst erfrischend. Der Silberpokal, kalt an Morgases Stirn gepreßt, tat ihr gut. Ailron hatte Schnee und Eis von den Verschleierten Bergen herbringen lassen, obwohl ein stetiger Strom von Lastkarren notwendig war, um den Palast einigermaßen zu versorgen.

Auch Lini nahm sich einen Becher davon. »Was Tallanvor betrifft«, begann sie, nachdem sie daran genippt hatte.

»Laß endlich dieses Thema, Lini!« fauchte Morgase.

»Also ist er jünger als Ihr – wenn schon«, sagte Breane. Sie hatte sich ebenfalls eingeschenkt. Die Unverschämtheit dieser Frau! Sie sollte schließlich eine Dienerin abgeben, gleich, was sie in Cairhien gewesen sein mochte. »Wenn Ihr ihn haben wollt, dann nehmt ihn Euch doch. Lamgwin sagt, er habe Euch Treue geschworen, und ich habe gesehen, wie er Euch anblickt!« Sie lachte mit rauchiger Stimme. »Er wird sich gewiß nicht weigern.« Diese Leute aus Cairhien waren ekelhaft, aber die meisten verbargen wenigstens ihre Anschauungen hinter einer Maske des Anstands.

Morgase wollte sie schon aus dem Zimmer schicken, da klopfte es an die Tür. Ohne auf die Erlaubnis zum Eintreten zu warten, kam ein weißhaariger Mann herein, der wirkte, als bestünde er nur aus Haut und Knochen. Auf die Brust seines schneeweißen Umhangs war eine strahlende goldene Sonne gestickt. Sie hatte gehofft, die Weißmäntel meiden zu können, bis sie Ailrons Siegel auf einer bindenden Vereinbarung hatte. Die Kühle des Weins drang mit einemmal bis in ihre Knochen. Wo waren denn Tallanvor und die anderen, daß er so einfach hereinmarschieren konnte?

Die dunklen Augen waren geradewegs auf sie gerichtet, und er machte eine beinahe nur angedeutete Verbeugung. Sein Gesicht war gealtert, die Haut spannte sich straff über die Wangenknochen, aber dieser Mann war so schwächlich wie ein Schmiedehammer. »Morgase von Andor?« fragte er mit fester, tiefer Stimme. »Ich bin Pedron Niall.« Nicht nur irgendein Weißmantel, nein, der kommandierende Lordhauptmann der Kinder des Lichts höchstpersönlich. »Habt keine Angst. Ich bin nicht gekommen, um Euch festzunehmen.«

Morgase hatte sich hoch aufgerichtet. »Mich festnehmen? Mit welcher Begründung? Ich kann die Macht nicht benützen.« Kaum hatte sie die Worte ausgesprochen, da hätte sie sich auch schon am liebsten auf die Zunge gebissen. Sie hätte den Gebrauch der Macht nicht erwähnen sollen, aber die Tatsache, daß sie sich so defensiv verhielt, zeigte deutlich, wie verwirrt sie war. Natürlich hatte sie die Wahrheit gesagt, jedenfalls mehr oder weniger. Fünfzigmal versuchen, die Wahre Quelle zu spüren, und sie nur ein einzigesmal wirklich zu finden, und bei diesen wenigen Gelegenheiten schaffte sie es gerade – unter zwanzig Versuchen, sich *Saidar* zu öffnen – mit Müh und Not einmal einen schwachen Strom der Macht zu fühlen – nein, das war nicht erwähnenswert. Eine Braune Schwester namens Verin hatte ihr gesagt, es sei wohl nicht notwendig, daß sie in der Burg verblieb, um ihre kaum vorhandenen Fähigkeiten in Sicherheit auszubilden. Natürlich behielt die Burg sie trotzdem da. Aber selbst diese mehr als nur geringe Fähigkeit zum Gebrauch der Macht war hier in Amadicia gesetzwidrig und bei Todesstrafe verboten. Der Große Schlangenring an ihrer Hand, der Ailron so faszinierte, erschien ihr jetzt glühend heiß.

»In der Burg ausgebildet«, murmelte Niall. »Auch das ist verboten. Doch wie ich schon sagte, bin ich nicht gekommen, um Euch festzunehmen, sondern um Euch zu helfen. Schickt Eure Frauen weg, und wir werden über alles sprechen.« Er machte es sich bequem, zog sich einen kleinen, gepolsterten Lehnstuhl heran und ließ seinen Umhang nach hinten über die Lehne herunterhängen. »Ich möchte auch etwas Wein, bevor sie gehen.« Zu Morgases Mißvergnügen brachte ihm Breane augenblicklich einen Becher, den Blick zu Boden gerichtet und das Gesicht so ausdruckslos wie ein Brett.

Morgase gab sich Mühe, die Kontrolle über die Lage zurückzugewinnen. »Sie bleiben, Meister Niall.« Sie würde diesem Mann nicht die Befriedigung verschaffen, ihn mit einem Titel anzureden. Es schien ihn aber nicht weiter zu kränken. »Was ist mit meinen Männern draußen geschehen? Ich werde Euch verantwortlich machen, wenn ihnen etwas passiert ist. Und warum brauche ich Eurer Meinung nach Hilfe von Euch?«

»Eure Männer sind unverletzt«, sagte er zwischendurch, während er an seinem Punsch nippte. »Glaubt Ihr, Ailron gibt Euch, was Ihr braucht? Ihr seid eine schöne Frau, Morgase, und Ailron liebt Frauen mit goldenem Haar. Er wird sich jeden Tag der Vereinbarung, die Ihr anstrebt, ein bißchen mehr nähern, aber nie wirklich dazukommen, bis Ihr glaubt, daß er sich nach einem … einem gewissen Opfer … den letzten Ruck geben wird. Doch er wird dem, was Ihr wünscht, kein bißchen näherkommen, gleich, was Ihr ihm gebt. Die tollen Hunde dieses sogenannten Propheten verwüsten den Norden Amadicias. Im Westen liegt Tarabon, zerrissen von einem Bürgerkrieg unter etwa zehn Parteien, von Briganten, die dem sogenannten Wiedergeborenen Drachen verschworen sind, nun, und dann beunruhigen Gerüchte über die Aes Sedai und den falschen Drachen selbst Ailron in hohem Maße. Euch Soldaten zur Verfügung stellen? Er würde seine Seele dafür verpfänden, wenn er für jeden Mann, den er jetzt unter Waffen hat, noch zehn andere dazufände, oder auch nur zwei. Doch ich kann fünftausend Kinder des Lichts nach Caemlyn entsenden mit Euch an der Spitze, wenn Ihr mich darum bittet.«

Zu behaupten, sie sei vor Überraschung wie betäubt, hätte Morgases Gefühl nur in allzu geringem Maße beschrieben. Mit angemessener Würde schritt sie zu einem Stuhl ihm gegenüber und ließ sich nieder, bevor ihre Knie versagten. »Warum solltet Ihr mir helfen wollen, Gaebril hinauszuwerfen?« wollte sie wissen. Offensichtlich wußte er ohnehin alles; vermutlich hatte er Spione unter Ailrons Bediensteten. »Ich habe doch den Weißmänteln niemals in Andor die Freiheiten eingeräumt, die sie wünschten.«

Diesmal verzog er das Gesicht zu einer Grimasse. Weißmäntel mochten diese Bezeichnung nicht. »Gaebril? Euer Liebhaber ist tot, Morgase. Der falsche Drache Rand al'Thor hat Caemlyn seinen Eroberungen hinzugefügt.« Lini gab leise etwas von sich, als habe sie sich in den Finger gestochen, aber er wandte den Blick nicht von Morgase.

Was sie selbst betraf, hatte Morgase die Armlehne ihres Stuhls fest gepackt, um nicht für alle sichtbar eine Hand auf ihren Magen zu pressen. Hätte sie den anderen Arm mit dem Pokal nicht auf die zweite Armlehne gelegt, wäre vermutlich Wein auf den Teppich geschwappt, so zitterte sie. Gaebril tot? Er hatte sie getäuscht, sie zu seiner Geliebten gemacht, ihre Autorität untergraben, das Land in ihrem Namen unterdrückt und sich selbst schließlich zum König von Andor ernannt, das noch nie einen König gehabt hatte. Wie konnte es nur nach alledem sein, daß sie immer noch ein schwaches Bedauern empfand, nun nie wieder seine Hände spüren zu können? Es war Wahnsinn. Hätte sie nicht gewußt, daß es unmöglich war, dann hätte sie glauben können, er habe auf irgendeine Weise die Eine Macht benützt, um sie zu beherrschen.

Aber al'Thor hatte Caemlyn nun eingenommen? Das änderte möglicherweise alles. Sie hatte ihn einmal kennengelernt, einen ängstlichen Bauernburschen aus dem Westen, der sein Bestes tat, um seiner Königin den nötigen Respekt zu erweisen. Aber auch ein Jüngling, der das Reiherschwert eines Schwertmeisters trug. Und Elaida war ihm gegenüber mißtrauisch gewesen. »Warum bezeichnet Ihr ihn als falschen Drachen, Niall?« Wenn er schon vorhatte, sie beim Namen zu nennen, würde sie auch das einem Gemeinen gegenüber höfliche ›Meister‹ fallenlassen. »Der Stein von Tear ist gefallen, wie es in den Prophezeiungen des Drachen stand. Die Hochlords von Tear haben ihn persönlich zum Wiedergeborenen Drachen ausgerufen.«

Nialls Lächeln war spöttisch. »Überall, wo er aufgetaucht ist, waren auch Aes Sedai dabei. Sie gebrauchen die Macht, damit es so scheint, als sei er es, darauf könnt Ihr euch verlassen. Er ist nicht mehr als eine Marionette der Burg. Ich habe Freunde an vielen Orten« – er meinte natürlich Spione –, »und sie berichten mir, es gebe auch Indizien dafür, daß die Burg den letzten falschen Drachen – Logain – ebenfalls für ihre eigenen Zwecke benützt hat. Vielleicht wollte er am Schluß zu hoch hinaus und sie mußten ihn beseitigen.«

»Dafür gibt es aber keine Beweise.« Sie war froh, daß ihre Stimme fest und selbstsicher klang. Sie hatte auf dem Weg nach Amador gerüchteweise von Logain gehört. Aber das waren eben nur Gerüchte gewesen.

Der Mann zuckte die Achseln. »Glaubt, was Ihr wollt, aber ich ziehe die Wahrheit solchen törichten Einbildungen vor. Würde sich der wahre Wiedergeborene Drache so verhalten wie er? Die Hochlords haben ihn proklamiert, sagt Ihr? Wie viele hat er aufgehängt, bevor sich ihm die anderen beugten? Er ließ den Stein von den Aiel plündern und ganz Cairhien dazu. Er behauptet, Cairhien werde einen neuen Herrscher bekommen – er werde ihn noch ernennen –, aber die einzige wirkliche Macht in Cairhien wird von ihm ausgeübt. Er behauptet auch, in Caemlyn werde bald jemand anders herrschen. Ihr seid tot, wußtet Ihr das? Ich glaube, Lady Dyelin ist im Gespräch. Er hat bereits auf dem Löwenthron gesessen und ihn bei Audienzen benützt, aber ich denke, er war ihm zu klein, da er ja für Frauen angefertigt wurde. Er hat ihn als Siegestrophäe ausgestellt und durch seinen eigenen Thron ersetzt, und das im Großen Saal Eures Königlichen Palastes! Natürlich ist ihm nicht alles gelungen. Einige andoranische Adelshäuser glauben, er habe Euch getötet, und jetzt, da man Euch für tot hält, hat man Mitleid mit Euch. Aber die Teile Andors, die er eingenommen hat, regiert er mit eiserner Faust, mit Hilfe einer Aielhorde und einem Heer von Banditen aus den Grenzlanden, das ihm von der Burg zur Verfügung gestellt wurde. Doch wenn Ihr glaubt, er werde Euch in Caemlyn willkommen heißen und Euch Euren Thron zurückgeben ... «

Er ließ die Worte verklingen, doch sein Redestrom hatte Morgase wie ein Hagelschauer getroffen. Dyelin war die nächste in der Thronfolge, aber nur, wenn Elayne starb und keine Nachfolgerin hinterließ. Oh, Licht, Elayne! Befand sie sich noch sicher in der Burg? Seltsam, daß sie in Gedanken eine solche Antipathie gegen die Aes Sedai entwickelt hatte, vor allem, weil sie eine Weile lang Elayne aus den Augen verloren hatten. So hatte sie Elaynes Rückkehr gefordert, in einer Zeit, wo niemand etwas von der Burg *forderte*, und nun hoffte sie, daß sie ihre Tochter dort in Sicherheit festhielten. Sie erinnerte sich an einen Brief Elaynes, als sie nach Tar Valon zurückgekehrt war. Hatte sie noch mehr geschrieben? So vieles von dem, was geschehen war, während sie unter dem Einfluß Gaebrils stand, war völlig verschwommen. Sicherlich ging es Elayne gut. Sie sollte sich auch Sorgen um Gawyn machen und um Galad – das Licht mochte wissen, wo sie sich aufhielten –, aber Elayne war ihre Erbin. Der Friede in Andor hing weitgehend von einer reibungslosen Thronfolge ab.

Sie mußte sorgfältig nachdenken. Es hing alles miteinander zusammen, aber bei gut durchdachten Lügen wäre das genauso, und dieser Mann war bestimmt ein Meister der Lüge. Sie brauchte Tatsachen. Daß man sie in Andor für tot hielt, war keine Überraschung, denn sie hatte sich ja heimlich aus ihrem eigenen Herrschaftsbereich wegschleichen müssen, um Gaebril zu entgehen und denjenigen, die sie an Gaebril verraten hätten, weil sie oder Gaebril selbst ihnen zuviel Unrechtes angetan hatten. Wenn durch die Falschmeldung über ihren Tod nun Mitleid aufkam, könnte ihr das durchaus von Nutzen sein, sollte sie plötzlich wieder von den Toten auferstehen. Tatsachen. »Ich brauche Zeit zum Nachdenken«, sagte sie zu ihm.

»Selbstverständlich.« Niall erhob sich geschmeidig. Sie hätte sich ebenfalls erhoben, damit er nicht so über sie aufragte, doch sie war nicht sicher, ob ihre Beine sie trügen. »Ich werde in ein oder zwei Tagen wiederkommen. Mittlerweile möchte ich aber Gewißheit haben, daß Ihr Euch in Sicherheit befindet. Ailron ist so sehr mit seinen eigenen Problemen beschäftigt, daß man nicht sagen kann, wer sich alles einschleichen könnte, vielleicht sogar mit der Absicht, Euch Schaden zuzufügen. Ich habe mir die Freiheit genommen, ein paar der Kinder hier als Wachen aufzustellen. Mit Ailrons Zustimmung natürlich.«

Morgase hatte immer gehört, die Weißmäntel seien die wahren Machthaber Amadicias. Sie war sicher, daß sie den Beweis dafür gerade erhalten hatte.

Niall benahm sich beim Gehen wenigstens etwas förmlicher als beim Kommen und verbeugte sich tief genug, wie man es bei einem Gleichgestellten üblicherweise tat. Wie sie es auch immer betrachtete: Er ließ sie wissen, sie habe gar keine andere Wahl.

Kaum war er draußen, sprang Morgase auf, aber Breane kam ihr noch zuvor und war schneller als sie an der Tür. Doch bevor eine von ihnen dort angekommen war, flog die Tür auch schon auf und Tallanvor und die beiden anderen Männer eilten in den Raum.

»Morgase«, ächzte Tallanvor und verschlang sie beinahe mit den Augen. »Ich fürchtete schon ... «

»Ihr fürchtet?« fragte sie verächtlich. Es war zuviel – er lernte es einfach nicht. »Beschützt Ihr mich so? Das hätte auch noch ein kleiner Junge gekonnt! Nun, es war ja wohl auch ein kleiner Junge, der mich beschützt hat.«

Dieser glühende Blick ruhte noch einen Moment länger auf ihr, und dann wandte er sich ab und schob sich an Basel und Lamgwin vorbei hinaus.

Der Wirt stand da und rang die Hände. »Sie waren mindestens dreißig, meine Königin. Tallanvor hätte gekämpft; er versuchte auch zu schreien, um Euch zu warnen, aber einer hat ihm den Schwertknauf über den Kopf geschlagen. Der Alte sagte, sie wollten Euch nichts antun, aber sie wollten nur von Euch etwas, und falls sie gezwungen wären, uns zu töten ... « Sein Blick huschte zu Lini und Breane hinüber, die derweil Lamgwin von Kopf bis Fuß musterte, ob er eine Verletzung aufweise. Der Mann schien genauso besorgt ihretwegen. »Meine Königin, wenn ich geglaubt hätte, daß wir etwas ausrichten könnten ... Es tut mir leid. Ich habe versagt.«

»Die rechte Medizin schmeckt immer bitter«, murmelte Lini leise. »Vor allem für ein Kind, das vor lauter Schmollen beinahe einen Wutanfall bekommt.« Ausnahmsweise sagte sie es diesmal leise genug, daß nicht der ganze Raum mithörte.

Sie hatte recht. Das war Morgase klar. Bis auf den Wutanfall natürlich. Basel blickte so schuldbewußt drein, daß er wohl selbst einer Enthauptung zugestimmt hätte. »Ihr habt nicht versagt, Meister Gill. Vielleicht bitte ich Euch eines Tages, für mich zu sterben, aber nur, wenn damit etwas Größeres erreicht werden kann. Niall wollte nur mit mir sprechen.« Basel blickte sofort erleichtert drein, doch Morgase spürte Linis Blick ganz deutlich in ihrem Rücken. Ziemlich bitter, die Medizin. »Bittet doch Tallanvor, zu mir zu kommen. Ich ... ich möchte mich bei ihm für meine überhasteten Worte entschuldigen.«

»Die beste Methode, sich bei einem Mann zu entschuldigen«, sagte Breane, »ist die, ihn in einem abgelegenen Teil des Gartens flachzulegen.«

Nun riß Morgase der Geduldsfaden. Bevor ihr bewußt wurde, was sie tat, hatte sie bereits ihren Weinpokal nach der Frau geworfen, wobei der Wein auf den Teppich spritzte. »Raus!« kreischte sie. »Raus mit Euch allen! Ihr könnt Tallanvor meine Entschuldigung ausrichten, Meister Gill.«

Breane wischte sich gelassen Wein vom Kleid und ließ sich dann Zeit, als sie zu Lamgwin ging und ihren Arm bei ihm einhakte. Basel hüpfte vor Ungeduld fast auf und ab, so eilig hatte er es, sie hinauszugeleiten.

Zu Morgases Überraschung ging auch Lini hinaus. Das war gar nicht Linis Art; viel wahrscheinlicher war bei ihr, daß sie dablieb und ihrem ehemaligen Schützling einen Vortrag hielt, als sei diese noch immer zehn Jahre alt. Morgase wußte selbst nicht, warum sie das für gewöhnlich ertrug. Trotzdem – beinahe wären ihr die Worte entschlüpft, um Lini zum Bleiben zu bewegen. Beinahe. Doch dann waren alle draußen und die Tür geschlossen. Nun mußte sie über wichtigere Dinge nachdenken als Linis Gefühle und ob sie gekränkt sei.

Sie schritt auf dem Teppich hin und her und bemühte sich, nachzudenken. Ailron würde Handelserleichterungen und vielleicht auch Nialls ›Opfer‹ verlangen, wenn er ihr half. Sie würde ja durchaus einen speziellen Handelsvertrag mit ihm abschließen, aber andererseits fürchtete sie, Niall könne recht haben in bezug auf die Anzahl von Soldaten, die Ailron ihr zur Verfügung stellen könne. Nialls Forderungen zu erfüllen wäre leichter, auf gewisse Weise jedenfalls. Möglich, daß er freien Zugang nach Andor verlangte, wie viele Weißmäntel er auch entsenden wollte. Und die Genehmigung, daß sie jeden Schattenfreund aus jedem Dachboden herauszerren durften, daß sie die Volksmenge gegen wehrlose Frauen aufhetzen durften, die sie der Zugehörigkeit zu den Aes Sedai beschuldigten, und wirkliche Aes Sedai zu töten. Niall würde vielleicht sogar ein Gesetz gegen den Gebrauch der Macht von ihr verlangen und ein Verbot für alle Frauen, sich zur Weißen Burg zu begeben.

Es wäre möglich, wenn auch schwierig und verlustreich, die Weißmäntel wieder hinauszuwerfen, wenn sie einmal da waren, aber war es überhaupt notwendig, sie hereinzulassen? Rand al'Thor war der Wiedergeborene Drache, da war sie sicher, gleich, was Niall behaupten mochte; fast sicher jedenfalls, aber Länder zu regieren gehörte nicht zu den Aufgaben, von denen sie in den Prophezeiungen des Drachen gelesen hatte. Wiedergeborener Drache oder falscher hin und her, er hatte kein Recht auf Andor. Aber wie sollte sie herausfinden, was nun stimmte?

Ein schüchternes Kratzen an der Tür ließ sie herumfahren. »Herein!« sagte sie in scharfem Ton.

Die Tür öffnete sich langsam, und ein grinsender junger Mann in goldener und roter Livree stand davor mit einem Tablett, auf dem ein Krug mit gekühltem Wein stand. Das Silber lief von der Kälte bereits an. Sie hatte eigentlich fast erwartet, Tallanvor zu erblicken. Doch Lamgwin stand allein im Korridor Wache, soweit sie sehen konnte. Oder besser, er lehnte lässig an der Wand wie ein Rausschmeißer in einer Taverne. Sie gab dem jungen Mann einen Wink, das Tablett abzustellen.

Ärgerlich – denn eigentlich hätte Tallanvor wirklich kommen sollen, wirklich! – nahm sie ihr Herumgetigere wieder auf. Basel und Lamgwin konnten in den nahegelegenen Dörfern möglicherweise Gerüchte aufschnappen, aber das waren dann eben wieder nur Gerüchte und noch dazu vielleicht von Niall ausgestreut. Das gleiche galt auch für die Diener im Palast.

»Meine Königin? Darf ich sprechen, meine Königin?«

Morgase wandte sich erstaunt um. Der Dialekt des Sprechenden stammte eindeutig aus Andor. Der junge Mann lag auf den Knien und sein Grinsen änderte sich ständig – von unsicher bis frech und wieder zurück. Er könnte vielleicht gut aussehen, bis auf seine Nase, die gebrochen und nicht richtig behandelt worden war. Bei Lamgwin wirkte das hart und männlich und etwas ordinär, dieser Bursche jedoch sah aus, als sei er gestolpert und auf die Nase gefallen.

»Wer seid Ihr?« fragte sie energisch. »Wie seid Ihr hierhergekommen?«

»Ich heiße Paitr Conel, meine Königin. Aus Markt Scheran. In Andor«, fügte er hinzu, als bestehe die Möglichkeit, daß ihr das nicht klar sei. Ungeduldig bedeutete sie ihm, fortzufahren. »Ich bin mit meinem Onkel Jen nach Amador gekommen. Er ist ein Kaufmann aus Vier Könige, und er hoffte, hier vielleicht Textilfarben aus Tarabon zu bekommen. Sie sind teuer, bei all diesen Unruhen in Tarabon, aber er glaubte, sie wären hier vielleicht billiger ...« Ihr Mund verzog sich ärgerlich, und er überschlug sich fast und sprudelte heraus: »Wir hörten von Euch, meine Königin, daß Ihr euch hier im Palast aufhaltet, und weil das Gesetz in Amadicia so streng ist und Ihr ja in der Weißen Burg ausgebildet wurdet und so, da dachten wir, wir könnten Euch helfen ...« Er schluckte schwer und endete fast im Flüsterton: »Euch helfen, von hier zu fliehen.«

»Und Ihr seid wirklich darauf vorbereitet, mir ... zur Flucht zu helfen?« Nicht der beste aller Pläne, aber sie könnte dann ja noch immer nördlich nach Ghealdan reiten. Wie Tallanvor triumphieren würde! Nein, das würde er wahrscheinlich nicht tun und damit alles noch verschlimmern.

Doch Paitr schüttelte verlegen den Kopf. »Onkel Jen hatte ja einen Plan, aber jetzt sind plötzlich hier überall Weißmäntel. Ich wußte nicht, was tun, und so kam ich halt zu Euch. Onkel Jen hat mir gesagt, wie ich das anstellen sollte. Er denkt sich schon etwas aus, meine Königin. Er ist schlau.«

»Da bin ich sicher«, murmelte sie. Ghealdan verschwamm wieder in der Ferne. »Wie lange seid Ihr schon von Andor weg? Einen Monat? Zwei?« Er nickte. »Dann wißt Ihr also nicht, was in Caemlyn geschieht«, seufzte sie.

Der junge Mann leckte sich die Lippen. »Ich ... wir wohnen bei einem Mann in Amador, der Brieftauben hat. Ein Kaufmann. Er bezieht von überall her Nachrichten. Auch aus Caemlyn. Aber ich habe nur Schlimmes gehört, meine Königin. Es mag ein oder zwei Tage dauern, aber mein Onkel wird einen anderen Weg finden. Ich wollte Euch nur wissen lassen, daß Hilfe nahe ist.«

Nun, wie auch immer. Ein Wettlauf zwischen Pedron Niall und dem Onkel Jen dieses Paitr. Sie wünschte, die Vorzeichen bei dieser Wette wären nicht so eindeutig. »Mittlerweile könnt Ihr mir berichten, wie schlecht die Dinge in Caemlyn stehen.«

»Meine Königin, ich sollte Euch eigentlich nur wissen lassen, daß Hilfe naht. Mein Onkel wird böse, wenn ich bleibe und ... «

»Ich *bin* Eure Königin, Paitr«, sagte Morgase energisch, »und die Eures Onkels Jen auch. Es wird ihm nichts ausmachen, wenn Ihr meine Fragen beantwortet.« Paitr sah aus, als wolle er vor Angst davonlaufen, aber sie machte es sich auf einem Sessel bequem und begann, nach der Wahrheit zu bohren.

Pedron Niall fühlte sich recht gut, als er im Großen Hof der Festung des Lichts vom Pferd stieg und einem Stallburschen den Zügel zuwarf. Morgase hatte er gut im Griff, und er hatte noch nicht einmal lügen müssen. Er konnte Lügen nicht leiden. Es war seine eigene Interpretation der Ereignisse gewesen, aber er war sich seiner Sache sicher. Rand al'Thor war ein falscher Drache und ein Werkzeug der Burg. Die Welt war voll von Narren, die nicht klar zu denken vermochten. Die Letzte Schlacht würde kein gigantischer Kampf zwischen dem Dunklen König und einem Wiedergeborenen Drachen werden, einem bloßen Menschen. Der Schöpfer hatte die Menschheit schon lange sich selbst überlassen. Nein, wenn Tarmon Gai'don kam, würde es aussehen wie bei den Trolloc-Kriegen vor mehr als zweitausend Jahren, als sich die Horden der Trollocs und anderer Schattenabkömmlinge aus der Großen Fäule ergossen, durch die Grenzlande fegten und die Menschheit beinahe in einem Meer von Blut ertränkten. Er hatte nicht vor, die Menschheit uneins und unvorbereitet in diesen Kampf zu schicken.

Eine Welle der Verbeugungen unter den weißgekleideten Kindern des Lichts folgte ihm durch die ummauerten Korridore der Festung den ganzen Weg bis zu seinem eigenen Audienzgemach. Im Vorzimmer sprang sein Sekretär Balwer auf, ein Mann mit einem überaus spitzen Gesicht, und faselte umständlich etwas von den vielen Papieren, die der Unterschrift des Lordhauptmanns bedurften, aber Nialls Aufmerksamkeit gehörte dem hochgewachsenen Mann, der sich geschmeidig von einem der Stühle an der Wand erhob. Hinter der goldenen Sonne und den drei goldenen Rangknoten darunter war auf seinem Umhang noch ein roter Hirtenstab aufgestickt.

Jaichim Carridin, Inquisitor der Hand des Lichts, wirkte genauso hart, wie er war, aber an seinen Schläfen zeigte sich mehr Grau als beim letzten Mal, da Niall ihm begegnet war. In seinen dunklen, tiefliegenden Augen stand eine Andeutung von Besorgnis, und das war auch kein Wunder. Die letzten beiden Aufträge, die ihm übergeben worden waren, hatten zu Katastrophen geführt, was nicht gerade gut für einen Mann war, der eines Tages Großinquisitor werden wollte oder vielleicht sogar kommandierender Lordhauptmann.

Niall warf Balwer seinen Umhang zu und bedeutete Carridin, ihm ins eigentliche Audienzgemach zu folgen, in dem erbeutete Schlachtenbanner und die Flaggen alter Feinde als Trophäen an den dunkel getäfelten Wänden hingen. In den Fußboden war eine riesige, strahlende Sonnenscheibe eingelassen, die soviel Gold enthielt, daß den meisten Menschen die Augen übergingen. Von diesen Dingen abgesehen, war es aber das einfach eingerichtete Zimmer eines Soldaten und damit ein Spiegelbild von Nialls Charakter. Niall setzte sich auf einen Sessel mit hoher Lehne, solide gefertigt, aber schmucklos. Die breiten, völlig gleich angelegten Kamine an beiden Enden des Raums waren kalt und ausgefegt, und das zu einer Jahreszeit, wo helle Feuer in ihnen prasseln sollten. Beweis genug, daß man sich der Letzten Schlacht näherte. Carridin verbeugte sich tief und kniete auf der Sonnenscheibe nieder, die von Generationen von Füßen und Knien glattgeschliffen war.

»Habt Ihr euch überlegt, warum ich Euch rufen ließ, Carridin?« Nach den Ereignissen auf der Ebene von Almoth und bei Falme und nach Tanchico konnte man dem Mann keinen Vorwurf machen, wenn er im Glauben kam, festgenommen zu werden. Doch falls er diese Möglichkeit in Erwägung zog, zeigte sich das an seiner Stimme nicht. Wie gewöhnlich konnte er nicht anders und mußte zeigen, daß er mehr wußte als alle anderen. Entschieden mehr, als man von ihm erwarten durfte.

»Die Aes Sedai in Altara, mein kommandierender Lordhauptmann. Eine Chance, die Hälfte der Hexen aus Tar Valon auf einen Schlag zu vernichten, und das direkt vor unserer Tür.« Eine Übertreibung; in Salidar befand sich höchstens ein Drittel, aber bestimmt nicht mehr.

»Und habt Ihr das auch laut überlegt, vielleicht unter Freunden?« Niall bezweifelte, daß Carridin welche hatte, aber es gab welche, mit denen er zumindest trank. In letzter Zeit war er häufig betrunken. Doch der Mann hatte gewisse Fähigkeiten; nützliche Fähigkeiten.

»Nein, mein kommandierender Lordhauptmann. Das weiß ich denn doch besser.«

»Gut«, sagte Niall. »Weil Ihr nicht einmal in die Nähe dieses Ortes Salidar gehen werdet. Keines der Kinder wird sich dorthin begeben.« Er war sich nicht sicher, ob das Erleichterung war, was sich ganz kurz auf Carridins Miene zeigte. Falls ja, dann war das ungewöhnlich, denn dem Mann hatte es noch nie an Mut gefehlt.

Und auch seine Antwort wollte nicht zu einem Gefühl von Erleichterung passen: »Aber sie warten doch nur darauf, angegriffen zu werden. Das ist der Beweis, daß die Gerüchte über eine Spaltung der Burg stimmen. Wir können diese Gruppe vernichten, ohne daß die anderen einen Finger rühren, um sie zu verteidigen. Die Burg könnte auf diese Art soweit geschwächt werden, daß sie fällt.«

»Glaubt Ihr?« fragte Niall trocken. Er legte die Hände in den Schoß und sprach mit milder Stimme. Zweifler – die Hand verabscheute diese Bezeichnung, doch selbst er gebrauchte sie – Zweifler begriffen nichts, wenn man es ihnen nicht direkt vor die Nase hielt. »Selbst die Burg kann sich nicht offen für den falschen Drachen al'Thor erklären. Was ist, falls er sich gegen sie stellt, so wie Logain? Aber eine Gruppe von Rebellen? Sie könnten ihn unterstützen, und die Weiße Burg behält eine weiße Weste, was auch geschehen mag.« Er war sicher, daß alles so geplant sei. Wenn nicht, gäbe es schon Möglichkeiten, die Burg mit Hilfe einer echten Spaltung noch mehr zu schwächen, aber er glaubte an seine Interpretation der Lage. »Auf jeden Fall spielt nur das eine wirkliche Rolle, was die Welt sieht. Ich werde ihnen nicht nur einfach eine Auseinandersetzung zwischen den Kindern und der Burg zu sehen geben.« Nicht, bevor die Welt nicht endlich die Burg als das sah, was sie war: eine Schlangengrube voll von Schattenfreunden, die sich mit Kräften befaßte, die nicht für den Gebrauch der Menschheit bestimmt waren, mit der Macht, die einst die Zerstörung der Welt hervorgerufen hatte. »Diese Auseinandersetzung ist eine zwischen der Welt und dem falschen Drachen al'Thor.«

»Wenn ich also nicht nach Altara soll, mein kommandierender Lordhauptmann, wie lauten dann meine Befehle?«

Niall ließ seinen Kopf mit einem Seufzen nach hinten sinken. Plötzlich fühlte er sich sehr müde. Er spürte alle seine Jahre und noch mehr. »Oh, Ihr kommt schon nach Altara, Carridin.«

Rand al'Thors Name und Aussehen waren ihm seit der Zeit kurz nach der angeblichen Invasion von jenseits des Meeres bei Falme bekannt, eines Winkelzugs der Aes Sedai, der die Kinder tausend Mann gekostet hatte und seit dem sich die Drachenverschworenen ausgebreitet und das Chaos nach Tarabon und Arad Doman gebracht hatten. Ihm war klar gewesen, was al'Thor darstellte, und er hatte geglaubt, er könne ihn dazu benützen, die Länder zu vereinigen. Einmal unter seiner eigenen Führung geeint, könnten sie al'Thor problemlos beseitigen und wären auf die Trolloc-Horden vorbereitet. Er hatte Abgesandte zu jedem Herrscher in jedem Land geschickt, um ihm diese Gefahr klarzumachen. Doch al'Thor schlug schneller zu als er selbst jetzt glauben konnte. Er hatte einen wütenden Löwen lange genug die Straßen unsicher machen lassen wollen, bis er allen Angst eingejagt hatte, doch aus dem Löwen war ein Riese geworden, der wie der Blitz zuschlug, wo er konnte.

Aber noch war nicht alles verloren, daran mußte er sich selbst immer wieder erinnern. Vor mehr als tausend Jahren hatte sich Guaire Amalasan zum Wiedergeborenen Drachen erklärt, ein falscher Drache, der die Macht benützen konnte. Amalasan hatte noch mehr Länder erobert als al'Thor bisher, und dann hatte ein junger König namens Artur Paendrag Tanreall den Kampf gegen ihn aufgenommen und damit seinen eigenen Aufstieg bis zum Herrscher eines Weltreiches eingeleitet. Niall betrachtete sich nicht als einen neuen Artur Falkenflügel, aber er war eben die Hoffnung der Welt. Er würde nicht aufgeben, solange er am Leben war.

Er hatte auch bereits damit begonnen, etwas gegen al'Thors wachsende Macht zu unternehmen. Außer den Gesandten an die Herrscher hatte er weitere Männer nach Tarabon und Arad Doman abgeordnet. Ein paar Männer, um die richtigen Ohren zu finden, in die sie flüstern konnten, daß alles Übel auf die Drachenverschworenen zurückzuführen sei, diese Narren und Schattenfreunde, die sich für al'Thor entschieden hatten. Und damit der Weißen Burg in die Hände spielten. Aus Tarabon drangen bereits reichlich Gerüchte über Aes Sedai, die an den Kämpfen beteiligt sein sollten, und diese Gerüchte sollten die Menschen darauf vorbereiten, die Wahrheit zu vernehmen. Jetzt war es an der Zeit, die nächste Phase seines neuen Planes einzuleiten, um den Leuten, die auf dem Zaun saßen, zu zeigen, auf welcher Seite sie herabsteigen sollten. Zeit. Er hatte so wenig Zeit. Und doch konnte er sich ein Lächeln nicht verkneifen. Es gab einige, mittlerweile allerdings verstorben, die einst gesagt hatten: »Wenn Niall lächelt, geht er einem an die Kehle«.

»Altara und Murandy«, erklärte er Carridin, »werden in Kürze eine wahre Überschwemmung durch Drachenverschworene erleben.«

Der Raum erweckte den Anschein eines Wohnzimmers in einem Schloß – gewölbte Stuckdecke, fein gewebte Teppiche auf dem weiß gefliesten Fußboden, kunstvoll geschnitzte Wandtäfelung –, obwohl er sich nichts weniger in einem solchen befand. Er befand sich sogar fern von jedem bekannten Ort, so, wie es die meisten Menschen jedenfalls sehen würden. Mesaanas rostbraunes Seidenkleid raschelte, als sie um den mit Lapislazuli eingelegten Tisch schritt und sich damit unterhielt, elfenbeinerne Dominosteine zu einem komplexen Turmbau zusammenzusetzen, bei dem jedes Stockwerk breiter war als das darunterliegende. Sie war stolz darauf, das ohne jeden Einsatz der Macht fertigzubringen, nur mit Hilfe ihres Wissens über Spannungen und Hebelwirkung. Sie hatte bereits das neunte Stockwerk geschafft.

In Wirklichkeit tat sie das nicht nur, um sich damit zu amüsieren, sondern vor allem, um eine Unterhaltung mit ihrer Zimmergenossin zu meiden. Semirhage saß mit einer Handarbeit beschäftigt auf einem hohen Sessel, der mit rotem, gemustertem Stoff überzogen war. Ihre langen, schlanken Finger machten schnelle, energische und beinahe winzige Stiche, um ein labyrinthartiges Muster aus kleinen Blumen zu erschaffen. Es war immer überraschend, wenn diese Frau einer so... gewöhnlichen Beschäftigung nachging. Ihr schwarzes Kleid stand in hartem Kontrast zu dem Sesselbezug. Nicht einmal Demandred wagte Semirhage ins Gesicht zu sagen, daß sie so oft Schwarz trage, weil sich Lanfear immer weiß kleidete.

Zum tausendstenmal versuchte Mesaana, sich darüber klar zu werden, warum sie sich in der Gegenwart der anderen Frau immer unwohl fühlte. Mesaana kannte ihre eigenen Stärken und Schwächen, sowohl im Umgang mit der Einen Macht, wie auch in bezug auf andere Dinge. In den meisten Dinge ergänzte sie sich gut mit Semirhage; wo das nicht der Fall war, besaß sie andere Stärken, um Schwächen Semirhages auszugleichen. Daran lag es nicht. Semirhage liebte Grausamkeiten, empfand ein reines Vergnügen daran, Qualen zu verursachen, aber auch das war nicht das eigentliche Problem. Auch Mesaana konnte grausam sein, wenn es notwendig war, und es war ihr gleich, was Semirhage anderen antat. Es mußte einen Grund geben, aber sie kam nicht darauf.

Gereizt plazierte sie einen weiteren Dominostein, und der Turm brach klappernd zusammen. Elfenbeinerne Spielsteine regneten auf den Fußboden. Mit einem Zungenschnalzen wandte sie sich vom Tisch ab und verschränkte die Arme unter den Brüsten. »Wo bleibt Demandred nur? Siebzehn Tage, seit er zum Schayol Ghul ging, aber er wartet bis jetzt, um uns über eine Botschaft zu informieren, und dann taucht er nicht auf.« Zweimal während dieser Zeit hatte sie sich selbst zum Krater des Verderbens begeben und diesen nervenaufreibenden Gang getan. Und nichts anderes vorgefunden, als einen eigenartigen, übergroßen Myrddraal, der nichts sagte. Der Stollen war natürlich schon dagewesen, aber der Große Herr hatte nicht geantwortet. Sie war nie lange geblieben. Sie hatte wohl geglaubt, überhaupt nichts mehr zu fürchten und ganz bestimmt nicht den Blick eines Halbmenschen, aber zweimal hatte der schweigende, augenlose Blick des Myrddraal sie dazu gebracht, mit schnellen Schritten wegzugehen, wobei sie sich gerade noch unter größter Selbstbeherrschung davon abhalten konnte, zu rennen. Wäre nicht der Gebrauch der Macht gerade dort der sicherste Weg in den Tod gewesen, hätte sie den Halbmenschen vernichtet oder wäre auf einem der Kurzen Wege aus dem Krater entflohen. »Wo kann er nur sein?«

Semirhage hob den Blick von ihrer Stickerei. Die dunklen Augen in dem glatten, dunklen Gesicht blickten starr drein. Dann legte sie ihre Handarbeit beiseite und erhob sich graziös. »Er wird kommen, wenn er kommt«, sagte sie so gelassen wie immer. »Wenn du nicht warten willst, dann geh.«

Unbewußt stellte sich Mesaana ein wenig auf die Zehenspitzen, und trotzdem mußte sie zur anderen aufblicken. Semirhage war größer als die meisten Männer, verfügte aber über solch perfekte Proportionen, daß man sich ihrer Größe erst bewußt wurde, wenn sie direkt vor einem stand und herabblickte. »Gehen? Ich *werde* gehen. Und er kann ... «

Es gab natürlich keine Vorwarnung. Das gab es nie, wenn es ein Mann war, der die Macht benützte. Eine helle, senkrechte Linie erschien in der Luft und erweiterte sich dann, während sich das Tor zur Seite drehte, um sich lange genug zu öffnen, daß Demandred hindurchtreten konnte, wobei er sich vor jeder der beiden leicht verbeugte. Heute war er ganz in Dunkelgrau gekleidet, mit einer schmalen, hellen Halskrause aus Spitzen. Er paßte sich problemlos den Modeerscheinungen und Stoffen dieses Zeitalters an.

Sein Profil mit der Hakennase war durchaus anziehend, aber nicht unbedingt von der Sorte, die Frauenherzen schneller schlagen läßt. Und auf gewisse Weise war es gerade dieses ›durchaus‹ oder ›nicht unbedingt‹, aus dem sich die ganze Lebensgeschichte Demandreds ablesen ließ. Er hatte das Pech gehabt, einen Tag nach Lews Therin Telamon geboren zu werden, der zum Drachen wurde. Während Barid Bel Medar, wie er ursprünglich hieß, Jahre damit verbrachte, durchaus den von Lews Therin gesetzten Maßstäben nachzueifern, konnte er Lews Therins Ruhm nicht unbedingt erreichen. Wäre Lews Therin nicht gewesen, wäre er zweifellos der berühmteste Mann seines Zeitalters gewesen. Hätte ihn das Schicksal dazu bestimmt, die Menschheit zu führen, anstatt dieses Mannes, den er als intellektuell unter ihm stehend betrachtete, als einen übervorsichtigen Narren, der nur zu häufig auf reines Glück angewiesen war, stünde er dann heute hier? Nun, das waren überflüssige Gedankengänge, die ihr allerdings auch schon früher durch den Kopf gegangen waren. Nein, der entscheidende Punkt war der, daß Demandred den Drachen verachtete, und nun, da der Drache wiedergeboren worden war, hatte er diese Verachtung voll und ganz auf den neuen übertragen.

»Warum ...?«

Demandred hob eine Hand. »Laßt uns warten, bis wir alle hier versammelt sind, Mesaana, damit ich mich nicht wiederholen muß.«

Sie spürte ein erstes Weben von *Saidar* einen Augenblick, bevor die glühende Linie wieder in der Luft erschien und sich zu einem Tor öffnete. Graendal trat heraus, ausnahmsweise einmal nicht von halbbekleideten Dienern umgeben, und sie ließ die Öffnung genausoschnell verschwinden wie Demandred zuvor. Sie war eine mollige Frau mit kunstvoll gelocktem, rotgoldenem Haar. Irgendwo hatte sie tatsächlich *Streith* für ihr hochgeschlossenes langes Kleid aufgetrieben. Ihrer Stimmung entsprechend wirkte der Stoff gerade wie aus durchsichtigem Wasserstaub gewebt. Manchmal fragte sich Mesaana, ob Graendal, abgesehen von ihren sinnlichen Ausschweifungen, noch irgend etwas anderes bemerkte.

»Ich hatte mich gefragt, ob Ihr wirklich kommen würdet«, sagte die neu Angekommene im Plauderton. »Ihr drei habt so geheimnisvoll getan.« Sie lachte fröhlich und ein wenig naiv. Nein, es wäre ein verhängnisvoller Fehler, Graendal für das zu halten, was sie äußerlich schien. Die meisten, die sie als Närrin betrachtet hatten, waren mittlerweile schon lange tot, Opfer genau der Frau, die sie mißachtet hatten.

»Kommt Sammael auch?« fragte sie.

Graendal winkte mit einer stark beringten Hand ab. »Ach, er traut euch nicht. Ich glaube nicht, daß er sich überhaupt selbst noch traut.« Das *Streith* wurde dunkler, zu einem alles verbergenden Nebel. »Er sammelt sein Heer in Illian und jammert, weil er keine Schocklanzen hat, um sie damit zu bewaffnen. Und wenn er gerade nicht jammert, sucht er nach brauchbaren *Angreal* oder *Sa'Angreal*. Nach solchen natürlich, die stark genug sind.«

Aller Augen wandten sich Mesaana zu, und sie atmete tief durch. Jeder von ihnen hätte – na ja, beinahe alles – für einen brauchbaren *Angreal* oder *Sa'Angreal* gegeben. Jeder war stärker als alle diese halb ausgebildeten Kinder, die sich heutzutage Aes Sedai nannten, aber genügend dieser halb ausgebildeten Kinder miteinander verknüpft, und sie konnten alle Auserwählten besiegen. Abgesehen davon – natürlich –, daß sie nicht mehr wußten, wie, und daß sie sowieso nicht mehr die Mittel dazu besaßen. Man brauchte Männer, um eine

Verknüpfung von mehr als dreizehn zusammenzuhalten, und mehr als einen Mann, um über siebenundzwanzig hinauszugehen. Tatsächlich stellten diese Mädchen – selbst die ältesten unter ihnen waren für sie nur Mädchen, denn sie hatte mehr als dreihundert Jahre lang gelebt, und dazu kam all die Zeit, die sie im Stollen eingeschlossen gewesen waren, und selbst jetzt betrachtete man sie nur als eine Frau von mittleren Jahren –, stellten diese Mädchen also keine echte Gefahr dar, aber das minderte keineswegs das Verlangen der hier Versammelten nach einem *Angreal* oder noch besser einem viel mächtigeren *Sa'Angreal*. Mit Hilfe dieser Überbleibsel aus ihrem eigenen Zeitalter konnten sie Ausmaße der Macht beherrschen, die sie ohne diese Hilfe zu Asche verbrannt hätten. Jeder von ihnen würde für einen solchen Preis vieles riskieren. Aber nicht alles. Nicht ohne eine zwingende Notwendigkeit. Doch daß diese im Moment nicht gegeben war, minderte das Verlangen keineswegs.

Automatisch verfiel Mesaana in einen belehrenden Tonfall: »Die Weiße Burg hat nunmehr Wachen *und* Wachgewebe an ihren Schatzkammern, innen und außen, und überdies zählen sie alle Gegenstände viermal am Tag. Die Große Schatzkammer im Stein von Tear wird ebenfalls von Wachgeweben geschützt und von einem ekelhaften Ding, das mich festgehalten hätte, hätte ich versucht, hineinzugehen oder das Gewebe aufzulösen. Ich glaube nicht, daß es aufgelöst werden kann, außer eben von derjenigen, die es gewebt hat, und bis dahin ist es eine Falle für jede Frau, die mit der Macht umgehen kann.«

»Ein staubiger Haufen unnützen Schrotts, wie ich gehört habe«, bemerkte Demandred abfällig. »Die Tairener haben alles gesammelt, was auch nur gerüchteweise mit der Macht zu tun hatte.«

Mesaana vermutete, daß er das nicht nur nach dem Hörensagen beurteilte. Sie vermutete ebenfalls, daß um die Große Schatzkammer auch eine Falle für Männer gewoben worden war, sonst hätte Demandred schon lange seinen ersehnten *Sa'Angreal* und hätte sich Rand al'Thor entgegengestellt. »Zweifellos befinden sich auch einige in Cairhien und Rhuidean, aber selbst wenn man nicht gerade auf al'Thor stößt, sind beide Städte doch voll von Frauen, die mit der Macht umgehen können.«

»Ignorante Mädchen«, schnaubte Graendal.

»Wenn ein Küchenmädchen dir ein Messer in den Rücken rammt«, sagte Semirhage kühl, »bist du dann weniger tot als nach einer Niederlage in einem Sha'je Duell in Qal?«

Mesaana nickte. »Dann bleibt nur das übrig, was vielleicht unter uralten Ruinen begraben ist oder vergessen auf einem Dachboden verstaubt. Falls ihr darauf zählt, per Zufall etwas zu finden, dann wartet meinetwegen. Ich werde nicht warten. Außer – jemand von Euch weiß, an welchem Ort ein Stasiskasten verborgen ist?« Das Letzere klang ziemlich trocken. Die Stasiskästen hätten eigentlich die Zerstörung der Welt überstehen müssen, aber diese Erdbeben und Vulkanausbrüche, die ganzen Umwälzungen an der Erdoberfläche, hatten sie wahrscheinlich irgendwo auf einem Meeresgrund oder unter Bergen verschüttet. Nur wenig war noch übrig von der Welt, die sie gekannt hatten; höchstens ein paar Namen und Legenden.

Graendals Lächeln schien zuckersüß. »Ich war schon immer der Meinung, du hättest Lehrerin werden sollen. Oh, tut mir leid. Ich vergaß …«

Mesaanas Gesicht lief dunkel an. Ihr Weg zum Großen Herrn hatte begonnen, als man ihr vor so vielen Jahren einen Lehrstuhl im Collam Daan verweigerte. Für die Forschung nicht geeignet, hatte man ihr gesagt, aber sie könne ja immerhin noch als Lehrerin arbeiten. Also hatte sie gelehrt, bis sie eine Möglichkeit fand, ihnen allen eine Lektion zu erteilen!

»Ich warte immer noch darauf, zu erfahren, was der Große Herr gesagt hat«, murmelte Semirhage.

»Ja. Sollen wir al'Thor töten?« Mesaana wurde bewußt, daß sie beide Hände in ihren Rock verkrampft hatte, und sie ließ los. Seltsam. Sie ließ sich doch sonst von niemandem provozieren. »Wenn alles gutgeht, wird er sich in zwei, höchstens drei Monaten dort befinden, wo ich ihn problemlos erreichen kann, und er wird völlig hilflos sein.«

»Wo du ihn problemlos erreichen kannst?« Graendal zog fragend eine Augenbraue hoch. »Wo hast du denn nun eigentlich dein Netz gesponnen? Ach, spielt keine Rolle. So wenig das ist, ist es doch genauso gut wie jeder andere Plan, den ich in letzter Zeit gehört habe.«

Immer noch schwieg Demandred, stand nur da und musterte sie. Nein, Graendal nicht. Semirhage und sie. Und als er schließlich etwas sagte, war es mehr zu sich selbst und nur so halb zu ihnen: »Wenn ich daran denke, in welche Lage ihr beide euch versetzt habt, dann frage ich mich manchmal, wieviel der Große Herr davon weiß und wie lange schon. Wieviel von alledem, was geschehen ist, war von Anfang an von ihm geplant?« Darauf gab es keine Antwort. Schließlich sagte er: »Ihr wollt wissen, was mir der Große Herr gesagt hat? Also gut. Aber es bleibt unter uns als striktes Geheimnis. Da Sammael es vorgezogen hat, uns fernzubleiben, wird er nichts erfahren. Und auch die anderen nicht, ob sie nun am Leben sind oder tot. Der erste Teil der Botschaft des Großen Herrn war sehr einfach: Laßt den Herrn des Chaos herrschen. Das waren seine genauen Worte.« Seine Mundwinkel zuckten, was einem Lächeln bei ihm so nahe kam, wie Mesaana es nur jemals erlebt hatte. Dann berichtete er ihnen das Übrige.

Mesaana ertappte sich dabei, daß sie schauderte, ohne zu wissen, ob vor Erregung oder vor Entsetzen. Es könnte funktionieren und ihnen alles in die Hand geben, was sie benötigten. Aber Glück war auch dazu nötig, und bei Glücksspielen fühlte sie sich nicht wohl. Demandred war der Spieler unter ihnen. Er hatte in einer Hinsicht recht: Lews Therin hatte sein eigenes Glück gemacht wie eine frisch geprägte Münze. Wie es schien, tat Rand al'Thor bisher ihrer Meinung nach das gleiche.

Es sei denn ... Es sei denn, der Große Herr hatte einen Plan über jenen hinaus, den er ihnen enthüllt hatte. Und das ängstigte sie mehr als jede andere Möglichkeit.

Das Abbild des Raums wurde von einem Spiegel mit vergoldetem Rahmen reflektiert: die beklemmenden Szenen auf den Mosaiken an den Wänden, die vergoldeten Möbel, die feingewebten Teppiche, die anderen Spiegel und die Wandbehänge. Ein fensterloser Raum in einem Palast. Es war auch keine Tür vorhanden. Im Spiegel war eine Frau sichtbar, die im Raum auf und ab schritt. Sie trug ein blutrotes langes Kleid, und auf ihrem schönen Gesicht zeigte sich eine Mischung aus Wut und Ungläubigkeit. Immer noch ungläubig. Das war auch seinem eigenen Gesicht abzulesen, was ihn viel mehr interessierte als die Frau. Er konnte dem Impuls nicht widerstehen, zum hundertstenmal seine Nase, den Mund und die Wangen zu berühren, um sicherzugehen, daß sie wirklich existierten. Nicht jung, aber jünger als das Gesicht, das er bei seinem ersten Erwachen aus dem langen Schlaf mit all seinen endlosen Alpträumen getragen hatte. Ein durchschnittliches Gesicht, und er hatte es immer gehaßt, durchschnittlich zu wirken. Er erkannte das Geräusch, das aus seiner Kehle aufstieg, als ein beginnendes Lachen, ein Kichern, und unterdrückte es. Er war doch nicht verrückt. Trotz allem, das war er nicht.

Ein Name war ihm während seiner zweiten, viel schrecklicheren Schlafperiode verliehen worden, bevor er mit diesem Gesicht und Körper erwachte: Osan'gar.

Den Namen hatte eine Stimme ausgesprochen, die er kannte und der er den Gehorsam nicht verweigern konnte. Sein alter Name, im Hohn gegeben und voller Stolz angenommen, war für immer vergangen. Die Stimme seines Herrn hatte gesprochen und es so werden lassen. Die Frau hieß Aran'gar. Wer sie gewesen war, existierte nicht mehr.

Diese Namen waren für sich schon aufschlußreich genug. *Osan'gar* und *Aran'gar* waren die Dolche einmal für die linke und dann für die rechte Hand bei einer Art von Duell, wie es für kurze Zeit populär gewesen war in den frühen Tagen jener langen Aufbauphase vom Beginn des Stollens bis zum tatsächlichen Ausbruch des Kriegs um die Macht. Seine Erinnerungen waren lückenhaft, denn sowohl während der langen wie auch während der kürzeren Schlafperiode war zuviel verlorengegangen, doch er erinnerte sich wenigstens daran. Die Popularität hatte nicht lang angehalten, denn fast unvermeidlich hatten beide Duellanten am Ende sterben müssen. Die Klingen dieser Dolche waren mit einem langsam wirkenden Gift bestrichen.

Etwas schob sich verschwommen in das Spiegelbild, und er wandte sich um, wenn auch nicht zu schnell. Er mußte im Kopf behalten, wer er war, und sichergehen, daß auch die anderen daran dachten. Es war immer noch keine Tür da, aber nun teilte ein Myrddraal den Raum mit ihnen. Weder das eine noch das andere waren an diesem Ort etwas Besonderes, doch der Myrddraal war größer als jeder andere, den Osan'gar jemals erblickt hatte.

Er nahm sich Zeit und ließ den Halbmenschen warten, ohne seine Anwesenheit zur Kenntnis zu nehmen. Dann, bevor er den Mund öffnen konnte, fauchte Aran'gar: »Warum hat man mir das angetan? Warum stecke ich in diesem Körper? Warum?« Das letzte kam beinahe als Aufschrei heraus.

Osan'gar hatte den Eindruck, daß sich die blutleeren

Lippen des Myrddraal zu einem Lächeln verzogen, doch das war unmöglich, hier oder anderswo. Selbst die Trollocs hatten einen Sinn für Humor, wenn auch schmutzig und gewalttätig, aber nicht die Myrddraal. »Man hat Euch beiden die besten gegeben, die in den Grenzlanden aufzutreiben waren.« Die Stimme klang wie das Geräusch einer Viper, die sich durch dürres Gras schob. »Es ist ein guter Körper, kräftig und gesund. Und besser als die Alternative.«

Beides stimmte natürlich. Es war ein guter Körper. Er hätte zu einer *Daien*-Tänzerin gepaßt, damals, in den alten Tagen, schlank und doch üppig, mit dem unvergleichlichen elfenbeinernen Oval eines grünäugigen Gesichts, eingerahmt von glänzend schwarzem Haar. Und der Alternative gegenüber war sowieso alles besser.

Vielleicht sah Aran'gar das nicht genauso. Der Zorn verzerrte dieses schöne Gesicht. Sie würde irgend etwas Leichtsinniges tun. Das wußte Osan'gar; in dieser Hinsicht war sie schon immer problematisch gewesen. Dagegen erschien Lanfear noch vorsichtig. Er griff nach *Saidin*. Hier die Macht zu benutzen mochte gefährlich sein, aber weniger gefährlich, als ihr eine echte Dummheit durchgehen zu lassen. Er griff also nach *Saidin* – und fand nichts. Er war nicht abgeschirmt, denn das hätte er gespürt und gewußt, wie er sich vorbeimogeln oder die Abschirmung durchbrechen könne, falls er genügend Zeit hatte und sie nicht zu stark war. Doch das jetzt war, als sei er von der Quelle abgeschnitten worden. Das Entsetzen ließ ihn auf der Stelle versteinern.

Anders jedoch Aran'gar. Vielleicht hatte sie die gleiche Entdeckung gemacht, aber sie reagierte auf andere Weise darauf. Kreischend wie eine Katze ging sie auf den Myrddraal los und krallte nach ihm.

Natürlich war die Attacke völlig wirkungslos. Der Myrddraal verlagerte noch nicht einmal das Gewicht.

Locker packte er sie am Hals und hob sie mit ausgestrecktem Arm hoch, bis ihre Füße über dem Boden baumelten. Aus dem Kreischen wurde Gurgeln, und sie packte den Unterarm des Halbmenschen mit beiden Händen. So baumelte sie in seinem Griff, während er den Blick Osan'gar zuwandte. »Ihr seid nicht von der Quelle abgeschnitten worden, aber Ihr werdet die Macht nicht benützen, bis man Euch die Erlaubnis erteilt. Und Ihr werdet mich niemals angreifen. Ich heiße Shaidar Haran.«

Osan'gar bemühte sich zu schlucken, aber sein Mund war staubtrocken. Sicher hatte dieses Geschöpf doch nichts mit dem zu tun, was man mit ihm gemacht hatte. Myrddraal hatten Fähigkeiten gewisser Art, aber so weit ging das doch nicht. Und dennoch wußte er Bescheid. Er hatte die Halbmenschen nie leiden können. Er hatte mitgeholfen, die Trollocs zu züchten, indem er menschliches und tierisches Zuchtvieh kreuzte, und er war stolz darauf, das notwendige Können zu besitzen und all die Schwierigkeiten überwunden zu haben; aber diese gelegentlichen Rückfälle unter ihren Nachkommen erzeugten selbst im besten Fall noch ein Kribbeln in seinem Magen.

Shaidar Haran wandte seine Aufmerksamkeit wieder der Frau zu, die in seiner Faust zappelte. Ihr Gesicht begann, purpurn anzulaufen, und ihre Füße zuckten schwach. »Ihr werdet Euch schon anpassen. Der Körper unterwirft sich der Seele, aber der Verstand beugt sich dem Körper. Ihr paßt Euch jetzt bereits an. Bald wird es sein, als hättet Ihr nie einen anderen besessen. Oder Ihr verweigert Euch. Dann wird eine andere Euren Platz einnehmen und Euch übergibt man … meinen Brüdern, von der Quelle abgeschnitten wie ihr jetzt seid.« Diese dünnen Lippen verzogen sich erneut. »Ihnen fehlt jegliches Vergnügen, dort in den Grenzlanden.«

»Sie kann nicht sprechen«, sagte Osan'gar. »Du bringst sie um! Weißt Du nicht, wer wir sind? Laß ab von ihr, Halbmensch! Gehorche mir!« Das Ding mußte einem der Auserwählten gehorchen.

Aber der Myrddraal musterte nur tatenlos Aran'gars immer dunkler anlaufendes Gesicht eine Weile lang, bevor er ihre Füße auf den Teppich sinken ließ und seinen Griff löste. »Ich gehorche dem Großen Herrn. Keinem anderen.« Sie hielt sich fest, wankte, keuchte und saugte gierig Luft ein. Hätte er die Hand weggenommen, wäre sie gefallen. »Werdet Ihr Euch dem Willen des Großen Herrn beugen?« Das war kein Befehl, sondern nur eine nichtssagende Frage, von dieser röchelnden Stimme gestellt.

»Ich, ich werde mich beugen«, stieß sie heiser hervor, und Shaidar Haran ließ sie los.

Sie wankte noch und massierte ihre Kehle. Osan'gar wollte hingehen und ihr behilflich sein, doch sie wehrte ihn mit einem drohenden Blick und geballter Faust ab, damit er sie nicht berührte. Er zog sich mit erhobenen Händen zurück. Für solche Feindseligkeiten war jetzt nicht die Zeit. Aber es war ein schöner Körper und ein guter Witz dazu. Er hatte sich immer etwas auf seinen Humor eingebildet, und dieser Witz war prachtvoll.

»Empfindet Ihr keine Dankbarkeit?« fragte der Myrddraal. »Ihr wart tot, und nun lebt Ihr. Denkt an Rahvin, dessen Seele für immer verloren ist. Ihr habt die Möglichkeit, dem Großen Herrn wieder zu dienen und Euch für Eure Fehler zu rehabilitieren.«

Osan'gar beeilte sich, zu versichern, wie dankbar er sei und daß er nichts lieber täte, als zu dienen und sich zu rehabilitieren. Rahvin tot? Was war da geschehen? Es spielte keine Rolle, denn einer weniger unter den Auserwählten erhöhte die Chance auf den Gewinn wirklicher Macht, wenn der Große Herr befreit war. Es wurmte ihn wohl, daß er sich von etwas demütigen lassen mußte, das man mit Fug und Recht genau wie die Trollocs als seine Schöpfung betrachten durfte, aber er erinnerte sich nur zu deutlich an den Tod. Um das noch einmal zu vermeiden, würde er auch vor einem Wurm im Dreck kriechen. Aran'gar stand ihm nun nicht mehr nach, wie er bemerkte, trotz des Zorns in ihrem Blick. Eindeutig erinnerte auch sie sich.

»Dann ist es an der Zeit, daß Ihr wieder im Dienst des Großen Herrn in die Welt hinaustretet«, sagte Shaidar Haran. »Niemand außer mir und dem Großen Herrn weiß, daß Ihr wieder lebt. Habt Ihr Erfolg, werdet Ihr für alle Ewigkeit leben und über alle anderen erhoben. Versagt Ihr … Aber Ihr werdet nicht versagen, nicht wahr?« Dann lächelte der Halbmensch tatsächlich. Es war, als sehe man den Tod lächeln.

KAPITEL 1

Der Löwe auf dem Hügel

Das Rad der Zeit dreht sich, und die Zeitalter kommen und gehen, hinterlassen Erinnerungen, die zu Legenden werden, verblassen zu bloßen Mythen und sind längst vergessen, wenn das Zeitalter wiederkehrt, das diese Legende einst gebar. In einem Zeitalter, von einigen das Dritte genannt, einem Zeitalter, das noch kommen wird und das schon lange vorbei ist, erhob sich ein Wind in den von bräunlich vertrocknetem Gestrüpp überzogenen Hügeln von Cairhien. Der Wind stand nicht am Anfang. Es gibt weder Anfang noch Ende, wenn sich das Rad der Zeit dreht. Aber es war *ein* Anfang.

Nach Westen wehte der Wind über verlassene Dörfer und Bauernhöfe hinweg, von denen viele nur noch aus verkohlten Balken und Trümmern bestanden. Der Krieg hatte Cairhien überzogen, Krieg und Bürgerkrieg, Invasion und Chaos, und selbst jetzt, da es vorüber war, soweit es tatsächlich vorüber war, zogen nur eine Handvoll zu ihrer Heimstatt zurück. Der Wind brachte keine Feuchtigkeit, und die Sonne bemühte sich, alles, was dem Land noch geblieben war, zu verbrennen. Wo die kleine Stadt Maerone dem größeren Aringill auf der anderen Seite des Erinin gegenüberlag, überquerte der Wind den Fluß und kam nach Andor. Beide Städte stöhnten unter der Backofenhitze, und falls in Aringill mehr Gebete um Regen ausgestoßen wurden, dann lag es an den Flüchtlingen aus Cairhien, die sich wie die Fische in der Transportkiste innerhalb der Stadtmauern zusammendrängten. Auch auf der anderen Seite des Flusses beteten sogar die um Maerone herum lagernden Soldaten, manchmal betrunken, manchmal fieberhaft, zum Schöpfer. Der Winter hätte normalerweise seine Fühler nach dem Land ausstrecken sollen, und der erste Schnee wäre in anderen Jahren längst vorüber gewesen, doch die Menschen, die nun statt dessen in der Gluthitze schwitzten, fürchteten vor allem den Grund, der an diesem chaotischen Wetter schuld sein mochte, wenn auch nur wenige wagten, diese Furcht in Worte zu kleiden.

Nach Westen wehte der Wind, spielte mit den von der Dürre geschrumpelten Blättern an den Bäumen und ließ kleine Wellen über die Oberflächen der wenigen Bäche laufen, die noch zwischen Rändern aus hartgebackenem Lehm dahinplätscherten. In Andor waren keine ausgebrannten Ruinen zu sehen, aber die Dorfbewohner blickten nervös zu der angeschwollenen Sonne auf, und die Bauern mieden den Blick auf Felder, die im Herbst keine Ernte hervorgebracht hatten. Nach Westen, bis der Wind über Caemlyn wehte und über dem Königlichen Palast im Herzen der von Ogiern erbauten Innenstadt zwei Flaggen zum Flattern brachte. Eine Flagge flatterte rot wie Blut, und eine von einer Schlangenlinie geteilte Scheibe, halb weiß und halb ebenso tiefschwarz wie das Weiß blendend, war darauf zu sehen. Die andere Flagge hob sich schneeweiß vom Himmel ab. Die Gestalt darauf, wie eine seltsame vierbeinige Schlange mit goldener Mähne, mit Augen wie die Sonne und roten und goldenen Schuppen, schien auf dem Wind zu reiten. Die Frage, welche von beiden Flaggen mehr Furcht auslöste, blieb wohl unentschieden. Manchmal regte sich in der gleichen Brust Hoffnung, in der andererseits ein Herz voll Angst schlug. Hoffnung auf Rettung und Furcht vor der Zerstörung, und beides entsprang der gleichen Quelle.

nach
Tar Valon
Caemlyn
nach
Aringill
nach
Vier
Könige
Andor
nach
Far Madding

Viele behaupteten, Caemlyn sei die zweitschönste Stadt der Welt, und das waren nicht nur Andoraner. Bei denen kam es häufig sogar an erster Stelle, noch vor Tar Valon selbst. Hohe, runde Türme standen in Abständen innerhalb der großen, grauen Stadtmauer mit ihren silbern und weiß gemaserten Steinen, und im Innern erhoben sich noch höhere Türme. Weiße und goldene Kuppeln glänzten im Licht einer erbarmungslosen Sonne. Die Stadt erklomm mehrere Hügel auf dem Weg zu ihrem Herzen, der uralten Innenstadt, die von ihrer eigenen schimmernden Mauer umgeben war und die wiederum dem Himmel Türme und Kuppeln entgegenstreckte, purpurn und weiß und golden und mit glitzernden Mosaiken aus glasierten Ziegeln. So blickte sie auf die Neustadt hinab, die ein gutes Stück jünger als zweitausend Jahre war.

So, wie die Innenstadt das Herz Caemlyns darstellte, und nicht nur, weil sie im Zentrum lag, war der Königliche Palast das Herz der Innenstadt, ein märchenhaftes Gewirr von schneeweißen, schlanken Türmchen und goldenen Kuppeln und wie Spitzen durchbrochene Steinmetzarbeiten. Ein Herz, das im Schatten jener zwei Flaggen schlug.

Rand – nackter Oberkörper und geschmeidig auf den Fußballen federnd – war sich überhaupt nicht der Tatsache bewußt, daß er sich in einem weiß gefliesten Innenhof des Palastes befand, so wenig, wie er sich der Zuschauer unter den Arkaden am Rand des Hofes nicht bewußt war. Seine Haare klebten verschwitzt am Kopf, und Schweißperlen rannen ihm die Brust herunter. Die halb verheilte, runde Narbe an seiner Seite schmerzte höllisch, aber er weigerte sich, das zur Kenntnis zu nehmen. Gestalten wie jene auf der weißen Flagge wanden sich um seine Unterarme und glitzerten metallisch in Rot und Gold. Die Aiel bezeichneten sie als ›Drachen‹, und andere begannen nun ebenfalls, diese Bezeichnung zu benützen. Er war sich verschwommen der Reiher bewußt, die sauber und klar umrissen in seine beiden Handflächen eingebrannt waren, aber auch nur, weil er sie am langen Griff seines hölzernen Übungsschwertes reiben spürte.

Er war eins mit dem Schwert, glitt ohne nachzudenken aus einer Figur in die andere, und nur die Stiefelsohlen schabten leise über die hellen Fliesen. Der ›Löwe auf dem Hügel‹ wurde zum ›Bogen des Mondes‹ und dann zum ›Turm des Morgens‹. Ohne einen Gedanken daran zu verschwenden. Fünf schwitzende Männer mit nackten Oberkörpern umringten ihn, wichen vorsichtig aus, gingen die Fechtfiguren mit. Nur auf sie war seine ganze Aufmerksamkeit gerichtet. Männer mit harten Gesichtern und viel Selbstbewußtsein. Sie waren die besten, die er bisher hatte auftreiben können. Die besten, seit Lan ihn verließ. Ohne dabei zu denken, so, wie Lan es ihm beigebracht hatte. Er war eins mit dem Schwert, eins mit den fünf Männern.

Plötzlich rannte er vorwärts. Die ihn umgebenden Männer rannten schnell mit, um ihn in der Mitte zu behalten. Genau in dem Moment, als dieser Gleichschritt fast durcheinandergeriet, als zumindest zwei der fünf Männer dabei waren, die Reihe zu verlassen, wirbelte er mit einemmal herum und rannte in die entgegengesetzte Richtung. Sie versuchten noch, zu reagieren, aber es war zu spät. Mit einem lauten Krachen fing er den Schlag eines Übungsschwertes mit seiner eigenen Klinge ab – eigentlich nur ein verschnürtes Lattenbündel –, und gleichzeitig traf sein rechter Fuß den nächsten Mann in der Reihe, einen älteren mit ergrautem Haar, mit voller Wucht in den Bauch. Stöhnend krümmte sich der Mann. Schwert an Schwert zwang Rand sein Gegenüber mit der mehrfach gebrochenen Nase dazu, sich umzudrehen, wobei er dem zusammengekrümmten, japsenden Mann erneut einen Tritt versetzte, als sie sich um ihn herumdrängten. Grauhaar kippte nach Luft schnappend vornüber. Rands Gegner versuchte, zurückzutreten, um sein Schwert freizubekommen, aber dadurch bekam auch Rand seines frei. Er ließ es um das seines Gegenübers kreisen – ›Die Weinrebe umschlingt‹ – und hieb ihm dann die Spitze gegen die Brust, hart genug, um ihn umzuwerfen.

Herzschläge nur waren vergangen, so wenige, daß erst jetzt die anderen drei in den Nahkampf gehen konnten. Der erste, ein schneller, untersetzter kleiner Mann, strafte seine Körpermaße Lügen, da er mit einem Schrei über Krummnase hinwegsprang, als der zu Fall kam. Rands Übungsschwert schlug ihm gegen die Schienbeine, riß ihn beinahe herum, und dann noch einmal auf den Rücken. Dann krachte er auf die Steinfliesen nieder.

Damit waren nur zwei übrig, aber ausgerechnet die beiden besten, ein geschmeidiger, langer Kerl, dessen Schwert wie die Zunge einer Schlange hervorschoß, und ein schwerer Bursche mit kahlgeschorenem Kopf, der niemals einen Fehler machte. Sie sprangen augenblicklich auseinander, um Rand von zwei Seiten her angreifen zu können, aber er wartete den Angriff nicht ab. Blitzschnell fuhr er auf den Langen zu, denn er hatte nur wenige Augenblicke, bevor der andere um die Gestürzten herum war.

Der Hagere war nicht nur schnell, sondern auch gut. Rand hatte Gold ausgesetzt, um die besten zu bekommen, und sie waren gekommen. Er war groß für einen Andoraner, obwohl Rand ihn noch um eine Handbreit überragte, doch die Körpergröße hatte nicht viel mit dem Gebrauch des Schwerts zu tun. Manchmal gab die Kraft den Ausschlag. Rand stürmte frontal auf ihn los. Das lange Gesicht des Mannes spannte sich an, als er zurückwich. ›Der Keiler stürmt bergab‹ krachte einfach durch ›Die Seide zur Seite schieben‹, schmetterte den ›Dreizackigen Blitz‹ beiseite, und die verschnürten Latten trafen die Seite des Halses seines Gegners mit äußerster Härte. Er stürzte mit einem erstickten Aufstöhnen.

Augenblicklich warf sich Rand seitwärts zu Boden, ganz nach rechts, und wand sich auf den Steinfliesen geschmeidig herum auf die Knie. Seine Klinge fuhr hoch: ›Der Fluß unterspült das Ufer.‹ Der Mann mit dem Kahlkopf war nicht sehr schnell, aber irgendwie hatte er diese Figur erahnt. Im selben Moment, als Rands Klinge über die breiten Hüften des Mannes schnitt, krachte das Schwert des Burschen auf Rands Kopf nieder.

Einen Augenblick lang wankte Rand und sah nur schwarze Flecken, die vor seinen Augen tanzten. Er schüttelte den Kopf, um wieder klar zu werden, und benützte das Übungsschwert als Stütze, damit er hochkam. Derweil beobachtete ihn der Mann mit dem kahlgeschorenen Kopf schwer atmend und mißtrauisch.

»Bezahlt ihn«, sagte Rand, und die Anspannung wich aus der Miene des Mannes. Das Mißtrauen war auch überflüssig gewesen. Als habe Rand nicht jedem Mann, der es schaffte, ihn zu treffen, einen zusätzlichen Tageslohn versprochen. Und sogar dreifache Bezahlung für den, der ihn im Kampf Mann gegen Mann besiegte. Auf diese Weise wollte er sichergehen, daß sich keiner zurückhielt, um dem Wiedergeborenen Drachen zu schmeicheln. Er fragte nie nach ihren Namen, und falls sie deshalb beleidigt waren, spornte sie das ja vielleicht zu noch besseren Leistungen an. Er brauchte Gegner, an denen er sich messen konnte. Sie mußten ja nicht gleich Freunde werden. Die Freunde, die er bereits hatte, würden eines Tages die Stunde verfluchen, in der sie ihn kennengelernt hatten, falls das nicht schon jetzt der Fall war. Die anderen rührten sich nun auch. Eigentlich sollte ein Mann, der ›getötet‹ worden war, an seinem Platz liegenbleiben, bis alle fertig waren, um genauso wie ein echter Leichnam für die anderen als Hindernis im Weg zu dienen, aber nun half der untersetzte Mann dem Grauhaarigen beim Aufstehen; dabei hatte er selbst Schwierigkeiten, auf den Beinen zu bleiben.

Der schlanke, lange Bursche drehte den Kopf probeweise hin und her und verzog dabei das Gesicht. Nun, für heute war die Kampfübung wohl beendet.

»Zahlt sie alle aus.«

Eine Welle des Beifalls und des Lobes durchlief die Reihen der Zuschauer unter den dünnen, kannelierten Säulen: Lords und Ladies in bunter Seide mit schweren, kunstvollen Stickereien und die Damen mit langen Zöpfen. Rand verzog das Gesicht und warf das Schwert weg. Dieser Haufen – das waren die Speichellecker Lord Gaebrils gewesen, als Königin Morgase, *ihre* Königin, nur noch wenig mehr als eine Gefangene in diesem Palast war. In ihrem eigenen Palast. Aber Rand brauchte sie. Im Augenblick jedenfalls. *Wenn du den Dornbusch anfaßt, sticht er dich,* dachte er. Zumindest hoffte er, daß dieser Gedanke von ihm selbst stammte.

Sulin, die weißhaarige Anführerin von Rands Eskorte aus Aiel-Töchtern des Speers, die Befehlshaberin aller Töchter des Speers auf dieser Seite des Rückgrats der Welt, zog eine in Tar Valon geprägte Goldmark aus der Gürteltasche und warf sie mit einer Grimasse hinüber, die die häßliche Narbe auf ihrer einen Wange noch verzerrte. Den Töchtern paßte es überhaupt nicht, wenn Rand mit einem Schwert arbeitete, auch nicht mit einem Übungsschwert. Sie lehnten, wie alle Aiel, Schwerter grundsätzlich ab.

Der Mann mit dem kahlgeschorenen Schädel fing die Münze auf und beantwortete den mißbilligenden Blick aus Sulins blauen Augen mit einer vorsichtigen Verbeugung. Vor den Töchtern nahm sich jeder in acht. Mit ihren Jacken und Hosen und den weichen Schnürstiefeln, alles in Braun und Grautönen gehalten, hatten sie sich der kahlen Landschaft in der Aiel-Wüste perfekt angepaßt. Nun hatten einige damit begonnen, auch ein paar Grünschattierungen zu benützen, um sich besser in diesen Gebieten tarnen zu können, die sie ›Feuchtländer‹ nannten – trotz der augenblicklich herrschenden Trockenheit. Wenn man sie mit der Aiel-Wüste verglich, war es hier immer noch feucht. Bevor sie die Wüste verließen, hatten nur wenige Aiel jemals einen Wasserlauf erblickt, über den sie nicht mit einem Schritt hinwegsetzen konnten, und sie hatten blutige Fehden ausgetragen, bei denen es um Wasserlöcher von kaum mehr als zwei oder drei Schritt Durchmesser ging.

Genau wie die männlichen Aielkrieger, und genau wie die zwanzig anderen Töchter mit ihren blassen Augen, die noch im Hof standen, hatte sich auch Sulin das Haar ganz kurz geschnitten, bis auf einen kleinen Pferdeschwanz hinten im Nacken. Sie trug drei Kurzspeere und einen kleinen, runden Schild aus Stierleder in der linken Hand, und am Gürtel hing ein spitzes Messer mit langer, schwerer Klinge. Wie alle Aielkrieger bis hinunter zum Alter Jalanis, die gerade sechzehn war und noch Babyspeck im Gesicht zeigte, konnte Sulin sehr gut mit diesen Waffen umgehen und benützte sie, jedenfalls nach Ansicht der Menschen diesseits der Drachenmauer, schon bei der geringsten Provokation. Alle Töchter außer ihr beobachteten aufmerksam die gesamte Umgebung, jedes Fenster mit seinem durchbrochenen Steingitter davor, jeden weißschimmernden Balkon, jeden Schatten. Einige hatten kurze, krumme Hornbögen mit aufgelegten Pfeilen in der Hand, und die Köcher an ihren Hüften waren nur so mit Pfeilen gespickt. Die *Far Dareis Mai*, die Töchter des Speers, vertraten die Ehre ihres von der Weissagung angekündigten *Car'a'carn*, wenn auch manchmal auf etwas eigenartige Weise, und keine war unter ihnen, die nicht für Rand gestorben wäre, um sein Leben zu bewahren. Der Gedanke daran ließ ihm die Magensäure hochsteigen.

Sulin teilte mit verächtlicher Miene weitere Goldmünzen aus. Rand machte es Spaß, seine Schulden ausgerechnet mit Goldmünzen aus Tar Valon zu bezahlen. Der Kahlkopf bekam noch eine, genau wie jeder der anderen. Die Aiel konnten die meisten Feuchtländer genausowenig leiden wie deren Schwerter, und das betraf jeden, der nicht als Aiel geboren und aufgewachsen war. Die meisten Aiel hätten in dieser Hinsicht auch Rand – trotz seiner Abstammung von ihnen – nicht ausgenommen, aber er trug eben diese Drachen um die Unterarme. Einer stand für den Clanhäuptling, der ihn durch seine Willensstärke und unter Einsatz seines Lebens verdient hatte, und zwei standen für den *Car'a'carn,* den Häuptling aller Häuptlinge, Ihn, Der Mit Der Morgendämmerung Kommt. Und die Töchter hatten ihre eigenen Gründe, warum sie bei ihm eine Ausnahme machten.

Die Männer sammelten ihre Übungsschwerter ein, nahmen ihre Hemden und Jacken und gingen unter Verbeugungen davon. »Morgen!« rief Rand ihnen nach. »Früh!« Tiefere Verbeugungen zeigten, daß sie den Befehl verstanden hatten.

Bevor noch die Männer mit ihren nackten Oberkörpern aus dem Hof waren, strömten die andoranischen Adligen unter den Arkaden hervor. Ein wahrer Regenbogen aus Seide umgab Rand. Geziert betupften sie ihre verschwitzten Gesichter mit spitzenbesetzten Tüchern. Das Getue verursachte ihm Sodbrennen. *Benützt, was immer Ihr benützen müßt, oder laßt den Schatten über das Land kommen.* Moiraine hatte das zu ihm gesagt. Da zog er beinahe noch den ehrlichen Widerstand vieler aus Cairhien und aus Tear diesem Haufen vor. Fast hätte er über den eigenen Gedanken gelacht, das Verhalten der anderen im Vergleich ›ehrlich‹ zu nennen.

»Ihr wart wunderbar«, hauchte Arymilla und legte leicht eine Hand auf seinen Arm. »So schnell, so stark.« Ihre großen braunen Augen blickten noch schmelzender drein als sonst. Sie war offensichtlich töricht genug, zu glauben, so könne sie ihn beeinflussen. Ihr langes, grünes Kleid, mit silbernen Ranken bestickt, war nach andoranischer Auffassung tief ausgeschnitten, was bedeutete, daß es eine Andeutung von Busen zeigte. Sie war hübsch, aber bestimmt alt genug, um seine Mutter zu sein. Keine von ihnen war jünger und einige älter, doch sie alle stritten sich darum, Rand die Stiefel küssen zu dürfen.

»Das war prachtvoll gekämpft, mein Lord Drache.« Beinahe hätte Elenia Arymilla mit den Ellbogen zur Seite geschubst. Dieses Lächeln wirkte eigenartig auf dem Fuchsgesicht der Frau mit dem honigfarbenen Haar. Sie galt im allgemeinen als äußerst zänkisch. Natürlich nicht in Rands Gegenwart. »In der Geschichte Andors hat es noch nie einen Schwertkämpfer wie Euch gegeben. Selbst Souran Maravaile, Artur Falkenflügels größter General und der Ehemann Isharas, der ersten auf dem Löwenthron, nun, sogar er starb, als er nur vier Schwertkämpfern auf einmal gegenüberstand. Bezahlte Mörder, und das im dreiundzwanzigsten Jahr des Hundertjährigen Kriegs. Aber er hat alle vier getötet.« Elenia ließ selten eine Gelegenheit aus, mit ihren Kenntnissen der Geschichte Andors anzugeben, besonders wenn es um wenig bekannte Gebiete ging, wie beispielsweise den Krieg, der Falkenflügels Weltreich nach seinem Tod zerrissen hatte. Heute fügte sie aber wenigstens keine überflüssigen Rechtfertigungen für ihren Anspruch auf den Löwenthron hinzu.

»Nur am Ende hatte er ein bißchen Pech«, warf Jarid, Elenias Gatte, jovial ein. Er war ein kräftig gebauter Mann und für einen Andoraner ziemlich dunkelhäutig. Aufgestickte Schnörkel und goldene Keiler, das Wappen des Hauses Sarand, bedeckten die Manschetten und die langen Revers seines roten Kurzmantels, während auf Elenias farblich darauf abgestimmtem roten Kleid die Weißen Löwen von Andor an den langen Ärmeln und dem hohen Kragen zu sehen waren. Rand fragte sich, ob sie glaubte, daß er nicht wüßte, was diese Löwen bei ihr bedeuten sollten. Jarid war der

Hochsitz seines Hauses, doch sie war diejenige mit Ehrgeiz und Energie.

»Das habt Ihr ausgesprochen gut gemacht, mein Lord Drache«, stellte Karind ganz ohne Umschweife fest. Ihr schimmerndes graues Kleid, genauso streng geschnitten wie ihr Gesicht, aber voll silberner Stränge an Ärmeln und Rocksaum, paßte fast perfekt zu den Strähnen in ihrem dunklen Haar. »Ihr seid bestimmt der beste Schwertkämpfer der Welt.« Trotz ihrer bewundernden Worte wirkte der Blick der stämmigen Frau wie ein Hammerschlag. Hätte sie ein Gehirn besessen, das ihrer Härte entsprach, hätte sie ausgesprochen gefährlich werden können.

Naean war eine schlanke und auf ihre blasse Art durchaus schöne Frau mit großen, blauen Augen und ganzen Wogen schimmernd schwarzen Haares, doch das verächtliche Grinsen, das sie den fünf Männern bei ihrem Abgang hinterherschickte, war auf ihrem Gesicht festgefroren. »Ich vermute, sie haben das vorher schon geplant, damit einer von ihnen es schafft, Euch zu treffen. Sie werden die Sonderbezahlung unter sich aufteilen.« Im Gegensatz zu Elenia erwähnte die in Blau gekleidete Frau mit den silbernen dreifachen Schlüsseln des Hauses Arawn auf den langen Ärmeln ihren eigenen Anspruch auf den Thron nicht, jedenfalls nicht dort, wo Rand es hören konnte. Sie gab vor, mit ihrem Rang als Hochsitz eines uralten Hauses zufrieden zu sein, wie eine Löwin, die so tut, als sei sie ein Hauskätzchen.

»Kann ich immer damit rechnen, daß meine Feinde nicht auch zusammenarbeiten?« fragte er ruhig. Naeans Mund bewegte sich lautlos vor Überraschung. Sie war wohl kaum dumm, doch sie schien zu glauben, jeder, der ihr widersprach, sollte sich auf den Rücken legen und alle viere in die Luft strecken, sobald sie ihm die Meinung sagte, und wenn sie doch nicht so reagierten, nahm sie es wohl als persönliche Beleidigung.

Eine der Töchter des Speers, Enaila, ignorierte die Adligen und reichte Rand ein dickes, langes, weißes Handtuch, um sich den Schweiß abzuwischen. Sie war ein feuriger Rotschopf, klein für eine Aielfrau, und es stieß ihr sauer auf, daß sogar ein paar dieser Feuchtländerfrauen größer waren als sie. Die Mehrzahl der Töchter konnte den meisten Männern im Hof geradewegs in die Augen sehen. Die Andoraner taten zwar ihr Bestes, sie zu ignorieren, doch ihr betontes Wegblicken machte diesen Versuch zu einem kompletten Fehlschlag. Enaila schritt davon, als sei sie unsichtbar.

Das Schweigen dauerte nur ein paar Augenblicke länger. »Mein Lord Drache ist weise«, sagte Lord Lir mit einer knappen Verbeugung und einem leichten Stirnrunzeln. Der Hochsitz des Hauses Anshar war schlank wie eine Schwertklinge und genauso stark und biegsam. Er trug eine gelbe Jacke mit Goldlitzen, wirkte aber insgesamt zu verbindlich und aalglatt. Nichts bis auf gelegentliches Stirnrunzeln bewegte je diese Oberfläche, und das wirkte auch noch unbewußt. Aber er war wohl kaum der einzige, der Rand eigenartig berührt anblickte. Sie alle sahen den Wiedergeborenen Drachen in ihrer Mitte manchmal staunend und ungläubig an. »Feinde werden immer früher oder später zusammenarbeiten. Man muß sie rechtzeitig erkennen, bevor sie eine Gelegenheit dazu finden.«

Weitere Lobpreisungen für Rands Weisheit erklangen von Lord Henren, klobig, kahlköpfig und mit harten Augen, und von Lady Carlys mit ihren grauen Locken, dem offenen Blick und dem hinterhältigen Verstand, von der molligen, ewig kichernden Daerilla, von Elegar mit den schmalen Lippen und den allgegenwärtigen Anzeichen von Nervosität, und beinahe einem Dutzend anderer, die zunächst den Mund gehalten hatten, während die Mächtigeren sprachen.

Die niederen Lords und Ladies schwiegen jedoch sofort, als Elenia wieder den Mund öffnete. »Es ist immer schwierig, seine Gegner als solche zu erkennen, bevor sie sich selbst zu erkennen geben. Dann ist es oftmals zu spät.« Ihr Mann nickte weise dazu.

»Ich sage immer«, verkündete Naean lauthals, »wer nicht für mich ist, ist gegen mich. Damit bin ich bisher gut gefahren. Diejenigen, die sich zurückhalten, warten vielleicht nur darauf, daß Ihr ihnen den Rücken zuwendet, damit sie mit dem Dolch zustoßen können.«

Das war auch nicht gerade das erstemal, daß sie versuchten, ihre eigenen Positionen zu stärken, indem sie Mißtrauen gegen andere ausstreuten, gegen alle Lords und Ladies, die sich nicht an ihre Seiten stellten, aber Rand hätte sie gern dazu gebracht, damit aufzuhören, allerdings ohne ihnen das ins Gesicht sagen zu müssen. Ihre Versuche, das Spiel der Häuser zu spielen, wirkten ziemlich unbeholfen, wenn man es mit den raffinierten Manövern der Adligen Cairhiens oder selbst derer aus Tear verglich, und außerdem recht ärgerlich, aber zu diesem Zeitpunkt wollte er sie noch nicht auf ein paar falsche Gedanken bringen. Überraschenderweise erhielt er Hilfe von dem weißhaarigen Lord Nasin, dem Hochsitz des Hauses Caeren.

»Ein neuer Jearom«, sagte der Mann, ein unterwürfiges Lächeln auf den Zügen, das bei diesem hageren, schmalen Gesicht unbeholfen wirkte. Frustrierte Blicke trafen ihn, sogar von einigen der niedrigeren Adligen, bevor sie sich schnell wieder beherrschten. Nasin war im Kopf ein wenig verwirrt, seit all den Ereignissen um Rands Ankunft in Caemlyn. Statt der Sterne und dem Schwert seines Hauses waren seine hellblauen Revers völlig unpassend mit Blumen, Mondperlen und Liebesknoten besetzt, und manchmal trug er sogar eine Blume im schütteren Haar wie ein Junge vom Land, der auf Brautschau geht. Allerdings war das Haus Caeren selbst für Jarid oder Naean zu mächtig, um ihn einfach zur Seite zu schieben. Nasins Kopf nickte auf einem mageren Hals. »Euer Umgang mit der Klinge ist sensationell, mein Lord Drache. Ihr seid ein neuer Jearom.«

»Warum?« Das Wort peitschte über den Hof und ließ die andoranischen Gesichter erstarren.

Davram Bashere war gewiß kein Andoraner, bei seinen schrägstehenden, fast schwarzen Augen, der großen Hakennase und dem langen, graugemaserten Schnurrbart, dessen Enden sich wie zwei Hörner an den Mundwinkeln nach unten krümmten. Er war schlank und nur wenig größer als Enaila, trug eine kurze, graue Jacke, die an Manschetten und Revers mit Silber bestickt war, und dazu bauschige Hosen, die er in die an den Knien umgeschlagenen Stiefel gesteckt hatte. Als die Andoraner sich aufgestellt hatten, um dem Kampf beizuwohnen, hatte der Generalfeldmarschall von Saldaea sich einen vergoldeten Stuhl in den Hof schleppenlassen und sich daraufgelümmelt, das eine Bein über die Lehne gelegt und das Schwert mit seinem langen, aus Hohlringen geformten Heft so zurechtgerückt, daß er es bequem erreichen konnte. Auf seinem dunklen Gesicht glänzte Schweiß, doch den beachtete er genausowenig wie die Andoraner.

»Was meint Ihr damit?« fragte Rand.

»All dieses Üben mit dem Schwert«, sagte Bashere leichthin. »Und mit fünf Gegnern? Keiner übt gegen fünf Mann gleichzeitig. Es ist töricht. Früher oder später spritzt bei einem solchen Gewirr mal Euer Gehirn auf den Boden, sogar beim Einsatz von Übungsschwertern, und das alles völlig umsonst.«

Rands Kinn schob sich trotzig vor. »Jearom hat einst sogar zehn besiegt.«

Bashere verlagerte sein Gewicht im Sessel und lachte. »Glaubt Ihr, daß Ihr lange genug am Leben bleibt, um es dem größten Schwertkämpfer der Geschichte gleichzutun?« Zorniges Gemurmel erhob sich von den Andoranern – vorgetäuschte Empörung, dessen war Rand sicher –, aber Bashere ignorierte das. »Letzten Endes seid Ihr, wer Ihr nun mal seid.« Plötzlich bewegte er sich so blitzschnell wie eine losgelassene Sprungfeder, und der Dolch, den er mit der ersten Bewegung gezogen hatte, fuhr auf Rands Herz zu.

Rand rührte keinen Muskel. Statt dessen ergriff er *Saidin*, die männliche Hälfte der Wahren Quelle, und er mußte dabei genausowenig nachdenken wie beim Atmen. *Saidin* strömte in ihn und mit ihm die Verderbnis des Dunklen Königs, eine Lawine aus verdorbenem Eis, ein Strom stinkenden, geschmolzenen Metalls. Es versuchte, ihn zu erdrücken, ihn wegzuspülen, und er ritt auf dieser Welle wie ein Mann, der auf dem Gipfel eines zusammenbrechenden Berges balanciert. Er lenkte die Macht, einen einfachen Strang aus Luft, der den Dolch umschloß und ihn eine Armlänge von seiner Brust entfernt festhielt. Leere umgab ihn, und er schwebte mittendrin im Nichts, wo jeder Gedanke und jedes Gefühl aus der Ferne zu kommen schien.

»Stirb!« schrie Jarid, und er zog sein Schwert, als er auf Bashere zurannte. Lir und Henren und Elegar und alle anderen andoranischen Lords hatten das Schwert in der Hand, sogar Nasin, obwohl es wirkte, als falle es ihm gleich aus der Hand. Die Töchter hatten sich die Schufas um die Köpfe gewickelt, und schwarze Schleier verdeckten die Gesichter bis hinauf zu den blauen oder grünen Augen, während sie ihre Speere mit den gefährlichen, langen Spitzen hoben. Die Aiel verschleierten sich immer, bevor sie töteten.

»Halt!« schrie Rand, und alle erstarrten, wo sie waren. Die Andoraner rissen verwirrt die Augen auf und die Töchter blieben einfach auf Zehenspitzen stehen. Bashere hatte sich überhaupt nicht mehr gerührt, nachdem er sich zunächst auf den Sessel zurückgesetzt hatte und wieder das Bein über die Lehne baumeln ließ.

Rand pflückte den Dolch mit dem Horngriff mit einer Hand aus der Luft und ließ die Wahre Quelle fahren. Trotz der Fäule, die ihm den Magen umdrehte, der Verderbnis, die letzten Endes die Männer zerstörte, die mit der Macht umgehen konnten, fiel ihm das Loslassen schwer. Mit der Hilfe *Saidins* sah er schärfer und hörte besser. Es war ein Paradoxon, das er nicht verstand, aber wenn er im scheinbar endlosen Nichts schwebte, gegen körperliche Wahrnehmungen und Gefühle weitgehend abgeschirmt, waren all seine Sinne geschärft. Hinterher hatte er das Gefühl, nur noch ein halber Mensch zu sein. Und während etwas von der süßen Verderbnis zurückblieb, verflog der erhebende Glanz *Saidins* nun wieder. Dieser tödliche Glanz, der ihn umbrächte, wenn er in seinem Ankämpfen dagegen auch nur eine Handbreit zurückwich.

Er drehte den Dolch in seinen Händen um und ging langsam auf Bashere zu. »Wäre ich nur einen Hauch langsamer gewesen«, sagte er mit sanfter Stimme, »dann wäre ich jetzt tot. Ich könnte Euch auf dem Fleck töten, und kein Gesetz Andors oder irgendeines anderen Landes würde mich schuldig sprechen.« Ihm wurde bewußt, daß er drauf und dran war, genau das zu tun. Kalte Wut hatte *Saidin* ersetzt. Die paar Wochen, die sie sich erst kannten, hatten dem nichts entgegenzustellen.

Die schräg stehenden Augen des Mannes aus Saldaea blickten so gelassen drein, als sitze er gemütlich bei sich zu Hause. »Das würde meiner Frau nicht passen. Ihr paßt ihr auch nicht, davon abgesehen. Wahrscheinlich würde Deira einfach die Führung übernehmen und wieder nach Taim suchen. Sie hält nichts von meinem Versprechen, Euch zu folgen.«

Rand schüttelte leicht den Kopf. Sein Zorn war zum Teil durch die Gelassenheit des Mannes verraucht. Und durch seine Worte. Es hatte ihn überrascht, zu erfahren, daß unter den neuntausend Berittenen, die Bashere aus Saldaea mitgebracht hatte, alle Adligen ihre Frauen dabei hatten, genau wie die meisten der übrigen Offiziere. Rand begriff wohl nicht, wie ein Mann seine Frau so in Gefahr bringen konnte, aber in Saldaea war das Tradition. Es gab nur eine Ausnahme, und das waren Kriegszüge in die Große Fäule.

Er mied jeden Blick in Richtung der Töchter. Sie waren von Kopf bis Fuß Soldaten, aber sie waren eben auch Frauen. Und er hatte versprochen, sie nicht von Gefahren und selbst vom Tod fernzuhalten. Allerdings hatte er nicht versprochen, bei solchen Gedanken nicht innerlich zusammenzuzucken. Es zerriß ihn beinahe, doch er hielt seine Versprechen. Er tat, was sein mußte, obwohl er sich selbst deswegen haßte.

Seufzend warf er den Dolch beiseite. »Eure Frage?« sagte er in höflichem Ton. »Warum?«

»Weil Ihr seid, wer Ihr seid«, sagte Bashere schlicht. »Weil Ihr – und auch diese Männer, die Ihr um Euch versammelt, denke ich – seid, *was* Ihr seid.« Rand hörte, wie sich hinter ihm die Andoraner nervös bewegten. Sie konnten ihr Entsetzen über seine Amnestie nie verbergen. »Das, was Ihr mit dem Dolch gemacht habt, könnt Ihr immer vollbringen«, fuhr Bashere fort, hob sein Bein von der Lehne, stellte den Fuß auf den Boden und beugte sich eindringlich vor. »Und jeder gedungene Mörder, der Euch ans Leben will, muß erst einmal an Euren Aiel vorbei. Und auch an meinen Reitern, was das betrifft. Pah! Falls trotzdem irgend etwas an Euch herankommt, kann es nicht menschlich sein.« Er spreizte die Hände und lehnte sich wieder zurück. »Also, wenn Ihr mit dem Schwert üben wollt, dann tut es ruhig. Ein Mann muß sich ausarbeiten und entspannen. Aber laßt Euch dabei nicht den Schädel spalten. Zuviel hängt von Euch ab, und ich sehe keine Aes Sedai in der Nähe, die Euch heilen könnte.« Sein Schnurrbart verbarg das plötzliche Grinsen fast. »Außerdem – wenn Ihr sterbt, glaube ich nicht, daß unsere andoranischen Freunde ihren warmherzigen Empfang für mich und meine Männer noch aufrechterhalten werden.«

Die Andoraner hatten die Schwerter weggesteckt, aber ihre Blicke ruhten haßerfüllt auf Bashere. Das hatte nichts damit zu tun, daß er Rand beinahe getötet hätte. Gewöhnlich zeigten sie in Basheres Gegenwart keine Gefühlsanwandlungen, obwohl er ja ein ausländischer General war, der mit einem ausländischen Heer auf dem Boden Andors stand. Der Wiedergeborene Drache wollte, daß sich Bashere hier befand, und dieser Haufen hätte selbst einen Myrddraal angelächelt, wäre es der Wunsch des Wiedergeborenen Drachen gewesen. Doch falls sich Rand gegen ihn stellen sollte ... Dann wäre es nicht nötig, die wahren Gefühle zu verbergen. Sie waren Geier, die bereit gewesen waren, Morgase zu zerfleischen, bevor sie starb, und sie würden auch Bashere zerreißen, wenn sich die Gelegenheit ergab. Und Rand. Er konnte es kaum erwarten, sie endlich loszuwerden.

Der einzige Weg, zu leben, ist der Tod. Der Gedanke schlich sich plötzlich in seinen Kopf ein. Das hatte man ihm einst gesagt, und zwar auf eine Art, daß er daran glauben mußte, doch der Gedanke stammte nicht von ihm selbst. *Ich muß sterben. Ich verdiene nichts anderes als den Tod.* Er wandte sich von Bashere ab und preßte beide Hände an den Kopf.

Bashere war im Handumdrehen aus seinem Sessel und packte Rands Schulter, die allerdings für ihn einen Kopf zu hoch lag. »Was ist los? Hat dieser Schlag wirklich Eurem Kopf geschadet?«

»Mir geht es gut.« Rand nahm die Hände herunter. Er hatte keinen Schmerz dabei empfunden, nur den Schreck, die Gedanken eines anderen Mannes im Kopf zu haben. Bashere war nicht der einzige, der zusah. Die meisten der Töchter beobachteten ihn genauso aufmerksam wie den Hof, besonders Enaila und die blonde Somara, die größte unter ihnen. Diese beiden würden ihm wahrscheinlich irgendeinen Kräutertee bringen, sobald ihr Dienst beendet war, und dann würden sie bei ihm aufpassen, bis er ihn getrunken hatte. Elenia und Naean und die anderen Andoraner atmeten schwer, hatten die Hände in die Röcke und Jacken verkrampft und musterten Rand mit der offenen Angst von Menschen, die fürchteten, die ersten Anzeichen des Wahnsinns bei ihm zu bemerken. »Mir geht's gut«, versicherte er dem Hof. Nur die Töchter entspannten sich daraufhin, wenngleich das für Enaila und Somara nur bedingt gelten konnte.

Den Aiel war der ›Wiedergeborene Drache‹ gleich; für sie war Rand der *Car'a'carn*, von dem geweissagt worden war, daß er sie einen und dereinst vernichten werde. Sie nahmen das gelassen hin, obwohl auch sie sich natürlich Sorgen machten, und seinen Umgang mit der Macht und alles, was diese Fähigkeit mit sich brachte, nahmen sie genauso selbstverständlich hin. Die anderen – *die Feuchtländer*, dachte er mit trockenem Humor – nannten ihn den Wiedergeborenen Drachen und dachten überhaupt nicht darüber nach, was das wirklich bedeutete. Sie glaubten, er sei der wiedergeborene Lews Therin Telamon, der Drache, der das Loch im Gefängnis des Dunklen Königs versiegelt und den Schattenkrieg vor dreitausend Jahren oder mehr beendet hatte. Und er hatte auch das Zeitalter der Legenden beendet, als der letzte Gegenangriff des Dunklen Königs *Saidin* befleckt hatte, was dazu führte, daß jeder Mann, der die Macht lenkte, im Lauf der Zeit wahnsinnig wurde, beginnend bei Lews Therin selbst und seinen Hundert Gefährten. Sie nannten Rand den Wiedergeborenen Drachen und hatten keine Ahnung davon, daß ein kleiner Teil Lews Therin Telamons sich in seinem Kopf befand und immer noch so wahnsinnig war wie an dem Tag, an dem die Zeit des Wahns und die Zerstörung der Welt angebrochen war, genauso wahnsinnig wie alle diese männlichen Aes Sedai, die das Antlitz der Welt so verändert hatten, daß sie nicht mehr wiederzuerkennen war. Es hatte ganz langsam begonnen, doch je mehr Rand in bezug auf die Eine Macht lernte, je stärker er im Umgang mit *Saidin* wurde, desto stärker machte sich Lews Therin in ihm bemerkbar und desto härter mußte Rand darum kämpfen, sich nicht von den Gedanken eines toten Mannes beherrschen zu lassen. Das war einer der Gründe, warum er diese Schwertübungen so genoß: Die Abwesenheit aller Gedanken war wie eine Barriere, um sich zu schützen, um er selbst zu bleiben.

»Wir müssen eine Aes Sedai auftreiben«, knurrte Bashere. »Falls an diesen Gerüchten etwas dran ist … Das Licht soll mir die Augen ausbrennen, aber ich wünschte, wir hätten die eine niemals laufenlassen.«

Eine ganze Menge Menschen war aus Caemlyn geflohen in den Tagen, nachdem Rand und die Aiel die Stadt eingenommen hatten. Der Palast selbst war über Nacht plötzlich menschenleer. Es gab Leute, die Rand nur zu gern aufgespürt hätte, Menschen, die ihm einst geholfen hatten, aber sie waren alle verschwunden. Immer noch schlüpften manche heimlich fort. Eine, die in jenen ersten Tagen geflohen war, war eine junge Aes Sedai gewesen, jung genug jedenfalls, daß ihr Gesicht noch nicht die typische Alterslosigkeit der Aes Sedai aufwies. Basheres Männer hatten von ihr berichtet, als sie sie in einer Schenke aufspürten, doch als sie erfuhr, wer Rand war, lief sie schreiend davon. Sie schrie wirklich. Er erfuhr niemals ihren Namen oder ihre Ajah. Den Gerüchten zufolge befand sich noch eine andere in der Stadt, aber in Caemlyn kursierten mittlerweile Hunderte solcher Gerüchte, Tausende vielleicht, und jedes unwahrscheinlicher als das vorige. Es war gewiß unwahrscheinlich, daß eines davon sie zu einer Aes Sedai führte. Patrouillen der Aiel hatten mehrere gesichtet, die an Caemlyn vorbeizogen, und alle hatten es offensichtlich eilig, ihr Ziel zu erreichen. Keine hatte die Absicht gehabt, eine Stadt zu betreten, die vom Wiedergeborenen Drachen besetzt worden war.

»Könnte ich denn einer Aes Sedai trauen?« fragte Rand. »Es waren nur Kopfschmerzen. So hart ist mein Kopf nun auch wieder nicht, daß er nicht schmerzen würde, wenn einer draufhaut.«

Bashere schnaubte laut genug, daß sogar sein dichter Schnurrbart zitterte. »Wie hart Euer Schädel auch sein mag, früher oder später müßt Ihr Euch einer Aes Sedai anvertrauen. Ohne sie bringt Ihr nie alle Länder hinter Euch, ohne sie erobern zu müssen. Die Menschen suchen nach solchen Beispielen. Und wenn Ihr dem Hörensagen nach noch so viele der Prophezeiungen erfüllt, werden doch viele darauf warten, daß die Aes Sedai Euch ihren Stempel aufdrücken.«

»Ich werde den Kampf so oder so nicht meiden können, und das wißt Ihr auch«, sagte Rand. »Die Weißmäntel werden mich in Amadicia sicher nicht gerade willkommen heißen, selbst wenn Ailron zustimmt, und Sammael wird Illian auch nicht ohne Kampf aufgeben.« *Sammael und Demandred und Moghedien und…* Grob stieß er diesen Gedanken aus seinem Bewußtsein. Das war nicht leicht. Solche trüben Gedanken kamen ohne Vorwarnung, und es war nie leicht, mit den Zweifeln fertigzuwerden.

Ein dumpfer Schlag ließ ihn nach hinten blicken. Arymilla lag zusammengebrochen auf den Steinfliesen. Karind kniete neben ihr, zog ihr den Rock über die Knöchel herunter und massierte ihre Handgelenke. Elegar wankte, als wolle er im nächsten Moment Arymilla Gesellschaft leisten, und weder Nasin noch Elenia schienen sich in besserem Zustand zu befinden. Die meisten der übrigen sahen aus, als müßten sie sich gleich übergeben. Die Erwähnung der Verlorenen konnte eine solche Wirkung auslösen, vor allem, seit Rand ihnen gesagt hatte, daß Lord Gaebril in Wirklichkeit Rahvin gewesen sei. Er war nicht sicher, wieviel von alledem sie glaubten, doch auch nur diese Möglichkeit zu erwägen, ließ den meisten die Knie schlottern. Ihr Entsetzen war der Grund dafür, daß sie noch am Leben waren. Hätte Rand den Eindruck gewonnen, sie hätten ihm freiwillig und bewußt gedient... *Nein,* dachte er. *Hätten sie Bescheid gewußt, wären sie allesamt Schattenfreunde, dann würdest du sie trotzdem benützen.* Manchmal war ihm sein eigenes Verhalten so zuwider, daß er fast den Tod herbeisehnte.

Zumindest aber sagte er die Wahrheit. Die Aes Sedai bemühten sich alle, geheimzuhalten, daß sich die Verlorenen in Freiheit befanden, weil sie fürchteten, das Wissen um diese Tatsache werde noch mehr Chaos und Panik auslösen. Rand dagegen bemühte sich, die Wahrheit zu verbreiten. Vielleicht würde sie die Menschen in Panik versetzen, doch sie hatten Zeit genug, darüber hinwegzukommen. Wenn es nach den Aes Sedai ginge, würden diese Erkenntnis und die darauf folgende Panik so spät eintreten, daß sie keine Zeit mehr hatten, sich davon zu erholen. Außerdem hatten die Menschen ein Recht darauf, zu erfahren, wem sie gegenüberstanden.

»Illian wird sich nicht lange halten«, sagte Bashere. Rands Kopf fuhr zu ihm herum, doch Bashere war ein viel zu erfahrener alter Hase, um zu sprechen, wo andere lauschen konnten. Er lenkte einfach das Gespräch von dem Thema der Verlorenen weg. Falls allerdings die Verlorenen oder sonst jemand Davram Bashere nervös machten, hatte Rand noch nichts davon bemerkt. »Illian wird aufplatzen wie eine Nuß unter dem Hammer.«

»Ihr habt mit Mat einen guten Plan ausgearbeitet.« Die zugrundeliegende Idee stammte von Rand, aber Mat und Bashere hatten die tausend Einzelheiten ausgearbeitet, die den Plan erst durchführbar machten. Mat hatte noch mehr beigetragen als Bashere.

»Ein interessanter junger Mann, dieser Mat Cauthon«, dachte Bashere laut nach. »Ich freue mich darauf, wieder mit ihm zu sprechen. Er hat niemals erwähnt, bei wem er studiert hat. Agelmar Jagad? Wie ich hörte, wart Ihr beide in Schienar.« Rand erwiderte nichts. Mats Geheimnisse gehörten nur ihm, und Rand war selbst nicht einmal sicher, was mit Mat wirklich geschehen war. Bashere hielt den Kopf ein wenig schief und kratzte sich mit einem Finger am Schnurrbart. »Er ist eigentlich zu jung, um überhaupt schon studiert zu haben. Nicht älter als Ihr selbst. Hat er irgendwo eine Bibliothek aufgestöbert? Ich hätte gern die Bücher gesehen, die er gelesen hat.«

»Da müßt Ihr ihn selbst fragen«, sagte Rand. »Ich weiß es nicht.« Er glaubte schon, daß Mat irgendwann und irgendwo einmal ein Buch gelesen hatte, im allgemeinen aber interessierte sich Mat nicht sehr für Bücher.

Bashere nickte bloß. Wenn Rand über etwas nicht sprechen wollte, bohrte Bashere für gewöhnlich nicht weiter. Für gewöhnlich. »Wenn Ihr das nächstemal nach Cairhien marschiert, warum bringt Ihr dann nicht diese Grüne Schwester mit, die sich dort aufhält? Egwene Sedai? Ich habe gehört, wie die Aiel sich über sie unterhielten. Sie sagen, sie stamme auch aus Eurem Heimatdorf. Ihr könnt Ihr doch vertrauen, oder?«

»Egwene hat andere Pflichten«, lachte Rand. Eine Grüne Schwester. Wenn Bashere wüßte ...

Somara tauchte an Rands Seite auf. Sie hatte sein Leinenhemd und die Jacke über dem Arm, feiner roter Wollstoff, der im andoranischen Stil geschnitten war, mit Drachen an den langen Revers und Lorbeerblättern an Ärmeln und Aufschlägen. Sie war sogar für eine Aielfrau ausgesprochen groß; kaum eine Handbreit kleiner als er selbst. Wie die anderen Töchter hatte auch sie den Schleier wieder abgenommen, aber die graubraune Schufa verbarg noch immer den größten Teil ihres Gesichts. »Der *Car'a'carn* wird sich eine Erkältung holen«, murmelte sie.

Er bezweifelte das. Die Aiel fanden diese Hitze wohl

nicht außergewöhnlich, aber mittlerweile strömte ihm von allein der Schweiß aus allen Poren, genau wie vorher beim Üben mit dem Schwert. Trotzdem zog er sich das Hemd über den Kopf und steckte es in die Hose, wenn er auch die Bändel nicht zuschnürte. Dann schlüpfte er in die Jacke. Er glaubte nicht, daß Somara tatsächlich versuchen würde, ihn anzuziehen wie ein kleines Kind, jedenfalls nicht vor den anderen, aber so vermied er wenigstens die üblichen Predigten von ihr und Enaila und wahrscheinlich noch ein paar anderen. Außerdem würden sie ihn so nicht wieder mit Kräutertee traktieren.

Für die meisten Aiel war er der *Car'a'carn*, also auch für die Töchter. In der Öffentlichkeit jedenfalls. Wenn er jedoch mit diesen Frauen allein war, die Ehe und Herd aufgegeben hatten, um für den Speer zu leben, wurde die Sache etwas kompliziert. Er dachte schon, daß er diesen Zustand beenden könne – möglicherweise –, aber er war es ihnen schuldig, all das Bemuttern zu ertragen. Schließlich waren einige bereits für ihn gestorben, und weitere würden für ihn sterben. Dieses Recht hatte er ihnen zugestanden, möge das Licht ihn dafür verbrennen! Wenn er sie also um seinetwillen sterben ließ, mußte er sich wohl oder übel auch von ihnen bemuttern lassen. Sein frisches Hemd war im Nu schweißnaß, und an der Jacke zeigten sich schon dunkle Flecken.

»Ihr braucht die Aes Sedai, al'Thor.« Rand hoffte, daß Bashere wenigstens halb so hartnäckig sei, wenn es zum Kampf käme. Dieser Ruf hing ihm jedenfalls an, aber er kannte eben nur den Ruf und das, was er in diesen wenigen Wochen beobachtet hatte. »Ihr könnt Euch nicht leisten, sie zum Gegner zu haben, und wenn sie nicht wenigstens glauben, Euch in gewissem Maße steuern zu können, kann es leicht dazu kommen. Die Aes Sedai sind schwer zu durchschauen; niemand weiß, was sie tun werden und warum.«

»Was ist, wenn ich Euch sage, daß Hunderte von Aes Sedai bereit sind, mich zu unterstützen?« Rand war sich der lauschenden Andoraner bewußt; er mußte vorsichtig sein und durfte nicht zuviel sagen. Nicht, daß er selbst viel wußte. Was ihm bekannt war, konnte auch auf Übertreibung und bloßer Hoffnung beruhen. Er bezweifelte auf jeden Fall die ›hunderte‹, was Egwene auch andeuten mochte.

Basheres Augen verengten sich. »Falls eine Abordnung von der Burg eingetroffen wäre, wüßte ich es, also ... « Seine Stimme wurde leise, und er flüsterte: »Die Spaltung? Hat sich die Burg wirklich gespalten?« Es klang, als könne er die eigenen Worte kaum glauben. Jedermann wußte, daß man Siuan Sanche vom Amyrlin-Sitz gestoßen und einer Dämpfung unterzogen hatte. Den Gerüchten nach war sie hingerichtet worden. Doch eine Spaltung in der Burg war für die meisten Menschen bloße Mutmaßung, und nur wenige glaubten tatsächlich daran. Nichts hatte der weißen Burg bisher etwas anhaben können. Dreitausend Jahre lang hatte sie wie ein Monolith über den gekrönten Häuptern gethront. Aber der Mann aus Saldaea gehörte zu jenen, die für alle Möglichkeiten ein offenes Ohr hatten. Er fuhr im Flüsterton fort und trat näher an Rand heran, damit die Andoraner auch wirklich nichts verstehen konnten: »Das müssen dann die Rebellen sein, die bereit sind, Euch zu unterstützen. Mit ihnen könnt Ihr durchaus bessere Bedingungen aushandeln, denn sie brauchen Euch, genau wie Ihr sie braucht, vielleicht sogar noch mehr. Doch Rebellen, auch wenn sie Aes Sedai sind, haben politisch nicht das Gewicht der Weißen Burg, vor allem, was die Kronen betrifft. Gewöhnliche Menschen sehen da vielleicht keinen Unterschied, aber Könige und Königinnen schon.«

»Sie sind trotzdem Aes Sedai«, sagte Rand genauso leise, »wer auch immer dahinter stecken mag.« *Und was auch immer sie sein mögen,* dachte er sarkastisch. *Aes*

Sedai … Diener des Ganzen … der Saal der Diener ist zerschmettert … für immer zerbrochen … zerbrochen … Ilyena, meine Liebste … Gewaltsam unterdrückte er Lews Therins Gedanken. Manchmal waren sie ihm ja auch eine echte Hilfe und versorgten ihn mit Informationen, die er benötigte, aber sie wurden so überwältigend stark. Falls er wirklich eine Aes Sedai hier hätte – eine Gelbe, denn die verstanden am meisten vom Heilen – könnte sie vielleicht … Es hatte eine Aes Sedai gegeben, der er vertraute, wenn auch erst kurz vor ihrem Tod, und Moiraine hatte ihm noch einen Rat in bezug auf die Aes Sedai gegeben, in bezug auf jede andere Frau, die Stola und Ring trug. »Ich werde niemals einer Aes Sedai vertrauen«, krächzte er ganz leise. »Ich werde sie benutzen, weil ich sie brauche, aber ob Burg oder Rebellen, so weiß ich doch genau, daß sie versuchen werden, mich zu benutzen, weil das eben ihre Art ist. Ich werde ihnen niemals trauen, Bashere.«

Der Mann aus Saldaea nickte bedächtig. »Dann benutzt sie, wenn Ihr könnt. Aber bedenkt eines: Niemand widersteht ihnen lange. Irgendwann geht jeder den Weg, den die Aes Sedai vorschreiben.« Plötzlich lachte er kurz auf. »Artur Falkenflügel war der letzte, soweit ich weiß. Das Licht senge meine Augen, aber vielleicht seid Ihr der zweite.«

Das Schaben von Stiefelsohlen kündete von einem Neuankömmling im Hof. Es war einer von Basheres Männern, ein breitschultriger junger Kerl mit einem spitzen Nasenrücken, einen Kopf größer als sein General, und mit einem prachtvollen schwarzen Vollbart unter dem gezwirbelten Schnurrbart. Sein Gang ließ darauf schließen, daß er eher daran gewöhnt war, einen Sattel unter sich zu haben als die eigenen Beine, aber er schob geschmeidig sein Schwert zur Seite, als er sich verbeugte. Die Verbeugung galt eher Bashere als Rand. Bashere mochte ja dem Wiedergeborenen Drachen folgen, aber Tumad, so hieß er wohl, Tumad Ahzkan, war

Basheres Gefolgsmann. Enaila und drei weitere Töchter beobachteten den Mann sehr aufmerksam, denn sie mißtrauten jedem Feuchtländer, der in die Nähe ihres *Car'a'carn* kam.

»Da ist ein Mann am Tor, der herein will«, sagte Tumad leicht verunsichert. »Er sagt… Es ist Mazrim Taim, mein Lord Bashere.«

KAPITEL 2

Der Neuankömmling

Mazrim Taim. Vor Rand hatten in den vergangenen Jahrhunderten schon andere Männer behauptet, der Wiedergeborene Drache zu sein. In den letzten paar Jahren vor Rand hatte es sogar eine ganze Schwemme von falschen Drachen gegeben. Manche von ihnen konnten tatsächlich die Macht lenken. Mazrim Taim war einer davon. Er hatte ein Heer um sich gesammelt und Saldaea mit Krieg überzogen, bevor er gefangengenommen wurde. Basheres Miene verzog sich nicht, doch er packte das Heft seines Schwertes so fest, daß seine Knöchel weiß hervortraten. Tumad blickte ihn an und wartete auf Befehle. Taims Flucht auf dem Weg nach Tar Valon, wo er einer Dämpfung unterzogen werden sollte, war der Grund, warum Bashere überhaupt nach Andor gekommen war. So sehr fürchtete und haßte Saldaea Mazrim Taim. Königin Tenobia hatte Bashere mit einem Heer ausgesandt, Taim zu verfolgen, wohin sich der Mann auch wandte, wie lange es auch dauern mochte, um sicherzugehen, daß Taim Saldaea nie wieder unsicher machen könne.

Die Töchter standen gelassen da, doch unter den Andoranern entfachte dieser Name eine Unruhe, als habe man eine Fackel auf dürres Gras geworfen. Amyrilla zogen sie gerade wieder auf die Beine, doch nun kippten ihre Pupillen schon wieder nach oben und sie wäre erneut zusammengebrochen, hätte nicht Karind sie aufgefangen und langsam auf die Fliesen hinabgleiten lassen. Elegar taumelte rückwärts unter die Arkaden und krümmte sich würgend zusammen. Die anderen keuchten, preßten sich Taschentücher vor den Mund, packten die Hefte ihrer Schwerter und befanden sich offensichtlich in einem Zustand der Panik. Selbst die standhafte Karind leckte sich nervös die Lippen.

Rand nahm die Hand von seiner Jackentasche. »Die Amnestie«, sagte er, und die beiden Männer aus Saldaea warfen ihm einen langen, ausdruckslosen Blick zu.

»Und was ist, wenn er nicht Eurer Amnestie wegen gekommen ist?« fragte Bashere nach kurzer Pause. »Wenn er immer noch behauptet, der Wiedergeborene Drache zu sein?« Die Andoraner bewegten sich unruhig. Niemand wollte sich innerhalb einiger Meilen Umkreis um einen Ort befinden, an dem die Eine Macht in einem Duell verwendet wurde.

»Falls er das glaubt«, erwiderte Rand energisch, »werde ich ihn eines Besseren belehren.« Er hatte einen *Angreal* der seltensten Art in der Tasche, einen, der für Männer geschaffen war: die Statue eines kleinen, fetten Mannes mit einem Schwert. So stark Taim auch sein mochte, dem hatte er doch nichts entgegenzusetzen. »Aber wenn er der Amnestie wegen gekommen ist, dann ist er frei, so wie jeder andere Mann.« Was Taim auch in Saldaea angerichtet haben mochte – er konnte sich nicht leisten, einen Mann abzuweisen, der die Macht lenken konnte und dem man nicht erst alles vom ersten Schritt an beibringen mußte. Einen solchen Mann brauchte er dringend. Er würde niemanden abweisen, bis auf einen der Verlorenen natürlich, wenn es nicht absolut notwendig war.

Demandred und Sammael, Semirhage und Mesaana und … Rand verdrängte Lews Therins Gedanken. Jetzt konnte er sich keine Ablenkung leisten.

Wieder legte Bashere eine Pause ein, bis er weitersprach, doch schließlich nickte er und ließ sein Schwert los. »Eure Amnestie gilt natürlich. Aber merkt Euch, al'Thor: Wenn Taim jemals wieder seinen Fuß auf den

Boden Saldaeas setzt, wird er das nicht überleben. Es gibt zu vieles, das man nicht mehr vergessen kann. Nicht einmal ein Befehl von mir oder von Tenobia selbst wird ihm dieses Schicksal ersparen.«

»Ich werde ihn aus Saldaea heraushalten.« Entweder war Taim hergekommen, um sich ihm zu unterwerfen, oder es würde notwendig sein, den Mann zu töten. Unbewußt faßte Rands Hand nach seiner Tasche und drückte durch den Stoff hindurch den fetten kleinen Mann. »Holt ihn herein.«

Tumad sah Bashere an, doch dessen Nicken kam so schnell, daß es wirken mußte, als habe sich Tumad auf den von Rand ausgesprochenen Befehl hin verbeugt. Rand war gereizt, sagte aber nichts, und Tumad eilte mit seinem leicht schaukelnden Gang davon. Bashere verschränkte die Arme vor der Brust und stand da, ein Knie leicht gebeugt, ganz das Bild eines entspannten Mannes. Doch diese dunklen, schrägstehenden Augen, die auf den Fleck gerichtet waren, an dem Tumad den Hof verlassen hatte, ließen darauf schließen, daß er nur darauf warte, etwas töten zu können.

Wieder traten die Andoraner nervös von einem Fuß auf den anderen. Manche taten einen Schritt in Richtung Ausgang, hielten aber dann doch inne. Sie atmeten schwer, als wären sie meilenweit gerannt.

»Ihr könnt gehen«, sagte Rand zu ihnen.

»Was mich betrifft«, begann Lir, »werde ich Euch zur Seite stehen«, während im gleichen Moment Naean mit scharfer Stimme einwarf: »Ich werde nicht weglaufen vor ... «

Rand unterbrach beide: »Geht!«

Sie wollten ihm beweisen, daß sie keine Angst hatten, auch wenn sie sich beinahe bepinkelten. Andererseits wollten sie weglaufen und alle Würde sausen lassen, soweit sie diese vor ihm nicht sowieso schon aufgegeben hatten. Es war eine einfache Wahl. Er war der Wiedergeborene Drache. Wollte man seine Gunst erhalten, mußte man gehorsam sein. Gehorsam bedeutete in diesem Falle, zu tun, was sie sowieso am liebsten getan hätten. So verbeugten sich die Männer weitschweifig, die Damen knicksten tief und spreizten dabei die Röcke, alles murmelte: »Mit Eurer Erlaubnis, mein Lord Drache« oder »Wie Ihr befehlt, mein Lord Drache«, und dann... Nun, sie rannten nicht gerade davon, gingen aber so schnell, wie sie es ohne den Anschein übermäßiger Eile fertigbrachten – in der entgegengesetzten Richtung. Zweifellos wollten sie kein zufälliges Zusammentreffen mit Mazrim Taim auf seinem Weg zu Rand riskieren.

Das Warten zog sich bei dieser Hitze hin, denn es brauchte seine Zeit, einen Mann vom Eingang des Palastes durch das Gewirr von Korridoren hierherzubringen, doch sobald die Andoraner weg waren, rührte sich niemand mehr. Bashere blickte stur zu dem Fleck hin, an dem Taim auftauchen würde. Die Töchter beobachteten alles, aber das taten sie immer, und auch wenn sie jetzt aussahen, als seien sie bereit, jeden Moment die Schleier wieder hochzureißen, dann war das nichts anderes als ihr Dauerzustand. Von ihren Augen abgesehen, hätten sie genausogut Statuen sein können.

Endlich warfen Stiefelschritte ihr Echo in den Hof. Rand hätte fast nach *Saidin* gegriffen, hielt sich dann aber doch zurück. Der Mann würde in der Lage sein, zu erkennen, daß er vom Glühen der Macht umgeben war, sobald er den Hof betrat. Rand konnte sich nicht leisten, den Anschein zu erwecken, er fürchte ihn.

Tumad trat zuerst in den grellen Sonnenschein hinaus, und dann folgte ihm ein schwarzhaariger Mann von etwas überdurchschnittlicher Größe, dessen dunkler Teint und schrägstehende Augen, Hakennase und hohe Backenknochen seine Abstammung aus Saldaea deutlich machten, obwohl er keinen Bart trug und wie ein wohlhabender andoranischer Kaufmann gekleidet war, der nun möglicherweise schwere Zeiten erlebte.

Sein dunkelblauer Kurzmantel war aus Wolle bester Qualität gefertigt und mit noch dunklerem Samt besetzt, aber die Manschetten wirkten abgewetzt, die Hosen beulten sich an den Knien aus und auf seinen rissigen Stiefeln lag eine Staubschicht. Trotzdem schritt er stolz einher, was nicht leichtfallen mochte mit vier von Basheres Männern hinter sich, die ihre geschweiften Klingen entblößt hatten und mit den Spitzen aus nächster Nähe auf seine Rippen zielten. Die Hitze schien ihn kaum zu berühren. Die Blicke der Töchter folgten ihm auf seinem Weg.

Rand musterte Taim, während der Mann mit seiner Eskorte den Hof überquerte. Er war mindestens fünfzehn Jahre älter als Rand – fünfunddreißig oder vielleicht ein paar Jahre mehr. Es war nur wenig bekannt und noch weniger schriftlich niedergelegt, was Männer mit der Fähigkeit, die Macht zu lenken, betraf, denn dieses Thema mieden anständige Leute für gewöhnlich. Aber Rand hatte in Erfahrung gebracht, was eben möglich gewesen war. Nur relativ wenige Menschen befaßten sich überhaupt mit dieser Thematik; das war eines von Rands Problemen. Seit der Zerstörung der Welt waren die meisten Männer dieser Art solche gewesen, denen diese Fähigkeit angeboren war und bei denen sie sich in der Pubertät langsam bemerkbar machte. Manche schafften es, jahrelang den Wahnsinn zu meiden, bis sie von Aes Sedai aufgespürt und einer Dämpfung unterzogen wurden. Andere waren bereits hoffnungslos wahnsinnig, wenn man sie fand, manchmal nur ein knappes Jahr, nachdem sie *Saidin* zum erstenmal berührt hatten. Rand hatte sich inzwischen schon seit zwei Jahren seine geistige Gesundheit bewahrt. Und vor sich hatte er nun einen Mann, der das zehn oder fünfzehn Jahre lang geschafft hatte. Das allein war schon etwas wert.

Sie blieben auf eine Geste Tumads ein paar Schritte vor ihm stehen. Rand öffnete den Mund, doch bevor er etwas sagen konnte, machte sich Lews Therin völlig verzweifelt in seinem Hirn bemerkbar. *Sammael und Demandred haßten mich, ganz gleich, welche Ehren ich ihnen zuteil werden ließ. Je mehr Ehre, desto größer der Haß, bis sie ihre Seelen verkauften und überliefen. Besonders Demandred. Ich hätte ihn töten sollen! Ich hätte sie alle töten sollen! Die Erde verbrennen, um alle zu töten! Die Erde verbrennen!*

Mit erstarrtem Gesicht kämpfte Rand um seinen Verstand. *Ich bin Rand al'Thor. Rand al'Thor! Ich habe Sammael und Demandred oder die anderen niemals kennengelernt. Das Licht senge mich, ich bin Rand al'Thor!* Wie ein schwaches Echo kam von irgendwoher ein weiterer Gedanke: *Das Licht soll mich verbrennen.* Es klang wie eine Bitte. Dann war Lews Therin weg, zurückgetrieben in die Schatten seiner armseligen Existenz.

Bashere ergriff in das Schweigen hinein die Initiative. »Ihr sagt, Ihr wärt Mazrim Taim?« Es klang zweifelnd, und Rand blickte ihn verwirrt an. War das nun Taim oder nicht? Nur ein Verrückter würde diesen Namen annehmen, wenn er nicht sein eigener war.

Der Mund des Gefangenen verzog sich ganz leicht zu etwas, was ein Anflug eines Lächelns sein mochte, und er rieb sich das Kinn. »Ich habe mich rasiert, Bashere.« In seiner Stimme lag mehr als nur eine Andeutung von Spott. »Es ist heiß, so weit unten im Süden, oder hattet Ihr das nicht bemerkt? Selbst hier ist es heißer, als es eigentlich sein sollte. Wollt Ihr einen Beweis, daß ich es bin? Soll ich für Euch die Macht benützen?« Der Blick aus seinen schwarzen Augen huschte zu Rand hinüber und dann zu Bashere zurück, dessen Gesicht mit jeder Minute dunkler anlief. »Vielleicht doch besser nicht, jedenfalls nicht jetzt. Ich erinnere mich an Euch. Ich hatte Euch bei Irinjavar geschlagen, bis diese Visionen am Himmel erschienen. Aber das weiß natürlich jeder. Was weiß nicht jeder, sondern ausschließlich Mazrim Taim und Ihr?« Er schien so auf Bashere konzentriert, daß er die Wachen und ihre Schwertspitzen, die noch immer fast seine Rippen berührten, gar nicht mehr bemerkte. »Wie ich hörte, habt Ihr nicht berichtet, was mit Musar und Hachari und ihren Frauen geschah.« Der Spott war verflogen, und nun berichtete er lediglich über tatsächlich Geschehenes. »Sie hätten nicht versuchen dürfen, mich unter einer weißen Waffenstillstandsflagge zu töten. Ich nehme an, Ihr habt gute Arbeitsplätze als Diener für sie gefunden? Alles, was sie jetzt noch tun wollen, ist zu dienen und zu gehorchen. Nichts anderes kann sie noch glücklich machen. Ich hätte sie töten können. Alle vier hatten die Dolche gezogen.«

»Taim«, grollte Bashere, wobei seine Hand an das Heft seines Schwertes fuhr, »Ihr … !«

Rand trat zwischen sie und packte ihn am Handgelenk. Die Klinge war erst halb aus der Scheide. Die Klingen der Wachen und auch Tumads berührten Taim nun. So, wie sie gegen seinen Mantel drückten, drangen sie wahrscheinlich bis auf die Haut durch, doch er zuckte nicht mit der Wimper. »Seid Ihr gekommen, um mich zu sehen, oder um Lord Bashere herauszufordern? Wenn Ihr das noch einmal versucht, lasse ich Euch durch ihn töten. Meine Amnestie betrifft das, was Ihr getan habt, aber sie schließt nicht ein, daß Ihr euch mit Euren Verbrechen brüstet.«

Taim musterte Rand einen Augenblick lang, bevor er sich äußerte. Trotz der Hitze schwitzte der Kerl kaum. »Um Euch zu sehen. Ihr wart derjenige, den ich in jener Vision am Himmel sah. Man behauptet, es sei der Dunkle König selbst gewesen, gegen den Ihr gekämpft habt.«

»Nicht der Dunkle König«, sagte Rand. Bashere kämpfte nicht direkt gegen seinen Griff an, aber er konnte die Anspannung im Arm des Mannes spüren. Ließe er jetzt los, dann würde er innerhalb eines Herzschlags die Klinge ziehen und Taim durchbohren. Es sei denn, er gebrauchte die Macht. Oder Taim kam ihm zuvor. Das mußte er wenn möglich vermeiden. Er behielt den Griff an Basheres Handgelenk bei. »Er nannte sich Ba'alzamon, aber ich glaube, es war Ishamael. Ich habe ihn später dann im Stein von Tear getötet.«

»Wie ich hörte, habt Ihr etliche der Verlorenen getötet. Sollte ich Euch mit ›mein Lord Drache‹ ansprechen? Ich habe gehört, daß dieser Haufen hier diesen Titel benützt. Habt Ihr vor, alle Verlorenen zu töten?«

»Kennt Ihr eine andere Möglichkeit, mit ihnen zu verfahren?« fragte Rand. »Entweder sie sterben, oder die Welt stirbt. Es sei denn, Ihr glaubt, man könne sie dazu überreden, den Schatten genauso im Stich zu lassen wie einst das Licht.« Das wurde langsam lächerlich. Hier stand er und unterhielt sich mit einem Mann, dem sich unter dem Mantel fünf Schwertspitzen in die Haut bohrten. Vermutlich blutete er schon. Und er stand hier und hielt einen weiteren Mann fest, der seine Schwertspitze den anderen hinzufügen und mehr als nur ein bißchen Blut fließen lassen wollte. Wenigstens waren Basheres Männer zu diszipliniert, um ohne den Befehl ihres Generals mehr zu unternehmen. Und wenigstens hielt Bashere den Mund. Rand bewunderte Taims Kaltblütigkeit und fuhr so schnell fort, wie er konnte, ohne daß es erschien, als sei er besonders in Eile.

»Welche Verbrechen Ihr auch begangen habt, Taim, sie verblassen doch vor denen der Verlorenen. Habt Ihr jemals eine ganze Stadt gefoltert, Tausende von Menschen dazu gezwungen, sich gegenseitig zu quälen, die eigenen geliebten Menschen zu zerbrechen? Semirhage hat das getan, und aus einem einzigen Grund, um nämlich zu beweisen, daß sie es fertigbringt – aus purer Lust am Quälen. Habt Ihr Kinder ermordet? Graendal schon. Sie bezeichnete es als Freundschaftsdienst, damit sie nicht leiden müßten, wenn sie ihre Eltern versklavte und verschleppte.« Er hoffte, die anderen aus Saldaea lauschten wenigstens halb so aufmerksam wie Taim. Der Mann hatte sich tatsächlich interessiert vorgebeugt. Er hoffte aber auch, daß sie ihm nicht zu viele Fragen stellen würden, woher er dieses Wissen bezog. »Habt Ihr den Trollocs Menschen zum Fraß vorgeworfen? Das haben alle Verlorenen getan, denn Gefangene, die sich nicht zum Überlaufen zwingen ließen, wurden grundsätzlich den Trollocs als Futter überlassen, falls man sie nicht schon vorher aus Wut ermordet hatte. Aber Demandred ließ sogar die Bewohner zweier ganzer Städte gefangennehmen, von denen er glaubte, sie hätten ihm Unrecht getan, bevor er zum Schatten überlief, und alle, Männer, Frauen und Kinder, wanderten in die Bäuche der Trollocs. Mesaana hat Schulen in den von ihr beherrschten Gebieten errichten lassen, Schulen, in denen man Kinder und junge Leute darin unterrichtete, wie man dem Dunkeln König am besten diene, und daß man Freunde und Kameraden, die nicht schnell oder willig genug lernten, einfach töten müsse. Ich könnte noch lange so weitermachen. Vom Anfang der Liste, alle dreizehn Namen durch, und dann stünden bei jedem Namen hundert genauso schlimme Verbrechen zu Buche. Was Ihr auch angestellt habt, es kann sich damit wohl kaum messen. Und nun seid Ihr gekommen, um meine Begnadigung zu erhalten, um im Licht zu wandeln und Euch mir zu unterwerfen, und um den Dunklen König mit aller Kraft zu bekämpfen, härter, als Ihr jemals jemanden bekämpft habt. Die Verlorenen beginnen zu wanken. Ich habe vor, sie alle zu jagen und zu töten, sie auszulöschen. Und Ihr werdet mir helfen. Damit verdient Ihr Euch die Begnadigung. Und um Euch die Wahrheit zu sagen: Ihr werdet sie Euch vielleicht Hunderte Male verdienen müssen, bevor die Letzte Schlacht vorüber ist.«

Endlich spürte er, wie sich Basheres Arm entspannte und sein Schwert zurück in die Scheide glitt. Rand konnte sich gerade noch davon abhalten, erleichtert zu seufzen. »Ich sehe keinen Grund, ihn nun noch so scharf zu bewachen. Nehmt Eure Schwerter weg.«

Langsam steckten Tumad und die anderen die Schwerter zurück. Langsam, aber immerhin gehorchten sie.

Dann sagte Taim: »Unterwerfen? Ich dachte eher an ein Bündnis zwischen uns.« Die Soldaten aus Saldaea wirkten augenblicklich wieder kampfbereit, und obwohl sich Bashere hinter Rand befand, fühlte er deutlich, wie sich sein ganzer Körper versteifte. Die Töchter bewegten keinen Muskel; nur Jalanis Hand zuckte ein wenig in Richtung ihres Schleiers. Taim neigte seinen Kopf ein wenig. Er war sich der Reaktion auf seine Worte offensichtlich nicht bewußt. »Natürlich wäre ich der geringere Partner, aber ich habe Euch Jahre voraus, in denen ich den Umgang mit der Macht lernen konnte. Es gibt vieles, das ich Euch beibringen könnte.«

In Rand stieg Zorn auf, bis ein roter Schleier seine Sicht zu verdecken schien. Er hatte Dinge ausgesprochen, von denen er eigentlich keine Ahnung haben dürfte, hatte damit vielleicht ein Dutzend Gerüchte ausgelöst, was ihn und die Verlorenen betraf, alles, damit die Taten dieses Kerls nicht mehr so schlimm erschienen, und dann besaß der Mann die Unverschämtheit, von einem *Bündnis* zu sprechen? Lews Therin tobte in seinem Kopf. *Töte ihn! Töte ihn jetzt auf der Stelle! Töte ihn!* Ausnahmsweise einmal beherrschte Rand sich nicht, als er grollte: »Kein Bündnis! Keine Partner! Ich bin der Wiedergeborene Drache, Taim! Ich! Wenn Ihr Kenntnisse besitzt, die ich brauchen kann, dann werde ich sie benützen, aber Ihr geht, wohin ich es Euch befehle, macht genau das, was ich Euch befehle und sobald ich es befohlen habe!«

Übergangslos sank Taim auf ein Knie nieder. »Ich unterwerfe mich dem Wiedergeborenen Drachen. Ich werde dienen und gehorchen.« Als er sich erhob, zuckten seine Mundwinkel wieder leicht in diesem Anflug eines Lächelns. Tumad starrte ihn mit offenem Mund an.

»So schnell?« sagte Rand leise. Der Zorn war nicht verflogen; er glühte heiß in ihm. Er wußte nicht, was geschehen würde, gäbe er diesem Gefühl nach. Lews Therin plapperte noch immer in den Schatten seines Verstands. *Töte ihn! Mußt ihn töten!* Rand schob Lews Therin weg, bis nur noch kaum hörbares Gemurmel übrigblieb. Vielleicht sollte er gar nicht überrascht über solche Wandlungen sein. Seltsame Dinge geschahen um einen *Ta'veren* herum, besonders dann, wenn er so stark war wie er selbst. Daß ein Mann innerhalb eines Augenblicks seine Meinung änderte, auch wenn sie vorher fest wie Stein war, sollte ihn nicht sehr überraschen. Doch der Zorn hatte ihn gepackt, und außerdem spürte er noch beträchtliches Mißtrauen. »Ihr habt Euch als Wiedergeborener Drache bezeichnet, ganz Saldaea mit Krieg überzogen, wurdet nur gefangen, weil man Euch bewußtlos geschlagen habt, und dann gebt Ihr so schnell auf? Warum?«

Taim zuckte die Achseln. »Welche Wahl habe ich schon? Allein durch die Welt streifen, ohne Freunde, gehetzt, während Ihr allen Ruhm erntet? Und das auch nur, falls mich Bashere oder Eure Aielfrauen nicht töten, bevor ich die Stadt verlasse. Selbst wenn sie das nicht schaffen, werden mich die Aes Sedai früher oder später in die Enge treiben. Ich bezweifle, daß die Burg plant, Mazrim Taim zu vergessen. Die Alternative wäre, Euch zu folgen, denn dann kann ich wenigstens einen Teil dieses Ruhms für mich beanspruchen.« Zum erstenmal blickte er sich um, sah seine Wächter an, die Töchter, und schüttelte den Kopf, als könne er es nicht glauben. »Ich hätte doch durchaus derjenige sein können. Wie konnte ich denn sonst sichergehen? Ich kann mit der Macht umgehen; ich bin stark. Was sagte mir denn, daß ich nicht der Wiedergeborene Drache sei? Alles, was ich zu tun hatte, war, wenigstens eine der Prophezeiungen zu erfüllen.«

»Beispielsweise am Hang des Drachenberges geboren zu werden?« sagte Rand kalt. »Das war die erste Prophezeiung, die erfüllt werden mußte.«

Taims Mundwinkel zuckten wieder. Es sollte wohl gar kein Lächeln werden, denn es berührte niemals seine Augen. »Die Sieger schreiben die Geschichtsbücher. Hätte ich den Stein von Tear eingenommen, würden die Geschichtsbücher beweisen, daß ich am Drachenberg geboren wurde, von einer Frau, die noch niemals von einem Mann berührt worden war, und daß die Himmel ihre strahlenden Pforten weit geöffnet hatten, um mein Kommen zu begrüßen. Also die Art von Dingen, die sie eben jetzt von Euch behaupten. Doch Ihr habt mit Euren Aiel den Stein eingenommen, und die Welt jubelt Euch als dem Wiedergeborenen Drachen zu. Ich weiß genug, um mich dem nicht entgegenzustellen; Ihr seid derjenige. Also, da ich nicht den ganzen Laib haben kann, begnüge ich mich mit den Scheiben, die für mich abfallen.«

»Vielleicht erntet Ihr Ruhm, Taim, und vielleicht auch wieder nicht. Wenn Ihr anfangt, Euch darüber Gedanken zu machen, dann denkt zuerst an die anderen, die das gleiche getan haben wie Ihr. Logain: gefangen, einer Dämpfung unterzogen; Gerüchte behaupten, er sei in der Burg gestorben. Ein namenloser Bursche wurde von den Tairenern in den Haddon Sümpfen enthauptet. Einen weiteren haben die Leute in Murandy verbrannt. Bei lebendigem Leib verbrannt, Taim! Und das gleiche haben die Illianer vor vier Jahren mit Gorin Rogad gemacht.«

»Nicht die Art von Schicksal, die ich gern teilen würde«, sagte Taim gefaßt.

»Dann vergeßt den Ruhm und denkt an die Letzte Schlacht. Alles, was ich unternehme, ist auf Tarmon Gai'don ausgerichtet. Alles, was ich Euch befehle, wird darauf ausgerichtet sein. *Ihr* selbst werdet darauf hinarbeiten!«

»Selbstverständlich.« Taim spreizte die Hände. »Ihr

seid der Wiedergeborene Drache. Das bezweifle ich nicht, und ich bekenne mich öffentlich dazu. Wir marschieren auf Tarmon Gai'don zu. Die Schlacht, von der die Prophezeiungen behaupten, Ihr würdet sie gewinnnen. Und die Geschichtsbücher werden schreiben, daß Mazrim Taim zu Eurer Rechten stand.«

»Vielleicht«, erwiderte Rand knapp. Er hatte bereits zu viele Prophezeiungen durchlebt, um noch daran zu glauben, daß sie wörtlich zu nehmen seien. Oder, daß sie auch nur irgend etwas tatsächlich sicherstellten. Seiner Auffassung nach legten die Prophezeiungen die Rahmenbedingungen fest, unter denen eine bestimmte Sache geschehen konnte; nur, wenn diese Bedingungen zutrafen, hieß das noch lange nicht, diese Sache werde wirklich geschehen. Das *konnte* lediglich passieren. Einige der in den Prophezeiungen des Drachen niedergeschriebenen Bedingungen verlangten nahezu nach seinem Tod, damit der Sieg errungen würde. Der Gedanke daran verbesserte seine Laune nicht gerade. »Das Licht gebe, daß Eure Chance nicht so schnell kommt. Also. Welche Kenntnisse besitzt Ihr, die ich benötige? Könnt Ihr Männern beibringen, wie man die Macht benützt? Könnt Ihr einen Mann überprüfen, um festzustellen, ob er diese Fähigkeit besitzt und unterrichtet werden kann?« Es war bei den Männern nicht so wie bei den Frauen, daß sie diese Fähigkeit in anderen spüren konnten. Der Unterschied zwischen Männern und Frauen in bezug auf den Gebrauch der Macht war ebenso groß wie der Unterschied zwischen Männern und Frauen überhaupt. Manchmal unterschieden sie sich nur um Haaresbreite, dann aber wieder war es, als vergleiche man Stein mit Seide.

»Eure Amnestie? Sind wirklich ein paar Narren aufgetaucht, um zu lernen, wie sie Euch und mir nacheifern können?«

Bashere, die Arme verschränkt und die Beine gespreizt, starrte Taim nur verachtungsvoll an, doch

Tumad und die anderen Wachen bewegten sich unruhig. Die Töchter blieben gelassen. Rand hatte keine Ahnung, was die Töchter von den etwa zwanzig Männern hielten, die seinem Aufruf gefolgt waren; sie ließen sich nie etwas anmerken. Nachdem bei den Leuten aus Saldaea die Erinnerung an Taim als einen falschen Drachen noch frisch war, konnten diese ihr Unbehagen jedoch kaum verbergen.

»Antwortet mir einfach nur, Taim. Wenn Ihr verrichten könnt, was ich verlange, dann sagt es mir. Falls nicht...« Das war der Zorn, der aus ihm sprach. Er konnte den Mann nicht wieder wegschicken, und wenn er sich auch jeden Tag mit ihm herumstreiten müßte. Taim dagegen schien sich einzubilden, er würde ihn wegschicken.

»Ich kann beides«, sagte er schnell. »Ich habe während dieser Jahre selbst fünf aufgespürt, obwohl ich gar nicht wirklich nach ihnen suchte, doch nur einer hatte den Mut, über die reine Überprüfung hinaus dabeizubleiben.« Er zögerte und fügte dann hinzu: »Nach zwei Jahren wurde er wahnsinnig. Ich mußte ihn töten, bevor er mich tötete.«

Zwei Jahre. »Ihr habt es viel länger als er durchgehalten. Wie?«

»Besorgt?« fragte Taim leise und zuckte dann die Achseln. »Ich kann Euch nicht helfen. Ich weiß es nicht. Es ist einfach so geschehen. Ich bin geistig genauso gesund wie...« Sein Blick huschte zu Bashere hinüber, dessen bösen Blick er jedoch ignorierte. »... wie Lord Bashere.«

Trotzdem hatte Rand plötzlich seine Zweifel. Die Hälfte der Töchter war wieder dazu übergegangen, den Rest des Hofes aufmerksam zu beobachten. Es war aber unwahrscheinlich, daß sie sich zu sehr auf eine mögliche Bedrohung konzentrierten und alle anderen deshalb ignorierten. Die mögliche Bedrohung ging von Taim aus, und so hatte die andere Hälfte der Töchter nach wie vor die Blicke auf ihn und Rand gerichtet, um augenblicklich jedes Anzeichen dafür zu entdecken, daß die Bedrohung real sei. Ein jeder Mann mußte sich dessen ja wohl bewußt sein und des plötzlichen Tods, der in ihren Augen aufblitzen, in ihren Händen Gestalt annehmen konnte. Rand war sich dessen bewußt, dabei wollten sie ihn nur beschützen. Und dazu hatten Tumad und die anderen Wachen nach wie vor die Hände an den Heften ihrer Schwerter, bereit, sie wieder zu ziehen. Falls sich Basheres Männer und die Aiel dazu entschlossen, Taim zu töten, hätte es der Mann ziemlich schwer, den Hof lebendig zu verlassen, und wenn er auch die Macht einsetzte, es sei denn, Rand half ihm. Und doch schenkte Taim weder den Soldaten noch den Töchtern äußerlich mehr Beachtung als den Säulen oder den Fliesen unter seinen Stiefeln. Tapferkeit, wirklich oder vorgetäuscht, oder etwas anderes? Eine Art von Wahnsinn?

Nach einem Augenblick des Schweigens sprach Taim weiter: »Ihr traut mir noch nicht. Ihr habt ja auch keinen Grund dazu. Noch nicht. Mit der Zeit werdet Ihr mir aber zu vertrauen lernen. Im Hinblick auf dieses zukünftige Vertrauen habe ich Euch ein Geschenk mitgebracht.« Unter seinem abgetragenen Mantel zog er ein in Lumpen gehülltes Bündel hervor, das ein bißchen größer als zwei geballte Männerfäuste war.

Mit gerunzelter Stirn nahm Rand es entgegen, und ihm stockte der Atem, als er die harte Form darin fühlte. Hastig riß er die vielfarbigen Lumpen weg und enthüllte eine handtellergroße Scheibe, eine Scheibe genau wie die auf der roten Flagge über dem Palast, zur Hälfte weiß und zur Hälfte schwarz, das uralte Sinnbild für die Aes Sedai aus der Zeit vor der Zerstörung der Welt. Er ließ seine Finger über die ineinandergefügten Tränen gleiten.

Nur sieben davon waren jemals angefertigt worden, und zwar aus *Cuendillar*. Siegel am Gefängnis des

Dunklen Königs, Siegel, die den Dunklen König von der Welt fernhielten. Er besaß zwei weitere, sorgfältig versteckt. Sehr gut behütet. Nichts konnte *Cuendillar* beschädigen, nicht einmal die Eine Macht! Selbst der hauchdünne Rand einer aus dem Herzstein gefertigten Tasse würde auf Stahl, ja sogar auf Diamant, Kratzer hinterlassen. Und doch waren drei der sieben *zerbrochen* worden. Er hatte sie zerschmettert liegen sehen. Und er hatte Moiraine beobachtet, wie sie einen dünnen Splitter von einem glatt abgeschnitten hatte. Die Siegel wurden schwächer, und das Licht allein mochte wissen, warum oder wie. Die Scheibe in seinen Händen fühlte sich so hart und glatt an wie *Cuendillar*, wie eine Mischung aus dem feinsten Porzellan und dem härtesten Stahl, und doch war er sicher, sie würde zerbrechen, ließe er sie auch nur auf die Fliesen zu seinen Füßen fallen.

Drei zerstört. Drei in seinem Besitz. Wo war das siebte? Nur vier Siegel noch standen zwischen der Menschheit und dem Dunklen König. Vier, falls das letzte noch unbeschädigt war. Nur vier standen zwischen der Menschheit und der Letzten Schlacht. Wie gut hielten sie überhaupt noch, so geschwächt, wie sie waren?

Lews Therins Stimme kam mit einemmal donnernd und mächtig zurück: *Zerstöre es, zerstöre sie alle, muß sie zerstören, muß muß muß sie alle zerstören und zuschlagen muß schnell zuschlagen muß jetzt zuschlagen zerstöre es zerstöre es zerstöre es …*

Rand zitterte, solche Mühe bereitete es ihm, diese Stimme in sich niederzukämpfen, einen klebrigen Nebelhauch in seinem Innern abzustreifen, der wie Spinnweben in ihm zu haften drohte. Seine Muskeln schmerzten, als ringe er mit einem Wesen aus Fleisch und Blut, mit einem Riesen. Eine Handvoll klebrigen Nebels nach der anderen, des Nebels, der Lews Therin war, stopfte er in die tiefsten Ritzen, die dunkelsten Schatten, die er in seinem Verstand finden konnte.

Mit einemmal wurde ihm bewußt, daß er heiser vor sich hin murmelte: »Muß es jetzt zerstören sie alle zerstören es zerstören zerstören zerstören.« Und plötzlich merkte er auch, daß er die Hände hoch über dem Kopf hielt, das Siegel dort oben hielt, bereit, es auf den weißen Fliesen zu zerschmettern. Das einzige, was ihn davon abhielt, war Bashere, der auf Zehenspitzen vor ihm stand und mit hochgereckten Armen Rands Arme festhielt.

»Ich weiß zwar nicht, was das ist«, sagte Bashere ruhig, »aber ich glaube, Ihr solltet vielleicht noch warten, bevor Ihr Euch entscheidet, es zu zerschmettern, ja?« Tumad und die anderen beobachteten Taim nicht mehr, sondern starrten Rand mit weit aufgerissenen Augen an. Sogar die Töchter hatten die Blicke auf ihn gerichtet und sahen ihn besorgt an. Sulin trat einen halben Schritt in Richtung der Männer vor, und Jalani hatte, offenbar völlig unbewußt, eine Hand nach Rand ausgestreckt.

»Nein.« Rand schluckte; seine Kehle brannte. »Ich glaube nicht, daß ich das tun sollte.« Bashere trat langsam zurück, und Rand senkte das Siegel genauso langsam und vorsichtig. Wenn Rand vorher Taim für unerschütterlich gehalten hatte, wurde er jetzt eines Besseren belehrt. Entsetzen prägte das Gesicht des Mannes. »Wißt Ihr, was das ist, Taim?« fuhr ihn Rand an. »Ihr müßt es wissen, sonst hättet Ihr es mir nicht gebracht. Wo habt Ihr es gefunden? Habt Ihr noch eines? Wißt Ihr, wo sich ein anderes befindet?«

»Nein«, sagte Taim mit unsicherer Stimme. Er sah nicht so aus, als fürchte er sich; eher wie ein Mann, unter dessen Füßen plötzlich eine Felsklippe nachgab und der sich gerade noch auf festen Boden retten konnte. »Das ist das einzige. Ich… ich habe alle möglichen Gerüchte gehört, seit ich den Aes Sedai entkam. Ungeheuer, die einfach aus der Luft heraus auftauchen. Eigenartige, nie gesehene Tiere. Menschen, die mit Tieren sprechen, und Tiere, die sich mit Menschen verständigen. Aes Sedai, die genau auf dieselbe Art wahnsinnig werden, wie man es von uns annimmt. Ganze Dörfer, deren Bewohner durchdrehen und sich gegenseitig umbringen. Einiges könnte durchaus stimmen. Die Hälfte dessen, was ich als Wahrheit kenne, klingt kein bißchen weniger verrückt. Ich hörte auch, daß einige der Siegel zerbrochen seien. Dieses hier könnte sogar ein Hammer zerschlagen.«

Bashere runzelte die Stirn, starrte das Siegel in Rands Händen an, und dann schnappte er vor Überraschung nach Luft. Er hatte verstanden.

»Wo habt Ihr es gefunden?« wiederholte Rand. Falls er die letzten aufspüren könnte… Aber was dann? Lews Therin rührte sich, doch er hörte nicht auf ihn.

»Am allerletzten Ort, an dem Ihr so etwas erwarten würdet«, antwortete Taim, »und das dürfte wohl auch der erste Ort sein, an dem man eine Suche nach den anderen beginnt. Ein verfallener, kleiner Bauernhof in Saldaea. Ich habe angehalten und um Wasser gebeten, da gab der Bauer es mir. Er war alt, hatte keine Kinder oder Enkel, um es ihnen zu vererben, und er glaubte, ich sei der Wiedergeborene Drache. Er behauptete, seine Familie habe es mehr als zweitausend Jahre lang gehütet. Er behauptete auch, in den Trolloc-Kriegen seien sie Könige und Königinnen gewesen, und Adlige unter Artur Falkenflügel. Seine Geschichte könnte der Wahrheit entsprechen. Sie ist auch nicht unwahrscheinlicher, als so etwas in einer Hütte nur ein paar Tagesritte von der Grenze zur Fäule zu entdecken.«

Rand nickte und bückte sich dann, um die Lumpen aufzusammeln. Er war daran gewöhnt, daß in seiner Umgebung die unwahrscheinlichsten Dinge geschahen. Gelegentlich mußte so etwas ja auch anderswo passieren. Er wickelte das Siegel schnell wieder ein und hielt es Bashere hin. »Bewacht dies sorgfältig!« *Zerstört es!* Er unterdrückte die Stimme mit aller Macht. »Nichts darf damit passieren.«

Bashere nahm das Bündel andächtig mit beiden Händen entgegen. Rand war nicht sicher, ob die anschließende Verbeugung ihm galt oder dem Siegel. »Zehn Stunden oder zehn Jahre lang. Es ist bei mir sicher, bis Ihr es benötigt.«

Einen Augenblick lang musterte Rand ihn. »Jeder wartet nur darauf, daß ich wahnsinnig werde. Alle fürchten sich davor, nur Ihr nicht. Gerade eben müßt Ihr doch gedacht haben, jetzt sei es endgültig soweit, aber selbst dann habt Ihr euch nicht vor mir gefürchtet.«

Bashere zuckte die Achseln und grinste hinter seinem graumelierten Schnurrbart hervor. »Als ich zum erstenmal in einem Sattel schlief, war Muad Cheade Generalfeldmarschall. Der Mann war so verrückt wie ein Rammler im Frühling, wenn der Schnee schmilzt. Zweimal am Tag durchsuchte er seinen Leibdiener nach Gift, er trank nichts außer Essig und Wasser, wovon er behauptete, es mache ihn immun gegen das Gift, das ihm der Kerl verabreiche, aber er aß alles, was ihm der Mann kochte, solange ich ihn kannte. Einmal ließ er eine Gruppe Eichen fällen, weil er behauptete, sie hätten ihn angesehen. Und dann bestand er darauf, sie anständig zu begraben und hielt selbst die Grabrede. Habt Ihr eine Ahnung, wie lange es dauert, Gräber für dreiundzwanzig Eichen zu graben?«

»Warum hat denn niemand etwas unternommen? Seine Familie?«

»Diejenigen, die nicht sowieso genauso verrückt oder noch verrückter waren, hatten schon Angst, ihn auch nur schief anzuschauen. Tenobias Vater hätte ohnehin niemanden an Cheade herangelassen. Er war ja vielleicht verrückt, aber er war der beste Heerführer, den ich je erlebt habe. Er hat niemals eine Schlacht verloren. Er kam nicht einmal einer Niederlage nahe.«

Rand lachte. »Und jetzt folgt Ihr mir, weil Ihr glaubt, ich sei ein noch besserer Stratege als der Dunkle König selbst?«

»Ich folge Euch, weil Ihr seid, wer Ihr seid«, sagte Bashere leise. »Die ganze Welt muß Euch folgen, sonst werden die Überlebenden sich wünschen, sie wären ebenfalls gestorben.«

Bedächtig nickte Rand. Die Prophezeiungen sagten voraus, er werde Länder zerbrechen und sie dann zusammenführen. Nicht, daß er das wollte, doch waren eben die Prophezeiungen sein einziger Leitfaden, wie er in die Letzte Schlacht gehen sollte und wie sie gewinnen. Aber auch ohne die Weissagung war ihm klar, daß dieses Zusammenfügen der Nationen notwendig sei. In der Letzten Schlacht würde nicht nur einfach er gegen den Dunklen König kämpfen. Das konnte er denn doch nicht glauben. Falls er wirklich verrückt wurde, dann doch nicht so verrückt, daß er sich für mehr als einen Menschen hielt. Es würde auch den Kampf der Menschheit gegen die Trollocs und Myrddraal bedeuten und gegen jede Art von Schattenwesen, die die Fäule ausspeien mochte, und gegen Schattenfreunde, die sich aus ihren Verstecken erheben würden. Auf diesem Weg zur Tarmon Gai'don drohten noch andere Gefahren, und wenn dann die Menschheit nicht einig war … *Du tust einfach, was zu tun ist.* Er war nicht sicher, ob da er selbst oder Lews Therin aus ihm gesprochen hatte, aber es stimmte, soweit er das beurteilen konnte.

Er ging mit schnellen Schritten zur nächsten Arkade hinüber und sagte nach hinten zu Bashere gewandt: »Ich nehme Taim mit zu diesem Bauernhof. Wollt Ihr auch mitkommen?«

»Zu dem Bauernhof?« fragte Taim.

Bashere schüttelte den Kopf. »Nein, danke«, sagte er trocken. Er zeigte wohl gewöhnlich keine Nerven, doch Rand und Taim zusammen waren wahrscheinlich mehr, als er verkraften konnte. Diesen Bauernhof wollte er auf jeden Fall meiden. »Meine Männer, die für Euch die Straßen überwachen, lassen langsam in der

Aufmerksamkeit nach. Ich habe vor, einige von ihnen zusammenzustauchen und sie wieder einmal ein paar Stunden lang richtig im Sattel sitzen zu sehen. Ihr wolltet sie heute nachmittag inspizieren. Hat sich daran etwas geändert?«

»Welchen Bauernhof?« fragte Taim.

Rand seufzte. Mit einemmal fühlte er sich sehr müde. »Nein, das hat sich nicht geändert. Ich werde kommen, wenn ich kann.« Es war zu wichtig, um den Befehl wieder aufzuheben, wenn auch nur Bashere und Mat Bescheid wußten, warum. Sonst durfte niemand auf die Idee kommen, es handle sich um mehr als eine nebensächliche Angelegenheit, eine nutzlose Zeremonie zu Ehren eines Mannes, der Gefallen an dem Pomp zu finden schien, der sich mit seinem Rang verband. Der Wiedergeborene Drache ging aus, um sich von seinen Soldaten bejubeln zu lassen. Und noch einen Besuch mußte er heute machen, und die anderen sollten glauben, er wolle ihn geheimhalten. Die meisten würden auch nichts davon bemerken, aber er zweifelte nicht daran, daß diejenigen, die sich für solche Aktivitäten interessierten, davon erfahren würden.

Er nahm sein Schwert, das er an eine der dünnen Säulen gelehnt hatte, und schnallte es über die geöffnete Jacke. Der Gürtel war aus schmucklosem, dunklem Wildschweinleder gefertigt, und auch die Scheide und das lange Heft wiesen keine Verzierungen auf. Die Gürtelschnalle dagegen war ein kleines Kunstwerk, ein fein gearbeiteter Drache, in den Stahl eingeätzt und mit Gold belegt. Er sollte diese Schnalle eigentlich loswerden und eine einfachere anlegen. Doch das brachte er auch wieder nicht fertig, denn sie war ein Geschenk Aviendhas gewesen. Genaugenommen war dies der Grund, warum er sie loswerden sollte. Er kam einfach aus diesem gedanklichen Teufelskreis nicht heraus.

Noch etwas wartete an dieser Stelle auf ihn: ein zwei Fuß langes Stück Speer mit einer grün weißen Troddel gleich unter der scharfen Spitze. Er packte ihn, als er sich wieder dem Hof zuwandte. Eine der Töchter hatte Drachen in den kurzen Schaft geschnitzt. Einige Leute bezeichneten ihn bereits als das Szepter des Drachen, vor allem Elenia und dieser Haufen Adlige. Rand behielt das Ding immer bei sich, um sich selbst daran zu erinnern, daß er mehr Feinde besaß als nur die jetzt sichtbaren.

»Von welchem Bauernhof sprecht Ihr?« Taims Stimme klang jetzt härter. »Wohin wollt Ihr mich mitnehmen?«

Einen langen Augenblick musterte Rand den Mann. Taim war ihm nicht sympathisch. Etwas am Verhalten des Burschen hinderte ihn daran, Sympathie zu empfinden. Vielleicht lag es auch an ihm selbst. So lange Zeit über war er der einzige Mann gewesen, der auch nur daran denken konnte, die Macht zu benützen, ohne sich vor Angst schwitzend nach Aes Sedai umblicken zu müssen. Nun, wenigstens schien es eine lange Zeit gewesen zu sein, und zumindest würden die Aes Sedai nicht versuchen, ihn einer Dämpfung zu unterziehen; jetzt nicht mehr, da sie wußten, wer er war. War es wirklich so einfach? Eifersucht, daß er nicht mehr einzigartig war? Er glaubte das eigentlich nicht. Von allem anderen abgesehen, war er ja froh über jeden Mann, der mit der Macht umgehen konnte und trotzdem immer noch unbehelligt auf der Welt wandelte. Endlich war er nicht mehr der ewige Außenseiter. Nein, so konnte er das auch wieder nicht sehen, solange Tarmon Gai'don drohte. Er war einmalig; er war der Wiedergeborene Drache. Welche Gründe auch immer dahinterstanden: Er mochte den Mann einfach nicht.

Töte ihn! kreischte Lews Therin. *Töte sie alle!* Rand unterdrückte die Stimme. Ihm mußte Taim ja nicht sympathisch sein; er mußte ihn nur benützen. Das war das Schwierige daran.

»Ich nehme Euch dorthin mit, wo Ihr mir dienen könnt«, sagte er kalt. Taim zuckte nicht zusammen und machte nicht einmal eine böse Miene. Nur seine Mundwinkel zuckten wieder einen Moment lang in einem Anflug dieses Beinahe-Lächelns.

KAPITEL 3

Die Augen einer Frau

Rand unterdrückte seine Gereiztheit und Lews Therins Gemurmel im Hintergrund seines Hirns, griff nach *Saidin*, warf sich in den vertrauten Kampf um die Herrschaft über die Macht und sein Überleben inmitten der Leere. Das süße Verderben durchströmte ihn, während er die Machtstränge zu verweben begann; sogar im Nichts spürte er, wie es bis in seine Knochen einsickerte, vielleicht auch in seine Seele. Er fand keine Worte, um zu beschreiben, was er machte. Am nächsten kam noch die Erklärung, er falte das Muster und öffne dann ein Loch durch diese Falte. Er hatte das von allein gelernt, und sein Lehrer war ohnehin meist kaum in der Lage gewesen, ihm zu erklären, was hinter den Dingen stand, die er ihm beibrachte. Eine strahlende, senkrechte Linie erschien in der Luft und erweiterte sich schnell zu einer Öffnung, so groß wie eine größere Tür. Während dieses Vorganges schien es sich zu drehen. Der Anblick auf der anderen Seite, eine sonnenbeschienene Lichtung unter von der Dürre ausgelaugten Bäumen, drehte sich mit und stand schließlich still.

Enaila und zwei weitere Töchter hoben ihre Schleier an und sprangen hindurch, kaum daß alles stillstand. Ein halbes Dutzend andere folgten; manche davon hatten bereits Pfeile bei ihren Hornbögen aufgelegt. Rand erwartete nicht, daß sich drüben etwas befand, wogegen man ihn beschützen müsse. Er hatte das andere Ende – falls man das überhaupt als ein anderes Ende bezeichnen konnte; er verstand es wohl nicht, aber eigentlich schien es nur *ein* Ende zu geben – in die Lichtung verlegt, weil es immer gefährlich war, wenn sich ein Tor in unmittelbarer Nähe von Menschen öffnete, aber den Töchtern oder überhaupt den Aiel klarmachen zu wollen, daß keine Notwendigkeit für eine solche Wachsamkeit bestand, war, als wolle man einem Fisch beibringen, daß es nicht notwendig sei, zu schwimmen.

»Das ist ein Tor«, sagte er zu Taim. »Ich werde Euch zeigen, wie man eines webt, falls Ihr es jetzt noch nicht mitbekommen habt.« Der Mann starrte ihn mit großen Augen an. Hätte er genau zugeschaut, dann hätte er auch Rands Gewebe von *Saidin* erkennen können; jeder Mann, der mit der Macht umzugehen imstande war, konnte das.

Taim schloß sich ihm an, als er hindurch und auf die Lichtung hinausschritt. Sulin und die anderen Töchter folgten ihnen. Ein paar warfen dem Schwert an Rands Seite einen verächtlichen Blick zu, als sie an ihm vorbeischritten, und sie gaben sich gegenseitig lautlos Zeichen in der Fingersprache der Töchter. Zweifelsohne verabscheuten sie die Waffe. Enaila und die Vorhut schwärmten bereits unter den dürren Bäumen aus. Ihre Jacken und Hosen, der *Cadin'sor*, ließen sie mit den Schatten verschmelzen, ob sie nun Grün dem Grau und Braun hinzugefügt hatten oder nicht. Mit Hilfe der Macht, die ihn erfüllte, sah er jede abgestorbene Nadel an jeder einzelnen Kiefer. Es gab mehr abgestorbene als grüne. Er roch den sauren Saft der Lederblattbäume. Die Luft selbst roch nach Hitze, war trocken und voller Staub. Hier gab es keine Gefahr für ihn.

»Warte, Rand al'Thor«, erklang der eindringliche Ruf einer Frauenstimme von der anderen Seite des Tores her. Aviendhas Stimme.

Rand ließ das Gewebe und *Saidin* fallen, und augenblicklich verschwand das Tor, als habe es nie existiert. Es gab Gefahren der einen oder der anderen Art. Taim blickte ihn neugierig an. Einige der Töchter, ob verschleiert oder nicht, nahmen sich die Zeit, ihm auch einen gewissen Blick zuzuwerfen. Mißbilligende Blicke waren es. Finger zuckten hin und her in der Zeichensprache der Töchter. Sie waren aber vernünftig genug, den Mund zu halten. Da hatte er sich ganz energisch durchgesetzt.

Rand mißachtete sowohl Neugier wie Mißbilligung und schritt mit Taim an der Seite durch den Wald. Abgestorbene Blätter und kleine Äste raschelten und knackten unter ihren Stiefeln. Die Töchter, die sich in einem weiten Kreis um sie herum mitbewegten, machten mit ihren weichen, bis zu den Knien hochgeschnürten Stiefeln kein Geräusch. Ihre Mißbilligung verschwand hinter ihrer Wachsamkeit. Ein paar waren vorher schon mit Rand den gleichen Weg gegangen, immer ohne Zwischenfall, aber nichts konnte sie überzeugen, daß dieser Wald nicht doch ein guter Ort für einen Hinterhalt sei. Vor Rands Ankunft hatte das Leben in der Wüste aus dreitausend Jahren von Überfällen, Scharmützeln, Fehden und Kleinkriegen bestanden, die sich fast ohne Unterbrechung fortsetzten.

Es gab bestimmt Dinge, die er von Taim lernen konnte, wenn auch nicht annähernd so viele, wie Taim glaubte, aber der Lernprozeß würde beide Seiten betreffen, und es wurde Zeit für ihn, dem Älteren etwas beizubringen. »Früher oder später werdet Ihr auf die Verlorenen treffen, die mich verfolgen. Vielleicht noch vor der Letzten Schlacht. Wahrscheinlich vorher. Ihr scheint nicht überrascht?«

»Ich habe Gerüchte vernommen. Sie mußten ja schließlich freikommen, das war klar.«

Also breiteten sich die Nachrichten aus. Rand grinste unwillkürlich. Den Aes Sedai würde das nicht gefallen. Von allem anderen abgesehen, empfand er doch ein gewisses Vergnügen dabei, sie in die Nase zu zwicken. »Ihr müßt zu jeder Zeit auf alles gefaßt sein. Trollocs, Myrddraal, Draghkar, Graue Männer, Gholam ... «

Er zögerte und strich mit der den Reiher tragenden

Handfläche über das lange Heft seines Schwerts. Er hatte keine Ahnung, was ein Gholam war. Lews Therin hatte sich wohl nicht gerührt, aber ihm war klar, daß er die Quelle dieser Bezeichnung war. Bruchstücke solcher Informationen sickerten manchmal durch die dünne Barriere zwischen ihm und dieser Stimme und wurden zu einem Teil von Rands eigenen Erinnerungen, gewöhnlich ohne jeden Hinweis auf eine Erklärung. In letzter Zeit geschah das immer öfter. Gegen solche Bruchstücke von Erinnerungen konnte er sich nicht zur Wehr setzen, wie etwa gegen die Stimme des Mannes. Das Zögern dauerte nur einen Moment lang.

»Und nicht nur im Norden in der Nähe der Fäule. Hier und überall. Sie benutzen die Kurzen Wege.« Das war auch etwas, mit dem er sich auseinandersetzen mußte. Ursprünglich mit Hilfe *Saidins* geschaffen, waren die Wege nun zu etwas Dunklem geworden, genauso befleckt wie *Saidin* selbst. Die Schattenwesen konnten jene Gefahren, die innerhalb der Wege die Menschen töteten und noch Schlimmeres mit ihnen anstellten, auch nicht meiden, doch sie brachten es immerhin fertig, sie trotzdem zu benutzen, und wenn man auf diese Art auch nicht so schnell vorwärtskam wie durch die Tore beim Schnellen Reisen und nicht einmal so schnell wie beim Wegegleiten, so konnten sie doch noch an einem Tag mehrere hundert Meilen zurücklegen. Ein Problem, das er noch zurückstellen mußte. Zu viele Probleme, die er erst später in Angriff nehmen konnte. Es gab ja schon jetzt viel zu viele Probleme. Gereizt schlug er mit dem Drachenzepter nach dem Laub eines Lederblattbaums. Fetzen von breiten, zähen Blättern, die sich in der Dürre braun verfärbt hatten, fielen zu Boden. »Alles, was Ihr jemals in irgendwelchen Sagen gehört habt, solltet Ihr auch in Wirklichkeit erwarten. Sogar Schattenhunde. Falls die aber wirklich ein Teil der Wilden Jagd sind, ist wenigstens der Dunkle König, der hinter dieser Meute herreiten sollte, noch nicht frei. Sie sind auch so schlimm genug. Manche kann man auf genau die Art töten, wie es in den Sagen berichtet wird, aber andere wieder kann nichts außer vielleicht Baalsfeuer umbringen, jedenfalls soweit ich festgestellt habe. Kennt Ihr Baalsfeuer? Falls nicht, gehört es zu jenen Dingen, in denen ich Euch nicht unterrichten werde. Solltet Ihr es jedoch beherrschen, dann verwendet es für nichts anderes als gegen Schattenwesen. Und bringt es niemand anderem bei.

Die Quelle, aus der einige der Gerüchte stammen dürften, die Ihr vernommen habt… nun, ich weiß nicht, als was ich sie bezeichnen soll. Ich nenne das ›Blasen des Bösen‹. Stellt sie Euch vor wie diese Blasen, die in einem Sumpf manchmal aufsteigen und platzen. Diese allerdings steigen vom Dunklen König auf, wenn die Siegel ihre Wirkung verlieren, und statt des fauligen Gestanks verbreiten sie eben… das Böse. Sie steigen im Muster auf, und wenn sie platzen, kann alles mögliche passieren. Alles. Euer eigenes Spiegelbild könnte aus dem Spiegel treten und versuchen, Euch zu töten. Glaubt es mir nur!«

Falls Taim von dieser Predigt eingeschüchtert war, zeigte er es jedenfalls nicht. Er sagte lediglich: »Ich war schon in der Fäule. Ich habe bereits Trollocs getötet und auch Myrddraal.« Er schob einen weit herunterhängenden Zweig zur Seite und hielt ihn, damit Rand ebenfalls unbeschadet durchkam. »Ich habe noch nie etwas von diesem Baalsfeuer vernommen, aber wenn ein Schattenhund hinter mir her ist, werde ich schon eine Möglichkeit finden, ihn zu töten.«

»Gut.« Das galt sowohl Taims Unwissenheit wie auch seinem Selbstvertrauen. Baalsfeuer gehörte zu jenen Dingen, bei denen Rand nichts dagegen gehabt hätte, sollte das Wissen um sie vollständig verlorengehen. »Mit etwas Glück werdet Ihr hier draußen nichts dergleichen antreffen, aber man kann nie sicher sein.«

Der Wald nahm ein abruptes Ende und machte

einem Bauernhof Platz. Das eine der beiden Gebäude war ein breites, strohgedecktes Wohnhaus mit zwei verwitterten Stockwerken, aus dessen einem Schornstein Rauch quoll, und das andere eine große, sichtlich schiefe Scheune. Auch hier war der Tag kein bißchen kühler als in der nur wenige Meilen entfernten Stadt, und die Sonne glühte genauso unbarmherzig. Hühner scharrten im Staub, zwei graubraune Kühe standen wiederkäuend auf einer kleinen, eingezäunten Weide, eine Herde angebundener schwarzer Ziegen kaute eifrig sämtliche Blätter in ihrer Reichweite von den Sträuchern ab, und im Schatten der Scheuer stand ein Karren mit hohen Rädern. Trotz allem vermittelte dies alles nicht den Eindruck bäuerlichen Lebens. Es waren keine Äcker zu sehen. Gleich hinter dem Hof begann der Wald, der nur durch eine kleine Lehmstraße unterbrochen war, die sich in Richtung Norden schlängelte. Die wurde sicherlich für gelegentliche Ausflüge zur Stadt benützt. Und dann befanden sich zu viele Menschen hier.

Vier Frauen, drei davon in ihren mittleren Jahren, hängten Wäsche an einer Doppelleine auf, und fast ein Dutzend Kinder, keines davon älter als neun oder zehn, spielten zwischen den Hühnern. Es waren auch einige Männer zu sehen, von denen die Mehrzahl mit irgendwelchen Arbeiten beschäftigt waren. Siebenundzwanzig insgesamt, wenn man manche darunter auch nur mit einiger Mühe als ›Männer‹ bezeichnen konnte. Eben Hopwil, der magere Bursche, der gerade einen Eimer Wasser aus dem Brunnen hochzog, behauptete wohl, zwanzig zu sein, war aber bestimmt vier oder fünf Jahre jünger. Das Größte an ihm waren seine Nase und die Ohren. Fedwin Morr, einer der drei Männer, die auf dem Dach schwitzten, während sie verrottete Strohbündel durch neue ersetzten, war ein ganzes Stück kräftiger, wies erheblich weniger Sommersprossen auf, war aber bestimmt auch nicht älter. Mehr als die Hälfte der anderen hatte den beiden höchstens drei oder vier Jahre voraus. Rand hätte beinahe ein paar von ihnen nach Hause zurückgeschickt, vor allem Eben und Fedwin, aber die Weiße Burg nahm ja auch genauso junge und noch jüngere als Novizinnen auf. Auf wenigen Köpfen zeigte sich bereits etwas Grau im dunklen Haar, und Damer Flinn mit dem runzligen Gesicht, der vor der Scheune die Rinde von Ästen abschälte, um zwei der jüngeren Burschen zu zeigen, wie man mit einem Schwert umging, hinkte und besaß nur noch einen dünnen Kranz weißer Haare. Damer war Mitglied der Königlichen Garde gewesen, bis er einen Speer eines Soldaten aus Murandy in die Hüfte abbekommen hatte. Er war wohl kein Schwertkämpfer, schien aber erfahren genug, um den anderen beizubringen, wie man sich wenigstens nicht in den eigenen Fuß stach. Die meisten Männer stammten aus Andor; nur ein paar aus Cairhien. Aus Tear hatte sich noch keiner eingefunden, obwohl auch dort die Amnestie verkündet worden war. Die Männer würden noch eine Weile brauchen, bis sie aus so großer Entfernung eintreffen konnten.

Damer war natürlich der erste, der die Töchter bemerkte, seinen Ast fallen ließ und die Aufmerksamkeit seiner Schüler auf Rand lenkte. Dann ließ Eben mit einem Schrei seinen Eimer fallen. Das Wasser spritzte ihn gründlich naß. Danach rannte alles schreiend zum Haus und drückte sich ängstlich hinter Damer herum. Von drinnen erschienen zwei weitere Frauen, mit Schürzen angetan und die Gesichter rot von der Hitze der Feuer in den Herden, und sie halfen den übrigen, die Kinder schnell hinter die Männer zu treiben.

»Da sind sie«, sagte Rand zu Taim. »Ihr habt noch fast den halben Tag. Wie viele könnt Ihr heute noch überprüfen? Ich will sobald wie möglich wissen, wer im Gebrauch der Macht ausgebildet werden kann.«

»Dieser Haufen stammt ja wohl aus dem Abschaum von ...«, fing Taim verächtlich an, doch dann blieb er mitten auf dem Hühnerhof stehen und blickte Rand an. Hühner scharrten im Staub zu seinen Füßen. »Ihr habt keinen von denen überprüft? Warum, im Namen des …? Ihr könnt das nicht, oder? Ihr beherrscht das Schnelle Reisen, aber Ihr wißt nicht, wie man jemanden auf das Talent hin überprüft.«

»Manche wollen die Macht überhaupt nicht gebrauchen.« Rand lockerte den Griff am Heft seines Schwerts. Es paßte ihm überhaupt nicht, diesem Mann gegenüber Lücken in seinen Kenntnissen zuzugeben. »Manche haben nicht weiter darüber nachgedacht und sehen nur ihre Chance, Ruhm oder Reichtum oder Macht zu erwerben. Doch ich will jeden Mann behalten, der den Gebrauch der Macht erlernen kann, gleich, aus welchen Motiven.«

Die Schüler – diejenigen, die das erlernen wollten – beobachteten ihn und Taim von ihrem Platz vor der Scheuer aus mit relativ gut gespielter Gelassenheit. Schließlich waren sie ja in der Hoffnung nach Caemlyn gekommen, vom Wiedergeborenen Drachen vieles lernen zu können. Zumindest glaubten sie das. Es waren aber vor allem die Töchter, die einen Ring um den Hof gebildet hatten und in Haus und Scheune herumstöberten, die sie mißtrauisch, aber fasziniert mit sogar bewundernden Blicken verfolgten. Die Frauen drückten die Kinder etwas enger an sich, die Blicke auf Taim und Rand gerichtet, und ihre Mienen zeigten alles, von ausdruckslos starren Augen bis hin zu nervösem Lippenkauen.

»Kommt weiter«, sagte Rand. »Es ist Zeit, daß Ihr eure Schüler kennenlernt.«

Taim zögerte noch. »Ist das wirklich alles, was Ihr von mir wollt? Soll ich lediglich versuchen, diesem armseligen Haufen etwas beizubringen? Falls überhaupt einer von ihnen lernfähig ist. Was erwartet Ihr wirklich – wie viele hofft Ihr in einer Handvoll zu finden, die sich zu Euch verirrt hat?«

»Das ist eine wichtige Aufgabe, Taim! Ich würde es selbst machen, wenn ich könnte und die nötige Zeit hätte.« Der Schlüssel zu allem lag in der Zeit. Immer zu wenig. Und nun hatte er das zugegeben, so sehr es ihm auch zuwider war. Es war ihm klar, daß er für Taim nicht viel übrig hatte, aber er mußte ihn ja nicht unbedingt sympathisch finden. Rand wartete nicht, und nach einigen Augenblicken holte ihn der andere mit langen Schritten ein. »Ihr habt das Wort Vertrauen gebraucht. Dies hier vertraue ich Euch an.« *Vertraut ihm nicht!* Lews Therin keuchte in den düsteren Winkeln seines Hirns. *Vertraut niemals jemandem! Vertrauen ist Tod!* »Überprüft sie und beginnt mit dem Unterricht, sobald Ihr wißt, wer lernfähig genug ist.«

»Wie der Lord Drache wünscht«, murmelte Taim trocken, als sie die Gruppe der Wartenden erreichten. Verbeugungen und Knickse, alles recht ungeübt, begrüßte sie.

»Das ist Mazrim Taim«, verkündete Rand. Kinnladen klappten herunter und Augen wurden aufgerissen – natürlich. Einige der jüngeren Männer starrten sie an, als erwarteten sie, er und Taim würden aufeinander losgehen. Ein paar schienen sich sogar auf den Kampf zu freuen. »Stellt Euch ihm vor. Von heute an wird er Euch unterrichten.« Taim verzog leicht den Mund, als er Rand noch einen Blick zuwarf, aber dann hatten sich die Schüler vor ihm versammelt und begannen mit ihrer Vorstellung.

Die Reaktionen der Männer waren natürlich sehr unterschiedlich. Fedwin schob sich ungeduldig nach vorn gleich neben Damer, während Eben mit bleichem Gesicht ganz hinten blieb. Die anderen befanden sich dazwischen, zögerten, wirkten unsicher, meldeten sich aber schließlich auch zu Wort. Rands Eröffnung bedeutete für einige von ihnen das Ende einer wochenlangen Warterei, für andere vielleicht das Ende jahrelang andauernder Träume. Heute begann die Wirklichkeit, und die Wirklichkeit könnte sehr wohl einen Gebrauch der Macht mit sich bringen und alles, was dies für einen Mann bedeuten mochte.

Ein untersetzter Mann mit dunklen Augen, sechs oder sieben Jahre älter als Rand, beachtete Taim nicht weiter und sonderte sich von der Gruppe ab. Mit einer groben Bauernjoppe angetan trat Jur Grady nervös vor Rand von einem Fuß auf den anderen und drehte eine Stoffmütze in seinen grobschlächtigen Händen hin und her. Er blickte auf die Kappe hinab oder auf den Boden unter seinen Füßen, und nur gelegentlich wagte er, seinen Blick zu Rand zu erheben. »Äh ... mein Lord Drache, ich ... habe mir gedacht ... äh ... also, mein Vater schaut ja nach meinem Hof ... das ist ein schönes Stück Land, wenn der Bach nicht austrocknet ... es könnte sogar noch eine Ernte geben, falls es regnet, und ... und ...« Er zerknüllte die Kappe und glättete sie darauf wieder sorgfältig. »Ich habe daran gedacht, wieder zurück nach Hause zu gehen.«

Die Frauen hatten sich nicht den Männern um Taim angeschlossen. Sie standen schweigend und mit besorgten Blicken in einer Reihe, hielten ihre Kinder fest und beobachteten, was vorging. Die Jüngste, eine mollige Frau mit hellem Haar und einem etwa vierjährigen Jungen, der mit ihren Fingern spielte, war Sora Grady. Diese Frauen waren ihren Männern hierher gefolgt, aber Rand vermutete, daß es in der Hälfte aller Gespräche zwischen den Frauen und ihren Männern darum gehe, nach Hause zurückzukehren. Fünf Männer waren bereits weggegangen, und obwohl niemand als Grund seine Ehe angegeben hatte, waren sie eben doch alle verheiratet gewesen. Welche Frau konnte sich auch dabei wohl fühlen, wenn sie zusah, wie ihr Mann den Umgang mit der Macht erlernte? Das mußte etwa so sein, als beobachte man seine Vorbereitungen auf den Selbstmord.

Einige würden meinen, dies sei einfach kein Aufenthaltsort für Familien, aber höchstwahrscheinlich würden die im gleichen Atemzug sagen, daß sich die Männer eigentlich genausowenig hier befinden sollten. Rands Meinung nach hatten die Aes Sedai den Fehler begangen, sich ganz von der übrigen Welt abzukapseln. Nur wenige außer eben Aes Sedai betraten die Weiße Burg: Frauen, die selbst Aes Sedai werden wollten, und diejenigen, die ihnen dienten. Nur eine Handvoll anderer kam, um Hilfe zu suchen, und auch das nur unter großem Druck, wie sie es empfanden. Wenn Aes Sedai die Burg verließen, dann hielten sie sich von anderen fern, kapselten sich ab, und manche verließen die Burg überhaupt nicht mehr. Für die Aes Sedai waren die Menschen bloße Spielfiguren und die ganze Welt ein Spielbrett, aber kein Ort, an dem man wirklich lebte. Für sie war nur die Weiße Burg real. Doch kein Mann konnte die Welt um sich herum und all die normalen Menschen vergessen, wenn er seine Familie bei sich hatte.

Das alles mußte ja nur bis Tarmon Gai'don so weitergehen – wie lange noch? Ein Jahr? Zwei? –, aber die Frage war, ob es überhaupt solange weitergehen konnte. Irgendwie würde es diese Zeit überdauern müssen. Er mußte dafür sorgen. Die Familien erinnerten die Männer immerzu daran, wofür sie eigentlich kämpften.

Soras Blick war auf Rand gerichtet.

»Geht, wenn Ihr wollt«, sagte er zu Jur. »Ihr könnt zu jeder Zeit gehen, bevor Ihr mit dem eigentlichen Erlernen des Umgangs mit der Macht begonnen habt. Sobald Ihr allerdings diesen Schritt getan habt, seid Ihr wie ein Soldat. Ihr wißt, daß wir jeden Soldaten brauchen, den wir auftreiben können, bevor die Letzte Schlacht beginnt, Jur. Der Schatten verfügt dann über neue Schattenlords, die bereitstehen, für ihn die Macht zu lenken, darauf könnt Ihr wetten. Aber die Entscheidung liegt bei Euch. Vielleicht werdet Ihr das auf

Eurem Hof überstehen. Es muß ja wohl ein paar Orte auf der Welt geben, die dem entgehen, was auf uns zukommt. Ich hoffe es jedenfalls. Natürlich werden wir anderen alles tun, was in unserer Macht steht, um sicherzustellen, daß soviel wie möglich unbeschadet davonkommt. Ihr könnt aber wenigstens Taim Euren Namen angeben. Es wäre schade, wenn Ihr uns verließet, ohne überhaupt zu wissen, ob Ihr den Gebrauch der Macht erlernen könnt oder nicht.« Er wandte sich von Jurs verwirrter Miene ab und mied den Blick in Soras Augen. *Und du verurteilst die Aes Sedai, weil sie andere Menschen manipulieren,* dachte er bitter. Er tat, was er tun mußte.

Taim ließ sich immer noch aus dem unruhigen Rudel heraus die Namen nennen und warf Rand gelegentlich einen nur mühsam unterdrückten Blick zu. Doch mit einemmal schien Taim mit seiner Geduld am Ende. »Genug jetzt; die Namen können auch später drankommen und dann nur bei denen, die sich auch morgen noch hier befinden werden. Wer macht den Anfang bei den Überprüfungen?« Das ließ sie augenblicklich verstummen. Einige wagten offensichtlich nicht einmal mehr einen Wimpernschlag, während sie ihn anblickten. Taim zeigte mit dem Finger auf Damer. »Ich kann genausogut mit Euch anfangen. Kommt her.« Damer rührte sich nicht, bis Taim ihn am Arm packte und ein paar Schritte weit von den anderen wegzerrte.

Rand trat näher heran und beobachtete Taim aufmerksam.

»Je mehr Macht man anwendet«, sagte Taim zu Damer, »desto leichter wird es, eine Resonanz festzustellen. Andererseits könnte eine zu starke Resonanz Eurem Verstand Schaden zufügen, Euch sogar vielleicht töten; also beginne ich ganz schwach.« Damer blinzelte. Offensichtlich hatte er kaum ein Wort verstanden, außer vielleicht jenen Teil über Schaden Zufügen und Töten. Rand allerdings wußte, daß die Erklärung für ihn bestimmt gewesen war. Taim deckte lediglich sein Unwissen den anderen gegenüber.

Plötzlich erschien eine winzige Flamme, nur zwei Fingerbreit hoch, die mitten in der Luft in gleichem Abstand zwischen den drei Männern tanzte. Rand spürte die Macht in Taim, wenn auch nur eine geringe Menge, und er sah den dünnen Strang aus Feuer, den der Mann webte. Die Flamme ließ überraschend deutliche Erleichterung in Rand aufsteigen, überraschend vor allem deshalb,weil sie der Beweis dafür war, daß Taim wirklich mit der Macht umzugehen in der Lage war. Basheres ursprüngliche Zweifel hatten ihm wohl noch im Hinterkopf gesteckt.

»Konzentriert Euch auf die Flamme«, sagte Taim. »Ihr seid die Flamme; die Welt ist in dieser Flamme; es gibt nichts außer dieser Flamme.«

»Ich spüre nichts, nur einen Schmerz, der von meinen Augen ausgeht«, murmelte Damer und wischte sich mit dem Rücken einer schwieligen, rauhen Hand den Schweiß von der Stirn.

»Konzentriert Euch!« fuhr ihn Taim an. »Sprecht nicht, denkt nicht nach, bewegt Euch nicht. Konzentriert Euch.« Damer nickte, blickte unglücklich Taims zornig gerunzelte Stirn an und erstarrte. Dann sah er schweigend die kleine Flamme an.

Taim schien sich ebenfalls zu konzentrieren, wenn auch Rand nicht wußte, worauf. Es war, als lausche der Mann angestrengt. Er hatte von einer Resonanz gesprochen. Rand konzentrierte sich ebenfalls, lauschte und fühlte hinaus nach – irgend etwas Spürbarem.

Die Minuten dehnten sich, während keiner von ihnen sich rührte. Fünf, sechs, sieben endlose Minuten, und Damer wagte kaum, mit den Wimpern zu zucken. Der alte Mann atmete schwer, und er schwitzte, als habe jemand einen Eimer Wasser über seinen Kopf geleert. Zehn Minuten.

Doch dann spürte Rand etwas. Die Resonanz. Sie

war nur ganz schwach spürbar, ein winziger Strang der Macht, der in Taim hochpulsierte, doch er schien von Damer auszugehen. Das mußte es sein, was Taim gemeint hatte, aber Taim selbst rührte sich nicht. Vielleicht mußte doch noch mehr kommen, oder aber es war doch nicht das, was Rand glaubte.

Ein oder zwei weitere Minuten vergingen, und dann schließlich nickte Taim und ließ Flamme und *Saidin* los. »Ihr könnt es erlernen… Damer, so heißt Ihr doch?« Er schien überrascht. Zweifellos hatte er nicht erwartet, daß gleich der erste Mann seine Prüfung überstehen würde, und noch dazu ein beinahe glatzköpfiger alter Mann. Damer grinste schwach. Er machte den Eindruck, als müsse er sich übergeben. »Ich schätze, ich sollte mich nicht wundern, falls jeder dieser Einfaltspinsel die Prüfung besteht«, knurrte der Mann mit der Adlernase und blickte Rand dabei an. »Ihr scheint genug Glück für zehn Männer zu haben.«

Unruhiges Stiefelscharren machte sich unter dem Rest der ›Einfaltspinsel‹ breit. Bestimmt hofften ein paar bereits jetzt, sie würden nicht bestehen. Sie konnten nun keinen Rückzieher mehr machen, aber immerhin würden sie dann in dem Bewußtsein nach Hause zurückkehren, daß sie es versucht hatten und die Folgen, die ein Bestehen mit sich brachte, nicht mehr erdulden mußten.

Auch Rand war ein wenig überrascht. Es war schließlich nicht mehr als ein Echo gewesen, und er hatte es vor Taim wahrgenommen, dem Mann, der wußte, wonach er suchte.

»Mit der Zeit werden wir schon merken, wie stark Ihr eigentlich werden könnt«, sagte Taim, als Damer in die Gruppe der anderen zurückschlüpfte. Sie hielten aber nun ein wenig Abstand von ihm und mieden jeden Blick in seine Augen. »Vielleicht stellt Ihr euch als stark genug heraus, um sogar mir oder dem Lord Drache hier ebenbürtig zu werden.« Der freie Raum um

Damer herum wurde schlagartig noch etwas breiter. »Das wird die Zeit erweisen. Paßt gut auf, während ich die anderen überprüfe. Wenn Ihr hellwach seid, bekommt Ihr möglicherweise den Trick heraus, sobald ich einmal vier oder fünf andere gefunden habe.« Ein schneller Blick in Rands Richtung sagte diesem, die Bemerkung sei für ihn bestimmt gewesen. »Also, wer ist der nächste?« Keiner rührte sich. Der Mann aus Saldaea strich sich über das Kinn. »Ihr.« Er deutete auf einen molligen Burschen deutlich jenseits der Dreißig, einen dunkelhaarigen Weber namens Kely Huldin. In der Gruppe der Frauen stöhnte Kelys Ehefrau hörbar auf.

Sechsundzwanzig weitere Überprüfungen würden den ganzen Rest des Tageslichts über in Anspruch nehmen und vielleicht noch länger dauern. Heiß oder nicht, jedenfalls wurden die Tage immer noch kürzer, als nähere sich der Winter tatsächlich, und eine nicht bestandene Prüfung dauerte eindeutig ein paar Minuten länger als eine bestandene, denn man mußte ja sichergehen. In der Zwischenzeit wartete Bashere, und er mußte noch Weiramon besuchen, und dann …

»Macht Ihr nur damit weiter«, sagte Rand zu Taim. »Ich komme morgen wieder, um zu sehen, wie weit Ihr gekommen seid. Denkt daran, welches Vertrauen ich in Euch setze.« *Vertrau ihm nicht!* stöhnte Lews Therin. Die Stimme schien von einer Gestalt herzurühren, die in den Schatten von Rands Verstand aufgeregt hin und her hüpfte. *Vertraut niemandem. Vertrauen ist der Tod. Tötet ihn. Tötet sie alle. Ach, sterben und alles ist vorbei, schlafen ohne Alpträume, ohne diese Träume von Ilyena, vergib mir, Ilyena, keine Vergebung, nur der Tod, verdiene es, endlich zu sterben …* Rand wandte sich ab, bevor sich der Kampf in seinem Innern auf seiner Miene widerspiegeln konnte. »Morgen, wenn ich es schaffe.«

Taim holte ihn ein, bevor er noch mit den Töchtern den halben Weg zurück zum Wald geschafft hatte. »Wenn Ihr noch eine kleine Weile bleibt, lernt Ihr selbst, wie man diese Burschen auf das Talent hin überprüft.« Seine Stimme klang ein wenig frustriert. »Falls ich überhaupt noch vier oder fünf weitere finde. Es würde mich aber wirklich nicht überraschen. Ihr scheint tatsächlich das Glück des Dunklen Königs gepachtet zu haben. Ich schätze doch, daß Ihr es lernen wollt. Falls Ihr nicht alles auf meine Schultern abladen wollt. Ich warne Euch aber, denn ich werde Zeit benötigen. So sehr ich es auch vorantreibe: bei diesem Damer beispielsweise wird es Tage oder Wochen dauern, bis er überhaupt *Saidin* spüren wird, geschweige denn die Macht ergreifen kann. Und auch dann wird er sie zunächst nur ergreifen, aber noch nicht einmal selbständig einen Funken hervorbringen können.«

»Ich habe die Prüfung bereits begriffen«, erwiderte Rand. »Es war nicht schwierig. Und ich habe tatsächlich vor, alles auf Eure Schultern abzuladen, so lange, bis Ihr genug weitere findet, die Euch wiederum bei der Suche helfen können. Denkt daran, was ich Euch gesagt habe, Taim. Bringt Ihnen schnell alles bei, was möglich ist.« Darin lagen durchaus Gefahren. Wenn man lernte, mit der weiblichen Hälfte der Wahren Quelle zu arbeiten, war das wie eine Umarmung, hatte Rand erfahren. Man lernte, sich dem zu ergeben, und sobald man sich ihr hingab, gehorchte sie der betreffenden Frau. Es war wie eine überragende, führende Kraft, die ihren Anwenderinnen keinen Schaden zufügte, solange man sie nicht mißbrauchte. Für Elayne und Egwene stellte das etwas ganz Natürliches dar, während Rand es kaum zu glauben vermochte. Die männliche Hälfte zu lenken war wie ein andauernder Krieg, ein ständiges Ringen um Herrschaft und Überleben. Wenn man zu weit, zu schnell darin eintauchte, dann war man wie ein Junge, den man nackt in eine Schlacht gegen schwer gerüstete Gegner schickt. Auch wenn man es richtig gelernt hatte, konnte *Saidin* einen Mann immer noch vernichten, ihn töten oder seinen Verstand zerstören, falls es nicht einfach nur die Fähigkeit, die Macht zu beherrschen, ausbrannte. Die gleiche Strafe, mit der die Aes Sedai die von ihnen gefangenen Männer bedachten, die mit der Macht umgehen konnten, erlitt ein solcher Mann nach einem einzigen Moment der Unachtsamkeit, einem winzigen Augenblick, in dem er vergaß, sich vor *Saidin* in acht zu nehmen. Einige der Männer vor der Scheune wirkten bereit dazu, gleich jetzt in dieser Minute genau diesen Preis zu bezahlen. Kely Huldins Frau mit ihrem freundlichen, runden Gesicht hatte ihren Mann an der Hemdbrust gepackt und redete eindringlich auf ihn ein. Kely wackelte unsicher mit dem Kopf, während die anderen verheirateten Männer nervös zu ihren Frauen hinüberblickten. Doch sie befanden sich in einem Krieg, und in Kriegen gab es nun einmal Verluste, selbst unter verheirateten Männern. Licht, er verhärtete sich dermaßen, daß ihm schon übel wurde. Er wandte sich ein wenig zur Seite, damit er Sora Gradys Blick besser meiden konnte. »Geht bis an die Grenze bei ihnen«, sagte er zu Taim. »Bringt ihnen soviel bei, wie sie nur aufnehmen können, und das so schnell, wie es nur geht.«

Taim verzog leicht den Mund bei Rands ersten Worten. »Soviel sie nur aufnehmen können«, wiederholte er mit unbewegter Stimme. »Aber was? Dinge, die man als Waffen benutzen kann, nehme ich an?«

»Waffen«, stimmte Rand zu. Sie mußten Waffen darstellen, allesamt, ihn selbst eingeschlossen. Konnten sich Waffen Familien leisten? Konnte eine Waffe sich leisten, zu lieben? Und wo stammte dieser Gedanke nun wieder her? »Alles, was sie zu lernen in der Lage sind, aber vor allem das.« Es waren so wenige. Siebenundzwanzig, und falls auch nur ein einziger außer Damer dabei war, der den Umgang mit der Macht lernen konnte, hatte Rand es seiner Eigenschaft als *Ta'veren* zu verdanken, daß sie diesen Mann zu ihm geführt hatte. Aes Sedai fingen nur Männer, die tatsächlich die Macht lenkten, und unterzogen sie der Dämpfung, aber sie hatten das während der letzten dreitausend Jahre sehr gründlich getan. Manche Aes Sedai glaubten mittlerweile, sie erreichten langsam aber sicher etwas, was sie gar nicht beabsichtigt hatten, nämlich das Talent zum Lenken der Macht aus der ganzen Menschheit herauszuzüchten. Man hatte die Weiße Burg so groß gebaut, daß sie zu jeder Zeit dreitausend Aes Sedai beherbergen konnte, und sogar noch viele mehr, falls einmal alle dort zusammengerufen werden mußten. Es waren Räume vorhanden, um Hunderte von Mädchen auszubilden, doch vor der Spaltung hatte es in der Burg lediglich etwa vierzig Novizinnen gegeben und weniger als fünfzig Aufgenommene. »Ich brauche eine größere Anzahl, Taim. Wie auch immer, spürt mir weitere auf! Bringt ihnen vor allem schnell bei, wie man andere Männer auf das Talent hin überprüft.«

»Ihr wollt also versuchen, es den Aes Sedai gleichzutun, ja?« Taim schien das nicht weiter zu beeindrucken, sogar dann, wenn das wirklich Rands Plan sein sollte. Der Blick aus seinen dunklen, schräg gestellten Augen, war gelassen.

»Wie viele Aes Sedai gibt es insgesamt? Tausend?«

»Nicht so viele, glaube ich«, antwortete Taim vorsichtig.

Eigenschaften aus der menschlichen Rasse herauszüchten. Verdammt sollten sie sein, selbst wenn sie glaubten, gewichtige Gründe dafür zu haben. »Nun, es wird auf jeden Fall genug Feinde für alle geben.« Etwas, woran er keinen Mangel litt, waren Feinde. Der Dunkle König und die Verlorenen, Schattenwesen und Schattenfreunde. Sicherlich die Weißmäntel und höchstwahrscheinlich die Aes Sedai, oder zumindest einige davon, diejenigen, die zu den Schwarzen Ajah gehörten und andere, die ihn beherrschen wollten. Diese letzten zählte er zu seinen Feinden, auch wenn sie das selbst nicht so sahen. Dann würde es bestimmt neue Schattenlords geben, so wie er das ja auch behauptet hatte. Und weitere darüber hinaus. Genügend Feinde, um alle seine Pläne zu zerstören, um alles zu zerstören. Sein Griff an dem geschnitzten Schaft des Drachenszepters verkrampfte sich. Die Zeit war der größte Feind überhaupt, und seine Chancen, gerade diesen Feind zu besiegen, standen schlecht. »Ich werde sie besiegen, Taim. Allesamt. Sie glauben, alles niederreißen zu können. Immer reißen sie alles nieder, bauen niemals etwas auf! Ich werde etwas Neues bauen, etwas hinterlassen. Was auch geschehen mag, das werde ich auf jeden Fall erreichen! Ich werde den Dunklen König besiegen! Und ich werde *Saidin* reinigen, damit die Männer nicht mehr fürchten müssen, dem Wahnsinn zu verfallen, und damit die Welt Männer nicht mehr fürchten muß, die mit der Macht umgehen können. Ich werde ... «

Die grünen und weißen Troddeln schwangen herum, als er den Speer zornig hochriß. Es war unmöglich. Hitze und Staub hielten ihn zum Narren. Einiges davon mußte erreicht werden, und doch war das alles unmöglich. Das Beste, worauf sie alle hoffen durften, war, zu gewinnen und dann zu sterben, bevor sie wahnsinnig wurden, und im Augenblick hatte er noch nicht einmal eine Ahnung, wie er auch nur das erreichen sollte. Alles, was ihm blieb, war, es immer wieder zu versuchen. Es sollte doch aber einen Weg geben. Wenn es so etwas wie Gerechtigkeit gab, mußte es doch möglich sein.

»*Saidin* reinigen«, wiederholte Taim leise. »Ich glaube, dafür würdet Ihr mehr Macht benötigen, als Ihr euch vorstellen könnt.« Nachdenklich schloß er die Augen ein wenig. »Ich habe von Dingen gehört, die man *Sa'Angreal* nennt. Besitzt Ihr einen davon, von dem Ihr annehmen könnt ... «

»Kümmert Euch nicht darum, was ich habe oder nicht habe«, fuhr ihn Rand an. »Ihr unterrichtet jeden, der die Fähigkeit hat, den Umgang mit der Macht zu lernen, Taim. Dann spürt noch mehr auf und unterrichtet auch sie. Der Dunkle König wartet nicht auf uns! Licht! Wir haben nicht genug Zeit, Taim, aber wir müssen es irgendwie schaffen. Wir müssen!«

»Ich werde mir Mühe geben. Erwartet aber nicht von Damer, daß er morgen bereits eine Stadtmauer zum Einstürzen bringt.«

Rand zögerte. »Taim? Seid wachsam jedem Eurer Schüler gegenüber, der zu schnell lernt. Laßt es mich in einem solchen Fall sofort wissen. Es könnte sein, daß sich einer der Verlorenen unter Eure Schüler zu mischen versucht.«

»Einer der Verlorenen!« Das kam beinahe als Flüstern heraus. Zum zweitenmal wirkte Taim erschüttert. Diesmal war er wohl wirklich ins Mark getroffen worden. »Warum sollte ...?«

»Wie stark seid Ihr?« unterbrach ihn Rand. »Ergreift *Saidin*. Jetzt auf der Stelle. Soviel Ihr nur halten könnt!«

Einen Augenblick lang sah ihn Taim nur ausdruckslos an, und dann strömte die Macht in ihn ein. Es gab kein Glühen, so wie es die Frauen bei anderen sahen, die gerade die Macht in sich aufnahmen. Nur ungeheure Kraft und Bedrohung lagen darin. Rand spürte alles ganz deutlich und konnte es auch recht gut einschätzen. Taim hatte nun genug *Saidin* in sich, um den Bauernhof und alle, die sich hier aufhielten, innerhalb von Sekunden zu vernichten und auch noch alles auf Sichtweite zu verwüsten. Es war nicht viel weniger, als Rand ohne Hilfe bewältigen konnte. Andererseits konnte es sein, daß sich der Mann zurückhielt. Rand spürte nichts von Anstrengung, und möglicherweise wollte der Mann Rand nicht seine ganze Kraft vorführen. Wie konnte er auch ahnen, wie Rand darauf reagieren würde?

Saidin und das Gefühl, das es auslöste, verblaßten in Taim, und jetzt erst wurde Rand bewußt, daß er selbst von der männlichen Hälfte der Wahren Quelle erfüllt war, von einer rasenden Flut. Jedes bißchen, das er durch den *Angreal* in seiner Tasche an sich ziehen konnte, durchtobte ihn. *Töte ihn,* flüsterte Lews Therin. *Töte ihn jetzt!* Einen Augenblick lang packte Rand eisiger Schrecken. Die ihn umgebende Leere kam ins Wanken, *Saidin* tobte und schwoll an, und er war gerade noch in der Lage, die Macht loszulassen, bevor sie sowohl das Nichts wie auch ihn selbst verschlang. Hatte *er* nach der Quelle gegriffen oder Lews Therin? *Töte ihn! Töte ihn!*

In einem Wutausbruch schrie Rand in seinem Kopf: *Halt den Mund!* Zu seiner Überraschung verstummte die andere Stimme tatsächlich.

Schweiß rann ihm über das Gesicht, und er wischte ihn mit einer Hand weg, die ständig zu zittern versuchte. Er hatte selbst nach der Quelle gegriffen; es konnte gar nicht anders sein. Die Stimme eines toten Mannes brachte so etwas nicht fertig. Unbewußt hatte er Taim nicht getraut, wenn dieser eine solche Menge *Saidins* in sich aufnahm. Er hatte nicht hilflos danebenstehen wollen. So war es gewesen.

»Gebt nur auf jeden acht, der zu schnell lernt«, knurrte er. Vielleicht sagte er Taim gegenüber zuviel, aber die Menschen hatten ein Recht darauf, zu erfahren, was ihnen möglicherweise widerfahren könnte. Soweit sie das jedenfalls wissen mußten. Er wagte es nicht, Taim oder irgend jemand anderem zu gestatten, herauszufinden, wo er den größten Teil seines Wissens erworben hatte. Falls sie erfuhren, daß er einen der Verlorenen gefangengehalten und entkommen lassen hatte… Die Gerüchte würden schnell den Teil mit dem Gefangenen weglassen, falls alles herauskam. Die Weißmäntel behaupteten ohnehin, er sei ein falscher Drache und außerdem wahrscheinlich noch ein Schattenfreund. Das sagten sie allerdings von jedem, der die Eine Macht berührte. Sollte die Welt etwas von Asmodean erfahren, würden vielleicht eine Menge Leute dasselbe glauben. Dann spielte es keine Rolle, daß Rand jemanden gebraucht hatte, um ihm den Umgang mit *Saidin* richtig beizubringen. Keine Frau hätte das gekonnt, genausowenig, wie sie seine Stränge sehen konnten oder er ihre. Männer glauben bereitwillig immer das Schlimmste, und Frauen glauben, daß sich dahinter noch etwas Schlimmeres verberge, so sagte man von altersher an den Zwei Flüssen. Er würde selbst mit Asmodean fertigwerden, falls der Mann jemals wieder auftauchte. »Beobachtet sie nur alle recht gut. Und heimlich.«

»Wie mein Lord Drache befiehlt.« Der Mann verbeugte sich sogar leicht und ging dann zurück auf den Hof, wo seine Schüler warteten.

Rand bemerkte, daß die Töchter ihn anblickten. Enaila und Somara, Sulin und Jalani und all die anderen. In ihren Augen stand die Sorge um ihn. Sie akzeptierten ja fast alles, was er tat, alle jene Dinge, die ihn vor sich selbst zurückschrecken ließen, wenn er sie vollbrachte, alle jene Dinge, vor denen jeder bis auf die Aiel zurückschreckte, und was sie dann doch auf die Palme brachte, waren für gewöhnlich Anlässe, die er überhaupt nicht bemerkenswert fand. Sie akzeptierten ihn und machten sich Sorgen *seinetwegen*.

»Ihr sollt Euch nicht so ermüden«, sagte Somara ruhig. Rand sah sie an und die Wangen der Frau mit dem flachsblonden Haar röteten sich. Dies zählte sie vielleicht nicht als ›Öffentlichkeit‹, denn Taim war bereits zu weit entfernt, um lauschen zu können, aber die Bemerkung ging trotzdem etwas zu weit.

Und dann zog auch noch Enaila eine Reserveschufa hinter ihrem Gürtel hervor und reichte sie ihm. »Zuviel Sonne tut Euch nicht gut«, sagte sie leise.

Eine der anderen murmelte: »Er braucht eine Frau, die auf ihn aufpaßt.« Er wußte nicht, wer das gesagt hatte; selbst Somara und Enaila wagten höchstens, solche Dinge hinter seinem Rücken auszusprechen. Er wußte aber sehr wohl, wer damit gemeint war: Aviendha. Wer wäre besser geeignet, den Sohn einer Tochter des Speers zu heiraten, als gerade eine Tochter, die den Speer aufgegeben hatte, um eine Weise Frau zu werden?

Er unterdrückte seinen aufsteigenden Zorn, wickelte sich die Schufa um den Kopf und war ganz dankbar dafür. Die Sonne brannte wirklich heiß herab, und der graubraune Stoff hielt die Hitze überraschend gut ab. Sein Schweiß ließ die Schufa bereits nach kurzer Zeit an der Stirn kleben. Hatte Taim irgendeine Ahnung, wie beispielsweise die Aes Sedai es schafften, daß sie von Hitze oder Kälte kaum berührt wurden? Saldaea befand sich weit im Norden, und doch schien es, daß der Mann nicht einmal leicht schwitzte, so wie die Aiel. Trotz seiner Dankbarkeit sagte Rand lediglich: »Ich darf aber nicht einfach hier herumstehen und Zeit verschwenden.«

»Zeit verschwenden?« fragte die junge Jalani in viel zu unschuldigem Tonfall, wobei sie ihre Schufa frisch wickelte und dabei einen Augenblick lang kurz geschnittenes Haar enthüllt, das beinahe genauso rot war wie das Enailas. »Wie könnte denn der *Car'a'carn* Zeit verschwenden? Das letzte Mal, als ich so schwitzte wie er jetzt, war ich von Sonnenaufgang bis Sonnenuntergang gerannt.«

Grinsen und offenes Gelächter machten sich unter den anderen Töchtern breit. Die rothaarige Maira, mindestens zehn Jahre älter als Rand, klatschte sich auf die Schenkel, während die goldhaarige Desora ihr Lächeln hinter der vorgehaltenen Hand verbarg, wie sie es immer zu tun pflegte. Liah mit dem vernarbten Gesicht hüpfte auf Zehenspitzen auf und ab, und Sulin krümmte sich vor Lachen. Der Humor der Aiel war schon im günstigsten Fall eigenartig. Über die Helden der Legenden machte sich niemand jemals lustig, nicht einmal auf solch seltsame Weise, und man spielte ihnen keine Streiche. Mit Königen hielt man es wohl ebenso. Ein Teil des Problems lag natürlich darin, daß ein Aielhäuptling, selbst ein *Car'a'carn,* kein König war. Er mochte wohl in vielen Dingen die Autorität eines Königs besitzen, doch jeder Aiel durfte und würde auch an ihn herantreten und genau das aussprechen, was er dachte oder fühlte. Der größere Teil des Problems allerdings lag auf einem ganz anderen Gebiet begründet.

Obwohl er ja an den Zwei Flüssen von Tam al'Thor und Tams Frau Kari – bis zu ihrem Tod, als er gerade fünf war –, aufgezogen worden war, war Rands wirkliche Mutter eine Tochter des Speers gewesen, die bei seiner Geburt am Hang des Drachenberges gestorben war. Allerdings war sie keine Aiel gewesen – nur sein Vater war einer –, doch trotzdem Tochter des Speers. Daher war er von Aielsitten berührt worden, die stärker waren als die Gesetze anderer. Nein, nicht berührt: erdrückt. Keine Tochter konnte heiraten und trotzdem den Speer behalten. Wenn sie also den Speer nicht aufgab, wurde jedes Kind, das sie gebar, von den Weisen Frauen einer anderen Frau zugeteilt, und zwar so geheim, daß die betreffende Tochter niemals erfuhr, wer diese Ersatzmutter war. Ein solches von einer Tochter geborene Kind galt als Zeichen des Glücks, als Glücksbringer, sowohl, was es selbst betraf, wie auch für diejenigen, die es großzogen. Und doch wußten nur die Frau, bei der es aufwuchs, und ihr Ehemann, daß es nicht ihr eigenes Kind war. Darüber hinaus sagten die Prophezeiungen von Rhuidean den Aiel, der *Car'a'carn* werde ein solches Kind sein, aber von Feuchtländern aufgezogen. Für die Töchter des Speers versinnbildlichte Rand all jene Kinder, und er war somit das erste Kind einer Tochter, das jeder als solches kannte.

Die meisten, ob sie nun älter als Sulin waren oder so jung wie Jalani, hießen ihn wie einen lange verschollenen Bruder willkommen. In der Öffentlichkeit gewährten sie ihm denselben Respekt wie jedem Häuptling, auch wenn das gelegentlich nur recht wenig war, doch wenn sie mit ihm allein waren, hätte er genausogut jener Bruder sein können. Das Alter der Frau schien nicht das Geringste damit zu tun zu haben, ob sie ihn nun als jüngeren oder älteren Bruder behandelten. Er war aber doch froh, daß sich nur eine Handvoll wie Enaila und Somara verhielten. Ob allein oder in der Öffentlichkeit machte es ihn gleichermaßen verrückt, wenn eine Frau, die nicht älter war als er selbst, sich benahm, als sei er ihr Sohn.

»Dann sollten wir uns irgendwohin begeben, wo ich nicht schwitze«, sagte er und brachte sogar ein Grinsen zustande. Er war es ihnen schuldig. Einige von ihnen waren bereits für ihn gestorben, und es würden noch viel mehr, bis alles vorbei war. Die Töchter unterdrückten ihre Heiterkeit schnell, immer bereit, zu gehen, wohin der *Car'a'carn* wünschte, immer bereit, ihn zu beschützen.

Die Frage war nur, wohin? Bashere wartete auf seinen so sorgfältig als bloße Höflichkeit getarnten Besuch, doch sollte Aviendha davon erfahren haben, würde sie sich möglicherweise bei Bashere befinden. Rand hatte sie soweit wie möglich gemieden, und vor allem wollte er nicht allein mit ihr sein. Denn er wünschte sich so sehr, allein mit ihr zu sein. Er hatte es bisher geschafft, diese Gefühle vor den Töchtern zu verbergen. Falls sie das jemals auch nur vermuteten, würden sie ihm das Leben zur Hölle machen. Es war eben so, daß er sich einfach von ihr fernhalten *mußte*. Er trug den Tod mit sich wie eine ansteckende Krankheit; er war das Ziel und die Menschen in seiner Nähe starben. Er mußte sein Herz verhärten und Töchter sterben lassen – das Licht sollte ihn für alle Ewigkeit für dieses unselige Versprechen bestrafen! –, doch Aviendha hatte den Speer aufgegeben, um sich von den Weisen Frauen ausbilden zu lassen. Er war sich nicht sicher, was er eigentlich für sie empfand, nur, wenn sie durch seine Schuld starb, würde auch etwas in ihm sterben. Es war gut, daß es für sie keine gefühlsmäßigen Verwirrungen gab, wo es ihn betraf. Sie bemühte sich lediglich, in seiner Nähe zu bleiben, weil die Weisen Frauen sie beauftragt hatten, ihn für sie zu beobachten, und weil sie ihn in Elaynes Namen bewachte. Keiner dieser beiden Gründe machte die Lage für Rand leichter zu ertragen; ganz im Gegenteil.

Die Entscheidung fiel ihm aber in diesem Falle wirklich leicht. Bashere würde warten müssen, damit er Aviendha meiden konnte, und der Besuch bei Weiramon, der im Palast seinen Anfang nehmen und nach Heimlichtuerei aussehen sollte, um die besondere Beachtung von wachsamen Augen zu finden, würde eben als nächstes kommen. Ein törichter Grund für eine solche Entscheidung, aber was konnte ein Mann schon tun, wenn eine Frau einfach nichts einsehen wollte? Auf diese Art würde vielleicht sogar etwas herauskommen. Diejenigen, die von diesem Besuch erfahren sollten, würden es auch so erfahren und möglicherweise umso eher glauben, was er sie glauben machen wollte, denn so sah es noch mehr nach echter Geheimhaltung aus. Vielleicht würde dann der Besuch bei Bashere und den anderen aus Saldaea noch unwichtiger wirken, weil er ihn auf später an diesem Tag hinausschob. Ja. Ränke innerhalb weiterer Ränke, die sogar der Adligen Cairhiens würdig wären, wenn sie das Spiel der Häuser spielten.

So ergriff er *Saidin* und öffnete ein Tor. Der Lichtstreifen verbreiterte sich und zeigte das Innere eines geräumigen, grüngestreiften Zeltes, leer bis auf eine dicke Schicht bunter Teppiche in der typischen Labyrinth Webart der Tairener. In diesem Zelt konnte man bestimmt keinen Hinterhalt legen, noch weniger als in der Gegend des Bauernhofs, aber trotzdem verschleierten sich Enaila und Maira und die anderen vorsichtshalber.

Dann huschten sie durch das Tor ins Zelt hinein. Rand blieb noch einen Moment stehen, um sich nach hinten umzublicken.

Kely Huldin ging mit gesenktem Kopf zum Wohnhaus zurück, während seine Frau die beiden Kinder neben ihm herführte. Sie faßte immer mal wieder zu ihm herüber und tätschelte ihn tröstend. Selbst auf diese Entfernung konnte Rand ihr strahlendes Gesicht deutlich erkennen. Offensichtlich war Kely durchgefallen. Taim stand vor Jur Grady, und beide starrten eine winzige Flamme an, die zwischen ihnen in der Luft flackerte. Sora Grady hatte ihren Sohn an die Brust gedrückt und die Augen von ihrem Mann abgewandt. Ihr Blick galt vielmehr immer noch Rand. »Die Augen einer Frau schneiden tiefer als ein Messer«, so lautete ein anderes Sprichwort an den Zwei Flüssen.

Er trat durch das Tor und wartete, bis der Rest der Töchter ihm gefolgt war. Dann ließ er die Quelle los. Er tat, was sein mußte.

KAPITEL 4

Sinn für Humor

Das düstere Innere des Zeltes war so heiß, daß im Vergleich dazu Caemlyn, etwa achthundert Meilen nördlich gelegen, angenehm kühl erschien, und als Rand die Zeltklappe hob, mußte er blinzeln. Der Sonnenschein traf ihn wie ein Hammerschlag, so daß er froh war, die Schufa um den Kopf gewickelt zu haben.

Eine Dublette der Drachenflagge hing über dem grüngestreiften Zelt neben einer der karmesinroten Flaggen mit dem uralten Kennzeichen der Aes Sedai. Zeltreihen erstreckten sich über eine wellige Ebene, auf der bis auf ein paar armselige Büschel alles Gras schon lange von Hufen und Stiefeln niedergetrampelt worden war. Manche Zelte hatte spitze Dächer, andere flache, die meisten waren weiß, wenn auch gelegentlich ziemlich schmutzig, aber einige wiesen doch bunte Farben oder Farbstreifen auf. Die Flaggen vieler Lords bildeten zusätzliche Farbtupfer. Ein Heer hatte sich hier an der Grenze nach Tear versammelt, am Rande der Ebenen von Maredo, Tausende und Abertausende von Soldaten aus Tear und Cairhien. Die Aiel hatten ihre eigenen Lager ein Stück von dem der Feuchtländer entfernt aufgeschlagen. Es kamen mindestens fünf Aiel auf jeden Soldaten aus Tear und Cairhien, und weitere kamen jeden Tag hinzu. Es war ein Heer, das Illian erzittern ließ, eine Heerschar, die bereits jetzt stark genug war, um alles auf ihrem Weg hinwegzufegen.

Enaila und der Rest der Vorhut befanden sich bereits draußen, allerdings unverschleiert und in Begleitung einiger Aielmänner. Die Aiel bewachten dieses Zelt rund um die Uhr. Sie waren wie die Töchter des Speers gekleidet und bewaffnet, aber hochgewachsen wie Rand oder sogar noch größer, Löwen, wo die Töchter wie Leopardinnen wirkten, sonnenverbrannte Männer mit harten Gesichtern und kalten blauen oder grünen oder grauen Augen. Heute waren *Sha'mad Conde* – Donnergänger – an der Reihe, von Roidan selbst angeführt, der auf dieser Seite der Drachenmauer seine Kriegergemeinschaft befehligte. Die Töchter trugen die Ehre des *Car'a'carn*, doch jede Kriegergemeinschaft verlangte ihren Anteil an den Pflichten.

Etwas allerdings an der Kleidung der Männer unterschied sich von der der Töchter. Die Hälfte von ihnen hatte sich nämlich ein rotes Tuch um den Kopf gebunden, und so zeigten sie das uralte Sinnbild der Aes Sedai, die schwarz und weiß unterteilte Scheibe, auf der Stirn. Das war eine neue Sache, die erst vor ein paar Monaten aufgetaucht war. Die Träger dieses Stirnbandes nannten sich Isiswai'aman, und dieses Wort aus der Alten Sprache bedeutete soviel wie ›die Speere des Drachen‹. ›Speere im Besitz des Drachen‹ wäre allerdings ihrer Hingabe gerechter geworden. Rand fühlte sich ganz und gar unwohl dabei, wenn er die Stirnbänder sah und an ihre Bedeutung dachte, aber er konnte kaum etwas dagegen unternehmen, da die Männer einfach nicht darüber sprachen und nicht einmal zugaben, sie zu tragen. Warum die Töchter diese Dinger nicht benützten, zumindest keine von denen, die er bisher gesehen hatte, war ihm ein Rätsel. Er konnte aus ihnen kaum mehr darüber herausbekommen als aus den Männern.

»Ich sehe Euch, Rand al'Thor«, sagte Roidan ernst. In Roidans Haarschopf war bereits erheblich mehr Grau zu sehen als Blond, doch das Gesicht des breitschultrigen Mannes hätte einem Grobschmied als Hammer oder auch als Amboß dienen können, und den Narben auf seinen Wangen und der Nase nach zu schließen, hatte das auch mehr als einer versucht. Die eiskalten blauen Augen ließen dann aber das Gesicht selbst wieder geradezu weich erscheinen. Er mied jeden Blick auf Rands Schwert. »Ich wünsche Euch, daß Ihr heute Schatten findet.« Das hatte nichts mit der fast weißglühenden Sonne oder dem wolkenlosen Himmel zu tun – Roidan schien überhaupt nicht zu schwitzen –, sondern war einfach eine Grußformel unter Menschen aus einem Land, wo die Sonne tagaus, tagein herabglühte und wo es kaum einen Baum gab.

Genauso höflich erwiderte Rand: »Ich sehe Euch, Roidan. Auch ich wünsche Euch, daß Ihr heute Schatten findet. Befindet sich Hochlord Weiramon in der Nähe?«

Roidan nickte in Richtung eines großen Zeltpavillons mit rotgestreiften Seitenwänden und einem hochroten Dach, der von Männern mit langen, präzise im gleichen Winkel aufgepflanzten Lanzen Schulter an Schulter umringt war. Sie hatten alle die auf Hochglanz polierten Brustharnische und die schwarz goldenen Waffenröcke der Verteidiger des Steins an. Über dem Zelt prangten die Drei Halbmonde Tears, weiß auf rotem und goldenem Feld, und die strahlende Aufgehende Sonne Cairhiens, golden auf blauem Feld, zu beiden Seiten von Rands eigener roter Flagge. Alle drei flatterten träge in einer Brise, die aus einem Backofen zu kommen schien.

»Die Feuchtländer befinden sich alle dort.« Roidan sah Rand geradewegs in die Augen und fügte hinzu: »Bruan ist schon drei Tage lang nicht mehr in dieses Zelt gebeten worden, Rand al'Thor.« Bruan war der Clanhäuptling der Nakai Aiel, also von Roidans Clan, und außerdem gehörten sie beide der Salzebenen Septime an. »Genausowenig wie Han von den Tomanelle oder Dhearic von den Reyn oder überhaupt ein Clanhäuptling.«

»*Ich* werde mit ihnen sprechen«, sagte Rand. »Teilt Ihr bitte Bruan und den anderen mit, daß ich hier bin?« Roidan nickte ernst.

Enaila beäugte die Männer von der Seite her, steckte dann den Kopf mit Jalani zusammen und flüsterte ihr so auffällig zu, daß man es auf zehn Schritt Entfernung verstehen konnte: »Weißt du, warum man sie Donnergänger nennt? Sogar wenn sie stillstehen, blicken sie hoch zum Himmel und warten auf Blitze.« Und dann schütteten sich die Töchter beinahe aus vor Lachen.

Ein junger Donnergänger sprang hoch in die Luft und kickte mit einem bestiefelten Fuß in die Luft noch über Rands Kopfhöhe. Er sah gut aus, abgesehen von der runzligen Narbe auf seiner Wange, die sich bis unter den schwarzen Augenverband zog, der eine leere Augenhöhle verdeckte. Auch er trug das Stirnband. »Wißt Ihr, warum die Töchter diese Fingersprache benutzen?« rief er auf dem Höhepunkt seines Sprunges, und als er landete, schnitt er eine hämische Grimasse. Die war allerdings nicht für die Töchter bestimmt; er sprach mit seinen Kameraden und ignorierte die Frauen. »Selbst wenn sie nicht reden, können sie mit dem Reden nicht aufhören.« Die *Sha'mad Conde* lachten genauso schallend wie vorher die Töchter.

»Nur Donnergänger betrachten es als Ehre, ein leeres Zelt zu bewachen«, sagte Enaila traurig zu Jalani und schüttelte den Kopf. »Wenn sie das nächste Mal Wein bringen lassen und die *Gai'schain* ihnen leere Becher reichen, werden sie zweifellos noch viel betrunkener sein als wir mit *Oosquai*.«

Offenbar waren die Donnergänger der Meinung, Enaila sei aus dieser Flachserei als Siegerin hervorgegangen. Der Einäugige und mehrere andere hoben ihre Schilde aus Stierleder und schlugen mit Speeren darauf, daß es laut klapperte. Sie selbst lauschte dem Lärm einen Augenblick lang, nickte versonnen in sich hinein und schloß sich den anderen an, die Rand hinterhergingen.

Rand sann über den Humor der Aiel nach, während er das sich weithin erstreckende Lager betrachtete. Von

Hunderten verstreuter Feuer her roch es nach Essen. Brot wurde auf den Kohlen gebacken, Fleisch an Spießen geröstet, und Suppen brodelten in Kesseln, die man in dreibeinige Gestelle gehängt hatte. Soldaten aßen immer gut und oft, wenn es irgendwie möglich war, denn während eines Kriegszuges gab es dann meist nur seltene und dürftige Mahlzeiten. Die Feuer fügten dem noch ihren eigenen süßlichen Geruch hinzu. Auf den Ebenen von Maredo verfeuerte man eher getrockneten Ochsendung als Holz.

Hier und da sah man Bogen oder Armbrustschützen oder Pikeure in Lederwesten mit aufgenähten Stahlscheiben oder einfach in wattierten Mänteln, aber die Adligen aus Tear und Cairhien verachteten gleichermaßen die Infanterie und bevorzugten die Kavallerie. Deshalb waren vor allem Berittene zu sehen. Die Helme der Tairener hatten breite Ränder und einen Wulst, der von vorn nach hinten verlief. Brustharnische waren über das Wams mit seinen bauschigen Ärmeln geschnallt – alles natürlich in den Farben ihres jeweiligen Lords. Die Soldaten aus Cairhien trugen meist ein dunkles Wams, verbeulte Harnische und glockenförmige Helme, die so ausgeschnitten waren, daß das Gesicht des Mannes sichtbar war. Wimpel, die man als *Cons* bezeichnete, an kurzen Stöcken, die man auf dem Rücken bei einigen Männern festgeschnallt hatte, bezeichneten niedrigere Adlige aus Cairhien und jüngere, nicht erbberechtigte Söhne aus Adelsfamilien, manchmal aber auch lediglich Offiziere, obwohl natürlich nur wenige Gemeine aus Cairhien einen solchen Rang erreichten. In Tear verhielt es sich ebenso. Die Angehörigen der beiden Nationen blieben jedoch unter sich. Während die Tairener häufig nachlässig im Sattel saßen und grundsätzlich jeden aus Cairhien hämisch angrinsten, der in ihre Nähe kam, saßen die gewöhnlich kleineren Männer aus Cairhien steif und hoch aufgerichtet im Sattel, als wollten sie mit aller Macht größer erscheinen.

Sie ignorierten die Tairener ihrerseits vollständig. Sie hatten mehr als einen Krieg gegeneinander ausgetragen, bevor Rand sie dazu brachte, gemeinsam in diesen Krieg zu ziehen.

Grob gekleidete, ergraute alte Männer und auch ein paar, die fast noch Knaben waren, stöberten mit dicken Stöcken zwischen den Zelten herum, und gelegentlich scheuchte der eine oder andere von ihnen eine Ratte auf und erlegte sie mit seinem Knüppel. Dann wurde sie den anderen hinzugefügt, die bereits an seinem Gürtel baumelten. Ein Kerl mit großer Nase in einer speckigen Lederweste und ohne Hemd, Bogen in der Hand und Köcher an der Hüfte, legte eine lange Schnur auf einen Tisch vor einem der Zelte, an die er eine Menge erlegte Krähen und Raben mit den Füßen festgebunden hatte, und erhielt dafür einen Beutel Geld von einem gelangweilt dreinblickenden tairenischen Soldaten, der ohne Helm hinter dem Tisch saß. Nur wenige soweit im Süden glaubten daran, daß die Myrddraal tatsächlich Ratten und Raben und ähnliches als Spione benützten – Licht, von denjenigen abgesehen, die sie wirklich schon gesehen hatten, glaubte hier im Süden auch kaum einer überhaupt an die Existenz von Myrddraal oder Trollocs! –, aber wenn der Lord Drache das Lager von solchen Schädlingen sauberhalten wollte, kamen sie diesem Wunsch gern nach, vor allem, weil der Lord Drache sie für jeden Kadaver mit Silber entlohnte.

Hochrufe machten sich natürlich jetzt breit, denn wer würde sonst mit einer Eskorte von Töchtern des Speers und mit dem Drachenszepter in der Hand durch das Lager gehen. »Das Licht leuchte dem Lord Drachen!« und »Die Gnade des Lichts dem Lord Drachen!« und Ähnliches erklang von allen Seiten. Bei vielen schien das sogar ernst gemeint, obwohl das natürlich schwer festzustellen war, wenn alle aus voller Kehle schrien. Andere allerdings starrten nur mit steinerner Miene herüber oder ließen ihre Pferde wenden und ritten – nicht zu schnell – davon. Schließlich wußte man ja nicht, wann er vielleicht einen Blitz vom Himmel herabrief oder einen Spalt in der Erde öffnete. Männer, die mit der Macht umgehen konnten, wurden am Ende verrückt, und wer kann schon voraussagen, was ein Wahnsinniger anstellt oder wann? Ob sie nun jubelten oder nicht, musterten sie doch die Töchter mißtrauisch. Nur wenige hatten sich daran gewöhnen können, daß Frauen wie die Männer Waffen trugen, und außerdem waren sie Aiel, und jeder wußte, daß die Aiel genauso unberechenbar waren wie Verrückte.

Der Lärm reichte nicht aus, um alles zu übertönen, was die Töchter hinter Rand sagten.

»Er hat einen feinen Sinn für Humor. Wer ist das?« Das kam von Enaila.

»Er heißt Leiran«, antwortete Somara. »Einer der Cosaida Chareen. Du glaubst, er habe Humor, weil er deinen Scherz für besser hielt als seinen eigenen? Er sieht aber tatsächlich so aus, als habe er kräftige Hände.« Mehrere der Töchter glucksten vor Vergnügen.

»Habt Ihr Enaila nicht auch prachtvoll gefunden, Rand al'Thor?« Sulin schritt neben ihm einher. »Ihr habt nicht gelacht. Ihr lacht überhaupt niemals. Manchmal glaube ich, Ihr habt überhaupt keinen Sinn für Humor.«

Rand blieb auf dem Fleck stehen und fuhr sie derart plötzlich an, daß mehrere zu ihren Schleiern griffen und sich umblickten, was ihn so erschreckt habe. »Ein jähzorniger alter Bauer namens Hu entdeckte eines Morgens, daß sein bester Hahn in einen hohen Baum gleich neben seinem Ententeich geflogen war und nicht mehr herunterkommen wollte. So ging er zu seinem Nachbarn Wil und bat ihn um Hilfe. Die Männer hatten sich noch nie vertragen, aber Wil war endlich doch einverstanden, und so gingen die beiden Männer zum Teich und begannen, auf den Baum zu klettern, Hu zuerst. Sie hatten vor, den Hahn zu erschrecken, damit er herausflog, doch der Vogel flog statt dessen immer höher, von Ast zu Ast. Dann, als Hu und der Hahn beinahe die Baumkrone erreicht hatten, mit Wil dicht auf den Fersen, gab es einen lauten Knacks, der Ast unter Hus Füßen brach, und er klatschte hinunter in den Teich. Wasser und Schlamm spritzten nach allen Seiten. Wil kletterte hinunter, so schnell er konnte, und reichte Hu vom Ufer aus seine Hand, aber Hu lag einfach auf dem Rücken im Wasser und sank immer tiefer in den Schlamm, bis nur noch seine Nase aus dem Wasser ragte. Ein anderer Bauer hatte gesehen, was geschehen war, und er rannte herbei und zog Hu aus dem Teich. ›Warum hast du Wils Hand nicht ergriffen?‹ fragte er Hu. ›Du hättest ertrinken können.‹ ›Warum sollte ich seine Hand nehmen?‹ grollte Hu. ›Ich bin vor einem Moment erst bei hellem Tageslicht an ihm vorbeigekommen, und er hat kein Wort mit mir gesprochen.‹« Er schwieg erwartungsvoll.

Die Töchter tauschten verständnislose Blicke. Schließlich sagte Somara: »Was ist mit dem Teich passiert? Sicher liegt die Pointe dieser Geschichte doch im Wasser begründet?«

Rand hob ergeben die Hände und ging weiter zu dem Zeltpavillon mit den rotgestreiften Seiten. Er hörte, wie hinter ihm Liah sagte: »Ich glaube, das sollte ein Scherz oder so etwas sein.«

»Wie können wir lachen, wenn er überhaupt nicht weiß, was mit dem Wasser geschehen ist?« sagte Maira.

»Es war der Hahn«, warf Enaila ein. »Der Humor dieser Feuchtländer ist schon eigenartig. Ich glaube, es muß etwas mit dem Hahn gewesen sein.«

Er bemühte sich, einfach nicht mehr hinzuhören.

Die Verteidiger des Steins standen noch strammer, als er näher kam, falls das überhaupt möglich war, und die beiden, die vor den goldumrandeten Zeltklappen standen, glitten zur Seite und zogen den Eingang auf. Ihre

Blicke waren starr auf irgendeinen Punkt hinter den Aielfrauen gerichtet.

Rand hatte die Verteidiger des Steins bereits einmal in den Kampf geführt, und zwar in einen verzweifelten Kampf gegen Myrddraal und Trollocs in den Sälen und Gängen des Steins von Tear selbst. In jener Nacht hätten sie jedem gehorcht, der vortrat, um sie anzuführen, aber *er* war eben derjenige gewesen, der das tat.

»Der Stein steht noch«, sagte er mit gedämpfter Stimme. Das war damals ihr Schlachtruf gewesen. Ein flüchtiges Lächeln huschte über einige jener Gesichter, bevor sie wieder zu hölzernen Masken erstarrten. In Tear lächelte ein einfacher Mann nicht über das, was ein Lord sagte, es sei denn, er war absolut sicher, daß der Lord wünschte, ihn lächeln zu sehen.

Die meisten der Töchter hockten sich entspannt vor das Zelt, die Speere über die Knie gelegt. Diese Position konnten sie stundenlang beibehalten, ohne einen Muskel zu rühren. Nur Sulin folgte Rand zusammen mit Liah, Enaila und Jalani nach drinnen. Und wären diese Verteidiger des Steins auch alle Rands Jugendfreunde gewesen, hätten die Töchter doch genauso mißtrauisch aufgepaßt. Die Männer im Innern des Zelts zählte er allerdings keineswegs zu seinen Freunden.

Bunte Fransenteppiche bedeckten den Boden des Zeltpavillons, mit tairenischen Labyrinthen und kunstvollen Runenmustern, und in der Mitte stand ein massiver Tisch, rundum beschnitzt und vergoldet und mit auffälligen Einlegearbeiten aus Elfenbein und Türkis. Man benötigte wohl einen Wagen allein, um dieses Ding zu transportieren. Der mit Landkarten bedeckte Tisch trennte eine Gruppe von einem Dutzend Tairenern mit verschwitzten Gesichtern von etwa halb so vielen Männern aus Cairhien, die noch mehr unter der Hitze zu leiden schienen. Jeder Mann hielt einen goldenen Pokal in der Hand, der von ansonsten im Hintergrund bleibenden Dienern in schwarz goldener Livree immer wieder mit gewürztem Wein aufgefüllt wurde. Alle Adligen trugen Seidenkleidung, nur die glattrasierten Männer aus Cairhien, klein, schlank und blaß, wenn man sie mit den Männern an der anderen Seite des Tisches verglich, trugen dunkle Kurzmäntel, und bis auf die bunten Querstreifen in den Farben ihrer Häuser auf der Brust wirkte ihre Kleidung nüchtern. Die Anzahl dieser Streifen deutete auf den Rang ihres Hauses hin. Die Tairener dagegen, bei denen die meisten Gesichter von sorgfältig gestutzten und eingeölten Vollbärten geziert wurden, trugen wattierte Kurzmäntel, die eine grelle Kakophonie von Farben zeigten, Rot und Gelb und Grün und Blau, aus Satin und Brokat, mit Silber- oder Goldfadenstickerei. Die Männer aus Cairhien wirkten ernsthaft, wenn nicht gar etwas mürrisch. Die meisten zeigten eingefallene Wangen, und jeder hatte den vorderen Teil seines Skalps rasiert und eingepudert. Das war einst Mode bei den Soldaten Cairhiens gewesen, aber nicht bei den Lords. Die Tairener lächelten und schnüffelten an parfümierten Taschentüchern und Pomadetiegeln, die das ganze Zelt mit ihren schweren und aufdringlichen Düften erfüllten. Außer dem Punsch schienen sie nur eines gemeinsam zu haben: Sie starrten die Töchter des Speers alle gleichermaßen finster an und versuchten dann krampfhaft, vorzugeben, die Aiel seien sämtlich unsichtbar.

Hochlord Weiramon, dessen eingeölter Bart und das Haar graue Strähnen aufwiesen, verbeugte sich tief. Hier war er einer von vier Hochlords. Besonders seine kunstvoll mit Silber verzierten Stiefel fielen auf. Die anderen waren der salbungsvolle, übermäßig fette Sunamon, dann Tolmeran, dessen eisengrauer Bart wie die Speerspitze auf dem Schaft seines hageren Körpers wirkte, und schließlich Torean mit seiner Kartoffelnase, der noch mehr nach Bauer aussah als die meisten Bauern selbst. Doch Rand hatte Weiramon das Oberkommando anvertraut – jedenfalls für den Augenblick. Die anderen acht waren Lords von geringerem Rang, ein paar davon glattrasiert, aber mit kaum weniger Grau in den Haaren. Sie befanden sich hier, weil sie dem einen oder anderen der anwesenden Hochlords Gefolgschaft geschworen hatten, aber alle verfügten über einige Kampferfahrung.

Weiramon war für einen Tairener keineswegs klein geraten, wenn auch Rand ihn um einen Kopf überragte, doch er erinnerte Rand immer an einen aufgeplusterten Gockel, so wie er die Brust herausstreckte und herumstolzierte. »Aller Segen dem Lord Drachen«, verkündete er und verbeugte sich, »dem künftigen Eroberer Illians. Aller Segen dem Herrn des Morgens.« Die anderen kamen nur einen Atemzug später dran, wobei die Tairener die Arme weit ausbreiteten, während die Männer aus Cairhien mit einer Hand die Herzgegend berührten.

Rand verzog das Gesicht. ›Herr des Morgens‹ war einer von Lews Therins Titeln gewesen, wie die bruchstückhaften Berichte aus jener Zeit aussagten. Eine Unmenge von Kenntnissen war während der Zerstörung der Welt verlorengegangen, und weiteres ging in den Trolloc-Kriegen in Rauch auf und später im Hundertjährigen Krieg, und doch hatten an überraschend vielen Orten Bruchstücke diese Zeiten überdauert. Er war verblüfft, daß Weiramons Anrede mit diesem Titel nicht gleich wieder Lews Therins irres Gejammere in ihm ausgelöst hatte. Genauer betrachtet hatte Rand diese Stimme nicht mehr vernommen, seit er sie in seinem Innern so angeschrien hatte. Soweit er sich erinnern konnte, war es das erste Mal überhaupt gewesen, daß er die Stimme, mit der er seinen Kopf teilte, unmittelbar angesprochen hatte. Die Möglichkeiten, die sich damit andeuteten, ließen ihm einen Schauer den Rücken hinunterrieseln.

»Mein Lord Drache?« Sunamon rang seine fleischigen Hände. Er schien den Blick zu der um Rands Kopf gewickelten Schufa ängstlich zu meiden. »Geht es Euch …?« Er schluckte und lächelte dann unterwürfig. Einen potentiell Wahnsinnigen – potentiell war vielleicht noch zu sanft ausgedrückt – nach seinem Befinden zu fragen entsprach wohl doch nicht ganz dem, was er ausdrücken wollte. »Hätte der Lord Drache vielleicht gern etwas gewürzten Wein? Ein guter Jahrgang aus Lodan, vermischt mit dem Saft von Honigmelonen?« Ein schlacksiger Landedelmann, ein Gefolgsmann Sunamons namens Estevan mit kantigem Kinn und noch härteren Augen winkte barsch, und ein Diener huschte zu einem kleinen Seitentisch an der Zeltwand, um einen goldenen Pokal zu holen. Ein weiterer Diener beeilte sich, ihn zu füllen.

»Nein«, sagte Rand. Und dann etwas vehementer: »Nein!« Er winkte den Diener beiseite, ohne ihn richtig zu sehen. Hatte Lews Therin tatsächlich seinen inneren Schrei *gehört*? Irgendwie machte das alles nur noch schlimmer. Er wollte über die sich ergebenden Möglichkeiten jetzt nicht nachdenken; er wollte überhaupt nicht daran denken. »Sobald Hearne und Simaan ankommen, befindet sich fast alles in der richtigen Position.« Diese beiden Hochlords sollten bald hier sein. Sie führten die letzten tairenischen Truppenteile an, die Cairhien vor über einem Monat verlassen hatten. Natürlich waren auch noch kleinere Truppen auf dem Weg nach Süden, und auch weitere Soldaten aus Cairhien. Und auch noch mehr Aiel. Der ständige Zustrom von Aiel zog die Dinge in die Länge. »Ich will sehen …«

Mit einemmal wurde ihm bewußt, daß im Pavillon Schweigen herrschte. Es war unwahrscheinlich still. Nur Torean unterbrach die Stille, als er den Kopf zurücklegte und den Rest seines Weines herunterkippte. Dann wischte er sich den Mund ab und hielt den Pokal hin, damit er nachgefüllt werde. Doch die Diener schienen sich zu bemühen, mit der rotgestreiften Zeltwand zu verschmelzen. Sulin und die anderen drei Töchter standen plötzlich sprungbereit auf den Ballen ihrer Füße und hatten die eine Hand am Schleier.

»Was ist los?« fragte er leise.

Weiramon zögerte. »Simaan und Hearne sind… zu den Haddon-Sümpfen marschiert. Sie kommen nicht.« Torean riß einem der Diener einen Krug aus gehämmertem Goldblech aus der Hand und füllte selbst seinen Pokal auf, wobei Punsch auf die Teppiche schwappte.

»Und warum sind sie dorthin gezogen, anstatt hierher zu kommen?« Rand erhob seine Stimme nicht. Er war sicher, die Antwort bereits zu kennen. Diese beiden, und fünf andere Hochlords außerdem, hatte er ja schon nach Cairhien geschickt, damit sie nicht dazukämen, gegen ihn zu intrigieren.

Unter den Männern aus Cairhien breitete sich – hinter vorgehaltenen Pokalen halb verborgen – gehässiges Grinsen aus. Semaradrid, der mit dem höchsten Rang unter ihnen, dessen Farbstreifen bis unter die Hüftlinie seines taillierten Kurzmantels reichten, grinste ganz offen. Der Mann hatte ein langes Gesicht mit weißen Strähnen an den Schläfen und dunklen Augen, die so hart dreinblicken konnten, daß sie sogar Stein weich erscheinen ließen. Er bewegte sich nur unbeholfen, da er im Bürgerkrieg seines Landes mehrfach verwundet worden war, doch sein Hinken rührte vom Krieg gegen Tear her. Sein Hauptgrund dafür, jetzt mit den Tairenern zusammenzuarbeiten, lag darin, daß sie halt wenigstens keine Aiel waren. Doch andererseits arbeiteten die Tairener ja ebenfalls mit ihnen zusammen, weil die Leute aus Cairhien keine Aiel waren.

Es war einer von Semaradrids Landsmännern, der antwortete, ein junger Lord namens Meneril, der ungefähr die Hälfte der Streifen Semaradrids auf dem Mantel aufwies und eine Narbe im Gesicht, die seinen linken Mundwinkel zu einem ständigen sardonischen

Lächeln hochzog. Die Narbe stammte aus dem Bürgerkrieg. »Verrat, mein Lord Drache. Verrat und Rebellion.«

Weiramon scheute vielleicht davor zurück, Rand diese Worte ins Gesicht hinein zu sagen, aber er wollte auch keinen Ausländer für sich sprechen lassen. »Ja, Rebellion«, sagte er schnell, wobei er Meneril wütend anstarrte, doch seine übliche pompöse Art brach gleich wieder durch. »Und nicht nur sie, mein Lord Drache. Die Hochlords Darlin und Tedosian und Hochlady Estanda sind auch darin verwickelt. Seng meine Seele, aber sie haben doch tatsächlich alle eine Widerstandserklärung unterzeichnet! Wie es scheint, haben sich auch etwa zwanzig oder dreißig niedere Adlige angeschlossen, die meisten wenig mehr als Emporkömmlinge aus Bauernfamilien. Vom Licht verlassene Narren!«

Rand bewunderte Darlin schon fast. Der Mann hatte sich von Anfang an offen gegen ihn gestellt, war aus dem Stein geflohen, als der fiel, und hatte versucht, unter den Landedelmännern Anhänger für eine Widerstandsbewegung zu gewinnen. Bei Tedosian und Estanda war das etwas anderes. Genau wie Hearne und Simaan hatten sie sich unterwürfig verbeugt und gelächelt, ihn als Lord Drache angeredet und hinter seinem Rücken intrigiert. Nun rächte sich seine Nachsicht. Kein Wunder, daß Torean beim Trinken vor Schreck Wein auf seinen graumelierten Bart schwappen ließ. Er hatte immer mit Tedosian und Hearne und Simaan zusammengesteckt.

»Sie haben mehr geschrieben, als sich nur gegen Euch zu erklären«, sagte Tolmeran mit kalter Stimme. »Sie schrieben, Ihr wärt ein falscher Drache und der Fall des Steins und daß Ihr das Schwert, Das Kein Schwert Ist, an Euch nahmt, sei nur ein Trick der Aes Sedai gewesen.« Es lag etwas Fragendes in seinem Tonfall. Er hatte sich nicht im Stein von Tear befunden in jener Nacht, als Rand die Festung einnahm.

»Und was glaubt Ihr selbst, Tolmeran?« Es war natürlich eine verführerische Behauptung in einem Land, wo der Gebrauch der Macht gesetzlich verboten gewesen war, bevor Rand das Gesetz geändert hatte, wo man die Aes Sedai im besten Fall gerade noch tolerierte und wo der Stein von Tear dreitausend Jahre lang unbezwingbar über der Stadt gethront hatte, bis Rand ihn eroberte. Und die Behauptung war auch nicht neu. Rand fragte sich, ob er wohl Weißmäntel antreffen würde, wenn diese Rebellen an den Fersen aufgehängt würden. Allerdings war Pedron Niall wohl zu clever, um das zuzulassen.

»Ich glaube, daß Ihr *Callandor* wirklich herausgezogen habt«, sagte der hagere Mann nach einem Moment des Überlegens. »Ich glaube, Ihr seid der Wiedergeborene Drache.« Beide Male lag eine leichte Betonung auf dem Wort ›glaube‹. Tolmeran hatte Mut. Estevan nickte bedächtig dazu, langsam, aber immerhin. Noch ein mutiger Mann.

Selbst sie stellten aber die offensichtliche Frage nicht, nämlich, ob Rand wünsche, daß man die Rebellen ausräucherte. Rand überraschte das nicht. Zum einen waren die Haddon-Sümpfe kein Ort, an dem man so einfach jemanden ausräucherte. Es war einziger, riesiger, verfilzter Wald ohne Dörfer, ohne Straßen, und nicht einmal Pfade gab es dort. In der zerklüfteten Bergregion an ihrer nördlichen Grenze mußte ein Mann schon Glück haben, wenn er an einem langen Tag des Wanderns gerade einmal eine Handvoll Meilen zurücklegen konnte, und Heere konnten in diesem Gebiet ungestört so lange umherziehen, bis der Proviant verbraucht war, ohne aufeinander zu stoßen. Und was vielleicht noch wichtiger war: Wenn sich jemand danach erkundigte, mußte man ja annehmen, er werde freiwillig die Führung einer solchen Expedition übernehmen, und bei einem Freiwilligen dieser Art lag der Verdacht nahe, daß er sich Darlin anschließen wolle, anstatt ihn am

Schopf zu packen und anzuschleppen. Die Tairener mochten ja *Daes Dae'mar*, das Spiel der Häuser, nicht spielen oder jedenfalls nicht so wie die Adligen Cairhiens – denn die lasen ganze Bände aus einem einzigen Blick und hörten mehr aus einem einzigen Satz heraus, als man selbst hineingelegt hatte –, doch auch sie intrigierten und beobachteten sich gegenseitig mißtrauisch, weil sie in allem Hinterlist vermuteten. Natürlich erwarteten sie, daß jeder andere genauso handelte.

Trotzdem kam es Rand gerade recht, wenn die Rebellen für den Augenblick dort blieben, wo sie waren. Er mußte Illian alle Aufmerksamkeit widmen, und vor allem mußte man *sehen*, daß all seine Aufmerksamkeit dorthin gerichtet war. Andererseits durfte er auch nicht als weich und nachgiebig gelten. Diese Männer würden sich wohl nicht gegen ihn wenden, aber ob Letzte Schlacht oder nicht, es gab nur zwei Dinge, die sowohl Tairener wie auch die Leute aus Cairhien davon abhielten, sich gegenseitig an die Kehlen zu gehen. Zum einen zogen sie die anderen immer noch den Aiel vor, wenn auch nur um ein Weniges, und zum anderen fürchteten sie den Zorn des Wiedergeborenen Drachen. Sollten sie ihn einmal nicht mehr fürchten, würden sie im Handumdrehen versuchen, sich gegenseitig umzubringen und die Aiel dazu.

»Will irgend jemand etwas zu ihrer Verteidigung sagen?« fragte er. »Kann jemand einen Grund vorbringen, der mich zur Milde veranlassen würde?« Sollte das der Fall sein, hielt der Betreffende jedenfalls den Mund. Wenn man die Diener mitzählte, waren fast zwei Dutzend Augenpaare erwartungsvoll auf ihn gerichtet. Vielleicht waren es gerade die Diener, die ihn besonders eindringlich beobachteten. Sulin und die Töchter hingegen beobachteten alles *bis auf ihn*. »Ihre Titel sind ihnen aberkannt, ihre Ländereien und Güter werden konfisziert. Es werden Haftbefehle für jeden Mann ausgestellt, dessen Name bekannt ist. Und für jede Frau.« Das konnte zu einem Problem werden. In Tear stand als Strafe auf Rebellion der Tod. Er hatte einige Gesetze abgeändert, aber dieses nicht, und jetzt war es zu spät dafür. »Verkündet, daß niemand, der einen von ihnen tötet, deshalb wegen Mordes bestraft werden kann, und daß jeder, der ihnen hilft, wegen Verrats angeklagt wird. Jeder, der sich ergibt, wird am Leben bleiben.« Das würde vielleicht dazu beitragen, das Problem Estanda zu lösen, denn er würde keine Frau zur Hinrichtung verurteilen, falls er einen Weg fand, sie zum Aufgeben zu bringen. »Aber jene, die mit der Rebellion fortfahren, werden gehängt.«

Die Adligen bewegten sich unruhig und tauschten Blicke, sowohl die Tairener wie auch die aus Cairhien. Mehr als ein Gesicht war blaß geworden. Sie hatten wohl ganz sicher ein Todesurteil erwartet, denn das stand nun einmal auf Rebellion, und auch noch während eines Krieges, doch die Aberkennung der Titel erschreckte sie zutiefst. Trotz all der Gesetze, die Rand in beiden Ländern abgeändert hatte, obwohl er Lords vor den Magistrat schleppen und wegen Mordes hatte hängen lassen oder andere wegen Körperverletzung zu Geldstrafen verurteilen ließ, glaubten sie immer noch, es gebe einen Unterschied zwischen den Menschen, eine Abstammung, fast schon ein Naturgesetz, das aus ihnen Löwen machte und aus den einfachen Menschen Schafe. Ein Hochlord, der auf das Schaffott wanderte, starb dort als Hochlord, doch Darlin und die anderen würden wie Bauern sterben, und das war in den Augen dieser Männer eine schlimmere Strafe als der Tod selbst. Die Diener blieben mit ihren Krügen in Stellung und warteten darauf, jeden Pokal aufzufüllen, der bis zur Neige ausgetrunken schien. Obwohl ihre Mienen genauso ausdruckslos waren wie zuvor, schien doch in einigen Augen etwas Frohes zu glitzern, das vorher nicht zu sehen gewesen war.

»Nun, da dies geregelt ist«, sagte Rand und zog sich

die Schufa vom Kopf, während er an den Tisch trat, »wollen wir uns die Landkarten ansehen. Sammael ist wichtiger als eine Handvoll Narren, die in den Haddon-Sümpfen verkommen.« Er hoffte, sie würden dort verkommen. Verfluchte Idioten!

Weiramons Mundpartie spannte sich an, und Tolmeran glättete ganz schnell seine Züge. Sunamons Gesicht war so nichtssagend, daß es auch eine Maske hätte sein können. Die anderen Tairener blickten zweifelnd drein, genau wie die Adligen aus Cairhien; nur Semaradrid verbarg seine Gefühle recht gut. Manche hatten während des Angriffs auf den Stein Myrddraal und Trollocs erlebt, und ein paar waren bei seinem Zweikampf mit Sammael in Cairhien zugegen gewesen, und doch glaubten sie, seine Behauptung, die Verlorenen seien in Freiheit, sei ein Symptom seines nahenden Wahnsinns. Er hatte gehört, wie hinter vorgehaltener Hand geflüstert worden war, er selbst habe die ganzen Zerstörungen in Cairhien hervorgerufen, weil er wie ein Verrückter auf Freund und Feind gleichermaßen eingeprügelt habe. Nach Liahs steinernem Gesicht zu schließen, würde sehr bald einer von ihnen den Speer einer Tochter in den Bauch bekommen, falls sie ihre Blicke nicht besser beherrschten.

Sie versammelten sich dann doch um den Tisch, als er die Schufa wegwarf und in den Schichten verstreut herumliegender Landkarten stöberte. Bashere hatte recht; die Menschen folgten auch einem Verrückten, wenn er siegte. Solange er siegte. Gerade in dem Moment, als er die Karte fand, die er gesucht hatte – eine äußerst detaillierte Darstellung des östlichen Grenzgebietes von Illian –, kamen die Aielhäuptlinge herein.

Bruan von den Nakai Aiel war der erste, der eintrat. Ihm folgten Jheran von den Shaarad, Dhearic von den Reyn, Han von den Tomanelle und Erim von den Chareen. Jeder erwiderte das begrüßende Nicken Sulins und der drei anderen Töchter. Bruan, ein massig wirkender Mann mit traurig dreinblickenden grauen Augen, war der Anführer der fünf Clans, die Rand bisher nach Süden gesandt hatte. Keiner der anderen hatte etwas dagegen. Bruans auf so eigenartige Weise ruhiges, entspanntes Verhalten täuschte leicht über sein Können als Krieger hinweg. Sie waren alle mit dem *Cadin'sor* angetan, hatten die Schufa lose um den Hals gehängt und waren bis auf die schweren Messer an den Gürteln unbewaffnet. Allerdings konnte man einen Aiel kaum jemals als unbewaffnet betrachten, wenn er wenigstens noch seine Hände und Füße besaß.

Die Männer aus Cairhien gaben einfach vor, die Aiel nicht zu sehen, während die Tairener betont abfällig grinsten und betont an ihren Pomadetiegeln und parfümierten Taschentüchern schnüffelten. Tear hatte lediglich den Stein an die Aiel verloren, und das mit Hilfe des Wiedergeborenen Drachen, wie sie glaubten, oder vielleicht auch mit Hilfe von Aes Sedai, während Cairhien zweimal von ihnen verheert worden war, zweimal besiegt und gedemütigt.

Mit Ausnahme Hans ignorierten die Aiel alle Anwesenden bis auf Rand. Han, weißhaarig und mit einer Gesichtshaut wie aus rissigem Leder, funkelte sie dagegen zornglühend an. Selbst bei bester Laune war er ein jähzorniger Mann, und es wirkte sich auch nicht gerade beruhigend auf ihn aus, daß ein paar der Tairener genauso groß waren wie er. Han war nämlich für einen Aiel ziemlich klein, wenn auch noch überdurchschnittlich groß im Vergleich zu den Feuchtländern, und deshalb genauso empfindlich wie Enaila. Und dann natürlich verachteten die Aiel sowieso alle ›Baummörder‹, wie sie die Menschen aus Cairhien nannten, noch mehr als die übrigen Feuchtländer. Ihre andere Bezeichnung für sie lautete ›Meineidige‹.

»Die Illianer«, sagte Rand energisch und glättete die Karte mit der Hand. Er benützte das Drachenszepter, um die eine Seite der Karte, die sich immer wieder aufrollen wollte, festzuhalten, und ein goldbeschlagenes Tintenfaß mit dazupassender Sandbüchse für die andere Seite. Er wollte nicht, daß diese Männer begannen, sich gegenseitig umzubringen. Er glaubte allerdings nicht ernsthaft, daß es dazu käme, oder zumindest nicht, während er sich hier befand. In den Sagen lernten Verbündete immer, sich gegenseitig sympathisch zu finden und zu vertrauen, doch er zweifelte sehr, daß sich diese Männer hier jemals dazu durchringen könnten.

Die welligen Ebenen von Maredo erstreckten sich beachtlich weit nach Illian hinein und gingen ein Stück vor dem Manetherendrelle und dem einmündenden Skal in bewaldete Hügel über. Fünf eingezeichnete Kreuze, etwa zehn Meilen voneinander entfernt, bezeichneten den östlichen Rand des Hügelgebiets: die Doirlon-Berge.

Rand berührte mit dem Zeigefinger das mittlere Kreuz. »Seid Ihr sicher, daß Sammael keine neuen Lager dort angelegt hat?« Als Weiramon das Gesicht leicht verzog, fauchte Rand gereizt: »Lord Brend, falls Ihr den bevorzugt, oder der Rat der Neun, oder Mattin Stepaneos den Balgar, falls Ihr lieber hättet, daß der König selbst solche Anordnungen erläßt. Liegen die Lager noch genauso?«

»Unsere Kundschafter behaupten es jedenfalls«, sagte Jheran gelassen. Schlank auf die gleiche Art wie eine Schwertklinge, das hellbraune Haar mit grauen Strähnen durchsetzt, bewahrte er jetzt immer Ruhe und Gelassenheit, nachdem Rand die vierhundert Jahre andauernde Blutfehde der Shaarad mit den Goshien Aiel durch seine Ankunft beendet hatte. »*Sovin Nai* und *Duadhe Mahdi'in* beobachten sie genau.« Er nickte leicht und zufrieden, genau wie Dhearic, als er das verkündete. Jheran war ein *Sovin Nai*, eine ›Messerhand‹ gewesen, bevor er Häuptling wurde, und Dhearic hatte zu den *Duadhe Mahdi'in* gehört, den ›Wassersuchern‹.

»Wir erfahren durch unsere Läufer innerhalb von fünf Tagen von jeder Veränderung.«

»Meine Kundschafter glauben, es gebe neue Lager«, sagte Weiramon, als habe Jheran nichts gesagt. »Ich schicke jede Woche einen neuen Trupp los. Sie brauchen wohl einen ganzen Monat, um hinzureiten und wieder zurückzukehren, aber ich versichere Euch, ich bin auf dem neuesten Stand, soweit es die Entfernung gestattet.«

Die Gesichter der Aiel wirkten, als habe man sie aus Stein gemeißelt.

Rand beachtete das Zwischenspiel nicht. Er hatte sich vorher bereits bemüht, die Differenzen zwischen den Tairenern, den Aiel und Cairhien zu überbrücken, aber sobald er ihnen den Rücken kehrte, war der alte Zustand wieder da. Die Mühe war umsonst.

Was die Lager betraf ... Er wußte, daß es immer noch fünf waren. Auf gewisse Weise hatte er sie besucht. Es gab einen ... Ort ... von dem er wußte, wie er ihn erreichen konnte, eine seltsame, unbevölkerte Spiegelung der wirklichen Welt, und dort war er über die Wehrgänge der Holzpalisaden dieser massiven Bergfestungen geschritten. Er kannte die Antworten auf beinahe alle Fragen, die er ihnen stellen wollte, doch er jonglierte Pläne innerhalb anderer Pläne wie ein Gaukler die Feuerstäbe. »Und Sammael führt immer noch mehr Soldaten heran?« Diesmal betonte er den Namen besonders. Die Mienen der Aiel veränderten sich nicht. Falls die Verlorenen frei waren, dann waren sie eben frei. Man mußte die Welt sehen, wie sie war, und nicht, wie man sie zu sehen wünschte. Aber die anderen warfen ihm kurze, besorgte Seitenblicke zu. Sie würden sich früher oder später daran gewöhnen müssen. Sie würden es über kurz oder lang glauben müssen.

»Jeder Mann aus Illian, der einen Speer halten kann, ohne darüber zu stolpern, wie es scheint«, sagte Tolmeran mit niedergeschlagenem Gesichtsausdruck. Er war genauso heiß darauf, gegen die Illianer zu kämpfen wie jeder Tairener. Die beiden Länder hatten sich gegenseitig gehaßt, seit sie aus den Überresten von Artur Falkenflügels Weltreich hervorgegangen waren, und ihre Geschichte war eine Chronik ständiger Kriege, die man auf Grund jeder überhaupt möglichen Ausrede ausgefochten hatte. Doch Tolmeran schien ein wenig realistischer zu denken als die anderen Hochlords und nicht zu erwarten, daß man jede Schlacht mit einem einzigen wuchtigen Schlag gewinnen könne. »Jeder Kundschafter, der es hierher zurück schafft, berichtet, daß diese Festungen immer größer werden und immer mächtigere Verteidigungsanlagen erhalten.«

»Wir sollten jetzt losschlagen, mein Lord Drache«, sagte Weiramon ganz energisch. »Das Licht soll meine Seele versengen, aber ich kann die Illianer jetzt noch mit heruntergelassenen Hosen erwischen. Sie haben sich selbst unbeweglich gemacht. Sie haben doch tatsächlich kaum eine nennenswerte Kavallerie! Ich werde sie zu Staub zermalmen, und dann ist der Weg zur Stadt frei.« In Illian, genau wie in Tear und Cairhien, meinte man mit der ›Stadt‹ die große Stadt, die dem Land den Namen verliehen hatte. »Seng meine Augen, ich werde Eure Flagge in einem Monat über llian flattern lassen, mein Lord Drache. Oder höchstens in zwei.« Er blickte zu den Männern aus Cairhien hinüber und fügte so zögernd hinzu, als müsse man ihm jedes Wort einzeln aus der Nase ziehen: »Semaradrid und ich schaffen das gemeinsam.« Semaradrid verbeugte sich leicht. Oder deutete es zumindest an.

»Nein«, sagte Rand kurz angebunden. Weiramons Plan lud geradezu zu einer Katastrophe ein. Gute zweihundertfünfzig Meilen lagen zwischen ihrem Lager und Sammaels großen Bergfestungen, und dazwischen befand sich eine grasbewachsene Ebene, wo eine Erhebung von fünfzig Fuß bereits als hoher Hügel galt und ein Dickicht von ein paar hundert Schritt Breite als

Wald bezeichnet wurde. Auch Sammael besaß Kundschafter – jede Ratte, jeder Rabe konnte einer von Sammaels Spähern sein. Zweihundertfünfzig Meilen. Zwölf oder dreizehn Tage für die Tairener und die Soldaten Cairhiens, wenn sie Glück hatten. Die Aiel konnten es vielleicht bei größter Eile in fünf Tagen schaffen – ein einzelner Kundschafter oder zwei kam eben schneller vorwärts als ein Heer, sogar bei den Aiel –, aber die gehörten nicht zu Weiramons Plan. Lange bevor Weiramon überhaupt die Doirlon-Berge erreichte, wäre Sammael in der Lage, die Tairener zu vernichten, und nicht andersherum. Ein törichter Plan. Noch törichter sogar als der, den Rand ihnen vorgegeben hatte. »Ich habe Euch Befehle erteilt. Ihr haltet hier die Stellung, bis Mat ankommt und das Kommando übernimmt, und selbst dann rührt keiner einen Fuß von der Stelle, bis ich der Meinung bin, genügend Soldaten hier zu haben. Weitere Truppen sind hierher unterwegs: aus Tear, Cairhien, und auch Aiel. Ich habe vor, Sammael vernichtend zu schlagen, Weiramon. Ihn endgültig zu schlagen und Illian unter das Drachenbanner zu bringen.« Soweit entsprach das durchaus der Wahrheit. »Ich wünschte ja, ich könnte bei Euch bleiben, aber noch benötigt man meine ganze Aufmerksamkeit in Andor.«

Weiramons Gesicht wandelte sich zu saurem Stein, soweit man sich so etwas vorstellen kann, und Semaradrids Grimasse hätte eigentlich den Wein augenblicklich in Essig verwandeln sollen, während Tolmerans Miene derart ausdruckslos war, daß seine Mißbilligung wie ein Faustschlag wirkte. In Semaradris Fall war es die Verzögerung, die Anlaß zur Besorgnis gab. Er hatte schon mehr als einmal darauf hingewiesen, daß jeder Tag wohl mehr Soldaten hier ins Lager brächte, aber auch mehr Soldaten zu den Festungen in Illian. Zweifellos war Weiramons Plan das Resultat seiner Mahnungen zur Eile, obwohl er selbst wohl einen besseren Plan entwerfen gekonnt hätte. Tolmerans Zweifel lagen in Mat begründet. Tolmeran hatte wohl von den Leuten aus Cairhien einiges über Mats Kriegskunst erfahren, doch er hielt das für bloße Schmeichelei von einigen Narren für einen Landedelmann, der eben zufällig mit dem Wiedergeborenen Drachen befreundet war. Das waren aber ehrliche Einwände, und der Semaradrids hätte sogar eine gewisse Berechtigung gehabt, wenn der an sie ausgegebene Plan mehr gewesen wäre als lediglich ein Täuschungsmanöver. Es war unwahrscheinlich, daß sich Sammael ausschließlich auf seine Ratten und Raben verließ, wenn es um das Spionieren ging. Rand rechnete damit, daß sich im Lager auch Spione der anderen Verlorenen aufhielten und wahrscheinlich auch Spione der Aes Sedai.

»Es soll sein, wie Ihr wünscht, mein Lord Drache«, sagte Weiramon auf seine pompöse Art. Der Mann war tapfer genug, wenn es zum Kampf kam, aber ein kompletter, blinder Idiot, nicht in der Lage, über den Glanz eines vehementen Angriffs, über seinen Haß gegen die Illianer und seine Verachtung für Cairhien und die Aiel ›Wilden‹ hinauszudenken. Rand war sicher, daß Weiramon genau der Mann sei, den er benötigte. Tolmeran und Semaradrid würden nicht so schnell losmarschieren, solange Weiramon das Oberkommando innehatte.

Noch eine lange Zeit über diskutierten sie, und Rand lauschte und stellte gelegentlich Fragen. Es gab jetzt keinen Widerspruch mehr, keine weiteren Vorschläge, den Angriff sofort zu starten. Der Angriff wurde überhaupt nicht mehr besprochen. Was Rand von Weiramon und den anderen wissen wollte, hatte mit Wagen zu tun, mit Wagen und ihrer Fracht. Auf den Ebenen von Maredo gab es nur wenige, weit voneinander entfernte Dörfer und keine Stadt, abgesehen von Far Madding im Norden. Das urbare Land reichte kaum aus, um die Menschen zu ernähren, die bereits hier wohnten. Eine riesige Armee würde einen stetigen Strom von Wagenladungen aus Tear benötigen, mit denen alles befördert wurde, von Mehl für ihr Brot bis hin zu Hufnägeln für die Pferde. Außer Tolmeran waren die Hochlords der Meinung, das Heer könne alles, was es benötigte, mit sich führen und damit die Ebenen durchqueren, und in Illian wollten sie das Heer dann durch Plünderung ernähren. Sie schienen den Gedanken fast zu genießen, das Land ihres uralten Gegners wie ein Heuschreckenschwarm kahlzufressen. Die Männer aus Cairhien waren anderer Meinung, besonders Semaradrid und Meneril. Nicht nur die kleinen Leute hatten in Cairhiens Bürgerkrieg und während der Belagerung ihrer Hauptstadt durch die Shaido Hunger gelitten; das konnte man an ihren eingefallenen Wangen deutlich ablesen. Illian war ein reiches Land und sogar in den Doirlon-Bergen gab es Bauernhöfe und Weinberge, aber Semaradrid und Meneril wollten das Wohlergehen ihrer Soldaten nicht von ungewissen Plünderungen abhängig machen, solange es eine andere Möglichkeit gab. Was Rand betraf, wollte er ohnehin nicht, daß Illian mehr als unbedingt nötig verwüstet würde.

Er übte wirklich nicht viel Druck auf diese Menschen aus. Sunamon versicherte ihm, die Wagen würden gerade zusammengestellt, und er hatte schon lange seine Lektion darüber gelernt, was geschah, wenn er Rand etwas versprach und dann doch etwas anderes tat. In ganz Tear suchte man Proviant zusammen, auch wenn Weiramon ungeduldig und unzufrieden mit dieser Vorgehensweise das Gesicht verzog, und wenn Torean auch verschwitzt etwas über die zu hohen Ausgaben knurrte. Wichtig war aber, daß man mit dem Plan, den er ihnen vorgesetzt hatte, vorwärtskam – und daß man auch an richtiger Stelle diese Fortschritte bemerkte.

Der Abschied bedeutete noch mehr pompöses Geschwätz und schwungvolle Verbeugungen, während er sich wieder die Schufa um die Stirn wickelte und das Drachenszepter in die Hand nahm. Halbherzige Einladungen zu einem Bankett wurden geäußert und genauso verlogene Angebote, ihm bis zu seiner Abreise noch einiges vorzusetzen, wenn er schon nicht bis zu dem Fest bleiben konnte, das sie für ihn veranstalten würden. Ob sie nun aus Tear kamen oder aus Cairhien, mieden sie doch gleichermaßen die Gegenwart des Wiedergeborenen Drachen, soweit sie das konnten, ohne seine Gunst aufs Spiel zu setzen, während sie natürlich so taten, als sei das Gegenteil der Fall. Vor allem aber wünschten sie sich an jeden anderen möglichen Ort, wenn er die Macht benützte. Sie begleiteten ihn natürlich zum Eingang und noch ein paar Schritte nach draußen, aber Sunamon seufzte hörbar erleichtert auf, als er sie verließ, und Rand hörte Torean tatsächlich vor Freude kichern.

Die Aielhäuptlinge gingen schweigend mit Rand davon, und die Töchter, die draußen gewartet und gewacht hatten, schlossen sich Sulin und den anderen dreien an und bildeten mit ihnen einen Ring um die sechs Männer, als sie auf das grüngestreifte Zelt zuschritten. Diesmal gab es nur geringen Jubel und die Häuptlinge sagten überhaupt nichts. Sie hatten auch im Pavillon kaum etwas geäußert. Als Rand sie darauf ansprach, sagte Dhearic: »Diese Feuchtländer wollen uns gar nicht hören.« Er war ein stämmiger Mann, nur vielleicht einen Fingerbreit kleiner als Rand, hatte eine große Nase und auffallende hellere Strähnen im goldenen Haar. In seinen blauen Augen stand Verachtung. »Sie hören nur auf den Wind.«

»Haben sie Euch von denen berichtet, die sich gegen Euch auflehnen?« fragte Erim. Er war größer als Dhearic, hatte ein kämpferisch vorgestrecktes Kinn und in seinem roten Haar kämpften graue Strähnen um die Vorherrschaft.

»Das haben sie«, sagte Rand und Han sah ihn mit gerunzelter Stirn an.

»Falls Ihr diese Tairener ihren eigenen Landsleuten hinterherschickt, wäre das ein Fehler. Selbst wenn man ihnen vertrauen könnte, glaube ich nicht, daß sie ihnen etwas tun würden. Schickt die Speere. Ein Clan reicht bequem aus.«

Rand schüttelte den Kopf. »Darlin und seine Rebellen können warten. Sammael ist das einzig Wichtige.«

»Dann laßt uns jetzt nach Illian marschieren«, sagte Jheran. »Vergeßt doch diese Feuchtländer, Rand al'Thor. Wir haben jetzt schon fast zweihunderttausend Speere hier versammelt. Wir können die Illianer vernichten, bevor Weiramon Saniago und Semaradrid Maravin auch nur den halben Weg dorthin zurückgelegt haben.«

Einen Augenblick lang schloß Rand frustriert die Augen. Wollte denn nun jeder mit ihm streiten? Das hier waren keine Männer, die gleich nachgeben würden, wenn der Wiedergeborene Drache die Stirn runzelte. Der Wiedergeborene Drache war nur eine Legende der Feuchtländer. Sie dagegen folgten Ihm, Der Mit Der Morgendämmerung Kommt, dem *Car'a'carn*, und er hatte sich mittlerweile daran sattgehört, daß auch der *Car'a'carn* kein König sei. »Ich will Euer Wort darauf, daß Ihr hierbleibt, bis Mat Euch den Marschbefehl gibt. Jeder von Euch soll es mir einzeln versprechen.«

»Wir werden bleiben, Rand al'Thor.« Bruans so trügerisch sanfte Stimme klang angespannt. Die anderen stimmten in härterem Tonfall zu, aber immerhin gaben sie ihr Wort.

»Aber es ist Zeitverschwendung«, sagte Han und verzog den Mund. »Ich will nie wieder Schatten erleben, wenn das nicht stimmt.« Jheran und Erim nickten.

Rand hatte nicht erwartet, daß sie so schnell nachgeben würden. »Von Zeit zu Zeit muß man eben Zeit verschwenden, um welche zu sparen«, sagte er, und Han schnaubte.

Mittlerweile hatten die Donnergänger die Seitenwände des grüngestreiften Zeltes an Stangen hochgebunden, damit die sanfte Brise durch das schattige Innere wehen konnte. So heiß und trocken es hier auch war, so schienen die Aiel das doch erfrischend zu finden. Rand hatte nicht das Gefühl, er vergösse auch nur einen Tropfen Schweiß weniger als im glühenden Sonnenschein. Er zog sich die Schufa vom Kopf, als er sich auf die Schichten der bunten Teppiche genau Bruan und den anderen Häuptlingen gegenüber niederließ. Die Töchter stellten sich zu den Donnergängern, die das Zelt umgaben. Immer wieder erklang aus ihrer Richtung fröhliches Geflachse und entsprechendes Gelächter. Diesmal schien endlich einmal Leiran die Oberhand zu gewinnen. Zweimal schlugen die Töchter mit ihren Speeren auf die Schilde, um ihm Beifall zu zollen. Rand verstand aber fast nichts von alledem.

Er stopfte mit dem Daumen die kurzstielige Pfeife, die er dabeihatte, und ließ dann den Ziegenlederbeutel mit Tabak unter den Häuptlingen herumreichen, damit auch sie ihre Pfeifen mit dieser Sorte stopfen konnten. Er hatte nämlich in Caemlyn ein kleines Faß mit dem besten Tabak von den Zwei Flüssen aufgetrieben. Dann zündete er seine Pfeife mit Hilfe der Macht an, während sie einen Donnergänger aussandten, um von einem der Lagerfeuer einen brennenden Zweig zu holen. Als schließlich alle Pfeifen entzündet waren, setzten sie sich bequem zurecht und schmauchten genüßlich. So konnte man miteinander sprechen.

Die Unterhaltung zog sich genauso lang hin wie seine Diskussion mit den Lords, und das nicht, weil es soviel zu besprechen gab, sondern weil Rand allein mit den Feuchtländern gesprochen hatte. Die Aiel waren äußerst empfindlich, was ihren Ehrbegriff anging. Ihr Leben wurde von *Ji'e'toh* regiert, von Ehre und Pflicht, und die Regeln waren genauso kompliziert und eigenartig wie ihr Humor. So sprachen sie über die Aiel, die sich noch auf dem Weg von Cairhien her befanden, davon, wann Mat ankommen werde und was man, wenn überhaupt etwas, in bezug auf die Shaido unternehmen solle. Sie unterhielten sich über die Jagd und Frauen und ob Branntwein genausogut sei wie *Oosquai*, und über den Humor. Doch selbst der geduldige Bruan hob schließlich resignierend die Hände und gab es auf, Rand die Witze der Aiel erklären zu wollen. Was beim Licht war lustig daran, wenn eine Frau aus einem Irrtum heraus ihren Mann erstach, gleich unter welchen Umständen, oder wenn ein Mann schließlich mit der Schwester der Frau verheiratet war, die er eigentlich hatte heiraten wollen? Han murrte und schnaubte und weigerte sich, zu glauben, daß Rand solche Witze wirklich nicht verstehe; er lachte so schallend über die Sache mit dem erstochenen Ehemann, daß er beinahe umgefallen wäre. Das einzige, worüber sie sich nicht unterhielten, war der bevorstehende Krieg gegen Illian.

Als sie aufbrachen, blinzelte Rand zur Sonne empor, die bereits den halben Weg zum Horizont zurückgelegt hatte. Han wiederholte noch einmal die Geschichte von dem erstochenen Ehemann, und die aufbrechenden Häuptlinge schmunzelten wieder darüber. Rand klopfte die Pfeife an seiner Handkante aus und zertrat die letzte Glut mit der Ferse im Staub. Es blieb immer noch genug Zeit, um nach Caemlyn zurückzukehren und mit Bashere zu beraten, aber er ging ins Zelt zurück, setzte sich hin und beobachtete unter den geöffneten Zeltwänden durch, wie die Sonne sank. Als sie den Horizont berührte und sich blutrot verfärbte, brachten ihm Enaila und Somara einen Teller Eintopf mit Hammelfleisch, genug für zwei Männer, ein rundes Fladenbrot und eine Kanne Pfefferminztee, die sie zum Abkühlen in einen kleinen Eimer Wasser gestellt hatten.

»Ihr eßt nicht genug«, sagte Somara und versuchte dabei, sein Haar glattzustreichen, bevor er den Kopf wegdrehen konnte.

Enaila beäugte ihn genau. »Wenn Ihr Aviendha nicht

so meiden würdet, könnte sie dafür sorgen, daß Ihr genug eßt.«

»Erst weckt er ihr Interesse, und dann rennt er vor ihr weg«, knurrte Somara. »Ihr müßt sie wieder für Euch interessieren. Warum bietet Ihr Aviendha nicht an, ihr Haar zu waschen?«

»So offensichtlich sollte er es nicht machen«, sagte Enaila energisch. »Es reicht vollkommen aus, wenn er ihr anbietet, ihr Haar auszubürsten. Er will ja wohl nicht, daß sie ihn für dreist hält.«

Somara schniefte. »Sie hält ihn ganz bestimmt nicht für dreist, wenn er vor ihr wegläuft. Ihr könnt auch zu zurückhaltend sein, Rand al'Thor.«

»Ihr seid Euch doch darüber im klaren, daß keine von Euch meine Mutter ist, oder?«

Die beiden in den *Cadin'sor* gekleideten Frauen blickten sich verwirrt an. »Glaubst du, das war wieder so ein Feuchtländerwitz?« fragte Enaila und Somara zuckte die Achseln.

»Ich weiß nicht. Er wirkt gar nicht heiter.« Sie klopfte Rand auf den Rücken. »Ich bin sicher, es war ein guter Witz, aber Ihr müßt ihn uns erklären.«

Rand litt schweigend und biß lediglich die Zähne aufeinander. Beim Essen beobachteten sie ihn weiterhin. Sie verfolgten buchstäblich jeden einzelnen Bissen, bis er ihn im Mund hatte. Es wurde auch nicht besser, als sie mit seinem Teller gingen und statt dessen Sulin hereinkam. Sulin gab ihm einige plumpe und äußerst unzüchtige Ratschläge, wie er Aviendhas Aufmerksamkeit wieder auf sich lenken könne. Unter den Aiel war das etwas, wie es beispielsweise eine Erstschwester ihrem Erstbruder raten konnte.

»Ihr müßt in ihren Augen wohl züchtig und zurückhaltend erscheinen«, sagte ihm die weißhaarige Tochter, »aber auch wieder nicht so zurückhaltend, daß sie Euch für langweilig hält. Bittet sie doch, Euch im Dampfzelt den Rücken zu kratzen, aber ein wenig scheu und mit zu Boden gerichtetem Blick. Wenn Ihr euch zum Schlafen auszieht, tanzt noch ein wenig voller Lebensfreude herum, und dann entschuldigt Euch schnell, als wärt Ihr euch gerade erst bewußt geworden, daß sie zugegen ist. Dann schlüpft flink unter die Decken. Bringt Ihr es fertig, im richtigen Moment zu erröten?«

Er litt schweigend, aber schwer. Die Töchter wußten ja eine Menge, aber eben doch nicht genug.

Als sie nach Caemlyn zurückkehrten, eine ganze Weile nach Sonnenuntergang, schlich Rand mit den Stiefeln in der Hand in seine Gemächer und tastete sich im Dunklen durch den Vorraum ins Schlafzimmer. Selbst wenn er nicht gewußt hätte, daß Aviendha zugegen war und bereits auf ihren Decken am Fußboden nahe der Wand lag, hätte er ihre Gegenwart gespürt. In der Stille der Nacht hörte er ihre Atemzüge. Endlich einmal schien es ihm, er habe lange genug gewartet, so daß sie bereits eingeschlafen war. Er hatte sich bemüht, diesen Zustand zu beenden, doch Aviendha hatte gar nicht auf ihn geachtet, und die Töchter lachten ihn seiner ›Schüchternheit‹ und ›Zurückhaltung‹ wegen aus. Gute Eigenschaften für einen Mann, wenn er allein ist, da waren sie sich einig, aber man konnte es auch zu weit treiben.

Er legte sich voller Erleichterung darüber, daß Aviendha schon schlief, hin, wenn auch ein wenig mürrisch, weil er kein Licht entzünden konnte, um sich schnell noch zu waschen, aber dann wälzte sie sich auf ihrem Lager herum. Höchstwahrscheinlich war sie doch die ganze Zeit wach gewesen.

»Schlaft gut und erwacht«, war alles, was sie sagte.

Während er ein mit Gänsedaunen gefülltes Kissen unter seinen Kopf stopfte, schalt er sich einen Narren, weil er sich plötzlich so zufrieden fühlte, da eine Frau, die er zu meiden versuchte, ihm gute Nacht gesagt hatte. Aviendha hielt das möglicherweise für einen prachtvollen Scherz. Den anderen bis aufs Blut zu reizen war bei den Aiel beinahe schon eine Kunstform. Je näher der andere daran war, die Nerven zu verlieren, desto lustiger. Der Schlaf überkam ihn dann aber doch langsam, und sein letzter bewußter Gedanke galt dem besten Witz von allen, den aber bisher nur er und Mat und Bashere kannten. Sammael hatte überhaupt keinen Sinn für Humor, aber trotzdem war dieser mächtige Hammer von einem Heer, der da in Tear wartete, der größte Witz, den die Welt je erlebt hatte. Wenn er Glück hatte, würde Sammael sterben, bevor ihm klar wurde, daß er eigentlich lachen sollte.

KAPITEL 5

Ein anderer Tanz

Der ›Goldene Hirsch‹ machte seinem Namen mehr oder weniger Ehre. Auf Hochglanz polierte Tische und Bänke, in deren Beine Rosenmuster geschnitzt waren, standen in dem geräumigen Schankraum. Ein Mädchen mit weißer Schürze hatte nichts weiter zu tun, als den weißen Steinboden zu fegen. Gleich unter den mächtigen Balken der hohen Decke zog sich ein Fries mit blauen und goldenen Verzierungen rund um die weißgetünchten Wände. Die Kamine waren aus sauber behauenen Steinen gemauert, und unter den Simsen waren sie mit einigen Zweigen immergrüner Pflanzen dekoriert. Genau über der Mitte jedes Kamins war ein Hirsch in den Stein gemeißelt, der zwischen den Geweihstangen einen Weinbecher hielt. Auf einem der Simse befand sich eine hohe Standuhr, die sogar ein wenig vergoldet war. Auf einem kleinen Podest im Hintergrund spielte eine Musikgruppe auf. Zwei schwitzende Männer in Hemdsärmeln brachten klagende Laute auf ihren Flöten hervor, ein Pärchen zupfte an den neun Saiten ihrer Zithern, und eine Frau mit rotem Gesicht und einem blaugestreiften Kleid hackte mit kleinen Holzschlegeln auf ein Hackbrett ein, das auf einem Gestell mit dünnen Holzbeinen lag. Mehr als ein Dutzend Serviererinnen in hellblauen Kleidern und weißen Schürzen eilte mit schnellen Schritten geschäftig herein und hinaus. Die meisten von ihnen waren hübsch, obwohl ein paar nahezu genauso viele Jahre auf dem Buckel hatten wie Frau Daelvin, die rundliche kleine Wirtin mit ihrem dünnen grauen Haar, das sie im Nacken zu einem Dutt zusammengebunden hatte. Das war genau die Art von Schenke, wie Mat sie mochte. Sie strömte irgendwie Gemütlichkeit aus und den Duft nach Geld. Er hatte sie wohl ausgewählt, weil sie sich fast genau in der Mitte der Stadt befand, aber das andere konnte ja nicht schaden.

Natürlich war auch in der zweitbesten Schenke von Maerone nicht alles zum besten. Aus der Küche roch es auch hier wieder nach Hammelfleisch und Zwiebeln und der unvermeidlichen, scharf gewürzten Graupensuppe, und das vermischte sich mit dem Staub und dem Gestank der Pferde von draußen. Nun, Lebensmittel stellten eben ein Problem dar in einer Stadt, die mit Flüchtlingen und Soldaten vollgestopft war. Auch rundherum befanden sich noch weitere Lager. Männerstimmen, die laute Marschlieder grölten, erklangen immer wieder von der Straße her und verklangen in der Entfernung, dazu das Stampfen von Stiefeln, das Klappern von Pferdehufen und das Fluchen von Männern, die diese Hitze kaum ertragen konnten. Auch hier im Schankraum war es heiß. Kein Lufthauch machte sich bemerkbar. Wären die Fenster geöffnet worden, dann hätte bald der Staub die gesamte Einrichtung bedeckt, aber an der Hitze hätte das auch nichts geändert. Maerone war ein einziges Backblech in einem Glutofen.

Soweit Mat feststellen konnte, trocknete die ganze verdammte Welt aus, und über den Grund dafür wollte er gar nicht erst nachdenken. Er wünschte sich, die Hitze einfach vergessen zu können, vergessen zu können, daß er sich in Maerone befand, und überhaupt alles. Seine gute grüne Jacke mit der Goldstickerei an Kragen und Ärmeln war aufgeknöpft, sein feines Leinenhemd aufgebunden, und doch schwitzte er wie ein Ackergaul. Es hätte vielleicht geholfen, wenn er den schwarzen Seidenschal abgenommen hätte, den er sich um den Hals gebunden hatte, aber das tat er nur höchst selten in Gegenwart anderer. Er kippte seinen letzten

Rest Wein herunter, stellte den glänzenden Zinnbecher neben sich auf den Tisch und nahm den breitkrempigen Hut in die Hand, um sich damit Luft zuzufächeln. Was er auch trank, kam im nächsten Moment gleich wieder in Form von Schweiß heraus.

Als er sich entschloß, im ›Goldenen Hirsch‹ zu wohnen, folgten die Lords und Offiziere der Bande der Roten Hand seinem Beispiel, während sich natürlich die anderen Soldaten der Schenke fernhielten. Das war Frau Daelvin durchaus recht. Sie hätte jedes Bett gleich fünfmal ausschließlich an die Lords und kleineren Edelmänner der Bande vermieten können, und die zahlten auch noch gut, machten nur selten Krawall und trugen die handgreiflichen Streitigkeiten meist außerhalb der Schenke aus. Heute mittag jedoch saßen nur neun oder zehn Männer an den Tischen, und gelegentlich blickte sie die leeren Bänke bedauernd an, strich sich über den Dutt und seufzte. Vor dem Abend würde sie nicht mehr viel Wein loswerden. Ein großer Teil ihres Gewinns rührte vom Ausschank des Weines her. Aber wenigstens spielten die Musiker äußerst lebhaft. Eine Handvoll Lords, denen die Musik gefiel – und soweit es sie betraf, redeten sie gern jeden mit »mein Lord« an, der genug Gold besaß –, konnte großzügiger sein als ein ganzer Schankraum voller einfacher Soldaten.

Unglücklicherweise, was die Geldbeutel der Musiker betraf, war Mat der einzige Mann, der ihnen lauschte, und er verzog schmerzhaft bei jeder dritten Note das Gesicht. Es war eigentlich ja nicht ihre Schuld, denn die Melodie klang nicht schlecht, solange man sie nicht kannte. Mat kannte sie allerdings und hatte sie ihnen beigebracht, hatte ihnen den Rhythmus vorgegeben und die Melodie gesummt, aber ansonsten hatte in den letzten zweitausend Jahren niemand dieses Lied gehört. Das Beste, was man von ihnen behaupten konnte, war, daß sie wenigstens den Rhythmus einigermaßen trafen.

Bruchstücke einer Unterhaltung drangen ihm ins Bewußtsein. Er warf den Hut wieder auf den Tisch, winkte mit seinem Becher, um neuen Wein zu bekommen und beugte sich ein wenig über die Tischfläche, um den drei Männern näher zu kommen, die am Nebentisch tranken. »Wie war das noch mal?«

»Wir versuchen, einen Weg zu finden, um einiges von unserem Geld von Euch zurückzugewinnen«, sagte Talmanes mit ernsthafter Miene, ohne von seinem Becher aufzublicken. Ihm machte es nichts aus, so ertappt zu werden. Talmanes war nur wenige Jahre älter als Mat mit seinen zwanzig Jahren, einen Kopf kleiner, und er lächelte selten. Der Mann erinnerte Mat immer an eine zusammengedrückte Spiralfeder. »Niemand kann Euch im Kartenspiel schlagen.« Er befehligte die Hälfte der Kavallerie der Bande und führte hier in Cairhien den Rang eines Lords. Aber den vorderen Teil seines Schädels hatte er wie die einfachen Soldaten kahlgeschoren und gepudert, wenn auch der Schweiß den Puder verschmieren ließ. Eine Menge der jüngeren Lords von Cairhien hatte diese Mode von den Soldaten übernommen. Auch Talmanes Kurzmantel war ganz schlicht. Die Farbstreifen, die den Rang des Adligen andeuteten, fehlten bei ihm, obwohl er Anspruch auf einige davon gehabt hätte.

»Keineswegs«, protestierte Mat. Sicher, wenn sein Glück hielt, dann war es vollkommen, aber es kam in Zyklen, besonders in Fällen, wo die Dinge sich nach so festen Gesetzmäßigkeiten richteten wie ein Kartenspiel. »Blut und Asche! Letzte Woche habt Ihr mir fünfzig Kronen abgeknöpft.« Fünfzig Kronen: Vor einem Jahr oder so hätte er sich vor Freude überschlagen, wenn er auch nur eine Krone gewonnen hätte, und beim Gedanken daran, eine zu verlieren, hätte er wohl geweint. Vor etwa einem Jahr hatte er aber noch keine, die er hätte verlieren können.

»Um wieviel hundert Kronen bin ich damit nur noch

im Hintertreffen?« fragte Talmanes trocken. »Ich möchte eine Gelegenheit bekommen, etwas davon zurückzugewinnen.« Wenn er jemals begann, einigermaßen konstant gegen Mat zu gewinnen, würde er sich jedoch auch Gedanken machen. Wie für die meisten Mitglieder der Bande stellte auch für ihn Mats Glück eine Art von Talisman dar.

»Würfel nützen verdammt noch mal gar nichts«, sagte Daerid, der kommandierende Offizier der Infanterie ihres kleinen Heeres. Er trank gierig und beachtete die angeekelte Grimasse nicht, die Nalesean hinter seinem pomadisierten Bart nicht ganz verbergen konnte. Die meisten Adligen, die Mat kennengelernt hatte, hielten Würfelspiele für gewöhnlich und lediglich für Bauern geeignet. »Ich habe noch nie erlebt, daß Ihr den Tag beim Würfelspiel mit einem Rückstand beendet habt. Es muß an etwas liegen, das Ihr selbst nicht in der Hand habt, das unbewußt kommt, wenn Ihr versteht, was ich meine.«

Daerid – nur wenig größer als sein Landsmann aus Cairhien, Talmanes – war gut fünfzehn Jahre älter. Seine Nase war mehr als einmal gebrochen worden, und drei weiße Narben überschnitten sich auf seinem Gesicht. Er war der einzige dieser drei, der nicht von adliger Herkunft war, und auch er hatte sich das Vorderteil seines Schädels geschoren und gepudert. Daerid war sein ganzes Leben lang Soldat gewesen.

»Wir haben an Pferde gedacht«, warf Nalesean ein und gestikulierte mit seinem Zinnbecher. Er war ein stämmiger Mann, größer als die beiden aus Cairhien, und er kommandierte die andere Hälfte der Kavallerie der Bande. Mat wunderte sich manchmal, warum er bei dieser Hitze noch den vollen schwarzen Bart trug, aber er pflegte und trimmte ihn jeden Morgen, damit er immer spitz blieb. Und obwohl Daerid und Talmanes ihre schlichten grauen Kurzmäntel geöffnet hatten, hatte Nalesean seinen – grüne Seide mit typisch tairenischen gestreiften Puffärmeln und Aufschlägen aus Goldsatin an den Ärmeln – bis zum Hals zugeknöpft. Sein Gesicht glänzte vor Schweiß, was er aber ignorierte. »Seng meine Seele, aber Euer Glück hält an, sowohl in der Schlacht wie beim Kartenspiel. Und beim Würfeln«, fügte er noch mit einer Grimasse in Daerids Richtung hinzu. »Doch beim Pferderennen hängt alles am Pferd.«

Mat lächelte und stützte die Ellbogen auf den Tisch. »Sucht Euch ein gutes Pferd, und dann werden wir ja sehen.« Sein Glück würde vielleicht ein Pferderennen nicht beeinflussen, denn von Würfeln und Karten und ähnlichem abgesehen, wußte er nie im voraus, was es wohl beeinflussen werde oder wann, aber er war mit einem Vater aufgewachsen, der Pferdehändler war, und er hatte ein sehr gutes Auge für Pferde.

»Wollt Ihr nun diesen Wein oder nicht? Ich kann nicht eingießen, wenn ich Euren Becher nicht erreiche.«

Mat blickte sich nach hinten um. Die Serviererin hinter ihm hielt einen auf Hochglanz polierten Zinnkrug in der Hand. Sie war klein und schlank und bildhübsch mit ihren dunklen Augen, den blassen Wangen und den ihr bis auf die Schulter herab fallenden schwarzen Locken. Und diese für Cairhien so typische präzise und dabei musikalische Aussprache ließ ihre Stimme wie Glockenklang erscheinen. Er hatte schon seit dem ersten Tag, als er den ›Goldenen Hirsch‹ betrat, ein Auge auf Betse Silvin geworfen, doch dies jetzt war die erste Gelegenheit, sich mit ihr zu unterhalten. Ansonsten gab es immer fünf Dinge, die sofort erledigt werden mußten, und zehn andere, die sie gestern schon erledigt haben sollte. Die anderen Männer hatten ihre Nasen in ihren Bechern vergraben, damit er sich so allein mit ihr wie eben möglich fühlen konnte. Hinausmarschieren konnten sie ja wohl schlecht. Aber sie hatten gute Manieren; sogar die beiden Adligen.

Grinsend schwang Mat seine Beine über die Bank

nach hinten und hielt ihr den Becher hin, damit sie ihn auffüllen konnte. »Dankeschön, Betse«, sagte er, und sie knickste leicht. Als er sie dann allerdings fragte, ob sie sich nicht selbst eingießen und mit ihm trinken wolle, stellte sie den Krug auf den Tisch, verschränkte die Arme und hielt den Kopf ein wenig schief, damit sie ihn von Kopf bis Fuß mustern konnte.

»Ich glaube kaum, daß so etwas Frau Daelvin gefallen würde. O nein, das würde ihr bestimmt nicht passen. Seid Ihr ein Lord? Sie scheinen alle nach Eurer Pfeife zu tanzen, aber keiner redet Euch mit »mein Lord« an. Sie verbeugen sich ja kaum – höchstens die Gemeinen.«

Mat zog die Augenbrauen hoch. »Nein«, sagte er kürzer angebunden als beabsichtigt, »ich bin *kein* Lord.« Rand sollte ruhig die Leute herumlaufen und ihn mit Lord Drache oder so ähnlich anreden lassen. Das war nichts für Matrim Cauthon. Ganz bestimmt nicht. Er holte tief Luft, und sein Grinsen kehrte zurück. Manche Frauen versuchten ständig, einen Mann aus dem Gleichgewicht zu bringen, aber seine Stärke lag im Tanzen. »Redet mich nur mit Mat an, Betse. Ich bin sicher, daß Frau Daelvin nichts dagegen hat, wenn Ihr euch eine Weile zu mir setzt.«

»O doch, sie hätte was dagegen. Aber ich schätze, ich kann mich ein bißchen mit Euch unterhalten. Ihr seid ja wohl beinahe ein Lord. Warum tragt Ihr das bei der Hitze?« Sie beugte sich vor und schob mit einer Fingerspitze sein Halstuch ein Stück hinunter. Er hatte nicht aufgepaßt und es etwas herunterrutschen lassen. »Was ist denn das?« Sie fuhr mit dem Finger die dicke, blasse Narbe nach, die sich rund um seinen Hals zog. »Hat jemand versucht, Euch aufzuhängen? Warum denn? Ihr seid zu jung, um ein solch ausgekochter Halunke zu sein, den man aufhängen müßte.« Er nahm den Kopf zurück und zog das Halstuch ganz schnell wieder so zusammen, daß es die Narbe verdeckte, doch Betse ließ sich nicht so leicht ablenken. Ihre Hand schlüpfte vorn in sein Hemd hinein, dessen Bändel er offen gelassen hatte, und zog das Medaillon in Form eines silbernen Fuchskopfes heraus, das an einer Lederschnur um seinen Hals hing. »Hat man Euch aufhängen wollen, weil Ihr das gestohlen habt? Es sieht wertvoll aus. Ist es wertvoll?« Mat schnappte sich das Medaillon aus ihrer Hand und schob es zurück, wo es hingehörte. Die Frau holte ja kaum Luft, jedenfalls nicht lange genug, um ihn auch zu Wort kommen zu lassen. Er hörte, wie hinter ihm Nalesean und Daerid leise lachten, und sein Gesicht lief dunkel an. Manchmal verkehrte sich sein Glück im Spiel bei Frauen ins genaue Gegenteil, aber die fanden das immer erheiternd. »Nein, sie hätten es Euch nicht gelassen, wenn Ihr es gestohlen hättet, oder?« Betse plapperte eifrig weiter. »Und da Ihr ja beinahe ein Lord seid, könnt Ihr euch wohl Dinge wie das leisten. Vielleicht wollten sie Euch hängen, weil Ihr zuviel wußtet? Ihr wirkt wie ein junger Mann, der eine ganze Menge weiß. Oder es zumindest glaubt.« Sie lächelte ein wenig auf jene typische, verwirrende Art und Weise, wie es Frauen tun, wenn sie einen Mann um den Finger wickeln wollen. Das bedeutete nur in seltenen Fällen, daß sie wirklich etwas wußten, aber sie ließen einen glauben, sie hätten eine Ahnung. »Haben sie versucht, Euch aufzuhängen, weil Ihr glaubtet, zuviel zu wissen? Oder weil Ihr so getan habt, als wärt Ihr ein Lord? Seid Ihr sicher, daß Ihr wirklich kein Lord seid?«

Daerid und Nalesean lachten jetzt ganz unverhohlen, und sogar Talmanes schmunzelte, obwohl sie sich Mühe gaben, so zu tun, als habe es einen anderen Grund. Daerid warf immer wieder keuchend vor Lachen etwas dazwischen über einen Mann, der vom Pferd gefallen sei, allerdings nur, wenn er gerade zum Luftholen gekommen war, aber an den Bruchstücken, die Mat davon wahrnahm, war nichts Lustiges.

Er grinste trotzdem weiter. Er würde sich nicht in die Flucht schlagen lassen, auch wenn sie schneller sprach, als er laufen konnte. Sie war nun einmal sehr hübsch, und er hatte die letzten Wochen unter Männern wie Daerid und noch schlimmeren verbracht, verschwitzten Kerlen, die manchesmal vergaßen, sich zu rasieren, und die viel zu oft keine Möglichkeit fanden, ein Bad zu nehmen. Auch auf Betses Wangen stand der Schweiß, und doch duftete sie schwach nach Lavendelseife. »In Wirklichkeit habe ich das abbekommen, weil ich zu wenig wußte«, sagte er leichthin. Frauen gefiel es doch immer, wenn man seine alten Verwundungen herunterspielte. Das Licht mochte wissen, wie viele davon er noch empfangen würde. »Heute weiß ich zuviel, aber damals wußte ich zu wenig. Man könnte durchaus sagen, ich wurde meiner Kenntnisse wegen aufgehängt.«

Betse schüttelte den Kopf und schürzte die Lippen. »Das klingt, als solle es irgendwie geistreich sein, Mat. Kleine Lords machen die ganze Zeit über äußerst geistreiche Bemerkungen, aber Ihr behauptet doch, Ihr wärt kein Lord. Außerdem bin ich eine einfache Frau, und geistreiche Dinge sind mir einfach zu hoch. Für mich sind einfache Worte die besten. Da Ihr kein Lord seid, solltet Ihr euch einfach ausdrücken, sonst könnte jemand vermuten, Ihr spielt gern den Lord. Keine Frau mag einen Mann, der angibt und so tut, als sei er jemand, der er nicht ist. Vielleicht würdet Ihr mir erklären, was Ihr mir eigentlich sagen wolltet?«

Immer noch das Lächeln zu wahren kostete ihn einige Mühe. Dieses Wortgeplänkel mit ihr verlief ganz anders, als von ihm beabsichtigt. Er konnte nicht entscheiden, ob sie nun ein kompletter Schwachkopf sei oder es einfach fertigbrachte, daß er über die eigenen Ohren stolperte, um mit ihr mithalten zu können. Wie auch immer, war sie eben verdammt hübsch und roch nach Lavendelseife anstatt nach Schweiß. Daerid und

Nalesean schienen mittlerweile am eigenen Gelächter zu ersticken. Talmanes summte ›Ein Frosch auf dem Eis‹ vor sich hin. Also schien er wohl mit den Füßen in der Luft durch die Gegend zu schliddern.

Mat stellte seinen Becher weg, erhob sich und beugte sich über Betses Hand. »Ich bin, wer ich bin, und nicht mehr, aber Euer Gesicht vertreibt mir die Worte aus dem Kopf.« Nun riß sie die Augen auf; blumige Komplimente gefielen eben jeder Frau. »Würdet Ihr mit mir tanzen?«

Er wartete gar nicht erst auf ihre Antwort, sondern führte sie in die Mitte des Saales, wo zwischen den Tischen der Länge nach ein freier Raum ausgespart worden war. Wenn er Glück hatte, würde das Tanzen ihre flinke Zunge vielleicht zum Verstummen bringen, und schließlich hatte er doch immer Glück! Außerdem hatte er noch nie von einer Frau gehört, die man durch ein Tänzchen nicht weich bekam. T*anze mit ihr, und sie wird dir viel vergeben; tanze gut mit ihr, und sie vergibt Dir alles!* Das war ein sehr altes Sprichwort. Sehr, sehr alt.

Betse hielt sich etwas zurück, biß sich auf die Lippen und sah sich nach Frau Daelvin um, doch die mollige kleine Wirtin lächelte nur und winkte Betse ermutigend zu. Dann bemühte sie sich erfolglos, einige unfolgsame Strähnen in ihren Dutt zurückzustecken, und schließlich begann sie, die anderen Serviererinnen herumzuscheuchen, als sei der ganze Schankraum voller Gäste. Frau Daelvin würde jeden Mann zusammenstauchen, dessen Benehmen sie für unanständig hielt. Trotz des friedfertigen Eindrucks, den sie erweckte, trug sie in einer Rocktasche stets einen Totschläger mit sich herum und benützte ihn gelegentlich auch. Nalesean beäugte sie immer noch mißtrauisch, wenn sie in seine Nähe kam. Doch wenn ein freigebiger Mann gern tanzen wollte, was konnte das schon schaden? Mat hielt Betses Hände, so daß ihre Arme nach beiden Seiten ausgestreckt waren. Der Platz zwischen den Tischen sollte gerade ausreichen. Die Musiker begannen, lauter zu spielen, allerdings nicht besser.

»Laßt Euch von mir führen«, sagte er zu ihr. »Die Schritte sind ganz einfach zu lernen.« Im Rhythmus der Musik begann er mit einer leichten Verbeugung, dann einen gleitenden Schritt nach rechts, den linken Fuß nachholen. Verbeugung und Schritt und Fuß nachgleiten lassen, immer mit ausgestreckten Armen.

Betse lernte schnell und war sehr leichtfüßig. Als sie die Musiker erreichten, hob er mit einer flüssigen Bewegung ihre Hände weit nach oben und wirbelte sie und sich selbst herum, daß sie Rücken an Rücken standen. Dann wieder Verbeugung, Ausfallschritt seitwärts, Fuß nachholen, herumwirbeln, ein ums andere Mal, bis sie wieder am Ausgangspunkt zurück waren. Sie paßte sich seinem Tanz geschwind an und lächelte zu ihm auf, wann immer die Drehungen ihr das gestatteten. Sie war wirklich hübsch.

»Jetzt wird's ein wenig komplizierter«, murmelte er und wandte sich so, daß sie Seite an Seite den Musikern gegenüberstanden, die Hände vor sich überkreuzt. Rechtes Knie hoch, ein leichter Kick nach rechts, dann nach rechts vorwärtsgleiten. Linkes Knie hoch, wieder ein leichter Kick nach links, dann nach links vorwärtsgleiten. Betse lachte hingerissen, als sie sich auf diese Art wieder den Musikern näherten. Mit jedem Durchlauf wurden die Schritte komplizierter, doch er mußte es ihr jeweils nur einmal zeigen, und dann tat sie es ihm gleich, lag leicht wie eine Feder bei jeder Drehung, jeder Wendung, jedem Herumwirbeln in seinen Armen. Und das Beste überhaupt war, daß sie kein Wort sagte.

Die Musik packte ihn trotz der gelegentlichen Mißtöne, die Musik und das Gewebe der Tanzschritte, und Erinnerungen durchströmten ihn, als sie so über den Tanzboden vor- und zurückglitten. In diesen Erinnerungen war er einen Kopf größer, hatte einen langen, goldenen Schnurrbart und blaue Augen. Er trug einen

Kurzmantel aus bernsteinfarbener Seide mit einer roten Schärpe, Manschetten aus feinsten barsinischen Spitzen und Knöpfe aus gelben Sapphiren auf der Brust, die aus Aramaelle stammten. Er tanzte mit einer dunkelhäutigen Schönheit, der Botschafterin der Atha'an Miere, des Meervolkes. An der dünnen Goldkette, die ihren Nasenring mit einem der vielen Ohrringe verband, hingen winzige Medaillons, die sie als Wogenherrin des Clans Schodin auswiesen. Es war ihm gleich, wie mächtig sie auch sein mochte; darüber sollte sich der König Gedanken machen. Einen Lord mittleren Ranges ging das nichts an. Sie war schön und lag federleicht in seinen Armen, und sie tanzten unter der großen Kristallkuppel des Hofes in Shaemal, in jener Zeit, als alle Welt neidisch auf die Pracht und die Macht Coremandas war. Andere Erinnerungen huschten am Rande vorbei und schlugen Funken aus diesem Tanz, den er so deutlich vor sich sah. Der nächste Morgen würde Nachrichten über sich ständig verstärkende Trolloc-Überfälle aus der Großen Fäule heraus bringen, und einen Monat später würde sich die Nachricht verbreiten, daß Barsine mit seinen goldenen Türmchen zerstört und gebrandschatzt worden war und daß die Horden der Trollocs weiter nach Süden stürmten. So würde die Zeit beginnen, die man später als die Trolloc-Kriege bezeichnete, wenn auch anfangs niemand an diese Bezeichnung dachte: dreihundert Jahre und mehr ununterbrochener Kämpfe, Blut, Feuersbrünste und Ruin, bis man die Trollocs zurücktrieb und die Schattenlords einen nach dem anderen tötete. So würde der Fall von Coremanda seinen Anfang nehmen, trotz allen Reichtums und aller Macht, und der von Essenia mit seinen Philosophen und den berühmten Stätten des Lernens, der Fall von Manetheren und Eharon und allen anderen der Zehn Nationen, die trotz des letztendlichen Sieges zu Trümmern zerschmettert wurden, aus denen sich später neue Länder erhoben, Länder, in denen man der Zehn Nationen nur als bloße Mythen aus einer glücklicheren Zeit gedachte. Doch das lag in der Zukunft, und während er die Gegenwart und diesen Tanz genoß, verdrängte er die Gedanken daran. Heute abend tanzte er den Tanz des Großen Musters mit …

Er blinzelte, weil ihn einen Augenblick lang der Sonnenschein überraschte, der durch die Fenster hereinfiel, und das helle, strahlende Gesicht unter einer glänzenden Schweißschicht, das zu ihm aufblickte. Beinahe wäre er bei den komplizierten Schritten mit Betses Füßen durcheinandergekommen, als sie so über den Boden wirbelten, doch er fing sich gerade so eben, bevor er sie auch noch ins Stolpern brachte. Zum Glück flogen ihm die Schritte ganz instinktiv zu. Dieser Tanz gehörte zu ihm, genau wie jene Erinnerungen, ob sie nun geborgt oder gestohlen waren, doch sie waren so übergangslos in seine eigenen, echten Erinnerungen verwoben, daß er ohne Nachzudenken keinen Unterschied mehr bemerkte. Jetzt waren es jedenfalls seine Erinnerungen, die Lücken in seinem Gedächtnis ausfüllten. Es war so, als habe er sie wirklich alle erlebt.

Es stimmte tatsächlich, was er ihr über die Narbe um seinen Hals gesagt hatte. Seines Wissens wegen aufgehängt, und gleichzeitig, weil er nicht genug wußte. Zweimal war er wie ein kompletter Narr durch einen *Ter'Angreal* gegangen, wie ein Dorftrottel, der das für genauso problemlos hielt, wie über eine Wiese zu laufen. Nun, für fast genauso problemlos. Die Ergebnisse hatten ihn in seinem Mißtrauen allem gegenüber, was mit der Einen Macht zu tun hatte, nur noch bestärkt. Beim erstenmal hatte man ihm erklärt, es sei sein Schicksal, zu sterben und wieder zu neuem Leben zu erwachen, und dann noch einiges, was er gar nicht hatte hören wollen. Ein paar dieser anderen Hinweise hatten ihn letztendlich zu jenem zweiten Durchschreiten eines *Ter'Angreals* verleitet, und das hatte ihm ein Seil um den Hals beschert.

Eine Reihe von Schritten, jeder aus gutem Grund oder auch aus purer Notwendigkeit unternommen, jeder war ihm zu dieser Zeit vollkommen vernünftig vorgekommen, und doch führte jeder zu irgendwelchen Dingen, wie er sie sich nie vorgestellt hatte. Er schien sich immer und immer wieder in dieser Art von Tanz zu drehen. Er war ganz sicher tot gewesen, als Rand ihn abschnitt und wiederbelebte. Zum hundertstenmal faßte er nun einen ganz festen Vorsatz: Von nun an würde er genau aufpassen, wohin er ging. Kein blindes Herumtappen mehr, das ihn nur über Hindernisse stolpern ließ, ohne überhaupt daran zu denken, was daraus entstehen könnte.

In Wirklichkeit hatte er an jenem Tag mehr als nur die Narbe erhalten. Beispielsweise das silberne Medaillon in Form eines Fuchskopfes mit einem einzigen, teilweise getrübten Auge, das auf diese Art wie jenes uralte Kennzeichen der Aes Sedai aussah. Manchmal lachte er derart schallend, wenn er an das Medaillon dachte, daß ihm hinterher die Rippen schmerzten. Er traute keiner Aes Sedai über den Weg, und so badete und schlief er sogar mit diesem Ding um den Hals. Die Welt war schon ein komischer Ort, und verdammt eigenartig zumeist.

Ein weiterer Gewinn, den ihm die ganze Sache gebracht hatte, war Wissen, Kenntnisse, wenn auch unerwünschte. Bruchstücke der Leben anderer Männer steckten nun in seinem Kopf; Tausende! Manchmal ging es nur um wenige Stunden dabei, manchmal auch um Jahre, wenn auch auf einzelne Erinnerungsfetzen aufgeteilt, Erinnerungen an Königshöfe und Kämpfe, die sich über einen Zeitraum von mehr als tausend Jahren erstreckten, aus der Zeit lange vor den Trolloc-Kriegen bis zur entscheidenden Schlacht, die den Aufstieg Artur Falkenflügels besiegelte. Alles das gehörte nun ihm, oder jedenfalls waren sie auf gewisse Weise sein.

Nalesean, Daerid und Talmanes klatschten den Rhythmus der Musik mit, und die anderen Männer an den übrigen Tischen taten es ihnen gleich. Männer der Bande der Roten Hand, die ihren Oberbefehlshaber beim Tanzen anfeuerten. Licht, aber diese Bezeichnung verursachte Mat Magenbeschwerden. So hatte eine legendäre Truppe von Helden geheißen, die beim Versuch, Manetheren zu retten, ums Leben gekommen waren. Kein einziger Mann, der hinter der Flagge ihrer Bande herritt oder -marschierte, dachte auch nur im Entferntesten daran, daß auch sie selbst zum Stoff von Legenden werden könnten. Auch Frau Daelvin klatschte mit, und die übrigen Serviererinnen waren stehengeblieben und sahen zu.

Es lag an den Erinnerungen dieser anderen Männer, daß die Bande sich Mats Führung anvertraute, obwohl ihnen das nicht klar war. Denn in seinem Kopf waren die Erinnerungen an mehr Schlachten und Kriegszüge gespeichert, als hundert Männer erlebt haben konnten. Gleich, ob er auf Seiten der Gewinner oder der Verlierer gestanden hatte, wußte er doch immer, wie diese Schlachten im einzelnen gewonnen oder verloren worden waren, und er mußte nur seinen Verstand gebrauchen, um das in Siege für die Bande umzumünzen. Bisher zumindest war ihm das gelungen. Wenn er keine Möglichkeit mehr sah, einen Kampf zu vermeiden.

Mehr als einmal hatte er sich gewünscht, diese Bruchstücke anderer Männer aus seinem Kopf loszuwerden. Ohne sie befände er sich nicht da, wo er war, würde er nicht fast sechstausend Soldaten befehligen, zu denen täglich neue stießen, wäre er nicht auf dem Weg nach Süden, um das Kommando über eine verdammte Invasion in einem Land zu übernehmen, das von einem der verfluchten Verlorenen beherrscht wurde. Er war kein Held und wollte auch gar keiner sein. Helden standen im Ruf, ziemlich leicht zu sterben. Wenn man ein Held war, gab es zwei Möglichkeiten: entweder dem Hund einen Knochen zuwerfen und ihn aus dem Weg in eine

Ecke zu schieben, oder ihm einen Knochen versprechen und ihn hinausschicken, damit er jagen ging. Dasselbe galt halt auch für Soldaten…

Andersherum betrachtet, wäre er allerdings auch nicht von sechstausend Soldaten umgeben gewesen. Er stünde ganz allein da, ein *Ta'veren* und an den Wiedergeborenen Drachen gefesselt, als nacktes Ziel, und die Verlorenen kannten ihn sehr wohl. Einige von ihnen wußten offensichtlich entschieden zuviel über Mat Cauthon. Moiraine hatte behauptet, er spiele eine wichtige Rolle, daß Rand sowohl ihn wie auch Perrin benötige, um die Letzte Schlacht zu gewinnen. Falls sie recht gehabt hatte, würde er alles tun, was sein mußte – das würde er tatsächlich, nur mußte er sich erst an diesen Gedanken gewöhnen –, aber er hatte nicht vor, den verdammten Helden zu spielen. Wenn ihm nur einfiele, was er mit diesem verfluchten Horn von Valere anstellen sollte… So betete er im stillen für Moiraines Seele und hoffte, sie werde nicht recht behalten.

Er und Betse kamen zum letztenmal an das Ende der freien Fläche und sie ließ sich atemlos an seine Brust fallen, als er stehenblieb. »Oh, das war wundervoll! Ich habe mich gefühlt, als sei ich irgendwo in einem Königspalast. Können wir das noch mal tanzen? Ach, bitte? Ja?« Frau Daelvin klatschte einen Moment lang Beifall, aber als ihr dann bewußt wurde, daß ihre anderen Serviererinnen tatenlos herumstanden, fuhr sie die Mädchen an und schickte sie wie verängstigte Hühner in allen Richtungen an die Arbeit, wobei sie lebhaft mit den Armen fuchtelte.

»Bedeutet ›Tochter der Neun Monde‹ irgend etwas für Euch?« platzte er heraus. Er dachte an jene *Ter'Angreal,* die alle seine Probleme verursacht hatten. Wo immer er auch die Tochter der Neun Monde finden mochte – *Bitte, Licht, laß es noch lange dauern!* dachte er fieberhaft –, wo immer er also auf sie stieß, würde es bestimmt nicht der Schankraum einer Schenke in einer

Kleinstadt sein, vollgestopft mit Soldaten und Flüchtlingen, die von ihr bedient wurden. Wer aber wußte schon so etwas vorauszusagen, wenn es um eine Weissagung ging? Auf gewisse Weise war es ja eine Prophezeiung gewesen. Sterben und wieder leben. Die Tochter der Neun Monde heiraten. Die Hälfte des Lichts der Welt aufgeben, um die Welt zu retten, was das auch bedeuten mochte. Er *war* tatsächlich gestorben, als er an jenem Strick baumelte. Und wenn das stimmte, stimmte auch der Rest. Daran führte kein Weg vorbei.

»Tochter der Neun Monde?« fragte Betse atemlos. Doch die Atemlosigkeit konnte sie nicht bremsen. »Ist das eine Schenke? Eine Taverne? Hier in Maerone jedenfalls liegt sie nicht, das weiß ich bestimmt. Vielleicht über dem Fluß, drüben in Aringill? Ich bin noch nie dort …«

Mat legte ihr einen Finger auf die Lippen. »Es spielt keine Rolle. Tanzen wir lieber noch einmal.« Diesmal wählte er einen ländlichen Tanz aus der Gegenwart und aus dieser Gegend, an dem keine anderen Erinnerungen als seine eigenen klebten. Aber mittlerweile mußte er wirklich nachdenken, um die eigenen Erinnerungen von den fremden zu unterscheiden.

Ein Räuspern ließ ihn umblicken, und er seufzte beim Anblick Edorions, der an der Tür stand, die stahlverstärkten Handschuhe hinter den Schwertgurt gesteckt und den Helm unter dem Arm. Der junge tairenische Lord war ein molliger, weichlicher Mann mit rosa Wangen gewesen, als Mat im Stein von Tear mit ihm Karten spielte, doch seit er in den Norden gegangen war, war er härter geworden und von der Sonne verbrannt. An dem geränderten Helm steckten keine Federn mehr, und die einst so kunstvolle Vergoldung an seinem Brustharnisch wies nun Risse und Beulen auf. Sein Kurzmantel mit den typischen Puffärmeln war blau mit schwarzen Streifen, wirkte aber bereits etwas abgetragen.

»Ihr hattet mir befohlen, Euch um diese Stunde an Eure fällige Runde zu erinnern.« Edorion hustete hinter vorgehaltener Hand und blickte auffällig an Betse vorbei. »Aber ich kann auch später wiederkommen, wenn Ihr wünscht.«

»Ich komme schon«, sagte Mat zu ihm. Es war wichtig, jeden Tag seine Runden zu drehen, jeden Tag etwas anderes zu inspizieren, das sagten ihm die Erinnerungen jener anderen Männer, und er war mittlerweile soweit, daß er ihnen traute. Wenn er schon diese Aufgabe nicht mehr los wurde, konnte er genausogut versuchen, alles richtig zu machen. Es richtig zu machen konnte ja auch das eigene Leben bewahren. Außerdem war Betse von ihm zurückgetreten und bemühte sich gerade, mit ihrem Schürzenzipfel den Schweiß vom Gesicht zu tupfen und auch noch gleichzeitig ihr Haar zu ordnen. Die überschwengliche Freude wich langsam von ihren Zügen. Es spielte keine Rolle. Sie würde daran denken. *Tanze gut mit einer Frau,* dachte er selbstzufrieden, *und sie ist schon halbwegs dein.*

»Gebt die den Musikern«, sagte er zu ihr und drückte ihr drei Goldmark in die Hand. So schlecht sie auch spielten, hatte ihn doch ihr Spiel eine Zeitlang von Maerone und der unmittelbaren Zukunft abgelenkt. Und Frauen gefiel doch gewöhnlich solche Großzügigkeit. Das entwickelte sich alles sehr gut. Mit einer Verbeugung, die knapp über ihrem Handrücken endete, fügte er noch hinzu: »Bis später, Betse. Wenn ich zurückkomme, tanzen wir wieder.«

Zu seiner Überraschung fuchtelte sie mit erhobenem Zeigefinger vor seinem Gesicht herum und schüttelte mißbilligend den Kopf, als habe sie seine Gedanken gelesen. Nun, er hatte ja auch noch nie behauptet, Frauen wirklich zu verstehen.

So setzte er den Hut auf und nahm den Speer mit dem schwarzen Schaft von seinem Platz neben der Tür. Das war ein weiteres Geschenk von der anderen Seite jenes *Ter'Angreal*, mit seiner Inschrift in der Alten Sprache am Schaft und der eigenartigen Spitze in Form einer kurzen Schwertklinge, die mit zwei Raben gezeichnet war.

»Heute inspizieren wir die Schankräume«, sagte er zu Edorion, und sie schritten in die Mittagshitze hinaus und in den Lärm und das Gedränge von Maerone.

Es war eine kleine Stadt ohne schützende Mauer, wenn auch fünfzigmal so groß wie jede, die er gesehen hatte, bevor er die Zwei Flüsse verließ. Eigentlich mehr ein großes Dorf. Nur wenige der meist aus Backstein oder Naturstein erbauten Häuser wiesen mehr als ein einziges Stockwerk auf und nur die Schenken zeigten stolze drei Stockwerke. Die Dächer in Sicht waren etwa zu gleicher Zahl mit Holzschindeln, Stroh, Schiefer oder Ziegeln gedeckt. Auf den meist ausgetretenen Lehmstraßen drängten sich jetzt Menschenmengen. Die Bewohner der Stadt kamen aus aller Herren Länder; die überwiegende Zahl allerdings aus Cairhien und Andor. Obwohl es auf der Seite Cairhiens am Erinin lag, gehörte Maerone nun keiner Nation mehr an, sondern vollführte einen Balanceakt zwischen beiden Ländern, und Menschen aus mindestens einem halben Dutzend Ländern wohnten hier oder kamen durch. Man hatte sogar drei oder vier Aes Sedai gesichtet, seit Mat angekommen war. Trotz des Medaillons, das er immer um den Hals trug, machte er einen weiten Bogen um sie, denn er wollte keine Schwierigkeiten heraufbeschwören, aber sie reisten genauso schnell weiter, wie sie angekommen waren. Sein Glück hielt ihm die Treue, wenn es darauf ankam. Bisher jedenfalls.

Die Menschen eilten ihren Geschäften nach und ignorierten zumeist die abgerissenen Männer, Frauen und Kinder, die müßig umherwanderten. Alle stammten aus Cairhien, und die letzteren schlenderten gewöhnlich bis zum Flußufer hinunter, bevor sie wieder in die Flüchtlingslager zurückkehrten, die rund um die

Stadt errichtet worden waren. Allerdings gingen nur wenige ganz weg, um nach Hause zurückzukehren. Der Bürgerkrieg in Cairhien mochte wohl beendet sein, doch es gab immer noch Räuberbanden, und außerdem hatten sie Angst vor den Aiel. Es konnte gut sein, so hatte Mat bereits überlegt, daß sie fürchteten, dem Wiedergeborenen Drachen zu begegnen. Zugrunde lag aber eigentlich eine Tatsache: Sie waren soweit gelaufen, wie sie nur konnten. Kaum einer von ihnen besaß noch die Energie, weiter zu gehen als bis zum Fluß. Dort standen sie dann und blickten nach Andor hinüber.

Die Soldaten der Bande ließen die Menschenmenge noch weiter anschwellen. Allein oder in kleinen Gruppen schlenderten sie an Läden und Tavernen vorbei. Dazwischen marschierten ganze Truppenteile in strenger Formation, Armbrust- und Bogenschützen in Lederwesten, auf die sie Stahlscheiben genäht hatten, Pikeure mit verbeulten Harnischen, die wirkten, als hätten irgendwelche Adligen sie weggeworfen oder als habe man sie einfach den Gefallenen abgezogen. Überall dazwischen sah man gerüstete Reiter, tairenische Lanzenträger mit ihren geränderten Helmen und Kavalleriesoldaten aus Cairhien mit den typischen glockenförmigen Helmen. Sogar ein paar Andoraner waren dabei, gut an ihren kegelförmigen Helmen mit den Gittervisieren erkennbar. Rahvin hatte eine ganze Menge Männer aus der königlichen Garde verwiesen, Männer, die loyal zu Morgase gehalten hatten, und einige davon hatten sich der Bande angeschlossen. Fliegende Händler wanderten mit ihren Bauchläden durch die Menge und schrien über die Köpfe hinweg, was sie an Waren zu bieten hätten: Nadel und Faden, Tinkturen, die angeblich bei jeder Art von Wunde helfen sollten, und Medikamente, die alles heilten, von Abschürfungen bis zu Wasserblasen bis zum Lagerkoller, dazu Seife, Blechtöpfe und -tassen, die garantiert nie rosteten, Wollstrümpfe, Messer und Dolche aus feinstem andoranischen Stahl – darauf gaben die Verkäufer ihr Wort – und überhaupt alles, was ein Soldat benötigte oder wovon die Händler glaubten, sie könnten den Soldaten einen Bedarf einreden. Der Lärm war so stark, daß selbst das Geschrei der Händler drei Schritte weiter bereits davon verschluckt wurde.

Die Soldaten erkannten Mat natürlich sofort, und viele jubelten ihm zu, sogar solche Männer, die zu weit entfernt waren, um mehr als seinen breitkrempigen Hut und den eigenartigen Speer erkennen zu können. Diese Zeichen jedoch machten ihn genauso schnell erkennbar wie die Wimpel die Adligen. Alle möglichen Gerüchte waren ihm zu Ohren gekommen, warum er Rüstung und Helm verschmähte. Das ging von übertriebener Tapferkeit und Leichtsinn bis hin zu der Behauptung, nur eine solche Waffe könne ihn töten, die vom Dunklen König selbst geschmiedet worden sei. Manche meinten, der Hut sei ihm von den Aes Sedai verliehen worden, und solange er ihn trug, könne ihn überhaupt nichts töten. Tatsächlich war es nur ein völlig normaler Hut, den er aufsetzte, weil die breite Krempe seinem Gesicht Schatten spendete. Und weil er ihn immer daran erinnerte, daß er sich von jeder Gelegenheit fernhalten mußte, bei der er vielleicht Helm und Rüstung benötigen würde. Die Gerüchte, die über seinen Speer mit dieser Inschrift im Umlauf waren, die sogar unter seinen Adligen Offizieren kaum einer lesen konnte, waren allerdings noch viel ausschweifender. Aber keines kam der Wahrheit auch nur im Entferntesten nahe. Die mit den Raben gekennzeichnete Klinge war während des Schattenkriegs von Aes Sedai angefertigt worden, noch vor der Zerstörung der Welt, und sie mußte niemals geschliffen werden. Außerdem bezweifelte er, daß er sie zerbrechen könne, und wenn er sich noch so sehr anstrengte.

Er winkte dankend auf solche Rufe hin, wie: »Das

Licht leuchte Lord Matrim!« und »Mit Lord Matrim zum Sieg!« und ähnlichem Unsinn. So bahnte er sich mit Edorion zusammen den Weg durch die Menge. Wenigstens mußte er sich nicht hindurchdrängen, da die Menschen ihm Platz machten, sobald sie seiner gewahr wurden. Er wünschte sich, die Flüchtlinge würden ihn nicht mit solchen Blicken anstarren, als trage er ihre gesamte Hoffnung auf eine bessere Zukunft in der Rocktasche. Er wußte einfach nicht, was er für sie tun konnte, abgesehen davon, daß er selbstverständlich dafür sorgte, sie mit Lebensmitteln aus den Wagenzügen von Tear zu versorgen. Viele waren nicht nur abgerissen, sondern auch noch ziemlich schmutzig.

»Ist die Seife überhaupt in den Lagern angekommen?« brummte er.

Edorion hörte es trotz all des Lärms. »Ist sie. Die meisten tauschen sie aber bei den Händlern wieder gegen billigen Wein um. Sie wollen keine Seife. Sie wollen entweder über den Fluß oder den eigenen Kummer im Wein ertränken.«

Mat knurrte mürrisch. Den Übergang nach Aringill konnte er ihnen auch nicht verschaffen.

Bis der Bürgerkrieg und noch Schlimmeres Cairhien zerriß, war Maerone ein Knotenpunkt für den Handel zwischen Cairhien und Tear gewesen, und das bedeutete, daß es hier fast genausoviele Schenken und Tavernen gab wie Wohnhäuser. Die ersten fünf, in die er seine Nase steckte, unterschieden sich kaum voneinander, von der ›Fuchs und Gans‹-Schenke bis zur ›Kutscherpeitsche‹: alles Steingebäude mit vollen Tischen und gelegentlich aufflammenden Raufereien, die Mat gar nicht weiter beachtete. Immerhin gab es keine Betrunkenen.

Das ›Flußtor‹ ganz am anderen Ende der Stadt war Maerones beste Schenke gewesen, doch schwere Bretter, die man über die mit Sonnenscheiben beschnitzten Türen genagelt hatte, sollten die Wirte und Schankkellner dazu ermahnen, die Soldaten der Bande nicht betrunken zu machen. Trotzdem schlugen sich sogar nüchterne Soldaten gelegentlich – Tear gegen Cairhien und gegen Andor, Infanterie gegen Kavallerie, selbst die Männer eines Lords gegen die eines anderen, Veteranen gegen Grünschnäbel, Soldaten gegen Zivilisten. Die Raufereien wurden aber niedergeschlagen, bevor sie außer Kontrolle gerieten. Soldaten mit Knüppeln und breiten roten Stoffbahnen an den Unterarmen sorgten dafür. Jede Einheit kam an die Reihe, Rotarme für diesen Zweck abzustellen, jeden Tag andere Männer, und die Rotarme mußten alle Schäden bezahlen, die an einem Tag angerichtet wurden, an dem sie Dienst hatten. Das führte dazu, daß sie äußerst eifrig den Frieden zu wahren versuchten.

In der ›Fuchs und Gans‹-Schenke jonglierte ein Gaukler mit Flammenstäben, ein kräftiger Mann von mittleren Jahren, während in der Erinin Schenke ein anderer, hager und mit Halbglatze, die Harfe in den Händen hatte und einen Teil der *Großen Jagd nach dem Horn* rezitierte. Trotz der Hitze trugen beide ihren typischen Umhang mit Flicken in hundert verschiedenen Farben, die bei jeder Bewegung flatterten. Ein Gaukler würde eher seine Hand hergeben als seinen Umhang. Sie hatten ein durchaus aufmerksames Publikum, denn viele ihrer Zuschauer stammten aus Dörfern, in denen man den Besuch eines Gauklers noch freudig begrüßte, und ihre Zuschauermengen waren entschieden größer als die eines Mädchens, das in einer Taverne mit dem hochtrabenden Namen ›Zu den drei Türmen‹ auf einem Tisch stand und sang. Sie war ziemlich hübsch, hatte lange, dunkle Locken, aber ein Lied über die wahre Liebe konnte diese lärmenden und grölenden Männer nicht reizen, die dort an den Tischen tranken. In den übrigen Lokalen gab es bis auf ein oder zwei Musikanten keine Unterhaltung, aber dort waren die Gäste dafür noch lauter, und die vielen Würfelspiele an fast der Hälfte aller Tische ließen Mats Finger jucken. Doch er gewann ja wirklich beinahe jedes Spiel, vor allem mit Würfeln, und es wäre nicht recht, den eigenen Soldaten das Geld auf diese Weise wieder abzunehmen. Und die bildeten ja den größten Teil der Gäste an den Tischen. Nur wenige Flüchtlinge besaßen noch Geld genug, um ihre Zeit in Schankräumen zu verbringen.

Eine Handvoll anderer hatte sich unter die Mitglieder der Bande gemischt. Hier saß ein hagerer Mann aus Kandor mit einem in zwei Spitzen gespaltenen Bart und einer Mondperle von der Größe seines Daumennagels am Ohr. Über die Brust seines roten Rocks hingen silberne Ketten. Dort saß eine Domanifrau mit kupferfarbenem Teint in einem für eine Domani züchtigen blauen Kleid. Ihr Blick huschte schnell von einem zum anderen. An allen Fingern trug sie Ringe mit Edelsteinen. Anderswo erblickte er einen Mann aus Tarabon mit einer kegelförmigen und oben abgeflachten blauen Kappe, der den dicken Schnauzbart hinter einem transparenten Schleier verborgen hatte. Anderswo dickliche Männer in tairenischen Kurzmänteln, die sich eng um ihre Hüften spannten, oder knochige Kerle in Mänteln aus Murandy, die ihnen bis zu den Knien reichten, Frauen mit harten Augen in hochgeschlossenen, manchmal auch knöchellangen Kleidern, immer aus Wolle feiner Qualität, von gutem Zuschnitt und in düsteren, nüchternen Farben gehalten … Alles Kaufleute, bereit, sofort zuzuschlagen, sobald der Handel zwischen Andor und Cairhien wieder eröffnet wurde. Und in jedem Schankraum saßen zwei oder drei Männer abseits von den anderen, gewöhnlich ganz für sich, zumeist Burschen mit harten Augen, ein paar gut gekleidet, andere aber nicht viel besser als die Flüchtlinge, und jeder von ihnen wirkte, als wisse er mit dem Schwert an seiner Hüfte oder auf seinem Rücken gut umzugehen. Mat entdeckte sogar zwei Frauen unter diesen Außenseitern, wenn auch bei beiden keine Waffe sichtbar war. Die eine hatte allerdings einen langen Wanderstab neben sich an den Tisch gelehnt, während er bei der anderen vermutete, sie habe in ihrem Reitkleid Messer verborgen. Er trug ja auch immer ein paar Wurfmesser versteckt bei sich. Er war sicher, zu wissen, was sie und die anderen zu tun gedachten, und sie wäre töricht, würde sie das unbewaffnet unternehmen.

Als er und Edorion aus der ›Kutscherpeitsche‹ traten, blieb Mat stehen und beobachtete, wie eine stämmige Frau in einem braunen Hosenrock sich den Weg durch die Menge bahnte. Der scharfe Blick, mit dem sie alles auf der Straße wahrnahm, wollte so gar nicht zu dem Ausdruck von Ruhe und Freundlichkeit auf ihrem runden Gesicht passen, genausowenig wie der mit Dornen ausgestattete kurze Knüppel an ihrem Gürtel und der schwere Dolch, der eher zu einem Aielmann zu gehören schien. Das war nun schon die dritte Frau dieser Art in der Menge. Jäger des Horns waren sie alle, des legendären Horns von Valere, das tote Helden aus den Gräbern zurückrufen würde, damit sie in der Letzten Schlacht kämpften. Wer immer es aufspürte, hatte sich einen Platz in der Weltgeschichte gesichert. *Falls noch jemand übrig ist, um ein verdammtes Geschichtsbuch zu schreiben,* dachte Mat trocken.

Einige glaubten, das Horn werde dort auftauchen, wo Aufruhr und Rivalität herrschten. Es war vierhundert Jahre her, daß zum letztenmal zur Jagd nach dem Horn aufgerufen worden war, und diesmal hatte es schon fast Leute geregnet, die bereit waren, den Eid abzulegen. Er hatte ganze Scharen von Jägern in den Straßen Cairhiens gesehen, und er erwartete noch mehr Anblicke dieser Art, wenn er Tear erreichte. Zweifellos würden sie mittlerweile auch nach Caemlyn strömen. Er wünschte, einer von denen hätte das Ding gefunden. Nach bestem Wissen lag das Horn von Valere irgendwo tief in der Weißen Burg verborgen, und da er die Aes

Sedai kannte, hätte es ihn überrascht, wenn mehr als ein Dutzend von ihnen überhaupt des Horns gewahr wären.

Ein Zug Infanteristen hinter einem berittenen Offizier mit verbeultem Harnisch und einem Helm aus Cairhien marschierte zwischen ihm und der stämmigen Frau hindurch, beinahe zweihundert Pikeure, ihre Waffen ein hoher Wald von Lanzenspitzen, von fünfzig oder mehr Bogenschützen gefolgt, die an den Hüften volle Köcher trugen und sich die Bögen über die Schultern gehängt hatten. Es waren nicht die Langbögen von den Zwei Flüssen, mit denen Mat aufgewachsen war, aber doch ordentliche Waffen. Er mußte einfach genügend Armbrustschützen für Umgehungsmanöver auftreiben. Die Bogenschützen allerdings würden nicht freiwillig tauschen. Sie sangen beim Marschieren, und ihre vereinigten Stimmen waren laut genug, um den Lärm zu durchdringen.

Du lebst von Bohnen und dem, was der Bauer nicht mag,
ein Hufeisen auf den Fuß bekommst du zum Namenstag.
Du schwitzt und blutest und das Glück ist dir nie hold,
und dein einziger Sold sind die Träume von Gold,
bist du dumm genug und wirst Soldat,
bist du dumm genug und wirst Soldat.

Ein dichtgedrängter Haufen von Zivilisten kam hinter ihnen her, Ortsansässige wie Flüchtlinge, alles junge Männer, die neugierig zuschauten und lauschten. Das erstaunte Mat ohne Ende. Je schlimmer das Lied den Soldatenstand darstellte, und dies jetzt war bei weitem nicht das schlimmste, desto größer diese Menge. So sicher, wie das Wasser naß war, würden noch vor dem Einbruch der Nacht einige dieser Männer mit einem

Bannerträger verhandeln, und die meisten von ihnen würden dann auch unterschreiben oder ihr Zeichen auf die Urkunde kritzeln. Sie mußten das Lied für einen Versuch halten, sie abzuschrecken und den ganzen Ruhm und die Beute für sich zu behalten. Nun, wenigstens sangen die Pikeure nicht »Tanz mit dem Schwarzen Mann«. Mat haßte dieses Lied. Sobald den jungen Burschen klar wurde, daß der Schwarze Mann gleichbedeutend mit dem Tod war, rannten sie los, um sich einzuschreiben.

Dein Mädchen nimmt sich einen anderen Mann.
Du liegst im Grab, damit er sie lieben kann.
Die Würmer wenigstens lieben dich,
und um dein Grab keiner kümmert sich,
bist du dumm genug und wirst Soldat,
bist du dumm genug und wirst Soldat.

»Eine ganze Menge Leute fragen sich«, sagte Edorion im gelangweilten Plauderton, als sich die Truppe mit ihrer Nachhut aus Idioten die Straße hinunter entfernte, »wann wir endlich nach Süden aufbrechen werden. Es gibt Gerüchte.« Er sah Mat aus dem Augenwinkel an und versuchte wohl, Mats Laune zu taxieren. »Ich habe bemerkt, daß die Hufschmiede die Gespanne für die Proviantfahrzeuge inspiziert haben.«

»Wir rücken vor, wenn es soweit ist«, sagte Mat daraufhin. »Nicht nötig, Sammael wissen zu lassen, daß wir kommen.«

Edorion warf ihm einen ausdruckslosen Blick zu. Dieser Tairener war kein Dummkopf. Nicht, daß Nalesean einer gewesen wäre. Er war eben nur manchmal übereifrig. Aber Edorion hatte einen scharfen Verstand.

Nalesean hätte die Hufschmiede überhaupt nicht bemerkt. Wie schade, daß das Haus Aldiaya höher im Rang stand als das Haus Selorna, sonst hätte Mat Edorion auf Naleseans Posten gesetzt. Diese törichten Adligen mit ihrer idiotischen Rangfolge. Nein, Edorion war kein Holzkopf. Er wußte, daß die Nachricht von ihrem Vorrücken sich blitzschnell mit dem gesamten Flußverkehr ausbreiten würde, und vermutlich würden Spione sie mit Brieftauben weitergeben. Mat hätte jedenfalls nicht einmal dann darauf gewettet, daß sich in Maerone keine Spione befänden, wenn sein Glück wie mit dem Holzhammer auf seinen Kopf eingeprügelt hätte.

»Es geht auch das Gerücht um«, sagte Edorion so leise es der Straßenlärm zuließ, »daß der Lord Drache sich gestern in der Stadt befunden habe.«

»Das Größte, was gestern passiert ist«, stellte Mat trocken fest, »war, daß ich zum erstenmal seit einer Woche ein Bad nehmen konnte. Jetzt kommt weiter. Wir werden sowieso noch den halben restlichen Tag brauchen, um unsere Runde zu beenden.«

Er hätte ja einiges dafür gegeben, herauszufinden, wie dieses Gerücht zustande gekommen war. Es lag nur um einen halben Tag falsch und es war doch niemand dabeigewesen, der sie hätte beobachten können. Es war in den ganz frühen Morgenstunden noch vor Sonnenaufgang gewesen, als plötzlich ein greller Lichtstreifen in seinem Zimmer im ›Goldenen Hirsch‹ erschienen war. Er war verzweifelt über das Himmelbett mit seinen vier Pfosten gehechtet, den einen Stiefel ganz und den anderen zur Hälfte ausgezogen, und hatte das Messer herausgerissen, das zwischen seinen Schulterblättern hing, bevor er erkannte, daß es sich um Rand handelte, der aus einem dieser verdammten Löcher ins Nichts heraussteig. Offensichtlich kam er aus dem Palast in Caemlyn, denn es waren noch ein paar Säulen im Hintergrund sichtbar gewesen, bevor die Öffnung verschwand. Es überraschte ihn schon sehr, daß er mitten in der Nacht ankam, ohne seine Aiel, und dann auch noch geradewegs in Mats Zimmer auftauchte. Diese Tatsache ließ Mat die Haare zu Berge stehen. Wenn er am falschen Fleck gestanden hätte, dann hätte ihn dieses Ding glatt in zwei Hälften zerschneiden können. Er konnte diese Tricks der Einen Macht einfach nicht leiden. Das Ganze war überhaupt schon sehr eigenartig gewesen.

»Eile mit Weile, Mat«, sagte Rand, wobei er im Zimmer auf und ab schritt. Er blickte nie in Mats Richtung. Sein Gesicht glänzte von Schweiß und sein Kinn wirkte trotzig. »Er muß es kommen sehen. Alles kommt darauf an.«

Im Sitzen auf dem Bett riß sich Mat den Stiefel ganz vom Fuß und ließ ihn auf den kleinen Bettvorleger fallen, den ihm Frau Daelvin zugestanden hatte. »Ich weiß«, sagte er mürrisch, und dann unterbrach er sich und rieb sich erst einmal den Knöchel, den er an einem Bettpfosten angeschlagen hatte. »Ich habe geholfen, diesen verdammten Plan zu entwerfen, oder erinnerst du dich nicht mehr daran?«

»Woran merkst du, daß du eine Frau liebst, Mat?« Rand hörte nicht mit dem Herumgetigere auf und seine Frage klang, als gehöre sie durchaus zu seinem vorherigen Gesprächsthema.

Mat riß die Augen auf. »Woher, beim Krater des Verderbens, soll ich das wissen? In diese Falle habe ich noch nie einen Fuß gesetzt. Wie kommst du denn auf sowas?«

Aber Rand rollte nur seine Schultern, als streife er etwas ab. »Ich werde Sammael fertigmachen, Mat. Das habe ich versprochen, und ich schulde es den Toten. Aber wo halten sich die anderen auf? Ich muß sie alle erledigen.«

»Aber doch wohl einen nach dem anderen.« Beinahe wäre daraus eine Frage geworden; man konnte nie wissen, was sich Rand heutzutage vielleicht in den Kopf gesetzt hatte.

»Es befinden sich Drachenverschworene in Murandy, Mat. Und auch in Altara. Männer, die sich mir verschworen haben. Sobald Illian mein ist, werden Altara und Murandy wie reife Pflaumen fallen. Ich werde Kontakt mit den Drachenverschworenen in Tarabon aufnehmen und in Arad Doman, und falls mich die Weißmäntel aus Amadicia fernhalten wollen, werde ich sie zerschmettern. Der Prophet hat Ghealdan bereits vorbereitet und Amadicia zumindest zum

Teil, wie ich hörte. Kannst du dir Masema als Propheten vorstellen? Saldaea wird sich mir anschließen, wie mir Bashere versichert. Alle Grenzlande werden zu mir kommen. Sie müssen einfach! Ich werde es schaffen, Mat. Alle Länder vereint, bevor die Letzte Schlacht beginnt. Ich werde es schaffen!« Rands Stimme klang nun etwas fieberhaft.

»Sicher, Rand«, sagte Mat in beruhigendem Tonfall und stellte seinen anderen Stiefel neben den ersten. »Aber eins nach dem anderen, ja?«

»Kein Mann sollte die Stimme eines anderen Mannes im Kopf tragen«, murmelte Rand, und Mats Hände erstarrten, als er gerade einen Wollstrumpf herunterrollen wollte. Seltsamerweise ertappte er sich dabei, wie er sich fragte, ob er dieses Paar Strümpfe wohl noch einen weiteren Tag lang tragen könne. Rand wußte einiges von dem, was innerhalb jenes Ter'Angreal *in Rhuidean geschehen war – wußte jedenfalls, daß er irgendwie weitreichende militärische Kenntnisse gewonnen hatte –, aber doch nicht alles. Bestimmt nicht alles, dachte sich Mat. Nicht das mit den Erinnerungen anderer Männer. Rand schien nichts Außergwöhnliches zu bemerken. Er strich sich lediglich mit den Fingern durchs Haar und fuhr fort: »Man kann ihn durchaus hinters Licht führen, Mat, weil Sammael so geradlinig denkt, aber gibt es irgendein Schlupfloch, durch das er entkommen könnte? Wenn wir nur einen einzigen Fehler begehen, werden Tausende sterben. Zehntausende. Hunderte werden sowieso sterben, aber ich will nicht, daß daraus tausende werden.«*

Mat machte bei diesen Gedanken mit einemmal eine so böse Miene, daß ein Straßenhändler mit verschwitztem Gesicht, der ihm gerade einen Dolch aufschwatzen wollte, dessen Griff mit bunten gläsernen ›Edelsteinen‹ bedeckt war, diesen beinahe hätte fallen lassen und dann schnell in der Menge untertauchte. Es war immer so bei Rand, daß er vom Hundertsten ins Tausendste kam, von der Invasion in Illian auf die Verlorenen, dann auf Frauen – Licht, Rand war doch derjenige, der immer so gut bei Frauen ankam, er und Perrin –, von der Letzten Schlacht auf die Töchter des Speers und dann auf Dinge, die Mat kaum verstand, und er hörte Mat nur selten zu, wenn der ihm antwortete, und manchmal wartete er nicht einmal auf eine Antwort. Zu hören, wie Rand von Sammael sprach, als kenne er den Mann persönlich und gut, war auch mehr als nur beunruhigend. Er wußte, daß Rand irgendwann einmal wahnsinnig würde, aber falls der Wahnsinn sich bereits jetzt einschlich…

Und was war mit den anderen, diesen Narren, die Rand um sich versammelte, die doch tatsächlich mit der Macht arbeiten *wollten,* und mit diesem Burschen namens Taim, der das bereits konnte? Rand hatte das nur ganz nebenher erwähnt: Mazrim Taim, der falsche verdammte Drache, unterrichtete Rands verdammte Studenten oder was auch immer sie waren! Wenn sie alle auf einmal wahnsinnig wurden, wollte sich Mat nicht innerhalb von tausend Meilen im Umkreis aufhalten.

Nur konnte er sich seinen Platz genausowenig aussuchen wie ein Blatt im Wirbelsturm. Er war ein *Ta'veren,* doch Rand war eindeutig der stärkere. In den Prophezeiungen des Drachen stand nichts von Mat Cauthon, aber er war gefangen wie ein Wiesel unter dem Gartenzaun. Licht, wie er sich wünschte, niemals das Horn von Valere erblickt zu haben!

So stolzierte er mit grimmiger Miene durch das nächste Dutzend Tavernen und Schankräume, in immer weiteren Kreisen um den ›Goldenen Hirsch‹ herum. Sie unterschieden sich wirklich kaum von der ersten: Tische, an denen sich die Männer drängten, tranken, Würfel rollen ließen oder sich mit Fingerhakeln vergnügten, Musiker, die man über den Lärm hinweg in mehr als der Hälfte aller Fälle kaum mehr hörte, Rotarme, die jede Rauferei im Keim zu ersticken versuchten, ein Gaukler, der in einem davon *Die Große Jagd* rezitierte, denn der Zyklus war äußerst populär, selbst wenn sich keine Jäger des Horns in der Nähe befanden, und in einer anderen Taverne eine kleine junge Frau mit hellem Haar, die ein etwas unzüchtiges Lied von sich gab, das durch ihr rundes Gesicht mit den großen, unschuldigen Augen noch unzüchtiger wirkte.

Seine düstere Stimmung hielt an, als er das ›Silberne Horn‹ – dämlicher Name! – und die Sängerin mit dem Unschuldsblick verließ. Vielleicht lief er deshalb so begierig auf Ablenkung in Richtung des Geschreis los, das plötzlich vor einer weiteren Schenke ein Stück die Straße herunter zu hören war. Die Rotarme würden sich darum kümmern, falls Soldaten darin verwickelt waren, aber trotzdem drängte sich Mat durch die Menschenmenge. Rand wurde verrückt und ließ ihn draußen im Sturm vor der Tür stehen. Taim und diese anderen Narren waren bereit, ihm in den Wahnsinn zu folgen. Sammael wartete in Illian, und der Rest der Verlorenen das Licht wußte, wo. Alle suchten vermutlich nach einer Möglichkeit, so nebenher auch noch Mat Cauthons Kopf zu bekommen. Und dabei berücksichtigte er nicht einmal, was ihm die Aes Sedai antun würden, sollten sie ihn wieder in die Finger bekommen – jedenfalls diejenigen, die zuviel wußten. Und jeder glaubte, er werde hinausmarschieren und den verdammten Helden spielen! Normalerweise bemühte er sich mit vielen guten Worten, eine Auseinandersetzung zu meiden, wenn er schon nicht in der Lage war, einen großen Bogen darum zu machen, aber gerade jetzt suchte er nach einer Ausrede, um irgend jemandem kräftig eins auf die Nase zu geben. Was er jedoch antraf, entsprach ganz und gar nicht seinen Erwartungen.

Eine Ansammlung von Ortsansässigen, kleinen, unauffällig gekleideten Leuten aus Cairhien und dazwischen ein paar hochgewachsenere Andoraner in bunteren Farben bildete – ohne jede Beifalls- oder Unmutsäußerung – einen Kreis um zwei große, schlanke Männer mit gezwirbelten Schnurrbärten in langen

Mänteln aus glänzender Seide im Stil Murandys. Sie trugen Schwerter mit kunstvoll vergoldeten Knaufen und Parierstangen. Der Kerl mit dem roten Mantel stand vor Vergnügen grinsend da und beobachtete den in Gelb, wie er einen Jungen, der Mat kaum bis zur Hüfte reichte, beim Kragen gepackt hielt und schüttelte, so wie ein Hund eine Ratte in den Zähnen hält und schüttelt.

Mat beherrschte sich. Er dachte daran, daß er ja überhaupt nicht wußte, wie die ganze Auseinandersetzung begonnen hatte. »Behandelt den Jungen nicht so grob«, sagte er und legte dem mit dem gelben Mantel mäßigend eine Hand auf den Arm. »Was hat er getan, daß Ihr ...?«

»Er hat Pferd meiniges angefaßt!« fauchte der Mann im mindeanischen Dialekt und schüttelte Mats Hand ab. Die Mindeaner gaben damit an – sie gaben wirklich damit an! –, sie seien die unbeherrschtesten unter den verschiedenen Bewohnern Murandys. »Ich werden ihm seinen dünnen Bauernhals brechen! Ich drehen ihm seinen mageren ...!«

Ohne ein weiteres Wort riß Mat den Schaft seines Speeres wuchtig hoch und traf mit dem Ende den Kerl genau zwischen die Beine. Der Mund des Burschen aus Murandy öffnete sich, doch es kam kein Laut heraus. Seine Augäpfel kippten hoch, bis fast nur noch Weiß zu sehen war. Der Junge löste sich blitzschnell aus dem Griff des Mannes, als dessen Beine nachgaben und er schließlich auf Knien und dem Gesicht im Schmutz der Straße lag. »Nein, das werdet Ihr nicht!« sagte Mat.

Das war natürlich noch nicht das Ende der Auseinandersetzung. Der Mann im roten Mantel riß nun an seinem Schwert. Er brachte die Klinge aber nur ein paar Fingerbreit heraus, und dann knallte ihm Mat den Speerschaft auf das Handgelenk. Stöhnend ließ der Mann das Heft los und griff mit der anderen Hand nach dem langen Messer an seinem Gürtel. Schnell hieb

Mat ihm den Speer auf den Kopf über ein Ohr. Der Hieb war nicht einmal hart, doch der Kerl brach genau über dem anderen Mann zusammen. *Verdammter Idiot!* Mat war nicht ganz sicher, ob er damit den Rotmantel meinte oder sich selbst.

Endlich schob sich ein halbes Dutzend Rotarme durch den Ring der Zuschauer. Es waren tairenische Kavalleristen, die in ihren kniehohen Stiefeln ungeschickt einhermarschierten und deren rot- und goldfarbene Puffärmel von den roten Bändern abgeschnürt wurden. Edorion hielt den Jungen fest. Er war mager und blickte verstockt drein. Etwa sechs Jahre mochte er alt sein. Seine bloßen Zehen krümmten sich hin und wieder im Straßenstaub, wenn er ausprobierte, ob er eine Chance habe, aus Edorions Griff zu entkommen. Er war vielleicht das häßlichste Kind, das Mat je erblickt hatte – die Nase platt, der Mund zu breit, um in das Gesicht zu passen, und die Ohren standen wie die Henkel einer Tasse ab. Den Löchern in seiner Jacke und Hose nach zu schließen, gehörte er zu den Flüchtlingen. An ihm war wohl mehr Schmutz als irgend etwas anderes.

»Schlichtet diese Angelegenheit, Harnan«, sagte Mat. Das war ein Rotarm mit kantigem Kinn, ein Zugführer mit einem Gesichtsausdruck, als leide er andauernd, und mit einer ungeschickt gestochenen Tätowierung in Form eines Falken auf der linken Wange. Diese Mode schien sich in der Bande ständig auszubreiten, doch die meisten beschränkten sich dabei auf Körperteile, die normalerweise unter der Kleidung verborgen waren. »Findet heraus, was den Streit verursacht hat, und dann jagt diese beiden groben Kerle aus der Stadt.« Das hatten sie in jedem Fall verdient, wie auch immer sie provoziert worden sein mochten.

Ein knochiger Mann in einer Jacke vom typischen Schnitt aus Murandy wand sich zwischen den Zuschauern hindurch und fiel neben dem Paar auf die

Knie. Der Gelbmantel hatte gerade damit begonnen, ersticktes Stöhnen von sich zu geben, während der Rotmantel sich mit beiden Händen an den Kopf faßte und etwas vor sich hin murmelte, was wie Verwünschungen klang. Der Neuankömmling veranstaltete mehr Aufhebens als beide zusammen. »Oh, meine Lords! Mein Lord Paers! Mein Lord Culen! Seid Ihr getötet worden?« Er streckte zitternde Hände in Mats Richtung aus. »Oh, tötet sie nicht, mein Lord! Nicht so hilflos, wie sie sind. Sie sind Jäger des Horns, mein Lord. Ich bin ihr Bursche, Padry. Sie sind Helden, mein Lord!«

»Ich werde überhaupt niemanden töten«, warf Mat angewidert ein. »Aber schafft diese Helden auf ihre Pferde und bis Sonnenuntergang aus Maerone fort! Ich mag keine erwachsenen Männer, die drohen, einem Kind den Hals umzudrehen. Bis Sonnenuntergang!«

»Aber, mein Lord, sie sind verwundet! Er ist doch bloß ein Bauernjunge, und er hat Lord Paers Pferd belästigt!«

»Ich habe mich nur draufgesetzt«, brach es aus dem Jungen heraus. »Es war nicht… was Ihr behauptet habt!«

Mat nickte ernst. »Jungen dreht man nicht den Hals um, weil sie sich auf ein Pferd setzen, Padry. Nicht einmal *Bauern*jungen. Ihr sorgt dafür, daß diese beiden verschwinden, sonst könnte es passieren, daß ich *ihnen* die Hälse umdrehe.« Er gab Harnan einen Wink, der den anderen Rotarmen knapp zunickte. Zugführer taten niemals etwas persönlich, genausowenig wie die Bannerträger. Sie schnappten sich Paers und Culen, zerrten sie hoch und schleiften sie unter Stöhnen und Ächzen davon. Padry lief aufgeregt hinterher, rang die Hände und protestierte, seine Herren könnten in diesem Zustand nicht reiten und sie seien Jäger des Horns und Helden.

Edorion hielt immer noch die Quelle all dieser Unruhe am Arm fest, wie Mat jetzt bewußt wurde. Die Rotarme waren fort, und die Stadtbewohner liefen auseinander. Keiner widmete dem Jungen besondere Aufmerksamkeit; schließlich hatten sie für die eigenen Kinder zu sorgen, und das fiel ihnen schon schwer genug. Mat atmete schwer durch. »Ist dir denn nicht klar, daß man dir etwas tun könnte, wenn du dich so einfach auf ein fremdes Pferd setzt, Junge? Außerdem reitet ein Mann wie der möglicherweise einen Hengst, der einen kleinen Jungen glatt in den Boden seiner Box stampfen könnte, so daß niemand überhaupt wüßte, daß du dagewesen bist.«

»Ein Wallach.« Der Junge versuchte wieder, sich mit einem Ruck aus Edorions Griff zu befreien, und als er merkte, daß dieser sich kein bißchen gelockert hatte, machte er eine mürrische Miene. »Es war ein Wallach, und lammfromm; er hätte mir nichts getan. Pferde mögen mich. Ich bin auch kein *kleiner* Junge; ich bin neun. Und ich heiße Olver – nicht *Junge*.«

»Olver, ja?« Neun? Nun gut, vielleicht. Mat konnte so etwas schwer einschätzen, und besonders bei den Kindern aus Cairhien. »Also, Olver, wo sind deine Mutter und dein Vater?« Er sah sich um, aber die Flüchtlinge, die vorbeikamen, schritten genauso schnell weiter wie die Stadtbewohner. »Wo sind sie, Olver? Ich muß dich doch zu ihnen zurückbringen.«

Statt zu antworten, biß sich Olver auf die Lippe. Eine Träne rann ihm aus einem Auge und er rieb sie zornig weg. »Die Aiel haben meinen Papa getötet. Einer von diesen … Schado. Mama hat gesagt, daß wir nach Andor gehen. Sie sagte, wir würden auf einem Bauernhof wohnen. Mit Pferden.«

»Und wo ist sie jetzt?« fragte Mat leise.

»Sie ist krank geworden. Ich – ich habe sie begraben, wo ein paar Blumen wuchsen.« Plötzlich trat Olver nach Edorion und begann, sich in seinem Griff zu winden. Tränen liefen ihm über das Gesicht. »Laßt mich gehen! Ich kann auf mich selbst aufpassen. Laßt mich gehen!«

»Paßt auf ihn auf, bis wir jemanden für ihn finden«, sagte Mat zu Edorion, der ihn mit offenem Mund ansah, während er gleichzeitig den Jungen abwehrte und ihn dabei festzuhalten versuchte.

»Ich? Was soll ich denn mit diesem Leoparden von einer Teppichmaus anfangen?«

»Besorgt ihm beispielsweise eine Mahlzeit.« Mat rümpfte die Nase. Dem Gestank nach hatte Olver zumindest einige Zeit auf dem Stallboden zugebracht, wo der Wallach stand. »Und ein Bad. Er stinkt.«

»Sprecht gefälligst mit mir selbst!« rief Olver und rieb sich über das Gesicht. Die Tränen halfen ihm dabei, den Dreck kräftig zu verschmieren. »Sprecht mit mir und nicht über meinen Kopf hinweg!«

Mat riß die Augen auf und dann bückte er sich zu dem Jungen herunter. »Tut mir leid, Olver. Ich konnte es auch nie leiden, wenn die Leute das mit mir machten. Also, es ist so: Du riechst nicht gut, und deshalb wird dich Edorion hier zum ›Goldenen Hirsch‹ mitnehmen, und dort richtet Frau Daelvin dir ein Bad.« Olvers Miene wurde noch ein wenig mürrischer. »Sollte sie etwas dagegen haben, dann sagst du ihr, daß es in meinem Auftrag geschieht. Sie darf dich nicht davon abhalten.« Mat hielt sein Grinsen ob Olvers plötzlich stolzen Blickes zurück; das hätte alles verdorben. Vielleicht paßte dem Jungen der Gedanke an ein Bad nicht, aber wenn ihn jemand möglicherweise davon abhalten wollte … »Jetzt geh mit und tu, was Edorion dir sagt. Er ist ein wirklicher Lord aus Tear, und er wird dafür sorgen, daß du eine gute, warme Mahlzeit bekommst und ein paar Kleidungsstücke, die noch nicht durchlöchert sind. Und außerdem Schuhe.« Am besten fügte er nicht hinzu: »Jemanden, der auf dich achtgibt.« Frau Daelvin würde sich seiner schon annehmen. Ein wenig Gold dürfte ihren Widerstand wohl brechen.

»Ich mag keine Tairener«, murmelte Olver, wobei er zuerst Edorion und dann Mat mit finsterer Miene musterte. Edorion hatte die Augen geschlossen und fluchte leise vor sich hin. »Ist er ein wirklicher Lord? Seid Ihr auch ein Lord?«

Bevor Mat etwas erwidern konnte, kam Estean durch die Menschenmenge gerannt. Sein dickes Gesicht war stark gerötet und schweißüberströmt. Sein verbeulter Harnisch ließ die frühere vergoldete Pracht nur noch erahnen, und die roten Satinstreifen an seinen gelben Ärmeln waren ausgebleicht. Er wirkte absolut nicht wie der Sohn des reichsten Lords von Tear. Aber so hatte er schließlich noch nie gewirkt. »Mat«, schnaufte er und fuhr sich mit den Fingern durch das strähnige Haar, das ihm ständig über die Stirn hing. »Mat ... Drunten am Fluß ... «

»Was denn?« unterbrach ihn Mat unwillig. Er würde sich jetzt wohl eine Aufschrift auf sämtliche Jacken nähen lassen: ›Ich bin kein verdammter Lord!‹ »Sammael? Die Shaido? Die königliche Garde? Die verfluchten Weißen Löwen? Was, verdammt noch mal?«

»Ein Schiff, Mat«, brachte Estean keuchend heraus. Wieder strich er sich durchs Haar. »Ein großes Schiff. Ich glaube, es sind Meerleute.«

Das klang unwahrscheinlich. Die Atha'an Miere entfernten sich mit ihren Schiffen nie weiter vom offenen Meer als höchstens bis zum nächstgelegenen Binnenhafen. Andererseits ... Es gab im Süden nicht viele Dörfer am Erinin, und der Proviant, den sie auf den Wagen mitführen konnten, würde ziemlich knapp werden, bis die Bande nach Tear kam. Er hatte bereits ein paar Flußkähne gechartert, die neben der Bande her nach Süden fahren sollten, doch ein größeres Schiff wäre schon mehr als nützlich.

»Kümmert Euch um Olver, Edorion«, sagte er und beachtete die Grimasse des Mannes gar nicht. »Estean, zeigt mir dieses Schiff.« Estean nickte eifrig und wäre sofort wieder losgerannt, hätte ihn Mat nicht am Ärmel gepackt, damit er im Schritt weiterging. Estean war immer eifrig dabei, und er lernte nur schwerfällig; diese Kombination hatte dazu geführt, daß er jetzt bereits fünf Schrammen von Frau Daelvins Knüppel davongetragen hatte.

Die Anzahl der Flüchtlinge stieg, je mehr sich Mat dem Fluß näherte, sowohl jener, die zum Ufer schlenderten, wie auch jener, die lethargisch zurückschlichen. Ein halbes Dutzend breit ausladender Fährboote lag an den langen Pieren aus geteerten Balken festgezurrt, aber man hatte die Ruder weggetragen, und auf keinem davon war auch nur ein Fährmann zu sehen. Die einzigen Kähne, auf denen sich etwas regte, waren ein halbes Dutzend Flußschiffe, wuchtig wirkende einoder zweimastige Lastkähne, die auf dem Weg flußaufwärts oder flußabwärts hier kurz angelegt hatten. Auf den Schiffen, die Mat gechartert hatte, rührten sich die barfüßigen Matrosen kaum. Ihre Laderäume waren voll, und ihre Kapitäne hatten ihm versichert, sie seien zum Auslaufen bereit, sobald er den Befehl dazu gebe. Auf dem Erinin waren weitere Schiffe zu sehen, in der Strömung schlingernde Kähne mit breitem Bug und viereckigen Segeln, oder auch schnelle, schmale Schiffe mit dreieckigen Segeln, doch von Maerone nach Aringill, über dem der Weiße Löwe von Andor flatterte, oder umgekehrt, überquerte keines den Fluß.

Dieselbe Flagge wehte ursprünglich auch über Maerone, und die andoranischen Soldaten, die diese Stadt besetzt gehalten hatten, wollten die Bande der Roten Hand keineswegs hereinlassen. Rand hielt ja möglicherweise Caemlyn, aber seine Befehlsgewalt erstreckte sich nicht auf die Mitglieder der Königlichen Garde hier oder auf die von Gaebril aufgestellten Truppenteile wie beispielsweise die Weißen Löwen. Mittlerweile befanden sich die Weißen Löwen ein Stück weiter im Osten, oder jedenfalls waren sie in diese Richtung geflohen, und jedes zweite Gerücht aus dieser Richtung, in dem von Räuberbanden die Rede war, konnte sich durchaus auch auf sie beziehen, aber die anderen waren nach einigen harten Scharmützeln mit der Bande schnell zur anderen Seite übergesetzt. Seither hatte niemand mehr den Erinin überquert.

Das einzige, was Mat allerdings jetzt wahrnahm, war ein Schiff, das mitten in dem breiten Fluß Anker geworfen hatte. Es war wirklich ein Klipper der Meerleute, höher und länger als alle Flußschiffe, aber trotzdem noch windschnittig, mit zwei zum Heck zu geneigten Masten ausgestattet. Dunkle Gestalten kletterten in der Takelage herum; einige mit bloßem Oberkörper und Pumphosen, die auf diese Entfernung schwarz wirkten, einige aber auch mit bunten Blusen angetan, also offensichtlich Frauen. Etwa die Hälfte der Besatzung würde sowieso aus Frauen bestehen. Die großen, viereckigen Segel hatten sie bis an die Rahen hochgezogen, aber sie hingen lose dort oben, nicht wie üblich festgezurrt, damit man sie im Handumdrehen herunterlassen konnte.

»Sucht mir ein Boot«, sagte er zu Estean. »Und ein paar Ruderer.« Estean mußte man auf so etwas extra aufmerksam machen. Der Tairener sah ihn mit großen Augen an und fuhr sich mit den Fingern durchs Haar. »Beeilt Euch, Mann!« Estean nickte ruckartig und setzte sich schwerfällig in Bewegung.

Mat ging bis zum Ende des nächstgelegenen Piers, legte sich den Speer über die Schulter und holte sein Fernrohr aus der Manteltasche. Als er die Messingröhre an das Auge hielt, sprang das Schiff mit einemmal auf ihn zu und er erkannte Einzelheiten. Die Meerleute schienen auf etwas zu warten, aber worauf? Einige hielten in Richtung Maerone Ausschau, aber die meisten blickten in die entgegengesetzte Richtung, darunter alle, die sich auf dem hohen Achterdeck befanden. Dort würde sich die Segelherrin zusammen mit den anderen Schiffsoffizieren aufhalten. Er schwang das Fernrohr ein Stück herum und beobachtete das andere Flußufer.

Von dort her näherte sich ein langes, schmales Ruderboot. Dunkelhäutige Männer saßen an den Riemen und trieben das Boot schnell dem Schiff zu.

Es gab an den langen Anlegestegen Aringills so etwas wie einen Menschenauflauf, ganz ähnlich dem am Ufer Maerones. Rote Kurzmäntel mit weißen Krägen und glänzenden Harnischen deuteten auf Mitglieder der Königlichen Garde hin, die sich offensichtlich mit einer vom Schiff her gekommenen Gruppe trafen. Was Mat zu einem leisen Pfeifen veranlaßte, waren die beiden mit Fransen besetzten roten Sonnenschirme bei den Neuankömmlingen. Einer davon wies sogar zwei ›Stockwerke‹ auf. Manchmal waren diese uralten, geliehenen Erinnerungen wirklich nützlich: dieser zweistöckige Sonnenschirm gehörte zu einer Clan Wogenherrin, während der andere wohl ihren Schwertmeister kennzeichnete.

»Ich habe ein Boot, Mat«, verkündete Estean lauthals und atemlos an seiner Schulter. »Und ein paar Ruderer.«

Mat wandte sich mit seinem Fernrohr wieder dem Schiff zu. Der Unruhe an Deck zufolge waren sie gerade dabei, das kleine Boot auf der gegenüberliegenden Seite hochzuhieven, doch gleichzeitig hatten andere Männer an der Ankerwinde damit begonnen, den Anker zu lichten, und die Segel wurden herabgelassen. »Sieht so aus, als brauchte ich es nicht mehr«, knurrte er.

An der anderen Seite des Flusses verschwand die Delegation der Atha'an Miere mit ihrer Eskorte von Gardesoldaten in Richtung Stadt. Das Ganze ergab irgendwie keinen Sinn. Meerleute neunhundert Meilen vom Meer entfernt. Nur die Herrin aller Schiffe war von höherem Rang als eine Wogenherrin, und nur der Meister aller Klingen stand über ihrem Schwertmeister. Nein, es ergab keinen Sinn, nicht einmal den Erinnerungen dieser anderen Männer nach. Aber diese waren natürlich auch uralt. Er ›erinnerte‹ sich daran, daß man von den Atha'an Miere weniger wußte als von irgendeinem anderen Volk, abgesehen von den Aiel. Er selbst wußte mehr aus eigener Erfahrung über die Aiel als aus diesen Erinnerungen, und auch das war noch ziemlich wenig. Vielleicht konnte sich jemand einen Reim drauf machen, der die Meerleute von heute gut kannte.

In kürzester Zeit blähten sich die Segel über dem Schiff des Meervolks, während der Anker tropfend auf dem Vorderdeck festgemacht wurde. Was sie auch zu solcher Eile antrieb, jedenfalls wollten sie nicht zum Meer zurück. Immer schneller glitt das Schiff flußaufwärts der langgezogenen Krümmung nach in Richtung der von Sümpfen gesäumten Mündung des Alguenya ein paar Meilen nördlich von Maerone.

Nun, es hatte jedenfalls nichts mit ihm zu tun. Nach einem letzten bedauernden Blick in Richtung des Schiffes, das bestimmt eine ebensolche Ladung hätte befördern können, wie all die kleinen gecharterten Flußkähne zusammen, steckte Mat des Fernrohr in die Tasche zurück und wandte dem Fluß den Rücken zu. Estean stand immer noch herum und starrte ihn an.

»Sagt den Ruderern, daß sie wieder gehen können, Estean«, seufzte Mat enttäuscht, und der Tairener stampfte unter Selbstgesprächen davon, wobei er sich schon wieder mit den Händen durchs Haar fuhr.

Es war mehr Schlamm an den Ufern sichtbar als beim letztenmal, als er vor ein paar Tagen zum Fluß heruntergekommen war. Wohl nur ein matschiger Streifen weniger als eine Handbreit zwischen dem Wasserlauf und dem einen Schritt breiten Streifen getrockneten Schlamms daneben, aber eben doch der Beweis dafür, daß selbst ein Fluß wie der Erinin langsam austrocknete. Hatte nichts mit ihm zu tun. Er konnte sowieso nichts dagegen ausrichten. So ging er zurück und machte sich wieder an die Runde durch die Tavernen und Schankräume. Es war wichtig, daß heute niemand etwas Außergewöhnliches bemerkte.

Als die Sonne unterging, befand sich Mat wieder im ›Goldenen Hirsch‹ und tanzte mit Betse. Sie hatte nun keine Schürze mehr an, und die Musiker spielten, so laut sie nur konnten. Diesmal waren es ländliche Tanzmelodien. Die Tische und Bänke hatte man weggeschoben, um Platz für sechs oder acht Paare zu gewinnen. Die Dunkelheit brachte ein wenig Abkühlung mit sich, aber auch nur im Vergleich mit der Tageshitze. Alles schwitzte nach wie vor. Lachende und trinkende Männer füllten die Sitzbänke, und dazwischen eilten die Serviererinnen geschäftig einher, brachten Hammelfleisch, Zwiebeln und Graupensuppe an die Tische und füllten die Bierkrüge und Weinbecher nach.

Überraschenderweise schienen die Frauen gern zwischendurch zu tanzen. Sie betrachteten es wohl als willkommene Pause vom Herumschleppen der Tabletts und Krüge. Jedenfalls lächelte jede von ihnen geschmeichelt, wenn sie an der Reihe war, sich den Schweiß von der Stirn zu tupfen, die Schürze abzulegen und eine Runde zu tanzen, obwohl sie gleich wieder genauso schwitzte wie vorher, kaum daß der Tanz begonnen hatte. Vielleicht hatte Frau Daelvin eine Art Ablösung mit ihnen vereinbart. Sollte das der Fall sein, machte sie allerdings bei Betse eine Ausnahme. Diese schlanke junge Frau brachte niemandem außer Mat den Wein, tanzte ausschließlich mit Mat, und die Wirtin strahlte sie an wie eine Mutter bei der Hochzeit ihre Tochter. Das machte Mat nervös. Betse tanzte wirklich so lange mit ihm, bis ihm die Füße schmerzten und seine Waden verkrampften, doch sie lächelte immerzu und aus ihren Augen leuchtete das reine Vergnügen. Außer natürlich, wenn sie gerade eine Pause einlegten, um Luft zu schnappen. Zumindest er schöpfte Luft; sie schien das nicht nötig zu haben. Sobald ihre Füße zum Stehen kamen, galoppierte ihre Zunge los. Sie schwatzte selbst dann, wenn er sie zu küssen versuchte, und darüber hinaus drehte sie jedesmal den Kopf weg, weil sie gerade irgend etwas zu bestaunen hatte, und so küßte er dann ihr Ohr oder das Haar anstatt ihrer Lippen. Das schien sie auch immer zu überraschen. Er wurde sich nicht klar darüber, ob sie nun einfach ein totaler Holzkopf war, oder unwahrscheinlich clever.

Der Zeiger der Uhr auf dem Kamin bewegte sich bereits auf die zweite Stunde nach Mitternacht zu, als er ihr schließlich sagte, er habe für heute genug. Enttäuschung überflog ihre Miene, und sie schmollte sogar ein wenig. Wie es schien, war sie bereit, bis zum Morgengrauen durchzutanzen. Damit stand sie nicht allein. Eine der älteren Serviererinnen stütze sich mit einer Hand an der Wand ab, um sich mit der anderen einen Fuß zu massieren, aber die meisten der anderen hatten genauso strahlende Augen und wirkten ebenso sprungbereit wie Betse. Die größere Zahl der Männer dagegen zeigte deutliche Abnützungserscheinungen. Das Lächeln derjenigen, die sich von ihren Bänken auf die Tanzfläche zerren ließen, war schon ziemlich starr, während eine Menge bereits nur noch abwinkte. Mat verstand das nicht. Es mußte wohl daher rühren, so entschied er schließlich, daß die Männer beim Tanzen die meiste Arbeit verrichteten. Sie hoben die Frauen hoch und wirbelten sie herum. Und die Frauen waren ja recht leicht. Einfach nur herumzuhüpfen, kostete sie bestimmt weniger Energie. Er sah erstaunt einer drallen Serviererin nach, die wohl eher Estean über den Tanzboden wirbelte als umgekehrt – und dabei konnte der Mann wirklich tanzen; das Talent hatte er! –, und drückte Betse ein Goldmünze in die Hand, eine dicke andoranische Krone, damit sie sich etwas Hübsches dafür kaufen konnte.

Sie betrachtete die Münze einen Augenblick lang und stellte sich dann auf Zehenspitzen, um ihn ganz leicht auf den Mund zu küssen. Es war wie die Berührung einer Feder. »Ich würde Euch niemals hängen, was Ihr auch anstellt. Tanzt Ihr morgen wieder mit mir?« Bevor er antworten konnte, kicherte sie und eilte davon, wobei sie ihn noch über die Schulter anblickte, obwohl sie bereits Edorion zur Tanzfläche zu zerren versuchte. Frau Daelvin fing das Paar allerdings ab und drückte Betse eine Schürze in die Hand. Dann deutete sie mit dem Daumen in Richtung der Küche.

Mat humpelte leicht, als er zu dem Tisch an der hinteren Wand hinüberschritt, an dem sich Talmanes, Daerid und Nalesean vergraben hatten. Talmanes starrte in seinen Becher, als erhoffe er sich von dem Wein tiefschürfende Erkenntnisse. Ein grinsender Daerid sah zu, wie Nalesean versuchte, sich eine dralle Serviererin mit grauen Augen und hellbraunem Haar vom Leib zu halten, ohne zuzugeben, daß er wunde Füße hatte. Mat stützte die Fäuste auf den Tisch. »Die Bande rückt beim ersten Tageslicht nach Süden ab. Ihr fangt besser gleich mit den Vorbereitungen an.« Die drei Männer starrten ihn mit offenen Mündern an.

»Das sind ja nur ein paar Stunden«, protestierte Talmanes, während gleichzeitig Nalesean sagte: »Es wird schon so lange dauern, sie auch nur aus den verschiedenen Tavernen herauszuzerren.«

Daerid, der kurz zusammengezuckt war, schüttelte nun den Kopf. »Heute nacht kommt keiner von uns zum Schlafen.«

»Ich schon«, sagte Mat. »Einer von Euch soll mich in zwei Stunden aufwecken. Beim ersten Tageslicht marschieren wir los.«

Und so fand er sich im grauen Schein der ersten Dämmerung auf Pips wieder, seinem kräftigen braunen Wallach, hatte den Speer vor sich über den Sattel gelegt und den unbespannten Langbogen unter die Halterung der Satteltaschen geschoben. In seinen Augen hätte man die Wirkung von Schlafmangel und Kopfschmerzen entdecken können, als er beobachtete, wie die Bande der Roten Hand Maerone verließ. Alle sechstausend. Die Hälfte zu Pferde, die Hälfte zu Fuß, und zusammen veranstalteten sie einen Lärm, um Tote in ihren Gräbern aufzuwecken. Trotz der frühen Stunde standen die Menschen am Straßenrand oder hingen staunend aus den Fenstern.

Die quadratische Flagge mit den roten Fransen und einer roten Hand auf weißem Grund wies ihnen den Weg. Unter der Hand war in hochroten Buchstaben der Wahlspruch der Bande aufgestickt: *Dovie'andi se tovya sagain.* »Es ist an der Zeit, die Würfel rollen zu lassen.« Nalesean, Daerid und Talmanes ritten neben dem Flaggenträger. Zehn berittene Männer trommelten auf messingbesetzte Kesselpauken mit roten Behängen ein, und genauso viele Trompeter vervollständigten die Marschmusik. Dahinter kam Naleseans Kavallerie, eine Mischung aus tairenischen Rittern und Verteidigern des Steins, dazu Lords aus Cairhien mit den Cons auf dem Rücken und ihren Dienstmannen auf den Fersen, und auch noch einige Andoraner. Jede Schwadron hatte ihre eigene lange Flagge mit der Roten Hand und einem Schwert, sowie einer Nummer darauf. Mat hatte sie auslosen lassen, wer welche Nummer erhielt.

Dieses Durcheinandermischen der Nationalitäten hatte einigen Groll ausgelöst; mehr als nur ein wenig, um bei der Wahrheit zu bleiben. Zu Anfang hatte die Kavallerie aus Cairhien nur Talmanes Befehl unterstanden, und die Tairener wurden von Nalesean angeführt. Die Infanterie war dagegen von Beginn an durcheinandergewürfelt worden. Es hatte auch Klagen darüber gegeben, daß er alle Truppenteile gleich stark gemacht hatte, genau wie über die Nummern auf den Flaggen und Abzeichen. Die Lords und Hauptleute hatten immer so viele Männer unter ihren Wimpeln versammelt, wie ihnen folgen wollten. Sie waren dann eben als Edorions oder Meresins oder Alhandrins Männer geführt worden. Das gab es wohl immer noch in gewissem Maße – beispielsweise bezeichneten sich die fünfhundert Mann Edorions als ›Edorions Hämmer‹ und nicht einfach als Erste Schwadron –, aber Mat hatte ihnen eingetrichtert, daß jedermann der Bande angehörte, gleich, in welchem Land er zufällig geboren war, und jeder, dem dies nicht paßte, könne ja gehen. Das Bemerkenswerte daran war, daß kein einziger die Bande verließ.

Warum sie blieben, war schwer zu verstehen. Sicher, sie gewannen, solange er sie anführte, doch es starben schließlich trotzdem einige. Er hatte Schwierigkeiten damit, sie alle zu ernähren und dafür zu sorgen, daß sie mehr oder weniger pünktlich ihren Sold erhielten, und die Reichtümer, mit denen sie angaben, sie würden sie als Beute erlangen, konnten sie durchaus vergessen. Niemand hatte bisher etwas davon zu sehen bekommen, und er sah kaum eine Möglichkeit, daß sie diese Reichtümer je zu sehen bekämen. Es war schon verrückt.

Die Erste Schwadron begann, im Chor zu jubeln, und die Vierte und Fünfte schlossen sich dem Geschrei im Vorüberziehen an. Sie bezeichneten sich als ›Carlomins Leoparden‹ und ›Reimons Adler‹. »Lord Matrim zum Sieg! Lord Matrim zum Sieg!«

Hätte Mat einen Stein zur Hand gehabt, er hätte ihn ihnen an den Kopf geworfen.

Die Infanterie kam als nächstes in einer langen, gewundenen Reihe, jede Kompanie hinter einer Trommel, die den Marschrhythmus angab, und ebenfalls angeführt von einem Bannerträger. Auf ihren genauso langen Flaggen war statt des Schwertes eine Pike über der Hand abgebildet. In zwanzig Reihen marschierten sie unter einem Stachelpelz aus Piken, und dahinter jeweils fünf Reihen von Bogen- oder Armbrustschützen. Mit jeder Kompanie marschierten auch ein oder zwei Pfeifer, und zu ihrer Melodie sangen die Soldaten:

Singen und Tanzen, und für unsren Sold
sind uns die schönsten Mädchen hold.
Wir ziehen weiter, wenn verbraucht das Gold,
und dann tanzen wir wieder mit dem Schwarzen Mann.

Mat wartete ab, bis die ersten Reiter von Talmanes Kavallerie erschienen, und dann gab er Pips die Fersen zu spüren. Überflüssig, auf die Proviantwagen oder die lange Kette der Ersatzpferde am Ende der Kolonne zu warten. Zwischen hier und Tear würden eine Menge Pferde lahmen oder aus Gründen verenden, gegen die die Hufschmiede und Pferdepfleger machtlos waren. Ein Kavalleriesoldat ohne Pferd war nicht viel wert. Auf dem Fluß krochen sieben kleinere Kähne unter dreieckigen Segeln langsam voran, nur unwesentlich schneller als die Strömung. Auf jedem flatterte eine kleine weiße Flagge mit der Roten Hand. Auch andere Schiffe befanden sich im Aufbruch. Ein paar hatten jeden Fetzen Segel gesetzt, den sie nur setzen konnten, um schnell voranzukommen.

Als er die Spitze der Kolonne einholte, lugte die Sonne schließlich über den Horizont und sandte ihre ersten Strahlen über die wogenden Hügel und vereinzelten Waldstücke. Er zog die Krempe seines Hutes weit herunter, um seine Augen gegen die grelle Lichtsichel zu schützen. Nalesean hielt sich eine im Kampfhandschuh steckende Hand vor den Mund und unterdrückte ein gewaltiges Gähnen, während Daerid zusammengesunken im Sattel hing, mit schweren Lidern, als werde er jeden Moment gleich an Ort und Stelle einschlafen. Nur Talmanes saß aufrecht im Sattel, mit weit geöffneten Augen und aufmerksam. Mat empfand mehr Mitgefühl für Daerid.

Trotzdem erhob er die Stimme, damit sie über all die Trommeln und Trompeten hinweg hörbar war: »Sendet die Kundschafter aus, sobald wir außer Sicht der Stadt sind!« Weiter im Süden würden sie sowohl Wald wie auch offenes Land antreffen, doch eine recht ordentlich befahrbare Straße durchschnitt beides. Allerdings spielte sich der meiste Verkehr auf dem Wasser ab, aber es waren im Laufe der Zeit so viele Menschen zu Fuß und im Wagen hier durchgekommen, daß eine deutliche Fahrspur geblieben war. »Und macht Schluß mit diesem verdammten Lärm!«

»Die Kundschafter?« sagte Nalesean nachdenklich. »Seng meine Seele – es befindet sich doch niemand mit auch nur einem Speer in der Hand innerhalb von zehn Meilen im Umkreis, es sei denn, Ihr glaubt, die Weißen Löwen hätten ihre Flucht aufgegeben. Aber selbst dann werden sie sich hüten, sich uns auch nur auf fünfzig Meilen zu nähern, falls sie eine Ahnung davon haben, daß wir uns in der Gegend befinden.«

Mat beachtete ihn nicht. »Ich will heute fünfunddreißig Meilen weit vorankommen. Wenn wir dann soweit sind, daß wir jeden Tag fünfunddreißig Meilen schaffen, werden wir sehen, ob wir noch schneller vorankommen können.« Natürlich starrten sie ihn mit offenen Mündern an. Pferde konnten ein solches Tempo nicht sehr lange durchhalten, und jeder außer den Aiel betrachtete fünfundzwanzig Meilen als ausgezeichneten Tagesmarsch für die Infanterie. Doch er mußte seine Karten so ausspielen, wie sie verteilt worden waren. »Comadrin hat geschrieben: ›Greift am Boden an, wenn Euer Feind nicht damit rechnet; aus einer unerwarteten Richtung und zu einem unerwarteten Zeitpunkt. Verteidigt Euch, wenn der Feind nicht daran glaubt und wenn er denkt, Ihr würdet fliehen. Überraschung ist der Schlüssel zum Sieg und Geschwindigkeit ist der Schlüssel zur Überraschung. Für den Soldaten ist Geschwindigkeit gleichbedeutend mit Überleben.‹«

»Wer ist Comadrin?« fragte Talmanes einen Augenblick später, und Mat mußte sich zusammenreißen, um ihm zu antworten: »Ein General. Ist schon lange tot. Ich habe sein Buch einmal gelesen.« Er erinnerte sich tatsächlich daran, das Buch mehr als einmal gelesen zu haben, aber er bezweifelte, daß sich heutzutage noch ein Exemplar davon irgendwo finden ließe. Außerdem erinnerte er sich daran, Comadrin kennengelernt zu haben, nachdem er eine Schlacht gegen ihn verloren hatte, etwa sechshundert Jahre vor der Zeit Artur Falkenflügels. Diese Erinnerungen schlichen sich eben immer wieder bei ihm ein. Wenigstens hatte er diese kleine Rede nicht in der Alten Sprache geschwungen. Mittlerweile mied er für gewöhnlich solche Ausrutscher.

Mat entspannte sich langsam, als er beobachtete, wie die berittenen Kundschafter über die sanft geschwungene Flußebene ausschwärmten. Sein Anteil an diesem Plan war nun eingeleitet, ganz wie vorgesehen. Ein hastiger Aufbruch, fast unvorbereitet, so, als wolle er sich nach Süden wegschleichen, aber doch auffällig genug, um sicherzugehen, daß er bemerkt wurde. Diese Kombination würde ihn sehr töricht wirken lassen, und auch das war nur zum besten. Der Bande das schnelle Vorrücken einzutrichtern war allein schon eine gute Sache – schnelles Vorrücken konnte einen aus dem eigentlichen Kampf fernhalten –, aber ihr Weg konnte sehr gut zumindest vom Fluß aus verfolgt werden. Er suchte den Himmel ab, konnte jedoch keine Raben oder Krähen entdecken. Das wollte allerdings nicht viel heißen. Es waren auch keine Tauben zu sehen, aber sollte diesen Morgen keine Maerone verlassen haben, würde er seinen eigenen Sattel essen.

In höchstenfalls ein paar Tagen würde Sammael erfahren, daß die Bande im Anrücken war und sich beeilte. Die Befehle, die Rand unterdessen in Tear ausgegeben hatte, würden deutlich werden lassen, daß Mats Ankunft die sofortige Invasion in Illian auslöste. Auch bei der höchsten Marschgeschwindigkeit, die er der Bande zumuten konnte, würden sie doch noch mehr als einen Monat bis Tear brauchen. Mit ein wenig Glück würde Sammael wie eine Laus zwischen zwei Steinen zerquetscht, bevor Mat sich dem Mann auch nur auf hundert Meilen nähern mußte. Sammael war in der Lage, alles kommen zu sehen, oder zumindest fast alles, aber es würde ein anderer Tanz werden, als er ihn erwartete. Anders als jeder andere bis auf Rand, Mat und Bashere erwartete. Darin bestand der eigentliche Plan. Mat ertappte sich dabei, wie er gut gelaunt vor sich hin pfiff. Diesmal würden sich die Dinge genau so entwickeln, wie er es erwartete.

KAPITEL 6

Schattengewebe

Vorsichtig trat Sammael auf die Seidenteppiche mit ihrem Blumenmuster und ließ das Tor geöffnet für den Fall, daß er sich schnell zurückziehen mußte. So hielt er auch *Saidin* beinahe krampfhaft fest. Gewöhnlich mied er ja alle Konferenzen, die nicht auf neutralem Boden oder bei ihm selbst stattfanden, aber dies war bereits das zweite Mal, daß er hierher kam. Ein klarer Fall von Notwendigkeit. Er war nie ein Mann gewesen, der anderen leicht Vertrauen schenkte, und das hatte sich gewiß nicht geändert, seit er erfahren hatte, was sich zwischen Demandred und den drei Frauen abgespielt hatte und Graendal hatte ihm auch nur soviel anvertraut, wie nötig gewesen war, um ihm klarzumachen, inwieweit sie selbst ihre Position verbessert hatte. Er verstand das ja nur zu gut, denn auch er hatte Pläne, von denen er die anderen Auserwählten nichts wissen ließ. Es würde nur einen Nae'blis geben, und das allein war fast genausoviel wert wie die Unsterblichkeit selbst.

Er stand auf einem breiten Podest, der an einem Ende eine Marmorbrüstung aufwies, und hier hatte man Tische und Stühle – vergoldet und teils aus Elfenbein geschnitzt, wobei einige ziemlich ekelhafte Motive zeigten – so aufgestellt, daß man von ihnen aus den Rest des langen, von Säulen gestützten Saales zehn Fuß unter ihnen gut übersehen konnte. Es führten keine Stufen dort hinunter. Der Saal war wie eine riesige, extravagant ausgestaltete Grube, in der man Vorführungen zur Unterhaltung derer auf dem Podest veranstalten konnte. Sonnenschein fiel durch hohe Fenster herein, deren bunte Glasscheiben komplizierte Lichtmuster auf den Boden warfen. Die brütende Hitze, die von der Sonne ausging, war hier nicht zu spüren; die Luft war kühl, auch wenn er das nur am Rande wahrnahm. Graendal mußte sich deswegen genausowenig Mühe machen wie er, aber sie tat es natürlich. Es war ein Wunder, daß sie das Netz der Einen Macht nicht über den ganzen Palast ausgedehnt hatte.

Es war etwas anders geworden an diesem tiefergelegenen Teil des Saales, seit er das letzte Mal hierhergekommen war. Er wußte aber nicht zu sagen, worin der Unterschied lag. Drei langgestreckte, seichte Wasserbecken, jedes aus einem Brunnen gespeist, zogen sich durch die Mitte des Saales. Die Brunnenfiguren waren schlanke Gestalten, die wie eingefrorene Bewegung wirkten. Das Wasser sprang aus diesen Fontänen hoch bis fast an die aus Marmor gehauenen Rippen des Deckengewölbes. In den Becken tummelten sich Männer und Frauen, die höchstens einen Fetzen Seide oder noch weniger trugen, während an den Seiten andere, kaum mehr bekleidet, ihre Künste vollführten: Akrobaten und Jongleure, Tänzer ganz unterschiedlicher Stilrichtungen und Musiker mit Flöten und Hörnern, Trommeln und allen Arten von Saiteninstrumenten. Jede Größe war vertreten, jede Hautfarbe und Haarfarbe und Augenfarbe, und einer war körperlich vollkommener als der andere. All das sollte diejenigen unterhalten, die sich auf dem Podest befanden. Es war idiotisch. Zeit- und Energieverschwendung. Typisch für Graendal.

Bis auf ihn war das Podest leer gewesen, als er aus dem Tor getreten war, aber so von *Saidin* erfüllt und mit geschärften Sinnen roch er Graendals süßes Parfum, wie eine Brise, die von einem Blumengarten her kam, und er hörte ihre Pantoffeln über den Teppich streifen, bevor sie ihn von hinten her ansprach: »Sind meine Schätzchen nicht wunderschön?«

Sie trat neben ihn an die Brüstung und lächelte auf das Schauspiel unter ihnen herab. Ihr dünnes Domanikleid klebte beinahe an ihrer Haut und zeigte mehr, als es andeutete. Wie immer trug sie an jedem Finger einen Ring mit einem anderen Edelstein, dazu vier oder fünf über und über mit Gemmen besetzte Armreife an jedem Handgelenk, und um den Stehkragen des Abendkleides schmiegte sich ein breites Kollier aus enorm großen Saphiren. Er verstand nicht viel von solchen Dingen, aber er vermutete, es habe Stunden gedauert, um diese sonnengoldenen Locken zu frisieren, die ihr auf die Schultern fielen. Scheinbar wahllos verstreut hingen dazwischen Mondperlen, aber es war etwas an dieser scheinbaren Unordnung, das auf eine ganz präzise geplante Ordnung hindeutete.

Sammael staunte manchmal über sie. Er hatte sie erst kennengelernt, als er sich entschloß, eine verlorene Sache aufzugeben und statt dessen dem Großen Herrn zu folgen, aber jeder schien sie zu kennen, berühmt und geehrt, eine hingebungsvoll arbeitende Asketin, die jene behandelte, deren verstörten Hirnen die normale Heilkunst nicht mehr helfen konnte. Bei diesem ersten Zusammentreffen, als sie ihm die ersten Gefolgschaftseide für den Großen Herrn abnahm, war jede Spur der enthaltsamen Wohltäterin aus ihr gewichen, als habe sie sich absichtlich allem zugewandt, was im völligen Gegensatz zu ihren früheren Zielen stand. Oberflächlich betrachtet, war sie ausschließlich auf ihr eigenes Vergnügen fixiert, und ihr Wunsch, jeden vom Thron zu stoßen, der auch nur ein wenig Macht besaß, wurde dadurch verschleiert. Und dahinter wiederum verbarg sich ihr eigener Machthunger, den sie nur selten nach außen hin zeigte. Graendal hatte es schon immer sehr gut verstanden, Dinge zu verbergen, die doch ganz klar ersichtlich waren. Er glaubte, sie besser zu kennen als jeder der anderen Auserwählten – sie hatte ihn sogar zum Schayol Ghul begleitet, als er dort seinen Antrittsbesuch machte –, aber selbst er kannte nicht alle Schichten ihrer vielschichtigen Persönlichkeit. An ihr entdeckte man so viele Schattierungen, wie ein *Jegal* Schuppen aufwies, und sie schlüpfte blitzschnell von einer in die andere Rolle. Damals war sie die Herrin gewesen und er ihr Anhänger, trotz all seiner Verdienste als General. Diese Lage hatte sich geändert.

Keiner der in den Becken Watenden oder der Akrobaten blickte hoch, und doch wurden ihre Bewegungen mit ihrer Ankunft energischer und noch graziöser, falls überhaupt möglich. Jeder versuchte, sich so gut wie möglich herauszustreichen. Sie existierten lediglich, um ihr zu gefallen. Dafür sorgte Graendal ganz gewiß.

Sie deutete auf vier Akrobaten, einen dunkelhaarigen Mann, der drei schlanke Frauen stützte. Ihre kupferfarbene Haut war eingeölt und schimmerte im Licht. »Ich glaube, das sind meine Lieblinge. Ramsid ist der Bruder des Königs von Arad Doman. Die Frau auf seinen Schultern ist Ramsids Ehefrau; die anderen beiden sind die jüngste Schwester und die älteste Tochter des Königs. Findest du es nicht auch bemerkenswert, was Menschen alles erlernen können, wenn man sie nur richtig motiviert? Denk einmal an all diese Talente, die nur verschwendet werden.« Das gehörte zu ihren Lieblingsthemen. Ein Platz für jeden und jeder an seinem Platz, der ihm auf Grund seiner Talente und der gesellschaftlichen Notwendigkeiten zugeteilt wurde. Diese Notwendigkeiten schienen allerdings immer auf ihre eigenen Wünsche herauszulaufen. Das Ganze langweilte Sammael. Hätte sie ihr Konzept auch auf ihn angewandt, dann hätte sich überhaupt nichts an seiner Stellung im Leben geändert.

Der männliche Akrobat drehte sich langsam um die eigene Achse, damit sie alles gut beobachten konnten. Er hielt nach jeder Seite eine Frau am ausgestreckten Arm hinaus, während diese sich jeweils mit einer Hand an der Frau auf seinen Schultern festhielten. Graendals Aufmerksamkeit hatte sich jedoch bereits wieder den nächsten zugewandt, einem Mann und einer Frau mit sehr dunkler Haut und gekräuselten Haaren, die beide ausgesprochen schön aussahen. Das schlanke Paar spielte auf seltsam langgezogenen Harfen mit Glöckchen daran, die beim Mitschwingen mit den gezupften Saiten kristallklare Echos warfen. »Meine neuesten Erwerbungen, aus den Ländern jenseits der Aiel-Wüste. Sie sollten mir dankbar dafür sein, daß ich sie errettet habe. Chiape war Sh'boan, eine Art von Kaiserin, und gerade Witwe geworden, und Shaofan war auserkoren, sie zu heiraten und damit Sh'botay zu werden. Sieben Jahre lang hätte sie als absolute Herrscherin regiert, und dann wäre sie gestorben. Daraufhin hätte er dann eine neue Sh'boan auserwählt und bis zu seinem Tod nach weiteren sieben Jahren als absoluter Herrscher regiert. Diesen Zyklus haben sie fast dreitausend Jahre lang ohne Pause eingehalten.« Sie lachte ein wenig und schüttelte staunend den Kopf. »Shaofan und Chiape behaupten steif und fest, ihr Tod sei eine ganz natürliche Sache. Der Wille des Musters, so nennen sie das. Für sie geschieht alles nach dem Willen des Musters.«

Sammael behielt die Menschen drunten im Blick. Graendal schwatzte töricht dahin, doch nur ein wirklicher Narr hätte sie auch für töricht gehalten. Was ihr während ihrer Quatscherei manchmal zu entschlüpfen schien, war oft so sorgfältig eingeplant wie der Stich einer Conjenadel. Der Schlüssel lag immer in der Antwort auf die Frage nach dem Warum. Was wollte sie damit erreichen? Warum hatte sie sich ihre Schätzchen plötzlich aus so weit entfernten Ländern geholt? Sie wich doch nur selten von ihren ausgetretenen Pfaden ab. Wollte sie seine Aufmerksamkeit auf die Länder jenseits der Wüste lenken, indem sie ihn glauben machte, sie interessiere sich besonders dafür? War es ein Ablenkungsmanöver? Das Schlachtfeld lag schließlich hier.

Die erste Berührung durch den Großen Herrn, wenn er endlich freikam, würde diese Länder hier treffen. Der Rest der Welt würde am Rande der Stürme liegen, vielleicht auch von ihnen mit einbezogen werden, aber diese Stürme würden hier an Ort und Stelle entstehen.

»Da so viele aus der Familie des Domanikönigs deine Zustimmung fanden«, sagte er trocken, »bin ich überrascht, daß nicht noch mehr von ihnen hier landeten.« Falls sie ihn ablenken wollte, würde sie schon einen Weg finden, die entsprechende Bemerkung wieder einzuflechten. Sie konnte nie glauben, daß andere sie so gut kannten und ihre Tricks durchschauten.

Eine geschmeidige, dunkelhaarige Frau, nicht mehr jung, aber von einer Art blasser Schönheit und Eleganz, die sie bis zum Ende ihres Lebens auszeichnen würden, erschien neben seinem Ellbogen und trug einen Kristallkelch mit rotem, gewürztem Wein in beiden Händen. Er nahm ihn ihr ab, obwohl er nicht die Absicht hatte, zu trinken. Anfänger hielten gewöhnlich nach einem Frontalangriff Ausschau, bis ihnen die Augen tränten, aber einen einzelnen Attentäter ließen sie von hinten an sich herankommen, ohne ihn zu bemerken. Bündnisse, auch zeitlich begrenzte, waren ja schön und gut, aber je weniger von den Auserwählten am Tag der Wiederkehr noch am Leben waren, desto größer die Chance für einen der Überlebenden, zum Nae'blis ernannt zu werden. Der Große Herr hatte solche … Rivalitäten immer gefördert, denn nur die cleversten waren es wert, ihm dienen zu dürfen. Manchmal glaubte Sammael, daß einfach der letzte Überlebende unter den Auserwählten schließlich die Herrschaft über die Welt für alle Zeiten erhalten werde.

Die Frau wandte sich wieder einem muskulösen jungen Mann zu, der ein goldenes Tablett mit einem weiteren Kelch und einer hohen, dazu passenden Karaffe in Händen trug. Beide hatten durchscheinende lange Gewänder an, und keines von beiden zuckte auch nur mit der Wimper des Tors wegen, durch das man seine Gemächer in Illian erblickte. Als sie Graendal bediente, zeigte sich auf dem Gesicht der Frau ungeteilte Anbetung. Es gab nie irgendwelche Schwierigkeiten mit ihren Dienern und anderen ihrer Lieblinge. Man konnte ganz offen vor ihnen sprechen, obwohl sich unter ihen kein einziger Freund der Dunkelheit befand. Sie mißtraute den Freunden der Dunkelheit, behauptete stets, man könne sie ganz leicht umdrehen, doch die Stärke des inneren Zwangs, den sie in ihren persönlichen Bediensteten hervorrief, ließ wenig Raum für etwas anderes als eben totale Bewunderung und Anbetung.

»Ich hätte beinahe erwartet, daß der König selbst hier sei und Wein ausschenkt«, fuhr er fort.

»Wie du weißt, wähle ich nur die allerschönsten aus. Alsalam entspricht meinen Anforderungen nicht.« Graendal nahm ihren Wein von der Frau entgegen, ohne auch nur richtig hinzusehen, und nicht zum erstenmal fragte sich Sammael, ob auch ihre Schätzchen genau wie ihr Geschwätz lediglich ein Ablenkungsmanöver darstellten. Vielleicht konnte er mit ein wenig Stichelei etwas aus ihr herausholen?

»Früher oder später wird dir ein Ausrutscher passieren, Graendal. Einer deiner Besucher wird jemanden von denen erkennen, die ihm den Wein servieren oder sein Bett machen, und er wird schlau genug sein, den Mund zu halten, bis er weg ist. Was machst du, wenn jemand mit einem ganzen Heer diesen Palast überfällt, um einen Ehemann oder eine Schwester zu befreien? Ein Pfeil mag ja nicht so wirkungsvoll sein wie eine Schocklanze, aber er kann dich trotzdem töten.«

Sie warf den Kopf in den Nacken und lachte, ein heiteres, vergnügtes Lachen, offensichtlich zu unschuldig, um zu bemerken, daß dieses Lachen ihn vielleicht beleidigte. Offensichtlich – wenn man sie nicht genau kannte. »Oh, Sammael, warum sollte ich sie etwas anderes sehen lassen, als ich ihnen zeigen will? Ich stelle ihnen bestimmt meine Lieblinge nicht als Bedienung zur Verfügung. Alsalams Anhänger und auch seine Gegner, selbst die Drachenverschworenen, gehen von hier weg im Glauben, ich unterstütze sie und nur sie allein. Und außerdem wollen sie eine so gebrechliche Person nicht unnötig aufregen.« Seine Haut prickelte ein wenig, als sie einen Strang der Macht verwob, und einen Augenblick lang veränderte sich ihre äußere Erscheinung. Ihre Haut färbte sich wie Kupfer, doch fehlte ihr nun der Glanz. Haar und Augen wurden dunkel und stumpf. Sie erschien hager und gebrechlich, das Bild einer einstmals schönen Domanifrau, die nun langsam aber sicher im Kampf gegen eine Krankheit unterlag. Er konnte sich gerade noch davon abhalten, die Lippen verächtlich zu schürzen. Eine Berührung würde bereits zeigen, daß die kantigen Umrisse ihres Gesichts nicht die ihres eigenen waren. Nur die subtilste Art von Illusionsgewebe würde einer solchen Prüfung widerstehen. Aber Graendal liebte es eben, so richtig aufzufallen. Im nächsten Moment war sie wieder sie selbst und lächelte lakonisch. »Du würdest nicht glauben, wie sie mir alle vertrauen und auf mich hören.«

Es erstaunte ihn ohne Ende, daß sie sich entschlossen hatte, hier in einem Schloß zu verbleiben, das man in ganz Arad Doman kannte, obwohl um sie herum der Bürgerkrieg tobte und Anarchie herrschte. Selbstverständlich nahm er nicht an, sie habe noch jemand anderen unter den Auserwählten wissen lassen, wo sie sich häuslich niedergelassen hatte. Daß sie gerade ihm dieses Wissen anvertraute, machte ihn mißtrauisch. Sie liebte ein bequemes Leben und wollte sich nicht besonders anstrengen müssen, um sich das zu erhalten, doch dieses Schloß befand sich in Sichtweite der Verschleierten Berge, und es bereitete doch erhebliche Mühe, den ganzen Aufruhr von ihr fernzuhalten. Sie mußte Fragen nach dem Verbleib der vorherigen Besitzer mitsamt ihrer Familie und Dienerschaft aus dem Weg gehen. Sammael wäre nicht überrascht gewesen, hätte jeder Domani, der zu Besuch hier verweilt hatte, hinterher geglaubt, dieses Land habe sich seit der Zerstörung der Welt im Besitz ihrer Familie befunden. Sie gebrauchte die Technik der Erzeugung eines inneren Zwangs so oft wie einen Schmiedehammer, daß man fast darüber vergaß, mit welchem Feingefühl sie auch schwächere Formen dieses inneren Zwangs benützte, wie sie einen Verstand so subtil beeinflußte, daß selbst bei der eingehendsten Befragung keine Spur von ihrem Wirken zu entdecken war. Darin war sie möglicherweise die größte Künstlerin, die es je gegeben hatte.

Er ließ das Tor verschwinden, hielt aber an *Saidin* fest. Solche Tricks wirkten nicht bei jemand, der in die Ausstrahlung der Wahren Quelle gehüllt war. Und in Wirklichkeit genoß er ja sogar diesen ständigen Überlebenskampf, auch wenn er mittlerweile ganz unbewußt stattfand. Nur die stärksten verdienten es, am Leben zu bleiben, und er bewies sich jeden Tag in dieser Auseinandersetzung aufs Neue, daß er es wert war. Es gab keine Möglichkeit, daß sie spüren konnte, wie er immer noch an *Saidin* festhielt, aber sie lächelte kurz in ihren Kelch hinein, als wisse sie Bescheid. Es paßte ihm beinahe genausowenig, wenn Leute vorgaben, etwas zu wissen, wie wenn Leute Dinge wußten, die er nicht kannte. »Was hast du mir zu berichten?« fragte er etwas grober, als er beabsichtigt hatte.

»Von Lews Therin? Du scheinst dich auch nie für etwas anderes zu interessieren. Also, das wäre ein tolles Schätzchen für mich. Ich würde ihn in den Mittelpunkt jeder Vorführung stellen. Normalerweise sieht er dafür ja nicht gut genug aus, aber das würde seine Person und ihre Bedeutung wiedergutmachen.« Wieder lächelte sie in ihren Kelch hinein und fügte so leise hinzu, daß es ohne die Hilfe *Saidins* auch für ihn nicht hörbar gewesen wäre: »Und ich mag hochgewachsene Männer.«

Es kostete ihn Mühe, sich daraufhin nicht kerzengerade aufzurichten. Er war wohl nicht klein, aber es ärgerte ihn doch, daß seine Körpergröße keineswegs seinen Fähigkeiten entsprach. Lews Therin war einen Kopf größer gewesen als er, und al'Thor ebenfalls. Man nahm einfach immer an, der größere Mann sei auch der bessere. Es kostete ihn nochmals Mühe, die Narbe nicht zu berühren, die sich schräg über sein Gesicht vom Haaransatz bis zum kantig gestutzten Bart hinunterzog. Die verdankte er Lews Therin, und er behielt sie bei, damit er immer daran erinnert wurde. Er vermutete, sie habe seine Frage absichtlich mißverstanden, um ihn zu ködern. »Lews Therin ist schon lange tot«, sagte er grob. »Rand al'Thor ist ein Emporkömmling von einem Bauernjungen, ein Opportunist, der einfach Glück hatte.«

Graendal riß die Augen auf, als sei sie überrascht. »Glaubst du das wirklich? Er hat wohl etwas mehr als nur Glück gehabt. Glück allein hätte ihn niemals in so kurzer Zeit so weit gebracht.«

Sammael war nicht gekommen, um über al'Thor zu diskutieren, aber er spürte nun doch, wie sich an seinem Rückgrat ein Eisklumpen bildete. Gedanken, die er mit Gewalt aus seinem Kopf verbannt hatte, drängten nun wieder in seinen Verstand hinein. Al'Thor war nicht Lews Therin, aber in al'Thor war Lews Therins Seele wiedergeboren worden, so wie einst auch Lews Therin selbst die Wiedergeburt dieser Seele gewesen war. Sammael war weder ein Philosoph noch ein Theologe, aber Ishamael war beides gewesen, und der hatte behauptet, in dieser Tatsache verborgene Bedeutungen enträtselt zu haben. Ishamael war im Wahnsinn verstorben, sicher, aber selbst zu der Zeit, als er noch geistig gesund gewesen war, damals, als es so sicher erschienen war, daß sie Lews Therin Telamon besiegen würden, hatte er behauptet, diese Auseinandersetzung habe sich seit der Schöpfung abgespielt, ein endloser Krieg, in dem der Große Herr und der Schöpfer Menschen als ihre Vertreter benutzten. Darüber hinaus hatte er geschworen, daß der Große Herr beinahe Lews Therin für den Schatten gewonnen hätte. Er sei daran genauso knapp gescheitert wie an seinem eigenen Ausbruch. Vielleicht war Ishamael auch damals bereits ein wenig verrückt gewesen, aber es hatte tatsächlich Bemühungen gegeben, Lews Therin zum Überlaufen zu veranlassen. Und Ishamael hatte gesagt, es sei auch in der Vergangenheit schon geschehen, daß der Kämpfer, den der Schöpfer für sich selbst ausgewählt hatte, am Ende für den Schatten stritt.

Diese Behauptungen führten zu einigen beunruhigenden Folgerungen, Komplikationen, die Sammael lieber gar nicht erst erwägen wollte, aber am meisten drängte sich ihm die Vorstellung auf, daß der Große Herr möglicherweise wirklich al'Thor zum Nae'blis machen könne. Das konnte nicht so einfach im luftleeren Raum geschehen. Al'Thor würde Hilfe benötigen. Hilfe – das konnte eine Erklärung für sein angebliches Glück sein, das ihm bisher zur Seite gestanden hatte. »Hast du erfahren, wo al'Thor Asmodean versteckt hält? Oder wo sich Lanfear aufhält? Oder Moghedien?« Natürlich versteckte sich Moghedien ohnehin immer. Die Spinne tauchte immer dann wieder auf, wenn man sie endgültig für tot gehalten hatte.

»Du weißt genausoviel wie ich«, sagte Graendal unbekümmert und nahm dann einen Schluck aus ihrem Kelch. »Was mich betrifft, so glaube ich, daß Lews Therin sie umgebracht hat. Ach, verzieh dein Gesicht nicht so. Ja, al'Thor, wenn du darauf bestehst.« Der Gedanke schien sie nicht weiter zu beunruhigen, aber sie würde niemals in offenen Konflikt mit al'Thor treten. Das war noch nie ihre Art gewesen. Falls al'Thor sie jemals entdeckte, würde sie einfach alles hier im Stich lassen und sich woanders neu einrichten – oder sie würde sich ihm ergeben, bevor er zuschlagen konnte, um ihn dann allmählich davon zu überzeugen, daß sie für ihn unentbehrlich sei. »Es gibt Gerüchte in Cairhien, daß Lanfear am gleichen Tag von Lews Therins Hand getötet wurde wie Rahvin.«

»Gerüchte! Lanfear hat al'Thor von Anfang an unterstützt, wenn du mich fragst. Ich hätte seinen Kopf im Stein von Tear bekommen, hätte nicht irgend jemand Myrddraal und Trollocs hingesandt, um ihn zu retten! Das war Lanfear, da bin ich sicher. Ich bin jedenfalls mit ihr fertig. Beim nächsten Mal, wenn ich sie treffe, werde ich sie töten! Und warum sollte er Asmodean umbringen? Ich würde es ja tun, könnte ich ihn finden, aber er ist zu al'Thor übergelaufen. Er unterrichtet ihn sogar!«

»Du findest auch immer eine Ausrede für dein Versagen« flüsterte sie in ihren Punsch hinein, wiederum so leise, daß er es nur mit Hilfe *Saidins* verstehen konnte. Mit lauterer Stimme sagte sie dann: »Suche dir deine eigenen Erklärungen heraus, wenn du willst. Vielleicht hast du sogar recht damit. Alles, was ich weiß, ist die Tatsache, daß Lews Therin uns einen nach dem anderen aus dem Spiel zieht.«

Sammaels Hände zitterten vor Zorn, und beinahe wäre ihm Wein aus dem Kelch geschwappt, hätte er sich nicht gerade noch beherrscht. Rand al'Thor war *nicht* Lews Therin. Er selbst hatte den großen Lews Therin Telamon überlebt, der den Ruhm für Siege einstrich, die er selbst gar nicht hätte erringen können, und der von anderen erwartete, daß sie ihm alles glaubten. Er bedauerte nur, daß der Mann kein Grab hinterlassen hatte, auf das er hätte spucken können.

Graendal klopfte mit ihren beringten Fingern den Rhythmus einer Melodie mit, die von unten her zu ihnen drang, und sagte dann geistesabwesend, als sei ihre Aufmerksamkeit eigentlich dem Lied gewidmet: »So viele von uns sind bereits gestorben, weil sie sich ihm zum Kampf stellten. Aginor und Balthamel. Ishamael, Be'lal und Rahvin. Und Lanfear und Asmodean, was du auch glauben magst. Vielleicht auch Moghedien, vielleicht verbirgt sie sich aber auch in den Schatten und wartet darauf, daß der Rest von uns fällt – sie wäre töricht genug für so etwas. Ich hoffe sehr, du hast irgendein Versteck vorbereitet, wohin du flüchten kannst. Es scheint überhaupt keinen Zweifel daran zu geben, daß er sich als nächstes dich vorknöpft. Bald, würde ich sagen. Ich werde hier kein Heer gegen mich erwarten, aber Lews Therin ist dabei, ein ziemlich starkes Heer zu sammeln und gegen dich auszusenden. Das ist der Preis, den du zahlen mußt, weil du nicht nur Macht ausübst, sondern dabei auch *gesehen* werden willst.«

Ganz zufällig hatte er tatsächlich Fluchtwege vorbereitet, denn das war ja nur empfehlenswert, aber in ihrer Stimme die feste Überzeugung zu erkennen, daß er sie benötigen werde, ließ in ihm doch den Zorn aufkochen. »Und wenn ich *al'Thor* vernichte, wird es keinem Befehl des Großen Herrn widersprechen.« Er verstand ohnehin nichts; doch es war überflüssig, den Großen Herrn zu verstehen. Man mußte ihm lediglich gehorchen. »Soweit du sie an mich weitergegeben hast. Falls du mir etwas verschweigst ... «

Graendals Blick verhärtete sich zu blauem Eis. Sie mochte ja am liebsten Auseinandersetzungen aus dem Weg gehen, doch Drohungen konnte sie für den Tod nicht leiden. Im nächsten Moment lächelte sie jedoch schon wieder töricht. So wetterwendisch wie der Himmel über M'jinn. »Was Demandred mir über die Befehle des Großen Herrn berichtete, habe ich an dich weitergegeben, Sammael. Jedes einzelne Wort. Ich bezweifle, daß selbst er es wagen würde, im Namen des Großen Herrn zu lügen.«

»Aber du hast mir verdammt wenig darüber berichtet, was er eigentlich zu unternehmen gedenkt«, sagte

Sammael leise, »sowohl er wie Semirhage oder Mesaana. Praktisch gar nichts.«

»Ich habe dir gesagt, was ich weiß.« Sie seufzte gereizt. Vielleicht sagte sie ja die Wahrheit. Sie schien es zu bedauern, daß sie selbst nicht mehr erfahren hatte. Vielleicht. Bei ihr konnte alles aber auch nur erlogen sein. »Was den Rest betrifft … Erinnere dich, Sammael. Wir haben untereinander genauso energisch intrigiert, wie wir Lews Therin bekämpften, und doch hatten wir diesen Kampf beinahe schon gewonnen, bis er uns alle zusammen am Schayol Ghul erwischt hat.« Sie schauderte, und einen Augenblick lang wirkte ihr Gesicht ausgezehrt. Auch Sammael wollte lieber nicht an diesen Tag zurückdenken oder an das, was danach folgte: ein traumloser Schlaf, während dessen sich die Welt jenseits allen Wiedererkennens veränderte und alles verschwand, was er geschaffen hatte. »Nun sind wir in einer Welt erwacht, wo wir so hoch über den gewöhnlichen Sterblichen stehen, daß wir beinahe eine andere, überlegene Rasse sein könnten – und wir sterben einer nach dem anderen. Vergiß einmal für den Augenblick die Frage, wer Nae'blis werden wird. Al'Thor – wenn du ihn schon bei diesem Namen nennen mußt – al'Thor war so hilflos wie ein Neugeborenes, als wir erwachten.«

»Ishamael hat ihn aber nicht für so hilflos gehalten«, sagte er. Aber natürlich war Ishamael damals bereits wahnsinnig gewesen. Sie fuhr fort, als habe sie seinen Einwand nicht vernommen: »Wir verhalten uns, als sei dies die Welt, die wir kennen, obwohl in Wirklichkeit nichts mehr so ist wie damals. Wir sterben einer nach dem anderen, und al'Thor wird immer stärker. Länder und Völker sammeln sich unter seiner Führung. Und wir sterben. Die Unsterblichkeit ist mein. Ich will nicht doch noch sterben.«

»Wenn du dich vor ihm fürchtest, dann töte ihn doch.« Bevor die Worte noch ganz ausgesprochen waren, hätte er sie am liebsten zurückgerufen.

Ungläubigkeit und Verachtung verzerrten Graendals Gesicht. »Ich diene dem Großen Herrn und gehorche, Sammael.«

»So wie ich. So wie wir alle.«

»Wie großherzig von dir, es über dich zu bringen, vor unserem Herrn niederzuknien.« Ihre Stimme klang genauso eisig, wie ihr Lächeln wirkte, und sein Gesicht lief dunkel an. »Alles, was ich damit sagen will, ist: Lews Therin ist heutzutage genauso gefährlich wie damals in unserer Zeit. Ihn fürchten? Ja, ich fürchte ihn. Ich habe vor, für alle Ewigkeit weiterzuleben, anstatt Rahvins Schicksal zu teilen!«

»*Tsag*!« Diese obszöne Bezeichnung brachte sie endlich dazu, die Augen aufzureißen und ihn richtig anzusehen. »Al'Thor – al'Thor, Graendal! Ein ignoranter Junge, was Asdmodean ihm auch beibringen mag! Ein primitiver Kerl, der vermutlich immer noch glaubt, neun Zehntel von dem, was du und ich als selbstverständlich betrachten, sei in Wirklichkeit unmöglich! Al'Thor bringt ein paar Lords dazu, daß sie vor ihm das Knie beugen, und er glaubt, er habe ein ganzes Land erobert. Er hat gar nicht die Willensstärke, die Faust zu schließen und sie wirklich zu unterwerfen. Nur die Aiel – *Bajad drovja!* Wer hätte gedacht, daß sie sich so ändern würden?« Er mußte sich beherrschen; sonst fluchte er nie auf diese Weise; das war eine Schwäche. »Nur sie gehorchen ihm wirklich, und nicht einmal alle von ihnen. Er hängt an einem seidenen Faden, und er wird stürzen, entweder so oder so.«

»Tatsächlich? Und was ist, wenn er …?« Sie hielt inne und hob ihren Kelch so schnell an den Mund, daß Wein auf ihren Unterarm spritzte. Dann kippte sie das Getränk so hastig hinunter, bis der Kelch fast leer war. Die elegante Dienerin kam mit ihrer Kristallkanne herbeigeeilt. Graendal hielt ihr den Kelch zum Nachfüllen hin und fuhr in hastigem Tonfall fort: »Wie viele von uns werden sterben, bevor alles vorüber ist?

Wir müssen zusammenhalten wie noch niemals zuvor!«

Das war nicht, was sie ursprünglich sagen wollte. Er beachtete das Eis nicht, das erneut nach seinem Rückgrat griff. Al'Thor würde nicht zum Nae'blis erwählt werden. Ganz gewiß nicht! Also wollte sie, daß sie alle zusammenhielten, oder? »Dann verknüpfe dich mit mir. Wir beide miteinander verknüpft wären al'Thor mehr als nur gleichwertig. Nimm das als Beginn unserer neuen Gemeinschaft.« Seine Narbe spannte sich, als er die plötzliche Ausdruckslosigkeit ihrer Miene belächelte. Die Verknüpfung mußte von ihr her ausgelöst werden, aber da sie nur zu zweit waren, würde sie ihm die Kontrolle anvertrauen müssen und auch die Entscheidung darüber, wann das Band wieder aufgelöst wurde. »Na also. Wie es scheint, machen wir genauso weiter wie vorher.« Da hatte es auch zuvor kaum einen Zweifel gegeben, denn Vertrauen gehörte einfach nicht zu ihrem Persönlichkeitsmuster. »Was hast du mir noch zu berichten?« Aus diesem Grund befand er sich ja letzten Endes hier, und nicht, um ihrem Geschwätz über Rand al'Thor zu lauschen. Mit al'Thor würde man schon fertig. Auf direktem oder auf indirektem Wege.

Sie sah ihn mit großen Augen an, riß sich sichtlich zusammen, aber in ihrem Blick stand nun eindeutige Feindseligkeit. Schließlich sagte sie: »Wenig genug.« Sie würde nie vergessen, daß er beobachtete hatte, wie sie die Selbstbeherrschung verlor. Nichts von ihrem Zorn schwang allerdings in ihrer Stimme mit; die war so kühl und beherrscht wie immer. Es klang sogar etwas nach Plauderton: »Semirhage war nicht bei der letzten Versammlung anwesend. Ich weiß nicht, warum. Ich glaube auch nicht, daß Mesaana oder Demandred den Grund kennen. Besonders Mesaana war verstört deshalb, obwohl sie versucht hat, es zu verbergen. Sie glaubt, Lews Therin werde sich schon bald in unseren Händen befinden, aber das hat sie andererseits ja schon immer behauptet. Sie war sicher, daß Be'lal ihn in Tear töten oder gefangennehmen würde. Sie war so stolz auf diese Falle. Demandred läßt dir ausrichten, du solltest dich gut in acht nehmen.«

»Also weiß Demandred, daß wir beide uns treffen«, sagte er mit ausdrucksloser Stimme. Wieso hatte er eigentlich je erwartet, mehr als die anderen für sie zu sein?

»Natürlich weiß er das. Nicht, wieviel ich dir sage, aber daß ich dir einiges berichte. Ich versuche, uns alle zusammenzuführen, Sammael, bevor es zu ... «

Er unterbrach sie in scharfem Tonfall: »Dann überbringe Demandred eine Botschaft von mir. Sag ihm, ich wisse genau, was er plant.« Gewisse Ereignisse im Süden zeigten deutlich Demandreds Handschrift. Demandred hatte immer gern seine Marionetten benützt. »Richte *ihm* aus, er solle vorsichtig sein. Ich werde nicht zulassen, daß er oder seine *Freunde* sich in meine Pläne einmischen.« Vielleicht sollte er al'Thors Aufmerksamkeit darauf lenken. Das wäre dann vermutlich dessen Ende. Falls andere Mittel versagten. »Solange sie sich von mir fernhalten, können seine Lakaien anstellen, was sie wollen, aber sie werden sich aus meinen Plänen heraushalten, sonst bekommt er die Folgen zu spüren.« Es war ein langer Kampf gewesen, nachdem der Stollen in das Gefängnis des Großen Herrn fertiggestellt war, viele Jahre lang, bis sie stark genug gewesen waren, um offen aufzutreten. Diesmal würde er dem Großen Herrn beim Brechen des letzten Siegels ganze Nationen übergeben, die bereit waren, ihm zu folgen. Und wenn sie auch nicht wußten, wem sie da eigentlich gehorchten, spielte das überhaupt keine Rolle. Er würde nicht versagen, so wie Be'lal und Rahvin. Der Große Herr würde schon merken, wer ihm am besten diente. »Richte ihm das aus!«

»Wie du wünschst«, sagte sie und verzog zweifelnd das Gesicht. Einen Augenblick später überzog dieses träge Lächeln wieder ihre Züge. Anpassungsfähig. »All diese Bedrohungen ermüden mich. Komm. Lausche der Musik und entspanne dich.« Er wollte ihr schon sagen, daß er sich nicht für Musik interessiere, wie sie sehr wohl wußte, aber sie wandte sich bereits wieder der Brüstung zu. »Hier sind sie. Hör zu.«

Das so sehr dunkelhäutige Paar stand jetzt am Fuße des Podestes. Sie hatten diese eigenartigen Harfen vor sich auf den Boden gestellt. Sammael vermutete, daß vor allem die Glöckchen ihrem Spiel die besondere Note verliehen, konnte den Unterschied aber nicht genau definieren. Sie strahlten hingebungsvoll zu Graendal hinauf, als sie bemerkten, daß sie beobachtet wurden.

Greandal befolgte ihren eigenen Rat, ihnen zu lauschen, jedoch nicht und fuhr statt dessen fort: »Sie kommen aus einer wirklich seltsamen Gegend. Dort verlangt man von Frauen, die mit der Macht umgehen können, daß sie die Söhne anderer Frauen heiraten, die dieses Talent ebenfalls besitzen, und das Zeichen für ihre Abstammung wird ihnen bei ihrer Geburt auf das Gesicht tätowiert. Niemand mit einer dementsprechenden Tätowierung darf jemanden ohne eine solche heiraten, und jedes aus einer verbotenen Verbindung stammende Kind wird getötet. Männer mit der Tätowierung werden ohnehin in ihrem einundzwanzigsten Lebensjahr getötet, nachdem man sie vorher von der Welt abgeschieden aufgezogen hat, wo sie nicht einmal Schreiben und Lesen lernten.«

Also war sie doch wieder auf dieses Thema zurückgekommen. Sie mußte ihn wirklich für einfältig halten. So beschloß er, selbst einen kleinen Köder auszuwerfen. »Müssen sie sich wie Kriminelle verschwören, aneinanderbinden?«

Erstaunen überflog ihr Gesicht einen Moment lang und wurde schnell wieder unterdrückt. Offensichtlich hatte sie darüber gar nicht nachgedacht, und es gab ja an sich auch keinen Grund dafür. Nur wenige Menschen ihrer Zeit hatten je ein Gewaltverbrechen begangen, geschweige denn mehrere. Zumindest vor der Zeit der Bohrung. Natürlich gab sie ihre Unkenntnis nicht zu. Es gab Zeiten, da es am besten war, einen Mangel an Kenntnissen zu verbergen, doch Graendal trieb das schon bis zum Exzeß. Deshalb hatte er seine Bemerkung losgelassen. Er wußte, es würde an ihr nagen, und das geschah ihr recht, wenn sie nur solche nutzlosen Kleinigkeiten von sich geben konnte.

»Nein«, antwortete sie, als habe sie alles verstanden. »Die Ayyad, wie sie sich nennen, wohnen für sich in ihren kleinen Städten und meiden alle anderen. Angeblich gebrauchen sie die Macht niemals ohne Erlaubnis oder direkten Befehl des Sh'botay oder der Sh'boan. Diese stellen die eigentliche Macht im Lande dar, und deshalb läßt man den Sh'botay und die Sh'boan auch nur jeweils sieben Jahre lang regieren.« Einen Augenblick lang mußte sie herzlich lachen. Sie hatte immer nur die heimliche Macht hinter der offiziellen sein wollen. »Ja, ein faszinierendes Land. Natürlich liegt es zu weit vom Mittelpunkt der Ereignisse entfernt und wird deshalb auf viele Jahre hinaus noch keine Bedeutung erlangen.« Sie winkte mit ihren beringten Finger leicht ab. »Es wird nach dem Tag der Wiederkehr noch genug Zeit sein, um zu sehen, was man aus ihnen machen kann.«

Ja, sie wollte ihn offensichtlich davon überzeugen, daß ihr einiges daran lag. Wäre das wirklich der Fall gewesen, hätte sie dieses Land aber niemals auch nur erwähnt. Er stellte seinen unberührten Kelch auf das Tablett, das der muskulöse Bursche ihm blitzschnell hinhielt, bevor er die Bewegung noch vollendet hatte. Graendal bildete ihre Diener wirklich gut aus. »Ich bin sicher, daß ihre Musik faszinierend wirkt ...« – falls man etwas dafür übrig hatte –, »aber ich muß nun einige Vorbereitungen treffen.«

Graendal legte eine Hand auf seinen Arm. »Sorgfältige Vorbereitungen, wie ich hoffe? Der Große Herr wird nicht erfreut sein, wenn du seine Pläne durcheinanderbringst.«

Sammaels Mundpartie spannte sich an. »Ich habe alles mögliche getan, außer natürlich mich zu ergeben, um al'Thor zu überzeugen, daß ich keine Gefahr für ihn darstelle, aber der Mann verfolgt mich wie ein Besessener.«

»Du könntest Illian ja aufgeben und woanders neu anfangen.«

»Nein!« Er war nie vor Lews Therin geflohen, und er würde auch vor diesem provinziellen Emporkömmling nicht fliehen. Der Große Herr konnte doch wohl nicht vorhaben, einen wie den über die Auserwählten zu stellen! Über ihn! »Du hast mir also alle Befehle des Großen Herrn wiedergegeben?«

»Ich hasse es, mich wiederholen zu müssen, Sammael.« In ihrer Stimme lag eine Andeutung von Verbitterung und in ihrem Blick eine Spur von Zorn. »Wenn du mir beim erstenmal nicht geglaubt hast, wirst du mir auch jetzt nicht glauben.«

Er blickte sie noch einen Augenblick länger an und nickte dann abrupt. Höchstwahrscheinlich hatte sie die Wahrheit gesagt, denn eine Lüge in bezug auf den Großen Herrn würde mit tödlicher Sicherheit auf sie zurückfallen. »Ich sehe keinen Grund, uns wiederzutreffen, bis du mir etwas Wichtigeres mitzuteilen hast als die Tatsache, ob Semirhage zum Treffen kam oder nicht.« Ein kurzes Stirnrunzeln bei einem letzten Blick auf die Harfner sollte reichen, sie davon zu überzeugen, daß ihr Ablenkungsmanöver erfolgreich gewesen sei. Dann wanderte sein Blick mißbilligend über die Gestalten, die in den Becken herumplanschten, die Akrobaten und alle anderen, damit seine Absicht den anderen gegenüber nicht zu offensichtlich wurde. All diese verschwendete Mühe, diese Zurschaustellung von

Haut, ekelte ihn wirklich an. »Das nächstemal kannst du ja nach Illian kommen.«

Sie zuckte die Achseln, als sei es unwichtig, aber ihre Lippen bewegten sich leicht und seine durch *Saidin* geschärften Sinne hörten ein leise gehauchtes »Falls es dich dann noch gibt« heraus.

In eisiger Stimmung öffnete Sammael ein Tor zurück nach Illian. Der muskulöse junge Mann reagierte nicht schnell genug, um sich in Sicherheit zu bringen. Er hatte nicht einmal mehr die Zeit zum Schreien, bis er mittendurch entzweigeschnitten wurde, er, sowie das Tablett und die Kristallkaraffe. Der Kante eines Tores gegenüber erschien jede Rasierklinge stumpf. Graendal schürzte mürrisch die Lippen ob des Verlustes eines ihrer Schoßtierchen.

»Wenn du uns beim Überleben helfen willst«, sagte Sammael noch zu ihr, »dann finde heraus, auf welche Weise Demandred und die anderen die Anweisungen des Großen Herrn zu befolgen gedenken.« Damit trat er durch das Tor, allerdings ohne den Blick von ihrem Gesicht zu wenden.

Graendal behielt ihren bedrückten Gesichtsausdruck bei, bis sich das Tor hinter Sammael geschlossen hatte, und dann gestattete sie sich, mit den Fingernägeln auf die Marmorbrüstung zu klopfen. Mit seinem goldenen Haar mochte Sammael beinahe gut genug aussehen, um unter ihre speziellen Lieblinge eingereiht zu werden, wenn er nur Semirhage erlauben würde, diese über sein ganzes Gesicht eingebrannte Furche zu entfernen. Sie war die einzige, die noch die Fertigkeiten aufwies, etwas zu tun, was früher als ganz einfache Angelegenheit gegolten hätte. Es war natürlich ein völlig nebensächlicher Gedankengang. Die eigentliche Frage war, ob sich ihre Mühe ausgezahlt hatte.

Shaofan und Chiape spielten ihre fremdartige atonale Musik, voll von komplexen Harmonien und seltsamen

Dissonanzen. Irgendwie klang es trotzdem schön. Ihre Gesichter strahlten vor Freude darüber, daß es ihr gefallen könnte. Sie nickte und spürte ihr Entzücken beinahe körperlich. Sie waren jetzt um so vieles glücklicher, als sie gewesen wären, hätte sie die beiden sich selbst überlassen. Soviel Mühe, sie zu finden und herzubringen, und das alles ausschließlich für diese paar Minuten mit Sammael. Natürlich hätte sie sich weniger Mühe machen können – jeder andere aus ihrem Land hätte es auch getan –, aber sie hatte ihre Qualitätsmaßstäbe, selbst wenn es nur um ein augenblickliches Manöver ging. Vor langer Zeit hatte sie sich entschlossen, jede Art von Vergnügen auszukosten, nichts auszulassen, solange es ihren Rang beim Großen Herrn nicht gefährdete.

Ihr Blick fiel auf die Eingeweide, die ihren Teppich beschmutzten, und ihre Nase rümpfte sich gereizt. Das Gewebe konnte man wohl noch retten, aber es ärgerte sie, daß sie das Blut selbst würde entfernen müssen. Sie erteilte einige kurze Befehle, und dann eilte Osana und beaufsichtigte die Leute, die den Teppich hinaustrugen. Und die Rashans Überreste beseitigten.

Sammael war wirklich ein leicht durchschaubarer Narr. Nein, kein Narr. Er war tödlich, wenn er direkt gegen etwas kämpfen konnte, etwas, das er ganz klar vor sich sah, aber wenn es um subtilere Dinge ging, hätte er genausogut blind sein können. Sehr wahrscheinlich glaubte er nun, ihr Ablenkungsmanöver habe dem Zweck gedient, das zu kaschieren, was sie und die anderen vorhatten. Etwas, das er sich überhaupt nicht vorstellen konnte, war die Tatsache, daß sie jeden Winkel seines Verstandes kannte, jede Wendung seiner Gedanken vorausahnte. Schließlich hatte sie ja mehr als vierhundert Jahre damit verbracht, die Arbeitsweise von Gehirnen zu erforschen, die viel verschlungener und krankhafter waren als seines. Man konnte ihn so einfach durchschauen. So sehr er sich auch bemühte, es zu verbergen: er war ziemlich verzweifelt. Er war gefangen in einer Falle, die er selbst entworfen hatte, einer Falle, die er bis zum Tod verteidigen würde, anstatt wegzulaufen, einer Falle, in der er vermutlich ums Leben kommen würde.

Sie nippte an ihrem Wein, und ihre Stirn runzelte sich leicht. Möglich, daß sie bereits ihren Zweck bei ihm erreicht hatte, wenn sie an sich auch erwartete, sie werde dafür vier oder fünf Besuche benötigen. Sie mußte einen Grund finden, ihn in Illian zu besuchen. Es war am besten, einen Patienten sorgfältig zu beobachten, und zwar auch nach dem Zeitpunkt, an dem man ihn anscheinend auf den richtigen Weg gebracht hatte.

Ob der Junge nun ein einfacher Bauernlümmel war oder wirklich der wiedergekehrte Lews Therin – und da konnte sie sich noch nicht entscheiden –, so hatte er sich in jedem Fall doch als entschieden zu gefährlich erwiesen. Sie diente dem Großen Herrn der Dunkelheit, aber sie hatte nicht vor, zu sterben, nicht einmal für den Großen Herrn. Sie würde für immer weiterleben. Selbstverständlich handelte man nicht gegen auch nur die unbedeutendsten Wünsche des Großen Herrn, wenn man nicht eine Ewigkeit damit verbringen wollte, qualvoll zu sterben, und eine weitere Ewigkeit, in der man sich nach dieser noch immer weniger schlimmen Agonie des langen Sterbens zurücksehnte. Dennoch, Rand al'Thor mußte beseitigt werden, aber Sammael sollte dafür büßen. Falls ihm klar würde, daß er auf Rand al'Thor angesetzt worden war wie ein *Dornat* auf die Jagdbeute, wäre sie schon sehr überrascht. Nein, er war kein Mann, der solche Feinheiten durchschaute.

Aber er war keineswegs dumm. Es wäre interessant, herauszufinden, woher er von der Verschwörung bei diesen Kriminellen erfahren hatte. Sie selbst hätte das nie herausbekommen, wäre Mesaana nicht etwas im Zorn entschlüpft, weil sie ihrer Wut der Abwesenheit Semirhages wegen Luft machen mußte. Ihr Zorn war so heftig gewesen, daß ihr überhaupt nicht klar geworden war, wieviel sie verraten hatte. Wie lange hatte Mesaana in der Weißen Burg gesteckt? Allein schon die Tatsache, daß sie sich dort befunden hatte, löste einige interessante Gedankengänge aus. Gäbe es eine Möglichkeit, zu entdecken, wo sich Demandred und Semirhage eingenistet hatten, dann war es vielleicht auch möglich, nachzuvollziehen, was sie zu tun vorhatten. Das hatten sie ihr nicht anvertraut. Oh, nein. Diese drei hatten schon seit der Zeit vor dem Krieg um die Macht zusammengearbeitet. Zumindest an der Oberfläche. Sie war sicher, daß sie auch untereinander genauso fleißig intrigiert hatten wie die anderen Auserwählten, aber ob nun Mesaana Semirhage das Wasser abgrub oder Semirhage Demandred, hatte sie doch nie einen Spalt gefunden, in den sie einen Keil zwischen die drei treiben könnte.

Ein Schaben von Stiefelsohlen kündete von einem Neuankömmling, aber es waren nicht die Männer, die den Teppich ersetzen und die Überreste Rashans entfernen sollten. Ebram war ein hochgewachsener, gut gebauter Domanijüngling in engen, roten Hosen und einem weiten, weißen Hemd. Er hätte durchaus in ihre Sammlung von Lieblingstierchen passen können, wäre er nicht lediglich der Sohn eines Kaufmannes gewesen. Seine dunklen, schimmernden Augen blickten sie eindringlich an, als er niederkniete. »Lord Ituralde ist angekommen, Große Herrin.«

Graendal stellte den Kelch auf einen Tisch, der auf den ersten Blick wirkte, als sei er mit den Elfenbeinfiguren von Tänzern eingelegt. »Dann soll er mit Lady Basene sprechen.«

Ebram erhob sich geschmeidig und bot der gebrechlichen Domanifrau, die er nun vor sich sah, seinen Arm an. Er wußte, wer hinter dieser geschickt gewobenen Illusion steckte, aber trotzdem schwand der Ausdruck der Verehrung auf seiner Miene ein wenig. Sie wußte:

es war Graendal und nicht Basene, die er anbetete. Im Augenblick war ihr das gleichgültig. Sammael war zumindest einmal auf Rand al'Thor angesetzt, vielleicht auch schon auf ihn fixiert. Was Demandred und Semirhage und Mesaana betraf… Nur sie selbst wußte davon, daß auch sie allein eine Reise zum Schayol Ghul und hinunter zu dem Feuersee unternommen hatte. Nur sie wußte davon, daß ihr der Große Herr fast schon den Rang des Nae'blis versprochen hatte, und dieses Versprechen würde er sicherlich halten, war erst einmal Rand al'Thor aus dem Weg geräumt. Sie würde des Großen Herrn gehorsamste Dienerin sein. Sie würde Chaos sähen, bis Demandreds Lunge bei der Ernte explodierte.

Semirhage ließ die eisenbeschlagene Tür hinter sich zufallen. Eine der Glühbirnen, der Große Herr allein mochte wissen, aus welchen Überresten sie stammte, flackerte ständig, warf aber immer noch ein helleres Licht als die Kerzen und Öllampen, mit denen sie sich in diesem Zeitalter abfinden mußte. Vom Lichtschein abgesehen, machte dieser Ort den beklemmenden Eindruck eines Gefängnisses, mit seinen rauhen Steinwänden und dem blanken Fußboden. Nur ein kleiner, grob gezimmerter Holztisch stand in der einen Ecke. Das war nicht ihr Einfall gewesen. Wäre es nach ihr gegangen, dann wäre hier alles fleckenlos weiß gewesen und hätte vor *Cueran* nur so geschimmert, glattgeleckt und steril. Dieser Ort war vorbereitet worden, bevor sie von der Notwendigkeit dazu erfahren hatte. Eine in Seide gekleidete Frau mit blassem Haar hing mitten im Raum an gespreizten Armen und Beinen offensichtlich im Leeren und blickte sie trotzig an. Eine Aes Sedai. Semirhage haßte die Aes Sedai.

»Wer seid Ihr?« wollte die ›Patientin‹ wissen. »Gehört Ihr zu den Schattenfreunden? Oder seid Ihr eine Schwarze Schwester?«

Semirhage beachtete den Lärm gar nicht, sondern überprüfte nur kurz den Puffer, der zwischen der Frau und *Saidar* lag. Sollte er versagen, konnte sie dieses erbärmliche Bündel wohl problemlos abschirmen – es war schon ein deutliches Anzeichen für die Schwäche einer Frau, wenn sie sich leisten konnte, den verknoteten Puffer unbeobachtet zurückzulassen –, aber die Vorsicht war ihr zur zweiten Natur geworden, und so tat sie stets nur einen Schritt nach dem anderen. Nun zur Kleidung dieser Frau. Angezogen fühlte man sich für gewöhnlich sicherer als ohne jede Bekleidung. Sie verwob ganz feine Stränge aus Feuer und Wind und schnitt damit das Kleid und das Unterhemd und jeden Fetzen Kleidung bis hinunter zu den Schuhen der Patientin vorsichtig ab. Sie ließ alles in Sichthöhe der Frau zusammenrutschen, bis ein festes Bündel daraus geworden war, und dann gebrauchte sie die Macht erneut, Feuer und Erde diesmal, mit dem Resultat, daß feiner Staub auf den Steinboden herabrieselte.

Die blauen Augen der Frau quollen beinahe heraus. Semirhage bezweifelte, daß sie diese einfachen Dinge hätte nachmachen können, selbst wenn sie fähig gewesen wäre, das Gewebe zu durchschauen.

»Wer seid Ihr?« Diesmal klang die Aufforderung bereits reichlich nervös. Vielleicht lag es an ihrer Furcht. Es war immer gut, wenn die sich bereits in diesem frühen Stadium bemerkbar machte.

Semirhage machte ganz genau die Zentren im Hirn der Frau aus, die Botschaften des Schmerzes aus ihrem Körper empfangen würden, und dann fing sie methodisch damit an, diese Schmerzzentren mit Hilfe von Geist und Feuer zu reizen. Anfangs nur ein klein wenig, dann steigerte sie den Reiz. Zuviel auf einmal konnte einen Patienten innerhalb weniger Augenblicke töten, aber es war schon bemerkenswert, wie weit man die Schmerzempfindung steigern konnte, wenn man in ganz winzigen Schritten vorwärtsging. An etwas zu arbeiten, was sie nicht sehen konnte, war eine schwierige Aufgabe, selbst aus dieser Nähe, doch sie verstand soviel von den Reaktionen eines menschlichen Körpers wie wohl kaum jemand vor ihr.

Die mit abgespreizten Gliedmaßen dahängende Patientin bewegte den Kopf, als wolle sie den beginnenden Schmerz abschütteln, doch dann wurde ihr bewußt, daß es nicht möglich war, und sie starrte Semirhage mit großen Augen an. Semirhage dagegen beobachtete nur und behielt ihr Gewebe bei. Selbst bei der hier gebotenen Eile konnte sie sich doch ein wenig Geduld leisten.

Wie sie all jene haßte, die sich als Aes Sedai bezeichneten! Sie war selbst eine gewesen, eine echte Aes Sedai und nicht so eine ignorante Närrin wie dieser Einfaltspinsel, der da vor ihr hing. Sie war bekannt gewesen, sogar berühmt, war in jede Ecke der Welt gerufen worden, weil sie die Fähigkeit besaß, jede Verletzung zu heilen, selbst Menschen vom Rande des Todes zurückzuholen, wo jede andere behauptete, es gebe keine Rettung mehr. Und eine Delegation vom Saal der Dienerinnen hatte ihr etwas angeboten, was man nicht mehr als freie Wahl bezeichnen konnte: sich entweder binden zu lassen und damit auf ihre ganze Freude zu verzichten, und durch diese Bindung wahrnehmen zu können, wenn sich das Ende ihres Lebens näherte, oder von der Macht abgeschnitten und von den Aes Sedai ausgestoßen zu werden. Sie hatten von ihr erwartet, daß sie die Bindung akzeptierte, denn das war nur logisch und folgerichtig gedacht, und es waren ja alles vernünftige, gesetzte Männer und Frauen. Sie hätten nie gedacht, daß sie fliehen werde. Sie war eine der ersten gewesen, die zum Schayol Ghul kamen.

Dicke Schweißtropfen rollten über das blasse Gesicht der Patientin. Ihr Kinn verkrampfte sich, und ihre Nasenflügel bebten, als sie die Luft heftig einsaugte. Von Zeit zu Zeit stöhnte sie leicht auf. Geduld. Bald war es soweit.

Es war aus Eifersucht geschehen, der Eifersucht jener, die nicht vollbringen konnten, was sie schaffte. Hatte sich jemals einer von denen beklagt, die sie dem Tod wieder aus dem Griff gerissen hatte, daß er lieber gestorben wäre, als ihr die kleine Zugabe zu verwehren, die sie ihm dafür abgenommen hatte? Und die anderen? Es gab immer welche, die es verdient hatten, leiden zu müssen.

Was machte es schon aus, wenn es ihr Freude bereitet hatte, ihnen das zu geben, was sie verdienten? Der Saal und das scheinheilige Gewinsel über Legalität und Persönlichkeitsrechte. Sie hatte das Recht darauf verdient, zu tun, was sie eben getan hatte; sie hatte es sich wirklich und wahrhaftig verdient. Sie war viel wertvoller für die ganze Welt gewesen als all jene zusammengenommen, die sie mit ihren Schmerzensschreien unterhalten hatten. Und von Eifersucht und Neid getrieben, hatte der Saal versucht, statt dessen *sie* zu verstoßen!

Nun, während des Krieges waren ihr einige von denen in die Hände gefallen. Wenn sie genügend Zeit hatte, konnte sie auch den stärksten Mann zerbrechen, die stolzeste Frau, und sie genau zu dem umformen, was sie in ihnen sah. Dieser Prozeß war vielleicht langsamer, als sie durch inneren Zwang umzuerziehen, aber er bereitete ihr unendlich mehr Genuß, und sie glaubte nicht, daß selbst Graendal wiederherstellen konnte, was sie zerstört hatte. Die Stränge, mit denen man den inneren Zwang erzeugte, konnte man auflösen. Aber ihre Patienten… Auf den Knien hatten sie sie angebettelt, ihre Seelen dem Schatten zu geben, und sie hatte ihrem Wunsch folgsam entsprochen, bis sie gestorben waren. Jedesmal war Demandred des Lobes voll gewesen, weil wieder ein anderer Ratgeber des Saales sich öffentlich zum Großen Herrn bekannt hatte, aber für sie war das Schönste immer der Moment gewesen, in dem ihre Gesichter erbleichten, sogar noch Jahre später, wenn sie ihrer gewahr wurden, und wenn sie sich beinahe überschlugen, um ihr zu versichern, daß sie treu zu dem standen, was sie aus ihnen gemacht hatte.

Das erste Schluchzen entrang sich der hilflos in der Luft hängenden Frau und wurde sofort unterdrückt. Semirhage wartete tatenlos. Es mochte wohl in dieser Situation Eile angebracht sein, doch zuviel Eile würde ihr alles verderben. Die Patientin schluchzte nun wieder und wieder. Ihre Bemühungen, das zu unterdrücken, hatten keinen Erfolg mehr. Es wurde lauter, lauter, und schwoll schließlich zu einem Heulen an. Semirhage wartete ab. Die Frau glänzte vor Schweiß. Sie warf den Kopf von einer Seite auf die andere. Ihr Haar flog. Sie zuckte hilflos und verkrampft in ihren unsichtbaren Fesseln. Ohrenbetäubende Schreie aus vollem Hals hielten an, bis sie um Luft ringen mußte, und sie begannen erneut, sobald ihre Lunge wieder gefüllt war. Diese weit aufgerissenen, hervorquellenden blauen Augen sahen nichts. Sie wirkten bereits glasig. Nun fing es an.

Semirhage unterbrach abrupt ihre Stränge von *Saidar*, aber es dauerte doch Minuten, bis die Schreie sich beruhigten und lediglich noch schweres Atmen zu hören war. »Wie heißt Ihr?« fragte sie sanft. Die Frage spielte an sich keine Rolle, nur mußte es eine sein, die von der Frau auch beantwortet wurde. Sie hätte auch fragen können: »Wollt Ihr mir immer noch widerstehen?« Es war oft recht vergnüglich, gerade mit dieser Frage fortzufahren, bis sie darum bettelten, beweisen zu dürfen, daß sie ihr nun willfährig seien. Doch diesmal zählte tatsächlich jede einzelne Frage.

Ein unfreiwilliges Schaudern nach dem anderen durchlief den Körper der in der Luft hängenden Frau. Sie warf Semirhage einen mißtrauischen Blick aus zusammengekniffenen Augen zu, leckte sich die Lippen, hustete und stieß schließlich heiser hervor: »Cabriana Mecandes.«

Semirhage lächelte. »Es ist gut, wenn Ihr mir die Wahrheit sagt.« Es gab Schmerzzentren im Gehirn, aber auch Zentren des Wohlbefindens. Sie reizte eines der letzteren, nur ein paar Augenblicke lang, aber sehr energisch, während sie näher herantrat. Der Schock ließ Cabriana die Augen soweit aufreißen, wie sie nur konnte. Sie schnappte nach Luft und zitterte. Semirhage zog ein Taschentuch aus ihrem Ärmel, hob das staunende Gesicht der Frau mit einem Finger unter dem Kinn an und tupfte zart den Schweiß weg. »Ich weiß, daß dies sehr schwer für Euch ist, Cabriana«, sagte sie mit warmer Stimme, »und deshalb müßt Ihr euch Mühe geben, um es mir nicht noch schwerer zu machen.« Mit einer sanften Berührung wischte sie eine feuchte Haarsträhne aus der Stirn der Frau. »Hättet Ihr gern etwas zu trinken?« Sie wartete nicht erst auf eine Antwort, sondern gebrauchte die Macht, und eine verbeulte Metallflasche schwebte von dem kleinen Tisch in der Ecke hoch und direkt in ihre Hand. Die Aes Sedai wandte den Blick nicht von Semirhage, aber sie trank gierig. Nach ein paar Schlucken nahm Semirhage die Flasche weg und ließ sie auf den Tisch zurückschweben. »Ja, das ist besser, nicht wahr? Denkt daran, macht es Euch nicht selbst zu schwer.« Als sie sich abwandte, sprach die Frau wieder mit rauher Stimme: »Ich spucke in die Milch Eurer Mutter, Schattenanbeterin! Hört Ihr mich? Ich … «

Semirhage hörte nicht mehr hin. Zu jeder anderen Zeit hätte das ein warmes, angenehmes Gefühl in ihr ausgelöst, weil sie nun wußte, daß der Widerstand der Patientin noch nicht ganz gebrochen war. Die reinste, erhebendste Freude bereitete es ihr, wenn sie Trotz und Würde in ganz hauchdünnen Scheibchen abschneiden konnte, und dann zu beobachten, wie dies dem Patienten bewußt wurde und er oder sie verzweifelt und umsonst versuchte, sich noch an die kümmerlichen Reste zu klammern. Jetzt blieb aber keine Zeit dafür. Sorgfältig legte sie noch einmal ihr Gewebe um die Schmerzzentren in Cabrianas Gehirn und band es ab. Normalerweise wollte sie persönlich darüber wachen, doch diesmal war Eile geboten. So löste sie die Wirkung ihres Gewebes aus, gebrauchte die Macht, um das Licht zu löschen, und dann ging sie und schloß die Tür hinter sich. Die Dunkelheit würde auch einen Teil zum Erfolg beitragen. Allein, im Dunklen und dann diese Schmerzen …

Unwillkürlich gab Semirhage draußen einen enttäuschten Laut von sich. In dieser Art der Behandlung lag einfach keine Perfektion; es fehlten alle Feinheiten. Sie haßte es, so hetzen zu müssen. Und dann auch noch die ihr anvertraute Patientin alleinlassen zu müssen! Das Mädchen war willensstark und verstockt, die Umstände waren schwierig.

Der Korridor war beinahe genauso trostlos wie die gerade verlassene Zelle, einfach ein breiter, schattendüsterer, in den Stein gehauener Stollen, dessen in der Düsternis verschwimmende Seitengänge sie gar nicht erst erkunden wollte. Nur zwei andere Türen waren in Sicht, von denen die eine in ihr augenblickliches Quartier führte. Die Gemächer waren bequem genug, soweit sie sich darin aufhalten mußte, aber sie ging jetzt trotzdem nicht dorthin. Shaidar Haran stand nämlich vor dieser Tür, schwarz gekleidet und in Dämmerung gehüllt wie in eine Rauchwolke, und so unbeweglich, daß es wie ein Schock wirkte, als er zu sprechen begann. Seine Stimme klang wie das langsame Zermahlen von Knochen: »Was habt Ihr erfahren?«

Der Ruf zum Schayol Ghul hatte in einer Warnung des Großen Herrn gegipfelt: WENN DU SHAIDAR HARAN GEHORCHST, GEHORCHST DU MIR. WENN DU SHAIDAR HARAN NICHT GEHORCHST … So sehr sie diese Warnung auch ärgerte, war es nicht notwendig gewesen, ihr mehr zu sagen. »Ihren Namen. Cabriana Mecandes. Ich konnte in dieser Eile wohl kaum mehr in Erfahrung bringen.«

Er glitt auf diese augenverzerrende Art durch den Gang, der ebenholzfarbene Umhang starr wie immer herabhängend. Er wirkte wie die Materie gewordene Verneinung aller Bewegung. Im ersten Augenblick stand er wie eine Statue zehn Schritt entfernt, und im nächsten ragte er über ihr auf, so daß sie nur entweder zurückweichen oder sich den Hals verdrehen konnte, um in dieses leichenblasse, augenlose Gesicht hochzublicken. Zurückweichen kam überhaupt nicht in Frage.

»Ihr werdet ihr alles Wissen vollständig entringen, Semirhage. Ihr werdet sie ausquetschen – ohne jede Verzögerung – und mir dann jede Kleinigkeit berichten, die Ihr erfahren habt.«

»Ich habe dem Großen Herrn versprochen, daß ich das tun würde«, sagte sie ihm mit kalter Stimme.

Blutleere Lippen verzogen sich zu einem Lächeln. Das war seine einzige Antwort. Er wandte sich ruckartig um, glitt durch Zonen tieferen Schattens im Gang und war dann mit einemmal verschwunden.

Semirhage wünschte sich, sie wisse, wie die Myrddraal das anstellten. Es hatte nichts mit der Macht zu tun, aber am diffusen Rand eines Schattens, wo das Licht sich zu Dunkelheit wandelte, war ein Myrddraal in der Lage, zu verschwinden und plötzlich in einem anderen Schatten ein ganzes Stück entfernt wieder aufzutauchen. Vor langer Zeit hatte Aginor mehr als hundert von ihnen untersucht, bis hin zu ihrer Zerstörung, und sich umsonst bemüht, herauszufinden, wie sie das bewerkstelligten. Die Myrddraal wußten es selbst nicht; das hatte auch sie bereits überprüft.

Mit einemmal wurde ihr bewußt, daß sie beide Hände verkrampft auf ihre Magengegend gepreßt hatte. Drinnen schien sich eine Eiskugel zu befinden. Es war schon viele Jahre her, daß sie zuletzt einmal Angst empfunden hatte, außer natürlich, wenn sie dem Großen Herrn im Krater des Verderbens gegenüberstand. Der Eisklumpen begann zu schmelzen, als sie sich zur

Tür der zweiten Gefängniszelle begab. Später würde sie ganz leidenschaftslos die eigenen Gefühle analysieren. Shaidar Haran mochte sich wohl von jedem anderen Myrddraal unterscheiden, den sie bisher erlebt hatte, doch letzten Endes war er immer noch ein Myrddraal.

Ihr zweiter Patient, der wie der erste mitten in der Luft hing, war ein stämmiger Mann mit kantigem Gesicht in grünem Kurzmantel und ebensolcher Hose. Seine Kleidung hätte ihm gut und gern in einem Wald zur Tarnung dienen können. Die Hälfte aller Glühbirnen hier schimmerte so trübe, daß sie wohl bald versagen würden. Es war ja schon ein Wunder, wenn sie eine so lange Zeit überstanden hatten. Aber Cabrianas Behüter war an sich unwichtig. Was benötigt wurde, gleich zu welchem Zweck, ruhte im Gehirn der Aes Sedai, doch man hatte den Myrddraal offensichtlich aufgetragen, eine Aes Sedai gefangenzunehmen, und aus irgendeinem undurchschaubaren Grund waren für sie die Aes Sedai und ihre Behüter eine untrennbare Einheit. Es war aber schon gut, daß sie auch ihn gefangen hatten. Sie hatte noch niemals zuvor eine Gelegenheit gehabt, einen dieser legendären Kämpfer zu zerbrechen.

Seine dunklen Augen bemühten sich, Löcher in ihren Kopf zu bohren, als sie seine Kleidung und die Stiefel entfernte und auf die gleiche Weise wie bei Cabriana vernichtete. Er war stark behaart – eine Masse großer, harter Muskelstränge und Narben. Er zuckte absolut nicht zusammen. Er sagte kein Wort. Sein Widerstand war anders als der dieser Frau. Ihrer war kühn, wurde ihr ins Gesicht geschleudert, während seiner in einer stillen Weigerung bestand, sich ihrem Willen zu beugen. Er war möglicherweise schwerer zu zerbrechen als seine Herrin. Normalerweise wäre er deshalb auch viel interessanter für sie gewesen.

Semirhage musterte ihn eine Weile. Es war etwas an ihm … Eine Anspannung, die sich in seiner Mundpartie und an seinen Augen zeigte. Als habe er bereits mit dem Schmerz zu kämpfen. Aber natürlich! Dieses seltsame Band zwischen der Aes Sedai und ihrem Behüter. Schon eigenartig, daß diese Primitivlinge etwas gefunden hatten, was keiner der Auserwählten verstand, aber es war tatsächlich so. Dem wenigen nach zu urteilen, was sie darüber wußte, empfand dieser Kerl womöglich zumindest einen Teil dessen mit, was die andere Patientin gerade erlebte. Zu jeder anderen Zeit hätte ihr das hochinteressante Möglichkeiten eröffnet. Jetzt bedeutete es lediglich, daß er wohl glaubte, er wisse, was auf ihn zukam.

»Eure Besitzerin paßt nicht gut auf Euch auf«, sagte sie. »Wäre sie mehr als eine primitive Wilde, wäre es nicht notwendig, Euch von all jenen Narben verunzieren zu lassen.« Sein Gesichtsausdruck änderte sich nur unwesentlich. Sie entdeckte einen Hauch von Verachtung darin. »Also dann.«

Diesmal legte sie ihr Gewebe über die Lustzentren und begann damit, den Reiz langsam zu intensivieren. Er war intelligent. Er runzelte die Stirn, schüttelte den Kopf, und dann zogen sich seine Augen zusammen und richteten sich wie Splitter aus dunklem Eis auf sie. Ihm war klar, daß er dieses immer stärker werdende Glücksgefühl nicht empfinden dürfte, und obwohl er ihr Gewebe nicht wahrnehmen konnte, wußte er doch, daß es ihr Werk war. Deshalb machte er sich daran, dagegen anzukämpfen. Semirhage hätte beinahe gelächelt. Zweifellos glaubte er, viel leichter gegen Wohlbefinden ankämpfen zu können als gegen Schmerzen. Gelegentlich einmal hatte sie den Willen von Patienten ausschließlich dadurch gebrochen. Es machte ihr aber nur wenig Spaß, und hinterher konnten sie überhaupt nicht mehr zusammenhängend denken. Sie wollten dann nur immer noch mehr dieser Ekstase empfinden, die in ihren Köpfen erblühte, aber es ging schnell und sie taten dann uneingeschränkt alles, um mehr zu bekommen. Es lag an dem Mangel an zusammenhängenden Denkvorgängen, weshalb sie diese Methode bei der anderen Patientin nicht angewandt hatte, denn von ihr benötigte sie klare Antworten. Dieser Bursche hier würde den Unterschied früh genug erkennen.

Ein Unterschied. Sie legte nachdenklich einen Finger auf ihre Lippen. Warum unterschied sich Shaidar Haran von allen anderen Myrddraal? Ihr paßte der Gedanke an eine solche Abnormität gar nicht, ausgerechnet jetzt, wo alles zu ihren Gunsten zu verlaufen schien, aber ein Myrddraal, der sogar über die Auserwählten gestellt wurde, wenn auch vielleicht nur gelegentlich, war mehr als nur einfach ungewöhnlich. Al'Thor war geblendet; seine ganze Aufmerksamkeit galt Sammael, und Graendal ließ bei Sammael gerade genug durchblicken, daß er in seinem Stolz nicht alles wieder zu Fall brachte. Natürlich hatten auch Graendal und Sammael ihre geheimen Plänchen, um Vorteile zu erlangen, einzeln oder gemeinsam. Sammael war wie ein erhitztes *Sofar* mit verbogenen Steuerrudern, und auch Graendals Reaktionen waren nicht viel einfacher vorauszusehen. Sie hatten noch nie begreifen können, daß alle Macht ausschließlich vom Großen Herrn kam, daß er sie verteilte, wie es ihm beliebte und aus seinen eigenen Gründen. Ganz nach Laune – das konnte sie ja wenigstens in der Sicherheit ihres eigenen Verstandes noch denken.

Es war beunruhigender, daß einige der Verlorenen verschwunden waren. Demandred bestand darauf, sie seien tot, aber sie selbst und Mesaana waren da nicht so sicher. Lanfear. Wenn es noch etwas wie Gerechtigkeit gab, würde die Zeit ihr schließlich Lanfear in die Hände spielen. Die Frau tauchte immer dann auf, wenn man es am wenigsten erwartete, benahm sich immer, als hätte sie ein Recht dazu, sich in die Pläne anderer einzumischen, und brachte sich schnell immer wieder in Sicherheit, wenn ihr dilettantisches Eingreifen alles zu Fall gebracht hatte. Moghedien. Sie drückte sich immer wieder außer Sichtweite herum, doch sie war noch niemals zuvor so lange weggeblieben, ohne sich zu rühren, um wenigstens dem Rest von ihnen ins Gedächtnis zu rufen, daß auch sie letzten Endes zu den Auserwählten zählte. Asmodean. Ein Verräter und deshalb auch zum Untergang verurteilt, aber er war tatsächlich verschwunden, und die Existenz Shaidar Harans und ihre eigenen Aufträge hier zusammengenommen, erinnerte sie nur zu deutlich daran, daß der Große Herr auf seine eigene Weise auf die Erfüllung seiner Ziele hinarbeitete.

Die Auserwählten waren für ihn nicht mehr als Figuren auf einem Spielbrett. Sie mochten vielleicht als Ratgeber und Unterführer dienen, aber trotzdem waren sie nur Spielfiguren. Wenn der Große Herr sie insgeheim hierhergebracht hatte, konnte er dann nicht auch Moghedien oder Lanfear oder sogar Asmodean mit Geheimaufträgen weggesandt haben? Würde er nicht vielleicht Shaidar Haran mit Geheimbefehlen zu Graendal oder Sammael schicken? Oder, wenn sie diesen Gedanken schon verfolgte, vielleicht auch zu Demandred oder Mesaana? Ihr unsicheres Bündnis, falls man es wirklich als solches bezeichnen konnte, hatte eine lange Zeitspanne überdauert, aber keiner der anderen würde ihr etwas davon erzählen, sollte er oder sie geheime Aufträge vom Großen Herrn empfangen haben, und genauso würde sie ihnen einen Hinweis darauf geben, warum sie hierhergebracht worden war, oder warum sie damals Myrddraal und Trollocs in den Stein von Tear geschickt hatte, um die von Sammael gesandten Truppen zu bekämpfen.

Falls der Große Herr vorhatte, al'Thor zum Nae'blis zu ernennen, würde sie auch vor ihm das Knie beugen – und auf einen Fehler warten, um ihn in die Hände zu bekommen. Unsterblichkeit bedeutete auch, daß man unendlich viel Zeit zum Abwarten hatte. Es gab immer genügend andere Patienten, mit denen sie sich in der Zwischenzeit vergnügen konnte. Was ihr Kopfzerbrechen machte, war Shaidar Haran. Sie war immer nur eine mittelmäßige Tscheranspielerin gewesen, doch Shaidar Haran war eine neue Figur auf dem Spielbrett, eine, deren Stärke und Zweck sie nicht kannte. Und eine kühne Methode, den Hochrat des Gegners in die Hände zu bekommen und zum Überlaufen auf die eigene Seite zu bringen, war die, die eigenen Türme, die Unterführer also, in einem Scheinangriff zu opfern. Sie würde das Knie beugen, falls es notwendig war und solange es notwendig war, aber opfern lassen würde sie sich nicht.

Ein eigenartiges Gefühl in ihrem Gewebe brachte ihre Gedanken zur augenblicklichen Lage zurück. Sie warf einen Blick auf den Patienten und schnalzte enttäuscht mit der Zunge. Sein Kopf hing zur Seite, das Kinn war vom Blut dunkel verfärbt, weil er seine eigene Zunge zerbissen hatte, und die Augen waren glasig und blickten starr. Unaufmerksamkeit. Sie hatte die Intensität des Reizes zu schnell und zu weit gesteigert. Ihre Gereiztheit zeigte sich nicht auf ihrer Miene, als sie das Gewebe auflöste. Es hatte ja wohl keinen Zweck, das Gehirn einer Leiche zu stimulieren.

Ihr kam ein plötzlicher Gedanke. Wenn der Behüter das mitempfand, was die Aes Sedai fühlte, würde das dann auch umgekehrt stattfinden? Sie betrachtete noch einmal die Narben, die den Körper des Mannes bedeckten, und hielt das für unmöglich. Selbst diese Einfaltspinsel hätten doch wohl die Bindung aneinander geändert, falls man durch sie sogar *dies* miteinander teilte. Trotzdem ließ sie den Kadaver hängen und schritt eilends durch den Korridor.

Die Schreie, die sie hörte, noch bevor sie die eisenbeschlagene Tür ins Dunkle öffnete, ließen sie tief und erleichtert aufatmen. Hätte sie die Frau umgebracht, ohne ihr zuvor jedes bißchen Wissen zu entringen, dann hätte sie womöglich so lange hierbleiben müssen, bis eine andere Aes Sedai gefangen wurde. Mindestens solange.

Aus den kehlenzerfetzenden Schreien konnte sie kaum verständliche Worte heraushören, Worte, in die diese Patientin die ganze Kraft ihrer Seele hineingelegt zu haben schien. »Biiiiiteeeee! Oh, Licht, biiiittteeeeee!«

Semirhage lächelte schwach. Also würde sie doch noch ein wenig Spaß an der Sache haben.

KAPITEL 7

Überlegungen

Elayne saß auf ihrer Matratze und beendete ihre hundert Striche mit der linken Hand. Dann steckte sie die Haarbürste in ihren kleinen ledernen Reisekoffer und schob ihn unter das schmale Bett zurück. Hinter ihrer Stirn hatte sich ein dumpfer Schmerz breitgemacht, nachdem sie den ganzen Tag über mit der Macht gearbeitet hatte, um *Ter'Angreal* herzustellen. Zu oft war es allerdings beim bloßen *Versuch* geblieben. Nynaeve saß auf ihrem wackligen Hocker und war schon längst damit fertig, ihr hüftlanges Haar zu striegeln. Fast war sie sogar schon damit fertig, ihren Zopf einigermaßen locker zum Schlafen zu flechten. Der Schweiß ließ ihr Gesicht glänzen.

Selbst bei geöffnetem Fenster war es in dem kleinen Zimmer erdrückend heiß. Der Mond hing fett an einem sternenübersäten, schwarzen Himmel. Ihr Kerzenstummel gab nur ein wenig flackerndes Licht ab. Kerzen und Lampenöl waren in Salidar im Moment ziemlich knapp, also bekam niemand mehr zugeteilt als eben ein kleines Lichtlein für die Nacht, außer natürlich, jemand mußte mit Feder und Tinte arbeiten. In dem Zimmerchen gab es wirklich keinen Platz. Selbst um die beiden kurzen Betten herum fand sich nur ein schmaler Freiraum. Die meisten ihrer Habseligkeiten hatten sie in einem Paar zerbeulter, messingbeschlagener Truhen verstaut. Die Kleider der Aufgenommenen und ihre Umhänge, die sie im Augenblick bestimmt nicht benötigten, hingen von Haken an der Wand. Ganze Fetzen waren dort aus der vergilbten Tapete herausgerissen worden, so daß man die Wandverschalung darunter sehen konnte. Ein winziger, schiefer Tisch stand genau zwischen den Betten, und auf einem Waschtisch aus Korbgeflecht in der Ecke standen eine weiße Kanne und ein Waschbecken, die beide eine enorme Menge an Scharten aufwiesen. Selbst Aufgenommene, die andauernd lobende Streicheleinheiten erhielten, wurden keineswegs verwöhnt.

Eine Handvoll schlapper blauer und weißer Wildblumen, die das Wetter zu einer späten und ziemlich verunglückten Blüte verführt hatte, steckte in einer gelben Vase mit abgebrochenem Oberteil, die zwischen zwei braunen Keramiktassen auf dem Tisch stand. Der einzige andere Farbfleck in dem tristen Raum rührte von einem grüngestreiften Sittich in einem Korbkäfig her. Elayne pflegte den Vogel, der sich einen Flügel gebrochen hatte. Sie hatte an einem anderen Vogel ausprobiert, ob ihre geringen Fähigkeiten in der Heilkunst ausreichen würden, ihn zu heilen, doch Singvögel waren einfach zu klein, um diesen Schock durch die Macht zu überleben.

Keine Klagen, bitte, sagte sie sich energisch. Aes Sedai wohnten ein wenig besser, Novizinnen und Diener ein bißchen schlechter, und Gareth Brynes Soldaten schliefen am häufigsten auf dem Boden. *Was man nicht ändern kann, muß man eben ertragen.* Das hatte Lini immer gesagt. Nun, in Salidar fand man nur wenig an Bequemlichkeit, von Behaglichkeit ganz zu schweigen, und bestimmt keinen Luxus. Und auch keine Kühle.

Sie zog ihr klebendes Hemd ein wenig vom Körper weg und pustete an sich hinunter. »Wir müssen vor ihnen dort sein, Nynaeve. Du weißt, was wieder los ist, wenn wir sie warten lassen.«

Kein noch so winziger Lufthauch regte sich, und die ausgetrocknete Luft schien ihnen den Schweiß aus jeder Pore zu saugen. Es mußte doch etwas geben, was sie in bezug auf das Wetter unternehmen konnten. Sicher, falls es da Möglichkeiten gab, hätten die Windsucherinnen des Meervolks bestimmt schon etwas unternommen, aber vielleicht fiel ihr trotzdem etwas ein, wenn ihr die Aes Sedai nur genug Zeit ließen neben ihrer Arbeit an den *Ter'Angreal*. Als Aufgenommene konnte sie ja an sich ihre Studien dort betreiben, wo sie wollte, aber... *Wenn sie vermuteten, ich könne essen und ihnen gleichzeitig zeigen, wie man* Ter'Angreal *anfertigt, hätte ich überhaupt keine ruhige Minute mehr.* Na, wenigstens würde sie morgen Gelegenheit für eine Pause erhalten.

Nynaeve stand auf, nur um sich gleich wieder auf ihr Bett zu setzen, und fummelte an dem Armband des *A'dam* herum, das sie am Handgelenk hatte. Sie bestand darauf, daß eine von ihnen das Ding immer trug, selbst beim Schlafen, obwohl es eigenartige und unangenehme Träume verursachte. Es war an sich gar nicht notwendig, denn der *A'dam* würde Moghedien genauso binden, wenn er an einem Haken hing, und außerdem teilte sie ja noch eine wirklich winzige Kammer mit Birgitte. Birgitte war die beste Wächterin, die man sich vorstellen konnte, und Moghedien weinte ja schon beinahe, wenn Birgitte nur die Stirn runzelte. Sie hatte am wenigsten Grund, Moghedien am Leben zu lassen, und den stichhaltigsten, ihr den Tod zu wünschen, und das war der Frau auch sehr wohl bewußt. Heute abend würde ihnen das Armband noch weniger nützen als sonst.

»Nynaeve, sie *warten* bestimmt schon!«

Nynaeve schnaubte vernehmlich. Sie würde es niemals hinnehmen können, springen zu müssen, wenn jemand nach ihr verlangte. Doch dann nahm sie einen der beiden abgeflachten Steinringe von dem Tischchen zwischen den Betten. Beide waren zu weit für einen Finger, der eine wies blaue und braune Streifen und Flecken auf, der andere blaue und rote, und jeder war so verdreht, daß er nur eine Oberfläche zeigte. Nynaeve machte die Lederschnur los, die sie um den Hals trug, und fädelte den blau und braun gestreiften Ring neben einem anderen ein, einem schweren Goldring. Lans Siegelring. Sie berührte sanft den dicken Goldreif, bevor sie beide wieder unter ihr Hemd gleiten ließ.

Elayne nahm den blau und rot gestreiften in die Hand und sah mit gerunzelter Stirn auf ihn herab.

Die Ringe waren *Ter'Angreal*, die sie selbst angefertigt hatte, und zwar nach dem Vorbild des einen, den nun Siuan trug. Und trotz ihres einfachen Aussehens waren sie unglaublich komplizierte Schöpfungen. Wenn man mit einem davon auf der Haut einschlief, wurde man nach *Tel'aran'rhiod* transportiert, der Welt der Träume, einem Spiegelbild der wirklichen Welt. Vielleicht waren dort sogar alle Welten widergespiegelt. Die Aes Sedai behaupteten, es gebe viele Welten, so, als müßten alle möglichen Variationen des Musters nebeneinander existieren, und daß alle diese Welten zusammengenommen ein noch gewaltigeres Muster bildeten. Das Wichtige war aber, daß *Tel'aran'rhiod* diese Welt reflektierte und dabei Eigenschaften aufwies, die extrem nützlich waren. Vor allem, weil die Burg keine Ahnung davon hatte, wie man die Welt der Träume erreichen konnte, jedenfalls, soweit sie das festzustellen in der Lage waren.

Keiner dieser beiden Ringe funktionierte so gut wie der ursprüngliche, aber sie waren durchaus zu gebrauchen. Elayne machte in ihrer Arbeit Fortschritte; von vier Versuchen, den Ring zu kopieren, war nur noch einer ein Fehlschlag gewesen. Das war ein *viel* besseres Ergebnis als bei solchen Dingen, die sie voll und ganz selbst entwarf. Doch was mochte geschehen, wenn einer ihrer Fehlschläge schlimmeres anrichtete als lediglich nicht zu funktionieren oder nicht so gut? Es hatte schon Aes Sedai gegeben, die sich aus Versehen bei der Arbeit an *Ter'Angreal* selbst einer Dämpfung unterzogen hatten. Ausgebrannt nannte man so etwas, wenn es durch einen Unfall geschah, aber es war genauso endgültig wie die gefürchtete Strafe. Nynaeve glaubte allerdings nicht, daß es endgültig sei, aber sie würde ja sowieso nicht eher ruhen, bis sie jemanden geheilt hatte, der schon drei Tage tot war.

Elayne drehte den Ring in ihren Fingern um. Was er vollbrachte, war einfach genug zu verstehen, aber *wie* er das schaffte, lag immer noch jenseits ihrer Vorstellungen. ›Wie‹ und ›warum‹ waren aber die Schlüsselfragen. Bei diesen Ringen nahm sie an, daß die Farbmuster genausoviel mit ihrem Funktionieren zu tun hatten wie die Form. Jede andere Form als die mit jener Drehung im Ring hatte gar nichts bewirkt, und der eine, der ganz und gar blau geworden war, hatte ihr lediglich furchtbare Alpträume beschert. Aber sie wußte eben nicht genau, wie sie die Farben des Originals, also genau diese Schattierungen von Rot, Blau und Braun, wiederherstellen konnte. Und doch war die Feinstruktur ihrer Kopien genau die gleiche wie beim Original, bis hinunter zur Anordnung auch der kleinsten Bestandteile, obwohl sie nicht mehr sichtbar und überhaupt nur noch mit Hilfe der Macht wahrnehmbar waren. Warum spielten die *Farben* überhaupt eine Rolle? Es schien wohl eine gemeinsame Richtlinie für die Baumuster der winzigen Bestandteile all dieser *Ter'Angreal* zu geben, die man benötigte, um mit der Macht arbeiten zu können, und eine weitere für jene, die lediglich mit Hilfe der Macht funktionierten. Nur die Tatsache, daß sie auf diese Richtschnüre gestoßen war, gestattete ihr, überhaupt auch nur zu versuchen, neue *Ter'Angreal* herzustellen. Aber es gab so vieles, was sie nicht wußte und was sie nur raten konnte.

»Willst du die ganze Nacht über dort sitzen bleiben?« fragte Nynaeve trocken, und Elayne fuhr zusammen. Nynaeve stellte einen der Keramikbecher auf den Tisch zurück und legte sich auf dem Bett zurecht, die Hände auf dem Bauch gefaltet. »Du warst doch diejenige, die gemeint hat, wir sollten sie nicht warten lassen. Was mich betrifft, habe ich nicht vor, diesen Beißzangen eine Ausrede zu liefern, mir die Schwanzfedern abzukauen.«

Hastig schob Elayne den gefleckten Ring – er bestand nicht mehr aus wirklichem Stein, obwohl sie damit begonnen hatte – auf eine Schnur, die sie sich um den Hals hängte. Der zweite Keramikbecher enthielt ebenfalls einen Kräutersud, den Nynaeve zubereitet hatte, leicht mit Honig gesüßt, damit er nicht ganz so bitter schmeckte. Elayne trank ungefähr die Hälfte davon. Ihrer Erfahrung nach reichte das vollkommen aus, um ihr einen ruhigen Schlaf zu bescheren, selbst wenn sie Kopfschmerzen hatte. Diese Nacht jetzt gehörte zu jenen, in denen sie sich keinen Zeitverlust leisten konnte.

Sie streckte sich auf dem engen Bett aus, so gut es ging, gebrauchte ganz kurz die Macht, um die Kerze zu löschen, und dann wedelte sie sich mit ihrem Hemdzipfel ein wenig Kühle zu. Nun, eher eine sanfte Luftbewegung, sonst nichts. »Ich wünschte, es ginge Egwene endlich wieder besser. Ich habe es satt, lediglich die paar Brocken zu hören, die uns Sheriam und die anderen vorwerfen. Ich will wissen, was geschieht!«

Ihr wurde bewußt, daß sie hier ein empfindliches Thema berührt hatte. Egwene war vor eineinhalb Monaten in Cairhien verwundet worden, an dem Tag, als Moiraine und Lanfear starben. Am Tag, als Lan verschwand.

»Die Weisen Frauen sagen, daß sie langsam wieder gesund wird«, murmelte Nynaeve schläfrig aus dem Dunklen. Ausnahmsweise schien sie dem Gedankengang einmal nicht bis zu Lans Person hin gefolgt zu sein. »Das behaupten jedenfalls Sheriam und ihr kleiner Kreis, und sie hätten keinen Grund zum Lügen, selbst wenn ihnen das möglich wäre.«

»Also, ich würde ja nur zu gern morgen abend bei Sheriam Mäuschen spielen.«

»Da könntest du genausogut wünschen ... « Nynaeve

unterbrach sich und gähnte. »Da kannst du genausogut wünschen, daß dich der Saal gleich zur Amyrlin kürt. Das könnte vielleicht sogar klappen. Bis die sich endlich für jemanden entscheiden, sind unsere Haare grau genug für diesen Posten.«

Elayne öffnete den Mund, um zu antworten, doch nach dem Beispiel der anderen kam nur ein Gähnen heraus. Nun begann Nynaeve zu schnarchen, wohl nicht laut, aber doch sehr nachdrücklich. Elayne schloß die Augen, konnte aber ihre Gedanken noch keineswegs abschalten.

Der Saal zögerte allerdings alles hinaus. Die Sitzenden trafen sich an manchen Tagen nur vielleicht eine Stunde lang und oftmals überhaupt nicht. Wenn man eine von ihnen darauf ansprach, gewann man den Eindruck, das habe alles noch soviel Zeit … Obwohl natürlich die Sitzenden der sechs Ajahs – in Salidar gab es selbstverständlich keine Roten – anderen Aes Sedai nicht mitteilten, worüber sie bei ihren Sitzungen gesprochen hatten, und einer Aufgenommenen sagten sie schon gar überhaupt nichts. Sie hatten ja eigentlich Grund genug, sich zu beeilen. Wenigstens ihre Absichten blieben noch geheim, wenn schon ihre Versammlung an diesem Ort nicht mehr geheim war. Elaida und die Burg würden sie auf die Dauer nicht weiter ignorieren können. Darüber hinaus standen die Weißmäntel nur wenige Meilen entfernt in Amadicia, und es gingen Gerüchte um, die Drachenverschworenen befänden sich bereits hier in Altara. Das Licht mochte wissen, was die Drachenverschworenen alles anstellten, falls Rand sie nicht unter Kontrolle bekam. Der Prophet selbst war ein gutes Beispiel dafür, oder auch ein schreckliches, wie man es eben betrachtete.

Aufruhr, Häuser und Bauernhöfe niedergebrannt, Menschen ermordet, und alles nur, weil sie nicht genug Eifer dabei zeigten, den Wiedergeborenen Drachen zu unterstützen.

Nynaeves Schnarchen klang, als zerreiße jemand Stoff, aber zum Glück kam es aus einiger Entfernung. Elayne gähnte erneut so sehr, daß ihre Kiefer knackten. Dann drehte sie sich zur Seite und preßte die Wange auf das dünne Kissen. Gründe, sich zu beeilen. Sammael saß in Illian, nur ein paar hundert Meilen von hier entfernt, und das war viel zu nahe für einen der Verlorenen. Das Licht allein wußte, wo sich die anderen Verlorenen befanden und was sie planten. Und Rand; sie mußten bei allem auch an Rand denken. Er stellte natürlich keine Gefahr dar. Das würde er niemals sein. Doch er war der Schlüssel zu allem. Mittlerweile formte sich tatsächlich das Muster der ganzen Welt um ihn herum neu. Irgendwie würde sie ihn an sich binden. Min. Sie und die Delegation mußten nun wohl mehr als die Hälfte des Weges nach Caemlyn zurückgelegt haben. Kein Schnee, der sie aufhalten könnte. Noch ein Monat vielleicht bis zu ihrer Ankunft. Nicht, daß sie sich Sorgen machte, weil Min zu Rand ging. Was hatte der Saal eigentlich vor? Min. Der Schlaf überkam sie, und sie glitt nach *Tel'aran'rhiod* hinüber …

… und stand urplötzlich mitten auf der Hauptstraße eines stillen, in Nacht gehüllten Salidar, über dem der Mond fast schon in voller Größe am Himmel hing. Sie konnte recht gut sehen, besser als der Mondschein allein möglich gemacht hätte. Dieser eigenartige Lichtschein lag immer über der Welt der Träume, kam von überall und gleichzeitig von nirgendwo her, als ströme die Dunkelheit selbst dieses fahle Leuchten aus. Aber Träume waren nun eben so, und dies war ein Traum, wenn auch kein ganz gewöhnlicher.

Das Dorf hier war ein Spiegelbild des wirklichen Salidar, aber auf eigenartige Weise verschoben. Selbst mit der herrschenden Dunkelheit konnte man diesen Eindruck von Fremdartigkeit nicht erklären. Alle Fenster waren dunkel, und eine Atmosphäre völliger Leere lag über allem, als seien die Gebäude gänzlich unbewohnt.

Natürlich wohnte hier niemand. Der klagende Ruf eines Nachtvogels wurde durch einen ähnlichen beantwortet; dann hörte sie einen dritten, und irgend etwas verursachte ein schwaches Rascheln, als es in diesem seltsamen Zwielicht davonhuschte, doch die Ställe waren leer, genau wie die Umzäunungen und Lichtungen außerhalb des Dorfes, wo man die Schafe und Rinder hielt. Wilde Tiere würde es hier in Mengen geben, aber keine Haustiere. Einzelheiten veränderten sich von einem Blick zum nächsten. Die strohgedeckten Häuser blieben gleich, aber eine Wassertonne stand plötzlich an einem anderen Ort oder war verschwunden; eine offenstehende Tür war mit einemmal geschlossen... Je vergänglicher ein Ding in der wirklichen Welt war, desto eher würde sich hier seine Lage oder sein Zustand verändern, desto unbeständiger war sein Spiegelbild.

Gelegentlich flackerte eine Bewegung in der dunklen Straße auf; jemand erschien und verschwand nach ein paar Schritten wieder oder schwebte sogar über den Boden, als fliege er. Die Träume vieler Menschen berührten *Tel'aran'rhiod*, aber immer nur ganz kurz. Und das war auch das Beste für sie. Eine andere Eigenschaft der Welt der Träume war nämlich die, daß Dinge, die einem hier widerfuhren, in der wachenden Welt immer noch vorhanden waren. Wenn man hier starb, wachte man nicht mehr auf. Ein eigenartiges Spiegelbild. Nur die Hitze war die gleiche.

Nynaeve stand ungeduldig in dem weißen Kleid einer Aufgenommenen mit den Farbstreifen am Saum neben Siuan und Leane. Sie trug immer noch das silbrige Armband, obwohl es nicht von hier aus in der wachenden Welt wirken konnte. Es band Moghedien nach wie vor, aber Nynaeve, die sich ja nicht in ihrem Körper befand, konnte keine Empfindungen daraus wahrnehmen. Leanes Figur war von erlesener Schlankheit, wenn auch Elaynes Meinung nach ihr kaum noch durchscheinend zu nennendes langes Domanikleid aus dünner Seide von ihrer Eleganz ablenkte. Auch die Farbe veränderte sich ständig. Das passierte immer, bis man lernte, seine Umwelt hier zu kontrollieren. Siuan beherrschte das bereits etwas besser. Sie trug ein schlichtes Kleid aus blauer Seide, so leicht ausgeschnitten, daß man gerade noch den verdrehten Ring an ihrem Halsband hängen sah. Andererseits erschien an dem Kleid von Zeit zu Zeit ein Spitzenbesatz, und das Halsband wandelte sich von einer einfachen Silberkette zu kunstvollen Kolliers, mit Rubinen oder Feuerfunken oder Smaragden in Gold gefaßt, und gleich mit den dazu passenden Ohrringen. Dann erschien wieder die einfache Kette.

Es war der ursprüngliche Ring, der nun an Siuans Hals hing. Sie schien genauso körperlich zu sein, wie die Gebäude. Wenn sie an sich herunterblickte, machte Elaynes Körper auf sie selbst den gleichen soliden Eindruck, aber sie wußte, daß sie den anderen ein wenig verschwommen vorkommen mußte, genau wie Nynaeve und Leane ihr. Man konnte fast meinen, durch die anderen hindurch den Mondschein erkennen zu können. Das war der Effekt, wenn man nur eine Kopie des Ringes benutzte. Sie nahm auch die Wahre Quelle wahr, aber in ihrem Zustand fühlte sich *Saidar* ganz flüchtig an. Wenn sie einen Versuch unternahm, die Macht zu gebrauchen, würde das zu mageren Resultaten führen. Bei dem Ring, den Siuan trug, wäre das anders, aber sie mußte nun den Preis dafür bezahlen, daß jemand anders von ihren Geheimnissen wußte und sie sich die Aufdeckung nicht leisten konnte. Siuan vertraute eben mehr auf das Original als auf Elaynes Kopien, also trug sie es – nur manchmal gab sie den Originalring an Leane weiter –, während sich Elayne und Nynaeve, die *Saidar* benützen konnten, mit den anderen begnügen mußten.

»Wo stecken sie?« wollte Siuan wissen. Ihr Ausschnitt wanderte hoch und wieder herunter. Jetzt war ihr Kleid grün und das Halsband eine Kette von dicken Mondperlen. »Es ist schon schlimm genug, daß sie mir ein Paddel zwischen die Riemen stecken und damit herumfuchteln, wie es ihnen paßt; aber jetzt lassen sie mich auch noch warten!«

»Ich weiß gar nicht, warum du dich so aufregst, daß sie mitkommen wollen«, sagte Leane zu ihr. »Es gefällt dir doch, wenn sie vor deiner Nase Fehler begehen. Sie wissen nicht halb soviel, wie sie zu wissen glauben.« Einen Augenblick lang war ihr Kleid beinahe vollkommen durchsichtig. Ein geschlossener Halsring aus dicken Perlen lag um ihren Hals und verschwand wieder. Sie bemerkte es gar nicht. Sie hatte in dieser Welt noch weniger Erfahrung als Siuan.

»Ich brauche mal wieder richtigen Schlaf«, knurrte Siuan. »Bryne scheucht mich herum, bis mir die Luft ausgeht. Und ich muß die halbe Nacht auf Frauen warten, die sich kaum daran erinnern, wie man läuft. Ganz zu schweigen davon, auch noch diese beiden Klötze am Bein zu haben.« Sie warf Elayne und Nynaeve einen finsteren Blick zu und rollte dann die Augen schicksalsergeben nach oben.

Nynaeve packte mit einer Hand ihren Zopf; ein sicheres Anzeichen dafür, daß in ihr der Zorn emporkochte. Ausnahmsweise einmal konnte Elayne ihr das von ganzem Herzen nachfühlen. Es war schon mehr als nur schwierig, für Schüler die Lehrerin zu spielen, die glaubten, mehr zu wissen, als sie tatsächlich wußten, und die eher die Lehrerin tadelten als umgekehrt, weil sie sich auch noch eines besonderen Schutzes erfreuten. Sicher, die anderen waren noch weit schlimmer als Siuan oder Leane. Wo steckten denn nun die anderen?

Weiter oben an der Straße bewegte sich etwas. Sechs Frauen, vom Glühen *Saidars* umgeben, die nicht gleich wieder verschwanden. Wie üblich hatten sich Sheriam und die anderen ihrer kleinen Ratsversammlung in ihre eigenen Schlafgemächer hineingeträumt und waren dann herausspaziert. Elayne war sich nicht im klaren darüber, inwieweit sie die Eigenschaften *Tel'aran'rhiods* bereits durchschauten. Auf jeden Fall bestanden sie häufig darauf, alles auf ihre eigene Art zu tun, und wenn es auch eine bessere Methode gab. Wer konnte das schon besser wissen als eine Aes Sedai?

Die sechs Aes Sedai waren aber wirklich Anfängerinnen in *Tel'aran'rhiod*, und ihre Kleidung veränderte sich jedesmal, wenn Elayne nur hinblickte. Zuerst hatte eine von ihnen die bestickte Stola der Aes Sedai um die Schultern geschlungen, mit den Fransen in der jeweiligen Farbe ihrer Ajah und mit der weißen Flamme von Tar Valon wie eine herausleuchtende Träne auf dem Rücken, dann trugen plötzlich vier die Stola und dann keine einzige mehr. Manchmal hatten sie leichte Reiseumhänge auf dem Rücken, um den Staub hinter sich von ihnen abzuhalten, bei denen links auf der Brust und auf dem Rücken die Flamme aufgestickt war. Ihre alterslosen Gesichter zeigten natürlich keine Spur der Hitze, denn das war bei den Aes Sedai nie der Fall, aber auch kein Anzeichen dafür, daß ihnen dieser ständige Kleiderwechsel überhaupt bewußt war.

Sie sahen genauso verschwommen aus wie Nynaeve oder Leane. Sheriam und die anderen setzten mehr Vertrauen in Traum-*Ter'Angreal*, für die man die Macht benutzen mußte, als in die Ringe. Sie waren wohl einfach nicht gewillt, einzusehen, daß *Tel'aran'rhiod* nichts mit der Einen Macht zu tun hatte. Zumindest konnte Elayne nicht feststellen, ob eine von ihnen ihre Kopien benutzte. Drei von ihnen würden irgendwo am Körper jeweils eine kleine Scheibe aus einem Material, das einst Eisen gewesen war, bei sich tragen, in die man auf beiden Seiten eine enge Spirale eingraviert hatte und die man durch einen Strang aus Geist aktivierte, der einzigen der Fünf Mächte, die man im Schlaf lenken konnte. Überall, aber allerdings nicht hier. Die anderen drei hatten kleine Fibeln dabei, die einst aus

Bernstein gefertigt worden waren. In jede hatte ihr Schöpfer eine schlafende Frau eingearbeitet. Und hätte Elayne auch alle sechs *Ter'Angreal* vor sich liegen, sie wäre trotzdem nicht in der Lage, die beiden Originale wiederzuerkennen. Diese Kopien waren ihr sehr gut gelungen. Aber natürlich waren es immer noch Nachahmungen.

Als die Aes Sedai die Lehmstraße nebeneinander herunterschritten, hörte sie noch das Ende ihrer Unterhaltung, wenn sie auch nicht viel damit anfangen konnte. »... werden unsere Wahl mißachten, Carlinya«, sagte Sheriam mit dem Flammenhaar gerade, »aber sie werden ohnehin jede Wahl mißachten, die wir treffen. Wir brauchen deshalb unseren Beschluß nicht über den Haufen zu werfen. Es ist überflüssig, Euch noch einmal die Gründe aufzuzählen.«

Morvrin, eine kräftige Braune Schwester mit graugesprenkeltem Haar, schnaubte. »Nachdem wir uns mit dem Saal solche Mühe gegeben haben, hätten wir Schwierigkeiten, wollten wir sie noch einmal umstimmen.«

»Solange jeder Herrscher uns ernst nimmt, kann uns das egal sein«, sagte Myrelle hitzig. Die jüngste der sechs, noch gar nicht so lange zur Aes Sedai erhoben, klang entschieden gereizt.

»Welcher Herrscher würde es denn wagen, uns nicht ernst zu nehmen?« fragte Anaiya wie eine Frau, die fragt, welches Kind es wohl wagen mochte, Schmutz auf ihre Teppiche zu schleppen. »In jedem Fall weiß sowieso kein König oder Königin genug darüber, was unter uns Aes Sedai vorgeht, um die Lage zu durchschauen. Uns brauchen nur die Meinungen der Schwestern zu interessieren, aber nicht ihre.«

»Was mir Kopfzerbrechen bereitet«, erwiderte Carlinya kühl, »ist folgendes: Wenn sie sich leicht von uns führen läßt, dann läßt sie sich vielleicht auch leicht von anderen führen.« Die blasse Weiße mit den fast kohlrabenschwarzen Augen war immer kühl, manche würden auch sagen, eisig.

Worüber sie da auch sprechen mochten, war es auf jeden Fall nichts, was sie vor Elayne oder den anderen austragen wollten. So schwiegen sie, kurz bevor sie die anderen erreichten.

Siuan und Leane reagierten auf die Neuankömmlinge, indem sie einander abrupt den Rücken zuwandten, als hätten sie sich gestritten und seien nur durch die Ankunft der Aes Sedai unterbrochen worden. Was Elayne betraf, überprüfte sie schnell noch ihre Kleidung. Es war das richtige weiße Kleid mit dem farbigen Saum. Sie war selbst nicht ganz glücklich darüber, daß sie ohne Nachdenken im richtigen Kleid erschienen war. Sie hätte wetten können, daß Nynaeve ihre Kleidung nach der Ankunft erst einmal abgeändert hatte. Aber Nynaeve war halt auch viel unerschrockener als sie und kämpfte ständig gegen Beschränkungen an, die sie bereits akzeptiert hatte. Wie konnte sie nur jemals Andor regieren? Falls ihre Mutter tot war. Falls.

Sheriam, ein wenig mollig und mit hohen Backenknochen, richtete ihre schrägstehenden grünen Augen auf Siuan und Leane. Einen Augenblick lang trug sie eine Stola mit blauen Fransen. »Wenn Ihr zwei nicht miteinander auskommen könnt, schwöre ich, daß ich Euch beide zu Tiana schicke.« Es klang, als habe sie das schon oft gesagt und stünde gar nicht mehr dahinter.

»Ihr habt doch lange genug zusammengearbeitet«, sagte Beonin in ihrem auffallenden Taraboner Dialekt. Sie war eine hübsche Graue, hatte sich das honigfarbene Haar zu einer Unmenge dünner Zöpfe geflochten, und ihre blaugrauen Augen blickten ständig überrascht drein. Dabei konnte fast nichts Beonin wirklich überraschen. Sie würde auch nicht glauben, daß die Sonne am Morgen aufgehe, wenn sie sich nicht selbst davon überzeugte, aber falls sie eines Morgens doch nicht auftauchte, würde Beonin nicht einmal mit der Wimper zucken, vermutete Elayne. Das würde lediglich bestätigen, daß sie recht daran getan hatte, Beweise zu fordern. »Ihr könnt und müßt wieder zusammenarbeiten.«

Bei Beonin klang das auch, als habe sie es so oft gesagt, daß es jetzt schon fast automatisch und ohne zu denken herauskam. Alle Aes Sedai hatten sich längst an Siuan und Leane gewöhnt. Sie hatten angefangen, die beiden wie zwei Mädchen zu behandeln, die mit dem Zanken nicht aufhören konnten. Aes Sedai hatten sowieso eine Neigung dazu, jede andere, die nicht zu ihnen gehörte, mehr oder weniger als Kind zu betrachten. Sogar diese beiden, die einst Schwestern gewesen waren.

»Schickt sie meinetwegen zu Tiana oder auch nicht«, fauchte Myrelle, »aber hört auf, darüber zu reden!« Elayne hatte nicht das Gefühl, die auf ihre dunkle Art schöne Frau rege sich über Siuan und Leane auf. Sie ärgerte sich wahrscheinlich gar nicht über irgend etwas oder irgend jemanden. Sie war einfach ziemlich launisch und fiel dadurch sogar unter den Grünen auf. Ihr goldgelbes Seidenkleid erhielt plötzlich einen Stehkragen, aber mit einem tiefen, ovalen Ausschnitt, der ihre Brustansätze gut sichtbar machte. Sie hatte nun auch ein recht auffallendes Kollier um den Hals: ein breites Silberband, an dem drei kleine Dolche hingen. Die Griffe hingen direkt zwischen ihren Brüsten. Ein vierer Dolch erschien plötzlich und war so schnell wieder verschwunden, daß es auch Einbildung gewesen sein konnte. Sie musterte Nynaeve von Kopf bis Fuß, als suche sie nach einem Ansatzpunkt für Kritik. »Gehen wir jetzt zur Burg oder nicht? Wenn wir das unternehmen wollen und uns nun schon hier befinden, könnten wir ja wirklich etwas Nützliches tun.«

Elayne wußte jetzt, worüber sich Myrelle ärgerte. Als sie und Nynaeve nach Salidar gekommen waren, hatten sie sich alle sieben Tage in *Tel'aran'rhiod* mit Egwene getroffen, um sich über das auszutauschen, was sie erfahren hatten. Das war ihnen nicht immer leichtgefallen, da Egwene grundsätzlich von mindestens einer Traumgängerin der Aiel begleitet wurde, in deren Ausbildung sie sich begeben hatte. Sich ohne eine oder zwei Weise Frauen zu treffen hatte große Mühe gekostet. Das war aber sowieso vorbei gewesen, nachdem sie nach Salidar kamen. Diese sechs Aes Sedai, Sheriam und ihre Ratsschwestern, hatten die Treffen übernommen, obwohl sie zu der Zeit nur die drei *Ter'Angreal* selbst gehabt hatten und wenig Ahnung von *Tel'aran'rhiod* über das Wissen hinaus, wie man dorthin kam. Das war ausgerechnet auch noch zu der Zeit geschehen, als Egwene verwundet wurde, und so standen sich schließlich lediglich die Aes Sedai und die Weisen Frauen gegenüber, zwei Gruppen stolzer, resoluter Frauen, von denen jede der anderen mißtraute, und natürlich war keine von beiden Gruppen bereit, auch nur eine Handbreit Bodens zurückzuweichen oder sich der anderen gar zu beugen.

Natürlich hatte Elayne keine Ahnung, was bei diesen Treffen vor sich ging, aber sie konnte es aus eigener Erfahrung ganz gut einschätzen, und dazu kamen noch ein paar Brocken, die Sheriam oder die anderen gelegentlich fallenließen.

Die Aes Sedai waren sicher, alles in Erfahrung bringen zu können, sobald sie einmal wußten, wo sie etwas erfahren konnten, dazu forderten sie den gleichen Respekt, wie man ihn einer Königin gezollt hätte, und sie waren es gewohnt, daß man ihnen alles ohne jedes Widerstreben und ohne Verzögerung mitteilte, was sie wissen wollten. Offensichtlich hatten sie Antworten auf alles mögliche verlangt, über Rands Pläne oder über Egwenes Gesundheitszustand, wann sie wieder in der Lage sei, in die Welt der Träume zu kommen, oder ob es möglich sei, in *Tel'aran'rhiod* die Träume anderer Menschen zu überwachen, bis zu den Fragen, ob man die Welt der Träume auch körperlich betreten könne oder jemand gegen seinen Willen dorthin mitnehmen. Sie hatten sogar mehr als einmal gefragt, ob es möglich sei, durch das, was man in den Träumen tat, die wirkliche Welt zu beeinflussen, eine glatte Unmöglichkeit, an der sie aber offensichtlich zweifelten. Morvrin hatte ein bißchen von *Tel'aran'rhiod* gelesen, genug jedenfalls, um eine Unmenge Fragen zu stellen, aber Elayne vermutete, Siuan habe auch einen erklecklichen Teil dazu beigetragen. Sie glaubte, Siuan versuche sie zu überreden, selbst an den Treffen teilnehmen zu dürfen, aber die Aes Sedai hielten es wohl für großzügig genug, wenn sie Siuan den Ring als Hilfe bei ihrer Arbeit mit den Augen und Ohren benützen ließen. Was sie aufregte, war das Einmischen der Aes Sedai in diese Arbeit.

Was die Aiel betraf... Weise Frauen – oder zumindest die Traumgängerinnen, die Elayne aus eigener Anschauung kannte – wußten nicht nur so ziemlich alles, was man über die Welt der Träume überhaupt wissen konnte, sondern betrachteten diese Welt fast als ihren eigenen Grund und Boden. Es paßte ihnen nicht, wenn jemand unwissentlich hierherkam, und sie hatten eine ziemlich grobe Art, mit dem umzugehen, was sie als töricht betrachteten. Darüber hinaus waren sie sowieso recht verschlossen, offenbar wild entschlossen in ihrer Loyalität zu Rand. So sagten sie nicht viel mehr, als daß er am Leben sei, oder daß Egwene nach *Tel'aran'rhiod* zurückkehren werde, sobald sie gesund genug sei, während sie andere Fragen, die sie als unangemessen betrachteten, überhaupt nicht beantworten wollten. Das konnte beispielsweise eintreten, wenn sie der Meinung waren, die Fragende wisse überhaupt noch nicht genug, um die Antwort zu erhalten, oder wenn Frage oder Antwort oder beides jene eigenartige Weltanschauung der Aiel verletzten, die ganz auf Ehre und Verpflichtung beruhte. Elayne wußte nicht viel mehr über *Ji'e'toh*, als daß es existierte und daß es zu sehr eigentümlichen und empfindlichen Verhaltensweisen führte.

Alles in allem war es eine katastrophale Kombination, die sich alle sieben Tage aufs Neue ergab, und jede Seite gab der anderen die alleinige Schuld daran. Wenigstens vermutete Elayne das.

Sheriam und die fünf anderen hatten sich anfangs jeden Abend von ihnen unterrichten lassen, aber jetzt beschränkte sich das auf zwei Gelegenheiten: den Abend, bevor sie mit den Weisen Frauen zusammentrafen, als wollten sie da ihre Fähigkeiten für einen Wettbewerb noch einmal aufpolieren, und den Abend danach, wobei sie meist recht schweigsam waren und wahrscheinlich aufarbeiten wollten, was eigentlich schiefgegangen war und wie sie damit fertigwerden konnten. Myrelle kochte wahrscheinlich schon jetzt, weil sie die Katastrophen der kommenden Nacht vorhersah. Es würde bestimmt wieder einiges danebengehen.

Morvrin wandte sich an Myrelle und öffnete den Mund, doch mit einemmal befand sich noch eine andere Frau unter ihnen. Elayne brauchte einen Augenblick, um in diesen alterslosen Gesichtszügen Gera zu erkennen, eine der Köchinnen. Sie trug eine Stola mit grünen Fransen und der Flamme von Tar Valon auf dem Rücken und wog nicht mehr als die Hälfte ihres normalen Gewichts. Gera schwenkte einen mahnenden Finger in Richtung der Aes Sedai – und war verschwunden.

»Also das träumt sie, ja?« sagte Carlinya kühl. An ihrem schneeweißen Seidenkleid wuchsen lange Ärmel, deren Spitzen über ihre Hände hingen, während gleich unter dem Kinn ein enger Kragen das Ganze abschloß. »Jemand sollte sich mit ihr ein wenig unterhalten.«

»Laß mal, Carlinya«, schmunzelte Anaiya. »Gera ist eine gute Köchin. Laß ihr doch ihre Träume. Ich kann mir schon vorstellen, wie sie das reizt.« Plötzlich wurde sie schlanker und größer. Ihre Gesichtszüge änderten sich nicht entscheidend. Sie war immer noch die gleiche, einfache, mütterliche Frau wie sonst. Lachend wandelte sie sich zurück zu ihrem normalen Aussehen. »Kannst du nicht einsehen, daß man an solchen Sachen seinen Spaß haben kann, Carlinya?« Selbst Carlinyas Schnauben klang unterkühlt.

»Ganz eindeutig«, warf Morvrin ein, »hat uns Gera gesehen. Wird sie sich daran erinnern?« Der Blick aus ihren dunklen, stählernen Augen war nachdenklich. Ihr Kleid, aus einfacher dunkler Wolle gewebt, war das beständigste unter denen der sechs. Einzelheiten änderten sich wohl auch bei ihr, aber so unmerklich, daß selbst Elayne kaum einen Unterschied feststellen konnte.

»Natürlich wird sie das«, sagte Nynaeve beißend. Sie hatte das schon früher erklärt. Sechs Aes Sedai blickten sie mit hochgezogenen Augenbrauen an, und sie mäßigte ihren Tonfall. Ein wenig. Auch sie haßte es, Töpfe ausschrubben zu müssen. »Wenn sie sich an den Traum erinnert, wird sie sich auch daran erinnern. Aber eben nur als Teil eines Traums.«

Morvrin runzelte die Stirn. Sie kam Beonin am nächsten, wenn es darum ging, zu zweifeln und immer gleich einen Beweis zu verlangen. Nynaeves frustriert leidende Miene würde sie in Schwierigkeiten bringen, von ihrem Tonfall ganz abgesehen. Bevor Elayne jedoch etwas anbringen konnte, um die Aufmerksamkeit der Aes Sedai von Nynaeve abzulenken, sagte Leane mit einem beinahe albernen Lächeln: »Glaubt Ihr nicht, daß wir jetzt gehen sollten?«

Siuan schnaubte verächtlich ob dieser Schüchternheit, und Leane richtete einen scharfen Blick auf sie. »Ja, Ihr werdet soviel Zeit wie möglich in der Burg zubringen wollen«, sagte Siuan diesmal auch recht demütig, und nun schnaubte Leane.

Sie spielten ihre Rollen wirklich gut. Sheriam und die anderen kamen nie auf den Gedanken, Siuan und Leane seien mehr als einfach zwei der Dämpfung unterzogene Frauen, die sich an einen Lebenszweck klammerten, der sie vielleicht auch am Leben halten würde, und die sich noch an den Rest dessen klammerten, was sie einst gewesen waren. Zwei Frauen, die sich auf kindische Weise ständig gegenseitig an die Kehlen fuhren. Die Aes Sedai hätten daran denken sollen, daß Siuan schon immer in dem Ruf gestanden hatte, eine willensstarke und schlaue Drahtzieherin zu sein, und für Leane hatte das ebenfalls, wenn auch in geringerem Maße, gegolten. Hätten sie sich als einig erwiesen oder ihre wahren Gesichter gezeigt, dann hätten sich die sechs daran erinnert und sehr genau unter die Lupe genommen, was immer die beiden sagten. Aber uneins und immer bereit, die andere mit ätzenden Bemerkungen in die Enge zu treiben, fast unterwürfig den Aes Sedai gegenüber, und doch schien ihnen das gar nicht bewußt zu sein... Wenn dann die eine gezwungen schien, dem grollend zuzustimmen, was die andere gesagt hatte, verstärkte das den erwünschten Eindruck noch. Genauso wie in dem Fall, daß die eine aus offensichtlichem Trotz der anderen widersprach. Elayne wußte, daß sie all diesen Aufwand trieben, um Sheriam und die anderen dazu zu bringen, Rand zu unterstützen. Sie hätte allerdings nur zu gern gewußt, was sie sonst noch damit erreichen wollten.

»Sie haben recht«, unterstützte sie Nynaeve energisch, wobei sie Siuan und Leane einen angewiderten Blick zuwarf. Ihre Scheinheiligkeit ärgerte Nynaeve bis zur Weißglut; sie selbst hätte niemals so demütig gespielt, und wäre es um ihr Leben gegangen. »Ihr solltet mittlerweile wissen: Je längere Zeit Ihr hier verbringt, desto weniger real werdet Ihr. Der Schlaf, während man sich in *Tel'aran'rhiod* aufhält, ist auch nicht so erholsam wie gewöhnlicher Schlaf. Erinnert Euch nun bitte auch daran, daß Ihr sehr vorsichtig sein müßt, wenn Ihr etwas Außergewöhnliches bemerkt.« Sie haßte es wirklich, sich wiederholen zu müssen – diese Tatsache zeigte sich deutlich an ihrem Tonfall –, aber bei diesen Frauen, das gab auch Elayne zu, war es entschieden zu oft notwendig. Wenn es bei Nynaeve nur nicht so klänge, als spreche sie mit geistig minderbemittelten Kindern. »Wenn jemand sich so wie Gera vorhin nach *Tel'aran'rhiod* hineinträumt und der Traum zu einem Alptraum wird, dann kann sich dieser Alptraum manchmal hier halten, und das ist äußerst gefährlich. Meidet alles, was ungewöhnlich auf Euch wirkt. Und bemüht Euch diesmal, Eure Gedanken unter Kontrolle zu halten. Woran Ihr hier denkt, kann gelegentlich zur Wirklichkeit werden. Dieser Myrddraal, der letztesmal wie aus dem Nichts heraus erschien, war vielleicht ein Überrest aus einem Alptraum, aber ich glaube eher, eine von Euch hat ihre Gedanken zu weit ausschweifen lassen. Ihr habt gerade über die Schwarzen Ajah gesprochen, falls Ihr euch noch erinnert, und darüber diskutiert, ob sie Schattenwesen in die Burg einließen.« Und als sei das noch nicht schlimm genug gewesen, fügte sie hinzu: »Ihr werdet bei den Weisen Frauen morgen keinen Eindruck schinden, wenn Ihr einen Myrddraal mitten hinein setzt.« Elayne stöhnte leicht auf.

»Kind«, sagte Anaiya sanftmütig und rückte die blaugefranste Stola zurecht, die sie plötzlich um hatte, »Ihr habt sehr gute Arbeit geleistet, aber das entschuldigt noch keine spitze Zunge.«

»Man hat Euch eine Reihe von Privilegien zugestanden«, sagte Myrelle, und das alles andere als sanft, »aber Ihr scheint zu vergessen, daß es tatsächlich Privilegien sind.« Ihr Stirnrunzeln allein hätte genügen sollen, um Nynaeves Beine zum Zittern zu bringen. Myrelle hatte Nynaeve in den letzten Wochen immer härter angepackt. Auch sie hatte jetzt ihre Stola angelegt. Genauer gesagt, alle trugen nun die Stola. Ein schlechtes Zeichen.

Morvrin schnaubte gehässig: »Als ich zu den Aufgenommenen gehörte, hätte jedes Mädchen, das so mit einer Aes Sedai sprach, den nächsten Monat mit dem Schrubben von Fußböden verbracht, und sei auch ihre Erhebung zur Aes Sedai für den nächsten Tag vorgesehen!«

Elayne griff schnell in das Gespräch ein, in der Hoffnung, das Schlimmste verhüten zu können. Nynaeve zeigte einen Gesichtsausdruck, den sie wohl für versöhnlich hielt, der aber in Wirklichkeit beleidigt und halsstarrig wirkte. »Ich bin sicher, sie hat es nicht böse gemeint, Aes Sedai. Wir haben sehr hart gearbeitet. Bitte vergebt uns.« Vielleicht half es, wenn sie sich selbst mit einbrachte, obwohl sie ja nichts getan hatte. Es konnte natürlich auch dazu führen, daß sie beide Böden schrubbten. Wenigstens sah Nynaeve nun zu ihr herüber. Und sie dachte offensichtlich dabei angestrengt nach. Ihre Miene glättete sich zu etwas, das man gerade noch als Verzeihung heischend betrachten konnte, und dann knickste sie und blickte zu Boden, als schäme sie sich. Vielleicht war das ja wirklich der Fall. Vielleicht. Elayne sprach weiter in einem Tonfall, als habe sich Nynaeve offiziell entschuldigt und als sei ihr verziehen worden: »Ich weiß, daß Ihr alle soviel Zeit wie möglich in der Burg verbringen wollt, also sollten wir möglichst nicht länger warten. Wenn Ihr euch alle bitte Elaidas Arbeitszimmer vorstellen würdet, genau so, wie Ihr es beim letztenmal gesehen habt?« In Salidar bezeichnete niemand jemals Elaida als die Amyrlin, und genauso wurde natürlich das Büro der Amyrlin in der Weißen Burg von ihnen nicht so genannt. »Wenn alle die Vorstellung genau im Kopf haben, werden wir zusammen ankommen.«

Anaiya war die erste, die nickte, aber selbst Carlinya und Beonin ließen sich durch ihr Manöver ablenken.

Es war unklar, ob sich nun eigentlich die zehn in Bewegung setzten, oder ob sich *Tel'aran'rhiod* um sie herum verschob. Dem wenigen nach, das Elayne von dieser Welt verstand, konnte beides möglich sein. Man konnte die Welt der Träume unglaublich verändern und den eigenen Wünschen anpassen. Im einen Augenblick standen sie auf der Straße in Salidar, und im nächsten in einem geräumigen, kunstvoll ausgestatteten Zimmer. Die Aes Sedai nickten zufrieden. Sie waren hier noch unerfahren genug, um sich über alles zu freuen, was so geklappt hatte, wie sie es wünschten.

So eindeutig, wie *Tel'aran'rhiod* die wachende Welt widerspiegelte, so spiegelte sich in diesem Raum die Macht der Frauen wider, die ihn während der letzten dreitausend Jahre benützt hatten. Die Lampen auf den vergoldeten Ständern waren nicht entzündet, aber es war hell genug, denn dieser eigenartige Lichtschein war ja vorhanden, der immer in *Tel'aran'rhiod* und den Träumen darin herrschte. Der hohe Kamin war mit goldenem Marmor aus Kandor verschalt, und der Fußboden bestand aus polierten Sandsteinplatten von den Verschleierten Bergen. Die Wände hatten vor verhältnismäßig kurzer Zeit – vor nur etwa tausend Jahren – eine neue Täfelung aus hellem, seltsam schlierigem Holz erhalten, in das man wundersame Tiere und Vögel geschnitzt hatte, von denen Elayne überzeugt war, daß sie der Phantasie des Schnitzers entsprungen waren. Perlig schimmernder Stein umrahmte hohe Fenster, die den Blick auf einen Balkon freigaben, der sich gleich über dem privaten Garten der Amyrlin befand. Diese Steinrahmen hatte man aus einer namenlosen Stadt geborgen, die während der Zerstörung der Welt im Meer der Stürme untergegangen war, und niemand hatte seither weitere Stücke dieser Art von Stein irgendwo auf der Welt gefunden.

Jede Frau, die diesen Raum benützte, prägte ihm etwas von ihrer Persönlichkeit auf, und das war bei Elaida genauso. Ein schwerer, thronähnlicher Stuhl, dessen hohe Rückenlehne von einer in Elfenbein eingelegten Flamme von Tar Valon gekrönt wurde, stand hinter einem massiven Schreibtisch, in den man ganze

Gruppen von Ringen, die immer an drei Punkten zusammenhingen, eingeschnitzt hatte. Die Tischfläche war leer bis auf drei kunstvoll lackierte Holzkästchen altaranischer Machart, die in genau gleichen Abständen darauf standen. Eine schlichte weiße Vase stand auf einer ebenfalls weißen Säule mit ganz strenger Linienführung vor der einen Wand. Die Vase war mit Rosen gefüllt, deren Anzahl und Farbe sich bei jedem Blick veränderte, die aber immer gleich mathematisch genau angeordnet waren. Rosen um diese Jahreszeit und bei diesem Wetter! Es war eine reine Verschwendung der Einen Macht, wenn man damit Rosen künstlich zur Blüte trieb. Aber Elaida hatte das schon gemacht, als sie noch die Ratgeberin von Elaynes Mutter gewesen war.

Über dem Kamin hing ein Gemälde in modernem Stil – auf gespannte Leinwand gemalt – von zwei Männern, die in den Wolken gegeneinander kämpften, indem sie Blitze schleuderten. Der eine Mann hatte ein Gesicht aus Feuer, und der andere war Rand. Elayne war in Falme gewesen, und fand, daß dieses Gemälde der Wahrheit recht gut entsprach. Wo sich Rands Gesicht befand, war undeutlich ein Riß in der Leinwand zu sehen, als habe jemand einen schweren Gegenstand darauf geworfen, und der Riß war dann wohl ganz ordentlich repariert worden. Offenbar brauchte Elaida etwas, was sie ständig an den Wiedergeborenen Drachen erinnerte, und genauso offensichtlich war sie nicht gerade glücklich darüber, das Bild andauernd ansehen zu müssen.

»Wenn Ihr mich bitte entschuldigt«, sagte Leane, noch bevor die anderen mit ihrem zufriedenen Nicken fertig waren, »ich muß nachsehen, ob meine Leute ihre Botschaften empfangen haben.« Jede Ajah außer der Weißen besaß ein eigenes Netz von Augen und Ohren, Spione, die sie über alle Nationen verstreut hatten, und auch so manche einzelne Aes Sedai hatte ihr eigenes

Netz aufgebaut, doch Leane war ein seltener Ausnahmefall, vielleicht sogar einzigartig, denn sie hatte als Behüterin der Chronik ein Netz sogar in Tar Valon selbst errichtet. Kaum hatte sie ausgesprochen, da verschwand sie auch schon.

»Sie sollte nicht allein hier herumlaufen«, sagte Sheriam in frustriertem Tonfall. »Nynaeve, geht zu ihr und bleibt bei ihr.«

Nynaeve zog an ihrem Zopf. »Ich glaube nicht ... «

»Das ist bei Euch sehr oft der Fall«, unterbrach Myrelle sie. »Tut ausnahmsweise einmal, was man Euch sagt und sobald man es Euch sagt, Aufgenommene.«

Nynaeve tauschte einen trockenen Blick mit Elayne, dann nickte sie, wobei sie sichtlich ein Seufzen unterdrücken mußte, und verschwand. Elayne empfand nur wenig Mitleid. Hätte Nynaeve nicht zuvor in Salidar ihre Gereiztheit so deutlich gezeigt, dann wäre es jetzt vielleicht möglich gewesen, zu erklären, daß sich Leane überall in der Stadt befinden mochte, daß es fast unmöglich sei, sie aufzuspüren, und daß sie schon seit Wochen allein in *Tel'aran'rhiod* herumschnüffelte.

»Jetzt müssen wir aber sehen, was wir in Erfahrung bringen können«, sagte Morvrin, doch bevor eine von ihnen etwas sagen konnte, saß plötzlich Elaida mit wütender Miene hinter ihrem Schreibtisch.

Eine Frau mit unnachgiebigem, strengen Gesicht, nicht schön, aber doch recht gut aussehend, mit dunklem Haar und dunklen Augen, so erschien ihnen Elaida in einem blutroten Kleid mit der gestreiften Stola der Amyrlin um die Schultern. »Wie ich es dank meiner Gabe vorhergesagt habe«, sagte sie würdigem, getragenen Tonfall. »Die Weiße Burg wird unter meiner Führung wiedervereinigt. Unter *meiner*!« Sie deutete ruckartig auf den Fußboden. »Kniet nieder und bittet um die Vergebung Eurer Sünden!« Damit war sie wieder verschwunden.

Elayne ließ langsam die angehaltene Luft wieder heraus und war dankbar dafür, daß sie offensichtlich nicht die einzige gewesen war.

»Eine Weissagung?« Beonin runzelte nachdenklich die Stirn. Es klang nicht besorgt, obwohl sie ja Grund genug gehabt hätte. Elaida hatte die Gabe, die Zukunft vorhersagen zu können, allerdings eben nur sporadisch. Wenn solch eine Vorhersage über eine Frau kam und sie wußte, daß etwas Bestimmtes geschehen werde, dann geschah es auch.

»Ein Traum«, sagte Elayne und war überrascht, wie beherrscht ihre Stimme sich anhörte. »Sie schläft und träumt. Kein Wunder, daß sie alles so träumt, wie sie es gern hätte.« *Bitte, Licht, laß es nicht wahr werden.*

»Habt Ihr die Stola bemerkt?« fragte Anaiya, ohne jemand Bestimmtes anzusprechen. »Sie hatte keinen blauen Streifen.« Die Stola der Amyrlin sollte einen Farbstreifen für jede der sieben Ajahs aufweisen.

»Ein Traum«, sagte Sheriam ausdruckslos. Bei ihr klang es, als befürchte sie nichts, aber sie hatte wieder ihre blaugefranste Stola um und zog sie fest zusammen. Genau wie Anaiya.

»Ob sich das nun so verhält oder nicht«, sagte Morvrin gelassen, »könnten wir doch mit dem anfangen, was wir hier erledigen wollten.« Morvrin konnte so schnell nichts erschüttern.

Die plötzlich ausbrechende Aktivität unter den sechs nach den Worten der Braunen Schwester ließ deutlich werden, wie still es vorher im Raum gewesen war. Sie selbst, Carlinya und Anaiya schlüpften geschwind hinaus in das Vorzimmer, wo sich der Arbeitstisch der Behüterin befand. Das war unter Elaida Alviarin Freidhen, eine Weiße seltsamerweise, obwohl doch sonst die Behüterinnen immer aus der gleichen Ajah kamen wie die Amyrlin selbst.

Siuan blickte ihnen gereizt hinterher. Sie behauptete, man könne oft mehr aus Alviarins Papieren ersehen als aus denen Elaidas, denn Alviarin wußte offenbar oftmals mehr als die Frau, der sie angeblich diente, und zweimal hatte Siuan bereits den Beweis dafür gefunden, daß Alviarin Elaidas Befehle widerrufen hatte, anscheinend ohne alle Folgen. Nicht, daß sie Elayne und Nynaeve von diesen Befehlen erzählt hätte. Siuans Bereitschaft zur Zusammenarbeit hatte ihre Grenzen.

Sheriam, Beonin und Myrelle versammelten sich um den Schreibtisch Elaidas, öffneten eines der lackierten Kästchen und begannen, in den darin liegenden Papieren zu stöbern. Hier bewahrte Elaida ihre neueste Korrespondenz und die Berichte, die ständig einliefen, auf. Jedesmal, wenn eine von ihnen den Deckel losließ, der so hübsch mit goldenen Habichten geschmückt war, die zwischen weißen Wolken unter einem blauen Himmel stritten, war das Kästchen mit einemmal wieder geschlossen, bis sie dann endlich daran dachten und es offenhielten. Die Papiere selbst veränderten sich andauernd, selbst mitten beim Lesen noch. Das Papier war hier wirklich ein flüchtiges Element. Unter vielen verblüfften und enttäuschten *Tsssts* und verärgertem Aufstöhnen widmeten sich die Aes Sedai der Suche nach Informationen.

»Hier ist ein Bericht von Danelle«, sagte Myrelle und überflog schnell eine Seite Text. Siuan schob sich näher heran, um mitlesen zu können, denn Danelle, eine junge Braune, hatte zu jenen Verschwörerinnen gehört, die sie abgesetzt hatten, doch Beonin sah sie stirnrunzelnd an, und daraufhin zog sie sich, leise vor sich hin grollend, wieder in ihr Eck zurück. Beonin wandte ihre Aufmerksamkeit bereits wieder dem Kästchen und den Dokumenten zu, als Siuan noch keine drei Schritte getan hatte, und die anderen beiden Frauen hatten sowieso nichts bemerkt. Myrelle redete derweil weiter: »Sie sagt, Mattin Stepaneos habe das Angebot mit Freude angenommen, Roedran bemühe sich noch immer, alle Seiten gleichzeitig zufriedenstellen zu wollen, während Alliandre und Tylin mehr Zeit benötigen, um sich ihre Antworten zu überlegen. Es ist noch eine Notiz in Elaidas Handschrift darauf: ›Macht ihnen Druck!‹« Sie schnalzte mit der Zunge, als der Bericht sich in ihrer Hand in Luft auflöste. »Es stand nicht drin, worum es überhaupt geht, aber es kann nur zwei Möglichkeiten geben, wenn es um gerade diese vier zusammen geht.«

Mattin Stepaneos war König von Illian und Roedran König von Murandy, während Alliandre Königin von Ghealdan war und Tylin die Herrscherin von Altara. Der Gegenstand der Verhandlungen konnte nur entweder Rand sein oder die Aes Sedai, die sich gegen Elaida gestellt hatten.

»Damit wissen wir wenigstens, daß unsere Abgesandten immer noch die gleichen Chancen haben wie die Elaidas«, sagte Sheriam. Natürlich hatte Salidar niemanden zu Mattin Stepeanos entsandt, denn Lord Brend vom Rat der Neun, also Sammael, stellte die wahre Macht in Illian dar. Elayne hätte eine ganze Menge dafür gegeben, zu erfahren, was Elaida Sammael angeboten hatte, daß dieser nun tatsächlich zugestimmt oder eben Mattin Stepaneos hatte zustimmen lassen. Sie war sicher, die drei Aes Sedai hätten genausoviel dafür gegeben, aber sie fuhren lediglich fort, weitere Dokumente aus dem lackierten Kästchen zu nehmen.

»Die steckbriefliche Suche nach Moiraine ist noch in Kraft«, sagte Beonin und schüttelte den Kopf, als aus dem einzelnen Blatt in ihrer Hand plötzlich ein ganzes dickes Bündel wurde. »Sie weiß noch nicht, daß Moiraine tot ist.« Sie schnitt den Papieren eine Grimasse und ließ sie fallen. Sie wurden verstreut wie abgestorbene Blätter vom Wind, und dann lösten sie sich auf, bevor sie den Boden erreichten. »Elaida hat auch immer noch vor, sich einen Palast bauen zu lassen.«

»Hätte sie gern«, meinte Sheriam trocken. Ihr Hand zuckte vor und nahm etwas auf, was wie eine kurze

Notiz aussah. »Shemerin ist geflohen. Die *Aufgenommene* Shemerin.«

Alle drei blickten kurz Elayne an, bevor sie sich wieder dem Inhalt des Kästchens widmeten, das sie nun erneut öffnen mußten. Keine gab irgendeinen Kommentar zu Sheriams Worten.

Elayne hätte beinahe mit den Zähnen geknirscht. Sie und Nynaeve hatten ihnen berichtet, daß Elaida Shemerin, eine Gelbe Schwester, zur Aufgenommenen degradieren wolle, aber natürlich hatten sie ihr nicht geglaubt. Man konnte eine Aes Sedai sehr wohl bestrafen oder sogar ausstoßen, aber eine Degradierung war unmöglich, sonst hätte man sie gleich einer Dämpfung unterziehen können. Aber es schien, daß Elaida trotzdem genau das tat, gleich, was die Gesetze der Burg vorschrieben. Vielleicht änderte sie die Gesetzgebung jetzt auch noch selbst ab.

Eine ganze Anzahl von Dingen, die sie diesen Frauen berichtet hatten, war ihnen offensichtlich nicht abgenommen worden. Solch junge Frauen, Aufgenommene, konnten doch nicht genug von der Welt wissen, um einzuschätzen, was möglich war und was nicht! Junge Frauen waren leichtgläubig und leicht zu beeinflussen; sie sahen und glaubten manchmal Dinge, die es gar nicht gab. Es kostete Elayne Mühe, nicht mit dem Fuß aufzustampfen. Eine Aufgenommene nahm das an, was die Aes Sedai ihr gaben, und verlangte keine Dinge, die ihr die Aes Sedai nicht geben wollten. Beispielsweise Entschuldigungen. Sie behielt ihre Gefühle für sich und machte eine ausdruckslose Miene.

Siuan beherrschte sich in solchen Fällen weniger. Jedenfalls zumeist. Wenn die Aes Sedai sie nicht ansahen, bedachte sie diese mit ihren finstersten Blicken. Klar, wenn eine der drei dann in ihre Richtung blickte, wandelte sich ihre Miene im Handumdrehen zu demütiger Ergebenheit. Darin hatte sie bereits eine Menge Übung. Ein Löwe überlebt, indem er sich wie ein Löwe verhält, hatte sie Elayne einmal gesagt, und eine Maus, indem sie sich wie eine Maus verhält. Trotzdem war Siuan selbst nur die armselige Imitation einer Maus.

Elayne glaubte, in Siuans Blick etwas wie Besorgnis zu erkennen. Dies war Siuans Aufgabe gewesen, seit sie den Aes Sedai bewies, daß sie problemlos den Ring benutzen konnte – sicher, erst nachdem sie und Leane heimlichen Unterricht durch Nynaeve und Elayne erhalten hatten – und eine hervorragende Informationsquelle darstellte. Es kostete Zeit, den Kontakt mit den über die verschiedenen Länder verstreuten Augen und Ohren wiederherzustellen und ihre Berichte von der Weißen Burg nach Salidar umzulenken. Falls Sheriam und die anderen vorhatten, diese Aufgabe selbst zu übernehmen, wäre Siuan nicht mehr so nützlich für sie. In der Geschichte der Burg war noch niemals ein Agentennetz von einer Frau geführt worden, die nicht wenigstens Aes Sedai war, bis Siuan mit ihren Kenntnissen der Augen und Ohren der Amyrlin selbst nach Salidar gekommen war, und darüber hinaus kannte sie auch noch die Augen und Ohren der Blauen Ajah, denn die hatte sie vor ihrer Wahl zur Amyrlin geleitet. Beonin und Carlinya zögerten ganz unverhohlen, sich da auf eine Frau zu verlassen, die nicht mehr zu ihnen gehörte, und die anderen waren auch nicht gerade begeistert gewesen. Um der Wahrheit die Ehre zu geben: Sie alle fühlten sich nicht wohl in Gegenwart einer Frau, die eine Dämpfung hinter sich hatte.

Es gab auch für Elayne im Moment nichts zu tun. Die Aes Sedai mochten dies vielleicht als Lektion bezeichnen und betrachteten es möglicherweise wirklich als solche, aber sie wußte aus Erfahrung, wenn sie ungebeten versuchte, sie weiter zu unterrichten, würde man ihr fast den Kopf dafür abreißen. Sie war dabei, um jede Frage zu beantworten, die die anderen an sie stellen wollten, und sonst gar nichts. So stellte sie sich einen Hocker vor. Der erschien prompt, mit in Rankenform geschnitzten Beinen. Sie setzte sich hin und wartete. Ein Stuhl wäre bequemer gewesen, würde aber wieder Kritik hervorrufen. Wenn eine Aufgenommene es sich bequem machte, nahm an von ihr an, sie habe nicht genug zu tun. Einen Augenblick später ließ Siuan einen beinahe identischen Hocker erscheinen. Sie lächelte Elayne etwas gezwungen zu und schnitt den Rücken der Aes Sedai eine Grimasse.

Als Elayne dieses Zimmer in *Tel'aran'rhiod* zum erstenmal betreten hatte, hatte vor dem schweren Schreibtisch ein Dutzend oder mehr solcher Hocker im Halbkreis gestanden. Bei jedem Besuch waren es weniger gewesen, und jetzt stand keiner mehr dort. Sie war sicher, daß das eine Bedeutung haben mußte, doch welche, das konnte sie sich nicht vorstellen. Sie zweifelte nicht daran, daß es auch Siuan aufgefallen war. Vermutlich hatte die schon einen Grund im Kopf, dachte aber nicht daran, ihre Überlegungen mit Nynaeve oder Elayne zu teilen.

»Die Kampfhandlungen in Schienar und Arafel haben stark nachgelassen«, murmelte Sheriam mehr in sich selbst hinein, »aber es steht immer noch nichts drin, warum sie überhaupt begannen. Auch wenn es nur bloße Scharmützel waren, kämpfen doch die Menschen der Grenzlande nicht gegeneinander. Sie haben schließlich die Fäule im Nacken.« Sie kam aus Saldaea, und Saldaea gehörte zu den Grenzlanden.

»Wenigstens bleibt es in der Fäule noch ruhig«, sagte Myrelle. »Beinahe zu ruhig. Das kann nicht andauern. Es ist schon gut, daß Elaida in den Grenzlanden genug Augen und Ohren besitzt.« Siuan brachte eine Mischung aus schuldbewußtem und gleichzeitig wütendem Blick hervor, mit dem sie die Aes Sedai bedachte. Elayne glaubte nicht, daß sie bisher den Kontakt mit ihren Agenten in den Grenzlanden wieder aufgenommen hatte. Der Weg nach Salidar war eben sehr weit.

»Ich würde mich wohler fühlen, wenn man von Tarabon dasselbe behaupten könnte.« Das Blatt in Beonins Hand wurde länger und breiter. Sie blickte darauf nieder, schnaubte, und warf es weg.

»Die Augen-und-Ohren in Tarabon, sie schweigen immer noch. Allesamt. Die einzige Nachricht aus Tarabon, die sie bekommen hat, besteht aus Gerüchten von Amadicia her, daß Aes Sedai in den Krieg verwickelt seien.« Sie schüttelte den Kopf über den absurden Vorgang, solche Gerüchte überhaupt zu Papier zu bringen. Aes Sedai ließen sich nicht in Bürgerkriege verwickeln. Jedenfalls nicht so offensichtlich, daß man es bemerken würde. »Und wie es scheint, liegen auch aus Arad Doman kaum mehr als eine Handvoll ziemlich verwirrender Berichte vor.«

»Im Falle Tarabons werden wir selbst bald genug Bescheid wissen«, sagte Sheriam beruhigend. »Nur noch ein paar Wochen.«

Die Suche ging noch stundenlang weiter. Die Dokumente wurden nie knapp, und das lackierte Kästchen war nie leer. Manchmal nahm sogar der Inhalt zu, wenn irgendein Schriftstück entnommen wurde. Natürlich blieben nur die kürzesten Schriftstücke lang genug stabil, um sie ganz lesen zu können, aber gelegentlich fanden sie im Kasten einen Brief oder einen Bericht wieder, den sie schon einmal überflogen hatten. Lange Zeitspannen über herrschte nur Schweigen, aber dazwischen rief das eine oder andere Schriftstück doch Kommentare hervor, und ein paarmal diskutierten die Aes Sedai sogar heftig. Siuan begann aus Langeweile mit einem Fadenspiel, und schien sich dabei so auf ihre Fingerfertigkeit zu konzentrieren, daß sie augenscheinlich auf nichts anderes mehr achtete. Elayne wünschte, sie könne das auch, oder noch besser, sie habe ein Buch zum Lesen in Händen – prompt erschien ein Buch auf dem Boden zu ihren Füßen, *Die Reisen des Jain Fernstreicher*, bevor sie es schnell wieder verschwinden ließ – aber man ließ den Frauen, die sowieso keine Aes Sedai waren, mehr Freiheiten als solchen, die zu Aes Sedai ausgebildet wurden. Trotzdem, beim Zuhören erfuhr sie auch einige interessante Dinge.

Eine Einmischung der Aes Sedai in Tarabon war nicht das einzige Gerücht dieser Art, das seinen Weg auf Elaidas Schreibtisch gefunden hatte. So schien den Gerüchten zufolge der Rückzug der Weißmäntel auf Befehl Pedron Nialls alle möglichen Gründe zu haben, von der Absicht, den Thron Amadicias zu erringen – was bestimmt nicht mehr nötig war – bis hin zu der Vermutung, er wolle die Bürgerkriege und die Anarchie in Tarabon und Arad Doman unterdrücken und Rand *unterstützen!* Elayne würde das erst glauben, wenn die Sonne im Westen aufging. Es gab Berichte über eigenartige Vorkommnisse in Illian und Cairhien und vielleicht noch in anderen Gebieten, aber nur diese fanden sie im Moment unter den Papieren, daß ganze Dörfer vom Wahnsinn erfaßt worden seien, Alpträume bei Tageslicht durch die Straßen wandelten, doppelköpfige Kälber, die sogar sprechen konnten, sollten angeblich geboren worden sein, und Schattenwesen tauchten plötzlich aus heiterem Himmel auf. Sheriam und die beiden anderen übergingen diese Berichte leichthin. Die gleiche Art von unmöglichen Geschichten war auch aus Teilen von Altara und Murandy und über den Fluß weg aus Amadicia bis nach Salidar gedrungen. Die Aes Sedai taten das als pure Hysterie unter den Menschen ab, die vom Wiedergeborenen Drachen erfahren hatten. Elayne war sich da nicht so sicher. Sie hatte Dinge erlebt, von denen die Aes Sedai nichts wußten, trotz all ihrer Erfahrung und ihres fortgeschrittenen Alters. Von ihrer Mutter sagten Gerüchte, sie stelle im Westen Andors ein Heer zusammen, und das ausgerechnet auch noch unter der uralten Flagge von Manetheren! Andere wiederum besagten, Rand halte sie gefangen oder sie fliehe von einem Land ins andere, einschließlich der Grenzlande und Amadicias, wobei letzteres ja absolut undenkbar war. Offensichtlich glaubte man in der Burg nichts von alledem. Elayne wünschte, sie wüßte, was sie nun glauben könne.

Sie hörte auf, sich über den wirklichen Verbleib ihrer Mutter Gedanken zu machen, als sie vernahm, daß Sheriam ihren Namen nannte. Sie sprach nicht *mit* ihr, sondern las nur hastig etwas auf einem quadratischen Blatt, aus dem schnell eine lange Pergamenturkunde mit drei Siegeln am unteren Ende wurde. Elayne Trakand sollte unter allen Umständen aufgespürt und in die Burg zurückgebracht werden. Sollte dabei noch mehr Schlamperei vorkommen, werde es den Versagern so ergehen, daß sie »diese Macura-Frau beneiden« würden. Das ließ Elayne einen Schauer über den Rücken laufen. Auf ihrem Weg nach Salidar hätte eine Frau namens Ronde Macura es um ein Haar fertiggebracht, sie und Nynaeve wie die Wäschebündel in die Wäscherei zur Burg schleppen zu lassen. Wie Sheriam vorlas, sei »das Herrscherhaus Andors der Schlüssel«, was nicht viel Sinn ergab. Wozu sollte dieser Schlüssel dienen?

Keine der drei Aes Sedai warf auch nur einen Blick in ihre Richtung. Sie tauschten lediglich Blicke und fuhren mit ihrer Suche fort. Vielleicht hatten sie ihre Anwesenheit vergessen, vielleicht auch nicht. Aes Sedai machten, was sie wollten. Sollte man sie vor Elaida abschirmen, war das die Entscheidung der Aes Sedai, und sollten sie sich aus irgendeinem Grund entschließen, sie an Händen und Füßen gefesselt Elaida auszuliefern, war das auch ihre Angelegenheit. »Die Forelle fragt den Frosch nicht nach seiner Meinung, bevor sie zuschnappt«, hatte Lini ihren Erinnerungen zufolge gesagt.

Elaidas Reaktion auf die von Rand erlassene Amnestie ließ sich am Zustand des entsprechenden Berichts ablesen. Elayne sah sie beinahe vor sich, wie sie das Blatt in ihrer Faust zerknüllte und es zerreißen wollte, es dann jedoch in eisiger Stimmung wieder glättete und in das Kästchen legte. Elaidas Wutanfälle waren stets eiskalt und nicht hitzig wie bei anderen. Sie hatte keine Notiz auf dieses Dokument geschrieben, aber auf ein anderes hatte sie einen beißenden Kommentar gekritzelt. Dort wurden die Aes Sedai in der Burg einzeln aufgelistet. Aus ihren Worten ging hervor, daß sie beinahe schon soweit war, öffentlich zu erklären, alle, die ihrem Befehl zur Rückkehr in die Burg nicht Folge leisteten, seien Verräterinnen. Sheriam und die anderen beiden sprachen ganz gelassen über diese Möglichkeit. Wie viele Schwestern dem Befehl auch nachkommen würden, einige würden jedenfalls einen weiten Weg zurücklegen müssen und andere hatten den Aufruf vermutlich noch nicht einmal erhalten. Jedenfalls würde eine solche öffentliche Erklärung aller Welt bestätigen, daß die Burg gespalten war. Elaida mußte ja fast schon von Panik ergriffen sein, wenn sie eine solche Möglichkeit überhaupt in Betracht zog, oder aber vollkommen durchgedreht vor Wut.

Etwas Kaltes rieselte Elaynes Rücken herunter, und es hatte nichts damit zu tun, daß Elaida nun wütend war oder Angst hatte. Zweihundertundvierundneunzig Aes Sedai befanden sich in der Burg und standen auf Elaidas Seite. Das war fast ein Drittel aller Aes Sedai, beinahe genauso viele, wie sich in Salidar versammelt hatten. Wahrscheinlich war das Beste, was sie in bezug auf die übrigbleibenden erwarten durften, etwa eine Teilung im gleichen Verhältnis. Nach einem großen Ansturm zu Beginn hatte die Anzahl der Neuankömmlinge in Salidar stark abgenommen. Aus dem Strom war ein dünnes Rinnsal geworden. Vielleicht spielte sich in der Burg genau dasselbe ab. Man konnte ja hoffen …

Eine Zeitlang suchten sie schweigend weiter, und dann rief Beonin: »Elaida, sie hat eine Delegation zu Rand al'Thor gesandt!« Elayne sprang auf und wurde gerade noch durch eine hastige Geste Siuans vom Sprechen abgehalten. Die Geste verlor allerdings etwas von ihrer Wirkung, weil Siuan vergessen hatte, zuerst ihr Fadenspiel verschwinden zu lassen.

Sheriam griff nach dem einzelnen Blatt, aber bevor ihre Hand es berührte, wurden drei daraus. »Wo schickt sie die Abordnung hin?« fragte sie zur gleichen Zeit, als Myrelle rief: »Wann haben sie Tar Valon verlassen?« Die Würde bewahrten sie alle nur noch mühsam.

»Nach Cairhien«, sagte Beonin. »Und ich habe nicht gesehen, wann sie loszogen, falls es überhaupt erwähnt wurde. Aber sie werden sich bestimmt nach Caemlyn begeben, sobald sie wissen, wo er sich aufhält.«

Trotzdem war das natürlich gut, denn sie würden etwa einen Monat oder mehr benötigen, um von Cairhien nach Caemlyn zu ziehen. Die Delegation aus Salidar würde sicher früher bei ihm ankommen. Elayne besaß eine zerfledderte Landkarte, die sie in Salidar unter ihre Matratze gesteckt hatte, und darauf hatte sie jeden Tag markiert, wie weit sie ihrer Meinung nach in Richtung Caemlyn vorwärtsgekommen sein konnten.

Die Graue hatte aber noch nicht ausgesprochen. »Wie es scheint, will Elaida ihm ihre Unterstützung anbieten. Und eine Eskorte zur Weißen Burg.« Sheriam zog die Augenbrauen hoch.

»Das ist doch unsinnig!« Myrelles dunkle Wangen liefen rot an. »Elaida gehörte zu den Roten.« Eine Amyrlin gehörte zu allen Ajahs und zu keiner einzelnen mehr, aber natürlich konnte keine so einfach vergessen, woher sie kam.

»Diese Frau würde alles tun«, sagte Sheriam. »Vielleicht findet er die Unterstützung der Weißen Burg verlockend?«

»Können wir Egwene eine Botschaft über die Aielfrauen übermitteln?« schlug Myrelle mit Zweifeln in der Stimme vor.

Siuan hüstelte laut und künstlich, aber nun hatte Elayne wirklich die Nase voll. Egwene vorzuwarnen war natürlich beinahe lebenswichtig, denn Elaidas Leute würden sie garantiert zurück zur Burg schleifen, sollten sie Egwene in Cairhien antreffen, und der Empfang würde alles andere als herzlich ausfallen, aber der Rest ...! »Wie könnt Ihr glauben, Rand würde auf irgend etwas hören, was Elaida sagt! Glaubt Ihr etwa, er weiß nicht, daß sie eine Rote Ajah war und was das zu bedeuten hat? Sie werden ihm keineswegs ihre Unterstützung anbieten, und das wißt Ihr genau! Wir müssen ihn warnen!« Darin lag ein gewisser Widerspruch, wie ihr sehr wohl klar war, aber ihre Zunge war ganz in der Gewalt der Sorge. Wenn Rand etwas zustieß, würde sie sterben.

»Und was schlagt Ihr vor, daß *wir* unternehmen sollen, Aufgenommene?« fragte Sheriam kühl.

Elayne fürchtete, sie wirke wie ein Fisch, weil sie mit offenem Mund dastand. Sie hatte keine Ahnung, was sie antworten sollte. Doch sie wurde mit einemmal durch einen Schrei aus einiger Entfernung gerettet, auf den wortloses Kreischen aus dem Vorzimmer folgten. Sie stand der Tür am nächsten, doch als sie hinausrannte, hatte sie die anderen bereits auf den Fersen.

Das Zimmer war bis auf den Schreibtisch der Behüterin leer, auf dem sauber angeordnete Stapel von Papieren und Halter voll mit Schriftrollen und anderen Dokumenten lagen, und dazu stand noch eine Stuhlreihe an der einen Wand, wo sich die Aes Sedai hinsetzen konnten, während sie auf ein Gespräch mit Elaida warteten. Anaiya, Morvrin und Carlinya waren weg, aber einer der hohen Türflügel auf den Flur hinaus schloß sich gerade. Die verzweifelten Schreie einer Frau drangen durch den schmalen Spalt und wurden abgeschnitten, als die Türe zu war. Sheriam, Myrelle und Beonin rannten Elayne fast über den Haufen, so eilig hatten sie es, auf den Flur hinauszukommen. Sie erschienen wohl leicht verschwommen, beim Aufprall fühlten sie sich aber solide genug an.

»Seid vorsichtig!« schrie Elayne, aber es blieb ihr nichts anderes übrig, als den Rock zu lupfen und ihnen zusammen mit Siuan hinterherzurennen, so schnell es nur ging. Sie betraten eine Szene wie aus einem Alptraum. Buchstäblich.

Etwa dreißig Schritt zu ihrer Rechten erweiterte sich der mit Wandteppichen ausgestattete Korridor zu einer Steinhöhle, die sich bis in die Ewigkeit zu erstrecken schien. Beleuchtet wurde sie in Abständen vom trüben, roten Glühen von vereinzelten Feuern und Fackeln in Wandhaltern. Überall befanden sich Trollocs, große, menschenähnliche Gestalten, deren fast zu menschliche Gesichter von tierischen Schnauzen und Fängen und Schnäbeln verunziert wurden, und auf deren Köpfen Hörner oder fedrige Kämme zu sehen waren. Diejenigen in größerer Entfernung erschienen undeutlicher als die nächsten, nur halb ausgebildete Gestalten, während die nächsten Riesen waren, zweimal so groß wie ein normaler Mann und damit sogar noch größer als die wirklichen Trollocs, alle in Leder und schwarze Dornenpanzer gehüllt, und so heulten und kreischten sie beim Tanz um Lagerfeuer und Suppenkessel, die an Gestellen und seltsam verzerrten Rahmen und Metallgerüsten hingen.

Es war wirklich ein Alptraum, wenn auch weitaus größer, als Elayne es bisher von Egwene oder den Weisen Frauen vernommen hatte. Einmal von dem schlafenden Verstand befreit, der ihn erschaffen hatte, trieben solche Dinge manchmal ziellos durch die Welt der Träume, und gelegentlich blieben sie an einem bestimmten Fleck haften. Die Traumgängerinnen der Aiel zerstörten jeden ganz selbstverständlich, wenn sie auf einen stießen, aber sie und Egwene hatten ihr geraten, das beste sei, jeden ganz zu meiden, den sie irgendwo antraf. Unglücklicherweise hatte Carlinya offensichtlich nicht hingehört, als sie und Nynaeve ihnen das erklärten.

Die Weiße Schwester hing an Händen und Füßen gebunden mit dem Kopf nach unten an einer Kette, die in der Dunkelheit über ihnen verschwand. Elayne sah das Glühen *Saidars* um sie herum, und doch wand sich Carlinya verzweifelt und schrie, als sie langsam mit dem Kopf voran in einen großen, schwarzen Kessel voll blasenschlagenden, kochenden Öls gesenkt wurde. In dem Augenblick, als Elayne in den Korridor hinausrannte, standen Anaiya und Morvrin genau an der Grenze, wo aus dem Flur plötzlich eine Höhle wurde. Nur einen Herzschlag lang standen sie dort, und dann plötzlich schienen sich ihre verschwommenen Gestalten auf die Grenze zu in die Länge zu ziehen wie Rauch, der in einen Schornstein hineingesaugt wird. Kaum hatten sie die Grenze berührt, befanden sie sich auch schon drinnen. Morvrin schrie, als zwei Trollocs an großen Eisenrädern drehten, die sie immer weiter streckten. Immer dünner schien sie so zu werden. Anaiya dagegen hing gefesselt an ihren Handgelenken, und um sie herum tanzten Trollocs und schlugen mit Peitschen, deren Schnüre mit Metallspitzen versehen waren, auf sie ein. Die Peitschen rissen lange Streifen aus ihrem Kleid.

»Wir müssen uns verknüpfen«, sagte Sheriam, und das Glühen, das sie umgab, verschmolz mit dem um Myrelle und Beonin. Aber selbst so verstärkt erschien es blaß dem Strahlen gegenüber, das eine einzelne Frau in der wachenden Welt umgab, eine Frau, die eben nicht nur ein verschwommener Traum war.

»Nein!« schrie Elayne verzweifelt. »Ihr dürft dies nicht als real anerkennen! Ihr müßt es als ... « Sie packte Sheriam am Arm, aber der Strang aus Feuer, den die drei gewoben hatten, so schwach er auch trotz ihrer Verknüpfung war, berührte die Trennlinie zwischen Traum und Alptraum. Das Gewebe verschwand augenblicklich, als sei es von dem Alptraum absorbiert worden, und im gleichen Augenblick verzerrten sich die Gestalten der drei Aes Sedai wie feiner Nebel, der vom Wind erfaßt wird. Sie hatten gerade noch Zeit, erschrocken aufzuschreien, bevor sie die Grenzlinie berührten und verschwanden. Sheriam erschien im Innern wieder. Ihr Kopf ragte aus einer düsteren Metallglocke heraus. Trollocs legten Hebel und Handgriffe an der Außenseite um, und Sheriams rotes Haar flog wild, als sie immer gellender schrie. Von den anderen beiden war nichts zu sehen, aber Elayne glaubte weitere Schreie aus einiger Entfernung wahrnehmen zu können. Irgend jemand heulte »Nein!«, immer und immer wieder, während eine andere Stimme um Hilfe rief.

»Erinnert Ihr euch daran, was wir Euch sagten, wie man einen Alptraum vertreibt?« fragte Elayne.

Die Blick auf die gleiche Szene vor ihnen gerichtet, nickte Siuan. »Die Wirklichkeit einfach nicht anerkennen. Versuchen, sich die Szene vorzustellen, wie sie ohne den Alptraum aussähe.«

Das war nun Sheriams Fehler gewesen, vielleicht auch der aller Aes Sedai hier. Indem sie versuchten, die Macht gegen den Alptraum einzusetzen, hatten sie ihn als real anerkannt, und diese Bereitschaft hatte sie hineingezogen, als wären sie von selbst hineingelaufen, und würde sie dort hilflos binden, wenn sie sich nicht an das erinnerten, was sie vergessen hatten. Es gab aber kein Anzeichen dafür. Die gellenden Schreie bohrten sich tief in Elaynes Gehör.

»Der Korridor«, murmelte sie nun und versuchte, sich das Bild des Flurs vorzustellen, wie sie ihn zuletzt gesehen hatte. »Denkt an den Korridor, so, wie Ihr euch an ihn erinnert.«

»Versuche ich ja, Mädchen«, grollte Siuan. »Es funktioniert aber nicht.«

Elayne seufzte. Siuan hatte recht. Keine Einzelheit

der Szene, die sie vor sich sahen, begann auch nur zu verschwimmen. Sheriams Kopf vibrierte richtiggehend über der Metallglocke, die den Rest von ihr umhüllte. Morvrins Heulen wurde durch röchelndes Luftholen unterbrochen. Elayne bildete sich fast ein, hören zu können, wie die Gelenke der Frau knackend auseinandergezerrt wurden. Carlinyas Haar, das unter sie herunterhing, berührte fast die brodelnde Oberfläche des kochenden Öls. Zwei Frauen reichten einfach nicht. Der Alptraum war zu groß.

»Wir brauchen die anderen«, sagte sie.

»Leane und Nynaeve? Mädchen, wenn wir wüßten, wo wir sie finden können, wären Sheriam und die anderen tot, bis ... « Sie brach ab und starrte Elayne an. »Ihr meint doch nicht Leane und Nynaeve, oder? Ihr meint Sheriam und ... « Elayne nickte lediglich; sie fürchtete sich zu sehr, um weiterzusprechen. »Ich glaube nicht, daß sie uns von dort aus hören oder sehen können. Die Trollocs haben nicht einmal in unsere Richtung geblickt. Das bedeutet, wir müssen es von innen her probieren.« Elayne nickte wieder. »Mädchen«, sagte Siuan mit tonloser Stimme, »Ihr habt den Mut eines Löwen und den Verstand eines Kormorans.« Schwer seufzend fügte sie hinzu: »Aber ich sehe auch keinen anderen Weg.«

Elayne pflichtete ihr insgeheim in bezug auf alles bis auf den Mut bei. Hätte sie nicht die Knie ganz eng aneinandergepreßt, läge sie vermutlich zusammengebrochen auf den Fußbodenfliesen, die in allen Farben der Ajahs gehalten waren. Ihr wurde bewußt, daß sie ein Schwert in der Hand hielt, eine große, schimmernde Stahlklinge, völlig nutzlos, und hätte sie denn gewußt, wie man damit umgeht. Sie ließ es fallen, und es verschwand, bevor es auf dem Boden aufschlug. »Abwarten hilft uns auch nicht weiter«, knurrte sie. Noch etwas länger, und das bißchen Mut, das sie mühsam genug zusammengebracht hatte, wäre verflogen.

Gemeinsam schritten Siuan und sie der Grenzlinie zu. Elaynes Fuß berührte diese Trennlinie, und mit einemmal spürte sie, wie sie hineingezogen wurde, so wie Wasser durch ein Rohr.

Im ersten Moment befand sie sich noch im Flur und blickte zu den Schrecken auf der anderen Seite hinüber, und im nächsten lag sie auf dem Bauch auf unbehauenen grauen Steinen, Handgelenke und Beine gefesselt und hinten bis zu ihrem Kreuz hochgezogen, und die Schrecken spielten sich um sie herum ab. Die Höhle erstreckte sich endlos in alle Richtungen und der Korridor der Burg schien nicht mehr zu existieren. Schreie erfüllten die Luft und hallten von den Felswänden und der Höhlendecke mit ihren tropfenden Stalaktiten wider. Ein paar Schritt von ihr entfernt stand ein riesiger schwarzer Kessel dampfend über einem tosenden Feuer. Ein Trolloc mit Bärenschnauze und Hauern warf Klumpen hinein, die aus irgendwelchen unidentifizierbaren Wurzeln zu bestehen schienen. Ein Kochtopf. Trollocs fraßen alles. Einschließlich Menschen. Sie stellte sich ihre Hände und Füße frei vor, doch das grobe Seil grub sich immer noch in ihre Haut. Selbst der blasseste Schatten von *Saidar* war verflogen, und die Wahre Quelle existierte nicht mehr für sie, jedenfalls hier. Es war tatsächlich ein Alptraum, und sie war darin wirklich und wahrhaftig gefangen.

Siuans Stimme schnitt durch die Schreie. Sie klang allerdings eher nach einem schmerzvollen Stöhnen. »Sheriam, hört mir zu!« Das Licht allein mochte wissen, was man ihr gerade antat. Elayne konnte keine der anderen sehen. Nur hören. »Das ist ein Traum! *Aaah … aaaaaah!* D-denkt daran, wie es eigentlich sein sollte!«

Elayne nahm den Ruf auf. »Sheriam! Anaiya! Wer mich hören kann, hört zu! Ihr müßt Euch den Korridor vorstellen, wie er vorher war! Wie er wirklich aussieht! Das hier ist nur real, solange Ihr daran glaubt!« Sie stellte sich ganz fest das Bild des Korridors vor, bunte

Fliesen in sauberen Reihen und vergoldete Lampenständer und Wandbehänge in leuchtenden Farben. Nichts änderte sich. Die Schreie hallten immer noch von den Wänden wider. »Ihr müßt an den Korridor denken! Behaltet das Bild im Kopf, dann wird es auch zur Wirklichkeit. Ihr könnt damit fertigwerden, wenn Ihr euch anstrengt!« Der Trolloc blickte sie an. Mittlerweile hatte er ein Messer mit scharfer, spitzer Klinge in der Hand. »Sheriam, Anaiya, Ihr müßt Euch konzentrieren! Myrelle, Beonin, konzentriert Euch auf den Korridor!« Der Trolloc hievte sie herum, so daß sie auf der Seite lag. Sie versuchte, sich wegzuwinden, aber ein mächtiges Knie hielt sie mühelos fest, während das Ding begann, ihre Kleidung aufzuschlitzen, wie ein Jäger das erlegte Wild abhäutete. Verzweifelt bewahrte sie das Bild des Korridors im Geist. »Carlinya, Morvrin, bei der Liebe zum Licht, konzentriert Euch! Denkt an den Korridor! Den Korridor! Ihr alle! Denkt ganz fest daran!« Der Trolloc knurrte etwas in einer harten Sprache, die nicht für menschliche Kehlen geeignet war, und drehte sie mit einer kurzen Bewegung auf den Bauch zurück. Dann kniete er sich auf sie. Seine dicken Knie drückten ihr die Arme auf den Po. »Der Korridor!« kreischte sie. Er packte mit seinen schweren Fingern ihr Haar und riß ihren Kopf hoch. »Der Korridor! Denkt an den Korridor!« Die Klinge des Trollocs berührte ihren weit vorgestreckten Hals unterhalb des linken Ohrs. »Der Korridor! Der Korridor!« Die Klinge begann zu schneiden.

Plötzlich blickte sie auf bunte Bodenfliesen unter ihrer Nase nieder. Schnell umfaßten ihre Hände ihren Hals, wobei sie glücklich war, sie wieder frei bewegen zu können, und dann fühlte sie Feuchtigkeit. So hielt sie sich die Finger vors Gesicht und sah sie an. Blut, aber nur ein kleiner Schmierer. Sie schauderte. Hätte dieser Trolloc es geschafft, ihr die Kehle durchzuschneiden … Keine Heilkunst hätte ihr dann noch helfen können. Erneut schaudernd, stemmte sie sich langsam hoch. Sie befand sich wieder im Flur der Weißen Burg außerhalb des Büros der Amyrlin, und keine Spur der Trollocs oder der Höhle war mehr zu sehen.

Siuan war auch da. Sie wirkte wie eine Anhäufung von Schwellungen und Schrammen, die man in ein zerrissenes Kleid gesteckt hatte. Und da waren auch die Aes Sedai, verschwommene, zerfledderte Gestalten. Carlinya sah noch am besten aus. Sie stand zitternd und mit weit aufgerissenen Augen da und befühlte ihr dunkles Haar, das nun als struppiger Rest eine Handbreit von ihrem Kopf entfernt endete. Sheriam und Anqaiya kamen ihr wie weinende Häufchen blutverschmierter Lumpen vor. Myrelle krümmte sich mit totenblassem Gesicht zusammen, nackt, nur von langen roten Kratzern und Striemen bedeckt. Morvrin stöhnte bei jeder Bewegung, und sie bewegte sich auch völlig unnatürlich, als funktionierten ihre Gelenke nicht mehr richtig. Beonins Kleid schien in Fetzen gerissen worden zu sein, und sie lag schwer atmend auf den Knien, mit noch weiter aufgerissenen Augen als sonst. Wahrscheinlich stützte sie sich so an der Wand ab, weil sie sonst umgekippt wäre.

Plötzlich fiel Elayne auf, daß ihr das eigene Kleid und sogar das Unterhemd von den Schultern hing, an der Vorderseite säuberlich aufgeschnitten. Ein Jäger, der einen erlegten Hirsch abzieht. Sie zitterte so sehr, daß sie beinahe gestürzt wäre. Die Kleidung wieder zu reparieren war eine einfache Sache und erforderte nur einen Gedanken, aber sie wußte nicht, wie lange es dauern würde, ihre Erinnerungen zu reparieren.

»Wir müssen zurück«, sagte Morvrin, die schwerfällig zwischen Sheriam und Anaiya niederkniete. Trotzdem sie steif wirkte und immer wieder ächzte, klang sie so zuverlässig und beruhigend wie immer. »Hier ist Heilung mit Hilfe der Macht notwendig, und in diesem Zustand kann das keine von uns.«

»Ja.« Carlinya berührte wieder ihr kurzes Haar. »Ja, es ist wohl am besten, wir kehren nach Salidar zurück.« Ihre Stimme war eine entschieden unsichere Imitation ihrer sonstigen Kälte.

»Ich werde noch eine kleine Weile bleiben, falls niemand etwas dagegen hat«, sagte Siuan zu ihnen. Oder besser, sie schlug es in diesem unpassenden, demütigen Tonfall vor. Ihr Kleid war wieder ganz, aber die Striemen blieben. »Ich kann vielleicht noch ein paar nützliche Dinge in Erfahrung bringen. Ich habe nicht viel mehr abbekommen als ein paar Beulen, und da habe ich Schlimmeres erlebt, wenn ich in einem Boot gestürzt bin.«

»Ihr seht eher so aus, als habe Euch jemand ein Boot auf den Kopf fallen lassen«, erwiderte Morvrin, »aber Ihr habt die Wahl.«

»Ich bleibe auch noch«, sagte Elayne. »Ich kann Siuan helfen, und ich habe überhaupt keine Verletzungen.« Sie war sich des Schnitts an ihrer Kehle jedesmal bewußt, wenn sie schlucken mußte.

»Ich brauche keine Hilfe«, sagte Siuan, doch gleichzeitig stellte Morvrin mit noch energischerer Stimme fest: »Ihr habt Euch heute nacht ausgezeichnet bewährt und kühlen Kopf bewahrt, Kind. Verderbt diesen Eindruck jetzt nicht. Ihr kommt mit uns.«

Elayne nickte mürrisch. Streiten würde ihr auch nichts einbringen – höchstens Küchendienst. Man hätte glauben können, die Braune Schwester sei hier die Lehrerin und Elayne die Schülerin. Sie dachten wahrscheinlich, sie sei auf die gleiche Art in den Alptraum gestolpert wie sie selbst. »Denkt daran, Ihr könnt aus jedem Traum direkt in Euren eigenen Körper entkommen. Ihr müßt nicht zuerst nach Salidar zurückkehren.« Sie konnte nicht feststellen, ob die Aes Sedai überhaupt zugehört hatten. Morvrin hatte sich sofort abgewandt, als sie bestätigend nickte.

»Nur mit der Ruhe, Sheriam«, sagte die mollige Frau

beruhigend. »Wir sind in ein paar Augenblicken wieder in Salidar. Keine Angst, Anaiya.« Sheriam hatte wenigstens mit Weinen aufgehört, obwohl sie noch vor Schmerzen stöhnte. »Carlinya, helft Ihr bitte Myrelle? Seid Ihr bereit, Beonin? Beonin?« Die Graue hob den Kopf und sah Morvrin einen Augenblick verständnislos an, bevor sie nickte.

Die sechs Aes Sedai verschwanden.

Nach einem letzten Blick auf Siuan, kam ihnen Elayne sofort nach, doch nach Salidar sprang sie keineswegs. Bestimmt würde jemand kommen und sich um den Schnitt an ihrer Kehle kümmern, falls sie ihn überhaupt bemerkt hatten, aber eine Weile lang würden sie sich ausschließlich um sechs Aes Sedai kümmern, die beim Aufwachen aussehen würden, als habe man sie durch einen riesigen Fleischwolf gedreht. Diese paar Minuten hatte Elayne noch, und außerdem ein ganz anderes Ziel im Kopf.

Der Große Saal im Palast ihrer Mutter in Caemlyn tauchte nicht so einfach wie gebeten vor ihr auf. Sie hatte ein Gefühl, als müsse sie erst einen Widerstand überwinden, bis sie auf den roten und weißen Fliesen unter dem großen Kuppeldach stand, mitten unter Reihen massiver weißer Säulen. Noch einmal schien von überall und nirgendwoher ein fahler Lichtschein zu kommen.

Die riesigen Fenster ganz oben, auf denen der Weiße Löwe von Andor abwechselnd mit den frühesten Königinnen und Szenen großer andoranischer Siege zu sehen waren, erschienen ihr der Nacht draußen wegen dunkel und unklar.

Sofort wurde ihr die Veränderung klar, von der sie wußte, daß sie zu diesem Widerstand geführt hatte. Auf dem Podest an der Kopfseite des Saals, wo der Löwenthron hätte stehen sollen, stand statt dessen eine grandiose Monstrosität, aus goldfunkelnden Drachen bestehend mit roten Emailleschuppen und strahlenden

Sonnensteinen an Stelle der Augen. Man hatte den Thron ihrer Mutter aber nicht aus dem Saal entfernt. Er stand noch einmal ein Stück höher hinter dieser Monstrosität und ragte somit über ihr auf.

Elayne schritt langsam durch den Saal und die weißen Marmorstufen hinauf, wo sie den vergoldeten Thron der andoranischen Königinnen betrachtete. Der Weiße Löwe von Andor, mit Mondperlen auf einem Feld aus Rubinen hoch oben an der Rückenlehne klar umrissen, hätte sich normalerweise gerade über dem Kopf ihrer Mutter befunden.

»Was machst du da, Rand al'Thor!« flüsterte sie heiser. »Was glaubst du eigentlich, was du da tust?«

Sie hatte furchtbare Angst, daß er ohne ihre Hilfe alles verderben würde, weil sie ihn nicht vor allen Fußangeln warnen konnte. Sicher, mit den Tairenern war er gut fertiggeworden, und offensichtlich auch mit den Adligen Cairhiens, aber ihr Volk war anders, offen und geradeheraus, und sie haßten es, wenn man sie wie Marionetten behandelte oder gar zu etwas zwingen wollte. Was in Tear oder Cairhien funktioniert hatte, konnte hier zu einer Explosion führen, als sei die gesamte Gilde der Feuerwerker tätig geworden.

Wenn sie nur bei ihm sein könnte. Wenn sie ihn nur in Bezug auf die Delegation der Weißen Burg vorwarnen könnte. Elaida hatte bestimmt irgendeine List im Sinn, eine Falle, die zuschnappen würde, wenn er sie am wenigsten erwartete. War er dann vernünftig genug, um sie kommen zu sehen? Außerdem hatte sie ja auch keine Ahnung, welchen Auftrag die Delegation aus Salidar zu erfüllen hatte. Trotz Siuans Mühe waren die meisten Aes Sedai in Salidar ziemlich gespaltener Ansicht in bezug auf Rand al'Thor. Er war wohl der Wiedergeborene Drache, derjenige, von dem man weissagte, er sei der Retter der Menschheit, doch andererseits war er ein Mann, der die Macht lenken konnte, und damit zum Wahnsinn verdammt, verflucht dazu, Tod und Zerstörung über die Welt zu bringen.

Paß gut auf ihn auf, Min, dachte sie. *Gehe schnell zu ihm und dann behüte ihn wohl.*

Wie ein Stich durchfuhr sie die Eifersucht, daß Min bei ihm sein und das tun durfte, was sie eigentlich tun wollte. Vielleicht mußte sie ihn wirklich teilen, aber wenigstens einen Teil von ihm *würde sie auf jeden Fall* ganz für sich behalten. Und sie würde ihn als Behüter an sich binden, gleich, welchen Preis sie dafür zu zahlen hatte.

»Es wird vollbracht werden.« Sie streckte eine Hand nach dem Löwenthron aus, um so zu schwören, wie alle Königinnen geschworen hatten, seit es den Staat Andor gab. Das Podest war zu hoch für sie, um das Holz des Thrones fühlen zu können, doch die gute Absicht war doch wohl, was zählte. »Es *wird* vollbracht werden.«

Die Zeit wurde knapp. In Salidar würde nun bald eine Aes Sedai kommen, um sie zu wecken und den armseligen Kratzer an ihrer Kehle mit Hilfe der Macht zu heilen. Seufzend trat sie aus dem Traum heraus in ihren Körper.

Demandred kam hinter einer der Säulen des Großen Saals hervor und blickte nachdenklich zu den beiden Thronen und dem Fleck hinüber, an dem das Mädchen verschwunden war. Elayne Trakand, wenn er sich nicht vollkommen irrte, und dem verschwommenen Anblick nach zu urteilen, benutzte sie einen kleinen *Ter'Angreal,* wie man ihn zur Ausbildung von Anfängern unter Studenten verwendet hatte. Er hätte viel darum gegeben, zu wissen, was in ihr vorging, aber ihre Worte und der Gesichtsausdruck waren eindeutig genug. Es gefiel ihr nicht, ganz und gar nicht, was al'Thor hier tat, und sie hatte vor, etwas dagegen zu unternehmen. Eine willensstarke junge Frau, wie er annahm. Auf jeden Fall hatte er damit einen weiteren Faden aus dem Durcheinander entwirrt, wenn auch vielleicht nur einen ganz unbedeutenden.

»Laßt den Herrn des Chaos regieren«, sagte er zu den Thrönen – obwohl ihm immer noch nicht klar war, warum das eigentlich notwendig sei –, und dann öffnete er ein Tor, um *Tel'aran'rhiod* wieder zu verlassen.

KAPITEL 8

Der Sturm braut sich zusammen

Nynaeve erwachte am nächsten Morgen bei Sonnenaufgang. Sie hatte schlechte Laune. Sie spürte, daß schlechtes Wetter aufkam, aber ein Blick aus dem Fenster zeigte ihr keine einzige Wolke am immer noch grauen Morgenhimmel. Der Tag versprach, wieder zu einem Backofen zu werden. Ihr Hemd war schweißnaß und zerknittert, weil sie sich unablässig herumgewälzt hatte. Einst hatte sie sich auf ihre Fähigkeit, dem Wind zu lauschen, verlassen können, doch seit sie die Zwei Flüsse verlassen hatte, schien sie völlig durcheinandergeraten zu sein, wenn sie überhaupt noch etwas davon spürte.

Darauf warten zu müssen, daß sie an der Waschschüssel an der Reihe war, trug auch nicht zur Verbesserung ihrer Laune bei, genausowenig wie Elaynes Bericht über das, was sich abgespielt hatte, nachdem sie alle in Elaidas Büro zurückgelassen hatte. Ihre eigene Nacht hatte aus einer langen, vergebenen Suche durch die Straßen Tar Valons bestanden, die bis auf sie selbst menschenleer gewesen waren. Nur Tauben, Ratten und Unrathaufen hatte sie angetroffen. Das hatte schockierend auf sie gewirkt. Tar Valon war immer fleckenlos sauber gewesen. Elaida vernachlässigte die Stadt offenbar so sehr, daß selbst in *Tel'aran'rhiod* Abfallhaufen sichtbar waren. Einmal hatte sie durch das Fenster einer Taverne in der Nähe des Südhafens einen Blick auf Leane erhascht – ausgerechnet an einem solchen Ort –, aber als sie hineineilte, war der Schankraum bis auf die frisch gestrichenen blauen Tische und Bänke leer. Sie hätte danach einfach aufgeben sollen, aber Myrelle hatte sie in letzter Zeit so schikaniert, und so wollte sie ein reines Gewissen haben, wenn sie der Frau berichtete, sie habe sich bemüht. Myrelle würde eine Ausrede so schnell erkennen wie keine andere Frau, die Nynaeve je kennengelernt oder von der sie gehört hatte. Am Ende war sie schließlich letzte Nacht aus *Tel'aran'rhiod* herausgetreten und hatte Elaynes Ring bereits auf dem Tisch vorgefunden. Elayne selbst lag im Bett und schlief fest. Hätte es einen Preis für vergebene Liebesmüh gegeben, hätte sie sich den bestimmt verdient, als sie wegging. Und nun durfte sie erfahren, daß sich Sheriam und die anderen beinahe hätten umbringen lassen … Selbst der Gesang des kleinen Vogels in seinem Korbkäfig rief bei ihr nur einen weiteren gekränkten Blick hervor.

»Sie glauben, sie wüßten alles«, knurrte Nynaeve verbittert. »Ich habe ihnen von den Alpträumen erzählt. Ich habe sie gewarnt, und gestern nacht war nicht das erste Mal.« Es spielte keine Rolle, daß alle sechs Schwestern geheilt worden waren, bevor sie auch nur aus *Tel'aran'rhiod* zurück war. Viel zu leicht hätte das Ganze viel schlimmer ausgehen können, eben weil sie sich einbildeten, alles zu wissen. Das gereizte Zupfen an ihrem Zopf machte es ihr schwerer, ihn für den Tag neu zu flechten. Manchmal verfing sich auch das Armband des *A'dam* in ihren Haaren, aber abnehmen kam nicht in Frage. Heute war wohl Elayne damit an der Reihe, aber sie würde es wahrscheinlich nur wieder an einen Haken hängen und vergessen. Besorgtheit sickerte durch das Armband in sie hinein und auch die unvermeidlichen Angstgefühle, aber überlagert wurde beides von reinem Frust. Zweifellos half ›Marigan‹ bereits beim Herrichten des Frühstücks. Hausarbeiten verrichten zu müssen wurmte sie offensichtlich mehr als die eigentliche Gefangenschaft. »Jedenfalls hast du das sehr gut gelöst, Elayne. Du hast mir aber noch nicht erzählt, wie es dir selber drinnen ergangen ist, als du versucht hast, alle anderen zu warnen.«

Elayne hatte noch immer ihren Waschlappen in der Hand und schauderte offensichtlich bei der Erinnerung. »Insgesamt war es gar nicht so schwer. Aber ein Alptraum von diesem Ausmaß machte es notwendig, daß wir alle gemeinsam dagegen vorgehen mußten. Vielleicht haben sie ein wenig Demut gelernt. Dann wird möglicherweise ihr Treffen mit den Weisen Frauen heute abend doch nicht so schlimm.«

Nynaeve nickte in sich hinein. Wie sie gedacht hatte. Nicht, was Sheriam und die anderen betraf; Aes Sedai würden erst Demut empfinden, wenn Ziegen das Fliegen lernten, und auch dann höchstens einen Tag früher als die Weisen Frauen. Nein, es hatte mit Elayne zu tun. Sie hatte sich wahrscheinlich auch von dem Alptraum einfangen lassen, obwohl dieses Mädchen das nie zugeben würde. Sie war sich ohnehin nicht sicher, ob Elayne es für Prahlerei hielt, ihren Mut ins Spiel zu bringen, oder ob sie ganz einfach nicht merkte, wie tapfer sie wirklich war. Wie auch immer, Nynaeve war jedenfalls hin- und hergerissen zwischen Bewunderung für den Mut der Frau und dem Wunsch, daß Elayne einmal offen darüber sprechen möge. »Ich glaube, ich habe Rand gesehen.« Das brachte den Waschlappen zum Stillstand.

»War er persönlich dort?« Das war den Weisen Frauen zufolge gefährlich, denn man riskierte einen Teil dessen, was einen erst zum ganzen Menschen machte. »Du hast ihn doch wohl gewarnt?«

»Wann hätte er jemals auf eine Warnung gehört? Ich habe nur einen kurzen Blick auf ihn erhascht. Vielleicht hat er auch nur *Tel'aran'rhiod* in einem Traum berührt.« Das war unwahrscheinlich. Er hütete offensichtlich seine Träume derart intensiv mit Schutzgeweben, daß sie nicht glaubte, er könne die Welt der Träume auf irgendeine andere Art als persönlich und direkt betreten. Bei dieser Abschirmung hätte nicht einmal ein Traumgänger mit einem der Ringe ausgerüstet *Tel'aran'rhiod* erreicht. »Vielleicht war es jemand, der ihm nur ähnlich sah. Wie schon gesagt, habe ich ihn nur einen Augenblick lang gesehen, und zwar auf dem Platz vor der Weißen Burg.«

»Ich sollte mit ihm zusammen sein«, murmelte Elayne. Sie entleerte die Schüssel in den Nachttopf und ging zur Seite, damit Nynaeve sich waschen konnte. »Er *braucht* mich.«

»Was er braucht, ist das Gleiche, was er immer schon nötig hatte.« Nynaeve blickte düster drein, als sie die Schüssel aus dem Krug neu auffüllte. Sie haßte es, sich mit abgestandenem Wasser waschen zu müssen. Wenigstens war es nicht kalt. So etwas wie kaltes Wasser gab es nicht mehr. »Jemanden, die ihm einmal in der Woche eins aufs Ohr gibt, und zwar aus Prinzip und um ihn gerade auf Kurs zu halten.«

»Es ist nicht fair.« Ein frisch gewaschenes Hemd, das sich Elayne gerade über den Kopf zog, dämpfte ihre Worte. »Ich mache mir die ganze Zeit seinetwegen Sorgen.« Ihr Gesicht kam oben aus dem Hemd heraus, und trotz des verärgerten Tonfalls wirkte es viel eher besorgt als zornig. Sie nahm ein weißes Kleid mit Farbsaum von einem der Haken. »Ich mache mir neuerdings sogar in meinen *Träumen* Sorgen um ihn! Glaubst du, daß er die ganze Zeit über an *mich* denkt? Ich glaube es nicht.«

Nynaeve nickte, obwohl ein Teil ihres Verstands monierte, es sei nicht dasselbe. Man hatte Rand gesagt, Elayne befinde sich in Sicherheit bei Aes Sedai, wenn auch nicht wo. Wie konnte sich *Rand* aber jemals wirklich in Sicherheit befinden? Sie beugte sich über das Waschbecken und Lans Ring rutschte ihr aus dem Hemd und baumelte an der Lederkordel über dem Wasser. Nein, Elayne hatte doch recht. Was Lan auch gerade tun mochte, wo er sich auch befand: sie bezweifelte, daß er auch nur halb so oft an sie dachte, wie sie an ihn. *Licht, hilf, daß er am Leben bleibt, und wenn er überhaupt nicht mehr an mich denkt!* Diese Möglichkeit erzürnte sie dermaßen, daß sie wohl ihren Zopf mitsamt der Haarwurzeln herausgerissen hätte, hätte sie nicht einen seifigen Waschlappen in den nassen Händen gehalten. »Du kannst dich nicht bloß die ganze Zeit mit einem Mann beschäftigen«, sagte sie tadelnd, »selbst wenn du zu den Grünen gehen willst. Was haben sie letzte Nacht alles herausgefunden?«

Es war eine lange Geschichte, aber eigentlich recht dünn, und nach einer Weile setzte sich Nynaeve auf Elaynes Bett, hörte weiter zu und stellte Fragen. Nicht, daß die Antworten sehr aufschlußreich gewesen wären. Es war einfach nicht das gleiche, als die Dokumente selbst ansehen zu können. Alles schön und gut, wenn sie erfuhr, daß Elaida nunmehr von Rands Amnestie erfahren hatte, aber was würde sie deshalb unternehmen? Der Beweis, daß die Burg in Kontakt mit einigen Herrschern getreten war, mochte sich als gute Nachricht herausstellen, denn das würde die Aes Sedai in Salidar endlich zu größerer Eile und Entschlußfreudigkeit antreiben. Irgend etwas mußte sie aufwecken. Daß Elaida eine Delegation zu Rand schickte, war sicher Grund zur Sorge, doch konnte er ein solcher Narr sein, auf jemanden zu hören, die von Elaida gesandt wurde? Doch wohl nicht, oder? Aus dem, was Elayne mitbekommen hatte, war einfach nicht mehr herauszulesen. Und was sollte das mit diesem Extra-Podest, auf den Rand den Löwenthron hatte stellen lassen? Was fing er denn überhaupt mit einem Thron an? Er mochte ja der Wiedergeborene Drache sein und dieser Aiel *Car*-irgendwas, aber sie kam nicht darüber hinweg, daß sie ihn als Kind oft zur Pflege gehabt und ihm den Hintern versohlt hatte, wenn es nötig war.

Elayne fuhr fort, sich anzuziehen, und sie war damit

eher fertig als mit ihrer Geschichte. »Ich erzähle dir den Rest später«, sagte sie schnell und war schon aus der Tür.

Nynaeve knurrte und kleidete sich dann ohne Eile fertig an. Elayne unterrichtete heute zum erstenmal Novizinnen, was man Nynaeve bisher noch nicht gestattet hatte. Aber wenn man ihr schon keine Novizinnen anvertraute, war da ja immer noch Moghedien. Sie würde sicher bald mit den Frühstücksvorbereitungen fertig sein.

Das Dumme war nur: Als Nynaeve die Frau aufspürte, steckte Moghedien bis zu den Ellbogen im Waschwasser. Das silberne Halsband des *A'dam* wirkte in diesem Moment besonders deplaziert. Sie war nicht allein; ein Dutzend weiterer Frauen arbeitete hingebungsvoll an Waschbrettern in einem Hof, der von einem Holzzaun umgeben war, zwischen dampfenden Kesseln mit heißem Wasser. Andere Frauen hängten bereits die erste Tageswäsche an langen Leinen auf, die man über Stangen gezogen hatte, aber trotzdem warteten noch ganze Stapel von Bettwäsche und Unterwäsche und allen möglichen Kleidungsstücken und Tischdecken darauf, auf die Waschbretter zu wandern. Der Blick, den Moghedien Nynaeve zuwarf, hätte ausreichen sollen, ihr die Haare vom Kopf zu sengen. Haß, Scham und blanke Wut kamen durch den *A'dam* zu ihr herüber, beinahe genug, um die allgegenwärtige Furcht zu verdrängen.

Nildra, die Frau, die hier die Leitung innehatte, grauhaarig und hager wie ein Stock, eilte heran. Sie hielt einen Rührlöffel wie ein Szepter in der Hand und hatte den dunklen Wollrock bis zu den Knien hochgebunden, damit er nicht immer über den vom überlaufenden Waschwasser matschigen Boden schleifte. »Guten Morgen, Aufgenommene. Ich schätze, Ihr wollt Marigan holen, eh?« In ihrem Tonfall schwang durchaus Respekt mit, aber auch das Wissen darum, daß morgen schon vielleicht jede der Aufgenommenen einen Tag oder auch einen Monat lang zum Waschdienst eingeteilt sein konnte und dann genauso hart arbeiten mußte und genauso schikaniert wurde wie die anderen, wenn nicht noch mehr. »Also, ich kann sie noch nicht gehen lassen. Ich habe nicht genug Frauen da, wie die Lage aussieht. Eines meiner Mädchen heiratet heute, eine andere ist weggelaufen, und zwei dürfen nur leicht arbeiten, weil sie schwanger sind. Myrelle Sedai hat mir gesagt, ich könne sie haben. Vielleicht kann ich sie in ein paar Stunden entbehren. Wir werden sehen.«

Moghedien richtete sich auf und öffnete den Mund, aber Nynaeve brachte sie mit einem harten Blick zum Schweigen – nebst einem auffälligen Griff zum Armband des *A'dam* an ihrem Handgelenk –, und sie widmete sich wieder ihrer Arbeit. Alles, was notwendig war, wären ein paar falsche Worte von Moghedien, eine Klage, wie sie keine Bauersfrau äußern würde, und diese Rolle spielte sie ja nun, um sie auf den Weg zur Dämpfung und zum Henker zu bringen. Nynaeve und Elayne würde es dann nicht viel besser ergehen. Nynaeve atmete unwillkürlich erleichtert auf, als sich Moghedien wieder über das Waschbrett beugte. Ihr Mund bewegte sich, aber sie fluchte nur unhörbar vor sich hin. Immense Scham und blanke Wut durchströmten den *A'dam*.

Nynaeve brachte ein Lächeln in Nildras Richtung zustande und murmelte etwas Unverbindliches – sie wußte selbst nicht genau, was – und marschierte weiter zu einer der öffentlichen Küchen, um sich etwas zum Frühstücken zu holen. Wieder Myrelle. Sie fragte sich, ob die Grüne irgend etwas gegen sie persönlich habe. Sie fragte sich auch, ob sie auf Dauer einen übersäuerten Magen davontragen werde, wenn sie immer auf Moghedien aufpassen mußte. Seit sie der Frau den *A'dam* angelegt hatte, schluckte sie praktisch ihre Magenmedizin wie andere Bonbons.

Es war nicht schwierig, einen kleinen Tonkrug voll Tee mit Honig zu bekommen, und dazu ein Brötchen, das noch heiß war vom Backofen, aber sobald sie beides hatte, ging sie weiter und aß im Gehen. Schweißperlen standen auf ihrem Gesicht. Selbst zu dieser frühen Stunde wuchs die Hitze ständig an und die Luft war trocken. Die aufgehende Sonne erstrahlte wie eine Kuppel aus geschmolzenem Gold über den Baumwipfeln.

Die Lehmstraßen waren gefüllt, und das war hier meistens so, wenn das Tageslicht ausreichte, um etwas zu sehen. Aes Sedai schritten gravitätisch vorbei, wobei sie Staub und Hitze ignorierten, geheimnisvolle Mienen und geheimnisvolle Aufträge, manchmal mit Behütern auf den Fersen, Wölfen mit kalten Augen, die vergeblich vorgaben, zahm zu sein. Überall waren Soldaten, gewöhnlich in Gruppen marschierend oder reitend. Allerdings verstand Nynaeve nicht, wieso man sie hier auf die Straßen ließ, wenn sie doch draußen in den Wäldern ihre Lager aufgebaut hatten. Kinder rannten umher und äfften häufig die Soldaten nach, indem sie Stöcke statt Schwerter und Piken gebrauchten. Weißgekleidete Novizinnen eilten durch die Menge, um ihren Aufgaben nachzugehen. Diener und Dienerinnen bewegten sich etwas langsamer, Frauen mit ganzen Armladungen von Bettlaken für die Aes Sedai oder mit Körben voll Brot aus den Backstuben, Männer, die hoch mit Feuerholz beladene Ochsenkarren führten, Truhen schleppten oder sich ganze ausgeweidete Schafe für die Küchen auf die Schultern geladen hatten. Salidar war nicht für so viele Menschen angelegt worden, und so platzte das Dorf beinahe aus allen Nähten.

Nynaeve ging weiter. Der Tag einer Aufgenommenen gehörte zumeist ihr selbst – außer, wenn sie Novizinnen unterrichten mußte –, damit sie studieren konnte, was immer sie sollte, allein oder mit einer Aes Sedai als Ausbilderin, aber eine Aufgenommene, die anscheinend nichts zu tun hatte, konnte jederzeit von irgendeiner Aes Sedai aufgegriffen und zum Arbeiten eingesetzt werden. Sie hatte nicht vor, den Tag damit zu verbringen, einer Braunen Schwester beim Katalogisieren von Büchern zu helfen oder die Notizen einer Grauen abzuschreiben. Sie *haßte* Abschreiben und all dieses Zungenschnalzen, wenn sie einen Klecks machte, und dieses enttäuschte Seufzen, wenn ihre Schrift nicht so sauber wie die einer Schreiberin war. Also spazierte sie geschäftig durch den Staub und die Menschenmenge und hielt nach Siuan und Leane Ausschau. Sie war wütend genug, um selbst die Macht zu gebrauchen, ohne durch Moghedien arbeiten zu müssen.

Jedesmal, wenn sie sich des schweren Goldrings bewußt wurde, der zwischen ihren Brüsten hing, dachte sie: *Er muß noch am Leben sein. Und sollte er mich auch vergessen haben, Licht, laß ihn überleben!* Natürlich machte der letztere Gedanke sie noch wütender. Falls al'Lan Mandragoran auch nur wagte, daran zu denken, sie zu vergessen, würde sie ihm den Kopf zurechtrücken. Er mußte einfach noch am Leben sein. Behüter starben oftmals, wenn sie ihre Aes Sedai rächen wollten, denn es war so sicher wie der nächste Sonnenaufgang, daß kein Behüter irgend etwas zwischen sich und eine solche Vergeltung kommen lassen würde, aber in diesem Fall gab es keine Möglichkeit für Lan, Moiraine zu rächen. Genauso hätte Moiraine vom Pferd fallen und sich den Hals brechen können. Nein. Sie und Lanfear hatten einander getötet. Er *mußte* also noch leben. Und warum sollte sie Schuldgefühle in bezug auf Moiraines Tod empfinden? Sicher, dadurch war Lan für sie frei geworden, aber sie hatte ja nun wirklich nichts damit zu tun gehabt. Doch ihr erster Gedanke, als sie von Moiraines Tod erfahren hatte, war Freude gewesen, wenn auch nur ganz kurz, daß Lan nun frei war. Mitleid für Moiraine hatte sie nicht empfunden. Die Scham deswegen konnte sie noch nicht ablegen, und das steigerte ihren Zorn nur noch.

Plötzlich sah sie, wie Myrelle mit dem blonden Croi Makin, einem ihrer drei Behüter, die Straße entlangschlenderte. Der junge Mann an ihrer Seite war wohl fast überschlank, wirkte aber doch hart wie Felsgestein. Die Aes Sedai blickte entschlossen drein und zeigte nicht die geringste Auswirkung der Erlebnisse der letzten Nacht. Nichts hätte darauf hingedeutet, daß Myrelle nach ihr suchte, doch Nynaeve schlüpfte schnell in ein großes Steingebäude hinein, das einst eine der drei Schenken des ursprünglichen Salidar beherbergt hatte.

Den breiten Schankraum hatte man ausgeräumt und wie ein Empfangszimmer möbliert: die getünchten Wände und die hohe Decke ausgebessert, ein paar bunte Wandbehänge angebracht und auf dem Boden, der nicht mehr sehr splittrig wirkte, aber immer noch kein Bohnerwachs annahm, lagen einige farbige Läufer. Das schattige Innere wirkte nach der Hitze der Straße tatsächlich kühl. Oder wenigstens etwas kühler. Der Raum war allerdings nicht leer.

Logain stand überheblich vor einem der breiten, kalten Kamine, den Schwalbenschwanz seines goldbestickten roten Fracks nach hinten geschoben, und beobachtet wurde er aufmerksam von Lelaine Akaschi, deren blaugefranste Stola dem Ganzen einen offiziellen Anstrich verlieh. Sie war eine schlanke Frau, die stets einen Ausdruck von Würde und Eleganz verbreitete und zwischendurch auch einmal warmherzig lächeln konnte. Außerdem war sie eine der drei Sitzenden der Blauen Ajah im Burgsaal von Salidar. Heute allerdings fiel vor allem der durchdringende Blick auf, mit dem sie Logains Besucher musterte.

Es waren zwei Männer und eine Frau, prachtvoll in bestickte Seide gekleidet und mit Goldschmuck behängt. Alle drei ergrauten bereits, und einer der Männer war fast kahlköpfig, was er wohl durch seinen rechteckig geschnittenen Vollbart und den langen, gezwirbelten Schnurrbart wettzumachen versuchte. Sie waren mächtige Adlige aus Altara, die am Vortag mit starken Eskorten eingetroffen waren und sich gegenseitig offenbar mit dem gleichen Mißtrauen beobachteten wie die Aes Sedai, die hier mitten in Altara ein Heer aufstellten. Die Adligen Altaras schworen einem Lord oder einer Lady oder auch einer Stadt Gefolgschaftstreue, aber für eine Nation namens Altara blieb dann wenig übrig. Nur ein paar Adlige zahlten Steuern oder beachteten, was die Königin in Ebou Dar befahl, doch ein Heer in ihrer Mitte erregte durchaus ihre Aufmerksamkeit. Das Licht allein mochte wissen, welche Wirkung die Gerüchte in bezug auf die Drachenverschworenen bei ihnen ausgelöst hatten. Im Augenblick allerdings vergaßen sie vollständig, sich gegenseitig arrogant und Lelaine trotzig anzustarren. Ihre Blicke ruhten so fasziniert auf Logain, wie man möglicherweise eine große, bunte Viper anblickt.

Die Runde vervollständigte Burin Schaeren. Sein Teint war kupfern, und er wirkte wie aus einem Baumstumpf geschnitzt. Er wiederum beobachtete sowohl Logain wie auch die Besucher, wobei er wie eine Sprungfeder gespannt war, bereit, innerhalb eines Wimpernschlags aufzuspringen und zuzuschlagen. Lelaines Behüter war weniger deshalb anwesend, um Logain zu bewachen – schließlich nahm man an, Logain befinde sich freiwillig in Salidar –, sondern vor allem, um den Mann vor seinen Besuchern und einem plötzlich in seinem Herz steckenden Messer zu beschützen.

Was ihn betraf, schien Logain unter all diesen Blicken geradezu aufzublühen. Er war ein hochgewachsener Mann mit lockigem Haar, das ihm fast bis auf die Schultern herabfiel, dunkelhaarig und gut aussehend, wenn sein Gesicht auch einen Ausdruck von Härte trug. Er wirkte so stolz und selbstbewußt wie ein Adler. Es war aber vor allem die Chance, Rache zu nehmen, die seine Augen so glänzen ließ. Wenn er auch nicht jedem alles heimzahlen konnte, an denen er sich rächen wollte, so doch zumindest einigen. »Sechs Rote Schwestern spürten mich in Cosamelle auf, ungefähr ein Jahr, bevor ich mich zum Drachen ausrufen ließ«, sagte er gerade, als Nynaeve eintrat. »Javindhra nannte sich die Anführerin, obwohl auch eine namens Barasine eine Menge zu sagen hatte. Und ich hörte, wie man Elaida erwähnte, als wisse sie Bescheid darüber, was diese vorhatten. Sie haben mich schlafend angetroffen, und ich glaubte, mein letztes Stündlein habe geschlagen, als sie mich abschirmten.«

»Aes Sedai«, unterbrach ihn die lauschende Frau grob. Sie war untersetzt, hatte einen harten Blick und eine dünne Narbe auf der Wange, die Nynaeve nicht zu einer Frau zu passen schien. Aber die Frauen Altaras standen in dem Ruf, ziemlich wild zu sein, wenn das auch natürlich recht aufgebauscht sein mochte. »Aes Sedai, wie kann das wahr sein, was er da behauptet?«

»Ich weiß auch nicht, Lady Sarena«, sagte Lelaine gelassen, »aber es wurde mir von einer bestätigt, die nicht lügen kann. Er sagt die Wahrheit.«

Sarenas Gesichtsausdruck änderte sich nicht, aber ihre Hände verkrampften sich hinter ihrem Rücken zu Fäusten. Einer ihrer Begleiter, der große Mann mit dem hageren Gesicht und mehr Grau im Haar als Schwarz, hatte seine Daumen in den Schwertgürtel eingehakt und bemühte sich, entspannt zu wirken, doch seine Knöchel an den Handgelenken waren weiß vor Anstrengung.

»Wie ich sagte«, fuhr Logain mit einem verbindlichen Lächeln fort, »haben sie mich aufgespürt und mich wählen lassen. Entweder würde ich auf der Stelle sterben, oder ich konnte ihr Angebot annehmen. Ein eigenartiges Angebot, ganz und gar nicht, was ich erwartet hatte, aber ich mußte es mir nicht lange überlegen. Sie haben niemals zugegeben, daß sie das schon früher versucht hätten, aber ich hatte so das Gefühl, sie machten es nicht zum erstenmal. Gründe nannten sie mir auch nicht, aber die scheinen klar zu sein, wenn ich zurückdenke. Einen Mann anzuschleppen, der mit der Macht umgehen konnte, brachte nicht viel Ruhm ein, aber einen falschen Drachen zu Fall zu bringen…«

Nynaeve runzelte die Stirn. Er sprach so gleichmütig darüber wie ein Mann, der über die heutige Jagd berichtet, und doch war es sein eigener Sturz, von dem er da sprach, und jedes Wort war ein weiterer Nagel für Elaidas Sarg. Vielleicht sogar ein Sarg für die ganze Rote Ajah. Wenn die Roten Logain dazu getrieben hatten, sich selbst zum Wiedergeborenen Drachen auszurufen, hatten sie dann vielleicht das gleiche Spiel mit Gorin Rogad oder Mazrim Taim getrieben? Vielleicht sogar mit *allen* falschen Drachen der Geschichte? Sie konnte beinahe die Gedanken wie Mühlräder in den Köpfen der Adligen aus Altara arbeiten sehen, zuerst langsam, und dann drehten sie sich immer schneller…

»Ein ganzes Jahr lang halfen sie mir, den anderen Aes Sedai aus dem Weg zu gehen«, sagte Logain, »schickten mir Botschaften, wenn sich eine näherte, obwohl es sowieso nicht viele waren. Nach dem ich mich zum Drachen proklamiert hatte und Anhänger gewann, sandten sie mir Berichte, wo sich beispielsweise die Heere eines Königs befanden und wie stark sie seien. Was glaubt Ihr, woher ich sonst wußte, wo und wann ich zuschlagen mußte?« Seine Zuhörer traten unruhig von einem Fuß auf den anderen, was wohl zum Teil an seinem raubtierhaften Grinsen lag und zum Teil an seinen Worten.

Er haßte die Aes Sedai. Nynaeve war sich da ganz sicher, auch wenn sie sich nur wenige Male dazu aufgerafft hatte, ihn zu untersuchen. Sie hatte das auch nicht mehr gemacht, seit Min wegging, und erfahren hatte sie ohnehin nichts. Sie hatte zuerst geglaubt, ihn zu untersuchen würde einen neuen Blickwinkel ergeben, unter dem sie das gestellte Problem betrachten konnte, denn nirgends waren die Unterschiede zwischen Mann und Frau deutlicher als im Gebrauch der Macht, aber bei ihm war das schlimmer, als einfach in ein dunkles Loch zu starren, nein, es war nichts da, nicht einmal ein Loch. Alles in allem nahm es sie ziemlich mit, sich in Logains Nähe aufzuhalten. Er hatte jede ihrer Bewegungen mit einer brennenden Eindringlichkeit beobachtet, die sie schaudern ließ, obwohl sie wußte, daß sie ihn mit Hilfe der Macht fesseln konnte, wenn er auch nur einen Finger zum falschen Zeitpunkt hob. Es war nicht die Art von Leidenschaft in seinem Blick, wie sie Männer Frauen entgegenbrachten, sondern eine Art reiner, tiefgreifender Verachtung, die sich auf seiner Miene überhaupt nicht zeigte, und das machte sie nur um so erschreckender. Die Aes Sedai hatten ihn für alle Zeit von der Einen Macht abgeschnitten; Nynaeve konnte sich ihre eigenen Gefühle nur zu gut vorstellen, sollte man ihr das antun. Er konnte sich jedoch dafür nicht an allen Aes Sedai rächen. Was er vollbringen konnte, war, die Rote Ajah zu vernichten, und er stellte sich dabei schon recht geschickt an.

Dies war das erste Mal, daß gleich drei gekommen waren, aber jede Woche kamen ein oder zwei Lords oder Ladies, um seine Geschichte zu hören. Sie kamen aus ganz Altara und sogar aus Murandy, und jeder war bei der Rückreise total erschlagen von dem, was Logain gesagt hatte. Kein Wunder, denn die einzige noch schockierendere Information wäre wohl die gewesen, hätten die Aes Sedai zugegeben, daß es die Schwarzen Ajah wirklich gab. Nun, das würden sie bestimmt nicht tun, jedenfalls nicht in der Öffentlichkeit, und aus mehr oder weniger dem gleichen Grund ließen sie auch Logains Geschichte nur in ganz kleinen Kreisen durchsickern. Es mochten ja die Roten Ajah gewesen sein, die das getan hatten, aber sie waren immer noch Aes Sedai, und zu viele Menschen konnten die eine Ajah nicht von der anderen unterscheiden. So wurden schließlich nur wenige zu Logain gebracht, und jeder einzelne dieser

Handvoll Adliger wurde der Macht seines Hauses wegen dafür ausgewählt. Ihre Häuser würden nun den Aes Sedai in Salidar ihre Unterstützung zuteil werden lassen, wenn auch manchmal vielleicht nicht offen, oder zumindest würden sie Elaida nicht stützen.

»Javindhra hat mich gewarnt, wenn weitere Aes Sedai in die Nähe kamen«, sagte Logain, »solche, die mich jagten. Sie hat mir mitteilen lassen, wo sie sich aufhalten würden, damit ich sie angreifen konnte, bevor sie es überhaupt ahnten.« Lelaines würdevollen, alterslosen Gesichtszüge verhärteten sich einen Augenblick lang, und Burins Hand kroch auf das Heft seines Schwertes zu. Einige Schwestern waren gestorben, bis Logain gefangengenommen wurde. Logain schien ihre Reaktionen nicht wahrzunehmen. »Die Roten Ajah haben mich nie im Stich gelassen, bis sie mich am Ende doch verrieten.«

Der bärtige Mann blickte Logain derart intensiv an, daß er sich offensichtlich dazu zwingen mußte. »Aes Sedai, was war mit seinen Anhängern? Vielleicht war er in der Burg sicher gefangen, aber man hatte ihn eine ganze Reihe von Tagesmärschen näher zu unserem derzeitigen Aufenthaltsort hier aufgegriffen.«

»Man hat nicht alle getötet oder gefangengenommen«, warf der Lord mit dem hageren Gesicht gleich im Anschluß an ihn ein. »Die meisten entkamen und sind untergetaucht. Ich kenne die Geschichte, Aes Sedai. Raolin Dunkelbanns Anhänger wagten es, die Weiße Burg selbst anzugreifen, nachdem er in Gefangenschaft geriet, und die von Guaire Amalasan machten es nicht anders. Wir erinnern uns nur zu gut daran, wie Logains Heer durch unser Land marschiert ist, als daß wir wünschten, seine Anhänger versuchten das Gleiche, um ihn zu befreien.«

»Das habt Ihr nicht zu befürchten.« Lelaine blickte Logain mit einem kurzen Lächeln an, wie eine Frau einen wilden Hund, den sie zahm an ihre Leine gelegt hat. »Er strebt nicht mehr nach Ruhm und will lediglich ein wenig von dem wiedergutmachen, was er angerichtet hat. Außerdem bezweifle ich, daß viele seiner Anhänger kämen, wenn er sie riefe; nicht, nachdem man ihn in einem Käfig nach Tar Valon gebracht und einer Dämpfung unterzogen hat.« Ihr heiteres Lachen fand bei den Adligen aus Altara ein Echo, doch erst nach einem Moment des Zögerns und dann auch noch recht schwach. Logains Gesicht war eine eherne Maske.

Mit einemmal bemerkte Lelaine, daß Nynaeve an der Tür stand, und sie zog die Augenbrauen hoch. Sie hatte sich mehr als einmal sehr freundlich mit Nynaeve unterhalten und die angeblichen Entdeckungen gelobt, die ihr und Elayne zu verdanken waren, aber sie war genauso schnell dabei wie jede andere Aes Sedai, wenn es darum ging, eine Aufgenommene herunterzuputzen, die sich falsch verhalten hatte.

Nynaeve knickste schnell und deutete mit dem Tonkrug, der mittlerweile leer war. »Entschuldigt bitte, Lelaine Sedai. Ich muß den zur Küche zurückbringen.« Damit schoß sie in die Backofenhitze der Straße hinaus, bevor die Aes Sedai auch nur ein Wort sagen konnte.

Glücklicherweise war Myrelle nun nirgendwo mehr zu sehen. Nynaeve hatte keine Lust, sich eine weitere Gardinenpredigt anzuhören, sie solle mehr Verantwortung zeigen oder sich besser beherrschen oder ein Dutzend anderer idiotischer Vorwürfe. Und was noch besser war, Siuan stand keine dreißig Schritt entfernt Gareth Bryne mitten auf der Straße gegenüber. Der Passantenstrom teilte sich um sie herum. Wie Myrelle zeigte auch Siuan keine Anzeichen von Verletzungen, von denen Elayne berichtet hatte. Vielleicht hätten sie mehr Respekt für *Tel'aran'rhiod*, wenn sie nicht einfach hinaustreten und ihre Fehler mit Hilfe der Macht heilen lassen konnten. Nynaeve trat näher heran.

»Was ist denn mit Euch los, Frau?« so grollte Bryne Siuan an. Er blickte auf sie herab, ein grauer Kopf über ihrem jugendlich wirkenden Gesicht. Breitbeinig stand er da, hatte die Fäuste in die Hüften gestemmt und machte den Eindruck eines Felsbrockens. Den Schweiß, der ihm über das Gesicht rann, beachtete er so wenig, als habe er gar nichts mit seiner Person zu tun. »Ich lobe Euch, weil meine Hemden so weich sind, und Ihr reißt mir beinahe den Kopf ab. Und ich habe gesagt, daß Ihr fröhlich ausseht. Das ist ja wohl kaum eine Kampfansage. Das war als Kompliment gemeint, Frau, vielleicht sogar in Rosen gebettet.«

»Komplimente?« grollte Siuan zurück. Ihre blauen Augen funkelten ihn an. »Ich brauche Eure Komplimente nicht! Es gefällt Euch einfach, wenn ich Eure Hemden bügeln muß. Ihr seid ein kleinerer Mann, als ich jemals glaubte, Gareth Bryne. Erwartet Ihr von mir, daß ich Euch wie eine Marketenderin hinterherlaufe, wenn das Heer marschiert, und auf weitere Eurer *Komplimente* hoffe? Und Ihr werdet mich *nicht* mehr so anreden, als *Frau*! Das klingt wie: Komm her, Hund!«

An Brynes Schläfe begann eine Ader zu pulsieren. »Es gefällt mir, daß Ihr Wort haltet, *Siuan*. Und falls das Heer jemals marschiert, erwarte ich, daß Ihr es auch weiterhin haltet. Ich habe diesen Eid niemals von Euch verlangt. Ihr habt ihn von selbst angeboten und versucht, Euch damit vor der Verantwortung für das zu drücken, was Ihr angerichtet hattet. Ihr habt nicht geglaubt, daß Ihr gezwungen würdet, Euch an den Eid zu halten, oder? Was den Marsch des Heeres betrifft: Was habt Ihr darüber gehört, während ihr vor den Aes Sedai gekrochen seid und ihnen die Füße geküßt habt?«

Innerhalb eines Herzschlags wandelte sich Siuans heißer Zorn zu eisiger Ruhe. »Das gehört nicht zu meinem Eid.« Man hätte sie für eine junge Aes Sedai halten können, die hoch aufgerichtet und mit diesem kühl arroganten Trotz vor ihm stand, eine, die noch nicht sehr lange mit der Macht gearbeitet hatte und deren Gesicht deshalb bisher nicht diese typische Alterslosigkeit angenommen hatte. »Ich werde nicht für Euch spionieren. Ihr dient dem Burgsaal, Gareth Bryne, und den Treueeid habt *Ihr* geschworen. Euer Heer wird marschieren, wenn sich der Saal dazu entschließt. Lauscht ihren Worten und gehorcht dem, was Ihr vernehmt.«

Brynes Haltung änderte sich blitzschnell. »Ihr wärt ein Gegner, der es wert ist, die Klingen mit ihm zu kreuzen«, lachte er bewundernd. »Ihr wärt eine bessere ... « Doch schon wurde aus dem Schmunzeln wieder eine düstere Miene. »Der Saal, ja? Pah! Dann richtet Sheriam aus, sie kann endlich damit aufhören, mir auszuweichen. Was ich hier tun kann, habe ich getan. Sagt Ihr, ein Wolfshund im Zwinger kann genausogut durch ein Schwein ersetzt werden, wenn die Wölfe kommen. Ich habe diese Männer nicht um mich versammelt, damit sie auf dem Markt feilgeboten werden.« Nach einem knappen Nicken schritt er durch die Menge fort. Siuan blickte ihm mit gerunzelter Stirn nach.

»Worum ging es denn nun eigentlich?« fragte Nynaeve, und Siuan fuhr zusammen.

»Um nichts, was Euch etwas anginge!« fauchte sie und strich ihr Kleid glatt. Man hätte denken können, Nynaeve habe sich mit Absicht angeschlichen. Die Frau nahm aber auch alles immer persönlich.

»Laßt es sein«, sagte Nynaeve gefaßt. Sie würde sich nicht durch solche Nebensächlichkeiten ablenken lassen. »Was ich aber nicht sein lasse, ist, Euch zu untersuchen.« Heute würde sie etwas Nützliches tun, und wenn sie sich dafür umbringen mußte. Siuan öffnete den Mund und blickte sich dabei um. »Nein, Marigan ist nicht hier, und im Moment benötige ich sie auch nicht. Ihr habt mich erst zweimal – zweimal! – an Euch herangelassen, seit ich einen Hinweis darauf fand, daß etwas in Euch geheilt werden könnte. Ich werde Euch heute untersuchen, und falls Ihr das verhindert, erzähle ich Sheriam, daß Ihr ihren Befehl mißachtet, Euch mir zur Verfügung zu halten. Ich schwöre Euch, ich werde das sagen!«

Einen Augenblick lang glaubte sie, die andere Frau werde es aufs Äußerste ankommen lassen, aber schließlich sagte Siuan mürrisch: »Heute nachmittag. Heute vormittag habe ich zu tun. Es sei denn Ihr glaubt, Eure Tätigkeit sei wichtiger, als Eurem Freund von den Zwei Flüssen zu helfen?«

Nynaeve trat näher an sie heran. Niemand sonst auf der Straße schenkte ihnen mehr Beachtung als höchstens einen Blick im Vorübergehen, aber trotzdem senkte sie die Stimme: »Was haben sie mit ihm vor? Ihr sagt immer wieder, sie hätten sich noch nicht entschlossen, was sie seinetwegen unternehmen sollen, aber mittlerweile müssen sie doch wohl zu irgendwelchen Schlüssen gekommen sein!« Falls ja, dann wußte Siuan Bescheid, ob das nun beabsichtigt war oder nicht.

Urplötzlich war Leane da, und Nynaeves Worte verpufften wirkungslos. Siuan und Leane starrten sich gegenseitig wütend an wie zwei verfeindete Katzen, die sich ins Gehege gekommen waren.

»Nun?« knurrte Siuan zwischen zusammengebissenen Zähnen hervor.

Leane schnaubte und schüttelte den Kopf, daß ihre Locken flogen. Ein hämisches Grinsen verzerrte ihr Gesicht, doch ihre Worte entsprachen keineswegs Ihrer Miene oder dem Tonfall: »Ich habe versucht, ihnen das auszureden«, fauchte sie, allerdings leise. »Aber sie hatten dir noch nicht einmal gut genug zugehört, um sich ihre eigenen Gedanken zu machen. Heute abend wirst du nicht mit den Weisen Frauen zusammentreffen.«

»Möwenscheiße«, fluchte Siuan. Dann drehte sie sich auf dem Fuß um und stolzierte davon, allerdings auch nicht schneller als Leane in entgegengesetzter Richtung.

Nynaeve hätte fast die Hände frustriert gehoben. Sie redeten, als befände *sie* sich überhaupt nicht hier, und als wisse sie nicht genau, wovon sie sprachen. Ignorierten sie einfach. Siuan sollte besser heute nachmittag bei ihr erscheinen, wie sie es versprochen hatte. Sonst würde sei eine Möglichkeit finden, die Frau auszuwringen und zum Trocknen aufzuhängen! Sie zuckte zusammen, als hinter ihr eine Frau zu sprechen begann: »Diese beiden sollte man wirklich zu Tiana schicken, damit sie eine kräftige Tracht Prügel beziehen.« Lelaine trat neben Nynaeve und blickte erst Siuan und dann Leane hinterher. So herumzulaufen und sich an Leute anzuschleichen! Logain, Burin oder die Adligen aus Altara waren nirgends zu sehen. Die Blaue Schwester rückte ihre Stola zurecht. »Natürlich sind sie nicht mehr die, die sie einst waren, aber man sollte doch denken, daß sie wenigstens den Schein wahren. Es wird nicht besonders gut wirken, wenn sie sich wirklich noch einmal auf der Straße gegenseitig die Haare ausreißen.«

»Manchmal passen Leute einfach nicht zusammen, und es kommt ständig zu Reibereien«, sagte Nynaeve. Siuan und Leane arbeiteten so hart daran, dieses Täuschungsmanöver aufrechtzuerhalten, und dann war wohl das Wenigste, was sie dazu beitragen konnte, ein bißchen Unterstützung zum rechten Zeitpunkt. Wie sie es haßte, wenn sich Menschen an sie heranschlichen.

Lelaine blickte auf Nynaeves Hand, die schon wieder ihren Zopf ergriffen hatte, und sie riß die Hand schnell weg. Zu viele kannten mittlerweile ihre Angewohnheit. Dabei strengte sie sich so an, das zu unterdrücken. Aber die Aes Sedai sagte lediglich: »Nicht, wenn es die Würde der Aes Sedai untergräbt, Kind. Frauen, die den Aes Sedai dienen, sollten sich in der Öffentlichkeit zurückhalten, gleich wie töricht sie sich privat auch verhalten mögen.« Daran gab es gewiß nichts zu deuteln, oder jedenfalls nichts, was sie hätte sagen können, ohne Anstoß zu erregen. »Warum seid Ihr hereingekommen, als ich vorhin Logain vorführte?«

»Ich hatte geglaubt, der Raum sei leer, Aes Sedai«, sagte Nynaeve schnell. »Es tut mir leid. Ich hoffe, ich habe nicht zu sehr gestört.« Das war keine Antwort, denn sie konnte ihr kaum sagen, sie habe sich vor Myrelle versteckt, aber die schlanke Blaue sah ihr nur einen Moment lang in die Augen.

»Was glaubt Ihr, wird Rand al'Thor unternehmen, Kind?«

Nynaeve riß verwirrt die Augen auf. »Aes Sedai, ich habe ihn ein halbes Jahr nicht mehr gesehen. Alles, was ich weiß, ist das, was ich hier vernahm. Hat der Saal…? Aes Sedai, was hat der Saal in bezug auf ihn beschlossen?«

Lelaine musterte aufmerksam Nynaeves Gesicht und schürzte die Lippen. Diese dunklen Augen schienen auf beunruhigende Weise direkt in Nynaeves Kopf zu blicken. »Ein bemerkenswerter Zufall. Ihr kommt aus dem gleichen Dorf wie der Wiedergeborene Drache, genau wie dieses andere Mädchen, Egwene al'Vere. Man hielt große Stücke auf sie, als sie Novizin wurde. Habt Ihr eine Ahnung, wo sie sich befindet?« Sie wartete nicht auf eine Antwort. »Und diese beiden anderen jungen Männer, Perrin Aybara und Mat Cauthon. Beide ebenfalls *Ta'veren*, wie ich hörte. Wirklich bemerkenswert. Und dann Ihr mit Euren außergewöhnlichen Entdeckungen, trotz Eurer Beschränkungen. Wo sich Egwene auch befinden mag, wird sie sich auch auf Gebiete vorwagen, die keine von uns je betreten hat? Ihr alle habt eine ganze Menge Gesprächsstoff für die Schwestern geliefert, wie Ihr euch denken könnt.«

»Ich hoffe, sie sagen nur das Beste«, stellte Nynaeve bedächtig fest. Man hatte ihnen viele Fragen über Rand gestellt, seit sie nach Salidar gekommen waren und besonders, seit die Delegation nach Caemlyn aufgebrochen war. Manche Aes Sedai schienen kaum ein anderes Thema ihr gegenüber zu kennen. Aber dieses Gespräch war doch etwas anderes. Das war halt auch das Problematische daran, wenn man mit Aes Sedai sprach. Einen großen Teil der Zeit über war man nicht sicher, was sie meinten oder worauf sie hinauswollten.

»Habt Ihr immer noch nicht die Hoffnung aufgegeben, Siuan und Leane heilen zu können, Kind?« Lelaine nickte, als habe Nynaeve ihr geantwortet, und seufzte. »Manchmal glaube ich, Myrelle hat recht. Wir haben zuviel Geduld mit Euch. Trotz Eurer Entdeckungen sollten wir Euch vielleicht doch in Theodrins Obhut geben, bis Euer Block gegen den wunschgemäßen Gebrauch der Macht gebrochen ist. Wenn man bedenkt, was Ihr in den letzten beiden Monaten fertiggebracht habt, was könntet Ihr *dann* erst fertigbringen?« Nynaeve griff unbewußt wieder nach ihrem Zopf und bemühte sich, etwas einzuwerfen, einen sorgfältig formulierten Protest beispielsweise, doch Lelaine beachtete ihren Versuch überhaupt nicht. Was möglicherweise auch gut war. »Ihr tut Siuan und Leane keinen Gefallen, Kind. Laßt sie vergessen, wer und was sie waren, und gebt Euch mit dem zufrieden, wer und was sie nun sind. So, wie sie sich benehmen, seid Ihr wahrscheinlich das einzige, was sie davon abhält, ihre Vergangenheit zu vergessen, Ihr und diese törichten Versuche, zu heilen, was nicht zu heilen ist. Sie sind keine Aes Sedai mehr. Warum an falschen Hoffnungen festhalten?«

In ihrer Stimme lag eine Andeutung von Leidenschaft und auch ein wenig Verachtung. Diejenigen, die nicht zu den Aes Sedai gehörten, waren eben minderwertig, und das Ablenkungsmanöver Siuans und Leanes hatte ganz bestimmt eine solche Geringschätzung geradezu eingeladen. Und dann gaben nicht wenige hier Anwesende Siuan die Schuld an den Schwierigkeiten der Burg, weil sie als Amyrlin so ungeschickt taktiert hatte. Höchstwahrscheinlich glaubten sie, die beiden hätten alles verdient, was ihnen geschehen war, und vielleicht noch mehr.

Was ihnen angetan worden war, hatte aber die ganze Lage noch sehr kompliziert. Jemand einer Dämpfung zu unterziehen war selten. Vor Siuan und Leane hatte man einhundertvierzig Jahre lang keine Frau mehr verurteilt und ihrer Fähigkeiten beraubt, und seit mindestens einem Dutzend Jahren war keine mehr ausgebrannt. Nach der Dämpfung versuchte eine Frau für gewöhnlich, sich den Aes Sedai so fern zu halten wie möglich. Hätte man Lelaine einer Dämpfung überzogen, dann hätte sie zweifellos zu vergessen versucht, daß sie jemals eine Aes Sedai gewesen war. Zweifelsohne würde sie auch gern vergessen, daß Siuan und Leane jemals Aes Sedai gewesen waren, daß man ihnen all dies genommen hatte. Wenn man sie einfach als zwei Frauen betrachten konnte, die niemals mit der Macht umgehen konnten, niemals Aes Sedai waren, würden sich eine Menge Aes Sedai wohler in ihrer Haut fühlen.

»Sheriam Sedai hat mir die Erlaubnis erteilt, es zu versuchen«, sagte Nynaeve so energisch sie es einer vollwertigen Schwester gegenüber wagte. Lelaine sah ihr in die Augen, bis sie den Blick senkte. Der Knöchel ihrer Hand, die den Zopf erfaßt hielt, färbte sich weiß, bevor sie es fertigbrachte, loszulassen, aber sie bewahrte eine ruhige Miene. Zu versuchen, dem Blick einer Aes Sedai zu widerstehen, war ziemlich idiotisch für eine Aufgenommene.

»Wir benehmen uns alle irgendwann einmal töricht, Kind, doch eine weise Frau lernt, sich auch darin auf wenige Gelegenheiten zu beschränken. Da Ihr offensichtlich mit Frühstücken fertig seid, schlage ich vor, Ihr werdet diesen Krug los und sucht Euch etwas zu arbeiten, bevor Ihr statt dessen die Arme im heißen Wasser habt. Habt Ihr je daran gedacht, Euch das Haar kurz zu schneiden? Spielt keine Rolle. Fort mit Euch.«

Nynaeve knickste, aber die Aes Sedai wandte ihr bereits den Rücken zu, bevor sie den Tiefpunkt erreicht hatte. Vor Lelaines Blick sicher, funkelte sie der Frau hinterher. Ihr Haar *schneiden?* Sie hob ihren Zopf an und schüttelte ihn der sich entfernenden Aes Sedai hinterher. Daß sie damit gewartet hatte, bis sie sich sicher fühlte, regte sie selbst auf, aber hätte sie nicht gewartet, wäre sie jetzt ganz bestimmt auf dem Weg zu Moghedien in den Wäschereihof, höchstens mit einer Unterbrechung, um auf dem Weg bei Tiana hereinzuschauen. Sie saß nun schon monatelang untätig hier in Salidar – und wenn man es von der praktischen Seite her betrachtete, waren sie trotz allem, was sie und Elayne aus Moghedien herausgeholt hatten, eben untätig gewesen – mitten unter Aes Sedai, die nichts taten außer reden und warten, während die Welt ohne sie dem Ruin entgegensteuerte, und Lelaine hatte nichts Besseres zu tun, als sie zu fragen, ob sie ihr Haar schneiden werde! Sie hatte die Schwarzen Ajah verfolgt, war in Gefangenschaft gekommen und wieder entflohen, hatte ihrerseits eine der Verlorenen gefangen, na ja, gut, das wußte natürlich keine von ihnen, hatte der Panarchin von Tarabon wenigstens vorübergehend wieder zu ihrem Thron verholfen, und nun war alles, was sie hier tat, herumzusitzen und gelegentlich ein Lob einzustreichen für Dinge, die sie aus Moghedien herausgeholt hatten. Ihr Haar schneiden? Da konnte sie sich ja gleich eine Glatze schneiden lassen! Damit würde sie auch nicht mehr erreichen.

Sie erblickte Dagdara Finchey, wie sie durch die Menge schritt, so breit gebaut wie die kräftigsten Männer unter den Passanten und höher aufragend als die meisten, und der Anblick der Gelben mit dem runden Gesicht regte sie ebenfalls auf. Ein Grund dafür, daß sie sich entschlossen hatte, in Salidar zu bleiben, war der, sich von den Gelben unterrichten zu lassen, denn sie verstanden mehr von der Heilkunst als jede andere. Das behauptete jedenfalls jeder. Aber falls eine von ihnen mehr wußte als *sie* jetzt bereits, dann teilte sie dieses Wissen nicht mit einer bloßen Aufgenommenen. Die Gelben sollten an sich ihrem Wunsch, alles und jeden zu heilen, sogar diejenigen, die einer Dämpfung unterzogen worden waren, am verständnisvollsten gegenüberstehen, aber sie waren die letzten, die Bereitschaft zeigten, ihr zu helfen. Dagdara hätte sie den ganzen Tag lang Böden schrubben lassen, um ihr diese »törichten Ideen« aus dem Kopf zu treiben, wenn Sheriam nicht eingegriffen hätte, während Nisao Dachen, eine unauffällige Gelbe mit Augen, die so hart dreinblickten, daß man mit ihnen Nägel einschlagen konnte, sich sogar weigerte, mit Nynaeve zu sprechen, solange diese darauf bestand, »die Webart des bestehenden Musters zu ändern«.

Und um dem allen die Krone aufzusetzen, sagte ihr Wettergefühl ganz einwandfrei aus, daß sich seit einer Weile ein Sturm nähere, obwohl der wolkenlose Himmel und die brennende Sonne sie verspotteten.

So knurrte sie in sich hinein, stellte den Tonkrug einfach hinten auf einen vorbeirumpelnden Karren und machte sich auf den Weg durch die Menge. Sie konnte nichts weiter tun, als in Bewegung zu bleiben und geschäftig zu wirken, bis Moghedien fertig war, und das Licht mochte wissen, wie lange das noch dauern werde. Ein vollkommen vergeudeter Vormittag, passend zu den vielen Tagen, die sie hier schon vergeudet hatte.

Viele der Aes Sedai lächelten sie an oder nickten ihr zu, aber sie lächelte dann entschuldigend zurück und beschleunigte ihren Schritt für kurze Zeit, damit es aussah, als habe sie es eilig, und so vermied sie es, angehalten zu werden und die üblichen Fragen über sich ergehen lassen zu müssen, welche neuen Dinge man in nächster Zeit von ihr erwarten könne. In ihrer augenblicklichen Laune hätte sie ihnen vielleicht ehrlich gesagt, was sie dachte, und das hätte unangenehme Folgen nach sich gezogen. Nichtstun. *Sie* fragen, was Rand unternehmen werde. Ihr sagen, sie solle sich ihr Haar abschneiden. Pah!

Natürlich lächelten nicht alle. Nicht nur, daß Nisao einfach durch Nynaeve hindurchblickte, nein, Nynaeve mußte schnell aus dem Weg springen, um nicht von der Frau überrannt zu werden. Und eine arrogante Aes Sedai mit hellblondem Haar und einem hervorstehenden Kinn, die auf einem großrahmigen Fuchswallach durch die Menge ritt, warf ihr im Vorbeireiten einen ausgesprochen finsteren Blick aus scharfen blauen Augen zu. Nynaeve erkannte sie nicht. Die Frau wirkte wie aus dem Ei gepellt in einem hellgrauen, seidenen Reitkleid, aber der leichte Leinenumhang vor ihr auf dem Sattel sprach dafür, daß sie gerade von einer Reise neu hier eingetroffen war. Was noch für ihre Neuankunft in Salidar sprach, war der schlacksige Behüter in grünem Wams, der auf einem großen, grauen Streitroß hinter ihr herritt und recht nervös wirkte. Behüter wirkten *niemals* nervös, aber Nynaeve dachte sich, es müsse wohl als Ausnahme gelten, wenn man sich soeben einer Rebellion gegen die Weiße Burg anschloß. Licht! Selbst Neuankömmlinge kamen gerade zurecht, um sie noch mehr aufzubringen!

Und dann tauchte noch der narbengesichtige Uno auf, den Kopf bis auf die Skalplocke kahlgeschoren und die leere Augenhöhle von einer Klappe verdeckt, auf die ein scheußliches, knallrotes Auge aufgemalt war. Er hielt in seiner offensichtlichen Strafpredigt für einen verlegenen jungen Mann im Schuppenpanzer inne, der die Zügel eines Pferds mit einer an den Sattel geschnallten Lanze hielt, und grinste warm in Nynaeves Richtung. Nun, wenigstens ohne die Augenklappe wäre es ein warmes Grinsen geworden. Nynaeve verzog bloß das Gesicht, und so weitete sich sein Auge erschrocken, und er wandte sich hastig wieder dem Soldaten zu, um seine Standpauke fortzusetzen.

Es lag nicht an Uno oder seiner Augenklappe, daß es ihr sauer aufstieß. Nicht nur. Er hatte sie und Elayne nach Salidar begleitet und ihnen sogar versprochen, er würde Pferde stehlen – ausleihen nannte er das –, falls sie von hier fliehen wollten. Die Chance war allerdings vorüber. Uno trug eine Goldlitze an den Ärmelaufschlägen seines abgetragenen dunklen Rocks, denn er war Offizier und für die Ausbildung der schweren Reiterei in Gareth Brynes Heer verantwortlich. So war er nun gebunden und konnte sich gewiß nicht mehr mit Nynaeve abgeben. Nein, das stimmte auch wieder nicht. Sollte sie ihm mitteilen, daß sie abreisen wolle, würde er innerhalb weniger Stunden Pferde auftreiben und sie würde von einer Eskorte von Schienarern mit Skalplocke begleitet wegreiten. Diese Soldaten hatten Rand die Treue geschworen und befanden sich nur in Salidar, weil sie und Elayne sie hierher mitgebracht hatten. Allerdings würde sie dann zugeben müssen, sich geirrt zu haben, als sie bleiben wollte, und auch zugeben, daß sie ihn angelogen hatte, denn sie hatte ihm immer wieder versichert, sie fühle sich an Ort und Stelle ausgesprochen wohl. Das alles zuzugeben, brachte sie nicht fertig. Unos Hauptgrund, überhaupt hier auszuharren, war seine Fürsorge für sie und Elayne. Er glaubte, auf sie aufpassen zu müssen! Nein, von ihr würde er keine solchen Geständnisse zu hören bekommen!

Überhaupt war der Gedanke daran, Salidar zu verlassen, jetzt erst, durch Uno angeregt, wieder aufgetaucht, und sie grübelte nun angestrengt darüber nach. Wenn nur Thom und Juilin nicht auf Erkundung nach Amadicia ausgezogen wären. Natürlich unternahmen sie die Reise nicht aus purem Spaß daran. In der ersten Zeit, als sie noch geglaubt hatten, die Aes Sedai hier würden tatsächlich etwas unternehmen, hatten sie sich freiwillig bereit erklärt, als Kundschafter herauszufinden, was auf der anderen Seite des Flusses vor sich ging. Sie hatten geplant, bis nach Amador zu ziehen. Nun waren sie schon gut einen Monat weg und würden frühestens in einigen Tagen wieder eintreffen. Natürlich waren sie nicht die einzigen Kundschafter. Man hatte sogar Aes Sedai und Behüter ausgesandt, aber die meisten in Richtung Tarabon, also noch weiter nach Westen. Die Aes Sedai taten eben so, als würden sie tatsächlich etwas unternehmen, und die Verzögerung, bis sie mit ihren Berichten wieder eintrafen, kam ihnen als Ausrede gerade recht. Nynaeve wünschte, sie hätte die beiden Männer nicht ziehen lassen. Hätte sie nein gesagt, wäre keiner von beiden gegangen.

Thom war ein alter Gaukler, obwohl er früher einmal sehr viel höher gestanden hatte, und Juilin war ein Diebfänger aus Tear, beides kompetente Männer, die wußten, wie sie sich an fremden Orten zu verhalten hatten, und außerdem auch auf viele andere Arten gut zu gebrauchen. Auch sie hatten sie und Elayne nach Salidar geleitet, und keiner hätte es in Frage gestellt, sollte sie den Wunsch äußern, von hier wegzugehen. Zweifellos hätten sie hinter ihrem Rücken einiges zu sagen gehabt, aber ins Gesicht hätten sie ihr nichts gesagt, im Gegensatz zu Uno.

Es ärgerte sie, zugeben zu müssen, daß sie die Männer wirklich brauchte, aber sie wußte sich eben nicht so gut zu helfen, wenn es darum ging, ein Pferd zu stehlen. Außerdem würde man es bemerken, sollte sich eine Aufgenommene an den Pferden zu schaffen machen, sowohl in den Stallungen, wie auch in den Koppeln der Kavalleriepferde, und sollte sie einfach das weiße Kleid mit dem Farbsaum ablegen und etwas anderes anziehen, würde irgend jemand es bestimmt noch bemerken, bevor sie sich überhaupt den Pferden nähern konnte. Und sollte sie auch die Flucht bewerkstelligen, würde man sie verfolgen. Geflohene Aufgenommene brachte man genauso wie Novizinnen fast immer zurück und bestrafte sie so, daß sie kein zweites Mal eine Flucht versuchten. Wenn man die Ausbildung zur Aes Sedai in Angriff nahm, war man erst damit fertig, sobald *sie* es zuließen.

Natürlich war es nicht die Angst vor einer Bestrafung, die sie noch hier festhielt. Was bedeutete es schon, ein oder zweimal den Hintern versohlt zu bekommen, wenn man es mit dem Schicksal verglich, möglicherweise von den Schwarzen Ajah umgebracht zu werden oder sich einem der Verlorenen gegenüberzufinden? Es lag im Grunde nur daran, ob sie auch wirklich gehen wollte. Wohin könnte sie sich beispielsweise wenden? Nach Caemlyn zu Rand? Zu Egwene nach Cairhien? Würde Elayne mitkommen? Sicher, falls sie nach Caemlyn gingen. Entsprang dieser Wunsch nur dem anderen, endlich etwas zu unternehmen? Oder lag es nur an der Furcht, Moghedien könne entlarvt werden? Dagegen wäre die Strafe für das Weglaufen nur ein Klacks! Sie war nicht zu irgendeiner Entscheidung gekommen, als sie um eine Ecke kam und plötzlich vor Elaynes Klasse von Novizinnen stand, die sich auf einem offenen Platz zwischen zwei strohgedeckten Steinhäusern versammelt hatte, wo man die Ruine eines dritten Hauses weggeräumt hatte.

Mehr als zwanzig weißgekleidete Frauen saßen auf niedrigen Hockern im Halbkreis und sahen zu, wie Elayne mit zweien von ihnen irgendeine Übung vorführte. Das Glühen *Saidars* umgab alle drei Frauen. Tabiya, ein vielleicht sechzehnjähriges Mädchen mit grünen Augen und vielen Sommersprossen im Gesicht, und Nicola, eine schlanke, schwarzhaarige Frau etwa in Nynaeves Alter, trieben etwas unsicher eine Flamme immer von der einen zur anderen durch die Luft. Sie flackerte und verschwand auch gelegentlich einen Moment lang, wenn die eine zu langsam reagierte und sie nicht rechtzeitig von der anderen übernahm und aufrecht erhielt. In ihrer augenblicklichen Laune war Nynaeve in der Lage, die von ihnen gewobenen Stränge ganz deutlich zu erkennen.

Achtzehn Novizinnen hatten sie mitgenommen, als Sheriam und der Rest geflohen waren – Tabiya war eine davon –, aber die meisten in dieser Gruppe waren wie Nicola seither neu rekrutiert worden, nachdem sich die

Aes Sedai in Salidar häuslich niedergelassen hatten. Nicola war nicht die einzige Frau, die älter war als bei Novizinnen üblich – das traf für gut die Hälfte der Anwesenden zu. Als Nynaeve und Elayne zur Burg kamen, überprüften die Aes Sedai nur äußerst selten Mädchen, die älter waren als beispielsweise Tabiya. Nynaeve war sowohl ihres Alters wie auch der Tatsache wegen, daß sie eine Wilde war, eine große Ausnahme geblieben. Aber mehr oder weniger aus purer Verzweiflung hatten die Aes Sedai hier ihre Überprüfungen auch auf junge Frauen ausgedehnt, die noch ein oder zwei Jahre älter als Nynaeve waren. Das Ergebnis war, daß es nunmehr in Salidar mehr Novizinnen gab als in den ganzen letzten Jahren in der Weißen Burg. Dieser Erfolg hatte die Aes Sedai dazu gebracht, mittlerweile ganz Altara Dorf für Dorf von Schwestern absuchen zu lassen.

»Hättet Ihr auch gern diese Klasse unterrichtet?«

Die Stimme an ihrer Schulter ließ Nynaeve erstarren und einen Eisklumpen in ihrem Magen entstehen. Das zweite Mal an einem Vormittag! Sie wünschte, sie habe etwas von ihrer Magenmedizin in der Tasche. Wenn sie sich weiterhin derart überraschen ließ, würde es doch noch damit enden, daß sie für irgendeine Braune die Papiere sortieren mußte.

Selbstverständlich war diese Domanifrau mit den Apfelbäckchen keine Aes Sedai. In der Weißen Burg wäre Theodrin vermutlich bereits zur Schwester erhoben worden, aber hier stand sie nun zum einen über den anderen Aufgenommenen, aber doch noch unter den Aes Sedai. Sie trug den Ring der Großen Schlange an der rechten Hand und nicht an der linken, und ihr grünes Kleid paßte gut zu ihrem Bronzeteint, doch sie durfte sich keine Ajah aussuchen und die Stola nicht tragen.

»Ich habe besseres zu tun, als einem Haufen dickköpfiger Novizinnen Wissen einzutrichtern.«

Theodrin lächelte nur, weil Nynaeves Stimme so

schnippisch klang. Sie war in Wirklichkeit an sich recht nett. »Eine dickköpfige Aufgenommene, die dickköpfige Novizinnen unterrichtet?« Normalerweise war sie nett. »Nun, sobald wir Euch einmal soweit haben, daß Ihr die Macht gebrauchen könnt, ohne ihnen ständig Kopfnüsse zu verpassen, werdet Ihr auch Novizinnen unterrichten. Und es würde mich nicht überraschen, wenn Ihr bald danach zur Schwester erhoben würdet, bei all den Dingen, die Ihr schon entdeckt habt. Übrigens habt Ihr mir nie verraten, was Euer Trick war.« Die Wilden hatten fast immer irgendeinen Trick entwickelt, wenn sie ihre Fähigkeit zum Gebrauch der Macht einmal erkannt hatten. Das andere, was die meisten Wilden miteinander gemein hatten, war ein Block, den sie in ihrem Geist aufgebaut hatten, um ihre Fähigkeit vor allen und sogar vor sich selbst zu verbergen.

Nynaeve beherrschte mit Mühe ihre Gesichtszüge. In der Lage sein, jederzeit nach Wunsch die Macht zu gebrauchen. Zur Aes Sedai erhoben zu werden. Keines davon würde das Problem Moghedien lösen, aber dann wäre es ihr möglich, zu gehen, wohin sie wollte und zu untersuchen, was sie wollte, ohne sich dauernd rechtfertigen zu müssen und zu hören, dies oder das sei nicht heilbar. »Menschen erholten sich, obwohl das nicht zu erwarten war. Ich wurde so wütend, weil jemand sterben würde und das all meine Kenntnisse über Kräuter nicht ausreichten … « Sie zuckte die Achseln. »Und sie erholten sich wieder.«

»Viel besser als bei mir.« Die schlanke Frau seufzte. »Ich konnte es fertigbringen, daß ein Junge mich küssen wollte, oder auch nicht. Mein Block betraf Männer und hatte nichts mit Zorn zu tun.« Nynaeve blickte sie ungläubig an und Theodrin lachte. »Nun, es hatte schon auch mit Gefühlen zu tun. Falls ein Mann zugegen war, den ich entweder sehr mochte oder überhaupt nicht leiden konnte, war ich fähig, die Macht zu gebrauchen. Wenn ich weder das eine, noch das andere empfand oder wenn gar kein Mann zugegen war, hätte ich genauso ein Baum sein können, was den Gebrauch *Saidars* betraf.«

»Wie habt Ihr nur diesen Block durchbrechen können?« fragte Nynaeve neugierig. Elayne ließ die Novizinnen mittlerweile paarweise üben, und sie bemühten sich unbeholfen, kleine Flammen von der einen zur anderen wandern zu lassen.

Theodrins Lächeln wurde breiter, doch eine leichte Röte färbte ihre Wangen. »Ein junger Mann namens Charel, ein Knecht in den Stallungen der Burg, hat mir schöne Augen gemacht. Ich war fünfzehn, und er hatte ein wundervolles Lächeln. Die Aes Sedai ließen ihn bei meinem Unterricht zugegen sein und still in einer Ecke sitzen, damit ich überhaupt in der Lage war, die Macht zu gebrauchen. Was ich nicht wußte: Sheriam hatte es so arrangiert, daß er mich überhaupt kennenlernte.« Ihre Wangen liefen noch dunkler an. »Ich wußte auch nicht, daß er eine Zwillingsschwester hatte und daß nach ein paar Tagen nicht mehr Charel in der Ecke saß, sondern seine Schwester Marel. Als sie dann eines Tages während des Unterrichts Jacke und Hemd auszog, war ich so erschrocken, daß ich in Ohnmacht fiel. Doch von dem Tag an konnte ich die Macht gebrauchen, wann immer ich wollte.«

Nynaeve lachte schallend los – sie konnte sich nicht helfen –, und trotz ihrer Schamröte lachte Theodrin ungehemmt mit. »Ich wünschte, es wäre auch für mich so einfach, Theodrin.«

»Ob einfach oder nicht«, sagte Theodrin, die nun wieder ernst wurde, »wir werden in jedem Fall Euren Block beseitigen. Heute nachmittag ... «

»Ich untersuche heute nachmittag Siuan«, warf Nynaeve hastig ein, und Theodrin verzog den Mund.

»Ihr habt mich gemieden, Nynaeve. Im vergangenen Monat habt Ihr es erreicht, Euch bis auf drei Sitzungen vor allen anderen zu drücken. Ich kann ja akzeptieren, wenn Ihr euch bemüht und scheitert, aber ich akzeptiere nicht, wenn Ihr euch aus Angst vor Fehlschlägen drückt.«

»Tue ich nicht«, fing Nynaeve beleidigt an, während eine kleine Stimme in ihr selbst fragte, warum sie die Wahrheit vor sich selbst verschleierte. Es war so entmutigend, es immer und immer wieder zu versuchen – und zu versagen.

Theodrin ließ sie nach diesen wenigen Worten nicht mehr zu Wort kommen. »Da Ihr heute ja wohl andere Verpflichtungen habt«, sagte sie ruhig, »werde ich Euch morgen sehen und jeden weiteren Tag danach, sonst sehe ich mich gezwungen, andere Maßnahmen zu ergreifen. Das will ich nicht, und Ihr wollt es bestimmt auch nicht, aber ich habe vor, Euren Block niederzubrechen. Myrelle hat mich darum gebeten, mir besondere Mühe damit zu geben, und ich schwöre, das werde ich.«

Das war ja nun fast ein Echo dessen, was sie Siuan gesagt hatte, und so klappte Nynaeves Kinnlade auch dementsprechend herunter. Es war das erste Mal, daß eine andere Frau ihr gegenüber die verstärkte Autorität ihrer Position geltend gemacht hatte. Das sähe ihrem Glück am heutigen Tag ähnlich, falls sie und Siuan Seite an Seite bei Tiana anrücken mußten.

Theodrin wartete nicht auf eine Antwort. Sie nickte einfach, als sei Nynaeve einverstanden gewesen, und dann schritt sie die Straße hinauf. Nynaeve konnte fast eine gefranste Stola um ihre Schultern liegen sehen. Dieser Vormittag verlief aber absolut nicht gut. Und wieder Myrelle! Sie hätte am liebsten geschrien.

Drüben bei den Novizinnen warf ihr Elayne ein stolzes Lächeln zu, doch Nynaeve schüttelte lediglich den Kopf und wandte sich ab. Sie würde jetzt zurück in ihr Zimmer gehen. Es war so typisch für die Art, wie dieser Tag verlief, daß sie noch nicht einmal auf halbem Weg Dagdara Finchley begegnete, genauer gesagt, Dagdara prallte überrascht auf sie, und sie fiel platt auf den Rücken. Sie mußte ausgerechnet jetzt rennen! Eine Aes Sedai! Die grobschlächtige Frau blieb nicht einmal stehen und hatte es auch nicht nötig, wenigstens eine Entschuldigung nach hinten zu rufen, während sie weiter ihren Weg durch die Menge pflügte.

Nynaeve raffte sich hoch, klopfte sich den Staub von der Kleidung, stampfte wütend weiter bis zu ihrem Zimmer und knallte die Tür hinter sich zu. Es war heiß hier und eng, die Betten waren nicht gemacht, weil sich Moghedien noch nicht darum kümmern konnte, und das Schlimmste überhaupt war dieses überwältigende Gefühl, daß jeden Moment ein furchtbarer Hagelsturm über Salidar hereinbrechen mochte. Aber hier würde sich wenigstens niemand an sie heranschleichen oder sie niedertrampeln.

So lag sie dann auf den zerknitterten Laken und spielte mit dem silbrigen Armreif. Ihre Gedanken schweiften von der Frage, was sie heute wohl an neuen Informationen aus Moghedien herausbekommen könne, bis Siuan und ob sie wie versprochen am Nachmittag auftauchte, von Lan bis zu ihrem geistigen Block und weiter, ob sie in Salidar bleiben werde. Es wäre ja eigentlich kein richtiges Weglaufen. Sie würde wahrscheinlich nach Caemlyn gehen, zu Rand, denn er brauchte unbedingt jemanden, der ihm den Kopf zurechtrückte, wenn er zu eingebildet wurde, und Elayne würde es außerdem auch gefallen. Irgendwie kam ihr die Abreise – kein Davonlaufen! – jetzt, nachdem sie Theodrins Absichten nun kannte, noch reizvoller vor.

Sie erwartete, in den durch den *A'dam* strömenden Gefühlen etwas darüber erkennen zu können, ob Moghedien ihre Arbeit beendet habe, denn dann würde sie sich auf die Suche nach der Frau machen, die sich oft versteckte, wenn sie am Schmollen war, aber die übliche Scham und Empörung ließen nicht nach. So war sie völlig überrascht, als sich die Tür mit einem Knall öffnete.

»Also hier seid Ihr«, jammerte Moghedien. »Schaut her!« Sie hielt ihre Hände hoch. »Kaputt!« In Nynaeves Augen sahen sie nicht anders aus als alle Hände, nachdem man Wäsche gewaschen hatte: weiß und runzlig, sicher, aber das gab sich wieder. »Es reicht noch nicht, daß ich völlig verwahrlose, daß ich bedienen und schleppen muß wie eine Dienerin, nein, nun erwartet man auch noch von mir, wie eine primitive ... !«

Nynaeve unterbrach ihren Redeschwall mit einem einfachen Heilmittel: Sie dachte an einen kurzen Schlag mit einem Lederriemen, was das für ein Gefühl war, und dann verschob sie den Gedanken in den Teil ihres Gehirns, in dem die von Moghedien her empfangenen Gefühle ihren Platz hatten. Die andere Frau riß die dunklen Augen auf, klappte augenblicklich den Mund zu und preßte die Lippen aufeinander. Kein harter Schlag, aber eine Mahnung.

»Schließt die Tür und setzt Euch«, sagte Nynaeve. »Ihr könnt die Betten später machen. Wir haben jetzt Unterricht.«

»Ich bin wirklich an Besseres gewöhnt«, grollte Moghedien, als sie dem Befehl nachkam. »Ein Nachtarbeiter in Tojar führte da ja noch ein besseres Leben!«

»Wenn ich mich nicht völlig verschätze«, sagte Nynaeve in scharfem Tonfall zu ihr, »dann stand bei einem Nachtarbeiter in wo-auch-immer kein Todesurteil im Raum. Wenn Ihr das wünscht, sagen wir gern Sheriam, wer Ihr wirklich seid.« Das war ein reiner Bluff – schon bei dem bloßen Gedanken an so etwas zog sich Nynaeve der Magen zu einem ätzenden Klumpen zusammen –, aber von Moghedien her ergoß sich eine beißende Flut von Angst durch den *A'dam*. Nynaeve bewunderte fast schon die Art und Weise, wie diese Frau ihre Miene beherrschte. Hätte sie das gleiche empfunden, würde sie sich vermutlich verzweifelt auf dem Boden wälzen und mit den Zähnen knirschen.

»Was wollt Ihr von mir gezeigt bekommen?« fragte

Moghedien mit ausdrucksloser Stimme. Sie mußten ihr immer sagen, was sie genau von ihr wollten. Von allein bot sie ihnen praktisch niemals etwas an, außer sie übten einen derartigen Druck auf sie aus, daß Nynaeve es bereits als Vorstufe zur Folter betrachtete.

»Wir werden etwas versuchen, was Ihr uns bisher nur ungenügend beigebracht habt, nämlich festzustellen, wenn ein Mann die Macht benützt.« Das war bis jetzt das einzige gewesen, was sie und Elayne nicht so schnell zu erlernen in der Lage gewesen waren. Es könnte aber nützlich sein, falls sie sich entschloß, wirklich nach Caemlyn zu reisen.

»Nicht gerade einfach, vor allem, wenn kein Mann da ist, mit dem man üben kann. Wie schade, daß Ihr nicht in der Lage wart, Logain zu heilen.« Es lag keinerlei Spott in Moghediens Worten, und auch ihre Miene blieb ernst, doch nach einem Blick in Nynaeves Richtung fuhr sie schnell fort: »Aber wir können es ja trotzdem wieder versuchen.«

Es war wirklich alles andere als einfach. Das war es wohl nie, selbst wenn Nynaeve etwas schnell lernte, sobald sie einmal die Stränge des Gewebes deutlich sah. Moghedien konnte die Macht nicht gebrauchen, solange Nynaeve es ihr nicht gestattete und sie auch nicht anleitete, denn das war über den *A'dam* notwendig. Aber bei einem neuen Unterrichtsstoff mußte sie Moghedien die Führung überlassen, da nur sie das entsprechende Muster kannte. Das war ziemlich verwickelt, und nur deshalb waren sie nicht in der Lage, jeden Tag ein Dutzend neuer Dinge vor ihr zu übernehmen. In diesem Fall hatte Nynaeve bereits eine schwache Ahnung davon, wie die Stränge verwoben werden mußten, aber es war eben doch ein kompliziertes Flechtwerk aus Strängen aller Fünf Mächte, gegen das eine Heilung noch einfach war. Und dann verschob sich das Muster auch noch mit enormer Geschwindigkeit. Moghedien behauptete, dieser Schwierigkeiten wegen sei diese Methode auch nicht gerade oft benützt worden. Wenn man sehr lange daran arbeitete, bekam man außerdem noch quälende Kopfschmerzen.

Nynaeve legte sich auf ihr Bett zurück und arbeitete trotzdem, so hart sie nur konnte. Falls sie zu Rand ging, würde sie das möglicherweise benötigen, und man konnte ja nie wissen, wie schnell das plötzlich ging. Sie lenkte auch alle Stränge diesmal selbst, denn ein gelegentlicher Gedanke an Lan oder Theodrin erneuerte ihren Zorn in ausreichendem Maße. Früher oder später würde man Moghedien für ihre Verbrechen zur Rechenschaft ziehen, und wo stünde Nynaeve dann, wenn sie sich immer nur darauf verließe, die Kraft der anderen zu beanspruchen, wann immer sie es für notwendig hielt? Sie mußte innerhalb ihrer eigenen Beschränkungen leben und arbeiten. Würde Theodrin wirklich eine Möglichkeit finden, ihren Block niederzubrechen? Lan mußte noch am Leben sein, damit sie ihn finden konnte. Aus dem schwachen Ziehen wurden nun bohrende Kopfschmerzen hinter ihren Schläfen. Die Fältchen um Moghediens Augen vertieften sich, und sie rieb sich einige Male die Schläfen, doch unterhalb der Angst übertrug das Armband auch ein Gefühl, das ihr beinahe wie Zufriedenheit vorkam. Nynaeve stellte sich vor, daß es eine gewisse Befriedigung darstellen müsse, wenn man jemandem etwas beibrachte, und sei es auch unwillig. Eigentlich gefiel es ihr überhaupt nicht, wenn Moghedien solche ganz normalen menschlichen Gefühle zeigte.

Sie wußte nicht, wieviel Zeit vergangen war, in deren Verlauf Moghedien einige Male Worte wie ›fast‹ oder ›nicht ganz‹ gemurmelt hatte, doch als die Tür erneut aufgerissen wurde und gegen die Wand knallte, schoß sie erschrocken in die Höhe. Der plötzliche Schock, der von Moghedien aus durch den *A'dam* zu ihr herüberdrang, hätte eine andere Frau aufjaulend in eine Ecke fliehen lassen.

»Hast du gehört, Nynaeve?« fragte Elayne und schob die Tür mit dem Fuß zu. »Es ist eine Abgesandte der Burg eingetroffen, direkt von Elaida!«

Nynaeve vergaß vollkommen, was sie hatte schreien wollen. Ihr Herz klopfte bis zum Hals. Selbst der Kopfschmerz war mit einemmal vergessen. »Eine Abgesandte? Bist du sicher?«

»Natürlich bin ich sicher, Nynaeve. Glaubst du, ich bin hergerannt, um zu tratschen? Das ganze Dorf ist in Aufruhr.«

»Ich weiß gar nicht, warum«, sagte Nynaeve mürrisch. Dieses Bohren in ihrem Kopf war wieder da. Und alle Magenmedizin auf einmal, die sie in ihrem Kräuterköfferchen hatte, hätte dieses Brennen in ihrem Magen nicht unterdrücken können. Würde dieses Mädchen niemals lernen, zuerst anzuklopfen? Moghedien hatte beide Hände auf den Magen gedrückt, als benötige sie ebenfalls Medikamente. »Wir haben ihnen ja gesagt, daß Elaida von Salidar wisse.«

»Vielleicht haben sie es uns geglaubt«, sagte Elayne und ließ sich auf den Fuß von Nynaeves Bett fallen, »und vielleicht auch nicht, aber jetzt wissen sie es genau. Elaida weiß, wo wir uns befinden und wahrscheinlich auch, was wir vorhaben. Jeder der Diener könnte zu ihren Augen und Ohren gehören. Vielleicht sogar ein paar der Schwestern. Ich habe einen Blick auf die Abgesandte erhaschen können, Nynaeve. Hellblondes Haar und blaue Augen, die selbst die Sonne zum Zufrieren bringen können. Eine Rote. Sie heißt Tarna Feir, hat Faolain gesagt. Einer der Behüter, die draußen wachten, hat sie hereingeleitet. Wenn sie dich anschaut, ist es, als betrachte sie einen Stein.«

Nynaeve sah Moghedien an. »Wir sind jetzt mit dem Unterricht fertig. Kommt in einer Stunde wieder, dann könnt Ihr die Betten machen.« Sie wartete, bis Moghedien mit aufeinandergepreßten Lippen und in den Rock verkrampften Händen weggegangen war, und wandte sich dann Elayne zu: »Welche... Botschaft hat sie gebracht?«

»Das hätten sie mir gewiß nicht erzählt, Nynaeve. Jede Aes Sedai, an der ich vorbeikam, hat sich dasselbe gefragt. Ich hörte, wie Tarna lachte, als man ihr sagte, der Burgsaal werde sie empfangen. Es klang aber gar nicht amüsiert. Du glaubst doch wohl nicht...« Elayne kaute einen Augenblick lang auf ihrer Unterlippe herum. »Du glaubst doch nicht, sie könnten sich wirklich dazu entschließen...«

»Zurückzugehen?« sagte Nynaeve ungläubig. »Elaida wird verlangen, daß sie die letzten zehn Meilen auf den Knien ankriechen und die letzte Meile auf den Bäuchen. Aber auch wenn nicht, falls diese Rote sagt: ›Kommt heim. Alles ist vergessen und vergeben und das Abendessen wartet auf Euch.‹ Glaubst du, sie könnten Logain so einfach abschieben?«

»Nynaeve, die Aes Sedai könnten alles abschieben, um die Weiße Burg wieder zusammenzufügen. Alles. Du verstehst sie immer noch nicht so gut wie ich. Es waren eben vom Tag meiner Geburt an immer Aes Sedai im Palast zugegen. Die Frage ist nur: Was teilt Tarna dem Saal mit? Und was antworten sie ihr?«

Nynaeve rieb gereizt über ihre Arme. Sie hatte keine Antworten auf diese Fragen, lediglich Hoffnung, und ihr Wettergefühl sagte ihr, der Hagelsturm, der nicht vorhanden war, trommle gerade jetzt mit großer Gewalt auf die Dächer Salidars hernieder. Und dieses Gefühl sollte auch die nächsten Tage anhalten.

GLOSSAR

VORBEMERKUNG ZUR DATIERUNG

Der Tomanische Kalender (von Toma dur Ahmid entworfen) wurde ungefähr zwei Jahrhunderte nach dem Tod des letzten männlichen Aes Sedai eingeführt. Er zählte die Jahre Nach der Zerstörung der Welt (NZ). Da aber die Jahre der Zerstörung und die darauf folgenden Jahre über fast totales Chaos herrschte und dieser Kalender erst gut hundert Jahre nach dem Ende der Zerstörung eingeführt wurde, hat man seinen Beginn völlig willkürlich gewählt. Am Ende der Trolloc-Kriege waren so viele Aufzeichnungen vernichtet worden, daß man sich stritt, in welchem Jahr der alten Zeitrechnung man sich überhaupt befand. Tiam von Gazar schlug die Einführung eines neuen Kalenders vor, der am Ende dieser Kriege einsetzte und die (scheinbare) Erlösung der Welt von der Bedrohung durch Trollocs feierte. In diesem zweiten Kalender erschien jedes Jahr als sogenanntes Freies Jahr (FJ). Innerhalb der zwanzig auf das Kriegsende folgenden Jahre fand der Gazareische Kalender weitgehend Anerkennung. Artur Falkenflügel bemühte sich, einen neuen Kalender durchzusetzen, der auf seiner Reichsgründung basierte (VG = Von der Gründung an), aber dieser Versuch ist heute nur noch den Historikern bekannt. Nach weitreichender Zerstörung, Tod und Aufruhr während des Hundertjährigen Krieges entstand ein vierter Kalender durch Uren din Jubai Fliegende Möve, einem Gelehrten der Meerleute, und wurde von dem Panarchen Farede von Tarabon weiterverbreitet. Dieser Farede-Kalender zählt die Jahre der Neuen Ära (NÄ) von dem willkürlich angenommenen Ende des Hundertjährigen Kriegs an und ist während der geschilderten Ereignisse in Gebrauch.

A'dam (aidam): Ein Gerät, mit dessen Hilfe man Frauen kontrollieren kann, die die Macht lenken, und das nur von Frauen benützt werden kann, die entweder selbst die Fähigkeit besitzen, mit der Macht umzugehen, oder die das zumindest erlernen können. Er verknüpft die beiden Frauen. Der von den Seanchan verwendete Typ besteht aus einem Halsband und einem Armreif, die durch eine Leine miteinander verbunden sind. Alles besteht aus einem silbrigen Metall. Falls ein Mann, der die Macht lenken kann, mit Hilfe eines *A'dam* mit einer Frau verknüpft wird, wird das wahrscheinlich zu beider Tod führen. Selbst die bloße Berührung eines *A'dam* durch einen Mann mit dieser Fähigkeit, verursacht ihm große Schmerzen, falls dieser *A'dam* von einer Frau mit Zugang zur Wahren Quelle getragen wird (*siehe auch:* Seanchan, Verknüpfung).

Aes Sedai (Aies Sehdai): Träger der Einen Macht. Seit der Zeit des Wahnsinns sind alle überlebenden Aes Sedai Frauen. Von vielen respektiert und verehrt, mißtraut man ihnen und fürchtet, ja, haßt sie weitgehend. Viele geben ihnen die Schuld an der Zerstörung der Welt und allgemein glaubt man, sie mischten sich in die Angelegenheiten ganzer Staaten ein. Gleichzeitig aber findet man nur wenige Herrscher ohne Aes Sedai-Berater, selbst in Ländern, wo schon die Existenz einer solchen Verbindung geheimgehalten werden muß. Nach einigen Jahren, in denen sie die Macht gebrauchen, beginnen die Aes Sedai, alterslos zu wirken, so daß auch eine Aes Sedai, die bereits Großmutter sein könnte, keine Alterserscheinungen zeigt, außer vielleicht ein paar grauen Haaren (*siehe auch:* Ajah; Amyrlin-Sitz; Zerstörung der Welt).

Aiel (Aiiehl): die Bewohner der Aiel-Wüste. Gelten als wild und zäh. Man nennt sie auch Aielmänner. Vor dem Töten verschleiern sie ihre Gesichter. Sie nehmen kein Schwert in die Hand, nicht einmal in tödlichster Gefahr, und sie reiten nur unter Zwang auf einem Pferd, sind aber tödliche Krieger, ob mit Waffen oder nur mit bloßen Händen.

Die Aielmänner benützen für den Kampf die Bezeichnung ›der Tanz‹ und ›der Tanz der Speere‹. Sie sind in zwölf Clans zersplittert: die Chareen, die Codarra, die Daryne, die Goshien, die Miagoma, die Nakai, die Reyn, die Shaarad, die Shaido, die Shiande, die Taardad und die Tomanelle. Jeder Clan ist wiederum in Septimen eingeteilt. Manchmal sprechen sie auch von einem dreizehnten Clan, dem Clan, Den Es Nicht Gibt, den Jenn, die einst Rhuidean erbauten. Es gehört zum Allgemeinwissen, daß die Aiel einst den Aes Sedai den Dienst versagten und dieser Sünde wegen in die Aiel-Wüste verbannt wurden, und daß sie der Vernichtung anheimfallen, sollten sie noch einmal die Aes Sedai im Stich lassen (*siehe auch:* Aiel-Kriegergemeinschaften; Aiel-Wüste; Trostlosigkeit; *Gai'schain*; Rhuidean).

Aielkrieg (976–78 NÄ): Als König Laman von Cairhien den Avendoraldera fällte, überquerten vier Clans der Aiel das Rückgrat der Welt. Sie eroberten und brandschatzten die Hauptstadt Cairhien und viele andere kleine und große Städte im Land. Der Konflikt weitete sich schnell nach Andor und Tear aus. Im allgemeinen glaubt man, die Aiel seien in der Schlacht an der Leuchtenden Mauer vor Tar Valon endgültig besiegt worden, aber in Wirklichkeit fiel König Laman in dieser Schlacht und die Aiel, die damit ihr Ziel erreicht hatten, kehrten über das Rückgrat der Welt in ihre Heimat zurück (*siehe auch: Avendoraldera,* Cairhien; Rückgrat der Welt).

Aiel-Kriegergemeinschaften: Alle Aiel-Krieger sind Mitglieder einer von zwölf Kriegergemeinschaften. Es sind die Schwarzaugen *(Seia Doon),* die Brüder des Adlers *(Far Aldazar Din),* die Läufer der Dämmerung *(Rahien Sorei),* die Messerhände *(Sovin Nai),* Töchter des Speers *(Far Dareis Mai),* die Bergtänzer *(Hama N'dore),* die Nachtspeere *(Cor Darei),* die Roten Schilde *(Aethan Dor),* die Steinhunde *(Shae'en M'taal),* die Donnergänger *(Sha'mad Conde),* die Blutabkömmlinge *(Tain Shari)* und die Wassersucher *(Duahde Mahdi'in).* Jede Gemeinschaft hat eigene Gebräuche und manchmal auch ganz bestimmte Pflichten. Zum Beispiel fungieren die Roten Schilde als Polizei. Steinsoldaten werden häufig als Nachhut bei Rückzugsgefechten eingesetzt. Die Töchter des Speers sind besonders gute Kundschafterinnen. Die Clans der Aiel bekämpfen sich auch gelegentlich untereinander, aber Mitglieder der gleichen Gemeinschaft kämpfen nicht gegeneinander, selbst wenn ihre Clans im Krieg miteinander liegen. So gibt es jederzeit, sogar während einer offenen kriegerischen Auseinandersetzung, Kontakt zwischen den Clans (*siehe auch:* Aiel; Aiel-Wüste, *Far Dareis Mai*).

Aiel-Wüste: das rauhe, zerrissene und fast wasserlose Gebiet östlich des Rückgrats der Welt, von den Aiel auch das Dreifache Land genannt. Nur wenige Außenseiter wagen sich dorthin, nicht nur, weil es für jemanden, der nicht dort geboren wurde, fast unmöglich ist, Wasser zu finden, sondern auch, weil die Aiel sich im ständigen Kriegszustand mit allen anderen Völkern befinden und keine Fremden mögen. Nur fahrende Händler, Gaukler und die Tuatha'an dürfen sich in die Wüste begeben, und sogar ihnen gegenüber sind die Kontakte eingeschränkt, da sich die Aiel bemühen, jedem Zusammentreffen mit den Tuatha'an aus dem Weg zu gehen, die von ihnen auch als ›die Verlorenen‹ bezeichnet werden. Es sind keine Landkarten der Wüste bekannt.

Ajah: Sieben Gesellschaftsgruppen unter den Aes Sedai. Jede Aes Sedai außer der Amyrlin gehört einer solchen Gruppe an. Sie unterscheiden sich durch ihre Farben: Blaue Ajah, Rote Ajah, Weiße Ajah, Grüne Ajah, Braune Ajah, Gelbe Ajah und Graue Ajah. Jede Gruppe folgt ihrer eigenen Auslegung in bezug auf die Anwendung der Einen Macht und die Existenz der Aes Sedai. Zum Beispiel setzen die Roten Ajah all ihre Kraft dazu ein, Männer zu finden und zu beeinflussen, die versuchen, die Macht auszuüben. Eine Braune Ajah andererseits leugnet alle Verbindung zur Außenwelt und verschreibt sich ganz der Suche nach Wissen. Die Weißen Ajah meiden soweit wie möglich die Welt und das weltliche Wissen und widmen sich Fragen der Philosophie und Wahrheitsfindung. Die Grünen Ajah (die man während der Trolloc-Kriege auch Kampf Ajah nannte) stehen bereit, jeden neuen Schattenlord zu bekämpfen, wenn Tarmon Gai'don naht. Die Gelben Ajah konzentrieren sich auf alle Arten der Heilkunst. Die Blauen beschäftigen sich vor allem mit der Rechtssprechung. Die Grauen sind die Mittler, die sich um Harmonie und Übereinstimmung bemühen. Es gibt Gerüchte über eine Schwarze Ajah, die dem Dunklen König dient. Die Existenz dieser Ajah wird jedoch von offiziellen Stellen energisch dementiert.

Altara: Nation am Meer der Stürme, die aber in Wirklichkeit nur durch den Namen überhaupt nach außen hin als Einheit dargestellt wird. Die Menschen in Altara betrachten sich zuallererst als Bürger einer Stadt oder eines Dorfes, oder als Dienstleute dieses Lords und jener Lady, und erst in zweiter Linie als Einwohner Altaras. Nur wenige Adlige zahlen der Krone ihre Steuern, und ihre Dienstverpflichtung ist höchstens als Lippenbekenntnis aufzufassen. Der Herrscher Altaras (zur Zeit Königin Tylin Quintara aus dem Hause Mitsobar) ist nur selten mehr als eben der mächtigste Adlige im Land, und manche waren noch nicht einmal das. Der Thron der Winde ist so bedeutungslos, daß ihn viele mächtige Adlige bereits verschmähten, obwohl sie in der Lage gewesen wären, ihn zu besteigen.

Alte Sprache, die: die vorherrschende Sprache während des Zeitalters der Legenden. Man erwartet im allgemeinen von Adligen und anderen gebildeten Menschen, daß sie diese Sprache erlernt haben. Die meisten aber kennen nur ein paar Worte. Eine Übersetzung stößt oft auf Schwierigkeiten, da sehr häufig Wörter oder Ausdrucksweisen mit vielschichtigen, subtilen Bedeutungen vorkommen (*siehe auch:* Zeitalter der Legenden).

al'Thor, Tam: ein Bauer und Schäfer von den Zwei Flüssen.

Als junger Mann zog er aus, um Soldat zu werden. Er kehrte später mit seiner Frau (Kari, mittlerweile verstorben) und einem Kind (Rand) nach Emondsfeld zurück.

Amyrlin-Sitz, der: (1) Titel der Führerin der Aes Sedai. Auf Lebenszeit vom Turmrat, dem höchsten Gremium des Aes Sedai, gewählt; dieser besteht aus je drei Abgeordneten (Sitzende genannt, wie z. B. in »Sitzende der Grünen« ...) der sieben Ajahs. Der Amyrlin-Sitz hat, jedenfalls theoretisch, unter den Aes Sedai beinahe uneingeschränkte Macht. Sie hat in etwa den Rang einer Königin. Etwas weniger formell ist die Bezeichnung: die Amyrlin. (2) Thron der Führerin der Aes Sedai.

Amys: die Weise Frau der Kaltfelsenfestung. Sie ist eine Traumgängerin, eine Aiel der Neun-Täler-Septime der Taardad Aiel. Verheiratet mit Rhuarc, Schwesterfrau der Lian, der Dachherrin der Kaltfelsenfestung, und der Schwestermutter der Aviendha.

Angreal: ein Überbleibsel aus dem Zeitalter der Legenden. Es erlaubt einer Person, die die Eine Macht lenken kann, einen stärkeren Energiefluß zu meistern, als das sonst ohne Hilfe und ohne Lebensgefahr möglich ist. Einige wurden zur Benützung durch Frauen hergestellt, andere für Männer. Gerüchte über *Angreal,* die von beiden Geschlechtern benützt werden können, wurden nie bestätigt. Es ist heute nicht mehr bekannt, wie sie angefertigt wurden. Es existieren nur noch sehr wenige (*siehe auch: sa'Angreal, ter'Angreal*).

Arad Doman: Land und Nation am Aryth-Meer. Im Augenblick durch einen Bürgerkrieg und gleichzeitig ausgetragene Kriege gegen die Anhänger des Wiedergeborenen Drachen und gegen Tarabon zerrissen. Domani-Frauen sind berühmt und berüchtigt für ihre Schönheit, Verführungskunst und für ihre skandalös offenherzige Kleidung.

Atha'an Miere: *siehe* Meervolk.

Aufgenommene: junge Frauen in der Ausbildung zur Aes Sedai, die eine bestimmte Stufe erreicht und einige Prüfungen bestanden haben. Normalerweise braucht man ca. fünf bis zehn Jahre, um von der Novizin zur Aufgenommenen erhoben zu werden. Die Aufgenommenen sind in ihrer Bewegungsfreiheit weniger eingeschränkt als die Novizinnen und es ist ihnen innerhalb bestimmter Grenzen sogar erlaubt, eigene Studiengebiete zu wählen. Eine Aufgenommene hat das Recht, einen Großen Schlangenring zu tragen, aber nur am dritten Finger ihrer linken Hand. Wenn eine Aufgenommene zur Aes Sedai erhoben wird, wählt sie ihre Ajah, erhält das Recht, deren Stola zu tragen und darf den Ring an jedem Finger oder auch gar nicht tragen, je nachdem, was die Umstände von ihr verlangen (*siehe auch:* Aes Sedai).

Avendoraldera: ein in Cairhien aus einem *Avendesora*-Keim gezogener Baum. Der Keimling war ein Geschenk der Aiel im Jahre 566 NÄ. Es gibt aber keinen zuverlässigen Bericht über eine Verbindung zwischen den Aiel und dem legendären Baum des Lebens.

Bair: Weise Frau der Haido-Spetime der Shaarad Aiel; eine Traumgängerin. Sie kann die Macht nicht benützen (*siehe auch:* Traumgänger).

Behüter: ein Krieger, der einer Aes Sedai zugeschworen ist. Das geschieht mit Hilfe der Einen Macht, und er gewinnt dadurch Fähigkeiten wie schnelles Heilen von Wunden, er kann lange Zeiträume ohne Wasser, Nahrung und Schlaf auskommen und den Einfluß des Dunklen Königs auf größere Entfernung spüren. So lange er am Leben ist, weiß die mit ihm verbundene Aes Sedai, daß er lebt, auch wenn er noch so weit entfernt ist, und sollte er sterben, dann weiß sie den genauen Zeitpunkt und auch den Grund seines Todes. Allerdings weiß sie nicht, wie weit von ihr entfernt er sich befindet oder in welcher Richtung. Die meisten Ajahs gestatten einer Aes Sedai den Bund mit nur einem Behüter. Die Roten Ajah allerdings lehnen die Behüter für sich selbst ganz ab, während die Grünen Ajah eine Verbindung mit so vielen Behütern gestatten, wie die Aes Sedai es wünscht. An sich muß der

Behüter der Verbindung freiwillig zur Verfügung stehen, es gab jedoch auch Fälle, in denen der Krieger dazu gezwungen wurde. Welche Vorteile die Aes Sedai aus der Verbindung ziehen, wird von ihnen als streng behütetes Geheimnis behandelt (*siehe auch:* Aes Sedai).

Berelain sur Paendrag: die Erste von Mayene, Gesegnete des Lichts, Verteidiger der Wogen, Hochsitz des Hauses Paeron. Eine schöne und willensstarke junge Frau und eine geschickte Herrscherin (*siehe auch:* Mayene).

Birgitte: legendäre Heldin, sowohl ihrer Schönheit wegen, wie auch ihres Mutes und ihres Geschicks als Bogenschütze halber berühmt. Sie trug einen silbernen Bogen, und ihre silbernen Pfeile verfehlten nie ihr Ziel. Eine aus der Gruppe von Helden, die herbeigerufen werden, wenn das Horn von Valere geblasen wird. Sie wird immer in Verbindung mit dem heldenhaften Schwertkämpfer Gaidal Cain genannt. Außer, was ihre Schönheit und ihr Geschick als Bogenschützin betrifft, ähnelt sie den Legenden allerdings kaum (*siehe auch:* Horn von Valere).

Cadin'sor: Uniform der Aielsoldaten: Mantel und Hose in Braun und Grau, so daß sie sich kaum von Felsen oder Schatten abheben. Dazu gehören weiche, bis zum Knie hoch geschnürte Stiefel. In der Alten Sprache ›Arbeitskleidung‹, was allerdings eine etwas ungenaue Übersetzung darstellt.

Cairhien: sowohl eine Nation am Rückgrat der Welt wie auch die Hauptstadt dieser Nation. Die Stadt wurde im Aielkrieg (976–978 NÄ) wie so viele andere Städte und Dörfer niedergebrannt und geplündert. Als Folge wurde sehr viel Agrarland in der Nähe des Rückgrats der Welt aufgegeben, so daß seither große Mengen Getreide importiert werden müssen. Auf den Mord an König Galldrian (998 NÄ) folgten ein Bürgerkrieg unter den Adelshäusern um die Nachfolge auf dem Sonnenthron, die Unterbrechung der Lebensmittellieferungen und eine Hungersnot. Die Stadt wird während einer Periode, die mittlerweile als ›Zweiter Aielkrieg‹ bezeichnet wird, von den

Shaido belagert, doch dieser Belagerungsring wurde von anderen Aielclans unter der Führung Rand al'Thors gesprengt. Im Wappen führt Cairhien eine goldene Sonne mit vielen Strahlen, die sich vom unteren Rand eines himmelblauen Feldes erhebt (*siehe auch:* Aielkrieg).

Callandor: ›Das Schwert, das kein Schwert ist‹ oder ›Das unberührbare Schwert‹. Ein Kristallschwert, das im Stein von Tear aufbewahrt wurde in einem Raum, der den Namen ›Herz des Steins‹ trägt. Es ist ein äußerst mächtiger *Sa'Angreal*, der von einem Mann benützt werden muß. Keine Hand kann es berühren, außer der des Wiedergeborenen Drachen. Den Prophezeiungen des Drachen nach war eines der wichtigsten Zeichen für die erfolgte Wiedergeburt des Drachen und das Nahen von Tarmon Gai'don, daß der Drache den Stein von Tear einnahm und *Callandor* in seinen Besitz brachte. Es wurde von Rand al'Thor wieder ins Herz des Steins zurückgebracht und in den Steinboden hineingerammt (*siehe auch:* Wiedergeborener Drache; *Sa'Angreal;* Stein von Tear).

Car'a'carn: in der Alten Sprache ›Häuptling der Häuptlinge‹. Den Weissagungen der Aiel nach ein Mann, der bei Sonnenaufgang aus Rhuidean zu ihnen kommen werde, mit Drachenmalen auf beiden Armen, und der sie über die Drachenmauer führen werde. Die Prophezeiung von Rhuidean sagt aus, er werde die Aiel einen und sie vernichten, bis auf den Rest eines Restes (*siehe auch:* Aiel; Rhuidean).

Caraighan Maconar: legendäre Grüne Schwester (212–373 NZ), Heldin von hundert Abenteuergeschichten, der man Unternehmungen zuschreibt, die selbst von einigen Aes Sedai für unmöglich gehalten werden, obwohl sie in den Chroniken der Weißen Burg erwähnt werden. So soll sie ganz allein einen Aufstand in Mosadorin niedergeschlagen und die Unruhen in Comaidin unterdrückt haben, obwohl sie zu dieser Zeit über keinen einzigen Behüter verfügte. Die Grünen Ajah betrachten sie als den Urtyp und das Vorbild aller Grünen Schwestern (*siehe auch:* Aes Sedai; Ajah).

Carridin, Jaichim: ein Inquisitor der Hand des Lichts, also ein hoher Offizier der Kinder des Lichts, der in Wirklichkeit ein Schattenfreund ist.

Cauthon, Abell: ein Bauer von den Zwei Flüssen, Vater des Mat Cauthon. Frau: Natti. Töchter: Eldrin und Bodewhin, Bode genannt.

dämpfen (einer Dämpfung unterziehen): Wenn ein Mann die Anlage zeigt, die Eine Macht zu beherrschen, müssen die Aes Sedai seine Kräfte ›dämpfen‹, also komplett unterdrücken, da er sonst wahnsinnig wird, vom Verderben des *Saidin* getroffen, und möglicherweise schreckliches Unheil mit seinen Kräften anrichten wird. Eine Person, die einer Dämpfung unterzogen wurde, kann die Eine Macht immer noch spüren, sie aber nicht mehr benützen. Wenn vor der Dämpfung der beginnende Wahnsinn eingesetzt hat, kann er durch den Akt der Dämpfung aufgehalten, jedoch nicht geheilt werden. Hat die Dämpfung früh genug stattgefunden, kann das Leben der Person gerettet werden. Dämpfungen bei Frauen sind so selten gewesen, daß man von den Novizinnen der Weißen Burg verlangt, die Namen und Verbrechen aller auswendig zu lernen, die jemals diesem Akt unterzogen wurden. Die Aes Sedai dürfen eine Frau nur dann einer Dämpfung unterziehen, wenn diese in einem Gerichtsverfahren eines Verbrechens überführt wurde. Eine unbeabsichtigte oder durch einen Unfall herbeigeführte Dämpfung wird auch als ›Ausbrennen‹ bezeichnet. Ein Mensch, der einer Dämpfung unterzogen wurde, gleich, ob als Bestrafung oder durch einen Unfall, verliert im allgemeinen jeden Lebenswillen und stirbt nach wenigen Jahren, wenn nicht schon früher durch Selbstmord. Nur in wenigen Fällen gelingt es einem solchen Menschen, die Leere, die der ausbleibende Kontakt mit der Wahren Quelle in seinem Innern hinterläßt, mit anderen Zielen zu füllen und so neuen Lebensmut zu gewinnen. Die Folgen einer jeglichen Dämpfung gelten als endgültig und nicht mehr heilbar (*siehe auch:* Eine Macht).

Deane Aryman: eine Amyrlin, welche die Weiße Burg vor schlimmerem Schaden bewahrte, nachdem ihre Vorgängerin Bonwhin versucht hatte, die Kontrolle über Artur Falkenflügel zu erlangen. Sie wurde etwa im Jahr 920 FJ im Dorf Salidar in Eharon geboren und aus den Blauen Ajah 992 FJ zur Amyrlin erhoben. Man sagt ihr nach, sie habe Souran Maravaile dazu gebracht, die Belagerung von Tar Valon (die 975 FJ begonnen hatte) nach Falkenflügels Tod zu beenden. Deane stellte den Ruf der Burg wieder her, und es wird allgemein angenommen, daß sie zum Zeitpunkt ihres Todes nach einem Sturz vom Pferd im Jahre 1084 FJ kurz vor dem erfolgreichen Abschluß von Verhandlungen mit den sich um die Nachfolge Falkenflügels als Herrscher seines Imperiums streitenden Adligen stand, die Führung der Weißen Burg zu akzeptieren, um die Einheit des Reichs zu erhalten (*siehe auch:* Amyrlin-Sitz; Artur Falkenflügel).

Drache, der: Ehrenbezeichnung für Lews Therin Telamon während des Schattenkriegs vor mehr als dreitausend Jahren. Als der Wahnsinn alle männlichen Aes Sedai befiel, tötete Lews Therin alle Personen, die etwas von seinem Blut in sich trugen und jede Person, die er liebte. So bezeichnete man ihn anschließend als Brudermörder (*siehe auch:* Wiedergeborener Drache, Prophezeiungen des Drachen).

Drache, falscher: Manchmal behaupten Männer, der Wiedergeborene Drache zu sein, und manch einer davon gewinnt so viele Anhänger, daß eine Armee notwendig ist, um ihn zu besiegen. Einige davon haben schon Kriege begonnen, in die viele Nationen verwickelt wurden. In den letzten Jahrhunderten waren die meisten falschen Drachen nicht in der Lage, die Eine Macht richtig anzuwenden, aber es gab doch ein paar, die das konnten. Alle jedoch verschwanden entweder, oder wurden gefangen oder getötet, ohne eine der Prophezeiungen erfüllen zu können, die sich um die Wiedergeburt des Drachen ranken. Diese Männer nennt man falsche Drachen. Unter jenen, die die Eine Macht lenken konnten, waren die mächtigsten Raolin Dunkelbann (335–36 NZ), Yurian Steinbogen (ca. 1300–1308 NZ), Davian (FJ 351), Guaire Amalasan (FJ 939–43), Logain (997 NÄ) und Mazrim Taim (998 NÄ) (*siehe auch:* Wiedergeborener Drache).

Dunkler König: gebräuchlichste Bezeichnung, in allen Ländern verwendet, für Shai'tan: die Quelle des Bösen, Antithese des Schöpfers. Im Augenblick der Schöpfung wurde er vom Schöpfer in ein Verließ am Shayol Ghul gesperrt. Ein Versuch, ihn aus diesem Kerker zu befreien, führte zum Schattenkrieg, dem Verderben des *Saidin,* der Zerstörung der Welt und dem Ende des Zeitalters der Legenden (*siehe auch:* Prophezeiungen des Drachen).

Eide, Drei: die Eide, die eine Aufgenommene ablegen muß, um zur Aes Sedai erhoben zu werden. Sie werden gesprochen, während die Aufgenommene eine Eidesrute in der Hand hält. Das ist ein *Ter'Angreal,* der sie an die Eide bindet. Sie muß schwören, daß sie (1) kein unwahres Wort ausspricht, (2) keine Waffe herstellt, mit der Menschen andere Menschen töten können, und (3) daß sie niemals die Eine Macht als Waffe verwendet, außer gegen Abkömmlinge des Schattens oder, um ihr Leben oder das ihres Behüters oder einer anderen Aes Sedai in höchster Not zu verteidigen. Diese Eide waren früher nicht zwingend vorgeschrieben, doch nach verschiedenen Geschehnissen vor und nach der Zerstörung hielt man sie für notwendig. Der zweite Eid war ursprünglich der erste und kam als Reaktion auf den Krieg um die Macht. Der erste Eid wird wörtlich eingehalten, aber oft geschickt umgangen, indem man eben nur einen Teil der Wahrheit ausspricht. Man glaubt allgemein, daß der zweite und dritte nicht zu umgehen sind.

Eine Macht, die: die Kraft aus der Wahren Quelle. Die große Mehrheit der Menschen ist absolut unfähig, zu lernen, wie man die Eine Macht anwendet. Eine sehr geringe Anzahl von Menschen kann die Anwendung erlernen, und noch weniger besitzen diese Fähigkeit von Geburt an. Diese wenigen müssen ihren Gebrauch nicht lernen, denn sie werden die Wahre Quelle berühren und die Eine Macht benützen, ob sie wollen oder nicht, vielleicht sogar, ohne zu bemerken, was sie da tun. Diese angeborene Fähigkeit taucht meist zuerst während der Pubertät auf. Wenn man dann nicht die Kontrolle darüber erlernt – durch Lehrer oder auch ganz allein (äußerst schwierig, die Erfolgsquote liegt bei eins zu vier) ist die Folge der sichere Tod. Seit der Zeit des Wahns hat kein Mann es gelernt, die Eine Macht kontrolliert anzuwenden, ohne dabei auf die Dauer auf schreckliche Art dem Wahnsinn zu verfallen. Selbst wenn er in gewissem Maß die Kontrolle erlangt hat, stirbt er an einer Verfallskrankheit, bei der er lebendigen Leibs verfault. Auch diese Krankheit wird, genau wie der Wahnsinn, von dem Verderben hervorgerufen, das der Dunkle König über *Saidin* brachte. Bei Frauen ist der Tod mangels Kontrolle der Einen Macht etwas erträglicher, aber sterben müssen auch sie. Die Aes Sedai suchen nach Mädchen mit diesen angeborenen Fähigkeiten, zum einen, um ihre Leben zu retten und zum anderen, um die Anzahl der Aes Sedai zu vergrößern. Sie suchen nach Männern mit dieser Fähigkeit, um zu verhindern, daß sie Schreckliches damit anrichten, wenn sie dem Wahn verfallen (*siehe auch:* Zerstörung der Welt; Fünf Mächte; Zeit des Wahns, die Wahre Quelle).

Elaida do Avriny a'Roihan: eine Aes Sedai, die einst zu den Roten Ajah gehörte, vormals Ratgeberin der Königin Morgase von Andor. Sie kann manchmal die Zukunft vorhersagen. Mittlerweile zum Amyrlin-Sitz erhoben.

Erstschwester; Erstbruder: Diese Verwandschaftsbezeichnungen bei den Aiel bedeuten einfach, die gleiche Mutter zu haben. Das ist für die Aiel eine engere Verwandtschaftsbeziehung als vom gleichen Vater abzustammen.

Fäule, die: *siehe* Große Fäule.

Falkenflügel, Artur: ein legendärer König (Artur Paendrag Tanreall, 943–994 FJ), der alle Länder westlich des Rückgrats der Welt und einige von jenseits der Aiel-Wüste einte. Er sandte sogar eine Armee über das Aryth-Meer (992 FJ), doch verlor man bei seinem Tod, der den Hundertjährigen Krieg auslöste, jeden Kontakt mit diesen Soldaten. Er führte einen fliegenden goldenen Falken im Wappen (*siehe auch:* Hundertjähriger Krieg).

Far Dareis Mai: in der Alten Sprache wörtlich ›von den Speertöchtern‹, meist einfach ›Töchter des Speers‹ genannt. Eine von mehreren Kriegergemeinschaften der Aiel. Anders als bei den übrigen werden ausschließlich Frauen aufgenommen. Sollte sie heiraten, darf eine Frau nicht Mitglied bleiben. Während einer Schwangerschaft darf ein Mitglied nicht kämpfen. Jedes Kind eines Mitglieds wird von einer anderen Frau aufgezogen, so daß niemand mehr weiß, wer die wirkliche Mutter war. (»Du darfst keinem Manne angehören und kein Mann oder Kind darf dir angehören. Der Speer ist dein Liebhaber, dein Kind und dein Leben.«) Diese Kinder sind hochangesehen, denn es wurde prophezeit, daß ein Kind einer Tochter des Speers die Clans vereinen und zu der Bedeutung zurückführen wird, die sie im Zeitalter der Legenden besaßen (*siehe auch:* Aiel Kriegergemeinschaften).

Flamme von Tar Valon: das Symbol für Tar Valon, den Amyrlin-Sitz und die Aes Sedai. Die stilisierte Darstellung einer Flamme: eine weiße, nach oben gerichtete Träne.

Fünf Mächte, die: Das sind die Stränge der Einen Macht. Diese Stränge nennt man nach den Dingen, die man durch ihre Anwendung beeinflussen kann: Erde, Luft, Feuer, Wasser, Geist – die Fünf Mächte. Wer die Eine Macht anwenden kann, beherrscht gewöhnlich einen oder zwei dieser Stränge besonders gut und hat Schwächen in der Anwendung der übrigen. Einige wenige beherrschen auch drei davon, aber seit dem Zeitalter der Legenden gab es niemand mehr, der alle fünf in gleichem

Maße beherrschte. Und auch dann war das eine große Seltenheit. Das Maß, in dem diese Stränge beherrscht werden und Anwendung finden, ist individuell ganz verschieden; einzelne dieser Personen sind sehr viel stärker als die anderen. Wenn man bestimmte Handlungen mit Hilfe der Einen Macht vollbringen will, muß man einen oder mehrere bestimmte Stränge beherrschen. Wenn man beispielsweise ein Feuer entzünden oder beeinflussen will, braucht man den Feuer-Strang; will man das Wetter ändern, muß man die Bereiche Luft und Wasser beherrschen, während man für Heilungen Wasser und Geist benutzen muß. Während im Zeitalter der Legenden Männer und Frauen in gleichem Maße den Geist beherrschten, war das Talent in bezug auf Erde und/oder Feuer besonders oft bei Männern ausgeprägt und das für Wasser und/oder Luft bei Frauen. Es gab Ausnahmen, aber trotzdem betrachtete man Erde und Feuer als die männlichen Mächte, Luft und Wasser als die weiblichen.

Gaidin: in der Alten Sprache ›Bruder der Schlacht‹. Ein Titel, den die Aes Sedai den Behütern verleihen (*siehe auch:* Behüter).

Gai'schain: in der Alten Sprache ›dem Frieden im Kampfe verschworen‹, soweit dieser Begriff überhaupt übersetzt werden kann. Von einem Aiel, der oder die während eines Überfalls oder einer bewaffneten Auseinandersetzung von einem anderen Aiel gefangengenommen wird, verlangt das *Ji'e'toh,* daß er oder sie dem neuen Herrn gehorsam ein Jahr und einen Tag lang dient und dabei keine Waffe anrührt und niemals Gewalt benützt. Eine Weise Frau, ein Schmied oder eine Frau mit einem Kind unter zehn Jahren können nicht zu *Gai'schain* gemacht werden (*siehe auch:* Trostlosigkeit).

Galad; Lord Galadedrid Damodred: Halbbruder von Elayne und Gawyn. Sie haben alle den gleichen Vater: Taringail Damodred. Im Wappen führt er ein geflügeltes silbernes Schwert, dessen Spitze nach unten zeigt.

Gareth Bryne (Ga-ret Brein): einst Generalhauptmann der

Königlichen Garde von Andor. Von Königin Morgase ins Exil verbannt. Er wird als einer der größten lebenden Militärstrategen betrachtet. Das Siegel des Hauses Bryne zeigt einen wilden Stier, um dessen Hals die Rosenkrone von Andor hängt. Gareth Brynes persönliches Abzeichen sind drei goldene Sterne mit jeweils fünf Zacken.

Gaukler: fahrende Märchenerzähler, Musikanten, Jongleure, Akrobaten und Alleinunterhalter. Ihr Abzeichen ist die aus bunten Flicken zusammengesetzte Kleidung. Sie besuchen vor allem Dörfer und Kleinstädte, da in den größeren Städten schon zuviel andere Unterhaltung geboten wird.

Gawyn aus dem Hause Trakand: Sohn der Königin Morgase, Bruder von Elayne, der bei Elaynes Thronbesteigung Erster Prinz des Schwertes wird. Halbbruder von Galad. Er führt einen weißen Keiler im Wappen.

Gewichtseinheiten: 10 Unzen = 1 Pfund; 10 Pfund = 1 Stein; 10 Steine = 1 Zentner; 10 Zentner = 1 Tonne.

Grauer Mann: jemand, der freiwillig seine oder ihre Seele dem Schatten geopfert hat und ihm nun als Attentäter dient. Graue Männer sehen so unauffällig aus, daß man sie sehen kann, ohne sie wahrzunehmen. Die große Mehrheit der Grauen Männer sind tatsächlich Männer, aber es gibt darunter auch einige Frauen. Sie werden auch als die ›Seelenlosen‹ bezeichnet.

Grenzlande: die an die Große Fäule angrenzenden Nationen: Saldaea, Arafel, Kandor und Schienar. Sie haben eine Geschichte unendlich vieler Überfälle und Kriegszüge gegen Trollocs und Myrddraal (*siehe auch:* Große Fäule).

Große Fäule: eine Region im hohen Norden, die durch den Einfluß des Dunklen Königs vollständig verwüstet wurde. Sie stellt eine Zuflucht für Trollocs, Myrddraal und andere Kreaturen des Schattens dar.

Großer Herr der Dunkelheit: Diese Bezeichnung verwenden die Schattenfreunde für den Dunklen König. Sie behaupten, es sei Blasphemie, seinen wirklichen Namen zu benützen.

Große Schlange: ein Symbol für die Zeit und die Ewigkeit, das schon uralt war, bevor das Zeitalter der Legenden begann. Es zeigt eine Schlange, die ihren eigenen Schwanz verschlingt. Man verleiht einen Ring in der Form der Großen Schlange an Frauen, die unter den Aes Sedai zu Aufgenommenen erhoben werden.

Hochlords von Tear: Die Hochlords von Tear regieren als Rat diesen Staat, der weder König noch Königin aufweist. Ihre Anzahl steht nicht fest. Im Laufe der Jahre hat es Zeiten gegeben, wo nur sechs Hochlords regierten, aber auch zwanzig kamen bereits vor. Man darf sie nicht mit den Landherren verwechseln, niedrigeren Adligen in den ländlichen Bezirken Tears.

Horn von Valere: das legendäre Ziel der Großen Jagd nach dem Horn. Das Horn kann tote Helden zum Leben erwecken, damit sie gegen den Schatten kämpfen. Eine neue Jagd nach dem Horn wurde in Illian ausgerufen, und man kann nun in vielen Ländern Jäger des Horns antreffen.

Hundertjähriger Krieg: eine Reihe sich überschneidender Kriege, geprägt von sich ständig verändernden Bündnissen, ausgelöst durch den Tod von Artur Falkenflügel und die darauf folgenden Auseinandersetzungen um seine Nachfolge. Er dauerte von 994 FJ bis 1117 FJ. Der Krieg entvölkerte weite Landstriche zwischen dem Aryth-Meer und der Aiel-Wüste, zwischen dem Meer der Stürme und der Großen Fäule. Die Zerstörungen waren so schwerwiegend, daß über diese Zeit nur noch fragmentarische Berichte vorliegen. Das Reich Artur Falkenflügels zerfiel und die heutigen Staaten bildeten sich heraus (*siehe auch:* Falkenflügel, Artur).

Illian: ein großer Hafen am Meer der Stürme, Hauptstadt der gleichnamigen Nation. Im Wappen von Illian findet man neun goldene Bienen auf dunkelgrünem Feld.

Juilin Sandar: ein Diebfänger aus Tear.

Kalender: Die Woche hat zehn Tage, der Monat 28 und es gibt 13 Monate im Jahr. Mehrere Festtage gehören keinem bestimmten Monat an: der Sonntag oder Sonnentag (der längste Tag des Jahres), das Erntedankfest (einmal alle vier Jahre zur Frühlingssonnwende), und das Fest der Rettung aller Seelen, auch Allerseelen genannt (einmal alle zehn Jahre zur Herbstsonnwende).

Kesselflicker: volkstümliche Bezeichnung für die Tuatha'an, die man auch das ›Fahrende Volk‹ nennt. Ein Nomadenvolk, das in bunt gestrichenen Wohnwagen lebt und einer absolut pazifistischen Weltanschauung folgen, die man den ›Weg des Blattes‹ nennt. Sie gehören zu den wenigen, die unbehelligt die Aiel-Wüste durchqueren können, da die Aiel jeden Kontakt mit ihnen strikt vermeiden. Nur wenige Menschen vermuten überhaupt, daß die Tuatha'an Nachkommen von Aiel sind, die sich während der Zerstörung der Welt von den anderen absetzten, um einen Weg zurück in eine Zeit des Friedens zu finden (*siehe auch:* Aiel).

Kinder des Lichts: eine übernationale Gemeinschaft von Asketen, die sich den Sieg über den Dunklen König und die Vernichtung aller Schattenfreunde zum Ziel gesetzt hat. Die Gemeinschaft wurde während des Hundertjährigen Kriegs von Lothair Mantelar gegründet, um gegen die ansteigende Zahl der Schattenfreunde als Prediger anzugehen. Während des Kriegs entwickelte sich daraus eine vollständige militärische Organisation, extrem streng ideologisch ausgerichtet und fest im Glauben, nur sie dienten der absoluten Wahrheit und dem Recht. Sie hassen die Aes Sedai und halten sie, sowie alle, die sie unterstützen oder sich mit ihnen befreunden, für Schattenfreunde. Sie werden geringschätzig Weißmäntel genannt. Im Wappen führen sie eine goldene Sonne mit Strahlen auf weißem Feld (*siehe auch:* Zweifler).

Krieg um die Macht: *siehe* Schattenkrieg.

Längenmaße: 10 Finger = 1 Hand; 3 Hände = 1 Fuß; 3 Fuß = 1 Schritt; 2 Schritte = 1 Spanne; 1000 Spannen = 1 Meile.

Lan, al'Lan Mandragoran: ein Behüter, der Moiraine im Jahre 979 NÄ zugeschworen wurde. Ungekrönter König von Malkier, Dai Shan (Schlachtenführer), und der letzte Überlebende Lord von Malkier. Dieses Land wurde im Jahr seiner Geburt (953 NÄ) von der Großen Fäule verschlungen. Im Alter von sechzehn Jahren begann er seinen Ein-Mann-Krieg gegen die Fäule und den Schatten, den er bis zu seiner Berufung zu Moiraines Behüter fortführte (*siehe auch:* Behüter, Moiraine).

Lews Therin Telamon; Lews Therin Brudermörder: *siehe* Drache.

Lini: Kindermädchen der Lady Elayne in ihrer Kindheit. Davor war sie bereits Erzieherin ihrer Mutter Morgase und deren Mutter. Eine Frau von enormer innerer Kraft, einigem Scharfsinn und sehr wortgewaltig in bezug auf Redensarten.

Logain: ein Mann, der einst behauptete, der Wiedergeborene Drache zu sein. Er überzog Ghealdan, Altara und Murandy mit Krieg, bevor er gefangengenommen, zur Weißen Burg gebracht und einer Dämpfung unterzogen wurde. Später entkam er inmitten der Wirren um die Absetzung Siuan Sanches. Ein Mann, dem immer noch Großes bevorsteht (*siehe auch:* Drache, falscher).

Manetheren: eine der Zehn Nationen, die den Zweiten Pakt schlossen; Hauptstadt des gleichnamigen Staates. Sowohl die Stadt wie auch die Nation wurden in den Trolloc-Kriegen vollständig zerstört. Das Wappen Manetherens zeigte einen Roten Adler im Flug (*siehe auch:* Trolloc-Kriege).

Mayene (Mai-jehn): Stadtstaat am Meer der Stürme, der seinen Reichtum und seine Unabhängigkeit der Kenntnis verdankt, die Ölfischschwärme aufspüren zu können. Ihre wirtschaftliche Bedeutung kommt der der Olivenplantagen von Tear, Illian und Tarabon gleich. Ölfisch und Oliven liefern nahezu alles Öl für Lampen. Die augenblickliche Herrscherin von Mayene ist Berelain. Ihr Titel lautet: die Erste von Mayene. Der Titel: Zweite/Zweiter stand früher nur einem einzigen Lord oder einer Lady zu, wurde aber während der letzten etwa vierhundert Jahre von bis zu neun Adligen gleichzeitig geführt. Die Herrscher von Mayene führen ihre Abstammung auf Artur Falkenflügel zurück. Das Wappen von Mayene zeigt einen fliegenden goldenen Falken. Mayene wurde traditionell von Tear wirtschaftlich und politisch eingeengt und unterdrückt.

Mazrim Taim: ein falscher Drache, der in Saldaea viel Unheil anrichtete, bevor er geschlagen und gefangen wurde. Er ist nicht nur in der Lage, die Eine Macht zu benützen, sondern besitzt außerordentliche Kräfte (*siehe auch:* Drache, falscher).

Meerleute, Meervolk: genauer: Atha'an Miere, das ›Volk des Meeres‹. Geheimnisumwitterte Bewohner der Inseln im Aryth-Meer und im Meer der Stürme. Sie verbringen wenig Zeit auf diesen Inseln und leben statt dessen zumeist auf ihren Schiffen. Sie beherrschen den Seehandel fast vollständig.

Melaine (Mehlein): Weise Frau der Jhirad Septime der Goshien Aiel. Eine Traumgängerin. Relativ stark, was den Gebrauch der Einen Macht angeht. Verheiratet mit Bael, dem Clanhäuptling der Goshien. Schwesterfrau der Dorhinda, der Dachherrin der Dampfende-Quellen-Feste (*siehe auch:* Traumgänger).

Merrilin, Thom: ein ziemlich vielschichtiger Gaukler, einst Hofbarde und Geliebter von Königin Morgase (*siehe auch:* Spiel der Häuser; Gaukler).

Moiraine Damodred (Moarän): eine Aes Sedai der Blauen Ajah. Sie benützt nur selten ihren Familiennamen und hält ihre Beziehung zu dem Hause Damodred meist geheim. Geboren 956 NÄ im Königlichen Palast von Cairhien. Nachdem sie 972 NÄ als Novizin in die Weiße Burg kam, machte sie dort rasch Karriere. Sie wurde nach nur drei Jahren zur Aufgenommenen erhoben und drei weitere Jahre später, am Ende des Aielkriegs, zur Aes Sedai. Von diesem Zeitpunkt an begann sie ihre Suche nach dem jungen Mann, der – den Prophezeiungen der Aes Sedai Gitara Morose nach – während der Schlacht an der

Leuchtenden Mauer am Abhang des Drachenbergs geboren wurde, und der zum Wiedergeborenen Drachen bestimmt war. Sie war es auch, die Rand al'Thor, Mat Cauthon, Perrin Aybara und Egwene al'Vere von den Zwei Flüssen fortbrachte. Sie verschwand während eines Kampfes mit Lanfear in Cairhien in einem *Ter'Angreal* und wurde, dem Anschein nach, genauso getötet wie die Verlorene.

Morgase (Morgeis): Von der Gnade des Lichts, Königin von Andor, Verteidigerin des Lichts, Beschützerin des Volkes, Hochsitz des Hauses Trakand. Im Wappen führt sie drei goldene Schlüssel. Das Wappen des Hauses Trakand zeigt einen silbernen Grundpfeiler. Sie mußte ins Exil gehen und wird allgemein für tot gehalten. Viele glauben, sie sei vom Wiedergeborenen Drachen ermordet worden.

Muster eines Zeitalters: Das Rad der Zeit verwebt die Stränge menschlichen Lebens zum Muster eines Zeitalters, oftmals vereinfacht als ›das Muster‹ bezeichnet, das die Substanz der Realität dieser Zeit bildet; auch als Zeitengewebe bekannt (*siehe auch: Ta'veren*).

Myrddraal: Kreaturen des Dunklen Königs, Kommandanten der Trolloc-Heere. Nachkommen von Trollocs, bei denen das Erbe der menschlichen Vorfahren wieder stärker hervortritt, die man benutzt hat, um die Trollocs zu erschaffen. Trotzdem deutlich vom Bösen dieser Rasse gezeichnet. Sie sehen äußerlich wie Menschen aus, haben aber keine Augen. Sie können jedoch im Hellen wie im Dunklen wie Adler sehen. Sie haben gewisse, vom Dunklen König stammende Kräfte, darunter die Fähigkeit, mit einem Blick ihr Opfer vor Angst zu lähmen. Wo Schatten sind, können sie hineinschlüpfen und sind nahezu unsichtbar. Eine ihrer wenigen bekannten Schwächen besteht darin, daß sie Schwierigkeiten haben, fließendes Wasser zu überqueren. Man kennt sie unter vielen Namen in den verschiedenen Ländern, z. B. als Halbmenschen, die Augenlosen, Schattenmänner, Lurk und die Blassen. Wenig bekannt ist die Tatsache, daß die Myrddraal in einem Spiegel nur ein verschwommenes Bild erzeugen.

Nächstschwester; Nächstbruder: Mit diesen Begriffen bezeichnen die Aiel eine Beziehung, die so eng ist wie zwischen Erstschwestern und/oder Erstbrüdern. Nächstschwestern adoptieren einander häufig als Erstschwestern. Bei Nächstbrüdern ist das kaum jemals der Fall.

Ogier: (1) Eine nichtmenschliche Rasse. Typisch für Ogier sind ihre Größe (männliche Ogier werden im Durchschnitt zehn Fuß groß), ihre breiten, rüsselartigen Nasen und die langen, mit Haarbüscheln bewachsenen Ohren. Sie wohnen in Gebieten, die sie *Stedding* nennen. Nach der Zerstörung der Welt (von den Ogiern das Exil genannt) waren sie aus diesen *Stedding* vertrieben, und das führte zu einer als ›das Sehnen‹ bezeichneten Erscheinung: Ein Ogier, der sich zu lange außerhalb seines *Stedding* aufhält, erkrankt und stirbt schließlich. Sie sind in informierten Kreisen bekannt als extrem gute Steinbaumeister, die fast alle großen Städte der Menschen nach der Zerstörung erbauten. Sie selbst betrachten diese Kunst allerdings nur als etwas, das sie während des Exils erlernten und das nicht so wichtig ist, wie das Pflegen der Bäume in einem *Stedding*, besonders der hochaufragenden Großen Bäume. Außer zu ihrer Arbeit als Steinbaumeister verlassen sie ihr *Stedding* nur selten und wollen wenig mit der Menschheit zu tun haben. Man weiß unter den Menschen nur sehr wenig über sie und viele halten die Ogier sogar für bloße Legenden. Obwohl sie als Pazifisten gelten und nur sehr schwer aufzuregen sind, heißt es in einigen alten Berichten, sie hätten während der Trolloc-Kriege Seite an Seite mit den Menschen gekämpft. Dort werden sie als mörderische Feinde bezeichnet. Im Großen und Ganzen sind sie ungemein wissensdurstig und ihre Bücher und Berichte enthalten oftmals Informationen, die bei den Menschen längst verlorengegangen sind. Die normale Lebenserwartung eines

Ogiers ist etwa drei oder viermal so hoch wie bei Menschen. (2) Jedes Individuum dieser nichtmenschlichen Rasse (*siehe auch:* Zerstörung der Welt; *Stedding*).

Padan Fain: Einst als Händler in das Gebiet der Zwei Flüsse gekommen, stellte er sich bald als Schattenfreund heraus. Er wurde zum Schayol Ghul geholt und dort so in seiner ganzen Persönlichkeit beeinflußt, daß er nicht nur in der Lage sein sollte, den jungen Mann zu finden, der zum Wiedergeborenen Drachen werden sollte, so wie der Jagdhund die Beute für den Jäger aufspürt, sondern sogar ein dauerndes inneres Bedürfnis spüren sollte, fast eine Art von Besessenheit, diese Suche erfolgreich abzuschließen. Dies verursachte Fain solche psychische Schmerzen, daß er sowohl den Dunklen König, wie auch Rand al'Thor zu hassen begann. Auf der Verfolgung al'Thors traf er in Shadar Logoth auf die dort gefangene Seele von Mordeth, die versuchte, Fains Körper zu übernehmen. Der veränderten Persönlichkeit Fains wegen resultierte das in einer Art von Vereinigung beider Seelen mit Fain in der Oberhand und mit Fähigkeiten, die weit jenseits derer liegen, die beide Männer vorher besaßen. Fain durchschaut diese selbst noch keineswegs in vollem Maße. Die meisten Menschen werden von Angst gepackt, wenn sie dem augenlosen Blick eines Myrddraal ausgesetzt sind, doch Fains Blick wiederum jagt selbst einem Myrddraal Angst ein.

Prophezeiungen des Drachen: ein nur unter den ausgesprochen Gebildeten bekannter Zyklus von Weissagungen, der auch selten erwähnt wird. Man findet ihn im größeren *Karaethon Zyklus.* Es wird dort vorausgesagt, daß der Dunkle König wieder befreit werde, und daß Lews Therin Telamon, der Drache, wiedergeboren werde, um in Tarmon Gai'don, der Letzten Schlacht gegen den Schatten, zu kämpfen. Es wird prophezeit, daß er die Welt erneut retten und erneut zerstören wird (*siehe auch:* Drache).

Rad der Zeit: Die Zeit stellt man sich als ein Rad mit sieben

Speichen vor – jede Speiche steht für ein Zeitalter. Wie sich das Rad dreht, so folgt Zeitalter auf Zeitalter. Jedes hinterläßt Erinnerungen, die zu Legenden verblassen, zu bloßen Mythen werden und schließlich vergessen sind, wenn dieses Zeitalter wiederkehrt. Das Muster eines Zeitalters wird bei jeder Wiederkehr leicht verändert, doch auch wenn die Änderungen einschneidender Natur sein sollten, bleibt es das gleiche Zeitalter. Bei jeder Wiederkehr sind allerdings die Veränderungen gravierender.

Rashima Kerenmosa: Man nennt sie auch die ›Soldatenamyrlin‹. Geboren ca. 1150 NZ und aus den Reihen der Grünen Ajah im Jahre 1251 NZ zur Amyrlin erhoben. Sie führte persönlich die Heere der Weißen Burg in den Kampf und errang unzählige Siege, die berühmtesten am Kaisin Paß, an der Sorellestufe, bei Larapelle, Tel Norwin und Maighande, wo sie 1301 NZ ums Leben kam. Man entdeckte ihre Leiche nach Ende der Schlacht, umgeben von denen ihrer fünf Behüter und einem wahren Wall aus den Leibern von Trollocs und Myrddraal, unter denen sich nicht weniger als neun Schattenlords befanden (*siehe auch:* Aes Sedai; Ajah; Amyrlin-Sitz; Schattenlords; Behüter).

Rhuidean: eine Große Stadt, die einzige in der Aiel-Wüste und der Außenwelt völlig unbekannt. Sie lag fast dreitausend Jahre lang verlassen in einem Wüstental. Einst wurde den Aielmännern nur gestattet, einmal in ihrem Leben Rhuidean zum Zweck einer Prüfung zu betreten. Die Prüfung fand innerhalb eines großen *Ter'Angreal* statt. Wer bestand, besaß die Fähigkeit zum Clanhäuptling, doch nur einer von dreien überlebte. Frauen durften Rhuidean zweimal betreten. Sie wurden beim zweiten Mal im gleichen *Ter'Angreal* geprüft, und wenn sie überlebten, wurden sie zu Weisen Frauen. Bei ihnen war die Überlebensrate erheblich höher als bei den Männern. Mittlerweile ist die Stadt wieder von den Aiel bewohnt, und ein Ende des Tals von Rhuidean ist von einem großen See ausgefüllt, der aus einem enormen unterirdischen Reservoir gespeist wird und aus dem wiederum der einzige Fluß der Wüste entspringt (*siehe auch:* Aiel).

Rückgrat der Welt: eine hohe Bergkette, über die nur wenige Pässe führen. Sie trennt die Aiel-Wüste von den westlichen Ländern. Wird auch Drachenmauer genannt.

Sa'angreal: ein extrem seltenes Objekt, das es einem Menschen erlaubt, die Eine Macht in viel stärkerem Maße als sonst möglich zu benützen. Ein Sa'angreal ist ähnlich, doch ungleich stärker als ein Angreal. Die Menge an Energie, die mit Hilfe eines *Sa'angreals* eingesetzt werden kann, verhält sich zu der eines *Angreals* wie die mit dessen Hilfe einsetzbare Energie zu der, die man ganz ohne irgendwelche Hilfe beherrschen kann. Relikte des Zeitalters der Legenden. Es ist nicht mehr bekannt, wie sie angefertigt wurden. Wie bei den *Angreal* können sie nur entweder von einer Frau oder von einem Mann eingesetzt werden. Es gibt nur noch eine Handvoll davon, weit weniger sogar als *Angreal.*

Saidar, Saidin: *siehe* Wahre Quelle.

Schattenfreunde: die Anhänger des Dunklen Königs. Sie glauben, große Macht und andere Belohnungen, darunter sogar Unsterblichkeit, zu empfangen, wenn er aus seinem Kerker befreit wird. Untereinander gebrauchen sie gelegentlich die alte Bezeichnung: ›Freunde der Dunkelheit‹.

Schattenkrieg: auch als der Krieg um die Macht bekannt; mit ihm endet das Zeitalter der Legenden. Er begann kurz nach dem Versuch, den Dunklen König zu befreien und erfaßte bald schon die ganze Welt. In einer Welt, die selbst die Erinnerung an den Krieg vergessen hatte, wurde nun der Krieg in all seinen Formen wiederentdeckt. Er war besonders schrecklich, wo die Macht des Dunklen Königs die Welt berührte, und auch die Eine Macht wurde als Waffe verwendet. Der Krieg wurde beendet, als der Dunkle König wieder in seinen Kerker verbannt und dieser versiegelt werden konnte. Diese Unternehmung führte Lews Therin Telamon, der Drache, zusammen mit hundert männlichen Aes Sedai durch, die man auch die Hundert Gefährten nannte. Der Gegenschlag des Dunklen Königs verdarb *Saidin* und trieb Lews Therin und die Hundert Gefährten in den Wahnsinn. So begann die Zeit des Wahns und die Zerstörung der Welt (*siehe auch:* Eine Macht; Drache).

Schattenlords: diejenigen Männer und Frauen (Aes Sedai), die der Einen Macht dienten, aber während der Trolloc-Kriege zum Schatten überliefen und dann die Heere von Trollocs und Schattenfreunden als Generäle kommandierten. Weniger Gebildete verwechseln sie gelegentlich mit den Verlorenen.

Schwesterfrau: Verwandtschaftsgrad bei den Aiel. Aielfrauen, die bereits Nächstschwestern oder Erstschwestern sind und entdecken, daß sie den gleichen Mann lieben, oder die einfach nicht wollen, daß ein Mann zwischen sie tritt, heiraten ihn beide und werden so zu Schwesterfrauen. Frauen, die den gleichen Mann lieben, versuchen manchmal, herauszufinden, ob sie Nächstschwestern oder durch Adoption Erstschwestern werden können, denn das ist die erste Voraussetzung, um Schwesterfrauen werden zu können.

Seanchan (Schantschan): (1) Nachkommen der Armeemitglieder, die Artur Falkenflügel über das Aryth-Meer sandte und die die dort gelegenen Länder eroberten. Sie glauben, daß man aus Sicherheitsgründen jede Frau, die mit der Macht umgehen kann, durch einen *A'dam* kontrollieren muß. Aus dem gleichen Grund werden solche Männer getötet. (2) Das Land, aus dem die Seanchan kommen.

Seherin: eine Frau, die vom Frauenzirkel bzw. der Versammlung der Frauen ihres Dorfs berufen und zu dessen Vorsitzender bestimmt wird, weil sie die Fähigkeit des Heilens besitzt, das Wetter vorhersagen kann und auch sonst als kluge Frau und Ratgeberin anerkannt ist. Ihre Position fordert großes Verantwortungsbewußtsein und verleiht ihr viel Autorität. Allgemein wird sie dem Bürgermeister gleichgestellt, in manchen Dörfern steht sie sogar über ihm. Im Gegensatz zum Bürgermeister wird sie auf Lebenszeit erwählt. Es ist äußerst selten, daß eine Seherin vor ihrem Tod aus ihrem Amt entfernt wird. Ihre Auseinandersetzungen mit dem Bürgermeister sind auch zur Tradition geworden. Je nach dem Land wird sie auch als Führerin, Heilerin, Weise Frau, Sucherin oder einfach als Weise bezeichnet.

Shayol Ghul: ein Berg im Versengten Land jenseits der Großen Fäule; dort befindet sich der Kerker, in dem der Dunkle König gefangengehalten wird.

Sorilea: die Weise Frau der Schendefestung, eine Jarra Chareen. Sie hat nicht viel Geschick im Umgang mit der Macht. Sie ist die älteste aller Weisen Frauen, wenn auch nicht um soviel älter, als die meisten glauben.

Spanne: *siehe* Längenmaße.

Spiel der Häuser: Diese Bezeichnung wurde dem Intrigenspiel der Adelshäuser untereinander verliehen, mit dem sie sich Vorteile verschaffen wollen. Großer Wert wird darauf gelegt, subtil vorzugehen, auf eine Sache abzuzielen, während man ein ganz anderes Ziel vortäuscht, und sein Ziel schließlich mit geringstmöglichem Aufwand zu erreichen. Es ist auch als das ›Große Spiel‹ bekannt und gelegentlich unter seiner Bezeichnung in der Alten Sprache: *Daes Dae'mar*.

Stedding: eine Ogier Enklave. Viele Stedding sind seit der Zerstörung der Welt verlassen worden. In Erzählungen und Legenden werden sie als Zufluchtsstätte bezeichnet, und das aus gutem Grund. Auf eine heute nicht mehr bekannte Weise wurden sie abgeschirmt, so daß in ihrem Bereich keine/kein Aes Sedai die Eine Macht anwenden kann und nicht einmal eine Spur der Wahren Quelle wahrnimmt. Versuche, von außerhalb eines Stedding mit Hilfe der Einen Macht in deren Innern einzugreifen, blieben erfolglos. Kein Trolloc wird ohne Not ein Stedding betreten, und selbst ein Myrddraal betritt es nur, wenn er dazu gezwungen ist, und auch dann nur zögernd und mit größter Abscheu. Sogar echte und hingebungsvolle Schattenfreunde fühlen sich in einem Stedding äußerst unwohl.

Stein von Tear: eine große Festung in der Stadt Tear, von der berichtet wird, sie sei bald nach der Zerstörung der Welt mit Hilfe der Einen Macht erbaut worden. Sie wurde unzählige Male angegriffen und belagert, doch nie erobert. Erst unter dem Angriff des Wiedergeborenen Drachen mit wenigen hundert Aielkriegern fiel die Festung innerhalb einer einzigen Nacht. Damit wurden zwei Voraussagen aus den Prophezeiungen des Drachen erfüllt (*siehe auch:* Drache, Prophezeiungen des Drachen).

Talente: Fähigkeiten, die Eine Macht auf ganz spezifische Weise zu gebrauchen. Selbst bei gleich gelagerten Talenten ergeben sich von Person zu Person große individuelle Unterschiede, die nur selten mit der Stärke zu tun haben, die diese Person in bezug auf die Anwendung der Einen Macht besitzt. Das naturgemäß populärste und am meisten verbreitete Talent ist das des Heilens. Weitere Beispiele sind das ›Wolkentanzen‹, womit die Beeinflussung des Wetters gemeint ist, und der ›Erdgesang‹, mit dessen Hilfe Erdbewegungen gesteuert werden können und so beispielsweise Erdbeben und Lawinen verhindert oder ausgelöst werden. Es gibt auch eine Reihe weniger bedeutsamer Talente, wie die Fähigkeit, *Ta'veren* wahrzunehmen oder sogar deren Eigenschaft, den Zufall zu beeinflussen, auf einer sehr eng begrenzten Fläche (meist nicht mehr als wenige Quadratfuß groß) kopieren zu können. Von manchen Talenten kennt man heute nur noch die Bezeichnung und besitzt eventuell noch eine vage Beschreibung, wie z. B. beim Reisen, einer Fähigkeit, sich von einem Ort zu einem anderen zu bewegen, ohne den Zwischenraum durchqueren zu müssen. Andere wie z. B. das Vorhersagen (die Fähigkeit, zukünftige Ereignisse zumindest auf allgemeinere Art und Weise vorhersehen zu können) oder das Schürfen (Aufspüren und manchmal sogar Gewinnen von Erzen) sind mittlerweile selten oder beinahe verschwunden. Ein weiteres Talent, das man seit langem für verloren hielt, ist das Träumen. Unter anderem lassen sich hier die Träume des Träumers so deuten, daß sie eine genauere Vorhersage der Zukunft erlauben. Manche Träumer hatten die Fähigkeit, *Tel'aran'rhiod,* die Welt der Träume, zu erreichen und sogar in die Träume anderer Menschen einzudringen. Die letzte bekannte Träumerin war Corianin Nedeal, die im Jahre 526 NÄ starb, doch nur wenige wissen, daß es jetzt eine neue gibt. Viele solcher Talente werden jetzt erst wiederentdeckt (*siehe auch: Tel'aran'rhiod*).

Tallanvor, Martyn: Leutnant der Königlichen Garde in Andor, der seine Königin mehr liebt als Ehre oder Leben.

Tarabon: Land und Nation am Aryth-Meer. Hauptstadt: Tanchico. Einst eine große Handelsmacht und Quelle von Teppichen, Textilfarben und Feuerwerkskörpern, die von der Gilde der Feuerwerker hergestellt werden. Jetzt von einem Bürgerkrieg und gleichzeitigen kriegerischen Auseinandersetzungen mit Arad Doman und den Anhängern des Wiedergeborenen Drachen zerrissen und deshalb weitgehend vom Ausland abgeschnitten.

Tarmon Gai'don: die Letzte Schlacht (*siehe auch:* Prophezeiungen des Drachen; Horn von Valere).

Ta'veren: eine Person im Zentrum des Gewebes von Lebenssträngen aus ihrer Umgebung, möglicherweise sogar *aller* Lebensstränge, die vom Rad der Zeit zu einem Schicksalsgewebe zusammengefügt wurden (*siehe auch:* Muster eines Zeitalters).

Tear: ein großer Hafen und ein Staat am Meer der Stürme. Das Wappen von Tear zeigt drei weiße Halbmonde auf rot und goldgemustertem Feld (*siehe auch:* Stein von Tear).

Telamon, Lews Therin: *siehe* Drache.

Tel'aran'rhiod: in der Alten Sprache: ›die unsichtbare Welt‹, oder ›die Welt der Träume‹. Eine Welt, die man in Träumen manchmal sehen kann. Nach den Angaben der Alten durchdringt und umgibt sie alle möglichen Welten. Im Gegensatz zu anderen Träumen ist das in ihr real, was dort mit lebendigen Dingen geschieht. Wenn man also dort eine Wunde empfängt, ist diese beim Erwachen immer noch vorhanden, und einer, der dort stirbt, erwacht nie mehr. Ansonsten hat aber das, was dort geschieht, keinerlei Einfluß auf die wachende Welt. Viele Menschen können *Tel'aran'rhiod* kurze Augenblicke lang in ihren Träumen berühren, aber nur wenige haben je die Fähigkeit besessen, aus freien Stücken dort einzudringen, wenn auch letztlich einige *Ter'Angreal* entdeckt wurden, die eine solche Fähigkeit unterstützen. Mit Hilfe eines solchen *Ter'Angreal* können auch Menschen in die Welt der Träume eintreten, die nicht die Fähigkeit zum Gebrauch der Macht besitzen (*siehe auch: Ter'Angreal*).

Ter'Angreal: Gegenstände aus dem Zeitalter der Legenden, die die Eine Macht verwenden oder bei deren Gebrauch helfen. Im Gegensatz zu *Angreal* und *Sa'angreal* wurde jeder *Ter'Angreal* zu einem ganz bestimmten Zweck hergestellt. Z. B. macht einer jeden Eid, der in ihm geschworen wird, zu etwas endgültig Bindendem. Einige werden von den Aes Sedai benützt, aber über ihre ursprüngliche Anwendung ist kaum etwas bekannt. Für die Verwendung ist bei manchen ein Benützen der Einen Macht notwendig, bei anderen wieder nicht. Einige töten sogar oder zerstören die Fähigkeit einer Frau, die sie benützt, die Eine Macht zu lenken. Wie bei den *Angreal* und *Sa'angreal* ist auch bei ihnen nicht mehr bekannt, wie man sie herstellt. Dieses Geheimnis ging seit der Zerstörung der Welt verloren *(siehe auch: Angreal, Sa'Angreal).*

Tochter-Erbin: Titel der Erbin des Löwenthrons von Andor. Ohne eine überlebende Tochter fällt der Thron an die nächste weibliche Verwandte der Königin. Unstimmigkeiten darüber, wer die nächste in der Erbfolge sei, haben mehrmals bereits zu Machtkämpfen geführt. Der letzte davon wird in Andor einfach ›die Thronfolge‹ genannt und außerhalb des Landes ›der Dritte Andoranische Erbfolgekrieg‹. Durch ihn kam Morgase aus dem Hause Trakand auf den Thron.

Träumer: *siehe* Talente.

Traumgänger: Bezeichnung der Aiel für eine Frau, die *Tel'aran'rhiod* aus eigenem Willen erreichen, die Träume anderer auslegen und mit anderen in deren Traum sprechen kann. Auch die Aes Sedai benützen diese Bezeichnung gelegentlich im Zusammenhang mit dem Talent eines ›Träumers‹ (*siehe auch:* Talente; *Tel'aran'rhiod*).

Trolloc-Kriege: eine Reihe von Kriegen, die etwa gegen 1000 NZ begannen und sich über mehr als 300 Jahre hinzogen. Trolloc-Heere unter der Führung von Myrddraal und Schattenlords verwüsteten die Welt. Schließlich aber wurden die Trollocs entweder getötet oder in die Große Fäule zurückgetrieben. Mehrere Staaten wurden im Rahmen dieser Kriege ausgelöscht oder entvölkert. Alle Aufzeichnungen aus dieser Zeit sind fragmentarisch (*siehe auch:* Schattenlords; Myrddraal; Trollocs).

Trollocs: Kreaturen des Dunklen Königs, die er während des Schattenkriegs erschuf. Sie sind körperlich sehr groß und extrem bösartig. Sie stellen eine hybride Kreuzung zwischen Tier und Mensch dar und töten aus purer Mordlust. Nur diejenigen, die selbst von den Trollocs gefürchtet werden, können diesen trauen. Trollocs sind schlau, hinterhältig und verräterisch. Sie essen alles, auch jede Art von Fleisch, das von Menschen und anderen Trollocs eingeschlossen. Da sie zum Teil von Menschen abstammen, sind sie zum Geschlechtsverkehr mit Menschen imstande, doch die meisten einer solchen Verbindung entspringenden Kinder werden entweder tot geboren oder sind kaum lebensfähig. Die Trollocs leben in stammesähnlichen Horden. Die wichtigsten davon heißen: Ahf'frait, Al'ghol, Bhan'sheen, Dha'vol, Dhai'mon, Dhjin'nen, Ghar'ghael, Ghob'hlin, Gho'hlem, Ghraem'lan, Ko'bal und Kno'mon (*siehe auch:* Trolloc-Kriege).

Trostlosigkeit: Bezeichnung für die Auswirkung der folgenden Erkenntnis auf viele Aiel: Die Aiel waren keineswegs immer furchterregende Krieger. Ihre Vorfahren waren strikte Pazifisten, die sich während und nach der

Zerstörung der Welt dazu gezwungen sahen, sich selbst zu verteidigen. Viele glauben, gerade darin habe ihr Versagen den Aiel gegenüber gelegen. Einige werfen daraufhin ihre Speere weg und rennen davon. Andere weigern sich, das Weiß der *Gai'schain* abzulegen, obwohl ihre Dienstzeit vorüber ist. Wieder andere weigern sich, dies als die Wahrheit anzuerkennen, und folgerichtig erkennen sie auch Rand al'Thor nicht als den wahren *Car'a'carn* an. Diese Aiel kehren entweder in die Wüste zurück oder schließen sich den Shaido an, die gegen Rand al'Thor kämpfen (*siehe auch:* Aiel; Aiel-Wüste; *Car'a'carn; Gai'schain*).

Verknüpfung: die Fähigkeit von Frauen, ihre Stränge der Einen Macht miteinander zu vereinigen. Diese kombinierten Stränge sind insgesamt wohl nicht ganz so stark wie die Summe der einzelnen Stränge, werden aber von der Person gelenkt, die diese Verknüpfung leitet und können auf diese Weise viel präziser und effektiver eingesetzt werden als einzelne Stränge. Männer können ihre Fähigkeiten nicht miteinander verknüpfen, wenn keine Frau oder keine Frauen im Zirkel mitwirken. Dagegen können sich bis zu dreizehn Frauen verknüpfen, ohne die Mitwirkung eines Mannes zu benötigen. Nimmt ein Mann an diesem Zirkel teil, können sich bis zu sechsundzwanzig Frauen verknüpfen. Zwei Männer können den Zirkel auf vierunddreißig Frauen erweitern, und so geht es weiter bis zu einer Obergrenze von sechs Männern und sechsundsechzig Frauen. Es gibt Verknüpfungen, an denen mehr Männer, aber dafür weniger Frauen teilnehmen, aber abgesehen von der Verknüpfung nur einer Frau mit einem Mann muß sich immer mindestens eine Frau mehr im Zirkel befinden als Männer. Bei den meisten Zirkeln kann entweder ein Mann oder eine Frau die Leitung übernehmen, doch bei einem Maximalzirkel von zweiundsiebzig Personen oder bei gemischten Zirkeln unter dreizehn Mitgliedern muß jeweils ein Mann die Führung übernehmen. Obwohl im allgemeinen Männer stärker sind, was den Gebrauch der Macht betrifft, sind die stärksten Zirkel diejenigen mit soweit wie möglich ausgeglichener Anzahl an Männern und Frauen (*siehe auch:* Aes Sedai).

Verlorene: Name für die dreizehn der mächtigsten Aes Sedai aus dem Zeitalter der Legenden und damit auch zu den mächtigsten zählend, die es überhaupt jemals gab. Während des Schattenkriegs liefen sie zum Dunklen König über, weil er ihnen dafür die Unsterblichkeit versprach. Sie bezeichnen sich selbst als die ›Auserwählten‹. Sowohl Legenden wie auch fragmentarische Berichte stimmen darin überein, daß sie zusammen mit dem Dunklen König eingekerkert wurden, als dessen Gefängnis wiederversiegelt wurde. Ihre Namen werden heute noch benützt, um Kinder zu erschrecken. Es waren: Aginor, Asmodean, Balthamel, Be'lal, Demandred, Graendal, Ishamael, Lanfear, Mesaana, Moghedien, Rahvin, Sammael und Semirhage.

Wahre Quelle: die treibende Kraft des Universums, die das Rad der Zeit antreibt. Sie teilt sich in eine männliche *(Saidin)* und eine weibliche Hälfte *(Saidar),* die gleichzeitig miteinander und gegeneinander arbeiten. Nur ein Mann kann von *Saidin* Energie beziehen und nur eine Frau von *Saidar*. Seit dem Beginn der Zeit des Wahns vor mehr als dreitausend Jahren ist *Saidin* von der Hand des Dunklen Königs gezeichnet (*siehe auch:* Eine Macht).

Weise Frau: Unter den Aiel werden Frauen von den Weisen Frauen zu dieser Berufung ausgewählt und angelernt. Sie erlernen die Heilkunst, Kräuterkunde und anderes, ähnlich wie die Seherinnen. Gewöhnlich gibt es in jeder Septimenfestung oder bei jedem Clan eine Weise Frau. Manchen von ihnen sagt man wundersame Heilkräfte nach und sie vollbringen auch andere Dinge, die als Wunder angesehen werden. Sie besitzen große Autorität und Verantwortung, sowie großen Einfluß auf die Septimen und die Clanhäuptlinge, obwohl diese Männer sie oft beschuldigen, daß sie sich ständig einmischten. Die Weisen

Frauen stehen über allen Fehden und kriegerischen Auseinandersetzungen, und *Ji'e'toh* entsprechend dürfen sie nicht belästigt oder irgendwie behindert werden. Würde sich eine Weise Frau an einem Kampf beteiligen, stellte das eine schwere Verletzung aller guten Sitten und Traditionen dar. Eine Reihe der Weisen Frauen besitzen in gewissem Maße die Fähigkeit, die Eine Macht benützen zu können, aber der Brauch will es, daß sie nicht darüber sprechen. Es ist ebenfalls bei ihnen üblich, noch strenger als die anderen Aiel jeden Kontakt mit den Aes Sedai zu vermeiden. Sie suchen nach anderen Aielfrauen, die mit dieser Fähigkeit geboren werden oder sie erlernen können. Drei im Moment lebende Weise Frauen sind Traumgängerinnen, können also *Tel'aran'rhiod* betreten und sich im Traum u. a. mit anderen Menschen verständigen (*siehe auch:* Traumgänger, *Tel'aran'rhiod*).

Weiße Burg: Zentrum und Herz der Macht der Aes Sedai. Sie befindet sich im Herzen der großen Inselstadt Tar Valon.

Weißmäntel: *siehe* Kinder des Lichts.

Wiedergeborener Drache: Nach der Prophezeiung und der Legende der wiedergeborene Lews Therin Telamon. Die meisten, jedoch nicht alle Menschen erkennen Rand al'Thor als den Wiedergeborenen Drachen an (*siehe auch:* Drache; Drache, falscher; Prophezeiungen des Drachen).

Wilde: eine Frau, die allein gelernt hat, die Eine Macht zu lenken, und die ihre Krise überlebte, was nur etwa einer von vieren gelingt. Solche Frauen wehren sich gewöhnlich gegen die Erkenntnis, daß sie die Macht tatsächlich benützen, doch durchbricht man diese Sperre, gehören die Wilden später oft zu den mächtigsten Aes Sedai. Die Bezeichnung ›Wilde‹ wird häufig abwertend verwendet.

Zeitalter der Legenden: das Zeitalter, welches von dem Krieg des Schattens und der Zerstörung der Welt beendet wurde. Eine Zeit, in der die Aes Sedai Wunder vollbringen konnten, von denen man heute nur träumen kann (*siehe auch:* Zerstörung der Welt; Schattenkrieg).

Zerstörung der Welt: Als Lews Therin Telamon und die Hundert Gefährten das Gefängnis des Dunklen Königs wieder versiegelten, fiel durch den Gegenangriff ein Schatten auf *Saidin*. Schließlich verfiel jeder männliche Aes Sedai auf schreckliche Art dem Wahnsinn. In ihrem Wahn veränderten diese Männer, die die Eine Macht in einem heute unvorstellbaren Maße beherrschten, die Oberfläche der Erde. Sie riefen furchtbare Erdbeben hervor, Gebirgszüge wurden eingeebnet, neue Berge erhoben sich, wo sich Meere befunden hatten, entstand Festland und an anderen Stellen drang der Ozean in bewohnte Länder ein. Viele Teile der Welt wurden vollständig entvölkert und die Überlebenden wie Staub vom Wind verstreut. Diese Zerstörung wird in Geschichten, Legenden und Geschichtsbüchern als die Zerstörung der Welt bezeichnet.

Zweifler: ein Orden innerhalb der Gemeinschaft der Kinder des Lichts. Sie sehen ihre Aufgabe darin, die Wahrheit im Wortstreit zu finden und Schattenfreunde zu erkennen. Ihre Suche nach der Wahrheit und dem Licht, so wie sie die Dinge sehen, wird noch eifriger betrieben, als bei den Kindern des Lichts allgemein üblich. Ihre normale Befragungsmethode ist die Folter, wobei sie der Auffassung sind, daß sie selbst die Wahrheit bereits kennen und ihre Opfer nur dazu bringen müssen, sie zu gestehen. Die Zweifler bezeichnen sich als die ›Hand des Lichts‹, die Hand, welche die Wahrheit ausgräbt, und sie verhalten sich gelegentlich so, als seien sie völlig unabhängig von den Kindern und dem Rat der Gesalbten, der die Gemeinschaft leitet. Das Oberhaupt der Zweifler ist der Hochinquisitor, der einen Sitz im Rat der Gesalbten hat. Im Wappen führen sie einen blutroten Hirtenstab (*siehe auch:* Kinder des Lichts).

Von Robert Jordans »Das Rad der Zeit« liegen bei Piper vor:

1. Roman: Drohende Schatten
2. Roman: Das Auge der Welt
3. Roman: Die Große Jagd
4. Roman: Das Horn von Valere
5. Roman: Der Wiedergeborene Drache
6. Roman: Die Straße des Speers
7. Roman: Schattensaat
8. Roman: Die Heimkehr
9. Roman: Der Sturm bricht los
10. Roman: Zwielicht
11. Roman: Scheinangriff
12. Roman: Der Drache schlägt zurück
13. Roman: Die Fühler des Chaos
14. Roman: Stadt des Verderbens
15. Roman: Die Amyrlin
16. Roman: Die Hexenschlacht
17. Roman: Die zerbrochene Krone
18. Roman: Wolken über Ebou Dar
19. Roman: Der Dolchstoß
20. Roman: Die Schale der Winde
21. Roman: Der Pfad der Dolche
22. Roman: Neue Bündnisse
23. Roman: Kriegswirren
24. Roman: Das Herz des Winters
25. Roman: Die Herrschaft der Seanchaner
26. Roman: Flucht der Sklaven
27. Roman: Pfade ins Zwielicht
28. Roman: Die Weiße Burg
29. Roman: Der neue Frühling
30. Roman: Die Klinge der Träume
31. Roman: Der Untergang der Shaido

Das Rad der Zeit 1. Das Original. Die Suche nach dem Auge der Welt
Das Rad der Zeit 2. Das Original. Die Jagd beginnt
Das Rad der Zeit 3. Das Original. Die Rückkehr des Drachen
Das Rad der Zeit 4. Das Original. Der Schatten erhebt sich

Robert Jordans Rad der Zeit. Das illustrierte Handbuch